AF652301

ঘর পালানো ছেলে

মনোরঞ্জন ব্যাপারী বই লেখেন বাংলা ভাষায়। তাঁর জন্ম মধ্য-পঞ্চাশের দশকের বাংলাদেশের বরিশালে। উদ্বাস্তু হয়ে যখন তাঁর পরিবার চলে আসে ভারতের পশ্চিমবঙ্গে তখন তাঁর বয়স তিন। বাঁকুড়ার উদ্বাস্তু শিবির শিরোমণীপুর রিফিউজি ক্যাম্পে তাঁদের পুনর্বাসিত করা হয়। পরবর্তীকালে, তাঁদের বাধ্য হয়ে চলে আসতে হয় দক্ষিণ ২৪ পরগণার ঘোলা দোলতলা রিফিউজি ক্যাম্পে, এবং ১৯৬৯ সাল অবধি সেখানেই তাঁরা থাকেন। তাসত্ত্বেও ব্যাপারীকে বাড়ি ছাড়তে হয় চোদ্দ বছর বয়সে নানা কাজের সূত্রে উপার্জন করার তাগিদে।

বয়স কুড়ির গোড়ার দিকে তিনি নকশালদের এবং দাল্লি রাজহারা মাইনস-এ ছত্তিশগড় মুক্তি মোর্চা-র প্রতিষ্ঠাতা, বিখ্যাত বিপ্লবী শ্রমজীবী নেতা শংকর গুহ নিয়োগীর সংস্পর্শে আসেন; যিনি সামন্ত-শাসকদের কাছ থেকে জবরদখল করে রাখা আদিবাসীদের জমি পুনর্দখল করার বিপ্লব পরিচালনা করছিলেন। এই সময়ে ব্যাপারী জেলে যান, এবং সেখানেই নিজে নিজে লিখতে ও পড়তে শেখেন। পরবর্তীকালে, কলকাতায় রিক্সা-চালকের কাজ করার সময় ঘটনাচক্রে সাক্ষাৎ হয় প্রখ্যাত বাঙালি লেখিকা মহাশ্বেতা দেবীর সঙ্গে, ব্যাপারীকে তিনি নিজের পত্রিকা বর্তিকায় লেখার জন্য প্রেরণা দেন ।

এযাবত, ব্যাপারী লিখেছেন বারোটি উপন্যাস ও সত্তরটিরও বেশি ছোট গল্প। তাঁর উল্লেখযোগ্য লেখাগুলি হল- ছেঁড়া ছেঁড়া জীবন, ইতিবৃত্তে চণ্ডাল জীবন (স্মৃতিচারণ), অমানুষিক, চণ্ডালজীবন ত্রয়ী (উপন্যাস), অন্য ভুবন এবং মতুয়া এক মুক্তি সেনার নাম। ২০১৮ সাল অবধি, পশ্চিমবঙ্গের হেলেন কেলার ইন্সটিটিউট ফর দ্য ডেফ অ্যান্ড ব্লাইন্ড-এ রাঁধুনির কাজ করেছেন।

২০১৪ তে পশ্চিমবঙ্গ বাংলা একাডেমী তাঁকে সুপ্রভা মজুমদার পুরস্কারে ভূষিত করে। তিনি ২০১৫ সালের শর্মিলা ঘোষ স্মৃতি সাহিত্য পুরস্কার পান। ২০১৮ সালে, তাঁর জীবনী ইতিবৃত্তে চণ্ডাল জীবন-এর ইংরেজি অনুবাদ ইনটেরোগেটিং মাই চণ্ডাল লাইফ পায় দ্য হিন্দু প্রাইজ ফর নন-ফিকশন, এবং শর্টলিস্টেড হয় জিও মামি ওয়ার্ড টু স্ক্রিন অ্যাওয়ার্ড এর জন্য। ২০১৯-এ তিনি লাভ করেন দ্য গেটওয়ে লিট ফেস্ট রাইটার অফ দ্য ইয়ার অ্যাওয়ার্ড। এছাড়াও, তাঁর উপন্যাসের ইংরেজি অনুবাদ দেয়ার'স্ গানপাউডার ইন দ্য এয়ার শর্টলিস্টেড হয়েছে ভারতের সর্বোচ্চ মূল্যের পুরস্কার, দ্য জেসিবি প্রাইজ ফর লিটারেচার ২০১৯, দ্য ডিএসসি প্রাইজ ফর সাউথ এশিয়ান লিটারেচার ২০১৯, দ্য ক্রসওয়ার্ড অ্যাওয়ার্ড ফর বেস্ট ট্রান্সলেশন ২০১৯ এবং দ্য মাতৃভূমি বুক অফ দ্য ইয়ার প্রাইজ ২০২০-এর জন্য। সম্প্রতি, তিনি পশ্চিমবঙ্গে নব্য প্রতিষ্ঠিত দলিত সাহিত্য একাডেমীর সভাপতি নিযুক্ত হয়েছেন। ২০২১ সালে তাঁর বেশ কিছু বই প্রকাশিত হতে চলেছে, বাংলা, ইংরেজি, হিন্দি এবং মালয়ালম ভাষায়। ইউনাইটেড স্টেটস্-এর স্বাধীন প্রকাশনা অ্যান্টি বুক্স ক্লাব থেকে ২০২২ সালের বসন্তে তাঁর দুটি উপন্যাসও প্রকাশিত হবে।

মনোরঞ্জন ব্যাপারী

ঘর পালানো ছেলে

eka

eka

First published in Bengali in 2008 in the magazine *Hatey Bajare*

Published in Bengali as *Ghar Palano Chhele* in 2021 by Eka, an imprint of Westland Publications Private Limited

Published in Bengali as *Ghar Palano Chhele* in 2023 by Eka, an imprint of Westland Books, a division of Nasadiya Technologies Private Limited

No. 269/2B, First Floor, 'Irai Arul', Vimalraj Street, Nethaji Nagar, Alapakkam Main Road, Maduravoyal, Chennai 600095

The editing of this book is based on the English translation (*The Runaway Boy*) by V. Ramaswamy.

ISBN: 9789395767224

Typeset by Raja Podder

Printed at Radha Press, Sahibabad

চরৈবেতি চরৈবেতি
চলতে থাকো, চলতে থাকো

সূচীপত্র

জীবনের ইশকুল

গরিব দাস

১

ভাত

সকালবেলা, পূবের আকাশ লাল করে সোনার থালার মত প্রথম সূর্য্যের মুখ ভেসে উঠেছে পূর্ববাঙলার জলাভূমির উপর। মনে হচ্ছে জলের উপর ভাসতে থাকা সোনার একটা থালা মৃদুমন্দ পূবালি বাতাসের দোলায় দুলছে। এক ঝাঁক পানকৌড়ি উড়ে যাচ্ছে আকাশ বেয়ে। অবাধ আর স্বাধীন তাদের ডানা। কোথায়, কতদূরে উড়ে যাবে পাখিগুলো, কেউ জানে না! দূরের বড় গাঙ বেয়ে স্রোতের টানে ভেসে চলেছে একটা গাওনা নৌকা, যার যাত্রাশেষ হবে বরিশাল শহরে গিয়ে। নৌকায় বোঝাই করা আছে নারকেল, সুপারির পাহাড়। চারদিকের দৃশ্য এখন বড়ো মনোরম। এইসময়কে প্রকৃতি যেভাবে সাজিয়ে রেখেছে মানুষ তা নষ্ট না করলে গান গাওয়া, প্রার্থনা করা এমনকি কবিতা লেখার পক্ষেও তা আদর্শ সময়।

শিবনাথ ভট্টাচার্য্য মহাশয় প্রতিদিনের মত এই সময়েই যাকে ব্রাহ্ম মুহূর্ত বলা হয়, শয্যা ত্যাগ করেন। তারপর খাল পাড়ের মুক্ত হাওয়া বাতাসে বসে প্রাতঃকৃত্য সেরে একখানা নিম ডাল ভেঙ্গে দাঁত মাজতে মাজতে বাড়ির বাইরের খোলা জায়গায়, যেখানে চাষ শেষ হবার পরে ধান কেটে এনে গাদা মারা হয় সেখানে কিছুক্ষণ হাঁটাচলা করেন। ইদানিং তিনি বাতের ব্যাথায় বড় কাতর। কবিরাজ বলেছে, সকালের দিকে খানিকক্ষণ হাঁটাহাঁটি করতে।

এই জায়গাটায় গাছগাছালির সংখ্যা কম। ফলে রোদ আসছে। ভোরবেলার রোদ হাওয়া গায়ে মাখলে শরীর নিরোগ সুস্থ সবল থাকে। শোনা যায় এই রোদের নাকি কুষ্ঠ রোগ প্রতিরোধের ক্ষমতা আছে। শিবনাথ ভট্টাচার্য্যের এই রোগটাকে বড় ভয়। তাঁর পূজনীয় বাবা ওই রোগে পচে গলে মারা গিয়েছিলো।

আর ঠিক ঐ সময়েই, উল্টো দিকের নদীর চেয়ে ছোট আর খালের চেয়ে কিছু বড় একটা গাঙের পাড়ের ধূলো পথ দিয়ে অন্য একজন লোক ধুঁকতে ধুঁকতে সামনের দিকে হেঁটে চলেছে। মন্থর ছন্দহীন ভাবে হাঁটছে লোকটা। খালি—গা খালি—পা, হাঁটুর উপর তুলে পড়া একখানা পাঁচহাতি খাটো ধুতি। যে

ধুতিখানা জন্মের পরে আর কোনদিন সাবান সোডার মুখ দেখেনি। কোনদিন দেখবেও না। হয় জলকাচা নয় পলাশ ফুল পুড়িয়ে বানানো ছাইয়ে ফেলে সেদ্ধ করে নেওয়া— এর বেশি তার ভাগ্যে আর কিছু জুটবে না।

লোকটার মাথায় তেল বিহীন রুক্ষ চুলের বোঝা, গালে না কামাতে পারা খোঁচা খোঁচা দাড়ি গোঁফের জঙ্গল। গোটা শরীরে যেন চেপে বসে আছে বহু শতাব্দীর ক্ষুধা কুণ্ঠা অবসাদ অপমান এবং সেসব থেকে জন্মানো এক পাহাড় প্রমাণ হীনমন্যতা—অপরাধ বোধ। তার সম্পূর্ণ অবয়ব, অস্তিত্বকে যেন গ্রাস করে রেখেছে এক সীমাহীন বর্ণনাহীন আকাল । মনে হচ্ছে ছিয়াত্তরের মন্বন্তর লোকটার জীবন থেকে এখনও থাবা গুটিয়ে নেয়নি।লোকটার পাঁজরের হাড় গোনা যাচ্ছে। চোখের দৃষ্টি নিষ্প্রাণ নিভু নিভু প্রায়। ঠিক যেন মরা মাছের মত পলক হারা। যে চোখের মধ্যে কোন আশা আলো সাধ স্বপ্ন খুঁজে পাবার চেষ্টা করা বৃথা। সম্পূর্ণ নিরর্থক। এ চোখের একটাই আর্তি, একটাই কাতর অভীপ্সা, সময়ের কঠোর ভ্রূকুটি থেকে কোনমতে টিঁকে থাকা, কোনমতে বেঁচে থাকা।

এক কালে, সে কোনকালে তা কে জানে, লোকটার চোখেও হয়তো কোন স্বপ্ন সাধ আশা আহ্লাদ ছিলো। এখন সে সব নেই। এখন আছে শুধু হাহাকার, হতাশা আর বুক চাপা বোবা এক কান্না। যে কান্না কেউ শোনে না, শুনলেও বোঝে না, বুঝতে চায় না, বড় দুঃখী, বড়ই দুঃখী লোকটা।

লোকটা এখন শুধু তার খোলা খোলা নিষ্প্রভ দৃষ্টি দিয়ে চারদিক তাকিয়ে কী যেন খোঁজে। কী খোঁজে লোকটা? যা খোঁজে তার নাম খাদ্য। কিন্তু সেটা এখানে কোথায়! না খেতে পাওয়, অভুক্ত পেটের পাতলা চামড়া চিমসে মেরে গিয়ে খোঁদলে ঢুকে গেছে। হাড় বের করা বুকটা পথশ্রমে ওঠা নামা করছে কামার শালায় হাপরের মত। নিশ্বাসে ফোঁস ফোঁস শব্দ হচ্ছে। লোকটার বুকের হাড়গুলো একটা একটা করে গুনে বলে দেওয়া যায়। অথচ এই বুকের মধ্যে তারও একটা মন আছে। সেটা যেমন আত্মজনের জন্য কাঁদে, কাঁদে নিজের অক্ষমতার জন্যও।

লোকটা তার খোলা চোখে যা দেখতে চেয়েছিলো তা দেখতে না পেয়ে তার সেই ভাঙ্গাচোরা বুক থেকে একটা হতশ্বাস ছাড়ে— হা ভগবান। তোমার কোন দয়া নাই!

ছিলো, আগে ভগবানের খুব দয়া মায়া ছিলো, তখন ক্ষুধার্ত মানুষ বনে বাদাড়ে গিয়ে ফলমূল কচু খারকোল এটা সেটা পেয়ে যেতো। এখন সেসব কিছুও পাওয়া যায়না। ভগবান মুখ ফিরিয়ে নিয়েছেন এক বিশাল জনসম্প্রদায়ের দিক থেকে। এরা এদেশের মূল নিবাসী ভূমিপুত্র শ্রমপুত্র। কিন্তু মানুষের সমাজ এদের ঘোষণা করেছে অচ্ছুত অস্পৃশ্য চণ্ডাল বলে। লোকটার পা ফাটা চটা, পায়ের হাঁটু অবধি লেগে আছে ধুলো ময়লা মাটি কাদা, কটা কচি ঘাসের ডগা। একটা ছোট্ট জোঁকও বুঝি কোন এক ক্ষেত নালা পার হবার সময় সেঁটে গেছে গোড়ালির কাছে । জায়গাটা চুলকাতে শুরু করলে সে জোঁকটা ছাড়িয়ে দূরে ছুড়ে দিয়ে হাতটা কাপড়ে মুছে নেয়। লোকটার হাঁটা দেখে সহজেই বুঝে নেওয়া যায়, এই ভাবে সারা জীবন ধরে বহু পথ হাঁটছে লোকটা, হাঁটতে হাঁটতে ক্লান্ত শ্রান্ত আর বিধ্বস্ত সে ।

এমনিতে লোকটার বয়েস খুব বেশি নয়, তিরিশ বছর সাত মাস। কিন্তু প্রবল দারিদ্র, অনাহার অর্ধাহার অপুষ্টি এবং অসুখ, তার জীবনের প্রতি মোড় বাঁক পথ অনু পলে এমন কামড় বসিয়েছে যে এরই মধ্যে শরীরটা বুড়িয়ে গেছে। এখন তাকে আর কেউ বলতে পারবে না যে সে এককালে আশে পাশের দশ গেরামের সেরা বলবান ছিলো। এক ঝটকায় একা এক বস্তা ধান মাথায় তুলে নিতে পারতো। এক বেলায় কেটে তুলতে পারতো এক বিঘে জমির ধান।

লোকটা এখন হেঁটে চলেছে পূর্ব দিগন্ত থেকে পশ্চিম দিগন্তের দিকে। পূর্বকে সবাই বলে উদয় আর পশ্চিম অস্ত। সেই প্রতীকি ব্যাঞ্জনা ফুটে উঠছে লোকটার হাঁটার মধ্যে। একটা ভারবাহী পশুর মত নিজের শরীরটাকে টেনে টেনে সে হেঁটে চলেছে তারই শেষ পরিণতির দিকে। এটা তার একক যাত্রা। এ যাত্রায় তার কোনও সঙ্গী নেই।

শিবনাথ ভট্টাচার্য্য মহাশয় এ সময়ে দাঁত মাজা শেষ করে নিম দাঁতন খানা দূরে জলার দিকে ছুঁড়ে ফেললেন, টুপ করে আওয়াজ করে সেটা ডুবে গেল। সূর্য এখন তাল গাছের মাথায়, গাঙে এখন ব্যাপারী বজরা নৌকার সংখ্যা বাড়ছে। লোকজন কাজে কর্মে যাওয়া শুরু করেছে। এতক্ষণে গোয়ালে গরু দোয়া হয়ে গেছে। এবার উনি দুধ খই কলা দিয়ে জলযোগ সারবেন। হঠাৎ তার নজর গেল নিজের পায়ের কাছে।— না সাপ জোঁক বিছে নয়, আভূমি প্রণত একজন মানুষ বা মানুষের মত একজন কেউ। তবু তিনি দুপা পিছনে সরে গেলেন। ছোঁয়াছুঁয়ি হয়ে যাবার ঝুঁকি নিলেন না। আগে তো এই সব জাতের মানুষের ছায়া মাড়ানো নিষেধ ছিলো। আগের কথা আগে গেছে। তখনকার বামুনদের পূজার্চ্চনা করেই সুখে জীবন কেটে যেতো, এখনকার মত জমি জিরেত চাষ— বাস করতে হোত না। এখন দশ দরকারে পোঁদ চাড়ালদের ডাকতে হয়। অত নীতি নিয়ম এখন আর মানা যায় না। তবে মানুষ তো মানুষই। তার চিরকালের সংস্কার কি যায়? মনটা বিমর্ষ হয়ে গেল ওনার। এমন এক সুন্দর সকালে, দিনের শুরুতেই চাঁড়ালের মুখ দর্শন। দিনটা যে আজ কেমন যাবে তা কে জানে! মনে মনে উনি একবার সর্ব বিঘ্ন বিনাশক মন্ত্র— গায়ত্রী জপ করে নেন, ওঁ ভূঃ ভবঃ স্বাহা তৎ সবিতূ বরেণ্যং...।

লোকটাও জানে আগেকার দিনকাল থাকলে বামুনের শরীরের এত কাছে এলে সেই অপরাধের জন্য শংকর মাছের চাবুক দিয়ে বাবুরা পিটিয়ে দিতো। চাবুক বাবুদের বসার ঘরে এখনো টাঙ্গানো থাকে। তবে এখন আর কথায় কথায় চালাতে পারে না। ফরিদপুর, খুলনা, বরিশাল এসব জায়গায় নিচু জাতের লোকেরা এখন মতুয়া নামক এক ধর্ম সংগঠনের সদস্য হয়ে ওড়াকান্দির ঠাকুর পরিবারকে কেন্দ্র করে ভীষণ রকম স্বাভিমানী, সংঘবদ্ধ হয়ে উঠেছে। এটা খুব একটা ভালো লক্ষণ নয়।

মনের অপ্রসন্নতাকে যতদূর সম্ভব চাপা দিয়ে নরম গলায় বলেন শিবনাথ ভট্টাচার্য্য, কি ব্যাপার রে— ! সক্কাল বেলায় বাওনের পায়ে ধূলা নিতে আইছোস এক্কারে খালি হাতে।

লোকটা পথশ্রমে খিদেয় আগে থেকেই অবসন্ন ছিলো। গলায় একরাশ অপরাধ এনে বলে, শরীলডা কয়দিন হইলো ঠিক নাই। সেই জইনা বিলে গাঙে

যাইতে পারি না। জাইলে দু চাইরডা কই মাগুর ... ।

মাছের কথা ছাড়ান দে। লোকটাকে থামিয়ে দিয়ে বলে শিবনাথ— খেতে বাগানে কি দুই দশটা বেগুন ঢ্যাড়সও নাই!

কাঁদো কাঁদো গলায় বলে লোকটা— নাই কর্তামশায়, থাকলে কি আর। অ ... বলে অন্য দিকে মুখ ঘুরিয়ে নেন শিবনাথ ভট্টাচার্য্য। আর কি বলবার আছে! কিছু দিতে যখন আসেনি, দুক্রোশ পথ ঠেঙ্গিয়ে মাঠ—ঘাট জল কাদা ভেঙ্গে আর কি করতে এসেছে? এসেছে কিছু নেবার ধান্দায়। মানুষের সাথে মানুষের বিশেষ করে উচ্চবর্ণের মানুষের সাথে এই সব নিম্নবর্ণের মাত্র একটাই সম্পর্ক সেটা দেওয়া আর নেওয়া। উচ্চবর্ণের মাথা বামুন, নিম্নবর্ণ তার কাছ থেকে নেবে আশীর্বাদ উপদেশ পরামর্শ, দেবে লাউ কুমড়ো তাজা মাছটা। বামুন বাড়ির লেখাপড়া জানা ছেলেটা লিখে দেবে চিঠি, পড়ে দেবে দলিল, বিনিময়ে লেখাপড়া না জানা নিচু জাতের লোকটা দেবে তাকে তার ধার্য্য করা পারিশ্রমিক। এটাই নিয়ম বিধান ধর্ম এবং পুণ্য।

নিচু জাতের এই লোকটা নিয়ম বিধানমত কিছুই করেনি, আর যেন সেই অপরাধে কাঁচুমাচু মুখ করে মাটিতে ঘাড় গুঁজে বসে আছে। ভট্টাচার্য্য মহাশয় বাড়ির ভিতর চলে যাচ্ছে দেখে বিপন্ন গলায় বলে সে— কর্তামশায় আপনের কাছে এট্টা বিষম বিপদে পইড়া এতো সকালে আইছি।

সে তো জানা কথাই। মনে মনে বলে শিবনাথ— বিপদে না পড়লে কে আর কাজকর্ম ফেলে ছুটে আসে। কইয়া ফালা কি বিপদ।

কাতর গলায় বলে লোকটা— মোর ঘরে দুই তিনদিন ধইরা চুলা জ্বলে না। দুইদিন না খাইয়া আছি। মোর বউয়ের প্যাটে বাচ্চা। হেয়ও কিছু খায় নাই। আইজ কাইলের মইধ্যে কিছু এট্টা হইবো। এই অবোস্তায় না খাইয়া থাকলে বাঁচবো, না মরবো কেডা জানে? কর্তামশায় আপনে আমাগো পরান বাঁচান। আমারে স্যার দুই চাউল 'উদ্ধার' দ্যান। চাষের সোমায় আপনের জমিতে খাইট্টা চাউলের দাম শোদ দিয়া দিমু।

শিবনাথ ভট্টাচার্য্য লোকটার কাতরোক্তি কানে নেন না। কি হবে এসব শুনে। এ দেশে এই সব জাতের মানুষের অন্য কোন গল্পই নেই। জীবন ভর এক কথা এক কাহিনী। উনি জলাভূমির উপর দিয়ে উড়ে চলা এক ঝাঁক রঙ বেরঙের পাখি দেখতে থাকেন। তাদের লাল নীল পাখনায় পিছলে যাচ্ছে সকাল বেলার নরম রোদ। কেমন ঝিক—মিক ঝিক—মিক করছে। এরকম একটা পাখি পুষতে পারলে মন্দ হয় না। ছিদামবালা একবার একটা ময়না দিয়েছিলো। বেশ দেখতে ছিলো পাখিটা। একটা দুটো কথাও বলা শুরু করে ছিলো। বিড়ালে মেরে ফেলেছে।

কর্তামশাই কিচু কন।

ভাব জগত থেকে বাস্তবের মাটিতে নেমে আসেন শিবনাথ। বলেন— বড় আশা নিয়া আইছোস। তরে অখন আমি কি কই ক তো। না—ও কইতে পারি না। হ—ও কইতে পারি না। তুই তো জানোস মোর মায় মরছে এখনও বছর ঘোরে নাই। সামনের মাসে বচ্ছরকি। বাওন মানুষ আমরা ধর্মকর্ম না মাইনা তো চলতে পারি না। এই সোমায় কাউরে কিছু দিবার নিবার নিয়ম নাই। কি

যে তোরে অখন আমি কই।

লোকটা নিরক্ষর কিন্তু একেবারে নির্বোধ তো নয়। সে বুঝতে পারে বান মাছের মত মায়ের নামের দোহাই দিয়ে ধার দেবার ব্যাপার থেকে পিছলে বেরিয়ে যেতে চাইছে ভট্টাচার্য্য মহাশয়। দিতে নাই সেটা মানছে কিন্তু নেবার বেলা সে নিয়ম কোথায়? এই তো কিছুক্ষণ আগে বললো কিছু আনিসনি কেন? আনলে তা কি ফেরত দিয়ে দিতো?

আর কোন আশা নেই দেখে পাছার ধুলো ঝেড়ে উঠে দাঁড়ায় লোকটা। আবার কোন দরজায় গিয়ে দাঁড়াতে হবে। যা হোক আর যেমন হোক কিছুটা চাল আজ না হলে চলবে না। বউটার পেটে বাচ্চা সেই অবস্থায় পাক্কা দুদিন না খেয়ে রয়েছে। পেট দেখে নানাবিধ লক্ষণ বুঝে সাত সন্তানের মা জনকের মা বলে দিয়েছে পোলা হবে। যদি মোর কথা সত্য না হয়, নাম ফিরাইয়া নাম রাখমু।

পুত্র সন্তান পেটের মধ্যে বিশেষ একটা নড়া চড়া করে না, চুপচাপ পড়ে থাকে। কন্যা সন্তান খুব নড়ে। মাঝে সাঝে তো এমন ঢুঁ মারে মনে হয় পেট ফেটেই বাইরে বের হয়ে যাবে। লোকটা তার বউয়ের ক্রমবর্ধমান কিন্তু নিস্তরঙ্গ পেট দেখে ভয় পেয়ে গিয়েছিলো, না খাওয়া বউটার পেটের মধ্যে বাচ্চা মরে গিয়ে ফুলে উঠছে নাকি। পেটে কান লাগিয়ে বোঝবার চেষ্টা করেছে বেঁচে আছে কি না। আছে! বেঁচে আছে সুস্থ আছে বলেছে জনকের মা— তয় অখনই বউডারে ভাত দেও। নাইলে কিন্তু ফল বাঁচবো না, গাছও মরবো।

সেই সময়, যখন দিনের আলো সবে ফুটবো ফুটবো করছে, রাতের ডানা থেকে অন্ধকার ঝেড়ে ফেলে কুলার পাখিরা সব উড়বো উড়বো করছে সেই অবস্থাতে বউকে কিছু না বলে চুপচাপ ঘরের বাইরে এসে পথে পা রেখে ছিলো লোকটা। উদ্দেশ্য একটাই— চাল সংগ্রহ। যে চালে ভাত হয়। যে ভাত খেলে পেট ভরে। না খেলে মরে যেতে হয়।

সময়টা উনিশশো তিপান্ন সাল। ছেচল্লিশের ডাইরেক্ট এ্যাকশন যার ফলশ্রুতিতে দেশভাগ ঘটে গেছে। দু-তরফের বুদ্ধিমান লোকেরা প্রস্তুতি নিচ্ছে আর একটা এ্যাকশনের। সময় এখন বড়ই অস্থির-বিপদজনক অনিশ্চিন্ত। মাত্র কয়েক বছর আগেও এমন ছিলো না অবস্থা। কোথা থেকে যে কী এক ঝড় উঠলো, মুহূর্তে সব ওলোট পালট হয়ে গেল। বদলে গেল পুরো পরিবেশ। বদলে গেল মানুষ আর তাদের মানসিকতা। এমন এক একটা দুঃসময় আসে যখন রাষ্ট্র সমাজ মানুষ, মানুষের ধ্যান ধারণা মানবিক মূল্যবোধ সব কিছু আমূল বদলে যায়। যার মধ্যে যদি গুণগত উৎকর্ষতা থাকে তাকে বলে বিপ্লব বা রেনেশা আর যদি অবগুণ থাকে, সেটা এক অরাজক অন্ধকার বন্ধ্যাকাল বলে বিবেচিত হয় ইতিহাসের তুল্যমূল্য বিচারে।

মাত্র কয়েক বছর আগে এই ভূ-ভাগের ওপর দিয়ে চলে গেছে দু-দুটো বিষম বিপর্যয়। যার ফলস্বরূপ এসেছে সেই তৃতীয় বিপর্যয়। ভয়ে আতঙ্কে এপার বাংলার দিশেহারা মানুষ চোদ্দ পুরুষের ভিটে মাটি ফেলে পালাতে শুরু করেছে অচেনা অজানা একটা দেশে। দলে দলে মানুষ অনাগত অপমানজনক এক ভবিতব্যের দিকে। ইণ্ডিয়ায় যাচ্ছে তারা।

এ সময়ে মানুষ নিজেকে নিয়েই বিব্রত চিন্তিত শংকাতুর। লোকটার আত্মপরিজন সব তারই মত নিঃস্ব দুঃস্থ হত দরিদ্র। এ সময়ে কে শুনবে তার না খাওয়া দুঃখের কাহিনী? কে বাড়াতে পারে সাহায্যের হাত? যারা কিছু সচ্ছল ছিলো সম্পন্ন ছিলো, ইচ্ছা করলে দু-পাঁচসের ধান চাল ধার দেবার ক্ষমতা রাখতো তারা আর নেই। সব চলে গেছে ওপার বাংলায়। যারা পড়ে আছে তারা লোকটার মতই নির্ধন নিরন্ন ভাগ্যাহত। তাই লোকটা হাঁটা দিয়ে ছিলো পাশের গ্রামে, ভট্টাচার্য মহাশয়ের বাড়ির দিকে।

পূর্ব বাংলার উচ্চবর্ণের মানুষ, যারা উচ্চবর্ণ হবার কারণেই শিক্ষিত হবার সচ্ছল হবার সুযোগ অনায়াসে নাগালে পেয়ে গিয়ে ছিলো, তারা স্বদেশের রাজনৈতিক গতি প্রকৃতির আগাম আভাস বুঝতে পেরে আগে ভাগেই সব কিছু গুছিয়ে নিয়ে পশ্চিমবাংলায় চলে যেতে পেরেছিল। তবে সবাই নয়, দু-পাঁচ জন ওই ভয় ভীতির মধ্যেও পূব বাংলায় এখনো রয়ে গেছে। এবং বেশ দাপটের সাথেই আছে। শিবনাথ ভট্টাচার্য্য তেমনই একজন দাপুটে মানুষ। তিনি আমৃত্যু দেশ ছেড়ে যাবেন না। যদিও তার বড় ছেলে পশ্চিমবাংলায় গিয়ে ইতিমধ্যেই গুছিয়ে বসেছে। মেজোটিও যাবে যাবে করছে। কিন্তু ওনার এক কথা মুই যামু না। যামু, হে দু চাইর দিন বেড়াইতে। ছিলেনও তিনি। তবে অনেক বছর পরে একাত্তরের মুক্তি যুদ্ধের সময় খান সেনাদের হাতে তার ছোট ছেলের বড় মেয়ের ধর্ষণ এবং ঘরের দামি জিনিসপত্র, গয়নাগাটি লুঠ হবার দৃশ্য দেখে আর সে দেশে থাকতে পারেননি। বৃদ্ধ বয়সে ব্রত ভঙ্গ করে ওপার বাংলায় গিয়ে ক'দিন পরে মারা যান।

এখন লোকটা চলে যাচ্ছে দেখে বলেন শিবনাথ— শোন, এক কাম কর। না তোরে আমি কিছু এমনি এমনি দিমু আর না তুই এমনি এমনি নিবি। বেবাক দিক রক্ষা হয় তার একটা শাস্তর মতে উপায় আছে।

কি উপায়?

তুই কাম করবি, আমি দাম দিমু।

কি কাম?

মা'র বচ্ছরকি না সামনে। তুই ওই আম গাছখান কাইটা ফাইড়া চলা বানাইয়া দে। দাম বাবদ আমি তোরে সের দুই আড়াই চাইল দিমু। কী কস্ পারবি? পারলে কর।

পারমু। মনে মনে বলে লোকটা, না পারার যখন কোন অন্য উপায় নাই তখন পারতেই হবে।

শিবনাথ ভট্টাচার্য্যের বাড়ি কোদাল কুড়ুল দা নিড়ানি সব আছে। গেরস্থবাড়ি, কখন যে কোনটা কাজে লাগবে। লোকটা কুড়ুল নিয়ে নেমে পড়ে এক অসম যুদ্ধে। মাঝারি মানের এই আম গাছটা কাঁচা। কাঁচা গাছ কাটতে খুব বেশি কষ্ট হবার কথা নয়। কষ্ট যা ছিলো তা ওই অনাহারী পেটের একটা চিনচিনে ব্যাথা। ফলে একটা গোটা দিন লেগে যায় তার। এ যেন সেই প্রেমচাঁদ মুন্সীর লেখা গল্পের পুনরাবৃত্তি। তবে শেষ পর্যন্ত খিদে, পেটের ব্যাথা লোকটাকে পেড়ে ফেলতে পারে না। আম গাছকে পরাস্ত করতে সক্ষম হয় সে।

শিবনাথ ভট্টাচার্য্যের সতের বছর বয়সী ছোট ছেলে চেরাই করা কাঠের

উপর গঙ্গা জল ছিটিয়ে পবিত্র করে নেয়। মা গঙ্গার অসীম ক্ষমতা। তার ছিটায় চাঁড়ালের স্পর্শ জনিত দোষস্খালন হয়ে সব শুচি শুদ্ধ হয়ে যায়। তারপর, উঁচু থেকে লোকটার পেতে ধরা গামছায় ঢেলে দেয় দু-আড়াই সের চাল। দয়ার শরীর তার। বাপের অনুমতি ছাড়াই সে কষ্ট করে কাঠ চেরা লোকটাকে নেমন্তন্ন করে বসে, বাইশে চৈত্র ঠাকুরমার কাম। তুমি পরদিন সকালে আইয়া কলাপাতা ফলাপাতা গুলান এট্টু ফালাইয়া, খাবার দাবার যা বাঁচবো নিয়া যাইও।

শিবনাথের এই ছেলেটা অনেক উঁচু ক্লাশে পড়ে, মেট্রিক। শিবনাথের ইচ্ছা আছে তাকে আরো উঁচু ক্লাসে পড়াবে। তারপর বড় চাকরি করতে পাঠাবে। এখন দেশজুড়ে একটু অস্থিরতা চলছে তা ঠিক কিন্তু সবদিন এমন থাকবে না। কোন অবস্থাই চিরদিন এক রকম থাকে না। অবস্থা নিশ্চয় বদলাবে। তখন যারা আজ দেশ ছেড়ে পালাচ্ছে আবার ফিরে আসবে। এটা হবে, হতেই হবে। কালের এই নিয়ম, আজ গ্রীষ্ম কাল শীত, কাল শীত তো পরশু বর্ষা। সমাজ জীবনও সেই কালের অধীন। আজ এই যে উন্মত্ততা, কাল তা একেবারে শান্ত হয়ে যাবে। শিবনাথ ভট্টাচার্য্য মহাভারত পড়েছেন। মহাভারতে বকরূপী ধর্ম যুধিষ্ঠিরকে জিজ্ঞাসা করেছিলো সত্যিকারের সুখী কে? বার বার স্বদেশ থেকে বিতাড়িত দেশ—দেশান্তরে ঘুরে বেড়িয়ে দেশ ত্যাগের মর্ম—বেদনা অনুভব করা যুধিষ্ঠির উত্তরে বলেছিলো, সেই সত্যিকারের সুখি যে দিনান্তে একবার শাকান্ন খেয়েও স্বদেশে বাস করতে পারে। শিবনাথ ভট্টাচার্য্যও তাই মনে করেন। কিন্তু এই ছেলেটা ছাড়া অন্যান্য ছেলেরা তার এই ভাবনার সাথে সহমত নয়।

বড় ভালো ছেলে শিবনাথের ছোট ছেলেটা। চারদিকের এই নাস্তিক্যবাদ আর ম্লেচ্ছ ভাবধারার মধ্যেও সে ধার্মিক ভাবনায় ওতপ্রোত। সে জানে, শাস্ত্রে লেখা আছে কাক এবং কুকুরের চেয়ে চণ্ডাল কোন উচ্চতর প্রাণী নয়। তাদের সাথে ঠিক সেই ব্যবহার করা ন্যায় সঙ্গত। তাই পরের দিনের পচা বাসি খাদ্য খাবার নিমন্ত্রণ করে সে কোন অন্যায় করেনি। অন্যায় হতো তখন যদি সে টাটকা গরম স্বাদু খাবার দেওয়ার নিমন্ত্রণ করে বসতো লোকটাকে।

২

গগনের মা

দিনের আলো নিভে গিয়ে রাতের চাঁদ তারা জ্বলে ওঠবার ঠিক আগের মুহূর্ত। সারা পৃথিবীর ওপর ছেয়ে আছে একটা ছাই রঙের বিষণ্নতা। যা কোন এক অজানা সংকেত বহনকারী রহস্যের মত অসহ্যময়। সব কিছু কেমন এক আশ্চর্য্যজনক ভাবে নিশ্চুপ হয়ে আছে। সব কোলাহল কলরবের উপর পড়ে আছে নিস্তব্ধতার একটা মোটা আস্তরন। এ যেন সেই ঝড় উঠবার আগেকার সাময়িক নিস্তব্ধতা। এরপরই বিদ্যুৎ চমকাবে, বাজ পড়বে।

লোকটা সেই বিষণ্নতার মধ্য দিয়ে মূর্তিমান এক অভিশাপ, এক দুর্ভিক্ষের মত হেঁটে হেঁটে সামনের দিকে এগিয়ে যাচ্ছে । এই দেশের লক্ষ কোটি উদ্বৃত্ত, অবাঞ্ছিত মানব গোষ্ঠির সেও এক জন, যারা প্রতিবছর খরা বন্যা মহামারীতে পোকামাকড়ের মত মারা পড়ে। এদের চলা, বলা, থাকা বা না থাকায় দেশের কিছু যায় আসে না।

এই লোকটা যার একটা পৈত্রিক নাম আছে। যে নামটা তাদের সমাজের সব মানুষের নামের মত তুচ্ছ, নগণ্য এবং হীনতাবাচক— গরীব। ছিরি গরীব চন্দ্রো দাস। এর গায়ে জামা, পায়ে চপ্পল, পেটে ভাত, মাথায় বুদ্ধি, বলতে গেলে সমাজে সম্মানের সাথে বেঁচে বর্ত্তে থাকতে গেলে যা যা দরকার তার ছিটে ফোটাও নাগালে নেই। আছে শুধু মাথাগোঁজার মত একটা নুয়ে পড়া ঝুপড়ি। দ্রুত পায়ে লোকটা— অর্থাৎ গরীব দাস সেই ঝুপড়ির দিকে হাঁটছে। আশা করছে রাত ঘন হবার আগে সে নিশ্চয় পৌঁছে যেতে পারবে নিজের ঠিকানায়।

নিজের ঠিকানা। নিজের গ্রাম। নিজের ঘর। এক মানুষ সমান উঁচু ছিটে বেড়ার গায়ে কাদামাটি লেপে তৈরী ,বাঁশের চারটে খুঁটির উপর চাপিয়ে দেওয়া একটা খড়ের দো চালা। যে চালার খড় গত বছর তো বদলানো হয়েছিলো, কিন্তু এই বছর হবে কিনা তা জানা নেই! খড়ের ঘরের এই নিয়ম বছর বছর ছাইতে হয়। না হলে রোদ যদি বা মানে জল মানবে না। এই ঘরখানির দৈর্ঘ্য আট হাত আর প্রস্থ ছয় হাত। ঘরের এক কোণে দাঁড় করানো থাকে একটা খেজুর পাতার

হাতে বোনা মাদুর, আড়ার উপর ঝোলানো থাকে দুখানা ছেড়া ময়লা কাঁথা, ঝাঁকুনি দিলেই সেটা থেকে ধুলো ওড়ে। এই মাদুর কাঁথার ওপরেই রচিত হয় রাতের ঘুমের আরামদেয় শয্যা। এ ছাড়া সারা ঘরে আর কোন বাড়তি জিনিস নেই। তবে দোচালার একপাশে আর একটা একচালা আছে, যেখানে, যদি তেমন ব্যবস্থা হয়, তবে খড়কুটো ডালপালার জ্বালিয়ে রান্নাবান্না হয়। রান্নার সরঞ্জাম বলতে ভাত রাঁধার একটা মাটির হাঁড়ি একটা মাটির কড়াই আর একটা মাটির কলসি। দুই আর দুই চার, আর তিন সাত, তামার ফুটো সাত পয়সায় বারুনির মেলার সময় এসব কিনেছে গরীব দাস। কিছু সে নিজেই নির্মাণ করে নিয়েছে। যেমন ভাত নাড়বার জন্য একটা দেড় হাত লম্বা বাঁশের চটা। নারকেল মালার দুদিকে ফুটো করে তার মধ্যে একটা লম্বা কঞ্চি ঢুকিয়ে বানানো ডাল তোলবার হাতা। আর তরি তরকারি তোলা এবং পরিবেশনের জন্য একটা বড় সাইজের ঝিনুকের খোলা। কলা গাছের পাতা দিয়ে ভাত খাবার থালা বানানো হয়। এই সব মিলিয়েই তার ঘর।

চারদিকে জল আর জল। সেই জলে ঘন হোগলার বন। সেই বনে শেয়াল, বন বিড়াল, সাপ, জোঁকের বসবাস। কখনো সখনো যার মধ্যে বুনো শুয়োর আর সজারুর দর্শন মিলে যায়। বর্ষাকালে সে জল ধেয়ে আসে ঘরের দুয়ার পর্য্যন্ত। জলের সাথে আসে জলবাহিত নানা রকম রোগ– ডেঙ্গু ম্যালেরিয়া আন্ত্রিক কলেরা। এখানে কোথাও কোন টিউবওয়েল নেই। পানীয় জল বলতে নদী নালা ডোবার জল। ফলে সে সময়ে কুকুর বেড়ালের মত মরে এখানকার মানুষ। এখানে কোন মানুষের কোন চাষযোগ্য জমি নেই। সবাই পরের জমিতে গতর খাটায়। বিনিময়ে চার আনা ছয় আনা মজুরি পায়, কেউ কেউ নদী নালায় মাছ মেরে বেড়ায়। এই হচ্ছে গরীব দাসের গ্রাম। এই তার চির দিনের ঠিকানা।

এখন আর গরীব দাস দেশ সমাজ কোন কিছু নিয়ে ভাবার সময় পাচ্ছে না। সে এখন তাড়াতাড়ি ঘরে পৌঁছাবার কথা ভাবে। ঘরে অন্তঃসত্বা বউ বিমলা আজ নিয়ে তিনদিন ধরে অনাহারে আছে। তাকে ভাত দিতে হবে। মনে মনে সে এখন তার আরাধ্য—হরিচাঁদ গুরুচাঁদকে ডাকে– হে ঠাহুর ঘরে গিয়া বেবাক যেন ঠিকঠাক দ্যাখতে পাই। আসন্ন প্রসবা স্ত্রী আর গর্ভস্থ সন্তানের মঙ্গল চিন্তায় সে ভুলে যায় পথে সতর্ক পা ফেলবার কথা। এ সময়ে মাঠের আল পথের উপর ওঁত পেতে থাকে বিষাক্ত সব সাপ। কাল কেউটে, খরিশ, চন্দ্রবোরা কত কি! তাদের গায়ে পা পড়লে আর জল চাইবার সময় দেবে না। এক ছোবলে প্রাণ নিয়ে নেবে। এখন সে সব ভয় মন থেকে উবে যায়। বিমলার যে কোন সময়ে প্রসব বেদনা উঠতে পারে। তাকে তবু একলা ঘরে রেখে কিছু না বলে চলে এসেছে গরীব দাস। না এসে যে অন্য উপায় ছিলো না। এখন তাড়াতাড়ি গিয়ে ভাত রেঁধে দিতে হবে, ঘরে নুন লংকা আছে। গরম গরম মাড় ভাত নুন লংকা দিয়ে বেশ খেতে লাগে। অনাহারে বউটা গোড়া কাটা লাউ গাছের মত একেবারে নেতিয়ে গেছে।

বাড়ির কাছে পৌঁছাতে গরীব দাসের একটু রাত হয়ে গেল। ছেচল্লিশের দাঙ্গা সমাপ্ত, ছেষট্টির দাঙ্গা পর্ব প্রস্তুতির মধ্যবর্তী– গ্রাম বাংলার অন্ধকার

অরাজক রাত। বাড়ির কাছে পৌঁছে গরীব দাস কেমন একটা বুক গুমরে ওঠা অস্বাভাবিক আওয়াজ শুনতে পায়। কে যেন জোরে জোরে কথা বলছে কে যেন কী এক কষ্টে ফুঁপিয়ে কাঁদছে। আর একটু কাছে এসে তখনই শুনতে পায় শিশু কণ্ঠের ক্ষীণ কান্নার শব্দ। দরজার কাছে দাঁড়িয়ে গরীব দাসের ফেরবার পথের দিকে তাকিয়ে আপন মনে গজগজ করছে গগনের মা। সে গরীব দাসের দূর সম্পর্কের খুড়িমা। বুড়ি এই মহিলার সারা অঞ্চলে ঠোঁট কাটা বলে বেশ খানিকটা বদনাম আছে। স্পষ্ট কথা বলতে তার কখনো বুক কাঁপে না। যখন কথা বলে মনে হয় গলার মধ্যে বোধ হয় কাঁসর ঘণ্টা বাজছে। গরীব দাসকে দেখা মাত্রই ঠোঁট কাটা গগনের মা কর্কশ গলায় তাকে আক্রমণ করে— কই ছিলি বেবাক দিনমানডা? বউডার এই রহম অবস্তায় একলা ঘরে ফালাইয়া কেউ যায়? গেলি যদি তো বইলা গেলি না ক্যান? বোধবুদ্ধি কি তর কোন কালে হইবো না। পাডা, চিরডা কাল পাডা হইয়াই থাকবি। কথায় কয় বেডা মইনষের দশ দশা, আর মাইয়া মাইনষের এক দশা। এ্যার চাইয়া বড় বিপদ আর আছে নাকি। ধারে কাছে কোনো ঘর বাড়িও নাই যে ডাকলে মানুষ জোন আইবো। তর চৌদ্দ পুরুষের ভাইগ্য ভালো যে সোমায় মত মুই আইয়া পড়ছিলাম। নাইলে এতুক্ষণ দুইডায় ভব পাড়ে চইল্যা যাইতো।

গরীব দাস তার গামছা বাঁধা চালের পোটলা নিচে নামিয়ে রাখে। পোটলায় চাল নয় যেন জীবন বাঁধা আছে। তারপর কৈফিয়ত দেবার মত বলে— দেড় দুই মাস কোন কাম নাই, কি খামু? ঘরে দুই তিন দিন চুলা জ্বলে না। মুই গেছিলাম চাউল জোগাড়ের চেষ্টায়। কাইল তো বিমলা ঠিকই আছিলো ভাবলাম তরাতরি ফিরত আমু। দিন কাবার হইয়া যাইবে আগে কেডা জানতো। অখন হে কেমন আছে? কোন সাড় পাইনা যে, ভালা আছে তো?

আছে। ঠিকই আছে। পোলা হইছে তোর— তুই বাপ হইছোস। এত দিনে ভগমান মুখ তুইলা চাইছে। একটু থেমে এক গাল হেসে ফের বলে সে— মোরে কিন্তু একখান কাপুড় দিবি।

দিমু। কথা দেয় গরীব দাস— আশীর্ব্বাদ করো খুড়ি মা পোলা যেন আমার বাইচ্যা থাকে। দিমু তোমারে একখান কাপুড়।

কবে দিবি?

দিমু। হাতে একটু পয়সা টাকা হউক।

কবি না তো পোলা বড় হউক, খাইটা পিইটা হে কিন্যা দিবো।

কমু না। করাল করলাম কমু না।

তর বাপে তর জনমের কালে কইছিলো একখান কাপুড় দেবে। কাপুড় তো কাপুড় একখান ছেড়া ত্যানাও দেয় নাই। এত বচ্ছর, তুইও দিলি না। অখন দেখি কি করোস।

এতক্ষণ গরীব দাসের বুকের মধ্যে জমে থাকা আশংকার কালো মেঘটা কেটে যায়। সারা মুখে ছড়ায় এক খুশির আলো। আর সেই আলোর নিচে চাপা পড়ে যায় পেটের চিনচিনে ব্যথা। এক সমুদ্র হা হা করা শূন্যতা, বউ ভালো আছে তার ছেলে ভালো আছে। তাহলে সে খারাপ থাকবে কি করে?

এবার সে গগনের মায়ের খবর জানবার জন্য ব্যস্ত হয়— তুমি কখন

আইছো খুড়িমা? বাড়ির সবাইর খবর ভালো? সুরেনদার পায়ে যে খেজুর কাঁটা ফুটেছিল পাওখান এখন কেমুন আছে। গগন কি আর পিরিচপুর যাবে না? ভালোই তো কামাইতে আছিলো। খাওন দাওন দিয়া দিন গেলে পাচ সিক্কা কোম না?

গগনের মা বলে— বাড়ির বেবাকে ভালো আছে। সুরেন অখন একটু একটু হাঁটতে পারতাছে। মুকুন্দ কবিরাজের অসুধে কাম হইতাছে। গগন এখন কাম কাজ ছাইড়া বিয়া করবে বইলা ফাল মারতাছে। দ্যাশের এখন এই অবোস্তা, বাঁচমু না মরমু তার নাই ঠিক, অখন পোলারে বিয়া দিয়া কী করমু ক'। একটু থেমে ফের বলে সে, মুই আইছি দুপারের এট্যু পর পরই। ভাবছিলাম তর লগে এট্টা পরামশ্য কইরা তরাতরি চইল্যা যামু। আর যাওয়া—! দেখি, বউটা খালি ঘরে পইড়া কাডা ছাগলের মত ব্যাথায় কাতরায়। দেইখাই যা বোঝবার তা বুইঝা ফালাইছি। তহন আর কেমুন কইরা তারে খুইয়া যাই— ।

বলে গরীব দাস, হে যা কথা পরে হবেক্ষণ। এখুন তারাতারী কয়ডা ভাত রাইন্ধা ফালাও খুড়িমা। খাইয়া দাইয়া জিড়াইয়া তারপর যা কথা কওয়া যাবে হানে।

চাউল পাইলি কই?

ভটচাজ বাড়ি দিয়া আনছি।

এমনি দিলো?

ওরা এমনি এমনি কোনদিন কাউরে কিছু দেয়? চাউলের বদলায় কাম করাইয়া নিছে সারা দিন। হেই জইন্যই তো দেরী।

জানতে চায় গগনের মা, শিবনাথবাবুর পেরায় বেবাক আত্মীয় শুনি ইনডিয়ায় চইলা গেছে, হেয় যাইবো না?

কেডা জানে কি করবো। ঘর বাড়ি লক্ষণ যা দেখলাম মোনে তো হয় না যাইবো।

গগনের মা যে কথাটা বলার জন্য এসেছিল, সেটা বলতেই যাচ্ছিল কিন্তু নিজে থেকেই থেমে গেল। সামনে সারা রাত আছে কত কথা বলা যাবে। ছেলেটা সারা দিন খেটে এসেছে তার উপর না খাওয়া বাচ্চা প্রসব হয়ে যাবার পর বউটারও খালি পেটে দাপাচ্ছে রাক্ষুসে খিদে। আগে ওদের জন্য ভাত রাঁধা দরকার। তারও আগে দরকার যে নতুন মানুষ পৃথিবীতে এল তার অভ্যর্থনার জন্য কিছু আবশ্যিক ক্রিয়া বা লোকাচার।

বলে সে— অ গরীব— মুই ভাত রানতে আছি, তুই এক কাম কর। দেখ দেখি যদি কোনখান থিকা দুই ফোডা মধুর ব্যবস্থা করতে পারোস।

মধু! মধু দিয়া কি করবা?

তরা কি কিচ্ছু জানোস না! জানবি বা কি কইরা। তগো মায়বাপে হেরাই তো কিচ্ছু জানে না। রাগত গলায় বলে গগনের মা— বাপ হইছোস পোলার মুখ দেখবি না? কি দিবি তখন তার মুখে? নতুন মানুষ পিরথিমিতে আইছে। বাপে পোলায় পেরথম সাক্ষাৎ। তখন তার মুখ মিসটি করাবি না? বাচ্চা জনমাইলে তার মুখে মধু দেবার নিয়ম। মধু খাইলে তার ভাষা মিষ্ট জীবন সোন্দর হয়।

অসহায়, বড়ই অসহায় গলায় বলে গরীব দাস— মধু এখন কই পামু!

কই পাবি তা আমি কেমনে কমু। ক্ষোভের সাথে বলে গগনের মা, দুই চাইর দিন হাতে থাকতে ঘরে জোগাড় কইরা রাখা উচিৎ আছিলো। বিমলারে আমি জিগাইয়াই জানছি ঘরে মধু নাই। দ্যাখ এখন কি করবি। পোলা তোর আমি আর কি কমু।

মুখে মধু দেওয়াই লাগে।

দেওয়াই লাগে।

না দিলে কি হয়?

গরীব দাসের দিকে আগুন ঝরা চোখে তাকিয়ে বলে গগনের মা— এই সব পূর্ব পুরুষের বিধান। তারা বইলা গেছে, জন্মের পর যার মুখে মধু পড়ে না তার সারাডা জীবোন তিতা হইয়া যায়। তিতা জীবোনে কোন সুখ শান্তি থাকে না। কথা বলতে বলতে গগনের মায়ের গলা ভারী হয়ে আসে। বলে, এক ফোডা মধুর অভাবে পোলাডার জীবোন বাপ হইয়া নষ্ট করিস না। যা, যেইখান থিকা পারস যেরম কইরা পারোস, বেশি না এট্টা ফোডা মধু নিয়া আইসা পোলাডার মুখে দে।

গরীব দাসের চোখের কোন ভিজে ওঠে। নিজের বিগত জীবনের কষ্ট কথা মনে পড়তে বুকটা হাহাকার করে কাঁদে। তার জন্মের সময়ও মুখে মধু পড়েনি। যা পড়ে ছিলো তা আর যাই হোক মধু কখনো নয়। তার বাপেরও তাই। তাই ছেলেরও পড়বে না। মধু, এক ফোটা সত্যিকারের মধু, যে মধু কোন মৌচাকে থাকে না। কোথায় থাকে তা গরীব দাসরা জানে না। সেই মধুর অভাবে দুঃখ দৈন্যের অতল সাগরে তলাতে থাকবে জীবন ভর। এই সব মানুষের জীবন বড় অভিশপ্ত। আর সেই জন্মের অশুভ মুহূর্ত তাড়িয়ে নিয়ে বেড়াবে, মৃত্যুর আগ অবধি রেহাই নেই! এদের কারও রেহাই নেই এই ভবিতব্য থেকে।

কঁকিয়ে ওঠে গরীব দাস— খুড়ি মা, খুড়ি মা গো, তুমি কি সুরেন গগনরে মধু দিছিলা? দিলা যদি তাইলে তাগো জীবোন মধুর কেনো হইলো না। কেনো হইলো না খুড়িমা। কেনো হইলো না—?

সুরেন বড় গগন ছোট দুই ভাই এরা। গগন মহাজনের নৌকা বায় আর সুরেন খেজুর গাছ কেটে রস বার করে গুড় জ্বাল দিয়ে হাটে হাটে বেচে। ওরা—ও সেই জীবনের অধিকারী নয় যাকে মধুময় বলা যায়। সে কথা গগনের মা বোঝে কিন্তু তবুও সে বিড় বিড় করে, জ্ঞানী মাইনষে কইয়া গেছে তাগো কথা মানা লাগে।

মানা তো লাগে কিন্তু কী করে মানা যায়? মধু আছে কোথায়? কেমন করে পাওয়া যায় সে মধুভাণ্ড যা জীবনকে সুস্থ সুন্দর সমৃদ্ধ করে? এক সময় দশখানা গ্রামের মধ্যে সেরা শক্তিমান বলে নাম ডাক ছিলো গরীব দাসের। মোষের মত খাটতে পারতো। খেটেছে কিন্তু খাটুনির যোগ্য মূল্য পায়নি। তাই পেট ভরে দুবেলা দুমুঠো খেতে পারেনি। অনাহারে অর্দ্ধাহারে ক্ষয়ে গেছে সে বল। যেটুকু যা অবশিষ্ট আছে, যা দিয়ে সে একটা আম গাছে কেটে ফেড়ে দিতে সক্ষম তাও আর এ সময়ে কোন কাজে লাগছে না। যারা এই শ্রম ঘামকে কিনতে পারতো তাদের অধিকাংশ এদেশ ছেড়ে ও দেশে চলে গেছে। ফলে গরীব দাসের ঘরে এখন চাল থাকছে না। যার ঘরে চালই নেই মধু থাকবে

কী করে!

তাই নিম্নবর্ণ নিম্নবর্গ গরীব দাস আজ তার ঘরে আসা নতুন মানুষের মুখ চাক ভাঙ্গা ফুলের নির্যাসে ভরিয়ে দিতে পারে না। নব জাতকের জীবন তেতো বিস্বাদ হয়েই থেকে যায়।

খুড়িমা, খুড়িমা গো, কবে কেডা কি বিধান দিছিলো, কেন দিছিলো সেই সব কথা আর কইও না। এখন বড় আকাল, বড় দুঃসোময়। পরনে ত্যানা নাই, ঘরের চালে খড় নাই প্যাডে অন্ন নাই। আমাগো জইন্য ওই সব বিধি বিধান কিছু নাই। নাই নিয়া আমাগো বাঁচা, নাই নিয়া মরা।

অনেক কাল আগের কথা। তখন এখানে কোন মানুষ ছিলো না। চারদিকে ছিলো শুধু জল আর জল। সেই দিগন্ত প্লাবিত জল প্রবাহের অতল গর্ভে কত যুগ যুগান্ত ধরে কে জানে গভীর ঘুমে তলিয়ে ছিলো মাতা বসুমতী। একদিন হঠাৎ তার ঘুম ভেঙ্গে গেল। আকাশ তারা চাঁদ সূর্য দেখবে বলে ধীরে ধীরে মাথা উঁচু করলো মা মাটি। রোদ লাগলো তার গায়ে। লোক চক্ষুর আড়ালে ধীরে ধীরে শুকনো— খটখটে মানুষের বসবাসযোগ্য হয়ে উঠলো সেই জলাভূমি।

সেই সময় একদল যাযাবর শ্রেণীর মানুষ, শাস্ত্রের নির্দ্দেশই যারা যাযাবর বৃত্তি নিতে বাধ্য হয়েছিলো, তারা নানা পথ নানা দেশ ঘুরে বহু কষ্ট সহ্য করে এক সময় এসে পৌঁছালো দুর্গম আর মানুষের অজ্ঞাত এই জায়গায়। মুগ্ধ হয়ে গেল তারা এখানকার মাটি মায়ের রূপ ঐশ্বর্য্য দেখে। এখানে আছে পশু পালন যোগ্য প্রচুর ঘাস আর চাষাবাদ করবার মত অঢেল জমি। উর্বরা সে জমিতে এক মুঠো দানা ফেললে হাজার মুঠো হয়ে ফলে। আছে চারপাশ ঘিরে অপার জলের ভাণ্ডার, সেখানে হাত বাড়ালেই মিলে যায় অঢেল মাছ। এসব দেখে সেই সব মানুষরা যাযাবর বৃত্তি পরিত্যাগ করে বিধান প্রণেতাদের অগম্য জনহীন এই প্রান্তরে স্থায়ী হল চিরদিন এখানে বসবাস করবার বাসনায়।

সে সব দিন ছিলো বড়ই সুখের বড়ই আনন্দের। জলে জাল নিয়ে নামলে অঢেল মাছ, ডাঙ্গায় হাতের নাগালেই যথেষ্ট ফলমূল আর জমিতে শ্রম দিলে অফুরন্ত ধান তিল পাট সরষে। প্রাণ ধারণের প্রকৃতিদত্ত শত রকমের খাদ্য। বড় শান্ত নিরুদ্বেগ আর নিশ্চিন্ত ছিলো মানুষের জীবন সেই কালে। একেবারে সরল সোজা। সারাদিন পরিশ্রমের পর সন্ধের ঘরে ফিরে গল্প গান হাসি আনন্দ পাঁচ জনে মিলে। রাতে গভীর ঘুমের মধ্যে ডুবে যাওয়া। তখন কি কোন সমস্যা ছিলো না? ছিলো। রোগ ছিলো শোক ব্যাধি প্রকৃতির রোষ সে সব ছিলো যা আজও আছে। কিন্তু ছিলো না মানুষের দ্বারা মানুষেরই শ্রমের ফসল আত্মসাৎ করে নেবার অপকৌশল। ছিলো না মানুষের দ্বারা মানুষকে অবনমনের ধূর্ত প্রয়াস। বহির্বিশ্বের এসব অবগুণ থেকে মুক্ত ছিলো সেই স্থান।

মানুষ একটা গাছের মত। গাছের যেমন শেকড় থাকে মাটির গভীরে মানুষের শেকড় প্রোথিত থাকে সে যে পরিবেশ যে সমাজে বাস করে তারই ভেতরে। ওই শেকড় বেয়ে সে যা আহরণ করে তারই নাম কৃষ্টি সংস্কৃতি সংস্কার লোক লৌকিকতা ধর্মাচারণ এবং বহু বিধ বিষয়। শ্রম জীবন কেন্দ্রিক এই সব মানুষ ছিলো সরল সোজা অতিথি বৎসল পরদুঃখ কাতর। এদের

সমাজে কেউ যেমন ধনবান ছিলো না, ছিলো না কোন হত দরিদ্র। ছিলো না এই সমাজে কোন চোর জোচ্চোর বা ধর্ম ব্যবসায়ী, ভিখারী। ছিলোনা বেশ্যা ব্যাভিচারী মদ্যপ জুয়ারী। তখন মানুষ বড় ভালো ছিলো সুখে ছিলো। এরা বড় আদর আর ভালোবাসায় এই অঞ্চলের নাম দিয়েছিলো পথের শেষ। নানা পথ পাড়ি দিয়ে যেখানে এসে সমাপ্ত হয়ে ছিলো তাদের যাত্রা।

কিন্তু খুব বেশিদিন এখানকার খবর গোপন থাকেনি বহির্বিশ্বের মানুষের কাছে। তারা এই সুজলা সুফলা রত্নগর্ভা ভূমির সন্ধান জানতে পেরে এক দু—জন করে ধীরে ধীরে অনুপ্রবেশ আরম্ভ করে দেয়। ফলে এক দেড়শো বছরের মধ্যে জনহীন এই প্রান্তর এক জনবসতি পূর্ণ অঞ্চলে রূপান্তরিত হয়ে যায়। যারা এসেছিলো তারা সবাই যে চাষবাস, বা পশুপালন করে তা নয়, এদের কেউ ছুতার কেউ কামার কেউ ধোপা কেউ নাপিত। এল ব্যাপারী ব্যবসায়ী মহাজন আর পরান্নে জীবন নির্বাহকারী বামুন, পুরোহিত ধর্ম ব্যবসায়ীর দল।

এই সব মানুষ প্রখর বুদ্ধি ধরে। তা ছাড়া সাশক, রাজা, রাজন্যের সাথে প্রত্যক্ষ এবং পরোক্ষ সংযোগের ফলে এদের ক্ষমতাও অসীম। এরা কালে কালে নিত্য নানাবিধ কৌশল বানিয়ে পুরাতন বাসিন্দাদের কোণঠাসা করে যাবতীয় জমি জায়গা শস্য সম্পদ কবজা করে নিলো। কয়েক প্রজন্ম যেতে না যেতে আদিবাসিন্দারা একদিন অবাক হয়ে দেখলো আর তাদের হাতে কিছু নেই। সব কুক্ষিগত হয়ে গেছে বহিরাগত মানুষের হাতে। তারা পরিণত হয়ে গেছে সব ভূমিহীন জনমজুরে। যাদের কায়িক শ্রম ছাড়া ক্ষুধার অন্ন জোটা মুশকিল। নিজের যে জমি একদা তার অন্নদাত্রী ছিলো, যাকে মাতৃসমা ভালোবেসে ছিলো, এখন সে বিমাতা হয়ে গেছে। এই জমিতে শ্রম ঘাম ঝরিয়ে ফসল ফলিয়ে তা তুলে দিয়ে আসতে হচ্ছে অন্যের গোলায়। বিনিময়ে তারা যৎসামান্য মূল্য অবজ্ঞা অবহেলায় ছুঁড়ে মারে। যাতে মন ভরে না, পেট ভরে না।

সেই আদি বাসিন্দাদের উত্তরসূরি, বংশধর, বর্ত্তমান প্রজন্ম শ্রীযুক্ত গরীব চন্দ্র দাস, পিতা হরকুমার দাস, সাকিন—পথের শেষ। এখনও বেশ মনে পড়ে গরীব দাসের বেশ কয়েক বছর আগে, যখন তার বয়েস পাঁচ কি ছয়, তখনও তাদের অল্প কিছু শালি জমি ছিলো। বছরে দুবার তাতে চাষ হোত। যে ধান ফলতো বছর ভরের খোরাকি হয়ে যেতো। যে জমির জন্য ইংরেজ সরকার দখলি স্বত্তের দলিল দিয়ে ছিলো সিলমোহর লাগিয়ে। বছর বছর তার খাজনাও নিতো নায়েব। সেই জমি এখন রায় মশাইয়ের কবজায় চলে গেছে। কালো কোট পরা উকিল কোর্টে দাঁড়িয়ে নানা তথ্য প্রমাণ কাগজ পত্র দিয়ে সাব্যস্ত করে দিয়েছে এ জমি হরকুমার দু—বছর আগে তার কাছে বিক্রি করে দিয়েছে। দু—বছর ধরে হরকুমার বেআইনি ভাবে সে জমি দখল রেখে চাষাবাদ করছে।

এখন গরীব দাসের এক মাত্র অবলম্বন গতর খাটানো। যতদিন রায় মশায়রা এ দেশে ছিলো, বছরের কয়েক মাস গরীব এই জমিতে কাজ পেতো। তারা এবং তাদের মত আর যারা সম্পন্ন ছিলো সবাই অঞ্চল ছেড়ে দেশ ছেড়ে ইণ্ডিয়ায় চলে যাওয়ায় এখন আর সে সবদিন কাজ পায় না। ওর আরো ছয় ভাই, তারা স্বাধীন ভাবে বারোমাস খাল বিলে মাছ মারে। কারন জন মজুরিতে যা পয়সা পাওয়া যায় তাতে সংসার চলে না। এর চেয়ে মাছ মারায় লাভ বেশি।

ফলে তারা গরীব দাসের চেয়ে সামান্য সচ্ছল। অন্তত এক বেলা উনুন জ্বালে। সেটা বিকালে। রাতে খাওয়ার পর যেটুকু বাঁচে জল ঢেলে রেখে পরের দিন সকালে সেটা খায়।

মাছ মারতে হলে একটা খেপলা জাল দরকার। কয়েক বছর আগে জালটা চুরি হয়ে গিয়েছে গরীবের। আর বানাতে পারেনি। অন্ততঃ পাঁচ টাকার সুতো আর এক দেড় মাসের বুনন সময় লাগে। গরীবের তা নেই। এই কারণে সংসারে বড় অভাব। যা থেকে কোন মতে সে ছাড়ান পাচ্ছে না। অভাব নামের একটা অক্টোপাস তার বিষাক্ত আটটা দাঁড়া দিয়ে আঁকড়ে ধরেছে তাকে। এই ভয়াবহ অভাবের সংসারে বেড়ে গেল এখন আর একটা পেট। জন্ম এখানে কোন আনন্দ উৎসবের বিষয় নয়। জন্ম এখানে একটা বোঝা বিড়ম্বনা দুশ্চিন্তা। সেই দুশ্চিন্তায় এখন কাতর গরীব দাস, কী হবে এখন? কেমন করে বাঁচিয়ে রাখা যাবে বংশের প্রদীপ?

গরীব দাসের এই সেই প্রথম সন্তান যার জন্ম হয়েছে বাক্য সিদ্ধ মতুয়াচার্য্য হীরামন গোঁসাইয়ের আশীর্বাদে। গোঁসাই বলে দিয়েছে এই পোলায় তর বংশের নাম উজ্জ্বল করবে। উঁচা করবো আকাশের নাহান। দেখিস তর আর কোন অভাব থাকবো না। সতেরো বন্দ টিনের ঘর, বাইশ হাত জাল, বড় মাছ মারা নাও, সব হইবো।

হবে, সব হবে। বানাবে এই ছেলে যখন বড় হয়ে খাটতে রোজগার করতে শিখবে। ততদিন, মাত্র সেই কটা দিন একটু ঝড়ের রাতের প্রদীপের মত আগলে রাখতে হবে ছোট্ট প্রাণটুকু। এই আশা সাধ স্বপ্ন এখানকার নিম্নবর্ণের প্রতিটি মানুষের। সবার মনের মধ্যে ফলবর্তী হয় একই আশার বৃক্ষ—আমি যা পারিনি আমার ছেলে তা পারবে। সেই এনে দেবে সুখ সমৃদ্ধি সম্পূর্ণতা। যে সম্পূর্ণতার স্বপ্ন তার ঠাকুর্দ্দা দেখেছিলো, বাপ দেখেছিলো, সে দেখছে এবং তার ছেলেও দেখবে নাতিও দেখবে। এদের জন্মজনিত এক গভীর অপরাধের ফলে সব সম্পূর্ণতা রয়ে যাবে চির অধরা হয়ে। কেউ রেহাই পাবে না সেই অভিশাপ থেকে।

গরীব দাসের বাবা হরকুমার দাস একবার যাচ্ছিলো দিরোজপুরের হাটে। বেচবে কিছু গাছের নারকেল সুপারী আর কিনবে কিছু নুন তামাক তেল মশলা। এই হাটে বড় বড় পাইকাররা আছে। যারা বড় বড় নৌকা ভরে খুলনা যশোর ঢাকায় মাল চালান দেয়। গাঙ্গ বেয়ে নৌকা নিয়ে যেতে যেতে হঠাৎ সে দেখতে পায় জল ঘাটে স্নানরতা আট বছরের এক বালিকাকে। আহা, মেয়ে তো নয় যেন সাক্ষাৎ মা লক্ষী। যেমন নাক মুখ চোখ চিবুক তেমনই মাথার চুল। বলা চলে চুল দেখেই মুগ্ধ হয়ে গেল হরকুমার দাস। মাথার উপর যেন আকাশ কালো মেঘ নিয়ে দাঁড়িয়ে আছে ফরসা মেয়ে। নৌকা ঘাটে ভিড়িয়ে সে পাড়ে উঠে পড়লো। খোঁজ নিলো মেয়েটি কার? পেল তাকে। জাত গোত্রও মিলে গেল। আর তারপর বাল্য বিধবা মায়ের একমাত্র মেয়ে বিমলাকে এক শুভদিনে এককুড়ি একটাকা পণ দিয়ে সেজ ছেলে গরীবের সাথে বিয়ে দিয়ে বউ করে নিয়ে এল।

তখন গরীব দাসের বয়েস ষোল ছাড়িয়ে সতেরোয় পড়েছে। ইয়া বুকের

ছাতি, সামদ্দ যোয়ান। বউ তার অর্দ্ধেক। সে বয়েসেও যেমন উচ্চতায় তেমন। উঠে দাঁড়ালে গরীবের কোমর সমান কি একটু বেশি। বুড়িরা তা দেখে হেসে আর বাঁচে না। কি সোন্দর মানাইছে গো, য্যান শিবের লগে পার্ব্বতী।

সেই বালিকা একদিন কালের নিয়মে যুবতী হল। ততো দিনে গরীবের ছয় ভাই সবার বিয়ে থা ছেলে পুলে হয়ে গেছে। ভাই ভাই এক ঠাঁই ততো দিন, যতদিন তাদের জীবনে অন্য কারও অনুপ্রবেশ না ঘটে। ছয় পরিবার থেকে আসা, ছয় রকম মানসিকতার ছয় কন্যার মধ্যে মিল মিশ হওয়া বড়ই কঠিন ব্যাপার। তাই একদিন যে যার হাড়ি আলাদা করে ভিন্ন সংসার পেতে বসল। এ পাড়ার প্রায় চল্লিশ পরিবারের মধ্যে হরকুমার ছিলো একটু অবস্থাপন্ন। কারণ তার রান্নাঘরে মাটির হাড়ি সরা নয়, এ্যালুমিনিয়ামের হাড়ি ছিলো। তার বউয়ের নাকের নোলক কানের পাশা সোনার। যে নোলক নাড়িয়ে সে পিতলের কলসিতে ঘাট থেকে জল আনতো। এইসব সম্পদ সে সমান ছয় ভাগে ভাগ করে দিলো। গরীবের ভাগে পড়লো মাছ ধরা একগাছা জাল, তেরটা হাঁস আর সের দশেক ধান। কথা রইলো হরকুমারের বউ সবদিন ছোট ছেলে উপেনের সংসারে থাকবে খাবে। আর হরকুমার তার কোন ধরা বাধা ঘর থাকবে না। সে যে ঘরে ইচ্ছা যাবে থাকবে খাবে।

সবাই ভিন্ন হবার পর গরীব দাস ঘর বেঁধে বউকে নিয়ে চলে এল গ্রামের পশ্চিম দিকের বাদার ধারে একটু ফাঁকার দিকে। ইচ্ছা ছিলো এখানে হাঁস মুরগী ছাগল গরু শুয়োর পুষবে। যা ফাঁকা জায়গা না হলে পোষা যায় না। কিন্তু সে ইচ্ছা আশা সাধ বাসনা আজো পূরণ হয়নি। পূরণ করতে যা লাগে সেই পুঁজিরই যে অভাব।

তখন বিমলার বিয়ের বয়েস সাত আট বছর হয়ে গেছে। একটু একটু করে তার মনের মধ্যে একটা কষ্ট দেখা দিচ্ছে। তার শারিরীক গঠন নাকি বাজা মেয়ে ছেলের মত। যাত্রা কালে কি কোন কাজ শুভারম্ভের সময়ে লোকে যাদের মুখ দর্শন করতে চায় না। ফিস ফিস করে মহিলা মহলে নাকি এই আলোচনা শুরু হয়েছে। মনে মনে হয়তো গরীবেরও সেই রকম শংকা দেখা দিতে শুরু করে ছিলো। তখনই গর্ভবতী হল বিমলা। কোন বিপদ বিঘ্ন হয়নি, গরীব দাসের প্রথম সন্তান ভালোমতো জন্ম নিয়েছে। নিয়ম মত আজ তো তার আনন্দে উদ্বেল হয়ে ওঠার দিন। কিন্তু পারছে না পেটের মধ্যেকার নাড়িভুড়িগুলো অজগরের মতো ক্ষুধায় মোচড় মারছে। থেকে থেকে একটা চিনচিনে ব্যাথা হচ্ছে। কথা বলতে গেলে গলা নয়, শব্দের অর্দ্ধেক বের হচ্ছে কান দিয়ে। চোখের সামনে উড়ছে আগুনের ফুলকি। এই অবস্থায় মনে সেই সুখ সেই আরাম কোথায়? এখন মনের দরজায় চেপে বসে আছে এক চিন্তা, কী করে বাঁচিয়ে রাখবে সন্তানকে। কেমন হবে তার ভবিষ্যৎ!

কই! কী করবি? গগনের মায়ের গলা।

কী করমু। কিছু করনের নাই। যা অর ভাইগ্যে আছে তাই হইবো। আমি আর কী বলমু কি করমু।

গগনের মা গরীবের মুখের দিকে তাকায়। সে মুখের উপর ঘন হয়েছে রাত্রির অন্ধকার। আলো আছে, তা তার মাথার উপর যে কদম গাছের ডাল

তারই পাতায়। সে আলো জোনাকির আলো। জ্বলছে আর নিভছে। এ ছাড়া আর কোথাও কোন আলো নেই। কালো অন্ধকার রাত। এই অন্ধকার রাতই যেন তার জীবনের প্রতিচ্ছবি।

বেশ কিছুক্ষণ সেই কদম গাছের নিচে নির্বাক দাঁড়িয়ে, শেষে একটু ইতস্ততঃ করে গরীব তার নুয়ে পড়া কুড়ে ঘরখানার দিকে আগায়। যেখানে রান্না হয় সেই পাশে বারান্দায় এক কোনে শোয়া বিমলার মুখখানা দেখাবার চেষ্টা করে। মুখ দেখা যায় না। বড় কঠিন অন্ধকার গিলে নিয়েছে বিমলা আর তার সদ্যজাত সন্তানকে। সে এখন আর কাঁদছে না। কে জানে সে হয়তো এরই মধ্যে বুঝে নিয়েছে কেঁদে কোন লাভ হবে না। এই সময় সমাজ মানুষ তার কান্নার কোন মূল্য দেবে না। পৃথিবীতে আজ চোখের জল সব চেয়ে ফালতু সস্তা আর অপ্রভাবি বস্তু। তাই সে ঘুমিয়ে পড়েছে। বিমলা জেগে আছে, তার গলা থেকে উঠে আসা যন্ত্রণা মাখা গোঙানিতে বোঝা যাচ্ছে সে বেঁচে আছে। তার ডান দিকে মাটির মালসায় জ্বলছে ধিকি ধিকি তুষের আগুন। হাল্কা হাল্কা ধোঁয়া হচ্ছে। এই ধোঁয়ায় মশা তাড়ান যায়।

একটু সময় সেখানে দাঁড়িয়ে বিমলাকে ডাকে সে— কই গো সোনতে আছো, আমি আইছি। চাউল আনতে গেছিলাম। চাউল পাইছি। আর কিছুক্ষণ পরে তোমারে ভাত দিমু। আসলে এখন এই মুহূর্তে এর চেয়ে বড় খবর আর কিছু দেবার নেই তার। সেটা দিয়ে ফের উঠোনে নামে গরীব। দেখে আকাশ কালো করে মেঘ জমেছে। মনে হচ্ছে আর কিছুক্ষণ পরে ঝড়-বৃষ্টি নামবে। এ যেন তার এবং সদ্যজাত সন্তানকে ঘিরে ধীরে ধীরে ঘন কালো হয়ে নামছে এক গলাকাটা কুটিল আক্রামক রাত্রি। যে রাত্রির শরীরে কোন দয়া ধর্ম স্নেহ মায়া নেই।

ততক্ষণে গগনের মা উঠোনের এক কোনায় এক উনুনে হাড়ি বসিয়ে নুড়ো জ্বেলে দিয়েছে। বিষ্টি নামবার আগেই দুটো ফুটিয়ে নিতে চায়। বহু মেঘ বিষ্টি দেখা তার অভিজ্ঞ চোখ বুঝে গেছে আজকের মেঘ বাদল একেবারে নিরুপদ্রব শান্ত হবে না। শুধু তো দুটো ভাত, রান্না হতে বেশিক্ষণ সময় লাগে না। কলা পাতায় সেই মাড় ভাত খানিকটা বিমলাকে খেতে দেয়, খানিকটা নিজে নেয় আর সবটা দেয় গরীব দাসকে। তখন আর কোনদিকে তাকাবার ফুরসত কই! ফুঃ দিয়ে দিয়ে অন্ধকারে দলা দলা ভাত মুখে পোরে সে।

পেটের আগুন কিছুটা নিভে গেলে গরীব দাস বারান্দার এক ধারে গামছা বিছিয়ে কাত হয়ে বসে। তখনই সেই দরকারি কথাটা বলবার সুযোগ পায় গগনের মা। যে কথা বলার জন্য সে দুপুরে এসে বসে আছে। অ' গরীব, চাইর দিকের যা রব শুনি তাইতে মোনে কয় আমরা বুঝি আর এই দ্যাশে থাকতে পারমুনা। একে একে দেখি আত্ম পরিজন বেবাকে ইনডিয়ায় যায় গিয়া। শুনি মেয়ারা নাকি আবারো রায়ট বাধাইবো। সুবল রাধাকান্ত বেবাকে ঠিক করছে সামনের মাসে রওনা দিবো। গগন কইলো, মা তুমি একবার গরীব দাদার লগে কথা কও। হে যা করবে মোরাও তাই করমু।

গরীব দাসের চার ভাই এর মধ্যে ওপার বাংলায় চলে গেছে। রয়ে গেছে সে আর ছোট ভাই শশীকান্ত। শশীকান্তর এক কথা— মুই যামুনা। মরলে মরমু,

বাঁচলে বাঁচমু। মুই থাকমু এই দ্যাশেই। কইলেই হইলো এই দ্যাশ আমাগো না! বাপ দাদা চৌদ্দ পুরুষ যেইখানে মানুষ সেই দ্যাশ আমাগো না হইলে কোনো দ্যাশ আমাগো হইবো না। শশীকান্তর মনের জোর দেখে কিছুটা সাহস পায় গরীব। আবার চার পাশের ভীত সন্ত্রস্থ লোকজন দেখে, তাদের কথা শুনে সেই সাহস ফুটো বেলুনের মত চুপসে যায়।

বলে সে, মুই একনো কিছু ঠিক করতে পারি নাই। ভাবতে আছি কাইল পরসু একবার মজিদ মামুনের সাথে গিয়া কথা কমু। হোউক মোসুলমান তবু ভাই তো। এক বংশের মানুষ। অরা. যা কইবো তাই করমু। যদি কয় চইলা যা, তাইলে আর থাকুম না।

তুই অগো লগে কথা কইয়া মোগো এট্টা খবর দিবি।

দিমু।

এতক্ষণে বৃষ্টিটা নামলো সেই সাথে ঝোড়ো বাতাস। আর বারান্দায় বসা যাচ্ছে না। গরীব তার গামছা নিয়ে ঢুকলো। যেন পৃথিবীর তাবত বিপদ বিপর্য্যয় সমস্যা থেকে নিজেকে সরিয়ে নিয়ে গিয়ে লুকিয়ে ফেলতে চাইলো অন্ধকার এক কোনে। গগনের মা এ সময়ে বিমলার কাছে গিয়ে তাকে সাহস সান্ত্বনা দেবার কথা ভাবলো। গরীব সেই অন্ধকারে একা একা নিজের মুখোমুখি দাঁড়িয়ে নিজেকেই প্রশ্ন করলো কেন এমন হয়। কেন এমনটা হচ্ছে যা হওয়া মোটেই উচিৎ না! সে এর উত্তর জানে না। কিছুতেই সে বুঝতে পারে না। নিঃস্ব নির্ধন নিম্নবর্ণের এই যে লক্ষ লক্ষ তারই মত মানুষ, যাদের জমি জিরেত ধন সম্পদ বলতে কিছুই নেই, মাথার ঘাম পায়ে ফেলে যাদের দুবেলা দুমুঠো অন্নের সংস্থান করতে হয়, তারা ঠিক তাদের মতই আর একদল মানুষের আক্রোশের শিকার কেন হয়? কে তাদের এমন মারমুখী হিংস্র করে তোলে?

৩

নন্দু গোঁসাই

গরীব চন্দ্র দাসের পূর্বপুরুষরা যে বিশ্বাস, মতাদর্শ সংস্কার সংস্কৃতি লোক ধর্মের কোলে লালিত পালিত বর্দ্ধিত হয়েছিলো তার মধ্যে কোন হিংসা দ্বেষ ছিলো না, তা ছিলো একান্তই শ্রমজীবন কেন্দ্রিত ভূমি পুত্রদের নিজস্ব মানবিকতায় লালিত। সেই সমাজের শিক্ষা ছিলো নিজে বাঁচো এবং অন্যকে বাঁচতে দাও। এই সমাজের মধ্যে যতদিন শ্রমজীবনকে ঘৃণাকারী বহিরগত মানুষ তাদের ধ্যান ধারণা সংস্কৃতির অনুপ্রবেশ ঘটাতে পারেনি তখন মানুষের জীবন অনেক সুস্থির অনেক নিরুপদ্রব ছিলো।

গ্রাম বাংলার এক প্রত্যন্ত অঞ্চল যার চারদিক বেষ্টন করে আছে জল আর জল, সেখানে নিম্নবর্ণের মানুষ যাদের হিন্দু ধর্মের পুঁথি পুস্তককে অচ্ছুত অস্পৃশ্য বলে ঘোষণা করে রেখেছে তাদের তৈরি করা জনপদে তখন উচ্চ নীচ ভেদ বিভেদ প্রবল ছিলো না। ছিলো না চোর বেশ্যা ভিখারী, ছিলো না কেউ ধনী বা নির্ধন। এই সব আমদানী হয়েছে সারা অঞ্চল জুড়ে উচ্চবর্ণ মানুষ বিশেষ করে পুরোহিত শ্রেণী আসার পরেই। তারাই মানুষকে বাধ্য করেছে মানুষের দাসত্ব করতে। বানিয়েছে তস্কর ভিক্ষাজীবী এবং গণিকা। এদের জন্যই এসেছে রক্তচাপ, হৃদরোগ এবং গনোরিয়ার মত মারাত্মক রোগ। এরাই প্রথম মানুষের উপর চাপিয়ে দেয় জন্মজনিত অপরাধ, ছুত আর অচ্ছুত। যার উপর কোন মানুষের কোন নিয়ন্ত্রণ ক্ষমতা থাকে না। সেই জন্ম জনিত কারণে, এদের বিধানে এক শ্রেণির মানুষকে অপমান আর ঘৃণার আগুনে নিরন্তর পুড়তে হল— তোরা অন্ত্যজ তোরা অস্পৃশ্য অশুচি অপবিত্র।

ভালোবাসা ভালবাসার জন্ম দেয় আর ঘৃণা জন্ম দেয় ঘৃণার। যার অশুভ ফলের নাম বর্ণ বিদ্বেষ। ওরা আমাদের যখন অমানুষ ভাবে আমরা ওদের মানুষ ভাববো কেন! ওদের যখন আমাদের প্রতি কোন দয়ামায়া দায়িত্ব কর্তব্য নেই আমাদের থাকবে কেন! ওরা যখন আমাদের জীবনের কোন মূল্য দেয় না সম্মান করে না, আমরা করবো কেন!

একবার গরীব দাস তাদেরই গ্রামের কয়েক জনের সাথে মিলে উত্তরে গিয়ে ছিলো কাঠ চেরাইয়ের কাজে। ওকে নিয়ে গিয়ে ছিলো বাঘাই করাতি, যার একটা নিজস্ব করাত আছে। পুরো একটা মাস সেখানে গাছ চিরে তক্তা বানাবার কাজ চলে ছিলো। কাঠের কাজের বিষয়ে গরীবের বিশেষ কোন অভিজ্ঞতা না থাকায় অন্যদের চেয়ে মজুরি সে একটু কম পেত। অবশ্য অন্যরকম কাজ করতে হতো, সবার জন্য রান্না করা তামাক সাজা। তখন ওর বিয়ে টিয়ে হয়নি আর দেশ বিদেশ দেখারও শখ ছিলো। ফলে কম মজুরি, হালকা কাজ নিয়ে তার কোন মাথা ব্যথা ছিলো না।

একদিন কাজ শেষ হওয়ার পর ওরা চার পাঁচ জন মিলে ঘুরতে ঘুরতে চলে যায় নদীর ধারে নন্দু গোঁসাইয়ের আশ্রমে। খুব ছোট বেলায় মা বাবা মারা যাওয়ার পর এক সাধুর শিষ্য হয়ে গোঁসাই মথুরায় চলে গিয়েছিলো। ক'বছর সেখানে থেকে একটু বড় হলে নিজের দেশে ফিরে এসে আশ্রম করেছে। সংসার ত্যাগী নয়, বিয়ে থা করা গৃহী সন্ন্যাসী। যে বলে হাতে কাম মুখে নাম এতেই জীবনের কল্যাণ। লোকটা বহু দেশে ঘুরেছে বহু মানুষের সঙ্গ পেয়েছে তাই জ্ঞানী। ওরা চার জনের একটাই প্রশ্ন— যে প্রশ্ন ওদের অন্তরাত্মা কুড়ে কুড়ে খায়, সেটাই গোঁসাইয়ের আশ্রমে ওদের ছুটিয়ে নিয়ে যায়— বাওন কায়েতরা আমাগো চাড়াল ক্যান কয়, শুধা, শুধা ক্যান আমাগো ঘিন্না করে। মানুষ হইয়া মানুষের সমাজে ক্যান আমাগো এত দুর্গতি। এয়ার কোন পিরতিকার আছে না নাই?

গোঁসাইয়ের সামান্য একটু চাষের জমি আছে। স্ত্রী-পুত্র কন্যা নিয়ে সে সেই জমিতে খাটে আর অল্প সল্প হোমিওপ্যাথি করে, এতেই তার চলে যায়। যখন ওরা সেখানে গিয়ে পৌঁছায় তার আগেই অন্য কয়েকজন তাদেরই মত লোক পৌঁছে গেছে। লেপা পোছা উঠোনের উপর মাদুর পেতে বসে পড়েছে তারা। আর গোঁসাই তাদের শোনাচ্ছে অদ্ভুত এক বাহনের কথা— যার নাম র‍্যাল গাড়ি। বিশাল সে বাহনের নাকি মুখ দিয়ে ধোয়া বের হয়, হাজার লোক এক সাথে চাপতে পারে। তার চেয়ে বড় কথা সে চলে দুটো লোহার পাতের উপর দিয়ে ঘোড়ার চেয়েও জোরে। কিন্তু কিছুতেই উল্টে পড়ে না।

গরীব দাস, বাঘাই করাতি, শ্যামা চরণ কীর্তনিয়া আর বিপদ বালাকে দেখে নন্দু গোঁসাই খুব খুশি হয়। গলায় একরাশ অভ্যর্থনা এনে যেন কত কালের চেনা এমন ভাবে বলে— আইসেন ভক্তবৃন্দ আপনাদের ছিরি চরণের কিরপায় মোর স্থান পবিত্তর হউক। বসেন সবাই, জলটল খায়েন।

হরকুমারের বাবা একটা কথা বলে ছিলো হরকুমারের কাছে। আর হরকুমার বলে দিয়েছিল গরীব দাসকে, যে মানুষরে সজ্জন কয় তারে দেখলেই চেনা যায়। যে সজ্জন তার ঘরে কোনদিন বসার আসন, তালপাতার পাখার হাওয়া, তেষ্টার জল আর মধুর বচনের কোন কম পড়ে না। নন্দু গোসাইয়ের উঠোনে সন্ধে থেকেই পাতানো আছে খেজুর পাতার মাদুর। হাটা পথের লোক যেমন, জলপথে যারা নৌকা ডিঙ্গি বেয়ে যাচ্ছে তাদেরও কেউ কেউ এসে জিরিয়ে দুএকটা কথা বলে বা শুনে যাচ্ছে। ওরা চারজন সেই মাদুরে গিয়ে বসে। একজন হুক্কা টানছিলো, সে ওদের দিকে সেটা এগিয়ে দেয়, নেন কর্তা

তামুক খায়েন।

নন্দু গোঁসাই জানতে চায় কোথা থিকে আসেন আপনেরা? আগে তো কোনদিন দরশন পাই নাই।

কোথায় বাড়ি এখানে কি কাজে এসেছে সংক্ষেপে তা বলে শেষে সেই মোক্ষম কথাটা জানতে চায় বাঘাই করাতি, গোঁসাই আপনে বহু দেশ ঘুরছেন বহু জ্ঞানীগুণী মাইনষের কথা শুনছেন, আপনেরে একটা কথা জিজ্ঞাই। আমি আমার বাবা ঠাকুর্দ্দার কাছে শুনছি আমরা নাকি নমঃ শুদ্দুর জাইত। আমাগো নাকি কশ্যপ মুনির বংশ। সেই জইন্য কশ্যপ গোত্র। তাইলে বাওন কাইতরা আমাগো চাড়াল চনডাল বা কেন কয় আর কেনোই বা ওরম আমানুষের মতোন ব্যাভার করে?

কিছুক্ষণ চুপ করে থাকে নন্দু গোঁসাই— তারপর বলে, আপনেরা বড় আশা করে আমার কাছে এয়েছেন। কার মুখি শুনিছেন তা জানি না, তবে আমি কোন পণ্ডিত মানুষ না। কোন শাস্তর পুরান পাঠ করি নাই। তবে কিছু জ্ঞান আমার অজ্জন হয়েচে তা ওই পাচে পাচ জনার মুখি শুনে শুনে। আপনেরা যা জানতি চাচ্ছেন তার উত্তর জানি না সেকথা বলবো না। এই পেরেশ্ন তো আমারও। কেন ওরা আমাগার চাড়াল কাড়াল কয়? তা আমি বিশ জনার মুখি যেমন শুনিছি তাই বলতি পারি। তবে সে কথার কতদূর সত্যি আর কতদূর মিথ্যা তা বলতি পারবো না।

তাই বলেন, আমরা শুনি। বলে শ্যামা চরণ ।

এই যে পিরথিমি, পিরথিমির যে জীব জগত, গাছপাতা নদী নালা মানুষ গরু কীট পতঙ্গ এই সব কিছুর যেনা নিরমান করেছেন তিনি হচ্ছেন বেম্মা। সেই বেম্মার এক সুপুত্তুরের নাম হচ্চে মারিচ। সেই মারিচের পুত্তুর হলগে মহামুণি কশ্যপ আর সেই কশ্যপের পুত্তুরের নাম হচ্চে নমস। নমস মুনির বংশের মানুষ যারা তারাই হচ্চে গে নমঃ শূদ্দুর।

গোঁসাই, আমরা তো শুনি, শুনিবা ক্যানো দেখিও তো, যে বাওনের পোলা হইলে সে বাওন হয়। আমরা যখন নমস মুনির বংশ তাইলে বাওন না হইয়া শুদ্দুর কেনো হইলাম। এইডা কোন পাপ? অনেক ভেবে চিন্তে প্রশ্ন করে বিপদ বালা, ক্যান উচা জাইতের মাইনষেরা আমাগো কুত্তা বিলাইয়ের নাহান ভাবে? কেনো ঘিন্না করে?

একটু কেশে রাতের চাঁদের আলোয় যতটা দেখা যায়, সবার মুখ চোখ দেখে নিয়ে বলে নন্দু গোঁসাই, সে বড় লম্বা গল্প।

কন আপনে, আমরা শোনতে আইছি।

বেম্মার এক মানস পুত্তুরের নাম হচ্চে গে রুচি। রুচির যে মেয়ে তার নাম সুলোচনা। যেখন নমস মুনি বড় হলেন তেখন তার বিয়ে হল সুলোচনা কন্যার সাথে। তারপরে যা হয় সুলোচনার গভ্যে নমস মুনির ঔরসে জন্ম হল দুটো সন্তান। দুজনাই ছেলে। এক জনার নাম রাখা হল উরুবান আর একজনার কীর্তিবান। দিনে দিনে সে পুত্তুর দুজনা বড় হতি থাকলো। এ দিকে নমস মুনি একদিন তাদের রেখে বনে চলে গেলো তপস্যা করতি। বনে গিয়ে জপে তপে এত মগ্ন হয়ে গেলো যে দিন মাস বছরের আর কোন হিসাব রাখতে পারলো

না। যখন মুনি তপস্যা শেষ করে বাড়ি ফিরে এল ততদিনে কেটে গেছে চৌদ্দ পনেরোটা বচ্ছর। সব্বোনাশ যা হবার তা এতেই হল ।

বাঘাই করাতি, গরীব দাসরা ভূতগ্রস্থ মানুষের মত অন্ধকারে বসে হাঁ করে নন্দু গোঁসাইয়ের মুখের দিকে তাকিয়ে আছে। তার প্রত্যেকটা কথা মনোযোগ দিয়ে শুনছে। যেন একটা শব্দ বাদ চলে না যায়। কিছুক্ষণ আগে কে যেন হাতে হুক্কা ধরিয়ে দিয়ে ছিলো। হুক্কা না টানায় কলকের আগুন নিভে গেছে। তবে আগুন একটা জ্বলছে সে চারজনের মনের ভেতরে। জাতির উৎপত্তির ইতিকথা বা উপাখ্যান তাদের উত্তপ্ত করছে।

শাস্তরে বলে পেত্যেকটা মানুষ জন্ম মাত্রেই শুদ্দুর। যেখন তার উপনয়ন হয়, উপনয়ন বোঝো? গলায় পৈতা; তেকন হয় দ্বিজ, তারপর যেখন তার বিশদ জ্ঞান হয় তখন হয় বিপ্র, আর যেখন ব্রহ্ম জ্ঞান হয় তখন হয় বেরাম্মন। বেরাম্মন হওয়ার এই চার ধাপ, চার সিঁড়ি। তেখনকার দিনে বেরাম্মনের ঘরে জন্মালেই বেরাম্মন হওয়া যেতো না। বেরাম্মন সমাজের সামনে প্রমাণ দিতি হোত তার মধ্যে নটা গুণ আছে। তেখন তারে বেরাম্মন বলে সবাই মান্য দিতো।

মাদুরের উপর বসে থাকা কারো মুখে কোন কথা নেই। সব একে বারে নিশ্চুপ। যে বিষয় নিয়ে গোসাই কথা বলছে সে বিষয়ে কোন কথা বলার মত শিক্ষা বা জ্ঞান তাদের কারো নেই। ভুল বা ঠিক শুধু শুনে যেতে হবে।

তা তালি বেরাম্মনত্বর দিকি আগাবার পেরথম ধাপ হলগে উপনয়ন। শাস্তর মতে যা দিতি হবে চৌদ্দ বছর বয়েসে। যে বয়েস পার হয়ে গেলি আর উপনয়ন হবে না। নমস মুনি বন থেকে সময় মতো ফিরতি পারেনি তাই তার ছেলেদের আর উপনয়ন হল না। তারা রয়ে গেল শুদ্দুর হয়ে। তবে নমস মুনির ছেলে তো, তাই বেম্মা বর দিলেন শুদ্দুর হলেও এই বংশের সবাই হবে নমস্য। সর্ব মন্ত্রের আগে উচ্চারণ হবে নম, নাম। সেই বংশের মানুষরা আজ নম শুদ্দুর নামে পরিচিত।

এত গৌরব করার মত যদি আমাগার অতীত কাল তালি আজ আমাগার এত দীন হীন দশা ক্যান। কোনো নোমোর পাছায় কাপুড় নাই প্যাডে ভাত নাই চালে খড় নাই অসুখে অষুধ নাই। চাইর দিকে খালি নাই আর নাই। শিক্ষা নাই দীক্ষা নাই মান নাই সম্মান নাই।বাঘাই করাতি জিজ্ঞেস করল গোঁসাইকে

সেডা একটা ঘোর ষড়যন্ত্রের কারণ।

কার ষড়যন্ত্র?

আর কারও না, বেরাম্মন। বেরাম্মনদের কল কৌশলেই নমোদের অবোস্তা আজকে হীন দীন করুণ। সেডা পাল রাজত্ব আর সেন রাজত্বের মাঝামাঝি সময় কালের কথা। এই দুই রাজ বংশের ইতিহাসে খুব নাম। তা পাল রাজত্ব শেষ হয়ে সেন রাজত্ব শুরুর আগে কোন এক সোমায় অল্প কিছু কালের জন্যি বাংলার শাষণভার শূর বংশের হাতে যায়। ঠিক ঠাক বলা যাবে না হয়ত পুরা বাংলা নাও হতি পারে, হয়তো দুতিনটা জেলা হলিও হতি পারে। তারা ছেলো সব বৌদ্ধ। তাদের উৎসাহে সারা বঙ্গ দেশে তেখন বৌদ্ধধর্ম একেবারে ছেয়ে গিছে। বৌদ্ধ ধর্মের লোকেরা তো মুর্ত্তী পূজা করে না। জীব হত্যা পাপ বলে

মনে করে। তারা সব নিরিশ্বরবাদী। পাল রাজত্বের পতনের পরও মানুষের মনে সে ধর্মের উপর টান একটুও কমেনি, উল্টে বাড়ছে তো বাড়ছে। যেন দেশ জুড়ে এক জোয়ার চলছে।

রাজা আদিশূর ছিলো সনাতন ধর্মের পেরবল ভক্ত। রাজা হবার পরই সে মন দিলো বৌদ্ধ ধর্মের গতিরোধ করে সনাতন ধর্মরে আবার নিজের মহিমায় আনবার। সেই কামনায় সে দেশে এক মহাযজ্ঞ করার সংকল্প নিলো। কিন্তু সংকল্প নিলিই তো আর হবে না, তা সফল করতি হলি বেদজ্ঞ বেরাম্মন দরকার। বঙ্গে তেখন আর তেমন বেরাম্মন কই। বৌদ্ধ ধর্মে কোন পূজা পাঠ নেই। সারা দেশের বেশির ভাগ মানুষ আর পূজা পাঠ করে না। পূজা পাঠে আর পেট চলে না বলে বেরাম্মনরা সব অন্য কাজে রওনা দেছে। যারা তা পারেনি দায়ে পড়ে আছে বটে তবে মনে আর আগের মত ভক্তি নিষ্ঠা নেই। বেদ পুরাণ পাঠ সব ছাড়ান ছোড়ান দেছে।

তালি এখন কি করা যায়? কেরাম করে সুসম্পন্ন হয় সনাতন ধর্ম পুনুরুত্থান মহাযজ্ঞ? শেষে খোঁজ খবর নিয়ে জানতি পারলো আদিশূর, কান্বকুব্জ রাজ্যে সেরাম বেরাম্মন আছে। তেখন কান্বকুব্জে এক দূত পাঠানো হল রাজা আদি শূরের নিবেদন নিয়ে। কি? না; বঙ্গে সনাতন ধর্মের পুনঃ জাগরণের নিমিত্ত যে মহাযজ্ঞের আয়োজন করা হয়েছে তার বৈদিক ক্রিয়াকর্ম সম্পন্ন করার জন্য পাচ জন বেদজ্ঞ বেরাম্মন চাই।

কথা থামিয়ে নন্দু গোঁসাই শ্রোতাদের মুখগুলো একবার দেখে নিয়ে বলল, আমি যা বলতিচি বুঝতি কারও কোন অসুবিধে হচ্চে না তো?

না না। আপনে কইয়া যান। সবার হয়ে জবাব দেয় গরীব দাস। সবার মধ্যে সেই সবথেকে ছোট, এ গল্প তার ভালো লাগছে। এ এক নতুন ধরণের গল্প।

তা দূত তো গেল কান্বকুব্জে কিন্তু সিখানকার রাজা বীরভদ্র আদি শূরের সে নিবেদনে কর্ণপাত করলো না। বঙ্গে বড়ই নাস্তিকের প্রাদুর্ভাব ঘটে গিছে; বৌদ্ধ ধর্মের লোকরে সনাতন ধর্মের লোক নাস্তিকই ভাবে। সে দেশে ধম্ম কম্ম বলে আর কিছু নাই। বেরাম্মনেরা সিকেনে গে ধর্মচ্যুত হয়ে পড়বে। তেখন সে পাপের দায়ভার কে নেবে? বলে দিল বীরভদ্র, যাও দূত, গিয়ে তোমাগার রাজারে বোলো, ধর্মহীন রাজ্যে বেরাম্মন পাঠানো যাবে না। পাপ হবে।

তেখন রাজা আদিশূর মনঃস্থির করে বসলো সোজা আঙ্গুলে যেখন ঘি উঠলো না আঙ্গুল বেঁকিয়ে ঘি তুলে নেবে। যুদ্ধ করেই পাঁচ বেরাম্মন ধরে নিয়ে আসবে। তোমরা কি কেউ বারো ভুইয়ার নাম জানো? এক কালে বঙ্গে বারো জন রাজা ছেলো তারই এক জনার নাম প্রতাপ রায়। তার বারোশো সেনা ছিলো সব নিচু জাতির, যারা ঢাল সড়কি নিয়ে যুদ্ধ করতো। যাদের নামই ছেলো ঢালি। তা আদিশূরেরও সেইরম নিচু জাতির একদল সেনা ছিলো।

কথার মধ্যে একটু ভুল হয়ে গেছে। তাকে সংশোধন করার জন্য বলে নন্দু গোঁসাই, নিচু জাত উঁচু জাত এ সব বেরাম্মনদের বানানো। আমি এসব নিচু উঁচু মানি না। খালি সব্বার বোঝবার সুবিধার জন্যি বলতিছি। আপনেরা কেউ কিছু মোনে করবা না।

না না করমু না, আপনে কইয়া যান।

তো তেখন সেই নিচু জাতের যোদ্ধাদের মধ্যি থিকে যারা ভালো যুদ্ধ জানে তেমন সাতশো ছাপান্ন জন সেনারে রণ সাজে সাজানো হল। রাজনীতিতে এড্ডা কথা আছে, কি? না যুদ্ধে জেতার জন্যি যে কলকৌশল করা হোক তা কোন অন্যায় নয়। সেই মত সেই সাতশো ছাপান্ন সেনার গলায় পড়িয়ে দেয়া হল ধবধবে সাদা পৈতে আর তারা চড়ে বসল সব গরুর পিঠের উপর। আর একদিন রণংদেহী বলে সবাই গে দাড়ালো বীর সিংহের রাজ প্রাসাদের সামনে। এই না দেখে বীর সিংহ পড়ে গেল মহা সমস্যায়। সৈন্য অস্তর তারও কম নাই। কিন্তু কান্বকুব্জের সেনারা যদি আদিশূরের সেনাদের উপর আক্রমণ করে তাহলি হয় গরু নয় বেরাম্মন কেউ না কেউ তো মারা পড়বেই। শাস্তরে বলা আছে বেরাম্মন এবং গোবধ মহা পাতকী কাজ। এদের যে মারে তার অনন্ত কাল নরক বাস। বেরাম্মন যদি কোন ঘোর কুকর্ম—চুরি ডাকাতি, খুন বা বলৎকারও করে রাজা বড়জোর তারে দেশ থেকে তাড়ায়ে দিতে পারবে। তার বেশি আর কিছু না। বীরভদ্র কি করে জানবে বেরম্মন বেসে যারা এসেছে তারা কেউ আসল বেরাম্মন না।

তেখন নিরাপায় বীরভদ্র পরাজয় স্বীকার করে নিয়ে পাঁচ বেরাম্মনকে বঙ্গে পাঠাবার শর্ত মেনে নেয়। পরে আর এই পাচজন দেশে ফিরে না গিয়ে পাকাপাকি ভাবে বঙ্গেরই পাঁচ কন্যাকে বিয়ে করে এ দেশে থেকে যায়। এই পাচ বেরাম্মনের পাচ বংশই কুলিন বলে নামডাক সম্মান পায়। যারা অন্য সব বেরাম্মন বংশের চেয়ে আলাদা। তাদের সাথে এদের বিয়ে থা বা সামাজিকতা হয় না।

যেখন কান্বকুব্জ থিকে পাঁচ বেরাম্মন বঙ্গে আসে তেখন তাদের মোট মাট বওয়া ফাই ফরমাশ খাটা এই সব কাজের জন্যি পাঁচ জন ভৃত্য সাথে করে এনেছিলো তারাও আর দেশে ফিরে গেল না। মনিবদের সাথে সাথে তারাও রয়ে গেল এই দেশে বিয়ে থা করে। এমনিতে এই পাঁচ ভৃত্য ছিলো শুদ্দুর জাতিরই। কিন্তু উচ্চ কুলের মানুষের সেবা সঙ্গ পাবার কারণে তাদের জাত বদল ঘটে গেল। বেরাম্মনের চেয়ে নিচে আর শুদ্দুরের চেয়ে একটু উপরে। এদের দ্বারাই বঙ্গে উদ্ভব হল আর এক নতুন জাতির যার নাম কায়েত।

সে যা হোক, বেদজ্ঞ বেরাম্মন আনার পরে আদিশূরের যজ্ঞ তো নির্বিঘ্নে সম্পন্ন হয়ে গেল। রাজা মহা খুশি। এবার সেই সাতশো ছাপান্ন যোদ্ধা, যারা জীবন হাতে করে বিদেশে গিয়ে পাঁচ পাঁচ খানা অমূল্য রতন ধরে এনেছে তাদের পারিতোষিক মানে বকশিশ দেবার পালা। "বলো তোমরা কি চাও?" সাতশো ছাপান্ন সেনার প্রধান সাহস করে এগিয়ে গেল রাজার সামনে। বলে সে, মহারাজ আমরা আপনার কাছে আর কিছু চাই না। খালি এইটুকু নিবেদন, যা আপনি দেছেন সেই দান আর ফিরাইয়ে নেবেন না। এই যে পৈতা, এ আপনার দয়ার দান। মহারাজ এ আর আপনি খুলে দিতি বলবেন না। আপনি আমাদের চিরদিন এইটে গলায় রাখার অনুমতি দেন।

রাজা আদিশূর বড় ধার্মিক মানুষ যে উপকারীর উপকার মোনে রেখেছে। অতএব বলে দিলো সে, যাও, পড়ে থাকো পৈতা। আজ থেকে তোমরাও সব বেরাম্মন বলে দেশে বেরাম্মনদের মতো মান মূল্য পাবে। রাজার আদেশে

সবাই তাদের তাই বলে মেনে নিলো। কিন্তু নমো শুদ্দুররা বেঁকে বসল। কি? না, সামান্য একটু ভুলে আমরা না হয় পৈতেটা পাইনি, তবু নমস মুনির বংশধর আমরা, আমাগার শরীলে তো খাটি বেরাম্মনেরই রক্ত। ওরা আমাগার চেয়ে কোন গুনে বড় হয়ে যাবে? যুদ্ধ জিতিছে, তালি হয় যদি ক্ষত্রিয় হতি পারে, বেরাম্মন কি করে হবে? আমরা ওদের বেরাম্মন বলে মানি না। মাথা যদি কাটা যায় যাবে। কিন্তু কোনদিন আমরা ওদের পায়ে হেট হয়ে পেরনাম করবো না।

শুরু হয়ে গেল নব বেরাম্মন দের সাথে নমোশুদ্দুর সমাজের মানুষের বিরোধ। সারা শূর বংশের রাজত্ব কাল থেকে যা চলতেই রইলো। শেষ হবার কোন নামই নিলো না।

এরপর এল সেন রাজাদের রাজত্বের কাল। রাজা হলো বল্লাল সেন। বল্লাল সেন একদিন তার এক রক্ষিতার ছেলেকে সামাজিক মর্যাদায় পিরতিষ্টা করবার জন্য সব সমাজের মানুষকে নিয়ে একপংক্তি ভোজনের আয়োজন করলো। নিমন্ত্রণ গেল নমো গোষ্ঠীর মাথাদের কাছেও। পেরতেক জাতি গোষ্ঠীর থেকে পেরধান পেরধান মাথারা এলো সেই ভোজ সভায়। কিন্তু নমোদের কেউ এলো না। নমো শুদ্দুর সমাজ রাজার নিমন্ত্রণ এই বলে ফিরিয়ে দিলো যে, রক্ষিতার পুত্তুরের ভোজ সভায় তারা যাবে না।

রাজা বলে কথা। এতে বল্লাল সেন ভীষণ অপমান বোধ করলো। তখন রাজার সেই ক্রোধ আর একটুখানি খুঁচিয়ে দিলো সেই সব নব বেরাম্মনের দল, যাদের নমোরা কোনদিন বেরাম্মন বলে মান্য করে নাই। তারা বলল– মহারাজ ঘোষণা করে দেন, যে যে জাতের লোক এই ভোজ সভায় এসে ভোজন না করবে তারে কঠোর সাজা দেওয়া হবে। জাত কেড়ে নেওয়া হবে তার। রাজা সেইমত আদেশও দিলো কিন্তু তবু নমোরা কেউ এলো না। তখন ক্রুদ্ধ রাজা শাস্তি দিলো নমো শুদ্দুর সমাজকে, আজ থিকে এরা সমাজে রাজাদেশ না মানার অপরাধে চণ্ডাল বলে গণ্য হবে। এরা এখন থিকে সেই ব্যাভার পাবে যা চণ্ডাল সমাজ পায়। এই কারণে নমো শুদ্দুর জাতের মানুষরা বাওন কায়েতরা সব ঘিন্না কইরা চণ্ডাল, অচ্ছুত এই সব কয়।

একনাগাড়ে অনেকক্ষণ কথা বলায় নন্দু গোঁসাইয়ের মুখে ফেনা উঠে গেছে। সে এবার ঘরের দিকে মুখ করে গৃহিণীর উদ্দেশ্যে বলে, এক ঘটি জল দিয়া যাও। তামুকের বাটাখানও আইনো।

আর একবার তামাক সাজা হয় কলকেয়। কাঠ কয়লার আগুন কলকের উপর চাপিয়ে গুড়ুক গুড়ুক করে টেনে ধোয়া ছাড়ে নন্দু গোঁসাই, তামাক খাওয়া শেষ হলে হুকাটা অন্য এক জনার হাতে ধরিয়ে দেয়।ভাবভঙ্গি দেখে বোঝা যায় তার কথকতা শেষ হয়নি। আরো বহু কিছু বলার এখনো বাকি আছে। তাই কিছুক্ষণ পরে সে আবার শুরু করে।

এই যে হিন্দুধর্ম, এর চারটে ধাপ। সবার উপরে বেরাম্মন তার নিচে ক্ষত্রিয় আর তার নিচে বৈশ্য। বোঝলেন কিছু? যারা পূজা পাঠ করে তারা সবার উপরে তার নিচে যারা যুদ্ধ করে তার নিচে যারা ব্যবসা করে। আর সবার নিচে হলগে শুদ্দুর। যাদের এক মাত্তর কাজ ওই তিন জাতির সেবা করা, হুকুম খাটা, মানে দাস হয়ে থাকা। এরই নাম বর্ণ ব্যবস্থা।

তাইলে কায়েত জাত বাওনের পরই ক্যান? জানতে চায় বাঘাই করাতি।

আমি যে কালের কথা বলতিছি এখন, সে কালে কায়েত বলে কিছু ছেলো না। কায়েত হয়েছে অনেক পরে। তা সেই কালে শুদ্দুর জাতির মানুষরে চিরদিন নত করে রাখার চেষ্টায় বেরাম্মনদের মধ্যি যারা বেশি চালাক তারা অনেক নিয়মনীতি বেনিয়ে ছেলো। মানুষ বুদ্ধিমান হয় কখন? যখন সে বিদ্যা লাভ করে। ওরা শাস্তর লিখে তাতে বিধান রাখলো, কোন শুদ্দুর কোনদিন বিদ্যার্জনের চেষ্টা করতে পারবে না। যদি করে সেইটে ঘোর অপরাধ হবে। আপনেরা অনেকে রামায়ণ পড়েছেন বোধকরি, শুনেছেন শম্বুক ঋষির কথা। সে বেদ পাঠ করেছিলো। সেই কারণেই রামচন্দ্র তারে মাথা কেটে বধ করে। মহাভারতের একলব্যের কথাও তো সব আপনেরা জানেন। সে ধনুর্বিদ্যায় অর্জুন মানে ক্ষত্রিয় জাতের লোকরে হারিয়ে দেচ্ছেলো বলে কি কৌশলে তার আঙ্গুল কাটা গেল। শুদ্দুর জাতির লোকরে দমিয়ে রাখবা জন্যি এরম উদাহরণ অনেক আছে।

তো একদিকি যেরম বিধান দেওয়া হল শুদ্দুর বিদ্যার্জন করতি পারবে না তার সাথে আর এক বিধান কোন শুদ্দুর কোন ধন সম্পত্তিও অর্জন করতি পারবে না। যদি সে তা করে কোন বেরাম্মন তা কেড়ে নিলি দোষের হবে না। যার কোন ধন সম্পত্তি থাকে না, একেবারে হাতে খোলা, পোদে মালা ঠুটো জগন্নাথ, সে বাঁচবে কি করে? বাঁচবে পাঁচে পাঁচ জন উচ্চবর্ণের দয়ায়, তাদের হুকুমে খেটে। শাস্তরে উঁচু জাতের জন্য সে বিধানও দেওয়া আছে। যদি তারা কোন শুদ্দুররে কোন খাবার দেয় তবে তা যেন হয় এটো, আর পরিবেশন করা হয় যেন কোন ভগ্নপাত্তরে। এইভাবে যে জাতের জীবন ধারণ করতি হয় তার কি আর মনুষ্যত্ব বলে কিছু থাকে না থাকতি পারে! দিনে দিনে হীনমনা হয়ে যায়।

এইরকম বিধি বিধান শত শত। সব বলতি গেলি সারা রাত্তিরে কুলাবে না। যা দু এট্টা বললাম তা থিকে আপনেরা বোঝেন যে উচ্চবর্ণের লোকেরা শুদ্দুরদের কতখানি ঘিন্নার চোখে দেখে। যারা শুদ্দুরদের কাক আর কুকুরের সমগোত্র মনে করে তারা কি কোনদিন কুস্বপ্নেও ভাবতি পারে যে এই জাতের লোকের সাথে তাদের ঘরের মেয়ে বিয়ে দেবে? পারে না। যাতে এই রকম অঘটন না ঘটে, তাদের সমাজের কোন মেয়ে যেন কোন শুদ্দুরের গলায় বরমালা না দেয় তার জন্য তাদের কড়া পাহারা আর কঠোর দণ্ডের ব্যবস্তা ছেলো। সে দণ্ড মৃত্যুদণ্ড। তবু এক এক সময় কোন বেরাম্মন ঘরের মেয়ে জাত মান ভুলে কোন শুদ্দুর বীর্য ধারণ করে সন্তানের জন্ম দিয়ে ফেলতো। শাস্তরে এই সন্তানের জন্য যে জাত বানিয়েছে তা হল চণ্ডাল। চতুবর্ণ ব্যবস্তার মধ্যি এর কোন স্থান নাই— এ অতি শুদ্দুর অসপ্রিশ্য অচ্ছুৎ।

লোকালয়ের মধ্যি এর কোন স্থান হবে না। এরে বাস করতি হবে কোন জনমানব হীন নদীর কিনারে। পালন করবে শুকর এবং কুকুর। তারই মাংস খাবে। এ লজ্জা নিবারণ করবে শবগাত্তর থিকে খুলে নেওয়া পোষাকে। রাখতে পারবে না তেমন কোন নাম যা শুনে লোকের ঘেন্না না হয় নীচ না ভাবে। কোন নগরে লোকালয়ে রাত্তিরি যেতি পারবে না। আর একই জায়গায় অনেক দিন বাসও করতে পারবে না। সব সময় ঘুরে বেড়াতে হবে। এর ছায়াও যদি কোন বেরাম্মনের গায়ে পড়ে তাইলি তার সাজা হবে মৃত্যু।

গলাটা এবার ধরে আসে নন্দু গোঁসাইয়ের। বলে, মানুষের সমাজে এই যে মানুষ, যা পোকা মাকড় কীট পতঙ্গের চেয়েও অধম, বল্লাল সেনের এক আদেশে নমো শুদ্দুর জাতের লাখ লাখ মানুষ নেমে গেল সেই দলে। কথায় বলে রাজার পাপে রাজ্য নষ্টো। যে পাপ সিদিন করে ছিলো বল্লাল সেন। সেই পাপে বঙ্গদেশ মুসলমানের হাতে চলে গেল। বল্লাল সেনের ছেলে লক্ষণ সেন মাত্তর আঠেরো জন মোছলমানের ভয়ে রাজ্য ফেলে নদী সাঁতরে পালিয়ে গিয়েছিলো। যদি সিদিন নমোরা ঢাল সড়কি নিয়ে পাশে দাঁড়াতো রাজার পালাতে হতো না। তো সেই বল্লাল সেনের আমল থিকে উচ্চবর্ণের লোক যার মধ্যি সেই সাতশো ছাপ্পান্ন জন নব বেরাম্মনের বংশের লোকও আছে তারা নমোদের চণ্ডাল চণ্ডাল বলে ঘিন্না নিন্দা করতেই রইলো। যার কোন পিরতিকারের পথও ছেলো না। পথ একটা ছেলো তা ওই রাজ শরণাপন্ন হওয়া। তখন দেশে মোছলমান শাসন এসে গিছে। নমোদের একটা বড় ভাগ, শোনা যায় নাকি নব্বই লাখ, তেখন হিন্দু ধর্ম ত্যাগ নিয়ে মোছলমান হয়ে যায়। এই যে চার ধারে এখন যত মেয়া দেখো এরা কেউ মক্কা মদিনা থিকে আসে নাই। সব হিন্দু থিকে গিছে। কিছু গিছে স্বেচ্ছায়, কিছুরে ঠেলে দেওয়া হয়েছে ওই দিকে।

এবার গরীব দাসের বুকটায় মোচড় মারে। তাদের বংশেরও এই রকম একটা ঠেলে দেওয়া ঘটনা আছে। যে কারণে মজিদ মামুন, মোছলমান হয়েও ভাই হয়। এখন সে কথা আর মনে করতে চায় না গরীব। সে বড়ই বেদনার।

বলে নন্দু গোঁসাই, সাতশো বছর মোছলমান রাজত্ব ছেলো। যেদি নদীয়ায় নিমাই পণ্ডিত এট্টা বুদ্ধি খাটিয়ে নতুন এক ধর্মমত বানিয়ে, বেরাম্মনদের ধার্মিক অত্যাচার থিকে নিম্নবর্ণের মানুষরে বাঁচিয়ে মোছলমান ধর্মের দিকি যাবার ঝোঁক না ঠেক দিতি পারতো বঙ্গে আর হিন্দু বলে কিছু থাকতো না। হিন্দু ধর্মের বড় উপকার করে গিছে সে। আর কিছু না হোক হিন্দুর শত্তুর দলের লোক তো বাড়েনি। এমনিতে দুই বাংলা মেলায়ে হিসেব করলি হিন্দুর চেয়ে মোছলমানের লোক সংখ্যা বেশি। এরপরে যদি আরো বেড়ে যেত তো হিন্দু ধর্মের কি হাল হোত তা একবার বুঝে দেখো।

সেদিন রাত অনেক হয়ে গিয়ে ছিলো বলে ওরা আর বসেনি। যদিও নন্দু গোঁসাই বার বার বলে ছিলো— দুটো অন্ন পেরসাদ গেরহন করে রাত্তিরটা কাটিয়ে যান আপনেরা। কিন্তু তার কথা রাখা যায়নি। পরের দিন সকালে নিজ গ্রামের দিকে রওনা দিতে হবে। দলে আরো লোক আছে। তারা ফিরতে না পারলে রেগে যাবে । কিন্তু ফিরে আসবার পরও গরীব দাসের মন পড়ে ছিলো নন্দু গোঁসাইয়ের আশ্রমে। মানুষটা কত কী জানে! তার কথার পরে মনের মধ্যে জেগে উঠেছিলো এক স্বাভিমান বোধ। বর্ত্তমান আমাদের যেমনই হোক আমরা হীন নই, নীচ নই। বড়ই অহংকৃত হবার মত আমাদের অতীত। আমরা আজ যা হয়েছি অথবা কাল যা হতে যাচ্ছি সে সব ওই উচ্চবর্ণের ষড়যন্ত্রের ফল। তখনই গরীব দাসের মনে পড়ে যায় সেই ঘটনার কথা। যে ঘটনায় তাদের বংশ ভেঙ্গে দুটো টুকরো হয়ে গেছে। যার এক টুকরো মুসলমান অন্য টুকরো হিন্দু হয়েও হিন্দু নয়— অচ্ছুৎ নমো!

৪

রূপকুমার কীভাবে রূপচাঁদ মিয়াঁ হলো

গরীব দাসের বাবা হরকুমার দাসেরা তিন ভাই ছিল। হরকুমার সবার বড়, মেজ রামকুমার আর সবার ছোট রূপকুমার। রূপকুমার অন্য দুই ভাইয়ের তুলনায় একটু বেশি সাহসী একটু বেশি চঞ্চল ছিল। মাথায় তার একবার কোন কিছু ঢুকলে তা সহজে যাবার নয়। সেটা করেই সে দম নিত। এই ধরণের লোককে গ্রাম্য ভাষায় গোঁয়ার গোবিন্দ বলে। মাত্র বছর দুয়েক আগে তার বিয়ে হয়েছে। ঘরে নিয়ে এসেছে নাকে নোলক দোলা টুকটুকে রাঙা বউ। সেই সময় রূপকুমারের মাথার পোকা নড়ে উঠল। বিয়ে হয়েছে এবার তো ছেলে পুলে হবে। তখন কি হবে? সেই ছেলে কি বড় হয়ে বাপের মত মালকোচা মেরে মাছ মারতে নামবে জলে কাদায়, আদা বাদায়! নাকি পরের জমি ক্ষেতে হাল চালাবে ধানের গোছ পুঁতবে! সে যে কেমন কষ্টের জীবন রূপকুমার জানে। এই ধরণের মানুষের জীবনের কানাকড়ি দাম নেই। ডাঙ্গার সাপ, জোঁকের কামড়, জলে হাঙ্গর কুমীরের করাত দাঁত, এতে যদি বা না মরে, মরে যায় না খেয়ে আধপেটা খেয়ে। মরে যায় কলেরা, কালাজ্বর, মায়ের দয়ায় বিনা ওষুধ পথ্যে। বাপ হয়ে কোন মানুষ ছেলেকে প্রাণ থাকতে এমন জীবনের দিকে ঠেলে দিতে পারে না।

যে পারে সে পারে, রূপকুমার পারবে না। সে তার ছেলেকে মানুষের মত মানুষ করে তুলবে। বাবুদের ছেলেদের মত বানাবে। তারা উল্টো করে চুল আঁচড়ায়, পকেটে কালির কলম নিয়ে ইসকুলে পড়তে যায়। লেখা পড়া শেখে যে গাড়ি ঘোড়া চড়ে সে। রূপকুমারের ছেলে গাড়ি ঘোড়া চড়া মানুষ হবে। তাকে রূপকুমার মশিয়াহাটি খেরেস্তান ইসকুলে পড়তে পাঠাবে। সেখানে বোর্ডিংয়ে রাখার প্রচুর খরচা। যে সে লোক সে খরচা বহন করতে পারে না। তার জন্য তাদের ছেলেরা বাবু হতে পারে না। এখানে দু চার মাইলের মধ্যে একটা দুটো পাঠশালা আছে বটে তবে তাতে অন্ত্যজ দলিত নিম্নবর্ণের বাচ্চাদের প্রবেশাধিকার নেই। সেখানে বামুন কায়েত ঘরের ছেলেরা পড়ে। যদি বা কোন ক্রমে কোন নিম্নবর্ণের ঘরের ছেলে সে ইসকুলে পড়তে যায় ওরা সবাই মিলে

এমন উত্যক্ত করে যে সে দুদিনে পালিয়ে যায়। মশিয়াহাটি ইসকুল তেমন নয়, সেটায় সবার প্রবেশ অবাধ আর অধিকারও সমান।

এক অষ্ট্রেলিয়ান ধর্মযাজক এই স্কুলের প্রতিষ্ঠাতা। তিনি রোজ এক ঘণ্টা বাচ্চাদের যিশুর বাণী উপদেশ শোনান আর আশা করেন এরা যেদিন বড় হবে সব এক একজন যিশুর অনুরাগী হয়ে যাবে। সব কিছুর পরেও এই স্কুলের পঠন পাঠন খুবই উন্নত। রূপকুমারের ইচ্ছা মশিয়াহাটি বোর্ডিং স্কুলে রেখে তার ছেলেকে শিক্ষিত করে তুলবে। এর জন্য প্রতি মাসে খরচ লাগবে বারো থেকে পনেরো টাকা। জন মজুর খেটে কি মাছ ধরে দিনে আট আনা জোগাড় করা কঠিন শুধু নয় অসম্ভব। তাই সে স্থির করেছে ব্যবসা করবে।

একদিন বড়দা হরকুমারের কাছে গিয়ে বলে সে, দাদা মুই কটকে যামু।

বাংলা ছাড়িয়ে অন্য প্রদেশ উড়িষ্যার এক জেলা কটক। সে কথা জানবে কেমন করে হরকুমারের মত লোক। সে ভাইয়ের মুখে এমন একটা বিদঘুটে শব্দ শুনে হুকো টানা ভুলে গিয়ে অবাক হয়ে জিজ্ঞাসা করে, কই যাবি?

কটক। এট্টা জাগার নাম কটক।

হে কোথায়, কতদূর?

আওনে যাওনে মাস খানেক লাগে।

তো হেইখানে যাবি ক্যান! কি কাম?

সতীন্দ্র মহাদেব বিজয় আরো আস্টো দশ জোন যাবে কটক। মুই তাগো লগে যামু।

যাবি হেডা তো কইলি কয়বার। ক্যান যাবি হেডা তো এ্যাকবারও কইলি না। অত দূর দ্যাশে যাওনের ব্যাপারখান কি!

রূপকুমার স্বাস্থ্যবান বলিষ্ঠ বিশ বাইশ বছরের তেজি যুবক। সে স্বাস্থ্য দুধ ঘি মাখনের আদরে গড়ে ওঠে না। তৈরী হয় রোদ বৃষ্টি ঝড় শীতের বিরুদ্ধে লড়াই করে শ্রমে ঘামে। পাকা বাঁশের মত গাঁট গাঁট সে শরীরে শক্তি আর সাহসের যুগল বন্দী। কটকে মোইষ নাকি জলের দরে বিকায়। এক খ্যাপ মোইষ আইনা এইখানে বেচতে পারলে একই খ্যাপে বত্রিশ হাতি জাল আর নাওয়ের দাম আদায়। গোপাল মিদ্দা এই কইরাই তো কপাল ফিরাইছে। মুই মোইষের ব্যাপার করতে যামু।

গোপাল মিদ্দা যাইবো তগো লগে?

হের আর কি অভাব। আর ক্যান যাইবো?

তয় কে চিনে পথ! কেডা নিয়ে যাইবো পথ চিইন্যা?

চিনা মানুষ কেউ না কেউ তো লগে আছে। নাইলে বেবাকে যায় কোন ভরসায়!

ভাইয়ের কথা শুনে ভয়ে বুক কাঁপে হরকুমারের। আজকের প্লেন ট্রেন বাস মোটরের যুগ তো সেটা নয়। সে একেবারে শ্রীচরণ ভরসার কাল। সে সময়ে পথে পথে ওত পেতে থাকতো ঠগি লুটেরাদের দল। যারা মানুষ মারতো মশা মাছি মারার মত। এ ছাড়াও ছিলো বাঘ ভাল্লুক সাপ বিছে, ছিলো কালান্তক রোগ ব্যাধি। এই তো সেদিন, বছর তিন চার আগে মেঘনাদ বিশ্বাসের বাপ পূর্ব পুরুষকে পিণ্ড দিতে গয়াধামে গিয়ে আর ফিরে আসেনি। কোথায় গেছে কি

হয়েছে কোন খবরই নাই।

বলে হরকুমার— দ্যাখ ছোড বেশি লোভ করনের কাম নাই। কথায় কয়, লোভে পাপ, পাপে মিত্যু। নিজে গো যেটুক যা জমি আছে মোন দিয়া খাটলে সেটায় ভাত মোটা কাপুড় মিইল্যা যাবে। বাবায় কইতো ব্যবসার সোনা চাষের এক কোনা। হারা বছর ব্যবসায় যা কামাই যদি ভগমান মুখ তুইল্যা চায় এ্যাক বিঘায় তা হইতে পারে। চাষের মতোন আর কি আছে। এক দানা ফেলাইলে জমি শ দানা ফিরাইয়া দেয়। খালে বিলে মাছেরও আকাল নাই। মাথা গরম করিস না। ঘরে বইসা দুঃখের ভাত সুখ কইরা খা। ওই সব বাহুত্রা মতলব ছাড়ান দে।

একটু চড়া গলায় বলে রূপকুমার— যেভাবে বাইচা আছি তারে কি মাইনষের মতোন বাঁচা কয়? এ্যাকবার ভাগ্য পরীক্ষা করতে চাই। মুই যামু। যত মানা করেন মানমুনা, মুই যামুই।

বউডার এহন পোলাপান হওনের কাল। তর যদি কিছু এট্যা হইয়া যায়, তার কি হইবো সেইডা এ্যাকবার ভাবছোস!

কি হইবো মোর! হারা দ্যাশ দুনিয়ার মাইনষে যায়, আগো কিছু না হইলে মোর কি হইবো! মুই তো একলা যামুনা, লগে তো অনেক মানুষ থাকবে। মাস খানেকের তো ব্যাপার। আপনেরা তো রইলেন, দেইখেন এট্যু যমুনারে। মুই যামু আর আমু। আপনে মোরে বারন কইরেন না।

বড় ভাইয়ের সব নিষেধ উপেক্ষা করে একদিন উড়িষ্যার কটকের পথে চলে গেল ছোট ভাই রূপকুমার। অদৃশ্যে বসে তার ভাগ্য দেবতা ক্রুর হাসি হাসলেন হয়তো। কিছু পথ তারা গেল নৌকায় তারপর অনবরত পায়ে হাঁটা। পূর্ব বাংলার সীমানা পার হয়ে পশ্চিমবাংলা। তখন অবশ্য পূর্ব পশ্চিম ছিলো না— সবটাই বাংলা—বঙ্গদেশ। বাংলার মেদিনীপুর জেলা পার হয়ে উড়িষ্যায় ঢোকার কথা। সারা দিন ওদের আট দশ জন মানুষের একটা দল অবিরাম হাটে। দিন শেষে যেখানে রাত হয় সেখানেই কোন একটা গাছ তলায় নেয় বিশ্রাম। চাল ডাল তেল নুন সব সাথে আছে। নদী নালা পুকুরের ধারে কাঠকুটো জোগাড় করে দুটো ফুটিয়ে নেয়। রাতের আহার শেষ হলে অবশিষ্ট ভাতে জল ঢেলে রাখে। সকাল বেলা নুন লংকা দিয়ে সেই পান্তাভাত খেয়ে আবার ওরা হাঁটা দেয়। এই ভাবে হেঁটে হেঁটে পৌঁছে গেল উড়িষ্যার সীমানায়।

তখন ভারতবর্ষের পথে পথে পাতা ছিলো নানা রকম মরণ ফাঁদ। যেন মানুষকে মেরে ফেলবার জন্যই জলে হাওয়ায় ঘুরে বেড়াতো প্রাণ নাশক বীজানু কীটাণুর পাল। এই রকম জল বাহিত একটা রোগের নাম কলেরা। এ রোগের কীটাণু সব চেয়ে দ্রুত ছড়িয়ে পড়ে। গ্রামের কোন এক কোণে একবার এ রোগ শুরু হলে আগুনের মত সারা গ্রাম গ্রাস করে নিতো। পঙ্গপালের মত মারা যেতো মানুষ। ছাড়খার হয়ে যেতো গ্রাম। যার জন্য আতঙ্কিত মানুষ এর নাম দিয়েছিলো মড়ক।

শোনা যায় বরিশাল জেলার একটা গ্রাম ভরত কাঠিতে একবার মড়ক লেগে তিনশো কুড়ি পরিবারের পুরো গ্রামটা এক মাসে শ্মশান হয়ে গিয়ে ছিলো। সন্ধ্যা প্রদীপ জ্বালাবার মতও কেউ অবশিষ্ট ছিলো না। এখানে সেখানে

পড়ে থাকা শবদেহ শেয়াল শকুনে ছিড়তো। এই গ্রামকে ঘিরে ভুত প্রেতের এত গল্প ছড়িয়ে ছিলো যে মানুষ বিহ্বল হয়ে তা শুনতো, ভয়ে কাঁপতো।

রূপকুমারের দুর্ভাগ্য, ভরত কাঠির আতংক মানুষের মন থেকে মুছে যাবার আগেই স্বভূমি থেকে বহু দূরে এক গাছ তলায় আক্রান্ত হয়ে পড়ল সে ওই মারাত্মক মারণ ব্যাধিতে। শুরু হল তার 'ভেদ বমি'। সাথে চুন গোলা জলের মত পাতলা দাস্ত। যাদের সঙ্গে এসেছে রূপকুমার সেই সব সঙ্গীসাথীরা কেউই তেমন নিকট আত্মীয় নয়, মাত্র চেনা জানা, এক গ্রামের লোক। তা ছাড়া কিছুটা সরল কিছুটা নির্বোধ কিছুটা স্বার্থপর কিছুটা অপরিণামদর্শী লোকগুলোর বুক জুড়ে দাপাচ্ছে নিদারুণ এক ভয়। মারা যাবার ভয়। ঘরে বউ ছেলে মেয়ে ফেলে রেখে এসেছে, কলেরা রোগীর সেবা শুশ্রূষা করতে গিয়ে নিজেও যদি রোগগ্রস্ত হয়ে পড়ে, যদি মরে যায় তবে তাদের কি হবে! কে দেখবে তাদের! কে দেবে খাওয়া পড়া? তাই তারা নিরাপদ দূরত্ব থেকে অভিজ্ঞতাহীন আন্তরিকতাহীন শংকা যুক্ত মন নিয়ে দুতিন দিন কিছুটা চেষ্টা চরিত্র করলো বটে কিন্তু তাতে রূপকুমারের অবস্থার কোন উন্নতি হল না। রোগ মুক্তির কোন লক্ষণই দেখা গেল না। ক্রমে ক্রমে তা বেড়ে চললো। একটু একটু করে সে গোড়া কাটা লাউগাছের মত নেতিয়ে পড়লো।

তখন যা হবার নয় তাই হয়, এক সঙ্গী আর এক সঙ্গীকে আড়ালে ডেকে কাঁপা কাঁপা গলায় বলে, লক্ষণ বেশি সুবিধার না। এই রাইত কাটবো বইলা মোনে হয় না। কি যে কপালে আছে কেডা জানে। অস্থান বিস্থানে ক্ষণে অক্ষণে মানুষ মরলে তিথি নক্ষত্রের কারণে দোষ পায়। দোষ পাইয়া মরায় 'পূষ্করা' লাগে। কী কুক্ষণে কার মুখ দেইখ্যা যে বাড়ি থিকা যাত্রা করছিলাম! রূপকুমার মইরা যদি পূষ্করা পায় মোরা এ্যাকজনও আর পরানে বাঁচমুনা। বেবাকের ঘাড় ভাইঙ্গা পাঁকের মইধ্যে পুইতা ফালাবে।

ভীত অপর সঙ্গী বলে, এট্যা কথা কমু?

কও।

আমি কই কি, ও যখন আর বাঁচবোই না, বাঁচার কোন লক্ষণই আর যখন নাই, মায়া বাড়াইয়া আর কি হইবো। লও মোরা পলাই। নিজেগো পরানডা বাঁচাই।

গেরামে গিয়া হরকুমার দাসে যখন জিগাইবে রূপকুমার কই? মোরা তহন কি জবাব দিমু?

কমু পথে ভেদবমি হইয়া মইরা গেছে। অনেক দূরের পথ, মড়া কেমনে বইয়া আনমু? আনতে পারি নাই তারে। মোরা যা যা ক্রিয়া কর্ম করা লাগে সব করছি। সব কইরা তারপর গাঙ্গে দিছি।

দুজনার এই সিদ্ধান্ত জনে জনে আলোচনা হল। বক্তব্যের সারবত্তা সবার মনে ধরল । বিপদে বুদ্ধি নাশ। বিপন্ন, ভীত, কুসংস্কার গ্রস্থ মানুষ তখন বুঝতে পারে না কি ভুল করতে যাচ্ছে। ইতিহাসের জন্য উত্তরকালের জন্য, বংশধরদের জন্য সমাজ দেশ মানুষের জন্য কি বিপদের বীজ বুনে রেখে যাচ্ছে। তারা মৃতপ্রায় রূপকুমারকে সেই নির্জন রাতের অন্ধকারে গাছ তলায় ফেলে পালিয়ে চলে গেল। কিন্তু রূপকুমারের কপালে তখন মরণ লেখা ছিলো

না। ভাগ্য বিধাতা ওকে নিয়ে মেতে উঠতে চেয়েছিলো বড় মর্মান্তিক এক খেলায়। ওকে প্রাণে বাঁচিয়ে রেখে সৃষ্টি করতে চেয়েছিলো ভাবী কালের জন্য এক খল নায়ক। এক কালা পাহাড়ের আবির্ভাবের নিষ্ঠুর নির্মম পথ।

যে রাতে ওকে সঙ্গীরা ফেলে যায় সেই রাত শেষ হয়ে যখন ভোর হয়, ভোর বেলায় মাঠের আল পথ ধরে এক ধর্মপ্রাণ মুসলমান যাচ্ছিলেন মসজিদে, ফজরের নমাজ পড়বার জন্য। গাছ তলার অন্ধকার থেকে এক মৃত্যু পথ যাত্রী, মুমূর্ষ মানুষের আর্ত ক্রন্দন শুনে পা থমকে গেল তার। কাছে গিয়ে দেখে বুঝলেন শুধু একটা মানুষই নয় মারা যাচ্ছে মানব সমাজের বিবেক বুদ্ধি মনুষ্যত্বও। তখন সেই আল্লাহ্‌র বান্দা মৃত প্রায় নর দেবতার সামনে নত হয়ে পড়লেন। ভুলে গেলেন তার গন্তব্য স্থল। আর যাওয়া হল না নামাজ পড়তে। চল্লিশ বছরের জীবনে এই প্রথম নষ্ট হয়ে গেল একটি ইবাদত। কিন্তু তার আল্লাহ্‌র প্রতি বিশ্বাস ছিলো, আল্লাহ্‌ তাকে নিশ্চয় ক্ষমা করবেন। কারণ তিনি ক্ষমাশীল।

উনি রূপকুমারকে পাঁজা কোলে করে তুলে নিয়ে গেলেন নিজের বাড়িতে। ডেকে আনলেন একজন হেকিম। ব্যবস্থা করলেন ওষুধ পথ্যের। এক মাস চলল চিকিৎসা। যমে মানুষে টানাটানির পর অবশেষে জয় হল মানুষের। জয় হল মানবতার। চিকিৎসা আর সেবা শুশ্রষায় ধীরে ধীরে রোগ মুক্তি ঘটলো রূপকুমারের। একদিন সেই পরম দয়ালু মুসলমান লোকটির কাছে বলে রূপকুমার, আমি অনেক দিন দ্যাশ ছাড়া হইয়া আছি। বাড়িতে বেবাকে চিন্তায় আছে। আপনে আমারে এইবার অনুমতি দ্যান যাওনের।

মুসলমান লোকটি রূপকুমারকে নিজের ছেলের মতই ভালোবেসে ফেলেছিলেন। কিন্তু সে 'ছেলের মত'। ছেলে তো আর নয়। কোন অধিকারে তাকে ধরে রাখবেন! চোখের জল গোপন করে বলেন তিনি, যদি কোনো দিন ইদিকে আস্যো, আমার বাড়ি সুনিশ্চয় আসবা। নিজ বাড়ি মন্নে করে আসবা।

আপনে যদি কোনদিন বরিশাল যান আমাগো বাড়ি অবশ্যই যাইবেন। আপনে আমার পরান ফিরাইয়া দিছেন। আমার মায় দাদারা আপনেরে সামনে পাইলে পূজা করবো। মানুষ না, আপনেরা আমার ধারে সাক্ষাৎ ভগমান। আপনে না থাকলে আজ আমি থাকতাম না।

বলেন সেই ধর্মপ্রাণ মানুষটা, আমি কেউ না, কিচ্ছু না। তুমি আল্লার জন্ন বাঁচতি পেরেছো। তিনিই তোমার রক্ষা কর্তা। গুন গাতি হলি তার গুন গাও। আল্লা আমারে দে যা করায়েছে আমি তাই করছি। আমি কেউ না, সব সেই জনা, তিনিই সবার মালিক।

সেই নমাজি মুসলমানকে প্রণাম করে পায়ের ধূলো মাথায় নিয়ে এরপর বাড়ির দিকে রওনা দিলো রূপকুমার। যেদিন সে বাড়ি ফিরে এল— হিন্দু শাস্ত্র অনুসারে, বামুনে মন্ত্র শক্তির জোরে তার আত্মা গোরুর লেজ ধরে বৈতরণী নদী পার হয়ে বৈকুণ্ঠে পৌঁছে যাবার কথা। সেই রূপকুমারকে স্বশরীরে উপস্থিত দেখে তো প্রথমে তো লোকে সন্দেহ করলো, এ নিশ্চয় ভূত। এ রকম ঘটনা নাকি ভরত কাঠিতে অনেক ঘটেছিলো। পরে, নানারকম জিজ্ঞাসাবাদের শেষে লোকে বুঝতে পারলো ভূত নয় এ সেই আসল রূপকুমার। আর তখন খুব

স্বাভাবিক নিয়মেই উদ্বেল হয়ে উঠলো সেই প্রান্তিক অঞ্চল। রূপকুমারের মেজদা রামকুমার খুব বদরাগী বলে বদনাম ছিল । সে একটা পাঁঠা কাটা রামদা হাতে করে ছুটলো সতীন্দ্র মহাদেব বিজয়দের বাড়ির দিকে। যে হালারে হাতের কাছে পামু একই কোপে ধড় থিকা মাথা লামাইয়া দিমু। মোর ভাই মরছে! এত বড় মিছা কথা! মায় ছোট পোলার শোকে কানতে কানতে ফিট পড়তে আছে। ছোড বউডা চোইক্ষের সামনে থান কাপুড় পইড়া, বিধবা সাইজা বইসা আছে। আইজ এয়ার শোধ নিমু। এ্যাক হালারে ছাড়মুনা।

গ্রামবাসীরা তাকে থামিয়ে বুঝিয়ে সুঝিয়ে নিরস্ত্র করে– থামো রাম, মাথা গরম কইরো না। গ্রামে কি বিচার ব্যবস্থা নাই নাকি। এয়ার বিহিত নিশ্চয় হইবো। সবার কথায় সে তখনকার মত নিরস্ত হল বটে কিন্তু রাগ তার কমলো না। শেষে হরকুমার, রামকুমার এবং তাদের কয়েকজন আত্মীয় মিলে নালিশ ঠুকে দিলো গ্রাম সভায়। যে সভার মাথা ছিলো শিবনাথ ভট্টাচার্য্যের বাপ মণিভূষণ ভট্টাচার্য্য । কর্তা মোশায় এয়ার বিচার বিহিত করেন। নাইলে কাইজা ফাসাদ খুনোখুনি হইবো।

মনিভূষণ ভট্টাচার্য্য খুব কড়া ধাতের লোক ছিলেন। তিনি গ্রাম সভার বিচার করতে যেতেন হাতে বাধানো লাঠি নিয়ে। বলতেন– যে আমার কথা না মানবা এই লাঠির কথা মানবা। মানতোও সবাই তার কথা। না মেনে কি কোন উপায় ছিলো? নায়েব গোমস্তা দারোগা যার হাতে তার কথার বিরুদ্ধতা করার সাহস কার থাকে? সে যদি বলতো জল উচা, সবাই ঘাড় কাত করে বলতো কর্তামোশাই যহন কইতে আছেন, নিশ্চয় উচা। সে যদি বলতো জল নিচা সবাই বলতো নিশ্চয় নিচা, উনি কি ভুল কইতে পারেন।

রূপকুমার সংক্রান্ত বিবাদে তিনি দুপক্ষের কথা শুনলেন, তারপর বললেন– সতীন্দ্র মহাদেব বিজয় এবং অন্যদের– রূপকুমাররে তোমরা ফালাইয়া আইছো। ভেদ বমি এক মহারোগ, তা দেইখ্যা তোমরা ভয় পাইছিলা কইতে আছো। কথাডা মানি, রোগডা ভয় পাওনের মতোনই। হে তোমরা ক্যান আমি হইলেও ভয় পাইতাম। ভয় পাইয়া ওরে ফালাইয়া তোমরা যে পালাইছো তার মইধ্যে আমি কোন দোষ দেহি না। কিন্তু যেডা দোষের সেডা হল– তোমরা সত্যি কথাডা ক্যানো বল্লে না? যদি তোমরা হরকুমাররে বলতে সে মরছে না বাঁচছে আমরা কইতে পারি না তাইলে সে তো আর এই সব ছেরাদ্ধ শান্তির আয়োজন করতো না। কতগুলো পয়সার অকারণ খরচা। এই দোষের কারণেই সেই দোষটা বড় হয়ে দেখা যাচ্ছে। এইডার জরিমানা না কইরা অইন্য কিছু করনের তো উপায় দেখি না।

অনেক বিচার বিবেচনার পর অপরাধী আট জনের সাজা দিলেন তিনি, তোমরা প্রত্যেকে এক একশো টাকা করে জরিমানা দেবা। এই টাকায় মা কালির মন্দিরটার শ্রীবৃদ্ধি করা হইবে। তোমরা যে পাপ করছো এই পথে তার পেরায়চিত্ত হইয়া যাবে।

একশো টাকা সে কালে অনেক টাকা। দশটাকা মাস মাহিনায় সে সময় সম্পন্ন গৃহস্থের বাড়ি 'বারো মেসে' মজুর রাখতো। ফলে জরিমানার টাকা দিতে আটটি পরিবারের অনেকেরই ঘর বাড়ি বিক্রি হয়ে গেল। তবে মন্দিরটা হল

দেখবার মত। যখন সেই মন্দিরে বিশেষ বিশেষ পূজার দিনে উদাত্ত গলায় মণিভূষণ সংস্কৃত মন্ত্র উচ্চারণে কালিকা মাতার বন্দনা করতো, সে শব্দ কানে গেলে রাগে ফুলতো সতীন্দ্র মহাদেবরা, হে মা তুই এ্যাতো মাইনষের রকতো খাইতে পারোস আর রূপকুমাররে খাইতে পারলি না! অর একলার লইগ্যা আইজ এতো গুলান জীবোন যাইতে আছে। হে তুই যা করছোস তা করছোস অহন এট্টা সুযোগ দে মা। যদি সত্য সত্যই তুই থাকোস তয় য্যান রামকুমাররে এ্যাকবার নাগালে পাই। য্যান অরে আইনা তর সামনে বলি দিবার পারি, তাইলে আর আমাগো কোন দুঃখো থাকবো না।

এরপর কেটে গেল বেশ কটা বছর। ধীরে ধীরে ঠাণ্ডা হয়ে এল জলাভূমি জুড়ে জেগে ওঠা সেই সামাজিক উত্তাপ। পরিবেশ পরিস্থিতি একটু একটু করে পৌঁছে গেল আগের অবস্থায়। তখনই হঠাৎ প্রকাশ হয়ে পড়লো— রূপকুমার যে বাড়িতে আশ্রয় পেয়েছিলো, যে বাড়ির অন্নজল খেয়ে প্রাণে বেঁচে ফিরে এসেছে সে এক বিধর্মী, গরুখোর নেড়ের বাড়ি। নমাজি সেই মুসলমান রূপকুমারের মায়া কিছুতেই ভুলতে পারছিলো না। তাই একদিন রূপকুমারের দেওয়া ঠিকানা নিয়ে সে হাটা দিয়েছিলো। পথের শেষ পর্য্যন্ত পৌঁছাতে পেরেছে রূপকুমারের কাছে। এতেই সব জানাজানি হয়ে গেল।

তখন মহাদেব বিজয় সতীন্দ্র আর জরিমানা দেওয়া আরো পাঁচ জন সবাই দল বেঁধে হাজির হল মনিভূষণ ভট্টাচার্য্যের কাছে। কর্তা মোশায়, আপনে দশ গেরামের মাথা। আপনের কাছে বিচার চাইয়া কেউ ন্যায় ছাড়া অন্যায় পায় নাই। মোরা বুইঝা হউক কি না বুইঝা হউক, দোষ কন দোষ না কন না দোষ— যা করছিলাম তার আপনে যা সাজা দিছেন মাথা পাইতা মাইনা নিছি। তার জইন্য আমাগো কস্টো নাই। কস্টো পামু এহন, যদি রূপকুমার যে পাপ করছে তার কোন বিচার না করেন।

কি করছে রূপকুমার?

হে মেয়ার ঘরের ভাত খাইয়া আইছে। গরুও যে খায় নাই হে কথা কওয়া যায় না। এই মানুষ আর কেমনে হিন্দু থাহে কন!

সব কথা বিস্তারিত শুনে বড় ভাবনায় পড়ে গেলেন মনিভূষণ ভট্টাচার্য্য। এ এক জটিল সমস্যা। যা তার একার পক্ষে সমাধান দেওয়া অসম্ভব। শেষে বাধ্য হয়ে ডাকলেন— রায় মশায়, দত্ত মশায় এবং সমাজের অন্যান্য সব গণ্যমান্য মানুষকে। ভাইয়ে ভাইয়ে মারামারি, বউয়ের স্বভাব ভালো নয়, গরুতে ধান খেয়েছে এসব ঝামেলার সাথে এই সমস্যার বিশাল ফারাক। ওসব তো এক তুড়িতে মিটিয়ে দেওয়া যায়, এটা যাবে না। ব্যাপারটা সনাতন ধর্মের সাথে যুক্ত এক স্পর্শ কাতর বিষয়। এর জন্য সমাজ পতিদের এক মত হওয়া দরকার। তাই এ নিয়ে দফায় দফায় চলে পরামর্শ আলোচনা যুক্তি তর্ক পাল্টা তর্ক।

রায় মশায় বলেন— তা ধরুন গিয়ে— বিষ, তা কেউ জেনে শুনে বুঝে খায়। আর কেউ না জেনে না বুঝে। তা সে যেভাবেই পেটের মধ্যে যাক, সে তো তার ক্রিয়া করবেই। তারপর ধরুন গিয়ে আগুন, আগুনে কেউ জেনে হাত দিক আর না জেনে হাত দিক সে তো পুড়বেই। এখোন কথা হচ্চে, রূপকুমার যখোন ম্লেচ্ছ অন্ন খেয়েছে তা সে জেনে বুঝে খাক আর না জেনে না বুঝে,

খেয়েছে তো ম্লেচ্ছ অন্ন। সে অন্ন পেটে গিয়ে তার যা ক্রিয়া তা সে করবেই! তো তাহলে।

দত্ত মশায় বলেন, যে একবার মোছলমানের অন্ন জল খাইছে তারে আর হিন্দু ধর্মের মইধ্যে রাখা যায় না। ধর্ম জাইত দুইটাই গেছে তার।

একজন কিছু বলার জন্য বহু সময় ধরে উসপাস করছিলো। দত্ত মশায় থামতেই বলে সে, যা ঘটনা ঘটছে বোঝা গেল রূপকুমারের জাইত মারা গেছে। কিন্তু তার বউডা কি য্যান নাম? যমুনা, এট্টা পোলাও আছে তার। তাগো কি হইবো? এই বিষয়ে সাস্তরের বিধি বিধান কি?

প্রশ্নটা যদিও বামুন মনিভূষণকে, কারণ শাস্ত্র বিষয়ে বামুনের আগে কথা বলার আর কার অধিকার? কিন্তু প্রশ্নকারী তাকিয়ে ছিলো দত্ত মশায়ের দিকে। তাই সে উত্তর দেবার দায় ভাগাভাগি করে নেয়, আমার মোনে কয় বউডার জাইত যাবে না। ভটচাজ মশায় কি বলেন?

ভটচাজ মশায় বলে, নারী হল আদ্যাশক্তি জগন্মাতার অংশ। তার কোন জাত নাই। জলের যেমন কোন আকার থাকে না, যে পাত্রে রাখা হয় সেই পাত্রের আকার ধারণ করে, নারীও তদরূপ। শাস্ত্রে এয়ার অনেক প্রমাণ আছে। যদি সে বউডা রূপ কুমারের সঙ্গ ত্যাগ করে, আর না মেলে মেশে তালে অজানিত ওঠা বসায় যেটুকু যা দোষ বিঘ্ন ঘটছে তার সঙ্কলন করা সম্ভব। পাঁচ বেরাম্মনের আশীর্বাদে সব পাপ বিনাশ হয়ে যাবে।

জরিমানা দেওয়া লোকেরা মনিভূষণ ভট্টাচার্যের বাড়ি গেছে। তারা কেন গেছে আর তারপর সমাজের মাথা মাথাদের আলোচনা হচ্ছে, কি বিষয়ে আলোচনা হচ্ছে সে সব খবর হরকুমারের কানে যেতেই সে বুঝতে পারলো একটা বিষম বিপদ আসছে। সে পড়ি মরি করে ছুটে গেল মনিভূষণ ভট্টাচার্যের কাছে। কেঁদে কঁকিয়ে পড়ল পায়ের সামনে, দোহাই ধর্মের মোর ভাইয়েরে বাঁচান। দয়া করেন। হেয় তো রোগের কারণে বেহুস আছিলো। কেডা তারে নিয়া যায় কেডা তার মুহে জলপানী দেয় হে তো কিছু ঠাওর পায় নাই। ইচ্ছা কইরাতো আর মেয়াগো হাতে খাওয়ার পাপ করে নাই। তারে অবুঝ বইলা ক্ষমা কইরা দ্যান।

তার কান্নায় চিঁড়ে ভেজে না। মনিভূষণের মন ঢলে না। ধমকের স্বরে বলেন— এইডা কি মাফ করার মত এট্টা বিষয় নাকি! হিন্দু শাস্তরে গোরু হইল গিয়া গোমাতা। যার শরীলে তেত্রিশ কোটি দেবদেবতার বাস। সেই গোমাতারে যারা ছাগোল পাডার মতোন কাডে, মাংসো খায় তারা যে কতখানি পাতক তা তোমার মাথায় আসবে না। সেই মেচ্ছ নেড়ের হাতে অন্ন জল খেয়ে রূপ কুমার যে অন্যায় করছে, আইজ যদি তারে ছাড়ান দিই, তার দেখাদেখি দশ জোন তার পথে হাঁটবে, মেয়াগো লগে খাই খাওয়া ধরবে। তাইলে ধর্মাধর্ম, হিন্দু সমাজ রসাতলে যাবে। সমাজের মাথা হইয়া আমি সে কাজ করতে পারবো না।

জাতিচ্যুত হয়ে গেল রূপকুমার। তার দাদা এবং মায়ের কান্নাকাটি আবেদন নিবেদন আটকাতে পারলো না তাকে। আগে এই পথের শেষ গ্রামে কোন মুসলমান ছিলো না। তারা ছিলো সব একটা মাঝারি মাপের গাঙের ওপারে এবং সংখ্যাতে পথের শেষ গ্রামের জন সংখ্যার দ্বিগুণ। এবার এই গ্রামেও এক

ঘর মুসলমান এল। সনাতন ধর্মের সংরক্ষক সমাজ পতিরাই তার আসবার পথ নির্মাণ প্রশস্ত এবং মসৃণ করে দিলো। এক মা বাবা, এক বাড়ি এক উঠোন এক ঘাটের জল পান এক জমির ফসলে প্রাণ ধারণ। তবু রূপকুমার হয়ে গেল অচ্ছুত– জল অচল, নেড়ে। আর যাদের কাছে হল তারা নিজেরাও, হিন্দু ধর্মের কাছে অচ্ছুত– জল অচল চাঁড়াল নমো। তাদের কাছে মন্দিরের দরজা বন্ধ, বিদ্যালয়ের দরজা দূর অস্ত, মন্ত্র উচ্চারণ অপরাধ।

মানুষ মানুষের কাছে থেকে মানুষকে কি করে ভালোবাসতে হয় সে পাঠ অত সহজে নিতে পারে না যত সহজে কি করে ঘৃণা নিন্দা করতে হয় তা শিখে নেয়। এক মাটিতে হামাগুড়ি দিয়েছে একই বাতাস টেনেছে বুক ভরে একই আকাশের নিচে দাঁড়িয়ে। একই সুখে হেসেছে একই দুঃখে কাতর হয়েছে একই আনন্দ ভাগ করে নিয়েছে সমান ভাবে। একই রোগে শোকে প্রাকৃতিক বিপর্য্যয়ে বিপন্ন হয়েছে, সেই সব প্রতিবেশী আত্মীয় স্বজন যেই একটা আঙ্গুল উঠলো অমনি রূপকুমারকে পর করে দিলো। যে ঘৃণা অপমান তারা এতকাল উচ্চবর্ণের কাছ থেকে পেয়ে এসেছে সেই একই ঘৃণা অপমান বর্ষণ করতে লাগলো তাদেরই মত অসহায় একটা মানুষের উপর।

রূপকুমারের নামটা এরপর বদলে রূপচাঁদ মিয়া হয়ে গেল। তার বউ হল যমুনা থেকে যমিলা বিবি। তাকে অবশ্য বুঝিয়ে বলা হয়ে ছিলো নেড়ে না হতে। রায় বাবু, ধান কাটার পরে যার উঠোনে দু—দুটো ধানের গাদা মারা হয়, সে গাদা এত উঁচু যে চূড়ার দিকে তাকালে মেয়ে ছেলের মাথার ঘোমটা পড়ে যায়, সেই রায় বাবু যমুনাকে বলেছিলো, তরে বাইরের দিক একখান ঘর দিয়া দিমু। মায় পোলায় হেইখানে পইড়া থাকবি। আমাগো পাঁচ পাতের ভাতে তগো দুইডা প্যাট চইলা যাইবো। যমুনা সে লোভনীয় প্রস্তাবে রাজী হল না, স্বামীর সাথে সেও মুসলমান হয়ে গেল।

হরকুমার, রামকুমার কারোই ইচ্ছা ছিলো না, তবু গ্রাম্য মাতব্বরদের নির্দ্দেশে রূপকুমারের দিকের উঠোনটা ভাগ করে মাঝ বরাবর পুতে দেওয়া হল বাবলা গাছের ছোট ছোট চারা। এ গাছের কাঁটায় খুব বিষ, ওদিকের কেউ যেন এদিকে আসতে না পারে। সেই গাছ অনুকূল পরিবেশ পেয়ে বড় হতে লাগলো একটু একটু করে। একটু একটু করে শেকড় চারিয়ে দিতে লাগলো মাটির গভীরে। যে গাছ ফুল দেয় না ফল দেয় না দেয় শুধু লক্ষ লক্ষ কাঁটা। যে কাঁটা মানুষের দেহ মনে বিষাক্ত খোঁচা দিয়ে রক্তাক্ত করে আহত করে যন্ত্রণা দেয়।

তবে মুসলমান হয়ে গেলেও যতদিন রূপকুমার বেঁচে ছিলো তার বাড়িতে কোন দিন গরুর গোস্ত ঢোকেনি। সন্ধ্যা বেলায় শাঁখ বাজতো উলুধ্বনিও হোত। যমুনা কপালে সিঁদুর হাতে শাঁখাও পড়তো। তার ছেলেরা দূরে দাঁড়িয়ে কাকা জ্যাঠার উঠোনে নারায়ণ পূজা দেখতো। কলা পাতা পেতে সিন্নি প্রসাদ নিতো। রূপকুমার মারা যেতেই সে সব পাট উঠে গেল। তার ছেলেরা সচেতন ভাবে সমস্ত রকম হিন্দু সংস্কার বর্জন করে হয়ে উঠল এক এক জন গোঁড়া মুসলমান। তারা তাদের গোঁড়ামিত্বের প্রমাণ দিতে প্রথমেই সন্ধ্যা প্রদীপ জ্বলা তুলসি মঞ্চ ভেঙ্গে, ঘরের যত কিছু দেব—দেবতার মুর্ত্তি, ঘট—পট সব লণ্ডভণ্ড করে গাঙের

জলে ফেলে দিলো। তারপর জবাই করলো একটা বকনা বাছুর। রান্না হল সেই মাংস, প্রকাশ্যে খাওয়াও হল। কোরবানীর এই অনুষ্ঠানে যোগ দিতে গাঙের ওপার থেকে পাঁচ খানা বড় নৌকা ভরে আমন্ত্রিত মানুষ এল। যাদের নৌকার খোলে প্রস্তুত ছিলো রামদা বেতের ঢাল আর সুপারি শলার সড়কি। যদি কোন কাফের ধর্মীয় অনুষ্ঠানে বাধা দিতে আসে তার উপযুক্ত জবাব দেওয়া হবে। রূপকুমারের পরিবার এতদিন ছিলো একেবারে একা একঘরে। হিন্দুরা তাদের তাড়িয়ে দিয়েছে কিন্তু মুসলমানরা তাদের কাছে টেনে নেয়নি। এই অনুষ্ঠানের মধ্যে দিয়ে সে দূরত্ব ঘুচে গেল। ঘোষণা করলো মৌলবি সায়েব, আজ থেইকা এরা মোছলমান। মোছলমান মোছলমান ভাই ভাই। এক মোছলমানের হিপাজত করা আর এক মোছলমানের কর্তব্য।

এরপর রূপকুমারের উঠোনে মাঝে মাঝেই হতে থাকে ধর্মীয় অনুষ্ঠান, মেহফিল, আলোচনা সভা। পাঠ হয় কোরান শরীফ। বক্তারা যে ধর্মীয় আলোচনা করে, বক্তৃতা দেয় তাতে ঢেলে দেয় তীব্র জাতি বিদ্বেষ ঘৃণা আর ক্রোধ। বহু যুগ ধরে সয়ে আসা অপমান অবমাননার জ্বালা, দাহ, আগুন। যা ছিলো একদিন বর্ণ বিদ্বেষ তাই আর এক নতুন রূপে এগিয়ে আসে সাম্প্রদায়িকতার বেশ ধরে। নষ্ট হতে থাকল হাজার বছরের স্থিতিশীলতা এবং একমাত্রিকতাও। যে মাটি কাল পর্য্যন্ত ছিলো শীতল-শান্ত নিরুত্তাপ দুপক্ষের এক ভুল পদক্ষেপে তা ক্রমশ তেতে উঠতে থাকে।

৫

বাবলা গাছের কাঁটা

পূর্ববঙ্গের লোক সংস্কৃতির একটা বড় মাধ্যম কবি গান। অনেক বড় বড় কবির সরকার এখানে জন্ম নিয়েছে। যারা তৎক্ষণাৎ যেকোন বিষয় নিয়ে গান বেঁধে আসরে বসে গেয়ে শোনানোর অসাধারণ দক্ষতা রাখতো। সমাজ নীতি রাজনীতি ধর্মনীতি, হাস্য পরিহাস, এমনই মনোরঞ্জনের নানান দিক উঠে আসতো সেই সব গানে। এই রকম এক কবির সরকারের নাম গণপতি। অল্প দিনে সে বেশ নাম করে ফেলেছে। তাকে ডেকে একদিন কবিগানের আসর বসিয়ে ছিলো হরকুমার। হরকুমার জীবনে অনেক ভুল করেছে, সেই সব ভুলের মত এই কবিগানের আসর বসানোটাও ছিল বিরাট বড় একটা ভুল। আসলে হরকুমার দূরতম কল্পনায়ও আনতে পারেনি যে চটুল রসিকতা করতে গিয়ে গণপতি এমন সব কথা বলবে যা মুসলমান সমাজের মানুষের মনে ক্রোধের আগুন জ্বালিয়ে দেবে। গণপতি গান বাঁধতে জানত, গাইতে জানত কিন্তু জানত না কোন কথাটা বলার থেকে না বলাটাই অনেক বেশি দরকারি! সেদিন মাঝরাতে, আসরের প্রায় শেষ পর্বে প্রতিপক্ষ গায়কের কী এক প্রশ্নের জবাব দিতে উঠে সে হঠাৎ বলে বসল– ঘাউড়া সোজা গুতায়, আর মেয়া সোজা জুতায়। গণপতি তার পরিহাস তরল গলায় কথাটা বলে আসর মাত করতে চেয়েছিলো, কারণ তার প্রতিপক্ষ কিছুতেই একটা কথা বুঝতে চাইছিলো না। বার বার 'ঘাউরামি' করে না বোঝার নাটক করছিলো। তাই তারই উদ্দেশ্যে ছিলো প্রথম বচন, এমনিতে তুই বুঝবি না ঘাড়ে গর্দ্দানে দু একটা পড়লে বুঝে যাবি। কিন্তু গুতোর সঙ্গে জুতো মিল দিতে গিয়ে বিপত্তি ডেকে আনলো। একজন প্রশ্ন করে বসলো ঘাউরা গুতায় সোজা সেইডা বোঝলাম, কিন্তু মেয়া জুতায় সোজা এয়ার মানে তো বোঝলাম না!

গণপতি কথার কারবারি। সে কথার পিঠে কথা জুড়ে যেতে জানে। সে বলল, আমি এ্যাকবার এ্যাক আসরে এই কথাডা কই ছিলাম। হেই আসরে হিন্দু যেমন আছিলো মেয়াও আছিলো। আমার কথা শুইনা এক মেয়া তো আমারে

এই মারে সেই মারে। শেষে তারে কাছে ডাইকা আমি কই, মেয়া চড়ো ক্যান। মোর কথাখান আগে মোন দিয়া শোন তাইলেই বোঝবা তোমরা জুতায় সোজা কিনা। মোরা কলাপাতার উপার দিক ভাত খাই তোমরা খাও আমাগো উল্টা দিক, তলায়। মোরা কাপুর পড়ি কাছা দিয়া তোমরা কাছা খুইলা দাও। মোরা পেরনাম করি পূর্ব দিক ফিইরা, তোমরা নামাজ পড়ো পচ্চিম দিক মুখ কইরা। মোরা রাখি মোচ, তোমরা তা কাইটা ফালাও। মোরা বাও দিক দিয়া বই পড়তে পড়তে ডাইন দিক যাই তোমরা ডাইন দিক দিয়া বায়ে আসো। মোরা মরলে যাই চিতায়, তোমরা যাও কবরে। তাইলে দ্যাখো সব কিছুতে তোমরা হিন্দুগো উলটা কিন্তু জুতা আমরা যেই রকম পায়ে দিই তোমরাও এ্যাকই রকম পায়ে দাও। হাতে দাও না। এয়ার মানে তোমরা সব কিছুতে উলটা হইলেও জুতায় এ্যাকক্কারে সোজা। তহন সে কথাডা মাইনা নিলো। এহন বোঝলা মেয়ারা জুতায় ক্যান সোজা!

গণপতি গল্পটা বলে লোককে হাসাতে চেয়েছিলো। কিছুলোক হেসেও ছিলো। কিন্তু হাসতে পারেনি তারা যাদের বাবলা কাঁটার ওপারে বাস করতে বাধ্য করা হয়েছে। পরে এই কথাটা একটা শ্লোগানের মত হয়ে গেল। পাঁচজন উগ্র হিন্দু একজায়গায় হলেই মুসলমানের দুর্বিনীত মনোভাবের প্রসঙ্গ উঠলেই কেউ না কেউ বলে উঠতো হালার জাইত খালি জুতায় সোজা।

যখন এ গল্প গাঙ পেরিয়ে মুসলমান পাড়ায় পৌঁছে গেল, তখন তারা এক মৌলবিকে নিয়ে এ পাড়ের লোকের মুখের মত জবাব দিতে এল। সাথে এল পঞ্চাশ জন সড়কি বল্লমধারী আল্লাহ্‌র বান্দা। রূপ চাঁদ মেয়ার উঠোনে বসল ধর্ম আলোচনার আসর। আলোচক সেই মৌলবি। সে একথা সে কথার পর এল আসল বক্তব্যে।

আমি একবার পিরিচপুর গেছিলাম। তো সেইখানে এক ধর্ম সভায় আমি যেই কইছি হিন্দুরা বেবাকে ষাঁড়ের পোলা। এক হিন্দু তো আমার উপার খেইপা লাল। শেষে আমি তারে কই, খেপো ক্যান, তোমরা তো গরুরে মা কও। তয় গরু যদি মা হয় ষাঁড় তো বাপই হইলো। কও হইলো না?

টিনের চোঙ্গ মুখে লাগিয়ে এ সব কথা এত জোরে বলা হল যে বাবলা কাটার সীমানা পেরিয়ে আরো দূরে ওপাড়ে জড়ো হওয়া লোকজন তা শুনতে পায়। শুনছিলো তারা আর মনে মনে গুনছিলো পঞ্চাশ জন লেঠেলের সাথে মহড়া নেবার মত জনবল তাদের আছে কিনা।

মৌলবি বলতে থাকে, আমি তারে এয়ার বেশি কিছু কই নাই। তয় আপনেরা বুইঝা দেখেন যারা গরুরে মা কয়, যারা পঞ্চগব্য নাম দিয়া গরুর গু গরুর মুত খায় তারা কেমুন মানুষ। কি তাগো জাইত ধর্ম। আরে দুধ খাইলেই যদি মা হয় তাইলে মোইষ কী দোষ করছে? দুধ তো তারও খাস। ছাগলের বা কোন অপরাধ তারেও মা ক। গরু বড় মা মোইষ মাইঝগা মা ছাগল ছোড মা। ষাঁড় বড় বাপ পাডা ছোট বাপ।

তখনো হরকুমার বেঁচে আছে। কিন্তু আর বাঁচতে ইচ্ছা করে না। কয়েক মাস আগে ভাই রামকুমার সাপের কামড়ে মারা গেছে। শোকে দুঃখে অপমানে রূপকুমারও বেঁচে থাকতে পারেনি। যে কলেরা একদিন প্রাণ নিতে নিতে

ফিরিয়ে দিয়ে ছিলো শেষ কালে সেই কলেরাই প্রাণ কেড়ে নিয়েছে। অসহায় বৃদ্ধ হরকুমার এখন একা কি করবে? সে তখন কানে কম শোনে চোখেও ভালো দেখতে পায় না। তবে বুঝতে পারে ভ্রাতৃঘাতী আর এক কুরুক্ষেত্রের গোপন প্রস্তুতি শুরু হয়ে গেছে। ভাইয়ের রক্তে স্নান করবে আর এক ভাই তারই আয়োজন সম্পূর্ণ হচ্ছে। যে বিষাক্ত বাবলা কাঁটা একদিন বাড়ির উঠোনে পোঁতা হয়েছিলো এখন তার শিকড় বাকড় বুকের পাঁজরে চারিয়ে গেছে। গাছগুলো বাড়ছে, বেড়ে যাচ্ছে তার কাঁটাও।

রূপচাঁদের পাঁচ ছেলে তিন মেয়ে। বড় ছেলের নাম মামুদ। সে কিছুটা ধীর স্থির বিচক্ষণ। বাপের হা হুতাশভরা নিঃসঙ্গ জীবন সে বড় কাছ থেকে দেখেছে। তখন তার দেখা বোঝার মত বয়েস হয়ে গেছে। দেখেছে তার অসহায় মৃত্যুও। এক ভরা বর্ষার রাতে বমি পায়খানা করতে করতে মরে যায় রূপচাঁদ। বাবলা কাঁটা অস্বীকার করে কোন আত্মীয় সমাজচ্যুত হবার ভয়ে আসেনি তার ঘরের দরজায়। ধর্মের আর জাতের বেড়ি চাপানো ছিলো তাদের পায়ে। মামুদের বুকে সেই মৃত্যু দৃশ্য একটা মর্মান্তিক, চিরস্থায়ী, ক্ষতের সৃষ্টি করে দিয়েছে। সেই ক্ষত কোনদিন ভরাট হবে না। তা চির দিন তাকে যন্ত্রণা দেবে কাঁদাবে।

মামুদের চেয়ে দু বছরের ছোট মমিন। তবে শারীরিক গঠনে তাকেই সব ভাইয়ের বড় বলে মনে হয়। সে রূপচাঁদের মতোই ক্রোধী জেদী এবং দুঃসাহসী। বাপের মৃত্যুর খবর সেই ভরা বর্ষার রাতে গাঙ সাঁতরে ওপারের মুসলমান পাড়ায় নিয়ে যায়। কিন্তু যাওয়া মাত্র তারা আসে না। বলে মোরা ক্যান যামু কও। তোমার বাপেরে হিন্দুরা খেদাইয়া দিছে সেডা সত্য। কিন্তু হে তো কলমা পাইড়া মোছলমানও হয় নাই। দুই জাইতের মাঝে ত্রিশংকু হইয়া আছে। মরার আগের দিন পর্য্যন্ত তার মোনে আশা আছিলো হিদুরা আবার জাইতে ফিরাইয়া নিবো। এই আশা নিয়াই মইরা গেছে। তয় যে আমাগো মানুষ না তার জইন্য মোরা ক্যান যামু, কেমনে যামু!

তখন মমিন বলে— বাপে মোর বলদা আছিলো। বোঝতে পারে নাই। আপনেরা লন, বাপের ক্রিয়াকর্ম মিইটা যাউক। হে যা ভুল করছে মোরা পাচ ভাই মিল্যা পুরা কইরা দিমু। আমাগো বাড়ির ত্রিসীমায় আর হিন্দু ধর্মের নাম নিশান রাখমু না। এরপর সেখান থেকে নৌকায় লোকজন এসে মুসলমান রীতি রেওয়াজ মেনে তাকে নদীর পাড়ে গোর দেয়। এই মমিনকেই গ্রামের লোকের সব চেয়ে বেশি ভয়। সাম্প্রদায়িক দাঙ্গার আগুন, যা তখন সারা দেশে জ্বলছে, যদি কোন দিন এই গ্রামে জ্বলে ওঠে, ঘর পোড়ায় তার প্রধান হোতা হবে মমিনই। রূপচাঁদের কবরের মাটি ছুয়ে সে প্রতিজ্ঞা করে ছিলো— যেই হালারা তোমারে শান্তিতে মরতে দিলো না এ্যাক হালারেও আমি শান্তিতে থাকতে দিমু না। মরা আর কি কস্টো তার চাইয়া দশ গুণ বেশি কস্টো দিমু তাগো। দেইখো তুমি।

মামুদের ছোট মমিন, মমিনের ছোট মজিদ। সে গরীব দাসের সমবয়সী। এসব জাত মারা ঘটনা যখন ঘটে, গরীব, মজিদ কেউই জন্ম নেয়নি। যদি, সেদিন ওই অঘটন না ঘটতো, তবে দু জনে এক সাথে হাডুডু, দাড়িয়াবান্ধা খেলতো। মাছ মারতে যেতো এক সাথে। কিন্তু এখন ভাই হয়েও ভাই নয়।

দূর থেকে দুজন দুজনকে দেখে, গলা জড়াজড়ি করতে পারে না। মাঝে দাঁড়িয়ে আছে জাত বেজাত নামের দেওয়াল।

হরকুমার মমিনের রাগ দেখে মনে কষ্ট পেলেও ওকে দোষ দিতে পারে না। সারা পাড়ায় এই এক ঘর মুসলমান। কেউ তাদের সাথে মেলে না মেশে না হাসে না খেলে না বিপদে পাশে গিয়ে দাঁড়ায় না। যখন ওরা ছোট ছিলো ওদের মত ছোটদের সাথে খেলবার জন্য বাধা ভেঙ্গে ছুটে আসতো। তখন হিন্দুরা তাদের বাচ্চাদের ধমকে দূরে সরিয়ে নিয়ে যেতো। ওদের মনে করতো কুষ্ঠরোগীর মত ঘৃণ্য। ওদের শিশু মন জানতো না কি অপরাধে মানুষের সমাজ এমন কঠিন সাজা দিচ্ছে। নিঃসঙ্গ বাল্য একাকীত্বময় কৈশোর উপেক্ষিত যৌবন ওকে জিঘাংসু করে তুলেছে। প্রতিশোধ স্পৃহায় সে এখন ক্ষুধার্ত বাঘের মত ঘুরছে। একটা সুযোগ পেলেই ঝাঁপিয়ে পড়বে।

যোগাযোগহীন, জলজঙ্গল ঘেরা, আইন কানুনের নাগাল থেকে কিছুটা দূরে এই অঞ্চলে প্রতিবেশীর সাথে প্রতিবেশীর ভাইয়ের সাথে ভাইয়ের আত্মীয়ের সাথে আত্মীয়ের ঝগড়া বিবাদ মার দাঙ্গা নতুন কিছু ব্যাপার নয়। সে কারণে লোকে বলতো ধান খুন খাল, তিন নিয়ে বরিশাল। এসব আগেও হয়েছে পরেও হবে। তবে আগে ঝগড়া বিবাদ মার দাঙ্গা হলে অল্পতেই মিটে যেতো। এখন আর তা যাবে না। যাচ্ছে না। কারণ এখন সেই ঝগড়ায় অনুপ্রবেশ করছে রাজনৈতিক উদ্দেশ্যের বিষ বাতাস। থোকে মানুষ মারার পরিকল্পনা চলছে, অপরাধী নিরপরাধ শিশু বৃদ্ধ কিছু বাদ যাবে না। তাদের আজ সংখ্যা চাই, এক হাজার দু হাজার দশ বিশ হাজার। সেই মৃত মানুষের পাহাড়ে উপর চড়ে কিছু লোক পৌঁছে যেতে চাইছে অনেক উঁচু এক সীমায়। তাই এক সম্প্রদায়কে আর এক সম্প্রদায়কে লড়িয়ে দেবার গভীর চক্রান্ত শুরু হয়েছে সারা দেশ জুড়ে। কলকাতা বিহার পূর্ববঙ্গ। একদিকে হিন্দু মহাসভা অন্য দিকে মুসলিম লিগ— দু'দল মানুষকে উস্কানি দিচ্ছে ধর্মের নামে, মারো মারো। আর কিছু নয় স্রেফ মৃত্যুর উপাসনা করো। যার পরিণতিতে ঘটে গেছে তিন তিনটে ভয়ংকর দাঙ্গা। মানুষ মরেছে মশা মাছির মত। রাজনেতাদের কিছু স্বার্থ পূরণ হয়েছে কিছু বাকি আছে। তাই আবারও দাঙ্গা হবে।

পথের শেষ গ্রামে এখনো কোন দাঙ্গা হয়নি। এখন আতংকে ভুগছে সবাই কবে যে আবার শুরু হয় কে জানে। তখন যদি নদী নালা পার হয়ে সে দাঙ্গার আগুন এই গ্রামটাকে গ্রাস করে নেয়। রূপচাঁদের ছেলেরা এখন সবাই জোয়ান হয়ে গেছে। বাইরে থেকে তাদের কাছে প্ররোচনা আসছে। বলা হচ্ছে, এদেশ এখন মুসলমানের। পুলিশ মিলিটারি রাজনেতা সব মুসলমান। সবাই চায় হিন্দুরা এদেশ ছেড়ে চলে যাক। যদি স্বেচ্ছায় না যায় মেরে তাড়াতে হবে। পাঁচ ভাইয়ের বুকের ভিতর দাউ দাউ করে জ্বলছে বহু বছরের পূঞ্জিভূত প্রতিশোধ স্পৃহা। কবে যে তাতে বিস্ফোরণ ঘটবে তা কে জানে।

যে বছর দেশ ভাগ হয়, বাংলারই একটা টুকরো ভাগ হয়ে নাম হয় পূর্ব পাকিস্থান সেই বছরই হরকুমার মারা যায়। তার আগে অবশ্য তার ছেলেরা একান্নবর্তী পরিবার ভেঙ্গে যে যার মত সুবিধাজনক স্থানে আলাদা আলাদা ঘর দুয়ার বানিয়ে বসবাস করবার চেষ্টা শুরু করে দিয়েছে। তখন দেশের অবস্থা

আরো সঙ্গীন হয়ে উঠেছে। হিন্দুরা থানা পুলিশ কোর্ট কাছারি কোথাও কোন নালিশ নিয়ে গেলে ন্যায় বিচার পাচ্ছে না। ফলে যারা তখনো দেশ ছেড়ে যায়নি তাদের কেউ কেউ জমি জায়গা বেচে ভারতে চলে যাওয়া শুরু করে দিয়েছে। যাচ্ছে তো লোক সেই সাতচল্লিশ সাল থেকে খেপে খেপে রোজই কিছু না কিছু। যা পথের শেষ গ্রামের মানুষের অতটা জানা ছিলো না। তারা তাদের গ্রাম তাদের অঞ্চলকেই পাকিস্থান ভাবতো যেখানে তিন তিনটে দাঙ্গা দাগ ফেলতে পারেনি। কিন্তু এবার তাদের ভয় করছে। এবার তাদের মনে হচ্ছে আর থাকা যাবে না। থাকা আর ঠিক হবে না।

এই ভয়ে গগনের মা এসেছিলো গরীব দাসের কাছে। একমাত্র শশীকান্ত ছাড়া তার সব ভাই ভারতে চলে গেছে। ওখানে কি সুযোগ সুবিধা তা নিশ্চয় চিঠি ফিটি দিয়ে ভাইকে জানিয়েছে। যদি গরীব যায় তারাও যাবে। কিন্তু গরীব দাস কি করবে মনস্থির করতে পারছে না। কোনটা করা যে ঠিক তার মাথায় আসে না।

সেই সময়ে সে এক বিকেলে দুরু দুরু বুকে হেটে যায় খুড়তুতো ভাই মামুদের বাড়ি। মামুদ এখন গ্রামের অন্য প্রান্তে সরে গিয়ে টিনের জোড়া ঘর বানিয়েছে। প্রথম স্ত্রী মারা যাবার পর দ্বিতীয়বার যাকে বিয়ে করেছে তার বাপের ষোল বিঘা ধানি জমি। সে জামাইকে টিন কাঠ বাঁশ দিয়ে সাহায্য করেছে।

দাদারা কেমুন আছেন?

মামুদ তখন হাট থেকে ফিরেছে। বারান্দায় বসে তাল পাখার হাওয়ায় গায়ের ঘাম শুকাচ্ছিল। সেখান থেকে ঘাড় ঘুরিয়ে গরীব দাসকে দেখে বলে— হ' ভালাই আছি। তুমি কেমুন আছো। বাড়ির বেবাকে ভালো আছে?

আছে এ্যাক রকম বেবাকে, যেমুন আপনেরা রাখছেন।

বিষণ্ণ হাসে মামুদ, রাখনের মালিক আমরা নাকি! রাখে উপরঅলা। হে যারে যেই রকম রাখতে চায়। কথাডা ঠিক কি না?

হয়, আপনে যখন কইতে আছেন তখন ঠিকই।

আর কি বলবে বুঝতে না পেরে গরীব দাস যখন কথা হাতড়াচ্ছে তখন তাকে স্বস্তি দিতেই যেন বলে মামুদ, তারপর কও, হঠাৎ কি মোনে কইরা আইলা। কোনদিন তো আগে আমার বাড়ি আও নাই! আসো, বারান্দায় উইঠা বসো।

গরীব বারান্দায় ওঠে না। আজন্ম লালিত সংস্কার কি? যা অবচেতন মনে বহুকাল ধরে একটু একটু করে ফুলে ফেঁপে উঠেছে! সে বারান্দার নিচে দাঁড়িয়ে বলে— দাদা চাইর ধারে কি সব শুনি টুনি। মাইনষে কইতে আছে নোয়াখালিতে যেইরকম রায়ট হইছিলো এইবার নাকি আমাগো এই দিকেও হইবো। শুইনা তো বুক কাঁপে। মানুষ নাকি মাইনষেরে পাঠা ছাগলের মতোন কাটবো।

হাতের গামছাটা দিয়ে কপালের ঘাম মুছে বলে মামুদ— যা তুমি শোনতে আছো, বাজার হাটে আমিও শোনতে আছি। খালি তোমার একলার না, যে

শোনতে আছে, হেরই বুকে কাঁপন ধরতে আছে। দাঙ্গা ফাসাদ কাইজা রায়ট হইলে মাইনষে মাইনষের গলা কাটলে কেডা মরে কেডা বাঁচে তার কি কোন ঠিক থাকে। খালি কি একলা হিন্দু মরবো, দুই পাঁচটা মেয়া কি মরবো না!

মামুদ কথা বলতে বলতে হুকোয় তামাক সাজে। কলকের কাঠ কয়লার আগুনে ফু দিয়ে আগুন তেজ করে সেটা গরীবের দিকে এগিয়ে দেয়। সেটা শুধু কলকে। হুকোটা নিজের কাছেই রাখে, লও, তামুক খাও। তয় মেয়া হিন্দুগো কাটুক কি হিন্দুরা মেয়াগো কাটুক কাটাকাটি জিনিসটা ভালো না।

সারা দ্যাশ জুইড়া মেয়ারা এক লগে এইরহম খেইপা ক্যান যে উঠলো মোর তো কিছু মাথায় আইসে না। শোনতে আছি এই খানে রায়ট করতে বিহার না কোন দ্যাশের মেয়ারা আইবো। এইখানের মানুষ তাগো কি ক্ষতি করছে! এইডা খ্যাপামি না?

খ্যাপামিই তো। বলে মামুদ, তয় এক এক সোমায় মোনে কয়, এই খেপা লাগবেই। না খেইপা যেন আর কোন উপায়ও নাই। কও দেখি, বিনা দোষে বিনা কারণে জীবন ভইরা হিন্দুগো হাতে মেয়ারা কতখানি লাচ্ছন হয়! এত লাচ্ছন সে সইতে পারবো না। এ্যাক দিন না এ্যাক দিন খেইপা উডবোই। এক লগে বাস করতে হইলে মোনের মইধ্যে এট্যুখানি আত্মীয় ভাবনা রাখা লাগে। তা কি হিন্দুর আছে! কও দেখি মোছলমানরে কি তারা কেউ মানুষ বইলা ভাবে। মাইনষের কাছে মাইনষের যে ব্যাভার পাওয়ার, তা কি তারা কোন মেয়ারে দেয়, না দেবে! তাইলে আর এ্যাক সাথে এ্যাক জাগায় কি কইরা থাকা যায়?

গরীব বুঝতে পারে না মামুদ আজ কেন ক্ষুব্ধ, অধৈর্য্য, উত্তেজিত। যা তার স্বভাবের সম্পূর্ণ বিপরীত। সব সময় না হোক বাজার হাটে মাসে দুমাসে এক দুবার দেখা হয়। যে কোন বিষয় নিয়ে সে কথা বলে শান্ত গলায়। কিন্তু আজ!

উঠানে খাড়াইলে, হে যাওনের পর হিন্দুরা গোবর জল ছিডা দেয়। এট্টু ছোয়াছুয়ি লাইগা গেলে জলে ডুবাইয়া আসে। কুত্তা বিলাই ছুইয়া নাওয়া লাগে না, গোবর ছিডানো লাগে না। লাগে মাইনষের বেলা। যাগো পরতি হিন্দু গো মোনে এত ঘিন্না হেই মেয়ারা কি গিয়া তাগো গালে চুমা দিবো? ওগো এই পাপে দ্যাশ ভাগ হইছে। এই পাপেই দ্যাশ ছাইড়া যাওন লাগতাছে। দ্যাশ ভাগ হইছে। এত বড় রায়ট গেছে। তবু তারা কি নিজেগো আইজও বদলাইছে? এই দ্যাশ এখন মেয়াগো। এই দ্যাশে থাকতে হইলে মেয়াগো মাইনষের যা মান পাওনা তা না দিলে কেন তারা থাকতে দিবো? আইজ তারা তাই করতাছে, এত কালের অপমান অত্যাচারের বদলা নিতাছে। কারে দোষ দিবা? যারে তোমরা কোন দিন আপোন ভাবো নাই আপোন করতে চাও নাই সে আইজ তোমারে আপোন ক্যান করবে! যে আপোন হয় না সে পর হয়। যে পর হয় সে পরের যা কাম তা করে।

এসব কথা এমনভাবে কোনদিন ভাবতে পারেনি গরীব দাস। আসলে ভাবনা যেখানে তৈরী হয় সেই মস্তিষ্কের সূক্ষ্ম কোষগুলো উন্নত পরিশীলিত হবার জন্য একটা সুস্থ সুন্দর পরিবেশ দরকার হয়,দরকার হয় চিন্তা আদানপ্রদান

করার মত চিন্তাশীল বুদ্ধি বৃত্তির মানুষ। সে মানুষ গরীব দাসের সমাজে নেই। আজ পর্যন্ত এই সমাজ এমন একজন মানুষের জন্ম দিতে পারেনি যে বেদ পুরাণ ধর্মের নামে চালিয়ে আসা এমন অশোভন অসভ্যতার বিরুদ্ধে গর্জে উঠে বলতে পেরেছে, যথেষ্ট হয়েছে, আর না এবার থামো। তা না হলে আমরা তোমাদের জোর করে থামিয়ে দেবো। যে পুঁথি পুস্তক গ্রন্থে মানুষকে এমন হেয়কারী বিধান লেখা হয় তা আমার নয়, আমি তাকে লাথি মেরে গাঙের জলে ফেলে দেবো। যে ভগবান আমাকে মানুষের সমাজে বিষ্ঠাকীটের তুল্য ঘৃণ্য বানিয়েছে, তার সামনে আর আমি প্রণত হবো না। আমি প্রণাম করবো আমাকে, নিজেকে। আর প্রণাম করবো তাকে যে আমাকে প্রণাম করে।

হিন্দু ধর্ম, যা আসলে হিংস্র ব্রাহ্মণ্যবাদেরই পোষাকে ঢাকা নগ্ন রূপ। এর বিরুদ্ধে এই ভূভাগে প্রথম বৌদ্ধরা একটা আঙ্গুল তুলে ছিলো। কিন্তু তারা ছিল অহিংস নিরস্ত্র এবং দুর্বল। তাই ব্রাহ্মণ্যবাদের প্রবল আক্রমণে খড়কুটোর মত উড়ে গেছে। কিন্তু মুসলমানরা তা নয়, তারা সশস্ত্র বলবান সাহসী যোদ্ধার জাত। তারাই এই ভূখণ্ডে ব্রাহ্মণ্যবাদী শক্তিকে একটা জোর ধাক্কা দিতে পারছে। আজ আর কোন লোক তাদের অবজ্ঞা অপমান অস্বীকার করার সাহস পাচ্ছে না। যদি কোন মুর্খ তা করে সে আর পাকিস্থানে বাস করতে পারবে না। এখানে মুসলমান এখন মুষ্ঠিবদ্ধ হাত তুলে বলছে— হয় সমান সম্মানীয় বলে মেনে নাও। নয়তো ফল ভোগো।

শিক্ষাহীন দীক্ষাহীন উন্নত সংস্কার সংস্কৃতি থেকে অনেক দূরে জল দিয়ে ঘেরা এক ভূভাগে অতি সাধারণ শ্রম জীবন যাপন করা সমাজের মানুষ গরীব দাস পরিশীলিত চেতনা বোধের অভাব জনিত কারণে ভিন্ন মানসিকতার মানুষ মামুদের মনোকষ্ট ধরতে, বুঝতে, ছুতে পারে না। সে জন্ম থেকে দেখে আসছে, বামুন কায়েত এদের বাড়ির উঠোনে গিয়ে সে যদি দাঁড়ায়, তারা গোবর জল ছিটে দেয়। ছুঁয়ে ফেললে চান করে। দেখে দেখে তার ধারণা হয়ে ছিলো, এটাই নিয়ম এটাই স্বাভাবিক এবং শাস্ত্র সম্মত। সেটা যে এত মনোকষ্টের অপমানের তা কোনদিন তার মনেই হয়নি। কে যেন কবে, কতকাল আগে ওর কাছে বলে ছিলো— ওরা যে উঁচু জাত, ধনবান, শিক্ষিত সে সব ওদের পূর্ব জনমের পুণ্যের ফল। আর আমরা যে ছোট জাত সেও আমাদের পূর্ব জন্মের কৃতকর্মের ফল। ভগমান জন্মের সময় যার কপালে যা লিখে দিয়েছে তা ভোগ করতেই হবে। কোনভাবে ভাগ্যলিপি বদলানো যাবে না। এটা ভগবানের একটা পরীক্ষা। শত দুঃখ কষ্ট অভাব অনটনের মধ্যেও আমি যদি কোন পাপ কাজ না করি, যদি ভগমানে বিশ্বাস ভক্তি রাখি পরের জন্মে সে আমাকেও উঁচুজাত বানাবে ধনবান রূপবান সব বানাবে।

মামুদ যদি রূপকুমার দাসের ছেলে হোত সেও গরীব দাসের মত এইসব কথায় আস্থা বিশ্বাস রাখতো। কিন্তু সে রূপচাঁদ মেয়ার ছেলে। সে বেদ পুরাণ বামুন পুরোহিতদের কথা সত্যি বলে মানে না। সে বিশ্বাস করে না পূর্ব জন্ম বলে কোন কিছুর অস্তিত্ব। সে জানে এবং মানে, মানুষের আর কোন জন্ম নেই। এই এক জন্ম। যা লেনদেন সব এই এক জন্মের। আর যা কিছু তাকে পীড়া

দেয় এসব মানুষেরই সৃষ্টি।

মামুদের কথা শুনে বলে গরীব, দাদা মুই লেহা পড়া জানি না। বলদা ছলদা মানুষ। কাউর কোন সাত সতোরোয় থাকি না। সারা দিন খাড়ি পিড়ি সারা রাইত ঘুমাই। ভাবছিলাম, এইভাবেই জীবোনডা কাইটা যাইবো। আমি কাউর ক্ষতি করি না, কেউ আমার ক্ষতি করবে না। কিন্তু কীসের থিকা কি হইলো কেডা জানে। দেশ গেরামের চির দিনের চিত্রডাই বদলাইয়া গেল। এহন কোন দোষ না কইরাও মোনে হয় ঢ্যান কত দোষ কইরা ফালাইছি। পথে ঘাটে মাইনষে কেমুন বেকা বেকা চোইক্ষে চায়। যা দেইখ্যা পথে ঘাটে চলা ফিরায় পরাণে তরাস লাগে। কাম কাজে আর সুখ স্বস্তি পাই না। কেডা আইয়া গলায় কোপ মারে হেই ডরে মরি।

মামুদ একটা লম্বা শ্বাস ছেড়ে হতাশ গলায় বলে — কি আর করবা, সাবধানে থাইকো দেইখা শুইনা পথ চইলো। কথায় কয়, রাজার পাপে রাইজ্য নষ্ট হইয়া যায়। বাওন কাইত উচা জাইতের মানুষরা মাইনষেরে ঘিন্না কইরা যে পাপ করছে সেই পাপে তারা নিজেরা তো মরছে তোমাগোও মাইরা দিয়া গ্যাছে। ওই হালারা যদি না থাকতো মাইনষের মইধ্যে উচা নিচা বিবাদ বিসংবাদ থাকতো না। বেবাক মানুষ মিল মিশ হইয়া থাকতে পারতো। নমো কও আর পোঁদ কও কেউ অগো বানানো বিধান থেইকা বাইর হইয়া মেয়াগো সাথে মাইনষের মত মিল মিশ হইতে পারবো না। তার ফল যা হবার— দাঙ্গা হইবো ফাসাদ হইবো। কি আর করবা যতক্ষুণ পারো নিজেরে সামলাও।

বোকার মত, সপ্তকাণ্ড রামায়ণ পাঠ শোনার পর সীতা কার বাপ প্রশ্নকারীর মত বলে গরীব, আপনেরা, যারা দাঙ্গা—ফাসাদ করার তাল করতে আছে তাগো এট্টু বোঝান। কন, বেবাকে যেমুন আগে মিল মিশ হইয়া ছিলাম তেমুনই থাকি। মিইলা থাকেনেই তো সুখ।

হায় আল্লা! বিরক্তি ঝরে মামুদের গলায়, আমি কার লাগে কথা কইতে আছি! কি কইলাম আমি এতক্ষুণ? কি শোনলা আর কি বোজলা তুমি! মিল মিশ হইবো কেমন! তুমি চলবা তোমাগো মাতুব্বর বাওন কাইতের মতো, মোরা চলমু মোগে পীর মৌলবির কথা মত। তারা মাইনষের সাথে মাইনষের মিল মিশের পথে শতেক ফ্যাকড়া খাড়া কইরা রাখছে। দিবো কোন হিন্দু ঘরের মাইয়া মেয়ার ঘরে বিয়া? নিবো কোন মেয়ার মাইয়া হিন্দু ঘরে বউ বানাইয়া। মাইনা নিবো মাতুব্বররা?

গরীব কী একটা যেন বলার চেষ্টা করছিল তার আগে মামুনের মেজভাই মমিন এখানে এসে পড়ে। তার হাতে একখানা হাত দা। দাদার ঝাড় থেকে একখানা বাঁশ নিতে তার এখানে আসা। সে গরীবকে দেখে তীব্র গলায় বলে কি ভাইছাব, তুমি এইখানে এই সোমায় কিয়া? ইনডিয়ার বাড়ি চইলা যাইবা বুঝি! ঘর দুয়ার খান বেচনের খইদ্দার দেখন লাগবে বুঝি।

মমিনের খোঁচা গায়ে মাখে না গরীব। সে বিষয়টাকে একটু তরল করবার চেষ্টায় বলে— ইনডিয়ায় বাড়ি! হেইখানে ক্যান যামু! হে জাগাডা কোথায়!

ইনডিয়া কোথায় চিনবা। আগে কেউ চিনতো না। অখন বেবাকে সেই দিক পলাইতে আছে। শোনো নাই এই দ্যাশ এখন পাকিস্থান হইয়া গেছে। এইখানে

আর না পাক মাইনষের এস্থান হইবো না। মোছলমান ছাড়া আর বেবাক না পাক। বেবাক কাফের। কাফেররে আল্লাতাল্লায় পছন্দ করে না। তয় আল্লার বান্দায় কেন করবে? যদি কাউর এইখানে থাকতে হয় কলমা পইড়া মেয়া হইয়া গরুর গোস্ত খাইয়া থাকন লাগবে। পারবা মেয়া হইতে?

না হইলে?

মুলাডিতে কি হইছিলো শোনো নাই। বেবাক হিন্দু গো আগে ধইরা এট্টা ইস্কুল ঘরে আটকাই ছিলো মেয়ারা। তারপর পাঁচটা কইরা বাইর করছে আর কাইটা গাঙে ফালাইছে। একই রাত্তিরে দুইশো খতম। কওয়া যায়না আল্লায় যদি চায় এই খানেও ওই রকমই হইবো। কি তার চাইয়া বেশি। হাজী ছায়েব তো এক পাও আগাইয়া বইসা আছে। কইতে আছে, যেই সব মোছলমান কলিকাতা, বেহার থিকা আইছে, তারা আর সবুর করতে চায় না। অখনই একটা হেস্তনেস্ত চায়। মোরা কয় ভাই যদি এখনই ঘাড় কাইত করি তো এই রাত্তিরে রায়ট হইয়া যায়।

এইবার সত্যিই ভয় পায় গরীব। মমিন যা বলছে তার একবর্ণ মিথ্যা নয়। কাঁপা কাঁপা গলায় বলে সে, যে যা কউক, যত কুপরামর্শ দিক শত হইলেও আমরা তো ভাই। তোমাগো আর আমাগো শরীলে তো একই রক্ত বইতে আছে। কথায় তো কয় ভাই ভাই এ্যাক ঠাই। কেডা ছোড কেডা বড় কেডা উচা কেডা নীচ সমাজের এই সব বিধান, হিন্দু মোছলমান দাঙ্গা ফাসাদ এই সব নিয়া আমি না কিছু কইতে আইছি, আর না কিছু শোনতে আইছি। আইছি ভাইগো কাছে বিপদের সোমায় এট্টা সুপরামর্শের আশায়।

সুপরামর্শই তো দিতাছি। রাগত গলায় বলে মমিন—জাইতের মায়া পরাণের মায়া থাকলে যে পথে বেবাকে যায় সেই পথে যাও। পলাও। তুমি ক্যান, আইজকা গুতায় পইড়া অনেকে আমাগো ভাই কইতে আছে। ভাই! ভাই হইলে মেয়া মামুদ মমিনরে তোমাগো পূজা নবান্ন মেলার সোমায় নিমতন্ন কইরা বাড়ি নিয়া যাইতে পারবা? পারবা রান্ধা ঘরে বসাইয়া খাইতে দিতে? পারবা না। তাইলে মোরা কেমুন ভাই? আমাগো চাইয়া বাওন কাইতরা তোমাগো কাছে বেশি আপুন। উষ্টা কাটা দিলে তারে পেস্যাদ বইলা খাইবা, পায়ের ধূলা মাথায় থোবা। তাগো দুয়ারে গিয়া খাড়াইলে ধারে কাছে আইবো না, যদি গায়ে ছায়া পড়ে, ছোয়া লাগে। তাগো হাতে পায় ধইরা নিয়া আসবা বাপ মায়ের ছেরাদ্দ করতে, পোলা মাইয়ার বিয়ার মন্তর পড়াইতে। মন্তোর! কই এহন মন্তোরে তাগো বাঁচায় না? মাটির পুতলায় মন্তোর দিয়া নাকি পরাণ দিতে পারে, তয় এখোন নিজের পরাণ লইয়া পলায় ক্যান!

মামুদ মমিনকে ধমক দেয়, চুপ কর মাইঝগা! কিন্তু সে থামে না, যেন তার ক্রোধের জ্বালা মুখ ফেটে গলগল করে রক্ত বের হয়। বলে হরকুমার আর রূপ কুমার ভাই আছিলো। এক বাপ, এক মায়ের প্যাডের ভাই। হরকুমার সেই ভাই জাইতের ভয়ে ত্যাগ দিলো। জাইত ত্যাগ দিয়া ভাইয়ের সঙ্গ নিতে পারলো না। ভাই মইরা পইড়া আছিলো, একবার তারে চোইক্ষের দেখা দেখতেও আসলো না। হেই দিনের কথা আমরা কি ভুলছি! ভুলি নাই।

ভীষণ অন্যায় হয়ে গেছে তা বোঝে গরীব। বলে সে, হেই সোমায় দিন কাল

অইন্য রকম আছিলো। বুড়া মানুষ পাঁচ মাতব্বরের ভয়ে সাহস কইরা উঠতে পারে নাই। এই কুড়ি বাইশ বচ্ছরে তো সমাজের অনেক নিয়ম পাল্টাইয়া গেছে। এই যে আইজ আমি আইছি, আগের দিন হইলে পারতাম না। কেডা দ্যাহে কেডা কি কয়। এহন জানি, দেখলেও কেউ কিছু কইবে না।

পাল্টাইছে হেইডা মানি। তয় যেটুকু যা পাল্টাইছে তা মেয়াগো জন্যই। যদি তারা মাথা চাড়া দিয়া না উঠতো তাইলে কোন কিছু পাল্টাইতো না। যা আছিলো তাই থাকতো।

এইডা ঠিক কইলা না। বেবাকটা চাপে হয় নাই। মন থিকাও হিন্দুরা অনেক পালটাইয়া গেছে।

কী পাল্টাইছে? বিনা চাপে কতখানি পাল্টাইছে নিজে গো? হইছে তাগো জাইতের বেড়ি এট্যুও ঢিলা? আমরা তো আগে হিন্দু আছিলাম। আমরা আবার হিন্দু হইতে চাইলে ফেরত নেবে আমাগো? দেবে দেব দ্যাবতার মন্দিরে ঢোকতে? বাওন কাইতের ঘরে নেবে আমাগো মাইয়া? জামাই বানাবে মোগো ঘরের পোলারে? খাবে এ্যাক লগে?

এতোডা এখোনও হয় নাই।

তাইলে? একটু দম নিয়ে বলে মমিন— শোনতে আছিলাম, কইতে আছিলা তখন, বেবাকে মিইলা মিইশা থাকনের কথা। মিলতে হইলে উপার উপার মেলনে হবে না। সবার আগে চাই মোনের মিল তারপর রক্তের মিল। রক্তের লগে রক্তের মিল না হইলে সে মিল টেকবে না। কেডা তা মিলাবে? আক্ষেপ ঝরে পড়ে মমিনের গলা থেকে— কও দেহি ভাই আমাগো কোনো দোষ পাপ অন্যায় আছিলো? কীসের লইগ্যা আমাগো জাইত গেল? এট্টা মানুষ রোগে গাছ তলায় পইড়া মরতে আছিলো। যারা তারে সাথে কইরা নিয়া আইছিলো, তারা তারে মরণের মুখে ফালাইয়া পলাইয়া গেল, সে কি মানুষ? সেই মানুষের জাইত গেল না। আর একজন মানুষ তারে ঘরে নিয়া গিয়া পরাণ বাঁচাইলো। এত বড় উপকারী যে মানুষ, তার তো সব জাইতের সেরা জাইত। তারে তো কপালে ফুল চন্দন দিয়া বরণ করার দরকার ছিলো। সে সম্মান তো পাইলোই না উল্টা তারে কওয়া হইলো নিচা জাইত। সে এমনই নিচা যে যারে ছুইয়া দ্যায়, ভাত পানী দেয় সেও নিচা বেজাত হইয়া যায়। এই হইলো হিন্দুর ধর্ম। আমি তো বুঝি এই হালার জাতি শেষ না কইরা দিতে পারলে মাইনষের কোন মঙ্গলই নাই।

গরীব দাস এখন আর কোন কথা খুঁজে না পেয়ে বোবা হয়ে বসে পড়ে মামুদের বারান্দায়। অনেকটা পথ হেটে এসেছে, অনেকক্ষণ দাঁড়ানো ছিলো পা দুটো টনটন করছে। মমিন থেমে যেতে বলে মামুদ, অর কথায় মোনে কষ্টো পাইও না। তোমার মোনে কি বা কস্টো তার চাইয়া শত গুণ কস্টে আছি আমরা। সেই কস্টো মুখ দিয়া রাগ হইয়া বাইরায়। যাও গরীব, গিয়া এট্টু মেয়া পাড়ায় খোঁজ নাও। দেখবা এই দ্যাশে যত মোছলমান তাগো অর্দ্ধেকরে হিন্দুরাই নানা ছুতায় জাইতের বাইরে ঠেইলা দিয়া মোছলমান বানাইছে। বাকি অর্দ্ধেক বাওন গো নানা অত্যাচারে নিজের জাইত ছাইড়া অন্য জাইতে চইলা গেছে। হিন্দু গো উপার তাগো সেই কারণেই এত রাগ। অহন তারাই হিন্দুগো নিকাশ

করনে লামতে আছে। তাগো পরাণে যে কীসের কষ্টো তা কেউ কোন দিন তলাইয়া বোঝতে চায় নাই। দূর করনের কোন চেষ্টাও করে নাই। আইজকা যা ঘটতে আছে তা সেই সবের ফল। অখন আর কান্দনে কোন লাভ নাই।

মমিন ফের বলে, অখন পাশার দান পাল্টাইয়া গেছে। যারে তোমরা নিচায় ফেলাইছিলা তারা তোমাগো নিচায় ফেলছে। অখন যে যত কান্দুক, কান্দায় আর কাম দিবো না। একদিন আমরা কান্দছিলাম, তহন কেডা আইয়া চোখ মুচাইছে? আমরা অহন কেন মুছামু। মুছামু তো নাই পারলে বাইর করমু চোইক্ষের পানি। অপ্তক খালি কইরা বেবাক হিন্দুগো চইলাই যাওন লাগবে। না যাইলে! হাতের দা খানা শূন্যে ঘুরিয়ে বুঝিয়ে দেয় সে, না যাওয়ার ফল কী ভীষণ হবে।

গরীব বারান্দার নিচে উঠোনে দাঁড়ালো। তার মাথার উপর আকাশ। কিন্তু সে বুঝতে পারে এ আকাশ তার নয়। পায়ের নিচে মাটি, এ মাটিও তার নয়। এদেশে সে এখন অবাঞ্ছিত এক জীব। তাকে যা ইচ্ছা তা করায় কেউ কোন বাধা দেবে না। চোখ চলে যায় আম জাম গাছের পাতার ফাঁক দিয়ে আকাশের ঈশান কোণে। দেখে খণ্ড খণ্ড কালো মেঘ জমছে সেখানে। কিছুক্ষণ পরেই ঝড় উঠবে। বাতাসে তারই সংকেত।

৬

পলায়ন

বেডফোর্ড কোম্পানীর একখানা ট্রাক যাচ্ছে রাস্তা দিয়ে। যাত্রা শুরু হয়েছিলো সেই ছাই ছাই অন্ধকার, কাক ভোরে। তারপর অনবরত শুধু চলা আর চলা। এখন ঠিক মাথার উপর জ্বলছে বোশেখ মাসের গনগনে সূর্য। তাপ নয়, যেন তার শরীর থেকে গলে গলে পড়ছে নিদারুণ কোন ক্রোধ। যেন সে বিশ্ব ব্রহ্মাণ্ডকে পুড়িয়ে ছাই করে দিয়ে তবেই তার রাগ কমবে! মন শান্ত হবে! ট্রাকের হাওয়া ভরা রবারের চাকার নিচে মুরোম পাথর কাঁকর ভরা উঁচু নিচু বেঢপ রাস্তায় । দ্রুত বেগে সেই রাস্তায় চলতে গিয়ে লজঝড়ে পুরনো ট্রাকটা একবার আছাড় খেয়ে গর্তে পড়ছে ফের লাফিয়ে উঠছে শূন্যে। এই ট্রাকের মালিক একজন পাঞ্জাবি এক্স মিলিটারি ঠিকেদার। দ্বিতীয় মহাযুদ্ধের সময় সে সেনাদের খাদ্য, মাংস সাপ্লাই দেবার ঠিকা নিয়েছিলো। গ্রাম বাংলার নানা অঞ্চল ঘুরে সস্তায় পাঁঠা খাসি কিনে এই ট্রাকে করে সেনা ব্যারাকে চালান দিতো। এখন সেই পাঠা ছাগলের মতই একদল মানুষ আর তাদের ঘর সংসারের হাঁড়িকুঁড়ি বিছানা মাদুর গাদা মেরে তুলে দেওয়া হয়েছে সেই ট্রাকের উপর। চূড়া করা সেই সব মাল পত্রের উপর বসে অনভিজ্ঞ উট সওয়ারির মত মানুষগুলো দুলছে কাঁপছে—কাঁদছে। চলন্ত ট্রাক থেকে হয়তো ছিটকে নিচে পড়ে যাবে সেই ভয়ে যে যার ঠাকুর দেবতাকে ডাকছে। কখন যে এই যাত্রা শেষ হবে, কোথায়, কত দূরে নিয়ে গিয়ে ওদের নামানো হবে তা ওরা কেউ জানে না! শুনেছে ক্যাম্পে যাচ্ছে। কিন্তু ক্যাম্প কথার কী মানে সে তাদের জানা নেই।

পোড়া মাটির মত লাল, রাঢ় বাংলার রুক্ষ রাস্তা । পাগলা ঘোড়ার মত সেই রাস্তা দিয়েই ছুটছে ট্রাক। এই রাস্তা দিয়ে আগে বহু ট্রাক গেছে। এই ট্রাকের চালকও বহুবার আসা যাওয়া করেছে এই রাস্তায় । মিহি ধুলো উড়ছে, ট্রাকের গর্জন আর গতির সাথে সমান তালে পাল্লা দিয়ে ট্রাককে ধাওয়া করে নিয়ে চলেছে লাল ধূলোর ঘুর্ণী ঝড়। রাগী সূর্যের রোদের তাপে তেতে ওঠা গরম ধুলো ঢেকে দিচ্ছে মানুষগুলোর চোখ মুখ। আর তাদের সারা শরীর লালে

লাল হয়ে যাচ্ছে । যেন অনিচ্ছা সত্ত্বেও অসময়ের এক আবীর খেলায় জোর জবরদস্তি তাদের ঠেলে দিয়েছে কেউ। মনে হচ্ছে অনিচ্ছুকের গায়ে রঙ দিয়ে রাগিয়ে তামাশা দেখতে চাইছে কেউ!

ট্রাক চলাচলের রাস্তার দুধারে ঘন বন। তেতে ওঠা দুপুরের রোদে দীর্ঘ দেহী বৃক্ষগুলো এক পায়ে দাঁড়িয়ে নিশ্চুপ। তাদের ডালাপালা পাতার সবুজের উপর ছোবল বসাচ্ছে বৈশাখী রোদের আগুন। সেই রোদ কামড়ে বৃক্ষ জীবন বড় বিপন্ন।

বহু সময় পার হবার পর, অনেকটা রাস্তা পার হওয়ার পর মানুষের আকুল চোখ মানুষ দেখার বাসনায় ব্যর্থ হবার পর, অবশেষে চোখে পড়ল একটা আদিবাসী গ্রাম। মাটির মোটা দেওয়াল, যা শ্রমজীবী মানুষের কঠিন শ্রমে নির্মিত, তার উপর বাঁশের চালায় খড় দিয়ে ছাওয়া কুড়ি পঁচিশটা ঘর। এতে বাস করে সাঁওতাল জনজাতির মানুষরা। ট্রাকের শব্দে সাঁওতাল পুরুষ মহিলা শিশুরা ঘর থেকে বাইরে এসে অবাক হয়ে দেখছে ট্রাকের উপর চড়া মানুষগুলোকে। ধূলিধূসর ক্লান্ত নিরুৎসাহ কারা এরা? কোথা থেকে আসছে? যাদের মাঝে মাঝে নিয়ে যাওয়া হয় এই পথে।

এরা বাস্তুহারা, রিফিউজি। এটাই এখন এদের পরিচয়। যে পরিচয় বড়ই অনাদর অবহেলা অপমান মাখা। এইমাত্র কয়েকদিন আগেও এদের বাস্তু ছিলো। শীত গ্রীষ্ম বর্ষা থেকে স্বাধিকারে বেঁচে থাকার মত যা হোক আর যেমন হোক একটা আশ্রয় ছিলো। এখন আর কিছুই নেই। ভারতবর্ষের স্বাধীনতা নামক সাধারণের অবোধ্য একটা বিষয় প্রাপ্তির মূল্য স্বরূপ বঙ্গভূমির যে অংশটা কেটে বাদ দিতে হয়েছে, সেই কাটা অংশে কবর হয়ে গেছে এদের সব নাগরিক অধিকার। পরিচয় আশ্রয় এবং মান সম্মানও। এরা এখন পরগাছা, উদবৃত্ত সমস্যা। এরা ভারতবর্ষের কাছে আশ্রয় ভিক্ষু শরণার্থী। তাই এদের নিয়ে যাওয়া হচ্ছে আশ্রয় শিবিরে। যার নাম ক্যাম্প।

ট্রাকের উপর বসা মানুষগুলো এখন চারিদিকের মাঠ, জঙ্গল আর জংলি উদোম মানুষ দেখে ভয়ে কুঁকড়ে আছে। বুক তো আগেই কাঁপছিলো এখন সারা শরীর ভয়ে কাঁপে। ওরা কারা! আকার আকৃতি গাত্র বর্ণ পোষাক কিছুই তো ঠিক বাঙ্গালীর মত নয়। এ কোথায় নিয়ে আসা হল আমাদের! তাদের আকুল চোখ খোঁজে সেই চেনা মানুষ চেনা মাটি আর প্রিয় চির অভ্যস্থ সেই চেনা জল। যে জলে নৌকা চলে। মাঝি ভাটার টানে নৌকা ভাসিয়ে দিয়ে মনের সুখে ভাটিয়ালি গান ধরে। যে জলে মেলে রূপোর মত অঢেল মাছ। কই, কোথায় সেই জল সাম্রাজ্য। জল, যার আর এক নাম জীবন। কোথায় সেই জীবন। নেই, যতদূরে চোখ যায় কোথাও জলের কোন চিহ্ন নেই। মাঠ গাছপালা মানুষ ঘরবাড়ি সব যেন আগুনের আচে জ্বলে যাচ্ছে। ঝাঁ ঝাঁ করছে দশদিক। মাথার উপর জ্বলতে থাকা অগ্নি গোলক থেকে যেন এক মর্মান্তিক অভিশাপ বর্ষণ হচ্ছে। দয়া হীন মায়া হীন নির্মম নিরবিচ্ছিন্ন। ট্রাকের উপর আচ্ছাদন নেই। আচ্ছাদন দেবার ভাবনা কারো মাথায় আসেনি। গরু ছাগোলের আচ্ছাদন লাগে না আর এরা তো রিফিউজি। সময় সমাজ যাদের রিফিউজ করে দিয়েছে ট্রাকের উপর বসে থাকা সেই মানুষগুলোর রোদের তাপে সারা শরীর জ্বলছে।

ধাওয়া করে আসা গরম বাতাস যেন নাগ—নাগিনীর বিষ নিঃশ্বাসের মত শরীরের উদোম অংশের যেখানে লাগছে মনে হচ্ছে বুঝি ঝলসে গেল।

এই সব পরিবারের কারো এর আগে কখনো ট্রাকে চড়ার মত কষ্টকর যাত্রা করতে হয়নি। এরা চড়েছে একমাত্র নৌকায়। দিন মাস বছর ধরে নৌকায় বসবাস করার অভিজ্ঞতা আছে। এদের ঘর থেকে উঠোনে পা দিলেই পা ভিজে যেতো জলে। সেই মানুষগুলো এমন খটখটে, নিরস নির্ম্মম ভূমিতে পড়ে জল ছাড়া মাছের মত ছটফট করছে। ট্রাক তো চলছে, একটার পর একটা মোড় বাঁক পার হচ্ছে, ক্রমে ক্রমে পথ ফুরাচ্ছে তার। কিন্তু লোকগুলোর চোখে মুখে মনে মস্তিষ্কে থম মেরে আছে এক অবয়বহীন অজানিত ভয়। সেই ভয়ের তাড়সে তাদের ধূলি ধূসর শীর্ণ শরীরগুলো থর থর করে কাঁপছে। কোথায় চলেছি আমরা! কোথায় কত দূরে সে দেশ! বিরূপ ভাগ্য আমাদের কোন মরু সাহারার পথে নিয়ে গিয়ে ফেলবে! কি অপেক্ষা করে আছে সেখানে আমাদের জন্য। সেকি কোন নব জীবনের সূচনা, শুভারম্ভ, নব নির্মাণ, নাকি স্বদেশ স্বভূমি থেকে বহু দূরে, এক সাগর তৃষ্ণা বুকে নিয়ে অসহায় অবসান!

সকাল থেকেই মানুষগুলোর শুকনো চোখ চারিদিকে তাকিয়ে আকুল ভাবে খুঁজে চলেছে খাওয়ার মতো একটু জল। যে জল থাকে পুকুরে নদ নদীতে। কিন্তু কোথায় সে পুকুর দীঘি? তেষ্টায় সবার ছাতি ফেটে যাবার জোগাড়, তবু জল দেখা যাচ্ছে না। যা দেখা যাচ্ছে, যা দেখে ওরা জল বলে ভুল করছে তা হল ছলনাময় মরীচিকা।

এখানকার মাটি বড়ই মায়াবিনী, ছলনাময়ী প্রতারক। নিষ্ঠুর মরণফাঁদ পাতা আছে তার কুহক জড়ানো শরীরে। রোদ যখন প্রখর হয়, দিক চক্রবালে আছড়ে পড়ে আণবিক আলোক কণা, মাটি তখন মেতে ওঠে এক মর্মান্তিক মোহ বিস্তারে, রোদের তাপে তার শরীরের মধ্যে গুপ্ত থাকা বালুকণার উপর আলোর নাচন সৃষ্টি করে এক নকল জল তরঙ্গ। দূর থেকে মানুষ তৃষ্ণার্ত চোখে সেই কূলপ্লাবি ঢেউ দেখে জল পাবার আশায় পাগলের মত ছুটতে থাকে। ছুটতেই থাকে। কিন্তু জল নাগালে আসে না। পিপাসার্ত যত আগায় মরীচিকার জল নাচ ততই পিছনে সরে যায়। শেষে ছুটতে ছুটতে তৃষ্ণার্ত মানুষটা প্রাণ হারায়।

এরা পূর্ব বঙ্গের নদী নালা ঘেরা গ্রাম বাংলার সরল মানুষ, মাটির এত সব ছল কপট জানে না। তাই এরা বুকে এক সাগর তৃষ্ণা নিয়ে তাকিয়ে আছে মরীচিকার জল নাচনের দিকে। ওই তো পদ্মা মেঘনার মত বড় নদী। ব্যাস আর একটু অপেক্ষা। তারপর সব দাহের অবসান ঘটবে। অবগাহনে, আকণ্ঠ জল পানে শীতল হয়ে যাবে প্রাণ মন।

মোটঘাট বিছানা পোটলার উপর কোনমতে একটা বসার জায়গা বানিয়ে তার উপর কলাকান্দি গ্রামের সুবল সুতারের বউ তুলসীকে বসানো হয়েছে। তার পেটে সাত মাসের বাচ্চা আছে। সকাল থেকেই সামান্য সামান্য ব্যথা হয়েছে। গ্রাম থেকে রওনা দিয়ে, বর্ডার পার হয়ে বনগাঁ, সেখান থেকে রানাঘাট, তারপর আরো কোথায় না কোথায়, রাস্তার বাঁকে বাঁকে আত্মীয় স্বজন পাড়া প্রতিবেশী

সব কে কোথায় যেন হারিয়ে গেছে। তাদের কাউকেই দোষ দেওয়া যাবে না। মানুষ এখন বড়ই আত্মকেন্দ্রিক। বিপদাপন্ন সময়ে যে যার নিজের প্রাণ সংসার সন্তান নিয়ে ব্যস্ত। সবার আগে নিজেকেই সে নিরাপদ স্থানে সরিয়ে নিয়ে যেতে ইচ্ছুক। এ সময়ে কে কার দিকে তাকায়!

এখন, অবশিষ্ট যে দুচারজন চেনা, গ্রামের লোক, আত্মীয়, তারা সবাই এই ট্রাকে যাচ্ছে। এদের সঙ্গ ছুটে গেলে পরে কাদের সাথে কোথায় ঠাই হবে তা কে জানে। তাদের সাথে ভাষায় ভাবনায় স্বভাবে সংস্কারে যদি মিল মিশ না হয় তখন কি হবে! রানাঘাটে সুবলের পাশেই মালপত্র নিয়ে অপেক্ষায় ছিলো পাঁচ সাতটি পরিবার। যারা সব চিটাগাঙ্গের লোক। তাদের ভাষার একবর্ণ বুঝতে পারেনি সুবল সারা দিনে। এদের সাথে থাকতে হলে কি করে থাকবে সে? বিপদে আপদে কেমন করে ডাকবে তাদের। মনের আনন্দ বেদনা কি করে প্রকাশ করবে! তাই, এই ট্রাকে ওঠা।

কোন কিছুর জন্য কাউকে দোষ দেয় না সুবল। সব দোষ হচ্ছে এই চার আঙ্গুল কপালের। তা না হলে সতেরোবন্দ টিনের ঘর আড়াই বিঘের ধান জমি বারো হাত নৌকা কুড়িহাত মাছ ধরা জাল, নারকেল সুপারি গাছ এক ডজন সব ফেলে রাত আঁধারে দেশ ছেড়ে চোরের মত পালিয়ে আসতে হবে কেনো! শান্ত, কলাকান্দি গ্রামের উত্তর দিকে আকাশ লাল করে জ্বলে ওঠা দাউদাউ আগুন আর গগনভেদী আল্লাহু আকবর হুঙ্কার নাড়িয়ে দিয়েছিলো সাহসের ভিত। মনে হয়েছিলো শান্ত গ্রাম আর শান্ত থাকবে না, রাতের মধ্যে ওই আগুন সারা গ্রামকে গ্রাস করে নেবে। আর তাই তুলসীর হাত ধরে বেরিয়ে পড়েছিল মাঠের আল পথ ধরে। পথে নেমে টের পেয়ে ছিলো সে একা নয়, তার মত অনেকেই পালিয়ে যাচ্ছে এতকালের বাসস্থান ফেলে।

সুবলদের গ্রামে এই পালাই পালাই ভাবনাটা চালু হয়েছিলো মাস তিন চার আগে। ছয় সাত বছর যে মনের জোর অটুট ছিলো হঠাৎ করেই তা টাল খেয়ে গিয়েছিলো। যাদের কিছু বুদ্ধি বিবেচনা আছে তারা গোপনে গোপনে জমি জায়গা বেচে বুচে কাকপক্ষীও টের পাবার আগে সরে পড়েছিলো বর্ডারের ওপারে— ভারতে। সুবলের মত দূর দৃষ্টিহীন, এবং স্বভূমির শোকে কয়েকজনই থেকে গিয়েছিল।

সুবলের মনে কেন কে জানে একটা গভীর বিশ্বাস ছিলো যে চারদিকে যা সব চলছে কিছুদিন পরে সে সব থেমে যাবে। বিদায় নেবে বিবাদ বিসংবাদ। আবার সব ঠিক হয়ে যাবে। মুসলমানরা একটা নিজের দেশ চেয়ে ছিলো সে তারা পেয়ে গেছে। তাহলে আর মারামারি কাটাকাটি কেন করবে? সেই রকম কিছু ভরসার কথা বলেছিলো ময়নুদ্দিন শেখ— ডরাও কিয়া। হিন্দু মোছলমানে কতবার কতো জাগায় কাউজা বিবাদ হইছে। কোনবার কাউর আমাগো অঞ্চল থিকা কি যাওন লাগছে? ক্যান যাইবা নিজের ঘর—দুয়ার ফালাইয়া পর দ্যাশ! নির্ভয়ে থাকো, মোরা তো আছি না কি! দেখমু কেডা তোমারে কি কয়।

ময়নুদ্দিন শেখ অঞ্চলের প্রভাবশালী লোক। সবাই তাকে জানে, মানে। সে সুবল সুতারকে একটু স্নেহের চোখে দেখে। তার কথা অবিশ্বাস করে কি করে? তাই পালাবার কোন প্রস্তুতি ছিল না। সেই ময়নুদ্দিন শেখই শেষকালে আর

ভরসা দিতে পারলো না। ভর সন্ধ্যা বেলায় মুখ আঁধারে সে বড় বিব্রত গলায় বলেছিলো— সুবল তরে আশা দিছিলাম, অহন দেখতে আছি মোর কথার আর কানা কড়ি দামও নাই। কেউ কানে লয় না। কাইল সদর থিকা কয়জন নেতা আইছিলো, তারা মেয়াগো মাথামোড়া পোলা গুলানরে খেপাইয়া দিছে। কি? না, এই দ্যাশের যা কিছু সবেতে মেয়ার হক। মালাউনগো খেদাও আর জাগা জমির দখল নাও। আইন পুলিশ তোমাগে পক্ষে। বেবাকে তাই নাচতে আছে। কহন যে কি হইবো কিচ্ছু কওন যায় না। দুই পাঁচজোন হইলে ঠেকাইতে পারতাম, শত শত। খালি কি এই অঞ্চলের? বাইরের মানুষও আছে। অগো কারে কারে ঠেকামু। শোনতে আছি আশেপাশের বিশ পঁচিশ গেরামের মেয়া তাগো লগে আবার যারা ইনডিয়া থিকা খেদান খাইয়া আইছে হেই মেয়ারাও আছে। তয় তুই আর মোর ভরসায় থাকিস না। যেভাবে পারোস নিজের বাঁচার পথ নিজে দ্যাখ।

তখন আর হাতে সময় ছিলো না। রায় বাড়ির দাউ দাউ আগুন আর সেবাড়ির মেয়েদের বুক ফাটা কান্নায় ওর সব সাহস পুড়ে ছাই হয়ে গিয়েছিলো। রায় মশাই কিছু জমি জায়গা আগেই বেচে পরিবারের অর্দ্ধেক লোক ভারতে পাঠিয়ে দিয়েছিলেন। ক্ষয়ক্ষতি খুব তেমন একটা না হলেও যা হয়ে ছিলো তা কম নয়। রায় মশাইয়ের ছেলের বউকে আর পাওয়া যায়নি। হামলাকারীরা তাকে তুলে নিয়ে গিয়েছিলো। কেউ জানে না সে বেঁচে আছে না মরে গেছে।

রায় মশাইয়ের ছেলের বউয়ের মত দুধ ঘিয়ে মানুষ না হলেও তুলসী যথেষ্ট সুন্দরী। আঠারো পেরিয়ে বয়েস সবে উনিশে পড়েছে। ফরসা না হলেও একেবারে মিশকালো নয়। নাক মুখ চোখা চোখা— আকর্ষক। সুবল ধনবান নয়, কিন্তু তুলসীর জন্য উত্তর দিকের আগুন দক্ষিণ দিকে ধেয়ে আসতে খুব বেশি সময় না—ও নিতে পারে। আজকাল দাঙ্গা খুনোখুনির খুব একটা খবর শোনা যায় না, কিন্তু ডাকাতি আর ধর্ষণের খবরের কোন বিরাম নেই।

তাই ঘরের চাবিটা ময়নুদ্দিন শেখের হাতে দিতে দিতে বলেছিলো ব্যাথিত সুবল— কই যামু কোনো নিশানা নাই। হাঁটা তো দিলাম অখন যা আছে ভাইগ্যে। বেবাক রইলো আপনার হেপাজতে। কী আর কমু। কপালের লেখা কেডা খণ্ডাবে।

ধরা ধরা গলায় বলেছিলো ময়নুদ্দিন শেখ— চেরকাল এই অবোস্থা থাকবো না। এই সব ঝামেলা গণ্ডোগোল এ্যাকদিন নিচ্চয় থামবো। তর ঘর দুয়ার মুই আগলাইয়া রাইখ্যা দিমু। যহন আবি ফিরত পাবি। চিন্তা করিস না।

চিন্তা করিস না, বললেই কি মানুষ চিন্তা মুক্ত থাকতে পারে! ঘর দুয়ার দেশ ফেলে আসা, অচেনা অজানা জায়গার দিকে পাড়ি দেওয়া, তার চেয়ে বেশি চিন্তা এখন তুলসীকে নিয়ে। কখন সে তার চিনচিনে ব্যাথা গনগনে হয়ে ওঠে তার কি ঠিক। নিরাশ্রয় নির্বান্ধব ভুঁয়ে কোথায় সেই নবজন্মের সুতিকাগার! সেখানে অনুকূল পরিবেশে প্রসব হবে সুবল সুতারের সন্তান!

রৌদ্রদগ্ধ পিপাসা কাতর তুলসীর আবেদনে বড় অসহায় চোখে চারদিকে তাকায় সুবল। কোথায় পাবে জল? জল বস্তুটা যে এমন মহার্ঘ এত মূল্যবান এর আগে আর এমন ভাবে জানা হয়নি। মাইলের পর মাইল এমন শুষ্ক নিরস

মাটি যে জগতে থাকতে পারে তা কোনদিন তাদের কল্পনায়ও আসেনি। জল ছিলো ওই সাঁওতাল পল্লীর কোন এক কোণে কোন এক কুয়ায়। কিন্তু এরা কুয়া কি তা জানে না। তাই চোখে পড়লেও চিনে নিতে পারেনি। জল ছাড়া জীবন বাঁচে না। জীবন যখন আছে জল নিশ্চয় আছে সে জ্ঞান তাদের তখন দুশ্চিন্তার তলে চাপা পড়েছিলো। তুলসীকে সান্ত্বনা দেয় সুবল— পেরায় আইয়া গেছি, আর এট্যু ধীরাজ ধর, হের পর জল খাইস হানে।

তুলসী যে কোনায় আধেক বসা আধেক শোয়া, তারই অপর পার্শ্বে কাত হয়ে পড়ে আছে রাধাকান্তের ছিয়াত্তর বছরের বুড়ো বাপ। বুড়ো এই সেদিনও তার জীর্ণ শরীর মনের জোরে টেনে নিয়ে লাঠি হাতে সারা পাড়া ঠুক ঠুক করে টহল দিয়ে বেড়িয়েছে। কে কেমন আছে, কে সুখে আছে কে দুঃখে, কার শরীর খারাপ কার ক্ষেতে ফসল কেমন হয়েছে সব খোঁজ খবর নিয়ে বেড়াতো। বুড়োর কখনো কোন রোগ বালাই ছিলো না, বলার মত। সে এখন দেশত্যাগ জনিত মানসিক ব্যাধিতে ভেঙে পড়েছে,আর তার দুপায়ের উপর ভর করে উঠে দাঁড়াবার ক্ষমতা নেই। জোঁক যেমন দেহের রক্ত শুষে নেয়, তেমনই সদ্য পাওয়া স্বাধীনতার স্বাদ শুষে নিয়েছে সব মানসিক শক্তি। শুয়ে শুয়ে সে চোখের জলে অনবরত ভাসে আর অদৃষ্টকে গাল দেয়, পোড়া কপাল এমুন যে আমাগো চৌদ্দ পুরুষের ভিটা মাটি ফালাইয়া পলাইয়া যাওন লাগছে, এইরম হওনের আগে যদি মইরা যাইতাম ভালা আছিলো।

এখন চলমান ট্রাকের উন্মত্ত উলম্ফন তার জীর্ণ, মানসিক আঘাতে চূর্ণ, প্রাচীন হাড়ের কাঠামোকে ধ্বসিয়ে দিয়েছে। খ্যাপা ঝাঁকুনিতে গুঁড়ো গুঁড়ো হয়ে যাচ্ছে বুড়োর হাড়গোড়। শুয়ে শুয়ে সে কাতরাচ্ছে— অ—রাধাকান্ত, আর কত দূর! আর যে পারতাছি না। পরান বুঝি যায়।

ট্রাকের চালক খুব ব্যস্ত। হাতে তার এক দম সময় নেই। যত তাড়াতাড়ি সম্ভব সওয়ারি ফেলে খালি ট্রাক নিয়ে তাকে দ্বিতীয় ট্রিপের জন্য ফিরে যেতে হবে। গাড়ির গিয়ার বক্সে কিছু সমস্যা হওয়ায় সেটা সারাতে গিয়ে পথে কিছুটা সময় নষ্ট হয়ে গেছে। সেই নষ্ট সময় পুনুরুদ্ধারে উর্দ্ধশ্বাসে ছোটাচ্ছে গাড়ি। সময় বড় মূল্যবান। পিছনে যাওয়া সময় পুরোটা নাহোক কিছুটাতো ফিরে পাওয়া যেতেই পারে, স্টিয়ারিং যখন তারই হাতে। আর তাই গাড়িতে গাদামারা লোকজন গরম বালিতে পড়া মটর দানার মত ঠিকরে ঠিকরে উঠছে। এই নির্দ্দয় ঝাঁকুনিতে তুলসীর সাথে তার পেটের বাচ্চাও লাফিয়ে উঠছে। পেটে যে ব্যথা ছিলো চিনচিনে তা এখন ভয়ঙ্কর হয়ে উঠছে। এতক্ষণ দাঁতের উপর দাঁত চেপে সহ্য করা যন্ত্রণা অতিক্রম করে গেছে সহ্যের সীমা পরিসীমা। তার চোখে মুখে ছড়িয়ে পড়েছে আসন্ন প্রসবের সমস্ত পূর্ব লক্ষণ।

গগনের মা, গরীব দাসের সেই খুড়িমা, এই সব ব্যাপারে বহু অভিজ্ঞতা সম্পন্ন। তার সহায়তায় শত শত প্রসূতি নির্বিঘ্নে সন্তান প্রসব করেছে। গরীব দাসের ছেলের যেমন তার নিজেরও জন্ম হয়েছে এই 'ধরনী' মহিলার হাতে। সে এখন নিজের মাথায় বয়ে চলা দুশ্চিন্তার বিষয় ভুলে তুলসীর কথা ভেবে বিচলিত হয়ে ওঠে। আর তখনই সে চিৎকার করে ওঠে, ও সুবল, এহোনও কী দেখতে আছো! তরাতরি সারথিরে রথখান থামাইতে ক'। অহনই তুলসীর

বিয়ান হইবো।

গগনের মায়ের কর্কশ আওয়াজে ভয় তাড়িত সুবল ড্রাইভারের উদ্দেশ্যে গলায় যত জোর ছিলো সব দিয়ে চিৎকার করে ওঠে ও ছার, ও সায়েব এট্যু থামান। গাড়ি থামান।

ড্রাইভারের পাশে বসে আছে একজন সরকারী কর্মচারী। যে রিফিউজিদের পূর্ব নির্দ্ধারিত স্থানে পৌঁছে দেবার দায়িত্বে আছে। সুবলের গলার আওয়াজ তার কানে যেতে সে কোন বিপদের আশঙ্কা করে ড্রাইভারকে বলে— থামো তো। ড্রাইভার গাড়ীর ব্রেক কষে। একটা প্রবল ঝাঁকুনি দিয়ে রাস্তার মাঝখানে গাড়িটা দাঁড়িয়ে যায়। তারপর দরজা খুলে মুখ বাড়িয়ে জিজ্ঞাসা করে, কী হোছে? কিউ চিল্লাচ্ছে? তখনই শোনা যায় তুলসীর বুক ফাটা আর্তি— ও মা, মইরা গেলাম, মা গো। সরকারি কর্মচারী কী হয়েছে না হয়েছে বোঝবার জন্য নিজের সিট থেকে নেমে তুলসীর দিকে তাকিয়ে যা বোঝবার তা বুঝে নিয়ে বিরক্তিতে খেঁকিয়ে ওঠে— এই অবস্থায় কেন এলে! কেউ আসে? যাও ওকে নিচে নামাও। যত্ত সব ঝামেলা। নামাও জলদি। সুবল, গগনের মা, গরীব দাসের বউ বিমলা, আরো দুতিন জন মহিলা তুলসীকে ধরে ট্রাক থেকে নিচে নামায়। নিয়ে যায় কিছুটা দূরে একটা ঝোপের আড়ালে। সেইখানে কিছু সময়ের মধ্যে প্রসব করে তুলসী। মেয়ে হয়েছে তার।

এসব ঝামেলায় বেশ খানিকটা সময় নষ্ট হয়ে গেল। সবাই তুলসী আর তার সদ্যজাত কন্যাকে নিয়ে আবার ট্রাকে উঠলো। সময় নষ্ট হবার দরুণ ক্ষিপ্ত গাড়ির চালক আগের চেয়েও জোরে গাড়ি চালিয়ে দিলো। তখনই সবার চোখে পড়লো, ব্যস্ত সময়ে কখন যেন রাধাকান্তের বুড়ো বাপ নিঃশব্দে মরে গেছে। পাছে ড্রাইভার বিরূপ হয়, তাই ভয়ে কেউ তাকে গাড়ি থামাবার কথা বলতে সাহস পেল না। এমনিতেই সে অহেতুক সময় নষ্ট হবার জন্য রেগে রয়েছে।

এক পাশে রাধাকান্তের বুড়ো বাপের লাশ আর অন্যদিকে সদ্যজাত এক শিশুকে নিয়ে আবার লালধুলোর ঝড় তুলে ট্রাকখানা সামনের দিকে ছুটতে শুরু করে।

৭

ভারত সরকারের ঘরজামাই

কবিরা কল্পনার জগতের বাসিন্দা। সুন্দর সুন্দর শব্দ দিয়ে এক কল্পনার নিজস্ব ভুবন নির্মাণ করেন। তাই বড় অনায়াসে লিখে দেন, সব পাখি নীড়ে ফেরে সব পথ ফুরায়।

ফুরায় না, সব পথ কিছুতেই ফুরায় না! কিছু পথ আছে যা সারা জীবনে শেষ হয় না! যে পাখির বুকে তীরবেঁধে, যার ডানা ভেঙ্গে যায় ঝড়ে সে উড়তে পারে না। ফিরে যেতে পারে না নীড়ে।

এই সব ছিন্নমূল মানুষ এমন এক অন্তহীন পথে এখন যাত্রা শুরু করেছে যার কোন শেষ নেই। যে পথ অসহ্য অপমান আর অকথ্য যন্ত্রণার এক কানা গলি। এপথ কার সৃষ্টি? দাম্ভিক, দূরদৃষ্টি শূন্য সমাজ নেতা, দুরভিসন্ধিপূর্ণ ক্ষমতা লিপ্সু রাজ নেতা, যেই করুক, এপথ অন্তত এদের তৈরি করা নয় যারা এখন এই পথে ক্ষত বিক্ষত হতে হতে এগিয়ে চলেছে।

পথ ফুরালো সে কথা বলা যাবে না। তবে একটা জায়গায় এসে ট্রাকটা থেমে গেল। ড্রাইভার নিচে নেমে বাজখাই গলায় গরীব সুবল রাধাকান্তদের দিকে তাকিয়ে হুকুম দিলো, সব লোগ উতারো। আ—গিয়া ক্যাম্প।

একটা বিশাল প্রান্তর ঘিরে গড়ে তোলা হয়েছে ছিন্ন মূল মানুষদের জন্য এই অস্থায়ী বাসস্থান। লাল লাল তাঁবু খাটিয়ে ঢেকে ফেলা হয়েছে সারা এলাকা। পাঁচ সাত হাজার পরিবার রাখবার মত ব্যবস্থা। এই ক্যাম্পের নাম শিরোমনীপুর।

শিরোমনী গুরুদ্বারা, শিখ ধর্মের একটা পবিত্র স্থান। শিরোমনী আকালি দল শিখদের একটা রাজনৈতিক দল। তাহলে বঙ্গভূমির একটা জেলা বাঁকুড়ার প্রায় ঘন শালের বন, যা বনবিভাগের সযত্ন প্রয়াসে নির্মিত। অন্যদিকে, ছাড়া ছাড়া অযত্ন অবহেলায় বর্দ্ধিত আম বাগান। আর একদিকে দুটো ভগ্নপ্রায় এরোড্রাম। যার সামনে প্লেন ওঠা নামা করার মত প্রশস্ত রানওয়ে। তার উল্টো দিক ধূ ধূ মাঠ। সেই মাঠ পেরিয়ে, দূরে একটা সাঁওতাল গ্রাম। যেখানে বসবাস

করে হত দরিদ্র আদিম জনজাতির কয়েক হাজার মানুষ। এই চার সীমানার মধ্যে সেই শিরোমনীপুর ক্যাম্প। ক্যাম্পের সর্বত্র ছড়িয়ে আছে ইট পাথর সিমেন্টের বড় বড় চাঙ্গর। এই সব ধ্বংস স্তুপ সাক্ষ্য দেয় কোন এক কালে এখানে মানুষের বসতি ছিলো। যারা আদিবাসী নয়, হত দরিদ্র নয়। পাকা ঘরে বাস করার মত সঙ্গতি সম্পন্ন। তারা কারা? অনুমানে করা যায় যে , তারা ভারতীয় সেনাবাহিনীর একটা অংশ।

বাঁকুড়া জেলার প্রধান শহর বিষ্ণুপুর এখান থেকে আট দশ মাইলের বেশি দূর নয়। একদা সেখানে প্রবল প্রতাপ মল্ল রাজাদের রাজধানী ছিলো। এখনো সে রাজ ভবন আছে। আছে মল্ল রাজাদের শৌয্য বীর্য্যের ঐতিহাসিক সাক্ষ্য হয়ে রাজ ভবনের দ্বার আগলে সেই বিখ্যাত কামান দল—মাদল।

একবার মল্ল রাজাদের সাথে ইংরেজ সেনাদের তুমুল যুদ্ধ হয়ে ছিলো। কে জানে হয়তো সেই যুদ্ধের প্রয়োজনে বিষ্ণুপুর শহরের কাছে, জঙ্গলের মধ্যে এই গোপন ঘাঁটি গড়ে তুলে ছিলো তারা। অথবা এমন হওয়াও সম্ভব যে সাঁওতাল বীর সিধু কানহুর সেই উলগুলানের ডাকে আলোড়ন উঠে ছিলো এখানকার আদিবাসী মানুষগুলোর প্রাণে। তারা তীর ধনুক টাঙ্গি বল্লম নিয়ে হামলে পড়েছিলো ইংরেজ শাসন উচ্ছেদ করবার আশায়, রাজ প্রতিনিধিদের উপর। সেই বিদ্রোহী বীরদের দমন করার জন্য ইংরেজ সেনা জমা করা হয়েছিলো এখানে।

তবে যে কারণেই তারা এসে থাকুক, মনে হয় সবাই ছিলো শিখ রেজিমেন্টের সৈনিক। তারাই নিজস্ব ধর্মীয় স্মৃতিকে ধরে রাখতে অঞ্চলটার নাম দেয় শিরোমনীপুর। সে সব সেনারা আর নেই। শুধু ধ্বংস স্তুপ বুকে করে বেঁচে আছে তাদের দেওয়া নাম।

বেলা চারটে মত হবে। রোদের তেজ এখনো আগেরই মত। রিফিউজির সবাই যে যার মালপত্র ট্রাক থেকে নামিয়ে এনে এক আমগাছের ছায়ায় থিতু হল। ট্রাক যেখানে থেমেছে তারই সামনে সরকারি কর্মকর্তাদের অফিস আবাস সব কিছু। চারদিকে টিনের ঘেরা মাথার উপর টিনের ছাউনি এই ঘরগুলোর কোনটা ডাক্তারখানা কোনটা গুদাম কোনটা মেস। তবে ঘরগুলোর চেহারা দেখে বুঝে নেওয়া যায় এ সবই অস্থায়ী, সাময়িক, আপৎকালীন ব্যবহারের জন্য।

একটা ঘরে একটা ময়লা কাঠের টেবিলের সামনে মোটা একখানা খাতা নিয়ে বসে আছে একজন লোক। রঙ বেজায় কালো, গায়ে সাদা জামা, গোল মুখ বড় বড় চোখ, চোখে চশমা, কানে নাকে হাতে বড় বড় লোম। তাকে বড় একটা তাল পাতার পাখায় অনবরত হাওয়া করে চলেছে একজন লোক। লোকটা কিছুদিন আগে আসা একজন রিফিউজি। মাসে দু—পাঁচ টাকা পাবার লোভে সে স্বেচ্ছায় পাখাবরদার বনে গেছে।

কিছু সময় পরে হাওয়া খাওয়া কালো বাবু হাঁক দিলেন— "লাইন। এক একজন লাইন দিয়ে এগিয়ে আয়।" আপনি নয় তুমিও নয়, গড়পড়তা নিরক্ষর নিম্নবর্ণ দরিদ্র মানুষকে যে ভাষায় সাক্ষর উচ্চবর্ণ মানুষেরা সম্বোধন করে সেই তত্তব শব্দেরই ব্যবহার করলেন তিনি।

নাম বল।

বাবার নাম?

ঠিকানা বল। পাকিস্থানের কোন জেলা কোন থানা কোন গ্রাম থেকে এসেছিস!

পেশা কি?

পরিবারের লোক ক'জন। একে একে নাম, বয়েস বল।

কী জাত?

ট্রাকে এইমাত্র এসেছে তিরিশটি পরিবার। পরে আরো আসতে পারে। আজ না এলে কাল আসবে। কাল না এলে পরশু। রাজনীতির জগতে যাদের বিচরণ তারা সবাই জানে, এখন এভাবে অনেক ট্রাক আসবে। সারা পশ্চিমবঙ্গে এখন কয়েকশ ক্যাম্প করা হয়েছে। সেগুলো ভরাট হয়ে যাবার পর খোলা হয়েছে এই ক্যাম্প। পাশেই বাসুদেবপুর সেখানেও এমন তিন খানা ক্যাম্প আছে। তিনের পর চার নাম্বার শিরোমনীপুর।

নাম লেখানো এই লাইনে আট জনার পরে ছিলো গরীব দাস। তার পরে অন্য সবাই। নিজের নাম ধাম লিখিয়ে গাছ তলায় গিয়ে বসে পড়লো সে। সবার নাম পরিচয় লেখা না হলে যাবে কি করে! কিন্তু এই ক'জনার নাম রেজিস্ট্রারে তুলতে কালোবাবু এত সময় নেন মনে হয় যেন, আজ এই নিয়েই দিনটা কাটিয়ে দিতে চাইছেন। এদিকে সারাটা দিন মাথার উপর যে আগুন জ্বলেছে তা এখন মগজের মধ্যে ঢুকে পড়েছে গরীবের। যে আগুন পায়ের তলে ছিলো তা এখন পেটেও আগুন ধরাচ্ছে। সেই কোন সকালে ট্রাকে চড়বার ঠিক আগ মুহূর্তে সেবাশ্রম সংঘের সেবকরা একটু চিড়ে গুড় দিয়ে ছিলো। জলাভাবে যা এক দুমুঠোর বেশি খেতে পারেনি। তারপর সারা দিন গেছে অনাহারে। এখন ক্ষুধায় তৃষ্ণায় সে বড় কাহিল।

সন্ধ্যা হয়ে গেছে। তবে ডুবে যাওয়া সূর্যের শেষ আলো রয়ে গেছে তখনো। সবার নাম লেখার পর কালোবাবু একখানা রেশন কার্ডের মত কাগজ ধরিয়ে দিলো গরীব দাসের হাতে। "যা এই কাগজ দেখিয়ে গুদাম থেকে চাল ডাল নিয়ে নে।" চাল ডাল পাওয়া গেল, পাওয়া গেল খানিকটা নুন, এর নাম ডোল। আর পাওয়া গেল পরিবার প্রতি একখানা করে তাবু। কোথায় সে তাঁবু খাটিয়ে নিতে হবে সে জায়গা দেখিয়ে দিলো তারা। কালোবাবু তার নিজস্ব শৈলিতে বলে দিলেন, যা আজ থেকে তোরা ভারত সরকারের ঘর জামাই হয়ে গেলি। খা দা মজা কর। গরীব সুবল রাধাকান্ত গগন সব পাশাপাশি তাঁবু ফেলে। একজন আর একজনকে তাঁবু টাঙ্গাতে সাহায্য করে। তৈরী হয়ে যায় মাথা গোঁজার একটা ঠাঁই।

গরীব চার পাঁচ দিন হবে গ্রাম ছেড়ে এসেছে। এই চার পাঁচ দিনের মধ্যে এক দিনও ভাতের মুখ দেখতে পারেনি। চিড়ে আর গুড় দিয়ে কাজ চালিয়েছে। এখন চাল ডাল পেয়ে মনটা খুশিতে যেন নেচে ওঠে তার। একটু লাল একটু মোটা একটু কাঁকড় একটু ধূলো মেশানো। তা হোক, যা হোক আর যেমন হোক চাল তো। যার আর এক নাম লক্ষ্মীর দানা। লক্ষ্মীর দানার নিন্দা করতে নেই। বাপের কাছে শুনেছে গরীব, যে লক্ষ্মীর দানার নিন্দা করে তার উপর লক্ষ্মী বিরূপ হয়। না খেয়ে মরে সে। কেমন করে লক্ষ্মীর দানা, অন্নকে

কদর করতে হয় তা ছোট বেলায় বাপকে দেখে বুঝে ছিলো সে। যখন গরীব ছোট ছিলো, তখন আর কিছু না হোক অন্ততঃ দু—বেলা ঘরে উনুন জ্বলতো। তখন ওদের কিছুটা ধান জমি ছিলো। বছর ভরের খাবার চাল তা থেকে মিলে যেতো। গরীবের মা সেই চালের ভাত রান্না করতো। যখন ভাত টগবগ করে ফুটে উঠতো গন্ধে যেন প্রাণ ভরে যেতো। বড় ঘরের বারান্দায় পিঁড়ি পেতে আসনপিঁড়ি হয়ে খেতে বসতো হরকুমার। খাওয়া নয় সে যেন কোন পূজা। তখন একটাও কথা বলতো না। আগে জল ভরা গেলাস থেকে এক কোষ জল নিয়ে থালার চারপাশে গোল করে ছড়িয়ে দিতো। তারপর প্রথম গ্রাস ভাত মেখে কপালে ঠেকিয়ে বিড় বিড় করে মা লক্ষ্মী মা অন্নপূর্ণার নাম নিতো। আজ তো মা অন্ন জুটিয়েছো কালও যেন জুটিও মা। খাবার সময় একটা ভাতও যদি থালা থেকে নিচে পড়ে যায় পরম যত্নে সেই ভাতটা খুঁটে তুলে নিতো। সেই বাপের ছেলে গরীব দাস। অন্নের প্রতি তারও সেই একই ভক্তি শ্রদ্ধা। কিন্তু তবু সারা জীবন কেন ভাতের জন্য এত হা হুতাশ, কেন তার প্রতি লক্ষ্মী অন্নপূর্ণা সদয় নয়, কোন পাপে তারা বিমুখ তা সে জানে না।

বউকে এখন বলে সে, এই, শোনছোস। জিনিস পত্তর গোছগাছ করমু হানে পরে। আগে তুই কয়ডা রান্ধার ব্যবস্তা কর। খিদায় মোর পরান যাইতে আছে। মুই পাশের জঙ্গল থিকা কাঠ পাতা জোগাড় কইরা আনতাছি। তুই কয়খান পাথোর দিয়ে এ্যাকখান চুলা বানা।

বিমলা ফরসা, বেটে খাটো ছোট্ট শরীর। শত অভাব অনাহারেও স্বাস্থ্য বেশ সুন্দর। চোখ দুটোয় জড়ানো জলাভূমির প্রাকৃতিক সারল্য। কথা বলার সময় গলায় ভর করে যুগ যুগান্তের কুণ্ঠা। তার মা তাকে শিখিয়েছে— মেয়ে মানুষ জোরে কথা বলবে না, জোরে হাঁটবে না, কারও দিকে চোখ তুলে তাকাবে না। এমন কি স্বামীর সাথে কথা বলতে হলে বলবে ভাববাচ্যে। একেবারে সরাসরি নয়। সেটা বেহায়াপনা। হায়া অর্থাৎ লজ্জাই হচ্ছে নারীর ভূষণ।

গরীবের কথার জবাবে বিমলা তার সদ্য হাঁটতে শেখা ছেলেকে বলে খোকা, তর বাপেরে কইয়া দে, অচিনা অনজান জঙ্গলে য্যান বেশিদূর না যায়। আর তরাতরি য্যান আয়ে। হে আইলে মুই তরে তার কাছে থুইয়া জল আনতে যামু। জল ছাড়া রানধা হইবো না।

ক্যাম্পের মানুষের জলের প্রয়োজন মেটাবার জন্য কয়েকটা টিউবওয়েল বসানো হয়েছে। এ ছাড়া কোথাও আর কোন জলের নাম গন্ধ নেই। এতেই চান রান্না খাওয়া সব কিছু। ফলে সারা দিন এমন কি রাত গভীর না হওয়া পর্য্যন্ত টিউবওয়েলের সামনে থাকে লম্বা লাইনে। গরীব দাস কাঠ জোগাড় করে আনবার পর কলে গিয়ে লাইন দিয়ে জল এনে বাসন পত্র ধুয়ে মেজে রান্না বসাতে সন্ধ্যা গড়িয়ে রাত নামে। পেটের মধ্যে এক আকাশ খিদে নিয়ে তাঁবুর দরজায় বসে আশায় আশায় সময় পার করে গরীব। কখন রান্না শেষ হবে। কখন পেটে পড়বে গরম গরম ভাত। নিয়ম অনুসারে এক সময় আগুন জ্বলে, ভাতের জল ফুটে উঠেছে তারপর থেকে জ্বাল দেওয়া চলছে তো চলছেই। কিছুতে চাল গলছে না। চাল তো নয় যেন পাথর কুচি। দেড় ঘণ্টা পার হয়ে যাবার পর এখনো যেমনকে তেমন। হঠাৎ গরীবের নাকে এসে লাগে সেই চাল

ফোটা জলের গন্ধ। এতক্ষণ বাতাস উল্টো দিকে বইছিলো বলে গন্ধ এদিকে আসেনি। গন্ধ নাকে যেতেই চমকে ওঠে গরীব, একী! ভাতের সেই চির চেনা মন মাতাল করা সুবাস কই? যে গন্ধে বাতাস আমোদিত হয়, মৃতপ্রায় প্রাণ ফিরে পায়। যে গন্ধের সামনে দাঁড়িয়ে ক্ষুধার্ত মানুষ সুগন্ধী ফুলের বাগানকে বলে যা, দূর হট। এতো কেমন মরা পচা টকসে মাথা ঘোরানো গন্ধ। যা দুর্গন্ধেরই নামান্তর। যা নাকে গেলে গা গুলিয়ে উঠছে। প্রতিটা তাঁবু থেকে এখন ছুটছে এই গন্ধের ঝড়। যারা আজ নতুন এসেছে ঝড় বুঝি তাদের মনেও এ কী করে খাবো! খেলে বাঁচবো তো!

এই ভাব মনের মধ্যে বেশিক্ষণ স্থায়ী হয় না গরীবের। নিজেকে সে নিজে স্বান্তনা দেয়, ও কিছু না। গন্ধ যেমনই হোক, ভাত তো! ভাত মানে প্রাণ ভাত মানে প্রসাদ ভগবানের। তার কোন দোষ খুঁত দেখতে নেই। এই দিয়ে সবার আগে পেটটা ভরানো দরকার। ভালো মন্দ সে সব পরের ব্যাপার।

রান্নার পরে বিমলা কলাই করা থালায় ভাত আর ভাতের উপর ডাল দিয়ে গরীব দাসের সামনে এনে রাখে। ভাত যেমন গলেনি ডালও তেমন তাকিয়ে আছে। অনেক সময় গেছে, জ্বালানিও শেষ বলে ডালের উপর পরীক্ষা নিরীক্ষা করা যায়নি, ডালের দোষে ডাল গলেনি না জলের দোষে ডাল গলেনি!

গরীব তার বাবার মতই কলাই করা গেলাস থেকে কোষে করে জল নিয়ে থালার চারদিকে ছেটায়। বর্ডার পার হবার পর এ দেশের এক মাড়োয়ারি সেবা প্রতিষ্ঠান ওদের সবাইকে জন প্রতি একটা করে থালা গেলাস দিয়েছে। ওরা বড়ই পুণ্য লোভাতুর। পুণ্য পাবার আশায় ওরা যেখানে বিপন্ন মানুষ সেখানে পৌঁছে যায়। খরা বন্যা মহামারী সব সময় সেবা সাহায্য নিয়ে দুর্গত অঞ্চলে পৌঁছে যায়। ওদের ভগবানের কাছে একটাই কামনা, তুমি এমন কিছু কোরো না প্রভু যাতে মানুষকে সাহায্য সেবা করবার প্রয়োজনই আর না থাকে। তোমার যা কাজ তা তুমি চোখ বুজে করে যাও, আর আমাদের এত টাকা দাও যেন তার থেকে ছিঁটে ফোটায় ওরা ধন্য হয়।

এখন ঈশ্বরকে নিবেদনের পর ডাল দিয়ে মাখা প্রথম ভাতের গ্রাস মুখের কাছে নিয়ে ভক্‌ করে ছোটা গন্ধে নাকে ধাক্কা খেয়ে বুঝতে পারলো গরীব তৃপ্তি করে খাওয়া তো বহু দূরের ব্যাপার, কোন মতে চালান করে পেটটা ভরে তোলাও একটা অসাধ্য কাজ। পর পর তিন চার গ্রাস খিদের তাড়নায় গিলে নেবার পর পরের গ্রাস মুখে তোলবার সময় মনে হয় পেটে মোচড় মারছে। যেটুকু ভেতরে ঢুকেছিল, সেটুকুও বাইরে বেরিয়ে আসার রাস্তা খুঁজছে। তবু সে সেই গ্রাস মুখের কাছে নিয়ে যায় আর তখনই যেন পেটের মধ্যে থেকে উঠে আসে সেই প্রবল প্রতিরোধ। হরহর করে বমি করে ফেলে সে ভাতের থালার উপর।

গরীব দাসের একা নয়, সুবল রাধাকান্ত গগন সবার এক অবস্থা। সবার মনে বিস্ময়, এ আমাগো চাউলের মতোন দেখতে কি সব দিছে! এয়া কী মাইনষে খায়? খাইতে পারে? থালায় ভাত নিয়ে ওরা ছুটে যায় কালো বাবুর কাছে— এ আমাগো কি চাউল দিছেন। ধূলা কাঁকরের কথা না হয় বাদ দিলাম, কিন্তু বোটকা গন্ধ। এই ভাত কেমনে খামু মোরা!

কালোবাবু বিরক্ত হলেও মুখে তা প্রকাশ করলেন না। হেসে নরম গলায় বোঝালেন আমি কি করবো বল। সরকার আমাদের কাছে যে চাল ডাল পাঠাবে আমি তা–ই তো তোদের দেবো, নাকি? এই সব তো আর আমার ক্ষেতে তৈরী হয় না। এখন এই চাল এসেছে তোদের দিয়েছি। পরের লটে যদি গোবিন্দভোগ আসে তখন তাই দেবো। কটা দিন একটু কষ্ট করে খেয়ে নে। কথায় তো বলে শরীরের নাম মহাশয়, যা সওয়াবে তাহা সয়। খা, ক'দিন পরে সহ্য হয়ে যাবে। প্রথম প্রথম এক আধ দিন একটু বমি টমি হবে, এক আধবার একটু পেট টেট ছাড়বে। ভয় পাবি না, এর বেশি কিচ্ছু হবে না। তারপর দেখবি ঠিক হয়ে যাবে। কথা থামিয়ে একটু হেসে নিয়ে ফের বলেন তিনি– তোরা কোনও জমিদার ঘরের ছেলে তো নোস, চাষা ভূষো মানুষ। কোন দিন পেট ভরে খেতে পেয়েছিস তো কোনদিন পাসনি। ভাত খেয়ে যদি মরে যাস– আমি বলছি না মরবিই, মরা একটা কথার কথা, যদি মরে যাস, না খেয়ে তো মরলি না, ভাত খেয়ে মরলি। বল সেটা কত বড় ভাগ্যের কথা।

কালোবাবু জানতেন, কারণ এ চাল আগেও মানুষ খেয়েছে, আর তাদের কি কি হয়েছে। এই চাল খেয়ে কিছু লোকের পাতলা দাস্ত হবে। তার মধ্যে ভুগে ভুগে কিছু লোক সেরে উঠবে। যাদের শরীরের প্রতিরোধ ক্ষমতা কম তারা মরবে। আরো রিফিউজি আসবে তাই লোক সংখ্যার অনুপাতে না মরা লোকের সংখ্যা বাড়বে।

সেই রাতে দ্বিতীয়বার ভাতের থালার সামনে বসা আর অখাদ্য খাবার চেষ্টায় প্রাণপাত করা গরীবকে দেখে বড় কষ্ট পেয়ে ছিলো বিমলা। বলেছিলো– খোকা তর বাপেরে ক য্যান ঠাকুরের নাম নিয়ে নাক চাইপা কোৎ কইরা গিইলা ফালায়। আর ভাতের থালার দিকে চেয়ে নিজের মনকে বলেছিলো গরীব পরানরে, সারা জীবন ভাতের লইগা কত কান্দাছোস। আইজ সেই ভাত পাইয়া খাবি না। খারে পরান প্যাট ভইরা খা। ভাত খাইয়া যদি মরণ হয় তো হউক। না খাইয়া তো কত মরে তুই খাইয়া মর।

আর তারপর নাক টিপে জল দিয়ে গিলে নেয় সেই তামসিক ভোজন। এবার আর বমি হয় না। তবে রাত বাড়বার সাথে সাথে বেড়ে যায় পেটের অসহ্য খোঁচার। গুড়গুড় করে ডাক ছাড়ে। সকাল হবার আগেই শুরু হয় পায়খানা। আশে পাশের কার কি অবস্থা বোঝা গেল একটু বেলা বাড়ার পর। দেখা গেল নতুন আসা তিরিশ পরিবারের কেউ না কেউ ঘটি নিয়ে মাঠের দিকে ছুটছে। জলও এখানে মহার্ঘ্য, পাঁচ সাত ঘটি জল অপচয়ের পর সে বোধ এল তাদের। তখন জলের কাজ চালাতে লাগলো শালপাতা ছিঁড়ে।

ভাতের সাথে মানুষ যখন এক মরণপণ মহা সংগ্রাম। কে জিতবে কে হারবে তখনো নির্ণয় হয়নি, আর তারই মধ্যে সবারঅলক্ষ্যে আর এক শত্রু আক্রমণ করে দিয়েছে। মোম মাখানো তাঁবু যা সাধারণ রোদে অসাধারণ তাপ ছড়ায় তার উপর প্রবল শক্তিতে ঝাঁপিয়ে পড়ছে বোশেখ মাসের রাগী রোদ। দুপুর বেলা তাঁবুর ভেতরটা লোহা গলানো চুল্লির মত তেতে ওঠে। মানুষ তখন চায় তাঁবু থেকে ছিটকে কোথাও বেরিয়ে যেতে। কোন শীতল ছায়ায় গিয়ে প্রাণ জুড়াতে। কিন্তু যায় তো কোথায় যায়! শাল বন অনেকটা দূরে, আর আম

গাছের ছায়া আগেই দখল করে নেয় তারা যাদের তাঁবু আমবাগানে। কি আর করবে, অধিকাংশ মানুষ মাথা গুঁজে পড়ে থাকতে বাধ্য হয় গরম তাঁবুর মধ্যে। জলাভূমির দেশের অপেক্ষাকৃত ঠাণ্ডা আবহাওয়ার মধ্যে আজন্ম লালিত এই সব মানুষ দুধরনের দুমুখো সাঁড়াশি আক্রমণ সহ্য করতে পারলো না। যারা কিছু দুর্বল যেমন শিশু বৃদ্ধ বিশেষ করে শিশু, তাদের মৃত্যুহার অসম্ভব বেড়ে গেল। প্রায় প্রতি রাতে কোন না কোন তাঁবু থেকে শোনা যেতে লাগলো সন্তান হারা মায়ের বুক ফাটা কান্না— ওরে মানিকরে সোনা আমার, মায়রে ফালাইয়া কই গেলি বাপরে।

ঠিক এই রকম ভয়ানক সময়ে গরীবের ছেলে, যে ছেলের নাম রাখা হয়েছে জীবন সে অসুস্থ হয়ে পড়লো ভীষণ ভাবে। গরীবের যেটুকু যা শরীর খারাপ হয়েছিলো তা সারতে দিন আট দশ সময় নেয়। বিমলা সারে তারও কম— পাঁচ দিনে। কিন্তু জীবনের রোগ সারবার কোন লক্ষণই দেখতে পাওয়া গেল না। দিনে দিনে অবনতি হতে লাগলো তার। প্রথমে যা শুরু হয়েছিলো পাতলা পায়খানা দিয়ে, তা কদিন পরে বদলে গেল আমাশায়। তারপর পড়তে লাগলো রক্ত। দেখা গেল প্রবল জ্বর। পায়খানায় বসে কোৎ পাড়লেই মলভাণ্ড বেরিয়ে পড়তে লাগলো বাইরে। কাজু বাদামের ফুলের মত লাল সে মলভাণ্ড ততক্ষণ বাইরে ঝুলে থাকতো যতক্ষণ কেউ হাত দিয়ে ঠেলে ভিতরে ঢুকিয়ে না দেয়।

এভাবে কেটে গেল কুড়ি বাইশ দিন। রোগের প্রকোপ দিনে দিনে বেড়েই চললো। যে ছেলের ছোট ছোট পায়ে সারা দিন সারা উঠোন জুড়ে দাপিয়ে দৌড়ে বেড়াবার কথা সে গোড়া কাটা পুই ডাটার মত এলিয়ে পড়লো বিছানায়। নড়াচড়া করে না, কাঁদে না, কথা বলে না। শুধু মুখ হা করে শুয়ে থাকে। মুখ থেকে লালা গড়িয়ে নামে। গড়ানো লালা মাছিতে চাটে।

আর কোন আশা নেই, মনে মনে ভাবে গরীব। ক্যাম্পের কত শিশু যে কালান্তক ব্যাধিতে মারা গিয়েছে তা গুনে শেষ করা যাবে না! যেন মৃত্যুর এক অন্তহীন মিছিল চলছে। এরই মধ্যে এখানে আরও হাজার বারোশো পরিবার এসে গেছে। এমন কোন ঘর আছে কিনা সন্দেহ যে ঘরের মানুষকে যম দয়া দেখিয়েছে। কারো মা, কারো বাবা, কারও ছেলে, কারও মেয়ে কেউ না কেউ নিশ্চয় মারা গেছে। ক্যাম্প থেকে উত্তর দিকে মাইল দেড়েক গেলে একটা ডোবা আছে। হাঁটু পরিমাণ জল তাতে। সেই খানে নিয়ে মৃতদেহ জ্বালানো হয়। এত মৃত্যুর কারণে এখন কাঠেরও আকাল পড়ে গেছে। জঙ্গলে আর শুকনো কাঠ পাওয়া যায় না। ফলে আর চিতা সাজানো হচ্ছে না। সব শব চাপা দেওয়া হচ্ছে মাটির নিচে। কাঁদতে কাঁদতে মানুষের চোখের জল বুঝি ফুরিয়ে এসেছে। কান্না শুনতে শুনতে মানুষের মনও বুঝি অনুভূতি হীন পাথর হয়ে গেছে। আর তেমন বুক ফাটা কাতর কান্নায় রাতের বাতাসকে মথিত করে না। মানুষ গোপনে গোপনে ফোঁপায় আর প্রহর গোনে কখন তার ডাক আসে। যে জীবন বাঁচাবার জন্য তারা পাগলের মত পালিয়ে এসেছিলো, তা এমন অনাদর অবহেলায় চলে যাবে তা তারা জানতো না।

ক্যাম্পে এত মানুষ মরে যাচ্ছে ডাক্তার তাহলে কি করে! কিছুই করার

নেই তার। একমাত্র ওষুধেই কিছু হতে পারে। কিন্তু ওষুধ কই? এখানকার ডাক্তারখানায় অষুধ মাত্র তিন রকম। একটা বড় বোতলে খানিকটা চুনগোলা জলের মত সাদা একটা অষুধ। একটা বোতলে আলতার মত আর একটা। আর গোটা কয়েক সাদা ট্যাবলেট একটা কৌটায়। যদি কারও কেটে যায় ফুলে যায় পুড়ে যায় ওই লাল অষুধটা খানিক তুল দিয়ে লাগিয়ে গোটা কয়েক ট্যাবলেট দিয়ে দেয় ডাক্তার। বলে, দুটো করে ট্যাবলেট তিন দিন খাবে। সেরে না গেলে আবার এসো। যদি কারও জ্বর পেট ব্যাথা আমাশয় বা অন্য কোন রোগ হয়, সাথে করে নিয়ে যাওয়া শিশিতে খানিকটা চুনগোলা জল আর দুটো ট্যাবলেট দিয়ে ওই একই কথা বলে দেয় ডাক্তার। না সারলে তিনদিন পর এসো।

এই ওষুধে কারও রোগ সারে না। গরীব দাসের ছেলে জীবনেরও সারছে না। রোগ বেড়েই চলে। সেদিন বড় চিন্তায় পড়ে গেল সে ছেলেকে দেখে। যেভাবে তার শরীর থেকে কলকল করে কাঁচা রক্তের স্রোত নামছে, এই রাত আর কাটবে বলে মনে হচ্ছে না। ছেলেকে কোলের কাছে নিয়ে পাথরের মত বসে আছে নিদ্রাহীন মা, বিমলা। একটু একটু করে নিভে আসছে জীবনের জীবন প্রদীপ। তা দেখে মায়ের চোখের কোন বেয়ে নেমে আসছে নোনা জলের স্রোত। চোখের জল, বড়ই বর্ণহীন বিস্বাদ এবং অবুঝ। সে জানে না এ সময়ে তার কোন মূল্য নেই। কেউ আর কানা কড়ির দামে চোখের জল কেনে না।

তাঁবুর দরজায় বসে আছে অসহায় অক্ষম এক বাপ। চোখের সামনে ছেলে একটু একটু করে মৃত্যুর কোলে ঢলে পড়ছে তবু সে কিছু করতে পারছে না। ক্ষোভ চাপা দেবার জন্য মাঝে মাঝে পায়চারী করে নিচ্ছে। স্বামী স্ত্রী কারোও শরীরই পুরোপুরি সুস্থ নয়।কিন্তু সেদিকে তাকানোর কোনও উপায় নেই তাদের। শুধু একটাই কামনা তাদের এখন, হে ভগবান মোর পোলার পেরান ভিক্ষা দেও।

এই ক্যাম্পে গরীব দাসের তেমন আত্মীয় পরিজন বিশেষ কেউ নেই। নিজের ভাইরা অনেক আগে বর্ডার পার হয়ে অন্য এক ক্যাম্পে চলে গেছে। গরীব দেশ ছেড়ে আসার সময় দূর সম্পর্কের যে দুচার জন সাথে ছিলো তাদেরও এক এক জন এক এক দিকে ছিটকে গেছে। তাদের কেউ আশ্রয় পেয়েছে বাসুদেবপুরের এক দুই তিন নাম্বার ক্যাম্পে কেউ গড়বেতা কেউ পিয়ারডোবা। আবার কারো ভাগ্যে জুটেছে দক্ষিণ চব্বিশ—পরগণার ঘুটিয়ারি শরীফ, ঘোলা বা দোলতলার ক্যাম্প।

সারা পশ্চিমবাংলায় এ রকম ডজন ডজন আশ্রয় শিবিরে আশ্রয় পেয়েছে ছিন্নমূল উদ্বাস্তু মানুষেরা। তবে আপনার কেউ না হলেও দেশত্যাগ জনিত দুঃখ কষ্ট মনো বেদনা, সর্বোপরি অনিশ্চিত ভবিষ্যৎ ভাবনা এক জনের সাথে অন্য এক জনকে বেঁধে ফেলেছে আত্মীয় বন্ধনে। আর তারা কেউ কারও পর নয়।

পাশের তাঁবুতে যমে আর মানুষে টানাটানি চলছে। আজ এই রাত এসেছে মৃত্যুর বিভীষিকা মাখা কালো বোরখায় মুখ ঢেকে। কেন না এতটুকু একটা শিশুর প্রাণ নিতে মৃত্যুর একটা আড়াল চাই। আড়াল আছে। যে আড়াল শালবনের ঘন জঙ্গল। যোগাযোগ হীন দূর এই অঞ্চলে দিনের পর দিন কী ঘটে

যাচ্ছে কাক পক্ষী টের পাচ্ছে না, রাতের চেয়েও দিন এখানে অন্ধকার। হাজার হাজার মানুষ এখানে অসুস্থ। তাদের জন্য বরাদ্দ মাত্র একজন ডাক্তার। ওষুধ বলতে তার হাতে একটা সাদা আর একটা লাল— দুরকম জল। এই অবস্থায় মানুষ তো মরবেই। তাই পাশের তাঁবুর সুবল রাধাকান্ত গগন আশংকা দুরু দুরু বুকে রাত জাগছে। গরীব দাসের ছেলেটা মারা যাচ্ছে। এমন বিপদাপন্ন সময়ে একজন প্রতিবেশী হয়ে কি করে তারা ঘুমিয়ে পড়তে পারে!

সুবল সুতার নিঃশব্দে নিজের তাঁবু থেকে বাইরে বের হয়ে ধীর পায়ে গরীব দাসের সামনে এসে দাঁড়ায়, ফিস ফিস করে, যেন কোন গোপন কথা বলছে এমন ভাবে জানতে চায়— খোকায় এখুন ক্যামোন আছে?

আর কেমন! কান্না চেপে বলে গরীব, আছে এখনো। তবে সোমায় হইয়া আইছে। বেশিক্ষণ আর থাকবো না।

ওই কথা কইও না। বাপ হও তুমি! ভগমানরে ডাকো। সেই জন মালিক। ভগমান চাইলে তোমার পোলায় ভালা হইয়া যাইবে, একশো বছর বাঁচবো।

সুবল সুতার গরীব দাসকে সান্ত্বনা দিয়ে এগিয়ে যায় রাধাকান্তর তাঁবুর দিকে। নিচু গলায় ডাকে, অ রাধাদা, ঘুমিয়ে পড়ছো নাকি!

কী কও? সজাগ আছি। যাওন লাগবো নাকি?

না, এখোনও আছে। ভোর ভোর সোমায় যাইবো বইলা মোনে হইতে আছে। লও অপিসে গিয়া শাবল কোদাল নিয়া আসি। ও সব আইনা হাতের কাছে রাখোন দরকার। নাইলে সোমায় কালে হাতড়ান লাগবো। আমাগো আগে গিয়া কেউ যদি নিয়া যায়, খাড়াইয়া থাকোন লাগবো।

যখন এই সব মানুষ দেশ ত্যাগ করে চলে আসে, সেই সময় ঘরের অনেক মূল্যবান আসবাব পত্রই নিয়ে আসতে পারেনি। তখন নিজের এবং পরিবার পরিজনের প্রাণ ছাড়া অন্য কিছু মূল্যবান বা দরকারী বলে মনে হয়নি। ফলে শাবল কোদাল বয়ে আনার কথা কারো মাথায় আসেনি। তবে বিবেচক সরকার সে ব্যবস্থা করে রেখেছে। তা না করলে, জঙ্গলে এখন আর কাঠ পাওয়া যাচ্ছে না, মৃতদেহর কি হতো? ফেলে দিতো মানুষ এখানে সেখানে। সেটা ঠিক শোভন হোত না।

কিন্তু এখন, রাত শেষ হতে কয়েক ঘণ্টা বাকি, ঘুমন্ত চৌকিদারকে ডেকে কোদাল শাবল আনার কথায় রাধাকান্ত মনের সায় পায় না। বলে খাড়াইয়া থাকোন লাগবো না। গুদামে কি একটা দুইটা কোদাল শাবল? আগে যা হবার তা হইয়া যাউক, তারপর যামু হানে।

গুদামে কোদাল অনেক, পাইতেও আছে অনেক মানুষ। নেবার সোময় যত হুড়াহুড়ি করে ফেরত দিবার সোমায় করে না। আমি কই সকাল হবার আগে গিয়া চলো হাতে কইরা নিই।

সে যামু হানে, এট্যু বসোতো। বিমলা কাইন্দা ওঠলেই যামু।

রাধাকান্তর তাঁবুর সামনে বসে পড়ে একটা বিড়ি ধরায় সুবল। বিড়ি টানে কিন্তু কান খাড়া রাখে। একটু একটু করে রাত ভোরের দিকে গড়ায়। বিমলার কান্নার আওয়াজ শোনা যায় না।

রাধাকান্ত বলে— ওই টুক পোলা, মরণের লগে জব্বর লড়াই দিতে আছে।

চাইর পাঁচ দিন ধইরা এহন তহন অবোস্তা চলতাছে। আইজ তো এতক্ষুণ থাকবো বইলা গরীব দাসও ভাবে নাই।

সুবল বলে— আর তো বওয়া যায় না। যাই, গিয়া মুই এট্যু শুই। কান্দা কাডি আরম্ভ হইলে উঠমু হানে।

বাঁচবার জীবনের কোন আশা কারোই ছিলো না। মা বাবার চরম প্রতীক্ষা, প্রতিবেশীদের অন্তিম যাত্রার মানসিক প্রস্তুতি সব কিছুর পরেও এক ফোটা ওষুধ না পেয়ে কেমন করে কে জানে সে রাত্রে বেঁচে গেল ছোট্ট জীবন। যা সবার কাছে এক চরম আশ্চর্য্যের বিষয়। এ কী করে সম্ভব! এই সব ছেলেদের বুঝি লোকে গাল পেড়ে বলে যমের অরুচি। যে কিছুতে মরে না। মরো মরো হয়ে বেঁচে থাকে।

সেই রাত্রে বেঁচে গিয়ে আর মারা গেল না জীবন। কিন্তু যেভাবে বেঁচে রইল সারা জীবন তাকে কি সত্যিই বাঁচা বলে!

৮

ইশকুলের রাস্তায়

মানুষকে বলা হয় অমৃতের সন্তান। কারণ খরা বন্যা মহামারী, ঝড় ঝঞ্ঝা ভূমিকম্প সাম্প্রদায়িক দাঙ্গা রাষ্ট্র বিপ্লব বিশ্বযুদ্ধ সব কিছুর পরেও মানুষ বেঁচে থাকে। কিছু মানুষ মরে গেলেও বাকিরা বেঁচে থাকে।

গরীব দাস বেঁচে আছে, তার ছেলে বেঁচে আছে। তার বউও বেঁচে আছে। আর তাদের শরীর মনের উপর দিয়ে গড়িয়ে গেছে বিনাশ্রম জেল খাটার মত অনেক কটা বছর। সেদিন টিউবয়েল থেকে মাটির কলসীতে জল ভরে আনতে যাচ্ছিলো বিমলা। বেলা বাড়বার আগে আগে জল ভরে না নিতে পারলে কলে ভিড় বেড়ে যায়। তখন লম্বা লাইন পড়ে। চান খাওয়া বাসন ধোওয়া রান্নায় কম জল দরকার? এক খেপ জল এনে হাঁড়ি কুড়িতে ঢেলে এক খেপ আনার জন্য কয়েক পা সামনে এগিয়েছে তখনই তাকে ডাকে গরীব— অ জীবোনের মা, এট্টা কথা শুইনা যা।

একজন লোক ডাকছে। হলেও বা স্বামী, তবু পুরুষ তো! কেউ তাকে দেখছে কিনা আড় চোখে চারদিক একবার দেখে নিয়ে মুখে ঘোমটা খানা টেনে পিছন ঘুরে দাঁড়ায় সে — কন কী কইবেন।

কই কী, আমাগো জীবোনের এখন বয়স কত হইলো?

গরীব দাসের প্রশ্ন শুনে বিমলার চোখ আকাশের দিকে উঠে যায়। সেখানে যিনি বাস করেন তার উদ্দেশ্যে বলে ওঠে— হা ভগমান, আপনে কেমুন মাইনষেরে পোলার বাপ বানাইছেন যে নিজের পোলার বয়স জানে না। এক বচ্ছরের কোলে নিয়া দ্যাশ থিকা আইছি, এইখানে হইয়া গেল পাচ।

অপরাধী গলায় বলে গরীব— দশ রকম চিন্তা আমার মাথায়। সব সোময় মাথার মইধ্যে ঝাঁ ঝাঁ করে। কোনও কথা মোনে রাখতে পারি না। তয় আমি কই কি, পোলায় যখন ছয় বচ্ছরে পড়ছে, এইবার অরে ইসকুলে ভরতি কইরা দেই।

ইশকুল নাম শুনে ভয়ে আঁতকে ওঠে বিমলা। কাঁখের কলসী খসে পড়ে

মাটিতে। বলে সে— নানা, অখন না। আরো দুই চারি বচ্ছর যাউক। আর এট্যু বড় হউক। রোগে ভোগা পোলা আমার। গায়ে মাংসো নাই, মাত্তর কয়খানা হাড়। এই শরীলে মাস্টেরের হাতে পিটান খাইলে আর বাঁচবো না। কেস্টোর বাপে কেস্টোরে পড়া লেহা ছাড়ান দিছে খালি এই লাইগ্যা। ক খ পড়তে পারে নাই বইলা মাস্টেরে এমুন চড় মারছে কানপাটিতে, যে কানই কালা হইয়া গেছে।

গরীব বউকে বোঝায়— ইচ্ছা কইরা কালা বানায় নাই। মারছে, কেমুন কইরা য্যান বেকায়দায় লাইগা গেছে। পোলা পান এট্যু দুষ্ট হয়। তাগো এট্যু না পিটাইলে লেখাপড়া শেখবে কেমনে! মাস্টের তো আর শত্তুর না যে খালি খালি পিটাবে। পিটায় হে ছাত্তরের ভালোরই লাইগ্যা। যত পিটাবে তত বিদ্যা হবে। এই যে তর কাঁখে মাটির কলস, পোলাপান হইলো সেই মাটিরই মতোন। মাটিরে আগে কোদাল দিয়া কোপায় কুমারে। তারপর জল দিয়া জম্পেস কইরা পাও দিয়া পাড়াইয়া পাড়াইয়া ছানে। তারপর তারে চাকে ফালাইয়া ঘোরায়। ঘোরাইয়া ঘোরাইয়া হাড়ি পাতিল কলস বানায়। হের পর দেয় রোদ্দুরে। দিন ভর শুকায়। রাইতে দেয় আগুনের চুলায়। পুইড়া লাল হইলে তখন হয় পাকা পোক্ত। তখন মাইনষের কোলে ওঠে, কামে লাগে। হেই রকম পোলাপানরে মানুষ করতে হইলে মায় বাপের বুকে পাথোর রাইখা তারে ইশকুলের দিক ঠেইলা দেওয়াই লাগবে। মাইর খায়, খাউক। মাইরের ভয়ে ঘরে বসাইয়া রাখলে আর মানুষ হবে না।

বিমলা ঠিক বুঝে উঠতে পারে না মানুষ হবার সাথে লেখা পড়ার কি সম্পর্ক। ওই যে দেশের ভটচাজ মশাইয়ের বড় ছেলে, কটা না কটা পাশ দিয়েছে, ওটা কি মানুষ! প্রাণে দয়া নেই মায়া নেই, শোনা যায় আরো আরো কী সব দোষ আছে। তাহলে আর পাশ দিয়ে কি হল।

অবুঝ বউটাকে বোঝাবার চেষ্টায় আরো খানিকটা ভেবে নিয়ে বলে গরীব— পড়ালেহা না জানলে হেই মানুষ চক্ষু থাকতেও কানা। আমরা কানা হইছি বইলা কি অরেও কানা বানামু! ওই যে অপিছের খাতা লেহা বাবু, লেহাপড়া শিখছে বইলাই তো সুখের কাম করতে আছে। গায়ে রোদ্দুর বিষ্টি লাগে না। আগে পিছে সর্বদা সেথায় বাবু বাবু কইরা হাত কচলাইয়া মাইনষে ঘোরতে আছে। না না তুই না কইস না, আমি জীবোনরে লেহাপড়া শিখাইয়া বাবু বানামু।

বিমলা যে কলে জল ভরতে যায় তার সামনে একটা ধনুকের ছিলার মত টান টান পাকা রাস্তা। রানওয়ে থেকে শুরু হয়ে ক্যাম্পের মাঝখান থেকে সোজা চলে গেছে সাঁওতাল পাড়ায়। এই রাস্তার ও পাশে প্রাইমারি ইশকুল। একজন ফরসা খোঁড়া মাস্টার সেখানে পড়ায়। কি পড়ায় আর কেমন ভাবে পড়ায় তা সবার চোখে পড়ে। কোন ছেলের কান ধরে রোদে দাঁড় করিয়ে দেয়। কোন ছেলেকে উঠবস করায় আর কোন ছেলের তো বেত মেরে পিঠ লাল করে দেয়।

স্বামীর কথায় ছেলের আগত দুর্দিনের ব্যাথায় কান্না পায় বিমলার। কান্না চেপে রেখে সে বলে, শেখান। আপনের পোলা আপনি নিজে মারেন, নইলে কাউর হাতে দিয়া মাইরা ফালান, আমি আর কি কমু। আমি যাই জল নিয়া আসি।

গরীব দাস তার বোকাসোকা বউটার কথায় বিশেষ গুরুত্ব দেয় না। সে অটল দাঁড়িয়ে থাকে তার ভীষ্ম প্রতিজ্ঞার উপর। জীবনকে সে লেখাপড়া না শিখিয়ে কিছুতে ছাড়বে না। এটা তো আর সেই জলা জংলা দেশ বরিশাল নয়, যেখানে খাল গাঙ বিল পার হয়ে দু তিন ক্রোশ দূরে বাচ্চাদের পড়াশোনা করতে যেতে হয়। আর গেলেই যে অচ্ছুত নেমোদের বাচ্চাকে মাস্টার ইশকুলে ভর্তি করে নেবে তাও নয়। আগে তো দাঁত মুখ খিঁচিয়ে উঠবে– তোরা ক্যান মরতে এইখানে আসোস! লেহাপড়া শিইখ্যা করবিডা কি। ধরবি তো মাছ, চালাবি তো হাল। তার জইন্য লেহাপড়ার কি দরকার। যদি সেই খিঁচুনিতে ছাত্র পালিয়ে না যায়, যদি ছিনে জোঁকের মত সেঁটে থাকে তখন মাস্টার দেখাবে ভয়– পড়া না পারলে কিন্তু পিঠের ছাল চামড়া গুটাইয়া দিমু। চাইর চাইর খান ব্যাত ভাঙ্গমু পিঠে। এরপরও যদি সে ভয় না পায় তখন বলবে– যা ওই কোনায় গিয়া চুপ কইরা বইসা থাক। কাউরে ছুবি না, কাউর লগে কথা কবি না, জলের কলসে হাত দিবি না।

এখানে অন্ততঃ এই তিনটে ব্যাপার তো নেই। ইশকুলের মাস্টার ছাত্র সবই নিচু জাতের। তবে মারটা আছে। সে তো থাকবেই। যে পাথরে ছেনি হাতুড়ির ঘা না পড়ে সে পাথরে মুর্তি হয় না।

কিন্তু বিমলা তার একার নয়, ক্যাম্পের অনেক বাচ্চাই ছালগোটানো পিঠের আতংকে নিজে ভোগে, মা বাবাকেও ভোগায়। আসলে গরীবের কাছে দেশের সেইসব ইশকুলগুলো অনেকটা গভীর জংগলের মতো ছিল। যার মধ্যে বামুন কায়েতের বাচ্চাগুলো হিংস্র শিকারী কুকুরের মত ঘুরে বেড়াত। তার মধ্যে একটা কি দুটো নেমোদের বাচ্চা পড়লে নিরীহ খরগোশের যে দশা তার তাই হয়। সবাই তার পিছনে লাগে, আজেবাজে কথা বলে, মারে। তখন নালিশ করলে মাস্টার তারই দোষ ধরে তাকেই ফের মারে। সেই অসহনীয় শিক্ষা ব্যবস্থা থেকে অধিকাংশ বাচ্চাই পালিয়ে বাঁচে। দুতিন ক্লাশের বেশি এগুতে পারে না। যদি একান্তই কোন নোমো তার বাচ্চাকে শিক্ষিত করতেই পণ করে থাকে তাকে পাঠায় নমঃশূদ্র সমাজের মহান পুরুষ গুরুচাঁদ ঠাকুর দ্বারা প্রতিষ্ঠিত বাগেরহাট মহাবিদ্যালয়ে। সেখানে জাতের বজ্জাতি নেই, নেই পক্ষপাতিত্বও।

জাতের বজ্জাতি এই ক্যাম্পেও নেই। যারা তা করে সেই বামুন কায়েত বদ্যিরা, জাতিগত অহংকার এবং আর্থিক স্বচ্ছলতার কারণে কেউ রিফিউজি ক্যাম্পে এসে নিচু জাতের সাথে বাস করতে চায় নি। তারা রয়ে গেছে এসব থেকে দূরে। এখানে এসেছে, আসতে বাধ্য হয়েছে একমাত্র সেই সব নিম্নবর্ণ নিঃস্ব মানুষ যাদের নুন আনতে পান্তা ফুরায়। এখানে যে সব অফিসার, সরকারী কর্মচারী এসেছে তারা যদিও উচ্চবর্ণ, কিন্তু সবই পশ্চিমবঙ্গের। যাদের তুলনামূলকভাবে পূর্ববঙ্গীয় উচ্চবর্ণদের চেয়ে বর্ণঘৃণা কম। এরা জাতপাতের বিরোধ বিভাজনকে অতটা গুরুত্ব দেয় না, যতটা দেয় শিক্ষিত অশিক্ষিত ধনবান ধনহীন ভদ্রলোক আর ছোটলোককে। অবশ্য এটাও ঠিক যে এদের কাছে অর্থহীন নিরক্ষর আর ছোটলোক এক সমার্থক শব্দ। সরল পাটিগণিতে যার অর্থ নেই বিদ্যা নেই সব ছোটলোক। এই কারণে কালোবাবু ভুবন

বাড়ৈকেও তুই তোকারি করে কথা বলেন। ছোটলোককে আজ্ঞে আপনি করলে ভদ্রলোকের সম্মান বাড়ে না যে।

আর ঠিক এই কারণে কালোবাবু নমোশুদ্দুর খগেন মণ্ডলকে সম্মান করেন। বসতে চেয়ার দেন। খগেন মণ্ডল পূর্ব পাকিস্থানের অবিসংবাদী নেতা যোগেন মণ্ডলের আত্মীয় এবং পড়াশোনা জানা সচ্ছল মানুষ। ইচ্ছা করলে তিনি ক্যাম্পে না এসে কোথাও একটু জায়গা কিনে রয়ে যেতে পারতেন। কিন্তু তাহলে তার সাথে দেশ ছেড়ে আসা কয়েকশো পরিবার ভরসা শূন্য অনাথ হয়ে যেতো। তাদেরই জন্য উনি বেছে নিয়েছেন এই কষ্টকর জীবন। ক্যাম্পের সবাই খগেনবাবুকে মানে, সম্মান করে। তারই মুখে শুনেছে গরীব দাস, বিদ্যার মত বড় ধন আর নেই।

মনে বড় আশা গরীব দাসের, ছেলেকে সে খগেনবাবুর মত বিদ্বান বানাবে। খগেন বাবুর মত সেও খবরের কাগজ পড়বে। লোকে দেশ বিদেশের খবর শোনার জন্য তার দরজায় ভিড় করবে। এই খগেনবাবু একদিন বলেছিলো, চণ্ডাল হয়ে যাওয়া নমোশূদ্ররা আবার কি করে নমঃশূদ্র হিসাবে সমাজে, সরকারি কাগজে স্থান করে নিয়ে ছিলো সেই কাহিনী।

বল্লাল সেনের বিধানেই হোক আর যে কারণেই হোক পূর্ব বাংলার নমঃশূদ্র শ্রেণি ভুক্ত মানুষের জীবন যাত্রা কেমন ছিলো তা একবার স্বচক্ষ্যে প্রতক্ষ্য করে ছিলেন মানব দরদী কবি রবীন্দ্রনাথ ঠাকুর। তিনি ১৯১১ সালে তার ধর্মের অধিকার নামক প্রবন্ধে লিখেছেন, আমি পল্লী গ্রামে গিয়া দেখিয়া আসিলাম সেখানে নমঃশূদ্রদের ক্ষেত্র অন্য জাতিতে চাষ করে না, তাহাদের ধান কাটেনা। তাহাদের ঘর তৈয়ার করিয়া দেয় না। অর্থাৎ পৃথিবীতে বাঁচিয়া থাকিতে হইলে মানুষের কাছে মানুষ যে সহযোগিতা দাবি করিতে পারে। আমাদের সমাজ ইহাদিগকে তাহারও অযোগ্য বলিয়াছে; বিনা অপরাধে আমরা ইহাদের জীবন যাত্রাকে দুরূহ ও দুঃসহ করিয়া তুলিয়া জন্ম হইতে মৃত্যুকাল পর্য্যন্ত ইহা দিগকে প্রতিদিনই দণ্ড দিতেছি।

খগেনবাবুর তাঁবুর সামনে রোজই লোকের ভিড় জমে। সেদিনও জমেছিল। গরীব পৌঁছে ছিলো একটু পরে। কোন কারণে এই আলোচনা শুরু হয়েছে তা সে জানে না। সে জগদীশ বিশ্বাসের পাশে মাদুরে বসে পড়েছিলো। খগেনবাবু একটা বই থেকে পড়ে যাচ্ছিলেন। হঠাৎ তার মুখে রবীন্দ্রনাথ ঠাকুর শুনে কান খাড়া হয়ে যায় তার। গরীব অনেক ঠাকুরের কথা জানে, সে সব ঠাকুর স্বর্গে থাকে। মাটির মানুষ ঠাকুর জানে মাত্র দু জনকে। একজন হরিচাঁদ ঠাকুর অন্য জন তারই ছেলে গুরুচাঁদ ঠাকুর। এখন অন্য এক ঠাকুরের নাম শুনে জগদীশ বিশ্বাসকে ফিস ফিস করে বলে সে, রবীন ঠাকুর কেডা? হেনার আশ্রম কোথায়? জগদীশ বিশ্বাস হাতের মুদ্রায় গরীবকে থামার নির্দ্দেশ দিয়ে বলে, অখন শুইন্যা যাও। পরে এক সোমায় খগেন বাবুরে জিগাইয়া নিমু হানে। হবে নিশ্চয় কোন বড় গোঁসাই।

লক্ষনীয় বিষয় এখানে রবীন্দ্রনাথ ঠাকুর নমঃশূদ্রদের, অন্য কোন নামে

নয় নমঃশূদ্র বলেই উল্লেখ করেছেন। এর অর্থ যখন তিনি এই প্রবন্ধ লিখেছেন নমঃশূদ্ররা পাকাপাকি ভাবে সরকারি কাগজে তখন নমঃশূদ্র হিসাবেই স্বীকৃতি পেয়ে গেছে। কিন্তু খুব সহজে যে তা হয়নি সেটা বলা বাহুল্য।

এই দেশে সর্ব প্রথম জনগণনার কাজ শুরু হয় ইংরেজ আমলে। লিঙ্গ বয়স জাতি এসব লিপিবদ্ধ করা হয় নিপুণভাবে। যে সব রাজকর্মচারির উপর সে সময় জনগণনার ভার পড়ে স্বাভাবিক কারণেই, তারা সবাই ছিলো উচ্চবর্ণীয়। তারা নমঃশূদ্র শ্রেণির মানুষের কথায় কর্ণপাত না করে তাদের জাতি পরিচয় স্থলে নমঃশূদ্রের পরিবর্তে কথিতবল্লালি বিধান অনুসারে চণ্ডাল লিখে দিতে থাকে। এরই প্রতিবাদে নমঃশূদ্র সমাজ বিক্ষোভে ফেটে পড়ে।

ফরিদপুর জেলার ওড়াকান্দিতে মতুয়া ধর্মের প্রবক্তা হরিচাঁদ ঠাকুরের সুযোগ্য পুত্র গুরুচাঁদ ঠাকুর নমঃশূদ্র সমাজের সর্বমান্য নেতা হিসাবে প্রতিষ্ঠিত হয়ে গেছেন, তারই নেতৃত্বে এক সর্বাত্মক ধর্মঘট পালিত হয় সারা পূর্ব বাংলা জুড়ে। যার ব্যাপক প্রভাব পড়ে বরিশাল ফরিদপুর খুলনা এবং যশোর জেলায়। এই জেলাগুলোয় নমঃশূদ্র মানুষের সংখ্যা বেশি।

তখন নমঃশূদ্র সমাজ জীবনে এক ঝলক আলো প্রবেশ করেছে। অস্ট্রেলিয়ান ধর্ম যাজক মিড সাহেবের সহায়তায় গুরুচাঁদ ঠাকুরের আগ্রহে ওড়াকান্দিতে স্থাপিত হয়েছে হাইস্কুল। একদল তরতাজা তরুণ সমাজ বদলের ভাবনায় দুরন্ত বেগে এগিয়ে চলেছে। যাদের নেতৃত্ব দিচ্ছেন লৌহপুরুষ গুরুচাঁদ ঠাকুর। সে এক মহা জাগরণের সূচনা কাল। মতুয়া ধর্ম সংগঠনের মধ্যে দিয়ে নমঃ শূদ্ররা এক সংঘবদ্ধ শক্তি রূপে আত্মপ্রকাশ করতে শুরু করেছে। পরে তুমুল হয়ে উঠলো সেই নাম বদলের আন্দোলন। তাদের তখন মনে হল, যে অপমান অবমাননার জোয়াল চণ্ডাল নামের মধ্য দিয়ে তাদের কাঁধে চাপিয়ে দেওয়া হয়েছে, নাম বদলের আন্দোলনের বিজয়ের সাথে সাথে তারও অবসান ঘটবে। কিন্তু তারা জানতো না যে, নামবদল ঘটলেও উচ্চবর্ণ মানসিকতার কোন বদল ঘটবে না। ফল্গুর চোরা স্রোতের মত সেটা তাদের মনের ভেতরে থেকে যাবে।

তবে সে যা হোক, অবশেষে সেই আন্দোলনের ফলে ১৯১১ সালে নমঃশূদ্ররা পাকাপাকি ভাবে নমঃশূদ্র নামেই স্বীকৃতি পেল। ঘৃণা বা অভ্যাস জনিত কারণে কিছু রাজ কর্মচারী এরপরও তাদের চণ্ডাল লিখছিলো তাই ইংরেজ সরকার ঘোষণা করলো যে নমঃশূদ্রদের জাতি পরিচয় স্থলে নমঃশূদ্র ব্যাতিত চণ্ডাল বা অন্য কিছু লিখবে তার চাকরি চলে যাবে। চাকরির মায়া বড় মায়া এর ফলে তারা আর অন্য কিছু লিখতে সাহস পেল না।

মনে বড় আশা গরীবের, তার ছেলেও ওই রকম মোটাসোটা বই পড়বে। তখন রাস্তা দিয়ে হাঁটলে সবাই তাকে দেখে বলবে— ওই যে উনি, জীবোনবাবুর বাবা। ইশকুল তো ক্যাম্পেই আছে। লম্বা একটা চারদিক খোলা টিনের ঘর। ঘরের মধ্যে চারভাগ ওয়ান, টু, থ্রি, ফোর চারটে ক্লাস। এখনো ফাইভে কেউ ওঠেনি তাই সে ক্লাস নেই। চারদিক খোলা এই ক্লাস ঘরে মেঝেয় বস্তা বা

চাটাই পেতে পড়ুয়ারা বসে। একেবারে সেই টোলের মত ব্যবস্থা। বাচ্চারা সেখানে দুলে দুলে নামতা, বিদ্যাসাগরের বাল্য শিক্ষা পড়ে। গরীব দাসের বড় ইচ্ছা যত কষ্ট হোক ছেলেকে সে পাঁচ কেলাস পর্য্যন্ত পড়াবেই। যেন গড় গড় করে রামায়ণ মহাভারত ভাগবত পড়ে ফেলতে পারে। দরকার হলে এর জন্য বাড়িতেও একজন মাস্টের রাখবে। ইংরেজ আমলের থিরি পাশ বেনু হালদার তিন কেলাসের বিদ্যায় যদি কৃষ্ণের অস্টোত্তর শত নাম লক্ষ্মীর পাচালি পড়ে ফেলতে পারে তবে পাঁচ কেলাস পড়া জীবন কত মোটা বই পড়তে পারবে সেই ভেবে গরীব দাস শিহরিত হয়। তখন লোকে জীবনকে দেখে বলবে কার ছেলে তা জানো? গরীব চন্দ্রো দাসের।

অবশেষে স্বামী স্ত্রী মিলে ঠিক হল আগামী মঙ্গলবার সূর্যোদয়ের শুভক্ষণে শুভ মুহূর্তে জীবন নামক বালকটির হাতে খড়ি দেওয়া হবে। গরীব দাস সোমবার থেকেই ভীষণ ব্যস্ত হয়ে উঠলো শিক্ষা সংক্রান্ত যাবতীয় আয়োজনে। সে খোঁজ নিয়ে রেখেছিলো কোথায় তালগাছ আছে। মালকোঁচা মেরে সে উঠে পড়লো তাল গাছের মাথায়। শিক্ষার প্রথম পাঠ তো তাল গাছের মাথা থেকেই শুরু হয়। সেখান থেকে সে নামিয়ে আনে এক গোছা তাল পাতা। তাকে কেটে রোদে শুকিয়ে আটি বেঁধে রেখে চলে যায় সাঁওতাল পাড়ায়। এখানে বাঁশের ঝাড় আছে। শিশু শিক্ষায় বাঁশের অবদানও কম নয়। ঝাড় থেকে দু—খানা কঞ্চি কাটে। একটা এক বিঘৎ পরিমাণ। এর মাথা থেতো করে হবে কালির কলম। আর একটা কঞ্চি হাত দেড়েক। পড়া না পারলে সেটা দিয়ে খোড়া মাস্টার জীবনের পিঠের ছাল তুলবে। ক্যাম্পের স্কুলে দেখেছে গরীব, মারবার জন্য হাতের কাছে কিছু না পাওয়ায় বাচ্চাদেরই মাস্টার ঢোল কমলির ডাল ভেঙ্গে আনতে পাঠায়। জঙ্গলে সাপ বিছে কত কী থাকতে পারে। যদি কামড়ায় তখন কি হবে? গরীব অত অবিবেচকের মত কাজ করতে পারে না। সে মারবার জন্য একটা লাঠি আগেই দিয়ে দেবে মাস্টারের হাতে। বলে দেবে আপনার যত ইচ্ছা মাইরেন। দেখবেন য্যান পরানডা খালি না যায়।

ওদিকে গরীব দাস যখন এক কাজে ব্যস্ত তাঁবুতে তখন বিমলাও বসে নেই। প্রথমে সে গেল কোথায় একটু ছাগলের দুধ পাওয়া যায় সেই সন্ধানে। ক্যাম্পে কারও কোন গরু মোষ নেই। গরু পুষলে তাকে তাঁবুর মধ্যে রাখবে কোথায়! আছে ছাগল। চেষ্টা করলে একটু ছাগলের দুধ পাওয়া যেতে পারে। পেয়েও যায়। এক জনের কাছ থেকে কিনে আনে দুপয়সার দুধ। এই দুধে দই বসাতে হবে। শুভ কাজে যাবার আগে কপালে দইয়ের ফোঁটা দিতে হয়। ফোঁটা দেবার পর যেটুকু অবশিষ্ট থাকবে তা জীবনকে খাওয়াতে হবে। দই পেট ঠাণ্ডা রাখে। যার পেট ঠাণ্ডা তার মাথাও ঠাণ্ডা থাকে। বিদ্যার্জন ধীর স্থির ঠাণ্ডা মাথার কাজ। যাদের মাথা গরম তারা নাও চালায় হাল চালায় মাছ মারে জন খাটে বউ পেটায় লেঠেলগিরি করে। জীবনকে তেমন বানানো তার বাপের ইচ্ছা নয়। তাই দই চাই।

দুধ নিয়ে তাঁবুতে ফিরে এবার বিমলা হাত ঢোকায় উনুনে। কাল রাতের রান্নার পরই সে উনুনে জল ঢেলে আগুন নিভিয়ে রেখেছিলো। এখন খুঁটে খুঁটে সেই উনুনের মধ্যে থেকে বার করে কাঠ কয়লার কয়েকটা টুকরো। সেগুলো

শিলে ফেলে মিহি করে বেঁটে মশারির টুকরো দিয়ে চেলে একটা শিশিতে বোঝাই করে। যখন মনে হয় যথেষ্ট হয়েছে তখনই থামে সে। ততক্ষণে অবশ্য পরিশ্রম আর মানসিক উত্তেজনায় ঘামে নেয়ে ফেলেছে।

আশেপাশের যে সব ছোট ছোট বাচ্চারা তারা এই সব ভয়ংকর কাণ্ড দেখে সব ভয়ে কাঁপছে। কারও মুখে কোন রা' নেই। তাদের মনে হচ্ছে যেন কালিপূজার রাতে মানত করা পাঁঠা বলি দেবার আগে দা'য়ে ধার দিয়ে নেওয়া হচ্ছে। তৈরী করে রাখা হচ্ছে রান্নার মাল মশলা। সব চেয়ে ভীত তুলসীর মেয়ে কুসুম। কাল জীবন মরবে না বাঁচবে সেই ভেবে সে দিশেহারা।

অবশেষে সব উৎকণ্ঠার অবসান হল। নির্দ্দিষ্ট দিনে নির্দ্দিষ্ট সময়েই কোনরকম বিঘ্ন ছাড়াই সুসম্পন্ন হয়ে গেল, নির্দ্ধারিত কর্মকাণ্ড। সকাল বেলাই চান করিয়ে নতুন জামাকাপড় পরানো হল জীবনকে। তার আগেই এসে গেছে বৃটিশ আমলের থিরি পাশ বেনু হালদার। তারই সহায়তায় মহা ধুমধাম সহকারে শাঁখ আর উলুধ্বনির মধ্যে হাতে খড়ি হল জীবনের। তাল পাতার উপর কঞ্চির কলমে ভুষো কালির আঁচড়ে গরীব দাসের বংশে যা কেউ কোনদিন করতে পারেনি সেই কঠিন কাজটা করে ফেললো জীবন। লিখে ফেললো ব্যাঞ্জন বর্ণের প্রথম অক্ষর— ক।

গভীর আবেগে বুকটা কেঁপে উঠলো গরীব দাসের, চোখে জল এসে গেল। এক গর্বিত পিতার মুগ্ধতা ছড়িয়ে পড়লো সারা মুখ মণ্ডলে। বিগত চৌদ্দ পুরুষ যে কাজ করবার সাহস পায়নি, সেই অসম্ভবকে সম্ভব করে ফেলেছে তার ছয় বছরের ছেলে। ক' লিখেছে।

ইংরেজ আমলের থিরি পাশ বেনু হালদার আজকের এই মহামঞ্চের প্রধান পুরোহিত। সোয়া সের চাল, নিয়ম অনুসারে যা ডোলের চাল হলে চলবে না, কারণ দানের জিনিস দান করায় পুন্য মেলে না। আনতে হয়েছে কিনে। সেই চাল আর সোয়া পাচ আনা দক্ষিণা নিয়ে সে চলে যাবার আগে বলে যায়— দ্যাখো গরীব, খালি অক্ষর খান দ্যাখো। কেমন তারার নাহান জ্বল জ্বল করতে আছে। মাইয়া মাইনষে রান্ধার কানে এ্যাকখান ভাত টিইপা কইয়া দিতে পারে পুরা ভাত কেমন হইবে। আমি ওই একটা অক্ষর দেইখ্যাই কইরে পারতে আছি তোমার পোলার ভবিষ্যৎ কেমোন হইবো। আমি কইতে আছি মিলাইয়া দেইখ্যা নিয়ো বড় হইয়া জীবোন এ্যাকখান মহা পণ্ডিত হইবো। শতকিয়া কড়াকিয়া জলের নাহান কইতে পারবো।

পরের দিন চান করিয়ে নতুন জামা প্যান্ট পরিয়ে ছেলের হাত ধরে ইশকুলের দিকে হাঁটা দেয় গরীব দাস। যেন কোন বীর মাতা রণসাজে সাজিয়ে দিয়েছে তার বীরপুত্রকে। বিমলা একটা ভুষো কালির পেল্লায় বোতল দড়ি দিয়ে বেঁধে বামুনে পৈতার মত ঝুলিয়ে দিয়েছে জীবনের গলায়। আট দশ খানা তাল পাতার গোছা বেঁধে ঝোলানো হয়েছে অন্য বগলে। চারভাঁজ করে একখানা ছেঁড়া চট দেওয়া হয়েছে হাতে। এটা বিছিয়ে সে বসবে। তালপাতা পোঁছবার জন্য দেওয়া হয়েছে একটা জল ন্যাকড়া। খিদে পেলে টিফিনের সময় খাবার জন্য চালভাজার নাড়ু।

ইশকুলটা রাস্তার যে পাড়ে তার ডাক নাম শাল বাগান। আর গরীবরা যে পাড়ে থাকে তাকে সবাই বলে আমবাগান। আম বাগানের উত্তর দিকে ক্যাম্পের

একেবারে শেষ প্রান্তে এক লাইনে আটদশখানা তাঁবু। এরই একটায় থাকে গরীব দাস। তার তাঁবু থেকে বেরিয়ে স্কুলের দিকে যেতে হলে ডান দিকে পড়বে একটা বড় কুয়ো। চারপাশ বাঁধানো আর উঁচু দেওয়াল দিয়ে ঘেরা। দেখেই বোঝা যায় এক সময় এই কুয়ো থেকে মিলিটারিদের জল সমস্যার সমাধান হতো। তবে এখন আর সে জল ব্যবহার যোগ্য নেই। ঘন সবুজ জল, শ্যাওলা আর ব্যাঙে ভর্তি।

সেই মিলিটারি কুয়ো পার হয়ে, জল কল পিছনে ফেলে, এক কালে যা পাকা রাস্তা ছিলো, এখন খোয়া ওঠা এবড়ো খেবড়ো, সেই রাস্তায় উঠে ইশকুলের দিকে তাকিয়ে গরীব দাস অবাক। ইশকুলের সামনেটা একেবারে সুনসান অবস্থায় খাঁ খাঁ করছে। একজন পড়ুয়াও নেই। এত বেলা হয়ে গেছে, কেউ নেই কেন তারা! সে ধুতি পাঞ্জাবি পড়া খোঁড়া মাস্টার বা গেল কোথায়! কেউ আর সুর করে এক এক্কে এক দুই এক্কে দুই পড়ছে না। চেঁচামেচি ঝগড়া করছে না। এমন তো হবার কথা নয়। এতক্ষণ তো পড়ুয়াতে গিজ গিজ করার কথা ইশকুল। কী হল আজ!

অনেকক্ষণ অপেক্ষার পর একজন লোকের কাছে জানতে পারলো গরীব আর কোনদিন এই ইশকুলে কোন বাচ্চা সুর করে নামতা পড়বে না, ছড়া মুখস্ত করবে না। পিতলের ঘণ্টায় ঢং ঢং করে জানান দেবে না শিক্ষার বার্তা। কারণ মাস্টার আর আসবে না। তাকে বদলি করে দেওয়া হয়েছে দূরের এক আদিবাসী গ্রামে।

খবর শুনে গরীব দাস সেখানেই বসে পড়ল। দু'পায়ের উপর আর নিজেকে দাঁড় করিয়ে রাখতে পারলো না। দেশ ভাগ তাদের জীবনে যে বিপর্যয় ডেকে এনেছিলো তারই আর এক বীভৎস অধ্যায় বুঝি এবার শুরু হল।

বুকের মধ্যে একটা ডেলা পাকানো কান্না চেপে রেখে কতক্ষণ পরে সে তাঁবুতে ফিরে এসেছিলো তা সে জানে না। ফিরে আসবার পরে সুবল গগন রাধাকান্তের মুখে জানতে পারলো সেই ভয়াবহ দুঃসংবাদ। রিফিউজিরা ভারত সরকারের তরফ থেকে আর কোন রকম কোন সাহায্য পাবে না। ইশকুল বন্ধ হয়ে গেছে, ডাক্তারখানা বন্ধ হয়ে গেছে, বন্ধ হয়ে গেছে সেই চাল ডাল আর সামান্য টাকা। যার নাম ক্যাশ ডোল। বন্ধ হয়ে গেছে সব সরকারি দপ্তর। সরকারি কর্মচারীরা সকাল থেকে যে যার মালপত্র ট্রাকে তুলে চলে যাচ্ছে বিষ্ণুপুর হেড অফিসে। রিফিউজিদের ভালো মন্দের আর কোন দায় তাদের নেই।

খবর শুনে একা গরীব দাসই নয় সবাই যেন বাজে পোড়া গাছের মত হয়ে গেল! যেন প্রবল ভূমিকম্প তাদের পায়ের নিচ থেকে মাটি সরিয়ে দিয়েছে। এবার মুখ থুবড়ে পড়ার সময় হয়ে গিয়েছে! সবার বুকের ভিতর গুমরে ওঠে এক বোবাকান্না, এ কী হইলো! কেনো হইলো! এখোন মোরা কি করমু! কী খামু! কেমন বাঁচমু! পোলাপান কেমনে বাঁচামু!

বহু সময় পরে একজন বলে, মোর মাথা ঘুরাইতে আছে। চোইক্ষে চাইর দিক অন্ধকার দেখতে আছি। কি করমু বোঝতে পারতাছি না। লও তো বেবাকে মিল্যা খগেনবাবুর ধারে যাই। হে কি কয় কি করে শুনি গিয়া।

৯

পুনঃ নির্বাসন

মহামান্য ভারত সরকারকে কেউ দোষ দিতে পারবে না। ব্যাপারটা যে একেবারে আচমকা, কাউকে কোন সুযোগ না দিয়ে ঘটানো হয়েছে এমন অভিযোগ কেউই করতে পারবে না। এটা একের পর এক ধাপে ধাপে এগিয়ে নিয়ে আসা একটা সুপরিকল্পিত কর্মসূচীর সর্বশেষ পরিণাম। রাজনেতা, আমলা, উপদেষ্টা, সরকারী কর্তা ব্যক্তিদের যুক্তি অতি স্পষ্ট, সরল ভনিতা হীন। এত দীর্ঘ সময় ধরে এত লক্ষ লক্ষ মানুষকে অকারণে অন্ন জোগান দিয়ে যাওয়া অর্থহীন এবং অসম্ভবও বটে। এতে আবেগ থাকতে পারে কিন্তু বাস্তবতার অভাব থাকছে। এর ফলে একবারে কঠোর পরিশ্রমী এই মানুষগুলো অলস, শ্রমবিমুখ আরামপ্রিয় হয়ে যাবে। যা দেশ সমাজ তো বটেই তার নিজের পক্ষেও হিতকর হবে না।

দেশ ভাগের ফলে ওপার থেকে উৎখাত হয়ে আসা ছিন্নমূল এই বিশাল সংখ্যক নিম্নবর্গ নিম্নবর্ণ নিরক্ষর নিম্নবিত্ত মানুষদের নিয়ে সরকার বড় বিব্রত। যদি অত্যাচার ফত্যাচার সয়ে যেভাবে পারে ওপার বাংলায় থেকে যেতো আর কোন সমস্যা ছিলো না। কিন্তু সব চলে আসছে এপার বাংলায়। কেন আসছে? কোন অধিকারে আসছে?

এরা সব সেই জাতের লোক, যারা স্বাধীনতার আন্দোলনে যোগদান করেনি। যখন দলে দলে মানুষ জেলে গেছে, ফাঁসিতে ঝুলেছে যাতনা সয়েছে, এরা মরেছে নিজের পেট নিয়ে। সারা জনমই এদের শুধু কি খাই কি খাই। পেট ছাড়াও যে পৃথিবীতে কত কিছু আছে তা নিয়ে ভাববার অবকাশই নেই এদের। যারা শুধু নিজের কথা ভাবে দেশ দুনিয়ার কোন বিষয় নিয়ে মাথা ঘামায় না সেই স্বার্থপর মানুষ দিয়ে দেশের দশের কি উপকার হবে? যে গরু, অথচ হাল টানে না দুধ দেয় না তাকে কে খড় বিচালি দেয়?

একবার কংগ্রেস নেতা সুরেন বাড়ুজ্যের এক প্রতিনিধি দেখা করে ছিলেন নমঃশূদ্র সমাজের প্রধান গুরুচাঁদ ঠাকুরের সাথে। তখন সারা দেশে বিপুল উদ্যমে বিলাতি বর্জন আন্দোলন শুরু হয়েছে। তিনি গুরুচাঁদ ঠাকুরকে

বললেন— আপনার কথায় লক্ষ লক্ষ মানুষ ওঠে বসে। এদের নিয়ে আপনি যদি আমাদের সাথে বিলাতি বর্জন আন্দোলনে যোগ দেন খুব ভালো হয়। তার কথা শুনে মুচকি হেসে জবাব দিয়ে ছিলো গুরুচাঁদ ঠাকুর— যা বললেন তা শোনতে ভালো, করতেও ভালো। তবে কিনা বর্জন তো তারাই করতে পারে যারা গেরহন করে। আমাদের মানুষরা তো বিলাতি অনেক দূরের কথা দেশী কাপুড়ও কেনবে তেমন সামর্থ নাই। ঘরে ঘরে গিয়া দেখেন ব্যাডা মাইনষের এ্যাকখান পাঁচ হাত খাটো ধুতি মাইয়া মাইনষের এ্যাকখান আট হাত শাড়ি তার বেশি আর কিছু নাই। ময়লা হইয়া গেলে যে খুইলা এট্যু জলকাচা দেবে তাও পারে না। এই সব মাইনষের ওই আন্দোলনে কি কাম। ওইডা আমাগো না, আপনাগো আন্দোলন। আপনেরা করেন গিয়া।

গুরুচাঁদ ঠাকুরের ভাষায় কোন পালিশ ছিলো না। ছিলো না কূটনৈতিক কোন শিষ্টাচারও। ফলে সে নেতা মনে বড় কষ্ট পান। এবং তিনি স্বস্থানে ফিরে সংক্ষেপে বড় নেতাকে জানিয়ে দেন ওরা আন্দোলনে যোগ দেবে না। বললেন — আপনারা করুন আন্দোলন ফান্দোলন, আমরা করবো না।

শোনা যায়, এরপর ভারত ছাড়ো আন্দোলনের সময় নাকি কেউ কেউ গুরুচাঁদ ঠাকুরকে সেই আন্দোলনে যোগ দেবার কথা বলে ছিলেন। তখন তিনি নাকি জবাবে বলেন, ইংরেজ এসেছে এ দেশে দুশো বছর। কিন্তু তার বহু আগে থেকে আমরা যে পৈতা টিকিধারীদের হাতে গোলাম হয়ে আছি তার কি হবে? আগে ওরা আমাদের সেই গোলামী থেকে তো মুক্ত করুক। তারপর ইংরেজ তাড়ানো যাবে। এখন তো তবু দেশে একটা আইনের শাসন আছে। যে দোষ করে তার বিচার হয়। যখন ইংরেজ চলে যাবে, ওই পৈতা টিকির হাত থেকে নিচু জাতের মানুষদের কে বাঁচাবে? ইংরেজ এই দেশে এল বলেই আমাদের ছেলে মেয়ে স্কুলের দরজা দেখতে পাচ্ছে। লেখাপড়া শিখে মানুষ হচ্ছে। এই টুকু উপকার তো তারা করেছে। এরা যদি তাদের চেয়ে ভালো তো কিছু একটা করে প্রমাণ দিক।

এ সব কথা সত্য। সত্য বলেই বড় অপ্রিয়। সেই কারণে বর্তমান শাসন ক্ষমতায় বসা উচ্চবর্ণীয় নেতাদের কাছে নমঃশূদ্ররা গ্রহণ যোগ্য নয়। পরিপূর্ণ বর্জনযোগ্য প্রাণী। দেশটা জার্মানী নয়। নাহলে যেভাবে নাৎসীরা ইহুদিদের ধরে ধরে গ্যাস চেম্বারে ঢুকিয়ে দিয়েছিল বজ্য পদার্থ দাহ করার মত, সেভাবে এই রিফিউজি সমস্যার সমাধান করে ফেলা যেতো। এখানে ও সব করার অসুবিধা একটাই, ভোটে দাঁড়াতে হয়।

এদের যখন ইহুদিদের মত মেরে মাটির নীচে চাপা দেওয়া যাবে না। তখন মাটির উপর রেখেও মেরে দেওয়া যায় কিভাবে সেই রকম একটা পথ বার করা দরকার। কোথায় আছে তেমন স্থান, তেমন মাটি যেখানে এদের পাঠিয়ে রাষ্ট্রসংঘ এবং পৃথিবীর অন্যসব মানবিক সংগঠনগুলোকে বলা যায়, দেখো এদের পুনর্বাসন দিয়ে দিলাম। আসলে তা হবে পুনঃনির্বাসন। যে কাজের পিছনে দরদ থাকে না, থাকে শুধু দায়, থাকে কৌশল, থাকে বিদ্বেষ, তা কখনো সুন্দর, মানবিক, প্রশংসনীয় হবার নয়। হলও না তা। ভারতবর্ষের যে দুটো অঞ্চলকে কেটে পাকিস্থান রাষ্ট্র গঠন হয় তার একটা বাংলা অন্যটা

পাঞ্জাব। দুজায়গা থেকেই মানুষ উৎখাত হয় রিফিউজি হয়। কিন্তু পাঞ্জাবের রিফিউজিদের তুলনায় বাংলার রিফিউজিদের ভাগ্যে তিল পরিমাণ সরকারি অনুকম্পা জোটেনি। কারণটা সহজেই অনুমেয়।

বাংলার মাটি বড়ই সুজলা সুফলা, মূল্যবান। হাজার হাজার বিঘে সে জমি নামে বেনামে আটকে রেখেছে ভূস্বামীরা। সে জমি খাস দখল করে রিফিউজিদের বাংলায় পুনর্বাসন দেওয়া যাবে না। কারণ ওই ভূস্বামীরাই রাজনীতির এক একটা স্তম্ভ। তাদের গভীর যোগাযোগ আছে শাসন ক্ষমতায় থাকা দল কংগ্রেসের সাথে। বাংলায় যখন পুনর্বাসন দেওয়া যাবে না, কোথায় দেওয়া যাবে? কোথায় আছে তেমন স্থান? অনেক ভাবনা চিন্তার পর পাওয়া গেল সেই স্থানের সন্ধান। এরা যেমন মানুষ এদের জন্য উপযুক্ত সেই স্থান।

ভারতবর্ষের মধ্যে যে সব প্রদেশ সব চেয়ে বেশি অনুন্নত, পিছিয়ে পড়া, অর্থনৈতিক দিক থেকে দুর্বল তেমনই দুটো প্রদেশ উড়িষ্যা আর মধ্যপ্রদেশ। এই দুই প্রদেশের মধ্যে যে অঞ্চল সব চেয়ে অনুন্নত, যোগাযোগহীন বন জঙ্গল পাহাড় পাথর মুরোম মাটির জলবিহীন, খরা প্রবণ এলাকা সেখান এখনো সভ্যতার আলো প্রবেশ করেনি, সেই মালকানগিরি, কোরাপুট, উমরকোট, পারালকোট এলাকাই এদের উপযুক্ত পুনর্বাসনের স্থান। যেখানে এখন বসবাস করে আদিম জনজাতির গোণ্ড, দণ্ডামি, হল্বা, মুরিয়া, বোজ্জা, কয়া এই সব আদিম অর্দ্ধনগ্ন মানুষ। যাদের ভাষা যতটা দুর্বোধ্য, ধর্মীয় আচরণ ততটা ভয়াবহ, সংস্কৃতি সভ্য মানুষের কাছে যা নিন্দনীয়। এখানকার অবিবাহিত যুবক যুবতীরা এক ঘরে রাত কাটায়। একে বলে ঘোটুল।

এই বিশাল অঞ্চলের জনবসতি খুবই কম। কিছু হিংস্র জন্তু জানোয়ারের আক্রমণে কিছু ম্যালেরিয়া আন্ত্রিক এবং অন্যান্য রোগে মারা যেতে থাকায় জন সংখ্যা সেই অনুপাতে বাড়তে পারেনি। অথচ মানুষ এখানে খুবই দরকার। এখানকার জঙ্গলে জঙ্গলে ভরে পড়ে আছে শাল সেগুনের অগণন বৃক্ষ। যা দিয়ে রেল লাইনের পাটাতন গৃহস্থের আসবাব হয়। আছে মহুয়ার গাছ, যার ফুলে মদ, ফলে তেল হয়। আছে আমলকী হরিতকী বহেড়া যা ঔষধে লাগে। আছে বাঁশের ঝাড় যা দিয়ে কাগজ হয়। আছে কেন্দু পাতা যা দিয়ে বিড়ি বানানো চলে। এখানকার মাটির নিচে আছে ডলোমাইট, বক্সাইট, লোহা, তামার আকর আরো কত কী। এসব তোলার জন্য কঠোর পরিশ্রমী লোক দরকার। যাদের নামমাত্র পারিশ্রমিক দিয়ে খাটিয়ে নেওয়া যায়। তেমন সুস্থ সবল লোকের এখানে বড়ই অভাব। এই রিফিউজিদের সেখানে পাঠাতে পারলে এক ঢিলে দুই পাখি কাত। তাই ওই সব অঞ্চল নিয়ে গঠিত হল দণ্ডকারণ্য প্রজেক্ট। একবার এদের সেখানে নিয়ে ছেড়ে দেওয়া যাক তারপর যা হবার তা হোক। বাঁচে তো ভালো, মরে যায় আরও ভালো।

একদিন সরকারি অফিস থেকে সবাইকে জানিয়ে দেওয়া হল, তৈরী হও। এবার তোমাদের পুনর্বাসন দেওয়া হবে। সবাইকে যেতে হবে দণ্ডকারণ্য। পুনর্বাসন সে শব্দটা বড় আনন্দদায়ক। পুনর্বাসন মানে ঘর দোর হাল বলদ চাষের জমি। কিন্তু দণ্ডকারণ্য ওই নামটাই যে বুকে কাঁপন ধরানের পক্ষে যথেষ্ট। দণ্ডকারণ্য মানে সেই বন যেখানে রামচন্দ্র গিয়ে ছিলেন। গিয়ে কি

বিপদে পড়ে ছিলেন কে তা না জানে। এক দুজন অফিসারের মনেই সন্দেহ দানা বাধছিলো— ওরা বোধহয় যেতে চাইবে না। তাদের বোঝাচ্ছিল অন্য দল— না গেলে আমাদের আর কিছু করার থাকবে না। অনন্তকাল ধরে তো এই বোঝা বয়ে চলা যায় না। তখন আমাদের সব সহায়তা বন্ধ করে দিয়ে পুনর্বাসন দপ্তর তুলে দিতে হবে। সদ্য সদ্য দেশ স্বাধীন হয়েছে। আমাদের এখন হাত পা ছড়িয়ে একটু আরাম আয়েস করে নেবার সময়। এই সময় ও সব ঝামেলা যে করে হোক মিটিয়ে ফেলা দরকার।

উপর মহলের নির্দ্দেশ অনুসারে, আর মৌখিক নয়, শিরোমনীপুর ক্যাম্পের অফিস ঘরের দেওয়ালে বোর্ডে একটা নোটিশ টাঙ্গিয়ে দেওয়া হল:

"এতদ্দ্বারা শিরোমনীপুর ক্যাম্পের সমস্ত রিফিউজিদের জানানো যাচ্ছে যে, সদাশয় ভারত সরকার আপনাদিগের সুষ্ঠু পুনর্বাসন প্রদান কল্পে একটি প্রকল্প গ্রহণ করিয়াছেন। দণ্ডকারণ্য নামাঙ্কিত উক্ত প্রকল্পের অধীনে যাহারা পুনর্বাসন নিতে ইচ্ছুক সত্ত্বর নাম নথিভুক্ত করান।"

ক্যাম্প জীবনে কিছু লোকের হাঁপ ধরে গিয়েছিলো। তাদের মন উদাস আকুল হয়ে উঠেছিলো জমি হাল বলদ বীজ ধানের জন্য। দণ্ডকারণ্যের ভীতি জনক নাম তাদের নত করতে পারলো না। তারা যা আছে ভাইগ্যে বলে নাম লেখালো 'ডাকে' যাবার জন্য। এবং এক অজানা পথের দিকে চলেও গেল প্রথম দল। আর বেশির ভাগ লোক ছুটে গেল খগেন মণ্ডলের কাছে, আপনে কি কন?

খগেন মণ্ডল লেখাপড়া জানা মানুষ। রাজ্য রাজনীতির খবরাখবর রাখেন। রোজ তার কাছে বিষ্ণুপুর থেকে খবরের কাগজ আসে। সে কাগজ উনি সবাইকে পড়ে শোনান। কোন কথার কি মানে ব্যাখা করেন। বলা কথার মধ্যে অনেক না বলা কথা লুকানো থাকে, তাকে টেনে বার করেন। এখন এতগুলো উৎকণ্ঠাগ্রস্ত লোক তার তাঁবুর দরজায় দাঁড়ানো। সবাই তার মতামত জানতে চায়।

বলে সে, এইডা কোন পুনর্বাসনই না। এইডা পুনঃনির্বাসন। বর্ডার পার হইয়া এ্যাই দেশে আসনের পর নিয়া আইছিলো বাঁকুড়া জেলার এই শাল বনে। এইখান থিকা অখন নিয়া ফালাবে দণ্ডকারণ্যের জঙ্গলের রাইক্ষস খোক্কসের মইধ্যে। ওই বনে রামরে পাঠাইয়া কুঁজি মন্থরা আর কৈকেয়ী অযোধ্যারে নিষ্কণ্ঠ কইরা ভরতরে রাজা বানাই ছিলো। অখন আমাগো সেই বনে পাঠাইয়া অখনকার কুঁজি মন্থরারা ভারত রাজ্যরে নিষ্কণ্ট করতে চাইতে আছে। তোমরা যে যাইতে চাও, যাও। আমি কাউরে মানা করমু না। তবে আমি যামু না। যদি মরি এইখানে মরমু। কিন্তু মরার আগে এ্যাকবার শ্যাষ দেখা দেইখা ছাড়মু। আমরা এই দ্যাশ ভাগ করি নাই, যাগো পাপে যাগো বদমাইশিতে দ্যাশ ভাগ হইলো তারা থাকবো বাংলায় আর কোন দোষে দোষী না হইয়া আমরা যামু বাংলার বাইরে? ককখনো যামু না। আন্দোলন কইরা এই বাংলায় পুনর্বাসন নিমু।

তাইলে মোরাও যামু না কেউ দণ্ডকারইন্য।

প্রথমবারের ডাকে শ'পাঁচেক পরিবার চলে গিয়ে ছিলো। দ্বিতীয়বার গেল শ'খানেক। তৃতীয় খেপ নিতে এসে ট্রাক খালি খালি ফিরে গেল। যারা নাম লিখিয়েছিলো শেষ মুহূর্তে সেই গোটা কুড়ি পরিবার বেঁকে বসলো যামুনা মোরা।

এরপর আবার নোটিশ দেওয়া হল অফিসের নোটিশ বোর্ডে। বেঁধে দেওয়া হল নির্দ্দিষ্ট সময় সীমা। ওই সময় সীমা পার হয়ে গেলে 'ডাকে' যেতে অনিচ্ছুক পরিবারের কোন দায় দায়িত্ব আর সরকার বহন করবে না। নিজেদের স্বার্থেই যেন রিফিউজিরা অফিসে গিয়ে নাম লিখিয়ে আসে। যেন কোন প্রকার প্ররোচনায় ফাঁদে তারা পা না দেয়। কিন্তু কেউ সরকারি প্ররোচনায় ভুললো না। বারবার বাড়ানো হল নাম দেবার সময় সীমা। শহর থেকে নিয়ে আসা হল, সরকারি পয়সায় সরকারের অনুগ্রহ ভাজন চিত্র পরিচালকের তোলা তথ্য চিত্র। মাঠে পর্দা টাঙ্গিয়ে নর্মদা নদীর জলস্রোত দেখিয়ে বলা হল দেখো দণ্ডকারণ্যে কত বড় নদী। কে বলে জলের খুব কষ্ট? সব বাজে কথা। এই দেখো জলে কত মাছ। ছিপ ফেললেই উঠে আসছে বড় বড় রুই কাতলা। ধান কি কাটোরা নামে খ্যাত ছত্তিশ গড়ের সোনালী ধান ক্ষেত দেখিয়ে বলা হল এই জমি মালকানগিরিতে। এমন সুফলা জমি তোমরা পেতে পারো। হরিয়ানার গাই দেখিয়ে বলা হল, এই গরু পারাল কোটের। দু বেলায় কুড়ি সের দুধ দেয়। সেই বছরই অবশ্য সারা দেশ থেকে সের উঠে গিয়ে কিলো আর পুরাতন মুদ্রার বদলে দশমিক মুদ্রা চালু হয়ে গেছে। তবে তা তখনো তত ব্যাপক হারে প্রচলিত হয়ে উঠতে পারেনি। তাই চিত্র পরিচালক সেরকেই বেশি প্রাধান্য দিয়েছেন। কিলোকে নয়। বলা হল এই সব তোমাদের দেওয়া হবে। তোমার সন্তান দুধে ভাতে থাকবে।

এত প্রলোভনের পরেও কেউ রাজী হল না সেই শস্যশ্যামলা সুজলা সুফলা সোনার দেশে যেতে। উল্টে প্রথম খেপের সেই শ'পাচেক পরিবারের তিন চার ঘর ফিরে এল ক্যাম্পে। তারা সে দেশের যে বিবরণ দিলো শুনে সবার বুক হিম হয়ে গেল। কী বলবো দাদা সে জায়গার কথা। চারদিকি জংগোল আর জংগোল। সে যে কী জংগোল। দিনির বেলায় য্যান রাত্তিরির অন্ধকার। আর সেই জংগোলে বাঘ ভালুক সাপ বিছে কী নাই। সাপ সে যে কী সাপ জ্যান্ত বাছুর আস্ত গিলে নেয়। সে সব তো যেমন তেমন এর উপর আছে জংলা মানুষ। দাদা গো, তাগার গায়ে গতরে বস্তর সে না থাকার মতোন। কি মেইয়ে কি ব্যাটা ছাবাল সব উদোম। কালো কালো। তাগার দেখলি ভয়ে পরান উড়ে যাবে। কাধে সব্ব সোমায় তির ধনুক নালি ছোট মত কুড়ুল, কিছু না কিছু অস্তর নে ঘোরে। আর তাগার মুখির ভাষা! কি যে কড়মড় করে বলে কিচ্ছু বোঝা যায় নে।

এদের মুখে জানা যায়, জমি বলে ওদের যা দেওয়া হয় তা জমি নয়, পাথুরে এক ভূখণ্ড। সে মাটিতে কোদাল বসে না। এমন ঢালু সে ভূমি যে জল দাঁড়ায় না। বর্ষা ছাড়া চাষের মরশুমে জল পাবার অন্য কোন ব্যবস্থা নেই। যদি বর্ষা পরিমাণ মত না হয় পরিশ্রম বেকার যাবে। ওখানে "আমাদের মত" মানুষ গেলে তার মরণ ছাড়া গতি নেই। পালিয়ে যে আসবে তাও পারবে না। আসবে কি করে? গাড়ি ঘোড়া কিছু থাকলে তো! সে আছে পঁচিশ তিরিশ মাইল দূরে।

যাবে কি করে অতদূর মালপত্র নিয়ে। হাঁটা দিতে হবে সব কিছু ফেলে। কিন্তু সেটাও খুব সহজ হবে না। পথে পথে পাহারা আছে। ধরতে পারলে মেরে ধরে ফের যথাস্থানে পাঠিয়ে দেবে। যদি জঙ্গলের পথ ধরো একবার পথ হারালে সারা জীবন ঘুরে ঘুরে মরতে হবে জঙ্গলে। আর যদি বাঘ ভালুকের সামনে পড়ে যাও অল্প কষ্টে মুক্তি পেয়ে যাবে। চাষের মরশুমে কোন আদিবাসীর হাতে পড়ে গেলেও মুক্তি মিলে যাবে। ওরা ওদের দেবতা আঙ্গাদেবের কাছে অধিক ফসল কামনায় বলি দিয়ে দেবে। আঙ্গাদেব নররক্ত খুবই পছন্দ করে।

পঞ্চাশটা পরিবার এক সাথে পালালেও শেষ পর্য্যন্ত কয়েকটা পরিবারই বাধা বিপদ পেরিয়ে কোন ক্রমে ফিরে আসতে পেরেছে। বাকিরা কোন পথে কে কোথায় গেছে তা কে জানে! এই সব শোনার পর আর কে যেতে চাইবে দণ্ডকারণ্য নামক স্থানে! ফলস্বরূপ আজ ইশকুলে তালা পড়েছে। অফিসে তালা পড়েছে। উধাও হয়ে গেছে অফিসার, কর্মচারীর দল। এখানে তাদের আর কোন করণীয় কাজ নেই।

এখোন কি করবা? গরীব দাসের কাছে জানতে চায় গগন।

লও সবাই খগেনবাবুর কাছে যাই। বেবাকে গেছে, অনেকক্ষণ।

গরীব দাস সবার আগে তার পিছনে সুবল রাধাকান্ত গগন আরো অনেকে এসে জমা হয় খগেন মণ্ডলের তাঁবুর সামনে। এখানে এখন বহু লোকের জটলা। সারা ক্যাম্পের দুঃশ্চিন্তাগ্রস্থ লোক আগে থেকে এসে বসে আছে মাদুরে। আলোচনা চলছে। চলছে মত বিনিময়ের, পরামর্শের জল্পনা কল্পনার শাব্দিক ঝড়।

খগেন মণ্ডলের বয়েস পঞ্চাশ পঞ্চান্ন হবে হয়তো। তবে চেহারাটা এখনো টানটান। কথা বলেন ধীরে ধীরে কিন্তু তাতে এমন একটা জোর থাকে যা মানুষকে প্রভাবিত করতে সক্ষম হয়। সর্বনাশের খবর তার অজানা নয়। কালই তিনি বুঝে গিয়ে ছিলেন কি ঘটতে যাচ্ছে। তবু তিনি সে খবর ছড়িয়ে মানুষকে আতংকিত করতে চাননি। মনে তার একটা ক্ষীণ আশা ছিলো এটা একটা গুজব। মানুষ এতটা অমানবিক হতে পারে না।

তিনি বলেন, এই দ্যাশ স্বাধীন হইয়া গেল আর আমরা হইয়া গেলাম পরাধীন। য্যান জেলের আসামী। অরা দয়া কইরা যা খাইতে দেবে, খাইতে হবে, যেখানে নিয়া যাবে যাইতে হবে। অমত করছো কি তাগো গোসা হইয়া যাইবো। ঘর বাড়ি জাগা জমি যার যা আছিলো সব গেল স্বাধীনতার গভ্যে। কথায় কয় নদীর এক পাড় ভাঙ্গে আর এক পাড় গড়ে। আমাগো দুই পারই ভাইঙ্গা গেছে। ওই দেশের নেতারা কয়, তোরা আমাগো কেউ না। এই দ্যাশের নেতারা ভাবভঙ্গিতে বোঝাইয়া দেয়, আমরা তাগো কেউ না। তাইলে এখোন উপায় কি! হাত পাও বাইন্ধা কাউরে জলে ফালাইয়া দিতে চাইলে হে কি তা মুখ বুইজা মাইনা নেয়! আমাগো অরা সেই ভাবে মারতে চাইছিলো। পারে নাই বইলাই অখন ডোল বন্ধ কইরা দিয়া এই ভাবে মারার ফিকির করছে। বাঘ ভালুক দিয়া খাওয়াইয়া মারতে না পাইরা না খাইয়া মরার ব্যবস্থা করছে। তয় মরতে যখন হইবোই আসো সবাই মিইলা একবার চেষ্টা কইরা দেখি।

একজন জানতে চায়, কিভাবে চেষ্টা করমু?

আন্দোলন। বলেন খগেন মণ্ডল— আন্দোলন কইরা এই সরকাররে চাপ দিতে হইবো। কইতে হইবো মোরা বাঙ্গালী। বাংলার জল মাটি আমাগো চিনা। আমাগো বাংলার বাইরে পাঠানো চলবো না। এই বাংলার কোনখানে পুনর্বাসন দিতে হইবো।

অরা কি আমাগো কথা মানবো?

মানাইতে হইবো। উপস্থিত লোকজনের দিকে তাকিয়ে বলেন খগেন মণ্ডল— সারা দ্যাশের সব মানুষ এ্যাক রকম হেই কথা আমি বিশ্বাস করি না। কাউর না কাউর আমাগো জইন্য বুকে দরদ মায়া নিচ্চয় আছে। আমি কাইলই কইলকাতা যামু। হেইখানে কমনিস জনসংঘ হিন্দু মহাসভার বড় বড় নেতারা থাকে। তাগো গিয়া আমাগো দুঃখের কথা কমু। কেউ কী আমাগো পাশে আইয়া খাড়াইবো না! কেউ কী কইবো না এইডা আমাগো সাথে অন্যায় হইতে আছে। তারা যদি গিয়া সরকাররে চাপ দেয় সরকার যা করতে চাইতে আছে করতে পারবো না। দেখি তো আমি গিয়া এ্যাকবার।

একজন তার ধুতির খুঁট থেকে আট আনা পয়সা বের করে খগেন মণ্ডলের সামনে রেখে বলে এই কাম আপনের একলার জইন্য না। আমাগো সবার ভালোর জইন্য। সবার উচিৎ যে যা পারে দিয়া আপনার কইলকাতা যাওনের পথ খরচের ব্যবস্তা করা। আমি আস্টো আনা দিলাম। তার দেখা দেখি অন্য সবাই আট আট আনা করে খগেন মণ্ডলের সামনে রাখে। সব মিলিয়ে সাড়ে বাইশ টাকা হয়ে যায়।

খগেন মণ্ডল উৎসাহে চিৎকার করে ওঠে— জয় বাবা হরিচাঁদ গুরুচাঁদ, তোমার জয় হোক।

দণ্ডকারণ্য না যেতে চাওয়ার অপরাধে রিফিউজিদের ডোল বন্ধ হয়ে গেছে দু মাস। এই দুই মাসেই মানুষের অবস্থা বড়ই শোচনীয়। সরকারি গুদাম থেকে শেষবারের মত যে চাল ডাল ডোল বাবদ দেওয়া হয়ে ছিলো পনেরো দিনের সেই বরাদ্দে বিশ বাইশ, কেউ কেউ একটু টেনে টুনে অংক কষে মাস খানেক চালিয়ে নিতে পেরেছিলো। দিন দশবারো ধরে কচু খেচু জংলা ফল মূল সেদ্ধ করে খেয়েই কাটাচ্ছে সবাই। এখন জঙ্গলেও আর ডুমুর পাওয়া যাচ্ছে না মহুয়া ফলেরও অভাব দেখা দিচ্ছে। কি খায় এখন মানুষ! খিদে এক ভয়াবহ রোগ, যার পথ্য আছে কিন্তু ওষুধ নেই। খিদের জ্বালায় পাগল হয়ে দিক বিদিক হারিয়ে ছুটছে মানুষ, কোথায় একটু খাবার মেলে তারই সন্ধানে। কিন্তু চারদিক জন মানবহীন জংগল ঘেরা জায়গায় কোথায় পাবে হাজার হাজার মানুষের পেট ভরাবার মত এত খাদ্য। নেই, কোথাও কোন খাবার নেই। খেজুর গাছের মাথি শেষ, পুকুরের শাপলা শেষ, জঙ্গলের গলা চুলকানো খারকোল তাও খেয়ে ফেলেছে ক্ষুধার্ত মানুষ। আর খাবার মত নাগালে কিছুই নেই। তাই এখন ঘরে ঘরে হাহাকার কান্না, অরন্ধন, উপবাস। ক্যাম্পের উপর এখন ডানা মেলে পাক খাচ্ছে মাংসলোভি শকুন। মৃতের ঘ্রাণ পেতে শুরু করেছে তারা, অভিজ্ঞ চোখে দেখতে পেয়েছে, ক্যাম্পের দিকে দ্রুত পা ফেলে এগিয়ে আসতে শুরু করেছে একদল অনাহারী অসহায় মানুষের অবশ্যম্ভাবি পরিণতি। বাইশ বছরের

জোয়ান ছেলে সুখরঞ্জন বিশ্বাস খিদের জ্বালায় পাগল হয়ে গলায় গামছা জড়িয়ে গাছের ডালে কদিন আগে ঝুলে পড়েছে। না, সে অনাহারে মরেনি। অনাহারে মৃত্যু অবশ্য একটা বহু বিতর্কিত বিষয়। স্বাধীন ভারতে আদৌ কেউ কোথাও অনাহারে মারা যেতে পারে কিনা সে নিয়ে অনাহার বিশেষজ্ঞদের দ্বিমত আছে। সুখরঞ্জন মারা গেছে তার ছেলে বউয়ের কষ্ট সহ্য করতে না পেরে। এখানে কেউ কেউ মরবে তবে তা হয়তো শুদ্ধ অনাহার হবে না। মরবে অখাদ্য কুখাদ্য খেয়ে। বুনো ফল মূল নিয়ে পরীক্ষা নিরীক্ষা চালাতে গিয়ে। খারকোল নামক এক কচু জাতিয় উদ্ভিদ, কোনটা বিষাক্ত তা বুঝতে না পেরে রান্না করে খেতে গিয়ে গগনের মার গলা ফুলে ঢোল। যার গলার আওয়াজে বাজের গর্জন ছিলো, সাত আট দিন কোন স্বর নেই শব্দ নেই। জল পর্যন্ত খেতে পারছে না।

এই কদিন আগেও যে ক্যাম্প গমগম করতো, ঘরে ঘরে শোনা যেতো ভজন কীর্ত্তন হরিনাম গান, এখন সব ঠাণ্ডা। কারও গলায় আর সেই আওয়াজ নেই। সবার গলা টিপে ধরেছে অসহ্য খিদে। এখন একজন আর এক জনের মুখোমুখি হলে কাতর চোখে তাকায়। দৃষ্টিতে ঝরে পড়ে আকুল জিজ্ঞাসা কী হবে। কী উপায় হবে আমাদের! আমরা বাঁচবো কি ভাবে! আমাদের বাবা মা ছেলে মেয়ে বাঁচবে কেমন করে! চির দিনের দুখী এই মানুষগুলোর পূর্ব বাংলাতেও অভাব ছিলো অনাহার ছিলো। কিন্তু সেখানে অন্ততঃ একটা আশা থাকতো, আজ না হয় কাল না হয় পরশু কোথাও না কোথাও, কেউ না কেউ কোন না কোন কাজে ডেকে নেবে। কিছু মজুরি হয়তো পাওয়া যাবে যা দিয়ে কেনা যাবে চাল ডাল। আশা থাকতো, প্রতিবেশী আত্মীয় স্বজন কারো কাছে এক মুঠো চাল ধার পাওয়া যাবার। এখানে কে কাকে ধার দেবে! কাজ বা দেবে কে কাকে। সবার এক অবস্থা এক দশা। তিন চার মাইল উত্তরে একটা সাঁওতাল গ্রাম আছে ঠিকই কিন্তু তাদের অবস্থা রিফিউজিদের থেকেও খারাপ । তারা কাজ করাবার ক্ষমতা রাখে না, নিজেরাই দাদন নিয়ে কোথায় না কোথায় খাটতে যায়। ক্যাম্পের পূর্ব দিকে পাঁচ ছয় মাইল দূরে আছে একটা মুসলমান গ্রাম তাদের অবস্থাও বিশেষ ভালো নয়।

তখনো গরীব দাসের ডোল পুরোপুরি বন্ধ হয়ে যায়নি। তখনো সরকারি গুদাম থেকে প্রতি চৌদ্দ দিন অন্তর পূর্ণ বয়স্কের মাথা পিছু পাঁচ সের করে চাল আটা পাওয়া যাচ্ছিল। প্রথম দিকে পীড়া দিলেও পরে সে চাল হজম করার শক্তি মানুষ পেয়ে যাওয়ায় আর বিশেষ কোনো অসুবিধা ছিলো না। সেই সময় একদিন মুসলমান পাড়ার একজন মানুষ একটা খালি থলি নিয়ে ক্যাম্পে এল। সে ভালো করেই জানতো যে রিফিউজিরা ওপার বাংলা থেকে এপার বাংলায় এসেছে ওপার বাংলার কিছু মুসলমানদের অত্যাচারের ফলে, যাদের মনে মুসলমান জাতটার প্রতি কোন ভালবাসা থাকার কথা নয়, আছে এক নিদারুণ রাগ ভয়। কিন্তু তার পেটে অসহ্য খিদে। কতদিন খাওয়া হয়নি তা কে জানে। সেই খিদে তাকে বড় আশায় হাটিয়ে নিয়ে এল এখানে। মাঠ পার হয়ে ক্যাম্পের মধ্যে ঢুকে প্রথম যে তাবুটা পেল দাঁড়িয়ে পড়ল তারই সামনে। সেটা গরীব দাসের তাঁবু। গরীব দাস লুঙ্গি পড়া গালে দাড়ি কালো রোগা একজন

অচেনা লোক দেখে একটু অবাক চোখে তাকিয়ে ছিলো তার দিকে। সে তখন ছলো ছলো চোখ আর গলায় মিনতি মাখিয়ে বলে ছিলো— ওই গেরামে আমি থাকি। মামুদ নাম আমার। গেরামে যারে জিজ্ঞেস করবে সেই বলে দেবে। ছেলে মেইয়ে নিয়ে বড় কষ্টে আছি ভাই। যদি আমারে সের দুই আটা দাও, এমনি এমনি দিতে হবে না, আষাঢ় মাসে আমি দু সেরের জায়গায় চার সের শোধ দেবো। বড় উপকার হয়।

ওই গেরাম— বলে মামুদ নামের লোকটা যেদিকে দেখিয়ে ছিলো কোথায় গ্রাম সে দেখা যায় না এত দূর। নাম ঠিকানা বলে সে বোঝাতে চেয়েছিলো যে সে সত্যিই ওখানে থাকে। আর দুগুণ ফেরত দেবার কথা বলেছিলো এই জন্য যে, যে ধার দেবে সে ওই লোভে দেবে। অন্ততঃ দিলেও দিতে পারে।

গরীব দাস লোকটাকে দেখে আর তার কথা শুনে এটুকু বুঝতে পেরে ছিলো যে গ্রামে সে থাকে হয় সেখানে ধার দেবে এমন সংগতিসম্পন্ন একজনও নেই। নয় আগেই লোকটা তাদের কাছে এত ধার নিয়ে বসে আছে যে আর চাইতে যেতে পারছে না। তবে সত্যি একটাই, আর সেটা নির্মম সত্যি! তার বাচ্চা-কাচ্চা না খেয়ে আছে। না হলে এমন ভাবে থলি নিয়ে যাদের সাথে কোন চেনা জানা নেই, জাতও অন্য, তাদের কাছে দৌড়ে আসতো না। এভাবে কেউ আসে? এলেই কি কেউ তাকে ধার দেবে? কেউ দেয়? বিশেষ করে এক মুসলমানকে? তাদের জন্য এরা দেশ ছাড়া। বিশেষ করে যখন তাদের নিজেদেরই ভাড়ারে টান।

আষাঢ় মানে আরও তিন মাস। তিন মাস পরে ক্যাম্পই আর থাকবে কিনা তারই তো নিশ্চয়তা নেই। তিন মাস পরে সে ধার শোধ দিতে আসবে তারই গ্যারান্টি কোথায়? এমন সৎ মানুষ আর কি আছে? এমন এক ভাবনা রিফিউজি মানুষগুলোর মনে আসা যেমন স্বাভাবিক মামুদ নামের লোকটার মনে আসাও তো উচিৎ ছিলো। কিন্তু আসেনি। বাচ্চা কাচ্চা অনাহারে তার মাথায় তখন সুস্থ স্বাভাবিক মানুষের বুদ্ধি বিবেচনা আর ছিলো না। ব্যাগ নিয়ে বের হয়ে পড়েছিলো পথে আল্লার নাম নিয়ে। আল্লা করুণাময়, তিনি নিশ্চয় একটা ব্যবস্থা করবেন। গরীব দাসকে সামনে পেয়ে তারই সামনে আগপাছ না ভেবে বলে দিয়েছিলো নিজের দুঃখের কথা।

কিন্তু গরীব দাস, লোকটার অনাহার লাঞ্ছিত দেহ আর কাতরোক্তি শুনে তাকে কোন মানুষ নয়, মনে করে ফেলেছিলো দর্পণে প্রতিবিম্বিত যেন নিজেরই প্রতিচ্ছবি। মামুদ, যা তার জাতিচ্যুত ভাইয়ের নাম সেই নামের এই লোকটা বড় বিপন্ন। জাত নয় দেশ নয় ভাষা নয় মানুষের কাছে মানুষ যে অনুগ্রহ আবদার করতে পারে দাবি করতে পারে তাই করছে সে। বাঁচতে চাইছে। জলে ডোবা মানুষ যেমন হাত তুলে আত্মীয় অনাত্মীয় আপন পর সবার কাছে আর্তি জানায়— আমাকে বাঁচাও।

গরীব দাস তার ভাইয়ের নামের লোকটাকে বসতে দেয়। জল আর ভেলিগুড় খেতে দেয় । আর যাবার সময় নিজেদের পেট কেটে দিয়ে দেয় দু— আড়াই সের আটা। মামুদ আটা নিয়ে চলে যায় আর কাউকে যে ধার দিয়েছে তা পুরো ভুলে যায় গরীব দাস।

গরীব দাস ভুলে গেছে কিন্তু ভোলেনি গগন। পুরো ঘটনাটাই তার সামনে ঘটেছিল। আষাঢ় মাস শেষ হয়ে শ্রাবণের মাঝামাঝি হয়ে গেলেও মামুদ যখন ধার শোধ দিতে ফিরে এলনা, সে একদিন বলেই ফেলল— গরীবদা তোমার মতো বলদা মানুষ আমি আর দেখি নাই। কেডা না কেডা, চিনা নাই জানা নাই, আইয়া কইলো আর তারে 'উদ্ধার' দিয়া দিলা। অভাবের সোমায় গেল তো আটাগুলা! আসার হইলে কবে সে আসতো। দেইখো আর আসবো না।

না আসুক। বলেছিলো গরীব দাস। না যদি আসে না আসুক। কপাল তো নিয়ে যায় নাই, দুই সের আটা নিছে। যে বিপদের দিনে তারে উদ্ধার দিছি তা কি সে কোনদিন ভোলতে পারবে। দুই সের আটায় এট্টা মানুষের মোনে চিরদিন রইয়া গেলাম এয়ার চাইয়া বড় আর কি হয়?

কিন্তু গগনের আশংকা অমূলক প্রতিপন্ন করে শ্রাবণের এক ঘনঘোর বর্ষার দিনে এক হাঁটু জল ভেঙ্গে ফিরে এসেছিলো সেই মামুদ নামের লোকটা। নিজের দেওয়া শর্ত অনুসারে সে নিয়ে এসেছিলো ডবল আটা। আর যার শর্ত ছিলো না তেমন একটা ব্যাগে তার নিজের ক্ষেতের কিছু সবজি। গরীব দাস তার ধার দেওয়া আসলটুকু নিয়েছিলো বাড়তি আটা আর নেয় নি। তবে সবজিটা ফেরত দেয়নি।

সেই থেকে মামুদ আর গরীব দাস বন্ধু আত্মীয় আপন জন। বিশাল দেশ এই ভারতবর্ষ, কোটি কোটি ভারতবাসী। তার মধ্যে থেকে একজন মাত্র একজন মানুষকে পেল গরীব দাস যে তারই স্বজাতি স্বগোত্র স্বজন। যে স্বাধীন দেশের স্বাধীন নাগরিক হয়েও, অনাহারে থাকার স্বাধীনতা ছাড়া সব কিছু থেকে বঞ্চিত। শিরোমনীপুর এবং তৎসংলগ্ন আদিবাসী গ্রাম, আদি বাসিন্দাদের গ্রামই অন্নহীন যখন, তখন বহিরাগত রিফিউজি মানুষরা এখানে অন্ন জোগাড় করতে পারবে কি করে?

গরীব দাসের ঘরে সেদিন উনুন জ্বলেনি। খিদেয় কেঁদে কেঁদে ঘুমিয়ে পড়েছে গরীব দাসের ছেলে জীবন। বিমলা দূর আকাশের শেষ সীমায়, আকাশ যেখানে মাটির সাথে মিশেছে, সেই দিকে তাকিয়ে তাঁবুর দরজায় বসে ছিলো ভাবলেশহীন মুখে। নিস্প্রাণ তার দুচোখের মধ্যে থম মেরে আছে পুরনো একটা কান্না। খুব ছোট বেলায় বাবা মারা গেছে। মাছ ধরতে বড় নদীতে গিয়ে ঝড়ে নৌকা ডুবে যায় তার। পিতৃহারা বিমলাকে বহু কষ্টে লোকের বাড়ির কাঁথা সেলাই করে ধান ভেনে কাপড় কেচে, অনুষ্ঠানে রান্না করে, ফ্যান জল খাইয়ে কোন মতে বাঁচিয়ে রাখে তার মা। সেই বড় দুঃখের জীবন। সে জীবনে কোন সুখ ছিলো না কোন আনন্দ ছিলো না। একদিনও প্রাণ খুলে হাসতে পারেনি বিমলা। না হাসতে হাসতে হাসাটাই ভুলে গেছে। যে জীবনে হাসি নেই সে জীবনে থাকে শুধু কান্না। চোখের জলের নদীতে সারা জীবন সাঁতার কাটতে কাটতে এখন বুঝি সেই জলও শুকিয়ে গেছে। এখন সে বোবা দৃষ্টি দিয়ে শুধু চারপাশ দেখে। হাঁ করে তাকিয়ে থাকে, সেই দেখায় কোন রামধনুর ছবি নেই। শুধু একটা কালো নিকষ কবন্ধ রাত। অন্তহীন আলোহীন রাত যার ভিতর ওত পেতে আছে মৃত্যুর করাল দাঁত নখ থাবা। যা থেকে বাঁচার রাস্তা কারও জানা নেই।

১০

ইনকিলাব জিন্দাবাদ!

হঠাৎ একদিন সুবল ছুটতে ছুটতে এসে গরীব দাসকে খবর দিলো— আর আমাগো কোনো ভয় নাই। আমরা বাঁচমু। এইবার রিফুজিগো বেবাকের একটা ব্যবস্তা হইবো। মোরা বাংলাতেই পুনর্বাসন পামু। কইলকাতা থিকা নেতায় আইছে। দুধের নাহান ধপধইপ্যা ধুতি পরনে। চোইখ্যে চশমা। চেয়রাখান এক্কারে রাজপুত্তুরের মতোন। দেখলে পরান জুড়াইয়া যায়। কথা যহন কয়, মোনে কয় য্যান আকাশ থিকা দৈববাণী হইতে আছে।

কই আইছে? অ সুবল আমাগো নেতায় আইছে কই?

উত্তেজনায় গরীব দাসের না খাওয়া শরীর কাঁপে। নেতা এসেছে। নেতা নয়, যেন সর্ব সন্তাপ হারক স্বয়ং নারায়ণ নবরূপ ধারণ করে অবতীর্ণ হয়েচেন ধরাধামে এই চির দুখী মানুষগুলোর শোক তাপ মোচন করবেন বলে। এবার আর রিফিউজি নামে অভিশপ্ত মানুষগুলোর কোন দুঃখ কষ্ট থাকবে না। এবার তাদের নিজস্ব একটা ঘরদোর উঠোন হবে। পাবে এক টুকরো চাষের জমি। যে জমিতে ফসল ফলবে। মানুষ পেট ভরে খেয়ে বাঁচবে। নেতা নামের সেই মহাপুরুষদের কাছে এক আশ্চর্য্য জাদুকাঠি থাকে, সেই কাঠি ছোঁয়ালে জনগণের জীবন কানায় কানায় পূর্ণ হয়ে ওঠে। তবে তার শর্ত একটাই সে যা বলবে যেমন ভাবে বলবে প্রশ্নহীন আনুগত্যে তা পালন করে যেতে হবে। মনে কোন দ্বিধা দ্বন্দ্ব রাখা চলবে না, ভয় পেয়ে পিছালে চলবে না। প্রাণ যদি দিতে হয় তাও দিতে হবে।

যে অবতার পুরুষ এমন অসাধ্য সাধন করার ক্ষমতা ধরেন তাকে একবার কাছ থেকে নয়ন ভরে না দেখে স্থির থাকতে পারে না গরীব দাস। সে বার বার জানতে চায়, কই আইছে? অ সুবল, আমাগো নেতায় আইছে কোন খানে?

খগেন মণ্ডলের তাঁবুর সামনে আম গাছের তলে বইশা আছে এখন।

আর কিছু শোনবার দরকার নেই। তাড়াতাড়ি গরীব দাস ছুট লাগায় সেই আমতলার দিকে। আহা, আমগাছ নয় এ যেন সেই বোধিবৃক্ষ। যার তলে

বসেছে ধম্মসভা। যে সভা আলো করে বসে আছেন যেন স্বয়ং বুদ্ধ তার সর্ব সুখ ত্যাগ করে আসার একটাই উদ্দেশ্য, আর্ত পীড়িত মানবকে আনন্দে রাখা আর মোক্ষের পথে নিয়ে যাওয়া। এর জন্য মানুষকে সর্ব প্রথম যে কাজটি করতে হবে তা হল সংঘম শরণং গচ্ছামি হওয়া, বুদ্ধং শরণং গচ্ছামি হওয়া। এবং নির্দ্দেশমত এগিয়ে চলা।

অবশ্য বুদ্ধেরও বিরোধীপক্ষ থাকে। নেতারও আছে। তারা তার ভূমিকাকে প্রশংসা করে না। গালমন্দ নিন্দাই করে। বানচোত যেন দৈত্যকুলের প্রহ্লাদ। ভদ্র ঘরের শিক্ষিত ছেলে হয়ে কুলি মজুর নিয়ে নাচানাচি করে নিজের ভবিষ্যতের দফারফা করে দিচ্ছে। সেই যদি রাজনীতি করার এত শখ তো অন্য কোনও দলে ঢুকতিস। কমনিস কেন! ও দল কি কোনদিন ক্ষমতায় আসবে পারবে?

প্রহ্লাদ চক্রবর্ত্তী মহাশয় এখন চেয়ারে নয়, বসে আছেন মাটিতে পাতা একটা ছেড়া মাদুরে। সাদা ধুতিতে ধুলো লাগছে সেদিকে তার কোন ভ্রুক্ষেপ নেই। ভ্রুক্ষেপ নেই যাদের ছোঁয়া গায়ে লাগছে তাদের জাতি পরিচয়ের দিকেও। বাড়ি থেকে বের হবার সময় বুড়ো মা, যার শরীরে যশোর জেলার চৌধুরী পরিবারের রক্ত আছে, পই পই করে বলে দিয়েছে, যার তার হাতে খাবি না, অজাত কুজাত ছুঁবি না, জাত ধর্ম মাইনা চলিস। সে মানতে গেলে আর রাজনীতি করা যাবে না। বিশেষ করে কমনিস রাজনীতি। ওসব নীতি নিয়ম বাড়ির জন্য তোলা থাকুক। এখানে চলতে হবে এখানকার মত। ঘুণাক্ষরে কেউ যেন মনে না করে উনি উচ্চবর্ণ অহমিকায় আক্রান্ত। যা আগে ছিলো তা আজও আছে, কালও থাকবে। সময়ের সাথে সাথে তার রূপরঙ বদলে দিতে হবে। যে তা পারে সে সফল হয়।

প্রহ্লাদবাবু কলকাতা থেকে একটা পুরো টীম নিয়ে এসেছেন। বিষ্ণুপুর থেকেও ক'জন সঙ্গী পেয়ে গেছেন। এরা যে আজ আসবেন সে খবর সবার জানা ছিলো তবে বিশ্বাস ছিলো না। ট্রেন থেকে ওনারা নেমেছেন, কিছুক্ষণের মধ্যেই আসছেন। একজন সাইকেলে এসে সে খবর দেবার পরই ক্যাম্পে সাজো সাজো রব পড়ে যায়। তারপর গভীর উৎকণ্ঠা নিয়ে প্রহর গোনা আর রাস্তার দিকে তাকানো। সব প্রতীক্ষার অবসান হয়ে গেছে। উনি এসে গেছেন।

আগে যেখানে অফিস গুদাম ডাক্তারখানা ছিলো ঠিক তার পিছন দিকে একটা বড় খেলার মাঠ আছে। যখন অফিস ছিলো, অফিস বাবুরা ছিলো তখন তারা বিকেল বেলায় এই মাঠে ফুটবল খেলতো। সেই মাঠের একদিকে তড়িঘড়ি করে জঙ্গলের কাঠ কেটে একটা মঞ্চ মত বানিয়ে ফেলা হয়েছে। বিষ্ণুপুর থেকে আসা দুতিনজন যাদের একজন আর একজনকে কমরেড বলে ডাকে তারা সেই মঞ্চের খুটিতে একটা মাইক বাঁধে। তারপর গলা সাধে, হ্যালো মাইক, ওয়ান টু থ্রি ফোর। গরীব দাস ও তার মত যারা তারা আগে কোনদিন মাইক কি জিনিস জানতো না। তারা এর আগে যেসব মিটিং মিছিল দেখেছে সেখানে বক্তা টিনের চোঙ মুখে দিয়ে বক্তৃতা দিতো। এখন মাইকের উচ্চনাদে তারা সচকিত এবং বিহ্বল হয়ে পড়ে। মনে হয় তাদের এই আওয়াজে বুঝি স্বর্গের দেবরাজ ইন্দ্রের আসনই টলে যাবে।

প্রহ্লাদবাবু পথশ্রমে ক্লান্ত। এখন একটু বিশ্রাম নিচ্ছেন। মাইক লাগানো

হয়ে গেলে বক্তৃতা দিতে উঠবেন। ইতিমধ্যে তিনি একজন সুবক্তা হিসাবে খ্যাতি পেয়ে গেছেন। নাটকীয় উপস্থাপন, স্বরক্ষেপন, যথোচিত শব্দ চয়ন, উপমা, উদাহরণ, আবেগের আলংকারিক প্রয়োগ, বক্তৃতা শিল্পের যাবতীয় কলা তার হাতের মুঠোয় । ভারতীয় রাগ সঙ্গীত শাস্ত্রে প্রধান প্রধান ছয়টি রাগ। যার কোনটা সকালে, কোনটা একটু বেলায়, কোনটা বিকালে, কোনটা দুপুরে আবার কোনটা গভীর রাতে গাইবার নিয়ম। সকালের রাগ সকালেই গাইতে হবে, রাত দুপুরে গাইলে লোকের ভালো লাগবে না।উনি সেটা জানেন, জানেন বলেই মানুষের মন কেড়ে নিতে পারেন।

এই সব দেশ থেকে বিতাড়িত ছিন্নমূল মানুষ কোন গান শুনতে উৎসুক কোন সুরের স্রোতে তাদের ডুবিয়ে দেওয়া যাবে তা তিনি বিলক্ষণ বুঝতে পারছেন। আর কিছুক্ষণ পরে উনি সেই গানই গাইবেন। এটা খুব একটা জরুরি বিষয় নয় যে আজ থেকে কিছু বছর পরে তিনি আর এক উল্টো গান গাইবেন কি গাইবেন না। যে কবি একদা, আমি বিদ্রোহী ভৃগু ভগবান বুকে এঁকে দিই পদচিহ্ন বলে আস্ফালন করেন। তিনিই বৃদ্ধ বয়সে মায়ের পায়ে জবা হয়ে ওঠনা ফুটে মন বলে আত্ম সমর্পণ করে বসেন। এটা সময়ের দান। মানুষের এতে কোন দোষ নেই। রাজনীতির কারবারীদের তো আরোই নেই।

খগেন মণ্ডলের কিশোরী কন্যা ললিতা এখন একটা বাটিতে করে খানিকটা গরম জল এনে প্রহ্লাদবাবুর সামনে রাখে। তিনি তার ব্যাগ হাতড়ে একটা কৌটা বের করে তা থেকে কি যেন গরম জলে ঢেলে দেন। জলটা কালো হয়ে যায়। কিছু সময় পরে একটা কাচের গেলাসে সেই জল ছেকে ছোটছোট চুমুক দেন। এই বস্তুটার নাম– চা। এই খেয়েই তো ইংরেজরা বিশ্ব জয় করেছিলো। প্রহ্লাদবাবু অবশ্য বিশ্বজয়ের তাত্ত্বিক বিশ্লেষণে বিশ্বাস রাখেন না। যে দেশ তা করে সে সাম্রাজ্যবাদী। সাম্রাজ্যবাদ আর সাম্যবাদ পরস্পরের ঘোষিত শত্রু।

তবে গরম চায়ে যে গলা খোলে সেটা তিনি মানেন। বেশি ঠাণ্ডা জিনিস খেলে গলা বসে যায় তাও অজানা নয় তার। সে জন্য খাবার পাতে দই তিনি বর্জন করে দিয়েছেন। বিশেষ করে ঠাণ্ডা দই।

চা পান এবং মাইক বাজা সমাপ্ত হলে উনি রাজকীয় ভঙ্গিতে মঞ্চে উঠলেন ভরাট গলার অনায়াস দক্ষতায় বক্তৃতায় ফুটিয়ে তুললেন কাব্যের ছন্দ বন্ধন, দেশ এবং জন মঙ্গলের জন্য শহীদ হবার মহান অঙ্গীকার আর রণক্ষেত্রে যুযুধান সেনা নায়কোচিত পরাক্রম। এ সব করতে গিয়ে ঘামে ভিজে উঠলো তার দুধ সাদা পাঞ্জাবী।

"বন্ধুগণ আপনারা কী কেউ জানেন বহু দূর কলকাতা থেকে বহু পথ পার হয়ে বহু বাধা অতিক্রম করে বহু কষ্ট সয়ে, বহু বিপদের ঝুঁকি মাথায় নিয়ে আমি আজ আপনাদের মাঝে আপনাদের কাছে কেন ছুটে এসেছি?

এসেছি কারণ থাকা গেল না। কথায় বলে ডাকার মত ডাকতে পারলে স্বর্গের সুখ ভোগ ত্যাগ করে স্বয়ং ভগবানও এই ধরণীর ধূলায় নেমে আসেন। আমি, বললাম যা আশা করি আপনার বুঝতে পারছেন, ডাকার মত ডাকলে ভগবানের আসনও টলে যায়। আর সে ভক্তের সামনে এসে দাঁড়িয়ে বলে– বলো কি চাও!

আমি একজন মানুষ। আপনারা আমাকে আকুল হয়ে ডেকেছেন তাই না এসে থাকতে পারিনি। আপনারা আর্ত অসহায় নিপীড়িত শোষিত বঞ্চিত অবহেলিত লাঞ্ছিত অপমানিত ধর্ষিত অত্যাচারিত বুভুক্ষ মানুষ। মন কেঁদে উঠলো আমার। আপনারা কাঁদছেন আর আমাকে ডাকছেন। বলছেন আমাদের বাঁচাও! বলছেন আমাদের রক্ষা করো। মানুষের সমাজে মানুষের মর্যাদা ফিরিয়ে দাও। এই আর্তরব উপেক্ষা করে আমি কি শান্ত সুন্দর সুখী ঘরের কোনায় আত্মসুখে থাকব!

এর মধ্যে সূর্য ডুবে গেছে। পশ্চিম দিকের শাল বাগানের পাতার ফাঁক দিয়ে চুঁইয়ে আসা রোদ ফুরিয়ে গিয়ে আঁধার নামছে। একজন লোক একটা হ্যাজাক জ্বালিয়ে খুঁটির গায়ে টাঙ্গিয়ে দেয়।

গরীব দাসের পাশে বসে আছে খুলনার মাধব বালা। সে তার পাশের জগদীশ বিশ্বাসের কানে কানে ফিস ফিস করে বলে, খালি তো নিজের কথা কইতে আছে। আমাগো কথা কখোন কইবো!

কইবো। বলে জগদীশ— নিজের কথা শেষ কইরাই আমাগো কথা ধরবো।

বওন যায়না, মশায় কামড়ায়।

ঘরে তোমার কোন ছা, মশারী আছে। বইয়া থাকো চুপ কইরা! নেতা প্রহ্লাদ চক্রবর্ত্তী একটা প্রশ্ন করেছিলেন। জানতেন জবাবটা ওনাকেই দিতে হবে। প্রশ্ন ওনার— থাকতে পারি? জবাবও ওনার, পারি না। এবং কেন পারেন না নির্যাতিত মানুষের আহ্বান উপেক্ষা করে দক্ষিণ কলকাতার সুসজ্জিত ভবনে নিরুপদ্রব জীবন যাপন করতে তার ব্যাখ্যা দিলেন অসীম ধৈর্য্যে সুন্দর সুন্দর শব্দে। তার দীর্ঘ থেকে দীর্ঘতর বক্তৃতায় কাব্য এল, দর্শন এল, ইতিহাস এল। তারপর এল সেই অন্তিম এবং মোক্ষম বিষয়। যা বক্তব্যে সংযোজিত হল নব রসের এক রস রৌদ্র রসের মাধ্যমে।

আপনারা যাবেন না। কেউ যাবেন না দণ্ডকারণ্যের ভয়াল অরণ্যে। আসুক অভাব আসুক অনাহার আসুক অত্যাচার। তবু কেউ নির্দ্দয় শাসক শ্রেণির অন্যায় অমানবিক নীতির সামনে নতি স্বীকার করবেন না। হার মানবেন না হতাশ হবেন না, ভেঙ্গে পড়বেন না ভয়ে। জানবেন শেষ পর্য্যন্ত বিজয় আপনাদের হবেই। আপনারা সাহসের সাথে উঠে দাঁড়ান, রুখে দাঁড়ান, ফুঁসে উঠুন। গড়ে তুলুন দুর্বার গণ আন্দোলন। কাঁপিয়ে দিন দিল্লীর রাজ সিংহাসনে যারা বসে আছে তাদের বুক। বাধ্য করুন কংগ্রেস সরকারকে রিফিউজি মানুষদের বাংলাতেই পুনর্বাসন দিতে। গর্জে উঠে আপনারা গলায় গলা মিলিয়ে বলুন, লাঠি গুলি গ্যাস খাবো, তবু আমরা বাংলা ছেড়ে যাবো না। এবং বক্তৃতা শেষ করলেন তিনি ইনকিলাব জিন্দাবাদ বলে।

গরীব দাস এই দেশে এসে বেশ কিছু নতুন শব্দ শিখে ফেলেছে। ক্যাম্প ক্যাশ ডোল, রিফুজি, উইদাউট ধর্মঘট মিছিল, শ্লোগান আর এখন শব্দ ভাণ্ডারে সংযোজন হল, ইনকিলাব। কিন্তু এই কথাটার মানে কি? ফাঁক পেয়ে এক সময় খগেন মণ্ডলকে জিজ্ঞাসা করে গরীব দাস— এই যে উনি কইলেন, এয়ার মানে কি?

খগেন মণ্ডল কলকাতা গিয়ে কমরেডদের কথা শুনে এসেছে। সে এর

মানে জানে— ইনকিলাব ঝিন্দাবাদ মানে হইলো গিয়া— বিপ্লব।

হে আবার কি! এই কথাডার মানে বা কি!

এবার খগেন মণ্ডল তার নিজস্ব গ্রামীন ঘরানায় গরীব দাসের মত মাথা মোটা লোক যে সব কথার মানে খোঁজে, তাকে বোঝানোর কথা ভাবেন এবং বলেন— বোঝলা গরীব, সব কথার মানে হয় না। মানে হইলে তার গুণ থাকে না। যেমন ধরো ওঁং, হীং ক্রীং। আছে এয়ার কোন মানে? মানে নাই? যার মানে নাই তাইতে থাকে শক্তি। সেই রকম ইনকিলাব হইলো একটা বীজ মন্তোর। বার বার জপ করবা দেখবা মনে দারুণ জোর পাবা। আমি কইলাকাতা গিয়া শুইনা আইছি এই মন্তোর কইরা বুকে গুল্লি খাইলেও নাকি ব্যাথা লাগে না। হরিনামের মত মোনে মোনে জপবা দেখবা আর খিদা লাগবো না।

মিটিং শেষ হবার পর বীজ মন্ত্র জপতে জপতে নিজের তাঁবুতে ফেরে গরীব দাস। তাঁবুর দরজায় ছেলেকে জড়িয়ে ধরে বসা বিমলা ওকে দেখে কাতর চোখে তাকিয়ে জানতে চায়, কিছু কি পাইলেন?

কী পামু!

চাউল টাউল।

কই পামু?

গেলেন যে? কইলকাতা থিকা কারা নাকি আইছে। তারা কিছু দিলো না?

বীজ মন্তোর দিছে।

হেতে কী হয়?

কেমনে কমু কী হয়! একটু থেমে ঝাঁঝের সাথে ফের বলে গরীব হারা জীবোন হরি হরি জপছি। হরিনাম নিলে নাকি ভব যন্তনা দূর হয়। কোথায় দূর, আমাগো তো যন্তনা বাইরা গেল। অখন আবার এক নতুন কথা শোনলাম ইনকিলাব জপলে নাকি খিদার কষ্টো রয়না। যার মোনে যা লয় বলদা পাইয়া আমাগো তাই কয়। বোঝতে তো পারি না কি সে কী হয়। চোক্ষু থাকতেও আমরা যে কানা। লেহাপড়া জানি না। চালাক চালাক লোকের লগে মিল মিশও নাই। বলদ মানুষ মোরা।

তাইলে অখন কি করার!

করার আর কিছু নাই। যতক্ষণ দেহে পরান আছে ভাইগ্যর হাতে নিজেরে ছাইড়া দিয়া পইড়া থাকা।

এইভাবে কয় দিন বাঁচমু, জানিনা।

গরীব দাস না জানুক কিছু না বুঝুক, সারা ক্যাম্পের লোক বুঝে গেছে এবার নামের গুণে একটা কিছু সুব্যবস্থা নিশ্চয় হবে। হরি নিজের মুখেই বলেছে আমার চেয়ে আমার নাম বড়। যে আমার নাম জপে সে আরো বড়। শাস্ত্র বলেছে দেবতা মন্ত্রের অধীন। মন্ত্র ব্রাহ্মণের অধীন। ব্রাহ্মণ প্রহ্লাদ চক্রবর্ত্তী যখন বলেছে ইনকিলাব জপলে সর্ব সমস্যার সমাধান তখন ভক্তিভরে জপে যাও। তাই যুবা বৃদ্ধ শিশু কিশোর সবার মুখে শোনা যাচ্ছে থেকে থেকে বিরাট হুংকার ইনকিলাব ঝিন্দাবাদ। প্রাণপণে সবাই জপছে বীজমন্ত্র। মৃতপ্রায় মানুষগুলোর গ্রামে নতুন আশার সঞ্চার হচ্ছে। বাঁচবো রে বাঁচবো আমরা ।

কদিন পরে কলকাতা থেকে প্রহ্লাদবাবুর নির্দেশ এল, সময় হয়ে গেছে

আর দেরী নয় এবার আন্দোলন ঝাঁপিয়ে পড়ো। শুরু হল আন্দোলন। মিটিং মিছিল শ্লোগানে উত্তাল হয়ে উঠল ক্যাম্প। যেখানে অফিস ঘর ছিলো সেখানে আমরণ অনশনে বসে গেল কয়েক জন। কিন্তু শাল বনের প্রাচীর পার হয়ে সে খবর সরকারি আমলা, কর্তা ব্যক্তিদের কান পর্য্যন্ত পৌঁছাল না, নাকি সব শুনেও তারা বোবা বধির হয়ে রইলো তা কে জানে। দিনে দিনে পার হয়ে গেল অনশনের বাইশ দিন।

দেখতে গেলে রিফিউজিদের কাছে সে সময় সব চেয়ে সহজ পন্থায় সব চেয়ে বেশি সংখ্যক মানুষকে অনশন আন্দোলনে এই জন্যে সামিল করা গিয়েছিলো কারণ কারো কাছেই তো খাবার মত কিছু ছিলো না। তাঁবুর মধ্যেও সেই না খেয়ে বসে থাকা। তার চেয়ে অনশন মঞ্চ অনেক ভালো জায়গা। কিন্তু কয়েক হাজার মানুষের এই আন্দোলন কারো মনে কোন দাগ কাটে না। হিজড়ার ব্রহ্মচর্য্য পালন আর রিফিউজিদের অনশন ব্রত তাদের কাছে সমার্থক ব্যাপার।

তখন একমত হল সবাই, আমাদের এত দূর থেকে কান্না সরকার যখন শুনতে পায় না যেতে হবে তার ঘরের দরজায়। কোথায় থাকে সরকার মশাই? থাকে শহরের সুন্দর, মজবুত উঁচু উঁচু দালান কোঠায় । ভালো খেয়ে ভালো মেখে গতর তাদের তেল চকচকে। দুপুরে তোফা ঘুম দেয়। সেই ঘুমন্ত বিবেককে জাগাতে হবে। তা করতে হলে সবাইকে যেতে হবে বিষ্ণুপুর শহরে, সরকার মশাইয়ের কাছে।

শিরোমনীপুর থেকে মাইল কয়েক দূরে আরও তিনটে ক্যাম্প আছে। তার নাম বাসুদেবপুর, এক নম্বর, দুই নম্বর ও তিন নম্বর রিফিউজি ক্যাম্প। সে সব ক্যাম্পেও হাজার হাজার দণ্ডকারণ্য না যেতে চাওয়ার অপরাধে ডোল বন্ধ রিফিউজির বাস। আলাপ আলোচনার পর চার ক্যাম্পের কয়েক হাজার মানুষ মিছিল করে শ্লোগান দিয়ে হাতে প্লাকার্ড নিয়ে রওনা দিলো বিষ্ণুপুর শহরের দিকে। সব সরকারি কার্য্যালয় ঘেরাও করা হবে।

ঘেরাও! বলেন খগেন মণ্ডল, পেহ্লাদ বাবু কইছে, যতক্ষণ সরকার আমাগো বাংলায় পুনর্বাসনের দাবি মাইনা না নেবে, আমরা সব আপিস থানা কোট কাচারি ঘেরাও কইরা বইসা থাকবো। দিন রাইত হপ্তা মাস, কেউ জাগা ছাইড়া নড়বো না। এমনি তে মরতে আছি। দরকার হইলে সক্কলার চোইখের সামনে মইরা পইড়া থাকবো। পেহ্লাদবাবু কইছে ওসব কিছু হবে না। তিনদিন অপিসাররা ঘরে বন্দো হইয়া থাকলে বাপ বাপ কইরা দাবি মাইনা নেবে।

কে যেন বলে, যদি পুলুস আইসা ধইরা নিয়া যায়?

বলেন খগেনবাবু, যদি ধইরা নিয়া যায় তাইলে তো বেশ মজাই হয়। শুনছি জেলে নাকি মাইনষেরে দুই বেলা খাইতে দেয়। কত মানুষ আমাগো কত কত দিন ভাতের মুখ দ্যাখে না। যত দিন আটকাইয়া রাখবো প্যাডে তো কিছু দিতে পারবো। চিরদিন তো আর আটকাইয়া রাখতে পারবো না। আটকাইয়া খাওন দিলে আর ক্যাম্পের ডোল বন্দো কইরা ক্যান দিলো। যেই দিন ছাড়বো আবার বেবাকে মিইল্যা আইসা ঘেরাও কইরা বসমু।

জেল পুলিশের নাম শুনে ঘাবড়ে গিয়ে ছিলো গরীব দাস। এ সব নামে

বাল্যকাল থেকেই বেজায় ভয় তার। নমোশুদ্দুর পাড়ার সব মানুষেরই পুলিশ কী জিনিস সে ব্যাপারে খুব জ্ঞান রাখে। বাঘে ছুলে আঠারো ঘা আর পুলিশ ছুলে ছত্রিশ। তাই গাঙে দারোগার নাও দেখলেই ছুটে পালাতো যে যেদিকে পারে। কোর্ট কাচারি মামলা মকদ্দমা এসব হচ্ছে শয়তানের হাতিয়ার। যা দিয়ে উচ্চবর্ণের মানুষরা নিম্নবর্ণের মানুষকে সর্বস্বান্ত করে দিয়েছে। পুলিশ হচ্ছে সেই হাতিয়ারের সঞ্চালক। তাকে ভয় না পায় এমন মানুষ কে আছে!

ভীত গরীব দাস তাঁবুতে ফিরে এলে তার শুকনো মুখ দেখে জানতে চেয়েছিলো বিমলা, কী হইছে? কাঁপতে আছেন ক্যান?

খগেনবাবু কইলো বিষ্ণুপুরে ঘেরাও দিতে যাওন লাগবো। কি ঝামেলায় পড়মু মরমু না বাঁচমু কেডা জানে।

কয়দিন খায়েন নাই। কেমনে যাইবেন। আমি কই না খাওয়া এই শরীল লইয়া আপনে যাইয়েন না।

তাইলে মাইনষে কি কবে? চাইর ক্যাম্পের বেবাক মানুষ যাইবো। খগেনবাবু কইয়া দিছে যে বিষ্ণুপুরে না যাবে এ্যাক ঘইরা হইয়া রবে। কেউ তার লগে কথা কবে না, মেশবে না। তহন মোরা কী করমু!

সুবল রাধাকান্ত তারা কি কয়? যাবে?

রাধাকান্তো রেহাই পাইয়া গেছে, তার জ্বর আইছে। সুবইল্যা কইলো যাবে। না যাইয়া কি পার পাবে। গগনও যাবে।

তয় আপনে অগো ধারে ধারে থাইকেন। দুব্বল শরীল আপনার, সাবধানে থাইকেন।

১১

কেমনে বাঁচমু?

বিমলা আজ এক বিরাট কাজ করে ফেলেছে। তুলসীকে সাথে নিয়ে হাঁটতে হাঁটতে চলে গিয়ে ছিলো সাঁওতাল পাড়ার দিকে। আসলে হাঁটতে হাঁটতে পৌঁছে গিয়ে ছিলো। কোনদিন তো যায়নি তাই জানতো না ছোট বনটার ওপাশে সেই পাড়া। এমনিতে সাঁওতালরা যদিও কাঁধে তির ধনুক নিয়ে ঘোরে তবু তারা নাগা কুকি জারোয়া মুড়িয়াদের মত সভ্য মানুষের প্রতি বিরূপ বা অসহিষ্ণু নয়। তবু কেন কে জানে বিমলার ভয় করে। সাঁওতাল পাড়ার একটা বছর দশেকের বাচ্চা ছেলে রিফিউজি পাড়ায় এসে ঘুরে ঘুরে হাপু খেলা দেখিয়ে চাল পয়সা চায়। চার আঙ্গুল পরিমাণ চওড়া আড়াই হাত লম্বা একটা বাঁশের চটা দিয়ে মুখে এক বিচিত্র শব্দ করে সজোরে নিজেকে পেটাতে থাকে। পিটতে পিটতে এখন তার সারা পিঠে কাল সিটে পড়ে গেছে। এরই নাম হাপু খেলা। সমাজে একদল মানুষ আছে যারা মানুষ কষ্ট পাচ্ছে দেখে আনন্দ পায়, কষ্ট দিয়ে আনন্দ পায়। আর একদল আছে যারা মানুষের কষ্ট দেখে নিজেও কষ্ট পায়। বাচ্চাটা এই দুধরনের মানুষকেই পছন্দ করে। যারা তাকে রোদে দাঁড় করিয়ে দিয়ে বলে— আমি কিন্তু গুনবো, যে কয়টা বাড়ি মারবি সেই কয়টা পয়সা দেবো। আর যারা ওর গাল বাদ্য শুনেই ভয়ে কেঁপে কেঁদে উঠে বলে থাম থাম বাবা তোর ওসব করতে হবে না, চাল দিচ্ছি। বাচ্চাটার মনে নেই কে কবে ওকে একদল বিকৃত রুচির আর একদল দুর্বল মনের মানুষের কাছ থেকে পেটের আহার জোগাড় করার জন্য নিজেকে কষ্ট দেওয়ার এই খেলাটায় নামিয়ে দিয়েছিলো। তা দিয়ে যখন রিফিউজিদের ডোল ছিলো ডোল দেওয়া বাবুরা ছিলো, বিশেষ করে যারা চাল ডাল নিয়ে ট্রাক চালিয়ে ক্যাম্পে আসতো, তখন ওর বেশ চলে যেতো। কিন্তু এখন আর চলছে না।

সেই বাচ্চাটাই বিমলাকে সন্ধান দিয়েছিলো কোথায় কোন জঙ্গলে এখনো কিছু খাদ্য খুঁজলে মিলতে পারে। সেই খাদ্য খুঁজতে গিয়ে পেয়ে যায় একটা পুকুর। যা পাবার কোন কল্পনাই ছিলো না। পুকুরে ছিলো অঢেল শাপলা যার

গোড়ায় অনেক শালুক। সাঁওতালরা শালুক কি করে খায় তা জানেনা। যারা জানে তারা এখনো ক্যাম্প ছেড়ে এত দূরে আসা শুরু করেনি। বিমলা আর তুলসী দুজনে মিলে ঝুড়ি ভরে তুলে এনেছে সেই শালুক। যা ফেলে ছড়িয়ে খেলেও চার পাঁচ দিনে ফুরাবে না। কলাই করা তোবড়ানো থালায় কিছু শালুক সেদ্ধ খেতে দিয়ে গরীব দাসকে বলে সে, দেইখেন য্যান কোনো বিপদে আপদে না পড়েন। চাইর দিক নজর রাইখেন। বিদ্যাশ বিভুই, আত্মজন ধারে কাছে কেউ নাই। ঝগড়া গণ্ডোগোল দেখলে সইরা যাইয়েন। জড়াইয়া পইড়েন না। শালুক খেয়ে গরীব দাস বিষ্ণুপুরের দিকে রওনা দিলে মনে মনে জপ করে সে, জয় বাবা ইনকিলাব জয় বাবা জীন্দাবাদ কোনো বিপদ আপদ য্যান না হয়। মানুষটা য্যান ভালোয় ভালোয় ঘরে ফেরে। মানত করলাম ঘরের মানুষ ঠিকমতো ঘরে ফিইরা আইলে তোমার নামে পাঁচ খান খাটনি দিমু।

সেই ছোটবেলায় বিমলাকে বলে ছিলো তার মা, ঠাকুর দেবতারা মানুষরে মাঝে মাঝে পরীক্ষা করে। যতো বিপদ আপদ রোগ ব্যাধি এসব হয় তাদের রোষের কারণে। তাদের রোষ শান্ত করতে পারলেই আপদ বালাই রোগ শোক সব দূর হয়ে যায়। দেব দেবতা আর কিছু নয় সন্তুষ্ট হয় শুধু কৃচ্ছ সাধন করতে পারলে। এর একটা হল উপবাস অন্যটা খাটন। খাটন হচ্ছে ঈশ্বরের নাম নিতে নিতে সারা উঠোনে শ্রান্ত হয়ে না পড়া পর্য্যন্ত অবিরাম পাক খেয়ে হেটে বেড়ানো। উপবাস তো চলছেই। তাতে যদি দেবতার মন না ভরে, যদি চালাকি ভেবে বসে, তাই খাটনের মানত করেছে সে। তাও একটা দুটো নয়,পাঁচ পাচটা।

বাসুদেবপুর ক্যাম্পের সামনে থেকে একটা পাকা রাস্তা আছে। যে রাস্তায় বাস লরী চলাচল করে। গরীব দাস গিয়ে দেখতে পায় বাস রাস্তার উপর মানুষের সমান দুটো লম্বা লাইন হয়েছে। লাইন দুটো সমান তালে হেঁটে সামনের দিকে এগিয়ে চলেছে। দুই লাইনের মাঝে একজন টিনের চোঙ্গ মুখে দিয়ে হাঁকছে— আমাদের দাবি মানতে হবে। সে থেমে যাবার সাথে সাথে মিছিলের লোক সমস্বরে হেঁকে উঠছে— মানতে হবে মানতে হবে।

বাংলার বাইরে রিফিউজিদের পাঠানো চলবে না।
বাংলাতেই সুষ্ঠ পুনর্বাসন দিতে হবে।
লাঠি গুলি গ্যাস খাবো তবু বাংলা ছাড়বো না।
ইনকিলাব জিন্দাবাদ।

গরীব দাস আসতে কিছুটা দেরী করে ফেলেছে। ফলে শ্লোগান মুখস্ত হয়নি। মিছিলের তালের সাথে তাল মিলিয়ে বলতে গিয়ে বারবার ভুল বলে বসে। যেখানে চলবে না বলার কথা, দিতে হবে বলে ফেলায় চোঙ্গওয়ালার ধমক খায়। তবে ইনকিলাবের পর জিন্দাবাদ বলায় তার কোনো ভুল হয় না। হরিনাম মহামন্ত্রের চেয়েও এটা যে বলশালী শব্দ বার কয়েক বলার পর সেটা টের পায় এখন। সত্যিই শরীর গরম হয়ে যাচ্ছে। মনে বল আসছে। মনে হচ্ছে এই মন্ত্রের ধাক্কায় বর্তমানের ঘাড়বেকা সরকারকে কাত করে ফেলা কঠিন হবে না। বাধ্য হবে আগের সিদ্ধান্ত থেকে সরে একটু মানবিক হতে। প্রহ্লাদবাবু বলেছে খগেনবাবুকে, সে বলেছে সবাইকে, এই মন্ত্রর জোরে কোথায় কোন

দেশের সরকার শুধু কাত নয় একেবারে সমূলে উৎখাত হয়ে গেছে। এখন সেখাকার সাধারণ মানুষ বড় সুখে আছে। এ এমন এক মহাশক্তিধর মন্ত্র যার সামনে না মচকালে ভেঙ্গে যেতে হয়।

বাসুদেবপুর থেকে বিষ্ণুপুর পর্য্যন্ত মিছিল এসেছিলো বিনা বাধায়। কিন্তু শহরের মধ্যে মিছিল ঢুকতে পারলো না। প্রবেশ পথের দ্বার আগলে দাঁড়িয়ে গেছে ব্যাটেলিয়ান ফোর্সের শত শত সশস্ত্র পুলিশ। তাদের কাছে ইনফর্মার মারফত আগাম খবর পৌঁছে গেছে, একদল স্বভাব দুর্বৃত্ত, যারা ক্ষুধার্তও বটে, তারা সব শহরের দিকে বন্যার মত ধেয়ে আসছে। এতে আইন শৃঙ্খলার অবনতি ঘটার সম্ভাবনা আছে। লুঠ পাট হওয়াও অসম্ভব নয়। এরা একবার শহরে প্রবেশ করতে পারলে সামাল দেওয়া মুশকিল হবে। তাই বাধা দেওয়া দরকার শহরের বাইরে খোলা মাঠের মধ্যে। সেই কাজটাই করতে এসেছে পুলিশ। রিফিউজিদের বাইরেই আটকে দেবে। জেলা শাসক, সতর্কতা মূলকভাবে শহরের সর্বত্র একশো চুয়াল্লিশ ধারা জারি করে দিয়েছে।

গতিরোধ হওয়া মিছিলে থেকে শ্লোগান উঠলো, আমাদের আটকে রাখা চলবে না। কিন্তু সে দাবির প্রতি পুলিশ কর্ণপাত করলো না। তারা দেওয়াল তুলে দাঁড়িয়ে রইলো মিছিলের সামনে। একদল আগিয়ে যেতে চায়, অন্যদল আগাতে দেবে না। ফলে যা হবার তা হল, শুরু হল দুপক্ষের ধস্তাধস্তি। মিছিল থেকে কে যেন একটা ঢিল ছুঁড়লো পুলিশের দিকে। ছুতোর একটা দরকার ছিলো। সে ছুতো পেয়ে গেল পুলিশ। তারা দৌড়ে দৌড়ে ব্যাপক লাঠি চালাতে আরম্ভ করলো। কাঁদানো গ্যাসের শেলও ছুঁড়লো কয়েকটা। লাঠির আঘাতে রিফিউজিদের জনা চল্লিশ আহত হয়ে গেল। যার মধ্যে ছয় জনের আঘাত গুরুতর। যাদের বিষ্ণুপুর হাসপাতালে ভর্তি হতে হয়। আর গ্রেপ্তার করা হল প্রায় দুশো জনকে। সেই দলে পড়ে গেল গরীব দাস।

গ্রেপ্তার হওয়া লোকেদের ধরে ধরে পুলিশ যখন ভাগ ভাগ করে সবাইকে ভ্যানে তুলছিলো তারা তখন অনেকে মনে মনে বেশ খুশি হয়ে ছিলো। নিজেকে স্বান্তনা দিচ্ছিলো তারা, যাক, আজ অন্ততঃ দুটো ভাত খেতে পাওয়া যাবে। খগেনবাবু বলেছে জেলে দুবেলা ভাত খেতে দেয়। কিন্তু ওরা কেউ জানতো না, সরকারি কর্তা ব্যক্তিরা অনেক চালাক। তার জানে কখনো কোনো অবস্থায় বেড়ালকে ভাঙা বেড়ার সুলুক সন্ধান দিতে নেই। তাহলে গেরস্থের দুধ আর থাকবে না। ভাঙ্গা বেড়া দিয়ে বার বার বেড়াল ঢুকবে। তাই তারা আন্দোলনকারী রিফিউজিদের ধরে জেলখানার ভাতের থালার সামনে নিয়ে গেল না। নিয়ে গেল ট্রাকে ভ্যানে করে শহর থেকে পঁচিশ তিরিশ মাইল দূরে এক জনহীন প্রান্তরে, তাও সবাইকে এক সাথে নয়, কুড়ি পচিশজন করে ভাগে ভাগে পূর্ব পশ্চিম উত্তর দক্ষিণ— নানা দিকে। তারপর লাঠি চালিয়ে নামিয়ে দিলো গাড়ি থেকে। যা এবার হেঁটে হেঁটে ফিরতে দ্যাখ কেমন লাগে।

যে সময়ে গরীব দাসদের শালতোড় নামক একস্থানে নিয়ে নামানো হয় তখন সন্ধ্যা নামছে। চারদিকে কোথাও কোন জনবসতি চোখে পড়ে না। শুধু বন আর বন। তবে রক্ষা একটাই এসব বনে কোন নরখাদক ছিলো না। সারা রাত ওরা বুকে ভয়, পেটে ক্ষুধা, মাথায় দুশ্চিন্তার পাহাড় নিয়ে সেখানের

খোলা আকাশের নিচে কাটায়। এক সময় রাত কেটে গিয়ে সকাল হয়। তখন আর ওদের কারো দেহে বলতে গেলে কোন শক্তি নেই। মনে হয় সব বুঝি এই অনাত্মীয় পরবাসে মরে পড়ে থাকবে। শকুন শেয়ালে ছিঁড়ে ছিঁড়ে খাবে ওদের দেহ। কিন্তু শেষ পর্য্যন্ত ওরা মরে না। ক্ষুধার্ত শরীরটাকে শামুকের খোলের মত টানতে টানতে রওনা দেয় বন জঙ্গল আর অচেনা পথ ধরে। সারা দিন পথ হেটে সন্ধ্যার সময় ফিরতে পারে নিজের স্ত্রী—পুত্র কন্যার কাছে। প্রশাসনের তরফে প্রাথমিক এই আঘাত এত তীব্র ছিলো যে বলতে গেলে রিফিউজিদের কোমর ভেঙ্গে গিয়েছিলো। তবু সেই আঘাত সয়ে ভাঙ্গা কোমর ভাঙ্গা মন নিয়ে উঠে দাঁড়াবার চেষ্টা করেছিলো তারা। সভা সমিতি মিটিং মিছিলে শ্লোগান দিয়েছিলো গলার শিরা ফুলিয়ে। একটার পর একটা মিছিল নিয়ে হানা দিয়েছিলো শহরে, মানবিকতার দোরগোড়ায়, কিন্তু কোন লাভ হয়নি, মৃত মানবিকতার দেহে প্রাণ সঞ্চার করতে ব্যর্থ হয়েছে তাদের কাকুতি মিনতি। পরিবর্তে প্রশাসন প্রতিরোধের মাত্রা বাড়িয়ে দিয়েছিলো। নির্মমভাবে লাঠি পেটানো টিয়ার গ্যাসের ব্যাপক ব্যবহার, অন্য যতরকম দমনের অস্ত্র আছে সব প্রয়োগ করে যাচ্ছিলো অতি কঠোর ভাবে। খগেন মণ্ডল সহ আরো কয়েক জনকে গ্রেপ্তার করে পুরে দেওয়া হয়েছিলো জেলখানায়। অন্য সব আন্দোলনকারীদের জন্য বরাদ্দ হয়েছিলো সেই ব্যবস্থা, যা গরীব দাস ভুগে এসেছে।

রিফিউজিদের মনোবল বাড়াতে একবার প্রহ্লাদবাবু কলকাতা থেকে একজন গায়ক পাঠিয়ে ছিলো। সে বিনা বাজনায় ভরাট গলায় চার ক্যাম্পে ঘুরে ঘুরে "—জাগো জাগো সর্বহারা অনশনবন্দী কৃতদাস মানুষ দিয়াছে আজি সাড়া উঠিয়াছ মুক্তির আশ্বাস গেয়ে—" মানুষকে বোঝাবার চেষ্টা করেছিলো, আর খুব একটা দেরী নেই, তোমাদের দুঃখকষ্ট দূর হবার দিন আসছে। থেমে যেও না, লড়াই করো। কিন্তু তবু মানুষ আর জাগলো না। আন্দোলন বেগবান হল না। ক্রমে ক্রমে নেতিয়ে এল।

বিখ্যাত ফরাসী সেনানায়ক নেপোলিয়ান বলেছিলেন— সৈনিকরা পেটের উপর মার্চ করে এগোয়'। আন্দোলনও তো একটা যুদ্ধ। সশস্ত্র সবল ভরপেট খাওয়া প্রবল শত্রুর বিরুদ্ধে নিরস্ত্র দুর্বল না খাওয়া মানুষ কতক্ষণ লড়াই চালিয়ে যেতে পারে? না খাওয়া মানুষ কখনো কোথাও কোন লড়াই জিততে পারে না। খিদের মত বড় শত্রু আর কেউ নেই। সেই শত্রুকে পরাস্ত করে কে টিকে থাকতে পেরেছে লড়াইয়ের ময়দানে! রিফিউজি মানুষরাও পারলো না। হেরে গেল নিজের কাছে নিজেই। খিদে কী কী খায়? খিদে সব খায়। প্রেম প্রীতি স্নেহ ভালোবাসা, নীতি নৈতিকতা, আদর্শ প্রতিজ্ঞা মনোবল, পচা বাসি এঁটো ডাস্টবিন, সব সব খেতে পারে। সব শেষে খায় গোটা মানুষটার সবটুকু প্রাণ শক্তি। খেয়ে তাকে ছিবড়ে করে ছেড়ে দেয়। ছিবড়ে মানুষ নিজের, দেশ সমাজের, কারো কোন কাজে আসে না।

মাস ছয়েকের প্রবল উন্মাদনার পর সব আন্দোলন থিতিয়ে গেল। ক্যাম্পে নেমে এল যেন কবরের শান্তি। আর কোথাও কোন সোরগোল উৎসাহ উদ্দীপনার ছিটেফোঁটাও অবশিষ্ট নেই। আশা ভরসার তখন সব শেষ। তখন মানুষ শুধু

ঝিমোচ্ছে। বোবা বোকা চোখ নিয়ে চারদিকে তাকায় আর নিশব্দে কাঁদে।

এক মাস হাজত বাসের পর জেল থেকে ছাড়া পেলো খগেন মণ্ডল। বিষ্ণুপুর থেকে একা একা হেটে ফিরে এল ক্যাম্পে। সবাই জানতো আজ তাকে নিঃশর্ত মুক্তি দেওয়া হবে। কিন্তু কেউ তাকে সম্বর্দ্ধনা দেবার জন্য সাব জেলের গেটে উপস্থিত ছিলো না। যাদের উপর তার গভীর বিশ্বাস ছিলো সেই কমরেডরা সব উধাও। ক্যাম্পে ফিরে এসে, সন্ধ্যা বেলায় হতাশ নিরাশ হয়ে প্রতিবেশী মানুষজনদের কাছে বড় কষ্ট মাখা গলায় বলেছিলো, কিছু হইবো না আমাগো, আর কোনো আশা নাই কিছু হওনের। কেউ আর আমাগো কথা কানে নিবো না। যখোন দ্যাশে ইংরেজরা আছিলো, মানুষ কোন দাবি দাওয়া লইয়া দুই চাইর দিন অনশন করলে তারা দৌড়াইয়া আসতো, আলাপ আলোচনা, কথা বার্তা কইয়া মীমাংসার পথ বাইর করতো, আলাপ আলোচনা, কথা বার্তা কইয়া মীমাংসার পথ বাইর করতো। বিদেশীগো মোনে যেটুক দয়া মায়া আছিলো এ দ্যাশের মাইনষের মোনে তাও নাই।

কিছুক্ষণ গুম মেরে বসে থেকে ফের আক্ষেপ করে বলে— এতদিন ধইরা এতগুলান মানুষ এক রকম অনশনেই তো আছে, কতজন না খাইয়া, কতজন অখাদ্য কুখাদ্য খাইয়া মরতে আছে। তবু তাগো দিকে সরকার এ্যাকবার ফিইরাই তাকায় না। তাগো এ্যাক কথা, যে দণ্ডকারণ্য যাবা নাম লেখাও, এয়া ছাড়া আর কোন কথা নাই।

গলাটা কথা বলতে বলতে ধরে আসে তার। যেন বুকের মধ্যে মোচড় দিয়ে উঠছে। অতি কষ্টে সেই বেদনা চাপা দিয়ে সে বলে— আমার কী মোনে কয় তা জানো। যারা অখন দেশ চালাইতে আছে মন্ত্রী হইছে, এয়ারা সব উচা জাইতের মানুষ বইলাই আমাগো কষ্টের দিক চোউখ দিতাছে না। এয়ারা কোনদিনই আমাগো কস্টো বোঝে নাই হিত চায় নাই, মানুষই ভাবে নাই। পোকা মাকড় মশামাছির নাহান ভাবছে। তারা আমাগো বিনাশই চায়।

পেহ্লাদবাবু কি কয়?

আর পেহ্লাদবাবু! আজ আর খগেন মণ্ডলের গলায় ওই নামে শ্রদ্ধা ঝরে না। কথায় কয় না রসুনের গোড়া সব এক জাগায়। তলে তলে সব একই। তার আর কোন খবরই নাই। বেবাকরে মাতাইয়া দিয়া সইরা পড়ছে। আর আবে বইলা মোনে কয় না। শোনতে আছি সে নাকি কোনদিক গিয়া অন্য কোন এক কাম করতে লামছে।

মোটা কাপড়ের উপর মোমের প্রলেপ দেওয়া ত্রিপল বড়ই ক্ষীণ আয়ুর হয়ে থাকে। খুব বেশী হলে এক বছর টেকে। যখন অফিস ছিলো, প্রতি বছর বর্ষার আগে সেটা বদলে নতুন তাঁবু আনা যেতো। এবার আর বদলানো হয়নি। কে বদলে দেবে? এখন তার ছেড়া ফাটা ফোঁকড় থেকে ঝাঁপিয়ে নামছে দিনের প্রখর রোদ। এরপর বর্ষা নামবে। তখন যে কী অবস্থা হবে ভেবে সবাই অস্থির। জল বৃষ্টিতে ভিজে তাঁবুর মধ্যে থাকা যাবে কি করে! কিছু কিছু পরিবার, যাদের যাবার মত কোন অবস্থা ছিলো তারা ক্যাম্প ছেড়ে ইতিমধ্যে চলে গেছে। এখন এখানে পড়ে আছে সহায় সম্বল হীন হতশ্রী এমন কতগুলো মানুষ, যারা না

থাকলেও দেশের কোন ক্ষতি নেই। মন্ত্রী আমলা সরকারের কোন ক্ষতি নেই। তাই তারা খুব সহজে এদের সব দায় অস্বীকার করে দিয়েছে। মরলে মরো বাঁচলে বাঁচো আমরা কিছ জানি না।

এখন এই ক্যাম্পের কোথাও কোন টিউব ওয়েল পর্য্যন্ত নেই। বহুদিন খারাপ হয়ে পড়ে থেকে মরচে ধরছে। স্নান তো বহু দূরের কথা পানীয় জলের পর্য্যন্ত আকাল হয়ে পড়েছে। কোন সুসভ্য দেশের সুসভ্য সরকার এতখানি পাষণ্ড হৃদয়হীন বর্ব্বর হতে পারে কেউ তা কোন দিন আগে ভাবতে পারেনি। মানুষ যখন বুনো অসভ্য জংলী ছিলো, সেই আদিম কালের যে আদি সংস্কৃতি তা মানুষকে শিখিয়ে ছিলো, যে তোমার চরম শত্রু তাকেও নির্জলা রেখো না। মৃত্যু পথ যাত্রীকেও মুখে জল দিও। কিন্তু আজ অবাক হয়ে রিফিউজি মানুষেরা দেখতে পেল মানুষকে সেবা করার প্রতিশ্রুতি দিয়ে ক্ষমতা দখল করা দেশ পরিচালকরা তাদের মৃত্যু সময়ে যেন মুখে জল না পড়ে তারই ব্যবস্থা করে রেখেও কেমন নির্বিকার অনুতাপ রহিত।

খগেন মণ্ডল একটা কাগজে অনুনয় বিনয় সহকারে দরখাস্ত লিখে ক্যাম্পের সবার টিপ সই দিয়ে বিষ্ণুপুর গিয়ে বি.ডি.ও. অফিসে জমা করে জানিয়ে ছিলো আমরা বড়ই জলকষ্টে আছি। দয়া করে ক্যাম্পের টিউব ওয়েলগুলো মেরামত করার ব্যবস্থা করুন। সে দরখাস্ত বাজে কাগজের ঝুড়িতে ছুঁড়ে দিলেন বি.ডি.ও. সাহেব। ওখানে কোন লোক নেই কল কি হবে?

লোক নাই! কি কন সায়েব! এত হাজার হাজার, এরা কি লোক না?

কেন পড়ে আছে মাঠের মাঝখানে!

থাকবে না তো কই যাবে?

এখনও ফাইল বন্ধ হয়নি, নাম লেখাক। চলে যাক দণ্ডকারণ্য। ওখানে জল কল সব আছে।

আর কোন উপায়ই নেই। খাদ্য ছাড়া যদি বা বাঁচা যায় জল ছাড়া বাঁচা কঠিন। সাঁওতাল পাড়া আর মুসলমান পাড়ায় যে একটা আধটা কুয়ো কল আছে বাঁকে করে সেখান থেকে জল বয়ে এনে কোনমতে তেষ্টা মেটাবার চেষ্টা করে মানুষ। কিন্তু সেখানেও মানুষের চাপ বাড়ায় নানা রকম সমস্যা তৈরী হচ্ছে।

অবশেষে সিদ্ধান্ত নিলেন খগেন মণ্ডল— এবার তিনি ক্যাম্প ছেড়ে চলে যাবেন। উত্তর চব্বিশ পরগণার ঠাকুর নগরে তার কিছু আত্মীয় এসে এক দুকাঠা করে জায়গা কিনে কোনমতে মাথা গোঁজার একটা ঠাঁই বানিয়েছে। সেখানেই যাবেন তিনি। সেদিন চলে যাবার আগে শেষবারের মত সবাইকে ডেকে বললেন তিনি— এতো কাল এক সাথে ছিলাম, আশা করছিলাম, বাকি জীবনটাও তোমাগো সাথে মিইল্যা সুখে দুঃখে কাটাই দিমু। কিন্তু সে হইলো না। কপালে নাই তো কি করমু। আমি তো চললাম, তোমরাও যে যেদিক পারো চইলা গিয়া বাঁচনের চেষ্টা করো। আর এইখানে থাইকো না। বাইরাইয়া তালাশ কইরা দেখো যদি কোন খানে মাথা গোঁজার মতোন এট্যু ঠাঁই পাও আর রোজগার পাতি কইরা খাইতে পারো। আর আমি কি কমু কও। শুনছি আমাগো কিছু মানুষ কইলকাতার আশে পাশে ইস্টাশন খাল পাড় রেল লাইনের

ধারে ঘর বানাইয়া আছে। কাম কাজ কইরা পোলা মাইয়া মানুষ করতে আছে। তোমরাও দেখো যদি পারো। এইখানে তো না কাম আছে না থাকনের জাগা না ইশকুল না জলের কল। এইখানে মরণ ছাড়া আর কিছু নাই।

সুবল এসে কেঁদে পড়ে গরীব দাসের কাছে, বেবাকে আমাগো ফালাইয়া চইলা যান, আমরা কই যামু। কই গিয়া কেমনে পোলা মাইয়া লইয়া বাঁচমু। কেমনে বাঁচমু ও গরীবদা? তার কান্না হু হু বাতাসে উড়ে গিয়ে শাল বাগানের ঝরা পাতার মত কোথায় মিলিয়ে যায় তা কেউ জানে না।

জীবন

১২

আগন্তুক

কি করে বাঁচবো? চারদিক থেকে ধ্বনিত হচ্ছে একটাই আকুল জিজ্ঞাসা— বাঁচবো কেমন করে? মানুষের জীবনে সব চেয়ে বড় সব চেয়ে কঠিন সমস্যা বেঁচে থাকা। ছোট্ট প্রাণটুকু কেড়ে নেবার জন্য চারদিকে ঘুরে বেড়াচ্ছে নির্দ্দয় সব আততায়ী, রচনা করছে ভয়ংকর ষড়যন্ত্রের জাল। তা থেকে আত্মরক্ষা করবো কি করে?

একজন মহাপুরুষ বলেছেন, কি করে বেঁচে থাকবো তা জানতে হয়। বাঁচাটা একটা কলা, কৌশল, বুদ্ধিমত্তা। তাকে অর্জন করতে হয়। যে তা পারে সে টিঁকে থাকে যে পারে না সে বিলুপ্ত হয়। এটাই আবহমান কালের শাশ্বত ধারা। সময় পরিবর্ত্তনশীল। কাল যা ছিলো আজ তা নেই। আজ যা আছে কাল তা থাকবে না। সময়ের সাথে সাথে রুচি খাদ্যাভাস জীবন ধারণ প্রণালী সময়ের উপযোগী করে গড়ে নিতে হবে। বদলে ফেলতে হবে। যদি তা পারো তবেই বেঁচে থাকতে পারবে। এই যে এত বড় বিশাল প্রাণী ডাইনোসোরাস, সে কেন বিলুপ্ত হয়ে গেল? হয়ে গেল, কারণ বদলে যাওয়া আবহাওয়া বদলে যাওয়া পরিবেশ এসব কিছুর সাথে মানিয়ে নিতে পারেনি। কিন্তু ছোট্ট ছোট্ট পিঁপড়ে, এত ঝড় ঝঞ্ঝা উত্থান পতন প্রলয় মহাপ্রলয়ের পরও সে টিঁকে আছে। কারণ সে ছোট হলেও বাঁচার কৌশল জানে। যে তা জানে, সে মানুষ পশু পাখি জীবজন্তু যেই হোক সব রকম প্রতিকূলতার মধ্যেও জগতে বিচরণ করবার বেঁচে থাকার ছাড়পত্র পায়। যে জানে না বিলুপ্তি অবশ্যম্ভাবি।

গরীব দাসের ছোট্ট ছেলে জীবন এখন সেই বেঁচে থাকার কৌশলটা জেনে ফেলেছে। পরাস্ত করার কায়দা শিখে ফেলেছে খিদে নামক সেই মহাশত্রুকে। যে খিদেকে মেরে দিতে পারে তাকে আর কে মারবে? এর কয়েকটা কায়দা শিখিয়ে দিয়েছে সাঁওতাল ছেলে মংলু আর কয়েকটা ক্যাম্পেরই একটা ছেলে ফটিক। খিদে অসহ্য হলেই জীবন এদের কাছে ছুটে যায়। ওরা খিদে দমন করার শতেকরকম কায়দা জানে। বন্ধুর মত, প্রিয় শিষ্যের মত ওরা তা

জীবনকে হাতে কলমে শিখিয়ে দেয়। একদিন প্রচণ্ড খিদের সময় মংলু ওকে তুষের আগুনে বড় বড় দুটো ল্যাঠা মাছ পুড়িয়ে খাইয়ে ছিলো। নুন লংকার গুড়ো দিয়ে সে মাছ খেতে খুব একটা মন্দ লাগেনি। তবে মংলারা যা খায় সে সব— সোনা ব্যাঙ, ধান খেতের আল থেকে ধরা বড় বড় ইঁদুর, কাঠবেড়ালি শামুক ঝিনুক আরও কত কি, ওদের খাদ্য। মোটামুটি সব খাবারই এক আধবার চেখে দেখে বুঝেছে জীবন চালিয়ে নেওয়া যাবে। তবে ভয় পেয়ে গিয়ে ছিলো সাপের বেলা।

ওর ভয় ভাঙ্গাতে বলে ছিলো মংলা— খাইয়ে লে। কুছু হোব্যাক নাই। হামারা কতেক খায়।

বিষ আছে না! সাপে বিষ থাহে।

গল্যা কেটকে ফেকলু তুই দেখলি নাই!

বেশ বড় সাপটার গলা থেকে কেটে মাথার দিকের খানিকটা বাদ দিয়ে কুঁচে মাছের মত ছাল ছাড়িয়ে নুন লংকা হলুদ দিয়ে রেধেছে মংলা। একটু তেলও দিয়েছে। দেখতে কুঁচে মাছের মতই হয়েছে। মংলার অনুরোধে মুখে ফেলে দেখে খেতেও সেই রকমই। তবে ওই এক টুকরোর বেশি আর গলা দিয়ে নামলো না জীবনের।

মংলা মাঝে মাঝে পাখি মারতে যায়। ছোট্ট একটা ধনুকে পাথর কুঁচি দিয়ে নিপুণ নিশানায় ঘুঘু চড়াই হরিয়ালি নানা পাখি মেরে আনে সে। ওর বক ধরা ফান্দাও আছে। যেদিন ফাঁদ পাততে যায় সে, জীবনকে সাথে নেয়। শিকার করে এসে দুই বন্ধু মনের আনন্দে বনভোজন সারে। এর জন্য অবশ্য বনে যাবার দরকার পড়ে না। বন তো মংলাদের ঘরের উঠোনেই!

তবে মংলার রাজসিক আহারের তুলনায় ফটিকের খাবার কিছু নরম একটু বেশি স্বাদু। ক্যাম্পের দক্ষিণে যে রানওয়ে তার দুধারে আছে অনেক কুল গাছ। তিন চার ফুট উঁচু ছোট ছোট গাছ গুলোয় ফলে থাকে অঢেল কুল। পেকে গেলে কুলের জন্য পাতার সবুজ আর দেখা যায় না। একেবারে লালে লাল। তখন একটা লাঠি দিয়ে গাছটা নাড়িয়ে দিলে টুপটাপ করে নিচে খসে পড়ে। নুন আর শুকনো লংকার গুড়ো দিয়ে সে কুল খেতে দারুণ মজা।

বাসুদেবপুর থেকে যে রাস্তাটা বিষ্ণুপুরের দিকে গেছে তার দুধারে রয়েছে এক ধরনের ঝাটি গাছ। যার গায়ে শুঁয়োপোকার মত কাঁটা। সেই গাছে হলুদ থোকা থোকা ফুল হয়। আস্তে করে টানলে ফুল খসে আসে। সেই ফুলের গোড়াটা মুখে দিয়ে চুষলে মধু বের হয়ে আসে। তার যে কী অপূর্ব স্বাদ। মন প্রাণ যেন জুড়িয়ে যায়। মধু খেতে খেতে জীবন হাঁটতে থাকে সামনে।

জন্ম মুহূর্তে মধু বঞ্চিত যে জীবনের যাত্রা শুরু হয়েছিলো, লোক চক্ষুর আড়ালে অনাদরে ফুটে থাকা অনামী ফুলের মধ্যে থেকে মধু শুষে সেই জীবনকে মধুময় করার চেষ্টা চালাতে থাকে সাত আট বছরের বালক।

কোন সময় কোথায় গেলে কী খাবার পাওয়া যায়, সব জানে ফটিক। যখন মানুষের ক্ষেতের ধান আধপাকা হয় ওরা সেই ধান দাঁতে চেপে দুধ বের করে খায়। পেট এতে ভরে না বটে তবে খিদে ভুলে থাকা যায়। কখনো ওরা কচি ঘাসের মূল তুলে চিবোয়। বেশ নরম নরম আর নারকেল নারকেল স্বাদ। এই

রকম স্বাদ কচি খেজুর আঠিতেও পাওয়া যায়। উপরের সবুজ খোসাটা ছাড়িয়ে ফেলে আঠিটা খেতে হয়। দাঁতে কচ্ কচ্ করে শব্দ হয়। অল্পতেই পেট ভরে যায়। বেশি খেলে পেটে ব্যথা করে। আর খেজুর পাকা হলে তো কোন কথাই নেই। তবে পাকা খেজুর পাওয়া কঠিন। মানুষ হন্যে হয়ে চারদিকে ঘুরছে, সবার পেটেই দাউ দাউ খিদে। পাকার আগেই কেউ না কেউ কেটে নিয়ে চলে যায়। খেজুর গাছে পাকবার সময়ই পায় না।

পাকা রাস্তার দুধারে রয়েছে অনেক জামের গাছ। আকারে ছোট একটু কষটে এই জামের নাম লোহাজাম। আর জঙ্গলের ভিতর গেলে পাওয়া যায় মহুয়া ফুল। সে ফুল বেশি খাওয়া যায় না। যদিও খুব মিষ্টি খুবই স্বাদ। একটা দুটোর বেশি খেলে মাথা ঘোরায়। নেশা নেশা লাগে।

একবার ফটিক একটা খেজুর গাছের মাথা কেটে মথি বার করে ছিলো। তার স্বাদ কোন অনাহারী মানুষের পক্ষে ভোলা সম্ভব নয়। দাঁতের হালকা চাপে মচ্ করে ভেঙ্গে গিয়ে সে মথি জিভের লালায় যেন রসের ঝর্ণা বইয়ে দেয়। জঙ্গলে মেলে বড় বড় পাকা ডুমুর পাকা কেন্দুফল বুনো আঁতা। আমও পাওয়া যায় আম বাগানে। তবে সব খাদ্য সব সময় মেলে না। এটা কুলের সময়। এখন বনে গেলে পাকা কুল পাওয়া যাচ্ছে।

আজ জীবন আর ফটিক যে কুল খেতে যাচ্ছে তা শুধু খাওয়া নয় তার সাথে খেলা আছে। অভিমান আছে, আছে আমাদের ধর্ম এবং সংস্কৃতির এক মেল বন্ধনও। এ সব পরিকল্পনা করা হয়েছিল সকালে। এখন বেলা একটু হেলে আসার পর তাকেই সত্যি করে তোলার প্রক্রিয়া শুরু হয়।

দুপুরবেলায় তুলসী তার মেয়ে কুসুমকে নিয়ে শুয়ে ছিলো তাঁবুর মধ্যে। সুবল এখন এখানে নেই। সে বিষ্ণুপুর গেছে অনেক কষ্টে খুঁজে পাওয়া এক মিস্ত্রির সাথে কাঠের কাজ করতে। দুতিন টাকা পেলে তা দিয়ে চাল ডাল কিনে ক্যাম্পে ফিরবে। একা একা আর কি করে তুলসী, শুয়ে ঘুমিয়ে পড়ে ছিলো। সে ঘুমালেও তার বিচ্ছু মেয়ে কুসুম ঘুমায়নি। সে কান খাড়া করে সজাগ অপেক্ষায় ছিলো কখন ডাক আসে। সে জানতো ডাক আসবে।

সেই ডাক এল— কুসুম খেলতে আয়।

সে তো তৈরিই ছিলো। মায়ের পাশ থেকে আলতো করে উঠে তাঁবুর বাইরে এসে জীবনের হাত ধরে বলে, লও।

একটু দূরে আম গাছের ছায়ায় দাঁড়িয়ে আছে ফটিক। সে এগিয়ে এসে বলে আমরা আইজকা রাম সীতা রাম সীতা খেলা খেলমু। আমি রাম হমু কুসুমি হবি সীতা আর জীবোন হবে লক্ষণ। আমরা তিনজনে বনে যামু। ফলমূল খামু। বাঘ শিকার করমু তারপর বাসায় আমু।

এই ক্যাম্পে শশীবালা রামায়ণ গান গায়। যখন উনুনে হাঁড়ি চড়তো একটা রথযাত্রার দল বানিয়ে ছিলো। সীতার বিবাহ, রাবণ বধ, অশ্বমেধ যজ্ঞ এইসব পালা করেছিলো। ক্যাম্পের লোক মুখে আলতা মাথায় রাংতার মুকুট পড়ে রাম রাবণ সাজতো। ফটিক একবার অশ্বমেধ যাত্রা পালায় যজ্ঞের ঘোড়া সেজেছিলো। তাতে কোন কথা ছিলো না। মাথায় মুকুট গলায় মালা মুখে রং চং মেখে হামাগুড়ি দিয়ে আসরে হেঁটে বেড়িয়েছিলো। বেশ কয়েকবারই খেলার

মাঠে মঞ্চ বানিয়ে সে পালা হয়। ফলে রামযাত্রা বিষয়ে ফটিক যা জানে, কুসুমের জ্ঞান তার চেয়ে কম নয়। সে জানে সীতা কে আর রাম তার কী হয়। তাই এখন ঠোঁট ফুলিয়ে বিনুনি দুলিয়ে চোখ কুঁচকে প্রবল বিতৃষ্ণায় বলে, মুই খেলমু না। যাঃ তোরা খেল গিয়া।

ক্যানরে কুসুম, খেলবি না কিয়া? বোনে যামু। হেইখানে কত্ত ফুলফল। কুল পাইকা লাল হইয়া আছে। জীবন তাকে বোঝায়।

কইলাম তো খেলমু না। তরা রাম সীতা খেল গিয়া।

আরে বলদা মাইয়া, পোলায় পোলায় রাম সীতা খেলন যায় না। একখান মাইয়া লাগে। নাইলে সীতা কেডা হবে। তুই না খেললে খেলমু কেমনে!

খেলতে পারে কুসুম তবে তার একটা শর্ত আছে। সেটা বলে দেয় সে, তয় তুই রাম হইলে আমি সীতা হমু। অইন্য কেউ হইলে হমু না।

বলে জীবন— আরে রাম হইলো বড় ভাই আর লক্ষণ হইলো ছোড ভাই। মোর চাইয়া ফডিক দুই বচ্ছরের বড়ো না? মুই যদি রাম হই ও তাইলে কী হবে?

ফটিকের দিকে জীবনের পক্ষ পাতিত্বের সব চেয়ে বড় কারণ তির ধনুক এমন কী হনুমানের গদা, সব তার। এখন তাকে রাগিয়ে দিলে সে যদি অস্ত্র শস্ত্র না দেয়। ধনুর্ব্বান ছাড়া রাম কী করে হয়!

কিন্তু কিছুতেই রাজী হয় না কুসুম— মুই ওর বউ হমু না। •

তাইলে কার হবি?

তোর।

আবার গাল দেয় জীবন, আরে বলদা এইডা কি আসল বউ নাকি! এডা তো খেলা।

হমু না হমু না হমু না। তিন সত্য করাল করলাম।

না, আর কোন কথা চলে না। তিন সত্য করার পর সে সত্য যে ভঙ্গ করে তার অনন্ত নরক বাস হয়। সত্য পালনের জন্যই তো রামায়ণেতে সব ব্যাপার স্যাপার। জেনে বুঝে সত্য ভঙ্গ করে কুসুমকে নরকে পাঠাতে পারবে না জীবন।

তখন ফটিক বলে— ঠিক আছে জীবোন তুই রাম হ'। এই নে রামের ধনুক।

আর তুই কি হবি?

আমি হমু বীর হনুমান।

হনুমান হইলে ল্যাজ বানানো লাগবে না?

মার কাপুড়ের পাইড় ছেড়া দিয়া বানাইয়া রাখছি। এই দ্যাখ।

অবশেষে বিকালের সেই পড়ত বেলায় আগে পাছা ছেঁড়া মহাধনুর্দ্ধর রামচন্দ্র, মাঝে মাথা বোঝাই উকুন জনক দুহিতা সীতা আর পিছনে ছেড়া গামছায় মালকোচা মারা পবন নন্দন মহাবলী বীর হনুমান বনবাসের দিকে যাত্রা করে। মিলিটারি কুয়োর পাশের পথ ধরে হেঁটে আগে যেখানে ইশকুল ছিলো সেই রাস্তায় ওঠে। তারপর উত্তর দিকে সোজা হেঁটে পৌঁছে যায় রানওয়ের কাছে।

সেখানে গিয়ে দেখা হয়ে যায় একমাথা রাবণের সাথে, যার নাম ধীরেন।

ধীরেন ক্যাম্পের মধ্যে সব চেয়ে বদমাশ ছেলে। বিনা কারণে যখন তখন যাকে তাকে ধরে ধরে মারে। ওদের কটা ছাগল আছে। ও জঙ্গলে সেই ছাগলগুলো চড়ায় আর পকেটে চাকু নিয়ে ঘোরে। ওর বাবা রমেশ ডাকুয়া বিষ্ণুপুরে গিয়ে বিড়ি বাঁধে । বিড়ি বাধার জন্য একটা ছুঁচোলো চাকু লাগে। ওদের ঘরে বেশ কটা চাকু আছে। তারই একটা সব সময় সাথে রাখে ধীরেন। আর মাঝে মাঝে সবাইকে ভয় দেখায়। "প্যাডে হান্দাইয়া দিমু।" পেট যদি চিরে দেয় আর কিছু খাওয়া যাবে না, সেই ভয়ে সবাই ভীত হয়ে থাকে।

এখন সে রাম সীতার যাত্রা পথ আগলে দাঁড়ায়— এ্যাই তরা কই যাস রে? এইডা আবার কী? ও বাবা, ধনুক তির লইয়া রাম সাজছে। হাইগ্যা এখোনো ছোচতে পারে না সে নাকি রাম! ধীরেন রামের মাথার রাংতার মুকুট ছিঁড়ে দেয়। পটপট করে ভেঙ্গে ফেলে দেয় পাটকাঠির মারাত্মক সব মারণাস্ত্র। যার কোনোটার নাম অগ্নিবাণ কোনটার নাম বরুণ বাণ। কঞ্চির ধনুকটা ভাঙ্গতে না পেরে চাকু দিয়ে তার ছিলা কেটে দেয়। ছিঁড়ে ফেলে বীর হনুমানের লেজ।

অপমান! ভীষণ অপমান। এর চেয়ে রাবণ দ্বারা সীতা হরণও সহ্য করা যেত, যুদ্ধ করে তাকে উদ্ধার করা যেতো। কুসুমীর মা তুলসীকে বললে সেই ঝগড়া করে সীতা উদ্ধার করে নিয়ে যেতে পারতো। এখন নিরস্ত্র রাম আর কি করতে পারে কাঁদা ছাড়া। সে ভ্যা করে কেঁদেই ফ্যালে, দাঁড়া শয়তান আসুক তর বাপে বাসায়। তার কাছে গিয়া যদি না কই তো।

কী কবি রে? রামের মাথায় এগিয়ে এসে গাট্টা মারে ধীরেন— যা, কী কবি ক' গিয়া। আমি ভয় করি না।

মারটার খেয়ে বাসায় ফিরে গুম হয়ে বসে থাকে দুই মহাবীর। ভেবে পায়না কী করে এর প্রতিশোধ নেওয়া যায়। বিনা দোষে এমন হেনস্থা বিশেষ করে কুসুমের সামনে! এর একটা বিহিত না করা পর্য্যন্ত তাদের রাম হনুমান হওয়াটাই ব্যর্থ। কিন্তু ধীরেন ডাকুয়া যে বয়েসে অনেক বড়। শরীর খানাও বেশ বলবান। তার উপর সাথে চাকু আছে। এমন শত্রুর সাথে খালি হাতে পেরে ওঠা যাবে কি করে?

সেদিন, তার পরের দিন এবং প্রায় প্রতিদিন দুই বন্ধু মিলে এখন এই একই জল্পনা কল্পনা চলে, যে ভাবেই হোক যেমন ভাবেই হোক বদলা নিতেই হবে। বলে জীবন, এক কাম করলে হয়, সাঁওতাল পাড়ায় গিয়া মংলাকে ডাইকা আনলে ধীরেনরে মারা যায়। অর কাছে গুল্লি বাঁশ আছে। রাম যেই রকম দূর থিকা বালীরে বাণ মাইরা দিছিলো, মংলা ধীরেন রে গুল্লি মাইরা কাইত কইরা দিতে পারবে।

আমাগো জইন্য আবে মংলা?

আমি কইলে আবে। আমারে মারছে শোনলে আর মাথার ঠিক থাকবে না। রামায়ণেই তো আছে, পারি অরি মারি যে কৌশলে। তয় মংলারে দলে নিয়া ধীরেনরে মারলে দোষ কীসের ক? ওর মারা আর আমাগো মারা একই কথা।

শেষ পর্য্যন্ত আলোচনায় এই সিদ্ধান্ত হল যে মংলাকে ডাকা হবে। রানওয়ের পাশে যে এরোড্রাম আছে সেখানে ধনুক নিয়ে অপেক্ষা করবে মংলা। যেই সে ধীরেনকে দেখবে গুল্লি চালিয়ে দিয়ে জঙ্গলে ঢুকে যাবে। কেউ জানবে না কী

থেকে কী হল! ঘায়েল হয়ে যাবে ধীরেন। এ অনেকটা সেই মেঘের আড়াল থেকে মেঘনাদের যুদ্ধ করার মত বিষয় হবে। ধারালো চাকুর বিরুদ্ধে যুদ্ধে এটাই সঠিক রণ কৌশল।

সেদিন বিকালেই জীবন চলে যায় মংলাদের পাড়ায়। ক্যাম্প থেকে যে রাস্তাটা বা দিকে শ্মশান আর ডান দিকে ধুধু মাঠ রেখে সোজা এসে পৌঁছেছে সাঁওতাল পাড়ায়, তার প্রথম ঘরটাই মংলাদের। ওর আর কোন ভাইবোন নেই। একদিদি ছিল, বিয়ে হয়ে গেছে। ওর বাপকে কোনদিন দেখেনি জীবন সে কোথায় নাকি পাথর ভাঙ্গার কাজ করে। তবে মংলার মাকে দেখেছে। সে জীবনকে খুব ভালোবাসে। একদিন জীবনের শুকনো মুখ দেখে ক্ষেত থেকে ভুট্টা এনে পুড়িয়ে খেতে দিয়েছিলো।

আজ জীবনকে দেখে বলে মংলার মা— মংলা নাই। কুথা না কুথা গিছে কুচ্ছু বলে নাই। আসবে সাঁঝ বেলায়। বোস না কেনে।

মংলার সাথে দেখা না করে, নিজের চরম অপমানের কথা তাকে না বলে যেতে পারে না জীবন। বসে থাকে। বসে বসে সন্ধ্যা হয়ে যায় তবু মংলা ফেরে না। তখন জীবন বলে— আইজকা আমি যাই, কাইল আমু।

সাঁওতাল পাড়া ছাড়িয়ে পথে নেমে বোঝে জীবন, একটু দেরী হয়ে গেছে। সাঁওতাল পাড়া থেকে রিফিউজি ক্যাম্প মাইল তিনেক দূরে। মাঝে পড়ে সেই শ্মশান। মানুষ এখন আগের চেয়ে বেশি মরছে কিন্তু শ্মশানে আর চিতা জ্বলে না। কাঠের বড় আকাল। এখন ডোবাটার আশেপাশে মাটি খুড়ে মৃতদেহ চাপা দিয়ে চলে যায় মানুষ। ক্যাম্পে প্রতিদিন এত এত মানুষ মারা যায় যে, মৃত্যু মানুষকে আর বিচলিত করে না। মৃত্যু এখানে আর কোন বেদনাদায়ক বিষয় নয়, যেন দৈনন্দিন ঘটনা। জন্ম যখন হয়েছে, মৃত্যু একদিন হবে। ধরে নিতে হবে যখন যে মারা গেল বিধাতা তার আয়ু সেই পর্য্যন্ত লিখে দিয়ে ছিলো। যে কোন বড় শ্মশানে গেলে দেখা যায় মৃতদেহ জ্বলছে মৃতের আত্মীয়রা কাঁদছে ক্রিয়াকর্ম সারছে। আর যারা শ্মশান বাসিন্দা, তারা হাসছে গল্প করছে তাস খেলছে গাঁজা খাচ্ছে। মহিলাদের দেখা যায় রান্না করছে। ছোট ছোট বাচ্চারা এক্কা দোক্কা খেলছে। মৃতদেহ তাদের রুটিন জীবনে কোন ব্যাঘাত সৃষ্টি করতে পারেনি। ক্যাম্পের অবস্থাও এখন সেই রকম। মৃতদেহ সামনে নিয়ে কারো আর বিলাপের অবকাশ নেই। তড়িঘড়ি মাটি চাপা দিয়ে শোক সমাপ্ত করে ছুটছে কে কী ভাবে নিজে বাঁচবে সেই সন্ধানে।

জীবন সাঁওতাল পাড়ায় চলে যাবার কিছু পরে একটা মৃতদেহ শ্মশানে এসেছিলো। সেটা গরীব দাসের খুড়িমা গগনের মায়ের। বেশ কিছুদিন ধরে অসুখ চলছিলো তার। তবু সেই অবস্থায় তার কর্কশ গলায় নিজের ভাগ্য আর নির্দ্দয় সরকারকে গালমন্দ আর অভিশাপ দিয়ে যাচ্ছিলো। আজ থেকে সব শান্ত হয়ে গেল। গরীব দাস গগন সুবল ওরা মৃতদেহ ছেঁড়া মাদুরে জড়িয়ে বয়ে এনে পুঁতে দিয়ে চলে গেছে।

সাঁওতাল পাড়া থেকে শ্মশানের কাছ পর্য্যন্ত আসতে অন্ধকার ঘন হয়ে যায়। এটা একে তো কৃষ্ণপক্ষ তার উপর আকাশে মেঘ জমেছে। সে কারণে অন্ধকার আরো নিকষ। রাস্তার দুধারের একদিকে ধু ধু মাঠ। সে মাঠ উঁচু

নিচু, আর ছোট ছোট ঢিবিতে ভরা। অন্য দিকে কিছুটা মাঠ যা জল পেলে ফসল দেয় আর তার পিছনে রিজার্ভ ফরেস্টের শাল বন। পথে কোথাও কোন লোক জন নেই। চারদিকে এখন ঝিঁ ঝিঁ পোকারা কোরাস ধরেছে। একটা বন বেড়াল একটা খরগোশকে ধাওয়া করে রাস্তা পার হয়ে চলে যায়। এসব কারণে জীবনের একটু ভয় ভয় করে। আর তখনই সে মনে মনে ডাকে— দাদা মধুসূদন । কেন ডাকে তা জানে না। তবে একটু বিশ্বাস যেন আঁকড়ে ধরতে চায়। যে বিশ্বাসে ভর করে অন্ধকার পথটা পার হয়ে যাওয়া যাবে।

জীবনের মা বিমলা এমনিতে তো বিশেষ কথা বলে না, তবে যখন ডোল চালু ছিলো, পাতে ভাত পড়তো তখন জীবনকে কোলে বসিয়ে এক একদিন গল্প বলতো। কার কাছ থেকে সে এসব গল্প শুনেছিলো তা জীবন জানে না। এক দিন বলেছিল সে এক দুখী মা আর তার দুখী ছেলের গল্প।

এক গ্রামে থাকে এক মা আর তার ছেলে। দুনিয়ায় আপন বলতে তাদের আর কেউ নেই। বড় গরীব তারা, ভিক্ষে দুঃখ করে তাদের দিন চলে। এই করে ছেলেটা একটু বড় হবার পর মা ছেলেকে পাঠশালায় পড়তে পাঠালো। যে সময়ের কথা এটা তখন মাস্টাররা ছাত্রদের এমন গরুর মত পিটতো না। তবু বালকটি পাঠশালায় যেতে ভীষণ ভয় পেতো। কারণ পথের পাশে একটা ঘন জঙ্গল ছিলো। যে জঙ্গলে জংলা জন্তু জানোয়াররা থাকে। যদিও তারা মানুষের কোন ক্ষতি করে না। তবু বাচ্চাতো, তাই ভয় পায়। তখন মা তাকে বলে, বলে ছেলের মনে সাহস আনার জন্য মিথ্যা করে— খোকা, কোন ভয় করিস না। ওই জঙ্গলে তোর এক দাদা থাকে। যদি তুই কোন বিপদে পড়িস তাকে ডাকবি। দেখবি সে তোকে ঠিক বিপদ থেকে বাঁচিয়ে দেবে। মনে রাখিস তোর দাদার নাম শ্রীমধুসূদন।

সেই থেকে যখনই ছেলেটা জঙ্গল পথে যায়, কাতর গলায় ডাকে, কোথায় দাদা মধুসূদন, আমার বড় ভয় করছে, আমাকে বাঁচাও দাদা।

দস্যু রত্নাকর যেমন জানতো না, প্রতিদিনের মরা মরা বলা মানে রামকে ডাকা তেমন ছেলেটাও জানতো না মধুসূদন আসলে বৈকুণ্ঠ বিহারী শ্রীহরির আর এক নাম। একদিন তার কাতর ডাকে ভগবান তার আসনে আর অটল হয়ে বসে থাকতে পারলেন না। নেমে এলেন ধরণীর ধুলায়, ছেলেটির সামনে বালকের বেশে। বললেন কিরে ভাই, ডাকছিস কেন? এই তো আমি। চল তোকে জঙ্গল পার করে দিচ্ছি।

এরপর থেকে ভগবানের প্রতিদিনের কাজ হয়ে গেল ছেলেটিকে জঙ্গল পার করে দেওয়া। এই গল্প আরো অনেক বড়। এই গল্প বিমলা তার ছেলেকে এই গভীর বিশ্বাসে বলেছিলো যাতে জীবনের ভগবানের প্রতি আস্থা থাকে। ভগবান যে গরীব দুখী বিপন্ন মানুষের কত বড় বন্ধু, ত্রাণকর্তা তা মনে রেখে তার প্রতি ভক্তি শ্রদ্ধা রাখে।

জীবন তার মাকে ভালোবাসে, বিশ্বাস করে। জীবনের যে ঘাত প্রতিঘাত সত্য মিথ্যা আসল নকল অলীক বাস্তব মুক্তির ভক্তির মধ্যে বিভাজন করতে শেখায় সে পরিস্থিতি এখনো আসেনি। এখনো জীবন ভূতের গল্পে ভয় পাওয়া

রাক্ষসের গল্পে কেঁপে ওঠা, যাদু কাঠির ছোঁয়ায় ঘুমন্ত রাজকন্যার জেগে ওঠার গল্পে আনন্দ পাবার বয়েসের উপর দাঁড়িয়ে আছে। দাঁড়িয়ে আছে, "আমার মা মিছে কথা বলার লোক নয়"— সেই চিরায়ত মাতৃভক্তির উপর। তাই এখন সে এক অন্ধকার পথে প্রতি মুহূর্তে বিপদের আশংকায় ডেকে ফেলে ভগবানকে— দাদা মধুসূদন।

বিমলা একা নয় গরীব দাসও এরকম অনেক গল্প জানে। দুজনারই ভগবানে অন্ধ ভক্তি অচলা আস্থা। সেও তার ছেলের কাছে সময় সময় ভগবান বিষয়ক নানান গল্প বলতো। বলে ছিলো সে, ভগবান যখন যখন ধরাধামে আসেন, আসেন মানুষের রূপ ধরে। সেই জন্য মানুষ তাকে চিনতে পারে না। কে জানে, এখন যে জঙ্গলের মধ্য থেকে শ্মশানের ডোবার পাশ থেকে, নির্ভয়ে হেটে এসে রাস্তার উপর জীবনের সামনে দাঁড়ালো সে কে? হতে পারে বিমলার সেই মধুসূদন, হতে পারে গরীব দাসের নররূপে নারায়ণ। আবার কিছু না হয়ে সে একজন মানুষও হতে পারে। যেই হোক তাকে দেখে বুকে সাহস এল জীবনের। অন্ধকারে মুখ দেখা যায় না তবু অনুমানে বোঝা যায় তারই বয়সী হবে। এতটুকু বাচ্চার বুকে এত সাহস এল কোথা থেকে যে জঙ্গল শ্মশান অন্ধকার সব কিছুকে হারিয়ে মাড়িয়ে দৃঢ় পায়ে হেঁটে যায়।

জীবন কিছু বলার আগেই ছেলেটা জিজ্ঞাসা করে তুই কে রে? জীবন এক নিশ্বাসে নিজের নাম বাবার নাম কোথায় গিয়েছিলো সব বলে দেয়। বলে না কেন গিয়েছিলো।

এখানে রাস্তার উপর একটা ছোট সিমেন্টের ব্রীজ আছে। আষাঢ় শ্রাবণ মাসের বর্ষার জল যাতে জমে গিয়ে রাস্তার ক্ষতি করে না দেয় তারই সরকারি প্রয়াস। সেই ব্রীজের উপর এসে বসে পড়ে আগন্তুক ছেলেটা। তার ভাবভঙ্গি দেখে বোঝা যায় সে এখানে বেশ কিছুক্ষণ বসবে। খুব একটা তাড়াতাড়ি উঠবে না। একে দেখে মনে বড় আশা জেগেছিলো একজন সাথী পাওয়া গেল। সামনে এখনো প্রায় এক মাইল জংলা পথ। তা ছাড়া অন্ধকার। ঘড়ির কাঁটায় সময় হয়তো সাতটার বেশি নয় কিন্তু অন্ধকারের শরীরে মাঝ রাতের কালো, ফলে জীবনের আশার প্রদীপ নিভে যায়, সে দাঁড়িয়ে পড়বে না এগিয়ে যাবে স্থির করতে পারে না।

হতাশ হয়ে সে আগন্তুকের কাছে জানতে চায়— যাইবা না?

কোথায়? পাল্টা প্রশ্ন করে সে।

ক্যাম্পে!

কেন, ক্যাম্পে কেন যাবো!

তুমি কই থাকো? ক্যাম্পে থাকো না?

পিছন দিকে শরীর হেলিয়ে দিয়ে আয়েশি ভঙ্গিতে বলে আগন্তুক— আমি যদি ক্যাম্পে থাকতাম, কোনদিন দেখতি না? দেখেছিস কোনদিন?

অন্ধকারে তো মুখ দেখা যায় না। কেমনে কমু!

পিঠ দিয়ে ব্রীজের গায়ে ধাক্কা মারতে মারতে বলে আগন্তুক— আমি ক্যাম্পে থাকি না। আগে, অনেক আগে থাকতাম। এখন আর থাকি না।

তোমার মায় বাপে কই থাকে?

ক্যাম্পে থাকে।

তুমি তাগো কাছে থাকো না?

না।

ক্যান? বাপে মারে?

না। আগে মারতো, খুব মারতো। এখন মারতে পারে না।

তয় যাওনা ক্যান?

যাই না, আমার ইচ্ছা।

তাইলে তুমি থাকো কই?

দিনের বেলা জঙ্গলে, আর রাত হয়ে গেলে এই ব্রীজের উপর। আর বিষ্টি নামলে ব্রীজের তলে।

তোমার ভয় করে না?

কীসের ভয়।

যেনারা শ্মশানে থাকে তারা যদি আইসা চাইপা ধরে!

ও তুই ভূতের কথা বলছিস! আরে ভূত তো মানুষকে ধরে। আমাকে ধরবে কেন! তোকেও ধরবে না, তোর কাছে আমি আছি না?

জীবনের নিজের শরীর নিজের কাছে কেমন ভার ভার মনে হয়। একেবারে ভিতু সে নয় তবু গা শির শির করে তার। ভূত মানুষকে ধরে। অথচ একে ধরবে না! এ তাহলে কে?

একটুক্ষণ চুপ করে থেকে ফের বলে সে— একবার আমার খুব আমাশা হয়েছিলো।

আমারও হইছিলো আমাশা। মায় কয় আমি মরতে মরতে বাঁচছি।

তুই বেঁচে গেছিস, কিন্তু আমি— ভয় পাবি না যেন। আমি মরে গেছি। মরে গিয়ে ভূত হয়ে গেছি। ভূতকে তো ভূত ধরে না।

বুঝতে দেরী হয় না জীবনের কতগুলো মিথ্যা কথা বলে ছেলেটা তাকে আসলে ভয়ই ধরাতে চাইছে। না, ভয় পাওয়া চলবে না। অন্ততঃ মনের ভয় কিছুতে মুখে প্রকাশ করা ঠিক হবে না। তাহলে আরো ভয় দেখাবে।

জীবন বলে— বিশ্বাস করি না।

কী?

তুমি যে ভূত।

কীসের কিরা কাটতে বলবি বল, তাই কেটে বলতে পারি।

রামের কিরা!

অন্ধকারে খিক্ খিক্ করে হেসে বলে ছেলেটা— তুই খুব চালাক। জানিস যে ভূতেরা রাম নাম শুনলে পালায় সেই জন্য রামের কিরা খেতে বলছিস। অন্য কিছু বল, কালি মহাদেব— যা বলবি।

অন্য কীসের কিরা কাটতে বলবে সেই ভেবে যখন জীবন দিশেহারা তখন সে আবার বলে, জানিস তো ভূতেরা সাপ ব্যাঙ যা পায় সব খায়। আমিও সব খাই।

বলে জীবন, সাপ ব্যাঙ মংলার লগে আমিও খাইছি।

কাকের ডিম খেয়েছিস। আমি খেয়েছি। তাতেই তো ধরা পড়ে গেলাম।

যারা ডিম খেতে দেখেছিলো সব বলা শুরু করলো ওটা কি, যেন একটা ভূত। সেই থেকে আর যেখানে মানুষ সেখানে যাই না। ভূত যখন তখন ভূতের এলাকায় থাকা ভালো।

জীবন বলে আমার চেহারা দেইখ্যাও তো মাইনষে আমারে কয় ভূতের নাহান দেখতে।

এবার ছেলেটা যেন জীবনের উপর একটু রেগে যায়। বলে তুই কি কিছুতেই মানবি না আমি ভূত।

গভীর আত্ম বিশ্বাসের সাথে বলে জীবন— যদি তুমি সত্যই ভূত হইতা আমি মাইনা নিতাম। তুমি এইসব কইতে আছো আমারে ভয় দেকাবার লইগ্যা। কিন্তু আমি ভয় পামুনা। আমার বাবায় কইছে আহার নিদ্রা ভয় যত বাড়ায় তত হয়।

কিছুক্ষণ গুম মেরে বসে থেকে বলে ছেলেটা, তোরে ভয় দেখাতে চাই নাই। আমার যখন অসুখ হয়েছিলো, সবাই বলে আমি সেরে উঠেছি। আমি ভাবি আমি সেই দিনই মরে গেছি। মরে ভূত হয়ে গেছি। আগে আমার খুব ভয় করতো। একলা অন্ধকারে ভূত তো আর মরবে না। মানুষের সব চেয়ে বড় ভয় মরার। যদি সেই ভয়ই না থাকে তাহলে আর ভয় কীসের। সে মরার ভয় করেনা তারে মানুষ তো মানুষ, বাঘও ভয় পায়। মনে ভাবি মানুষ মরার পর ভূত হয়, আমি না হয় আগেই হয়ে গেলাম। মরার সময় একটু কষ্ট হয়, অপঘাতে মরে তো! তা সে কষ্টটা না হয় তোলা রইলো। কিছু দিন পরে নিয়ে নেবো। একবার যে ভূত হয়ে যায় তার কত লাভ বলতো। খিদা লাগে না। যদি লাগে যা ইচ্ছা তা খেয়ে নিতে পারে। যেখানে সেখানে ঘুমাতে পারে। তুই আমার মত ভূত হবি। যদি হোস আমি আর তুই বন্ধু হবো।

তোমার বয়স কতো?

কেন রে, বয়স দিয়ে কি করবি!

যেই রকম পাকা পাকা কথা কইতে আছো মনে কয় য্যান আমাগো ইশকুলের খোড়া মাস্টার। কোথা থিকা শিখছো?

তুই শিখবি?

কও না কেডা শিখাইছে?

কেউ শিখায় নাই, সব নিজে নিজে।

একটু থেমে কিছুক্ষণ ভেবে নিয়ে ফের বলে সে— বয়েস হলেই মানুষ সব কিছু জেনে যায় না। তাহলে তো এক বয়েসের সব মানুষের ভাবনা চিন্তা কথাবার্ত্তা সব এক রকম হোত। যে যেরকম ভাবে দেখে, যে রকম ভাবে বোঝে সে সেই রকম বলে। তুই ক্যাম্পে গিয়ে যারে জিজ্ঞাসা করবি সে বলবে শ্মশানে ভূত থাকে। আমাকে জিজ্ঞাসা কর, আমি বলবো সব ফালতু কথা। এতদিন এই পোলের নিচে পোলের উপরে আছি, ভূত থাকলে কি দেখতাম না! ভূত দেখার জন্যই তো এখানে থাকা শুরু করেছিলাম। এখন তো নিজেই ভূত হয়ে গেছি।

জীবন বলে, তয় তুমি যখন যাইবা না আমি যাই। রাইত হইতে আছে। মায় ভাববে।

চল, আমি তোকে এগিয়ে দিই। যেতে যেতে ফের বলে সে, কি বললাম

তখন? ভূত হবি। আসলে তো ভূত বলে কিছু নেই, ভূতের মত হবি? হলে বল, তাহলে আমি আর তুই বন্ধু হবো। তোর পাশে আমি থাকবো আমার পাশে তুই থাকবি। এমনিতে তুই একা মানে এক, আমিও এক। কিন্তু একের পাশে এক হলে এগারো হয়ে যাবো। স্কুলে বাচ্চারা নামতা পড়ে একের পিঠে এক এগারো। বল দুজন যদি এগারো জন হয়ে যাই কত সুবিধা।

জীবন বলে, হবো।

হবি?

হবো। ভূত হয়েই সবার আগে ধীরেনরে মারবো। ও সবাইরে মারে আমি ওরে মারবো। পারবো?

খিক্ খিক্ করে হেসে বলে ছেলেটা আমি একটা মন্ত্র জানি, তোকে শিখিয়ে দেবো। সেই মন্ত্র বলে যা করবি তাতেই জিতে যাবি। কালকে আসিস তখন শেখাবো। আসবি কাল?

আসবো।

আসার সময় একটু নুন একটু লংকা আর একটা মালসা কি সরা নিয়ে আসিস। জঙ্গলে ব্যাঙের ছাতা দেখে এসেছি। এনে সিদ্ধ করে দুজনে মজা করে খাবো।

শুনেছি ব্যাঙের ছাতা খাইয়া বাসুদেবপুরে কারা কারা নাকি মইরা গেছে।

আমরা মরবো না ভূত তো।

ক্যাম্পের কাছে এসে পড়েছে ওরা। দূর থেকে কবরের মত সার সার তাঁবুগুলো দেখা যাচ্ছে। কোন তাঁবুতে আলো নেই। আলো জ্বালতে কেরোসিন লাগে। সে কোথায় পাবে! মনে হয় কোন প্রাণও যেন নেই। সব মৃত। শুধু তাঁবুর সামনে পাক খাচ্ছে কতগুলো প্রেতাত্মার মত কংকালসার মানুষ। যে মানুষদের একজন গরীব দাস। ছেলে ফেরেনি। সেই কারণে বিচলিত তার মন। যে দিকে দেখে বলে জীবন, বাবায় খাড়াইয়া আছে। আমি যামু কাইল, তুমি থাইকো। খালি একবার তোমার নাম কইয়া যাও সেই নাম ধইরা তোমারে ডাকমু।

ছেলেটা বলে তোর যা নাম আমি তার উল্টো— মরণ। আমার নাম মরণ।

১৩

ঘোলা

জীবন ক্যাম্পে অনেক ছেলে দেখেছে, তাদের সাথে মিশেছে খেলেছে তাদের কথা শুনেছে। কিন্তু আজকের এই অচেনা ছেলেটা যেন সবার থেকে আলাদা একেবারে ভিন্ন গোত্রের ভিন্ন জাতের। এ যেন বাসুদেবপুরের ক্যাম্পের সুধীর হালদারের মত কেউ একজন। জীবন বার বার তার বাবার মুখে সুধীর হালদারের নাম শোনে।

অদ্ভুত এক মানুষ এই সুধীর হালদার। লোকে তাকে বলে সে নাকি নাস্তিক। নাস্তিক কথার কি মানে তা জীবন তো বাচ্চা সে জানবে কি করে। চারপাশের ঘটনাক্রম, লোকগাথা কথা, কিংবদন্তী ইতিহাস এমন কি ধর্মগ্রন্থের বিষয়েও তার নিজস্ব একটা ব্যাখ্যা বিশ্লেষণ আছে। কেউ আর কথা মানুক না মানুক বুঝুক না বুঝুক সে বলে যায়। নমঃশূদ্র মানুষদের মধ্যে যে প্রচলিত এবং প্রিয় গল্প আছে যে গল্প বলে সে আনন্দ পায়, সে গল্পে সুধীর হালদার বিশ্বাস করে না। সে বলে নমঃ শূদ্ররা আসলে তার জাতিগত পরিচয়ের জন্য সর্বদা এক হীনমন্যতায় ভোগে। সেই হীনমন্যতাকে ঢাকবার জন্য এই গল্পের নির্মাণ। কী? না আমরা নমস মুনির সন্তান। আমাদের দেহেও শুদ্ধ ব্রাহ্মণের রক্ত আছে। সে বিশ্বাস করে না যে ব্রহ্মার মুখ থেকে ব্রাহ্মণ, বুক থেকে ক্ষত্রিয়, পেট থেকে বৈশ্য আর পা থেকে শূদ্রের উৎপত্তি। সে বলে এটা শূদ্রদের চির দিন পায়ের নিচে চেপে রাখার জন্য ব্রাহ্মণদের বানানো গল্প।

তবে সত্যি কি?

কে জানে কোথা থেকে সুধীর হালদার এ গল্প পেয়েছে কিন্তু সে তা লোকের কাছে বলে থাকে। এই যে দেশ, এই দেশে আগে বামুন কায়েত উঁচু জাত নিচু জাত এ সব কিছু ছিলো না। সব ছিলো সমান— অনার্য্য। অনার্য্য মানে যারা আর্য্য নয়। তারা কারা? এই যে সব আদিবাসী সাঁওতাল ডাওতাল দেখো—এরাই। আজ থেকে চার পাঁচ হাজার বছর আগে একদল লোক যাদের গায়ের রঙ ছিলো ফরসা তারা বাইরের কোন দেশ থেকে কে জানে, এ দেশে

আসে। এদেশের লোকের গায়ের রঙ ছিলো কালো স্বভাব ছিলো সরল শান্ত জীবন যাত্রা ছিলো একেবারে সোজা। জঙ্গলে শিকার করতো বনের ফলমূল সংগ্রহ করে খেতো, নাচতো গাইতো হাসতো। কিন্তু যারা বাইরে থেকে এল সেই ফরসা লোকেরা, তারা স্বভাবে ছিলো ক্রুর হিংস্র আক্রমক। তারা এদেশের মানুষের চেয়ে দুটো ব্যাপারে এগিয়ে ছিলো! এক, ঘোড়া চড়তে জানতো আর দূর থেকে আঘাত করার অস্ত্র তির ধনুক ব্যবহারে কুশল ছিলো। ফলে যে কোন যুদ্ধে অনার্য্যদের তারা সহজে হারিয়ে দিতে পারতো। ঘোড়ার রথে চড়ে ঝটিকা আক্রমণ, পিছন ফিরে বিপদের সময় দ্রুত পলায়ন, যুদ্ধের এই কৌশল তাদের খুব সহায়ক হয়েছিলো। পরে অবশ্য অনার্য্যরাও এই কৌশল শিখে নেয়। কেউ কেউ আর্য্যদের চেয়েও দক্ষ হয়ে ওঠে। তবে সে অনেক পরে। তার আগে অনার্য্যদের কাছে থাকতো পাথরের সব ভারী ভারী অস্ত্র যা দিয়ে দূরের শত্রুকে কিছু করা যায় না। ফলে দেশটার যে সব ভালো ভালো জায়গা প্রায় সবই তাদের কব্জায় চলে গেল। যুদ্ধে হেরে অনার্য্যরা পালালো পাহাড়ে জঙ্গলে দুর্গম অঞ্চলে। যুদ্ধ যে অনবরত চলতো তা নয়, কখনো যুদ্ধ কখনো সন্ধি। আর্য্যরা ধূর্ত তো, কিছুদিন যুদ্ধ করে কিছুদিন বিশ্রাম নিয়ে ফের আক্রমণ করতো। তবে সব যুদ্ধে সব সময় অনার্য্যদের হারিয়ে তাদের এলাকা দখল করতে পারতো না। যাদের হারাতে পারত না তারা এত যুদ্ধ কৌশলী বীর ছিলো যে আর্য্যদের সব চেয়ে প্রধান ঘাঁটি যার নাম স্বর্গ তাও মাঝে মাঝে দখল করে নিতো। এইসব অনার্য্য বীর যোদ্ধাদের নাম দিলো আর্য্যরা দানব। আর আর্য্যরা তাদের মধ্যে যারা বড় যোদ্ধা বেশি বুদ্ধিমান তাদের নাম দিলো দেবতা। আর যে সব পরাজিত অনার্য্য যোদ্ধা জঙ্গলে থাকতো আর জঙ্গল থেকে বেরিয়ে এসে মাঝে মাঝে আর্য্যদের উপর হামলা করে ফের জঙ্গলে পালাতো তাদের নাম দিলো দস্যু। আর যারা আর্য্যদের বশ্যতা স্বীকার করে তাদের পদানত হল তাদের নাম দিলো দাস। যার আর এক নাম শূদ্র।

দাসত্ব এমন একটা জিনিস যা মানুষকে দুর্বল হীনমন্য পরনির্ভর করে দেয়। তখন এসব মানুষকে নিয়ে যা ইচ্ছা তাই করা যায়! আর তাই করেছে আর্য্যরা শূদ্রদের প্রতি। কাউকে নিচু কাউকে নীচ কাউকে অচ্ছুত যার উপর কিছু সন্তুষ্ট ছিলো তাদের একটু উঁচু যেমন কায়েত জাত নাপিত জাত এসব করেছে। এই করে শূদ্রদের মধ্যে হাজার হাজার ভাগ করে দিয়েছে। আর সেই ভাগ মেনে নিয়ে শূদ্ররা নিজেদের একে আর একের চেয়ে বড় ভাবে। ধোপা ডোম চাষা ভুইমালি তাঁতী পোদ তিত্তর জালিয়া মল্ল বাগদি দুলিয়া মেথর শিকারী বারুই হাজার ভাগে ভাগ এই মানুষরা কেউ কারো সাথে মন খুলে মেশে না। ছেলেমেয়ের বিয়ে থা দেয় না। সামাজিক অনুষ্ঠানে যায় না। তাদের এই অনৈক্যের কারণে শতকরা পঁচাশি জন লোকের উপর মাত্র শতকরা পনেরো জন উচ্চবর্ণের লোক ছড়ি ঘুরিয়ে যাচ্ছে। আর ঘোরাতেই থাকবে। যদি তোমরা ভেবে থাকো যে হরিবোল হরিবোল বলে বড় বড় লাফ মারলে হরিচাঁদ গুরুচাঁদ তোমাদের জীবন সুন্দর, সম্মানের করে দেবে তো লাফাও। একশো বছর লাফাচ্ছো, ডংকা বাজাচ্ছো শিঙ্গা ফুকছো, আরো ফোকো। আমি তোমাদের দলে নেই। সে আমাকে নাস্তিক বলো আর যা বলো।

পূর্ববঙ্গের শূদ্রদের মধ্যে সব চেয়ে বড় অংশের মানুষ নমঃশূদ্র। যারা মনে করে তাদের চণ্ডাল থেকে নাম বদল ঘটিয়ে হরিচাঁদ পুত্র গুরুচাঁদ ঠাকুর বিরাট বড় একটা কাজ করেছে। কিন্তু সুধীর হালদার তা মানে না। সে বলে হিন্দুরা যদি একটু নরম না হয়ে আগের মনোভাবে অটল থাকত সব নমো খৃস্টান হয়ে যেতো। অস্ট্রেলিয়ান ধর্ম যাজক মিড সাহেব বহু বছর ধরে তাদের মধ্যে পড়ে থেকে বোঝাচ্ছিলো যে খৃস্টান হলে তারা কতখানি সম্মান এবং অন্যান্য সুযোগ সুবিধা পাবে। হিন্দু নেতারা সেটা বুঝে ছিলো যে নমোদের আর ধরে রাখা যাবে না। তাই ওই চুষি লজেন্স ধরিয়ে দিয়ে তাদের ভুলিয়ে দিয়েছে। এতে নমোদের কিছু হোক বা না হোক হিন্দু ধর্মের হয়েছে। দুই বাংলার লোক সংখ্যার হিসাবে এমনিতেই মুসলমানরা সংখ্যাগুরু। এরপর আর একটা অংশ যদি হিন্দু থেকে বেরিয়ে যায় কি হবে সে তারা ভালোই বোঝে। সেই জন্য নাম বদলের ব্যাপারটা মেনে নিয়েছে। নাম বদলে কী যায় আসে? থাকবে তো সেই একই অচ্ছুত।

চার ক্যাম্পের শতকরা আশিজন নমঃশূদ্র মানুষ। তাদের সব চেয়ে প্রিয় সব চেয়ে আপন যে ধর্মনেতা সেই হরিচাঁদ পুত্র গুরুচাঁদের জীবনের সব চেয়ে বড় কর্মটাকে যে নস্যাৎ করে দেয়, তাকে তারা পছন্দ করবে কি করে। তাই সবার মধ্যে থেকেও সুধীর হালদার একা—একলা।

জীবনের কেন কে জানে সুধীর হালদারকে ভালো লাগে। তার নাবালক চোখে নাবালক মনে ওই লোকটার একটা অন্য ছবি আঁকা হয়। যে ছবি তার নিজের বাপকে, আশেপাশের কাউকে নিয়ে আঁকতে পারে না। এখন এই ছেলেটাকে দেখে তার সুধীর হালদারের ছোট বা শিশু সংস্করণ বলে মনে হয়। যে এখন তো সবে দু—পায়ের উপর উঠে দাঁড়িয়েছে কিন্তু ভবিষ্যতে যা পুরাতন তা বর্জন করে নতুন দিকে ছুটবে বলে মনে হয়।

আজ আবার রানওয়ের কাছে কুল খেতে যাবে জীবন। একা যাবে না, সাথে নেবে ফটিককে। আর সাথে নেবে কুসুমকে। সেদিনের অপমানে মর্মাহত সীতাকে। তার সামনে পৌরুষের পরীক্ষা তো দিতেই হবে। হরধনু ভাঙ্গার ব্যাপার স্যাপার এখন দরকার নেই। সরাসরি রাবণ বধ।

আজ ফটিককে গিয়ে ডাকে জীবন— ধীরেনরে আইজ মারবি ফটিক? করবি রাবণ বধ? নিবি হেই দিনকার পিরতিশোধ?

ভয়ে ভয়ে বলে ফটিক, কেমুন কইরা? ধীরেন আমাগো চাইয়া কত বড়। গায়ে কত জোর। রোজ ভাত খায়। লগে চাকু থাকে।

জোরে কি করবে! চাকুও কোনো কামে আবে না। কয়না, যারে বলে না পারি তারে কলে মারি। আমি এমুন এ্যাকখান কল শিখছি, যার সামনে গিয়া কল করমু কিচ্ছু করার শক্তি থাকবে না তার। দাঁড়াইয়া মাইর খাবে।

লড়তে চড়তেও পারবে না?

লড়বে চড়বে। হেতে কার কি? তুই মনের সুখে কিলাইতে পারলেই তো হইলো।

বেশ কিছুক্ষণ ভেবে বলে ফটিক— আমি কিন্তু আগে ধারে যামুনা। দূরে

খাড়াইয়া থাকুম। তুই ধীরেনের সামনে গিয়া কল করবি। তারপর আমি গিয়া কিলামু। যতক্ষণ কবি ততক্ষণ কিলামু। ধীরেনের লাঠি দিয়াও ধীরেনরে পিটামু।

তয় কুসুমরে ডাইকা আন।

আনা হল তাকে ডেকে। এবার যুদ্ধ যাত্রা। শর্ত মত সবার আগে যাচ্ছে জীবন। ফটিকের বুক লাফাচ্ছে পা কাঁপছে পথ চলতে। মনে ভয়, জীবনের কল আসল সময়ে যদি বিগড়ে যায় তখন কি হবে! যদি তেমন হয় ধীরেন ছাতু করে ফেলবে। মুড়ি শিলে বেটে মা যেমন আগে ছাতু বানাতো।

গত দিনের জায়গায় একই রকম ঔদ্ধত্বে পাওয়া গেল ধীরেনকে। পুঁচকে পুঁচকে দুতিনটে মানুষ দেখে চোখে তুচ্ছতা গলায় সেই ডাকাত ডাকাত আওয়াজ ফুটিয়ে বলে সে এ্যাই তোরা কই যাস রে।

ফটিক ফিস ফিস করে বলে জীবনকে, শিগগির কল কর।

কিন্তু কোথায় কল আর কোথায় সেই হম্বিতম্বি। মুখ কাঁচু মাচু করে বামুন পাড়ায় ঢোকা ভীত ত্রস্ত চাঁড়ালের মত জড়োসড়ো হয়ে জীবন ধীরেনের দিকে আগায়। এত যে বীরত্ব, যত আগায় সে, সব কোথায় যেন উবে যায়। বিনয় বিগলিত গলায় বলে, ও ধীরেন দা, আমরা আইছি কুল খাইতে। তুমি কয়ডা খাইবা? গাছ থিকা আইন্যা দিমু? এই দ্যাখো কী রকোম সুন্দর মশল্লা বানাইয়া আনছি।

চরম শত্রুর সাথে এমন পরম বন্ধুর মত ব্যবহার দেখে মরমে মরে যেতে ইচ্ছা করে ফটিকের। ছ্যাঃ ছ্যাঃ। এত কষ্ট করে মায়ের নজর বাঁচিয়ে চুরি করে আনা লংকা, এত ঘাম ঝরিয়ে পেষাই করা নুন, কাগজের মোড়ক খুলে সাধের সেই মশলার গন্ধ শোকাচ্ছে জীবন তাকে, যে কদিন আগে বিনা দোষে মেরেছে। "খাবা কুল মশল্লা?" এর চেয়ে খারাপ কাজ আর কি হয়।

ধীরেন এখন খুব খুশি। যেন বিজয়ী কোন রাজাকে উপঢৌকন দিচ্ছে কোন পরাজিত রাজা। সে নাক নিচু করে নুন মশলার গন্ধ নিতে যায়। হঠাৎ চমকে ওঠে সে। গন্ধ শোকাবার ছলে সেই মশলা জীবন ছুঁড়ে দেয় তার দুই চোখে। আর তারপর যা হবার তা হয়, সাথে সাথে সে বাবাগো বলে চিৎকার করে বসে পড়ে পাগলের মত চোখ কচলায়। আর তখন তার উপর ঝাঁপিয়ে পড়ে জীবন। এলো পাথারি চড় ঘুসি মারতে মারতে ফটিককে ডাকে আয়, এইবার হালারে রাবণ বধ কর।

দক্ষিণ ২৪ পরগণা জেলার ঘুটিয়ারী শরীফ, বেত বেড়ে, ঘোলা, দোলতলা, রামধারী ব্রীজ এই সব জায়গাতেও শিরোমনীপুর বাসুদেবপুরের মত গোটা কয়েক রিফিউজি ক্যাম্প বসিয়ে ছিলো সরকার। দণ্ডকারণ্য যেতে না চাওয়ার অপরাধে এই সব ক্যাম্পেরও সব রকম সরকারি সাহায্য বন্ধ করে দেওয়া হয়েছে। তবে ক্যাম্পের লোকেরা গরীব দাসদের মত এত ভয়ানক অসুবিধার মধ্যে পড়েনি। এ সব জায়গা কলকাতার সন্নিকটে বলে কলকাতায় গিয়ে নানাভাবে তারা কিছু কিছু রোজগারপাতি করে নেবার সুযোগ পায়।

এইখানের এক ক্যাম্প ঘোলায় থাকে গরীব দাসের তিন ভাই। অন্য এক ভাই এখানে এসে স্ত্রী মারা যাবার পর সন্ন্যাস নিয়ে চলে গিয়ে পলাশীর

মহানন্দ হালদারের আশ্রমে থাকে। এক ভাই কিছুতেই পূর্ববঙ্গ থেকে আসেনি। তার এক কথা, তোমরা যে যা কও ইনডিয়া শত হইলেও বিদ্যাশ। বিদ্যাশ বিভুয়ে গিয়া কি হবে আর কি না হবে তা কেডা কবে। এয়ার চাইয়া নিজের দ্যাশে থাকমু। যদি রায়ট হয়, যদি মেয়ারা কাইটা ফালায় মরমু তো দ্যাশের মাটিতে। বিদ্যাশের মাটিতে গিয়া রাজা হওয়ার চাইয়া দ্যাশের মাটিতে পইরা মরি যদি সেও ভালো। এই বলে সে তার জন্মভূমির মাটি আঁকড়ে রয়ে গেছে পূর্ব বাংলায়।

গরীব দাস এখন শিরোমনীপুর ক্যাম্প ত্যাগ করে ভাইদের কাছে ঘোলার ক্যাম্পে যাবে বলে মনস্থির করে ফেলেছে। শিরোমনীপুরে তেমন কোন রোজগার—পাতি নেই বল্লে চলে। এক দুজন বিড়ি বাঁধা শিখে বিষ্ণুপুরে গিয়ে দোকানে বিড়ি বাঁধে। এক দুজন রিকশা চালায়। কেউ কেউ জঙ্গল থেকে কাঠ কেটে বোঝা বেঁধে শহরের কোন হোটেলে গিয়ে বেচে আসে। আগে জঙ্গলে অঢেল শুকনো কাঠ ছিলো। এখন তো মানুষ মরলে পোড়াবার মত কাঠই নেই। বেচবে কি করে? বেচতে হলে কাঁচা গাছ কাটতে হয়। কেউ কেউ যে তেমন করেনি তা নয়। তার মধ্যে এক দুজন ফরেস্টারের হাতে ধরা পড়ে জরিমানা দিতে না পেরে জেল খেটে এসেছে। সশ্রম কারাদণ্ড। গরীব দাসও এক আধবার কাঠ বেচেছে। তবে কাঁচা গাছ কাটা সাহসে কুলায়নি। কিন্তু তাতেও সংসার সচল হয়নি। তাই শিরোমনীপুরকে বিদায় জানিয়ে চলে যেতে চায়।

এখানে আসবার সময় দেশ থেকে কোলে করে একা জীবনকে নিয়ে এসেছিলো। এরপর আরো দুটি সন্তান হয়েছে। পাঁচ জনের পরিবার। যত কমই হোক অন্তত পক্ষে দুটাকা না হলে কি করে চলে! সেই দুটাকাই রোজগার করা কঠিন।

যেদিন গরীব দাস এখান থেকে চলে যাবে বলে মনস্থির করলো তার দিন ছয় আগে থেকে জীবন পলাতক। এই ছেলেকে নিয়ে গরীব দাসের সব চেয়ে বেশি চিন্তা। ছেলেটা একেবারে গোল্লায় যাচ্ছে। কী যে হাবিজাবি খায়, কোন আঘাটায় কুঘাটায় থাকে কে জানে। কেউ কেউ বলে শ্মশানের পাশে যে ব্রীজ আছে তার তলায় নাকি কে কবে জীবনকে দেখেছে। শ্মশানে কি করে ও? ভয় করে না? ধীরেনের চোখে লংকার গুড়ো দিয়ে, মেরে, সেই যে পালিয়েছে আর ঘরে আসছে না। ভয় পাচ্ছে, যদি গরীব দাস তাকে মারে। মারবে না এখন গরীব দাস। অভাবে, খিদেয় মাথাফাতা মাঝে মাঝে ঠিক থাকতো না। তখন হয়তো লঘু অপরাধে গুরু দণ্ড দিয়ে ফেলতো। এখন ওকে নিয়ে ঘোলায় চলে যাবে। কিন্তু তাকে খুঁজে পাবে কোথায়? কে জানে দূর থেকে বাপকে আসতে দেখেই হয়তো ব্রীজের তলা থেকে বেরিয়ে পাশের শাল বাগানে ঢুকে যাচ্ছে। তাই গরীব দাস কিছুতেই সেখানে জীবনকে খুঁজে পাচ্ছে না!

অবশেষে নিরুপায় গরীব সাঁওতাল ছেলে মংলা না মংলু কে জানে তারই শরণাপন্ন হয়। বাপ আমার এট্যু জীবনরে খুঁইজা আন। কবি মারমু না। সাত দিনের দিন ঘরে ফেরে জীবন। মংলার মুখে সে শুনেছিলো কেন তার বাবা তাকে খুঁজছে। তাই মরণ নামের ছেলেটাকে জড়িয়ে ধরে বেদনার্ত গলায় বলে ছিলো, কইলকাতা কোথায় আমি জানি না, মোনে কয় অনেক দূর। তুমিও মোর

লগে চলো। নাইলে আর কোনদিন কারো দেখা পামু না।

জীবনের পিঠ চাপড়ে বলেছিলো মরণ, মোনে জানবি আমি তোর সাথেই আছি। দেখবি, দরকারে অদরকারে আমাকে পেয়ে যাবি।

এরপর গরীব দাস বোঁচকা বুঁচকি বেঁধে একদিন চলে এল ঘোলায় তার ভাইদের কাছে।

এটা ঠিক সেই সময় যখন ভারত আর চিনের সীমান্ত সংঘর্ষ্য শেষ হয়েছে। প্রহ্লাদবাবুদের দল থেকে ভারত আক্রমণকারী না চিন আক্রমণকারী সে নিয়ে জোর মতানৈক্য চলছে। পরবর্ত্তীকালে, যা দলকে দু—টুকরো করে দেয়। প্রহ্লাদবাবু এক টুকরো থেকে ভোটে দাঁড়িয়ে এম.এল.এ. হয়ে যান।

সময়টা সেই সময় যখন সারা বাংলা জুড়ে জ্বলছিলো দুর্ভিক্ষের ভয়াল আগুন। দ্রব্যমূল্য বৃদ্ধিরোধ আর খাদ্যদ্রব্যের আপূর্তির দাবিতে আক্রোশে ফুঁসছিল সাধারণ মানুষ। আন্দোলনরত মানুষের মিছিলের উপর নির্বিচারে গুলি চালিয়ে মানুষ খুন করেছিলো স্বাধীন দেশের স্বাধীন পুলিশ। কলকাতার রাজপথ ধুয়ে গিয়েছিলো আশিটা গরম বুকের তাজা লাল রক্তে। গ্রাম বাংলার অবস্থা তখন আরো শোচনীয়। মাসের পর মাস মানুষ ভাতের মুখ দেখতে পাচ্ছে না। বাজারের সব চাল গুদামজাত হয়ে গেছে মুনাফাখোর লোভী ব্যবসায়ীদের ব্যবসায়িক কৌশলে। কচু খেচু কন্দ মূল খেয়ে, না খেয়ে মরছে মানুষ।

সেই অবস্থা সামাল দিতে কিছু কিছু স্বেচ্ছাসেবী সংস্থা নানান জায়গায় লঙ্গরখানা খুলেছে। তারা দিচ্ছে দিনে এক হাতা পাতলা খিচুড়ি। যে খিচুড়ি নেবার জন্য এক মাইল লম্বা লাইন পড়ে যাচ্ছে। যাদের কাছে পয়সা আছে তারাও না খেয়ে থাকতে বাধ্য হচ্ছে কারণ বাজারেই চাল মিলছে না। বাজারে বিক্রি হয় মাইলো, ভুট্টা খুদ আর কাউন চাল নামের সাদা সাদা সাবুর মত এক বস্তু। যা পশুতেও খায় না।

সময়টা সেই সময় যখন পশ্চিমবঙ্গের মাননীয় মুখ্যমন্ত্রী আর তার এক মিত্র ক্ষুধার্ত মানুষকে কাঁচাকলা আর বেগুন খাবার পরামর্শ বাণী দিচ্ছেন। ওই দুটি ফলে কী পরিমাণ প্রোটিন ভিটামিন ক্যালসিয়াম ক্যালোরি আছে, খেলে কী কী উপকার আরো হয় তা বোঝাচ্ছে এবং হাস্যকর হচ্ছেন।

ঘোলা, দোলতলা এইসব ক্যাম্পে সেই সময়ে একটা কুটীর শিল্প চালু ছিল, হোগলা পাতার মাদুর বোনা। সে সময় গড়িয়া রেল স্টেশন থেকে শুরু করে প্রায় বানতলা পর্য্যন্ত হাজার হাজার বিঘে জলা জমির সবটা জুড়ে হোগলা বন ছিলো। রিফিউজিরা সে হোগলা কিনে, কেটে নিয়ে যেতে পারতো। হোগলা বনে প্রচুর বিষধর সাপ ছিলো যাদের কামড়ে মাঝেমধ্যেই লোকজন মারা যেত। সেই হোগলা পাতা দিয়ে সারা দিনে দু—জন মানুষ দুখানা মাদুর বুনে ফেলতে পারে। তখনকার সময়ে যার বাজার মূল্য তিন থেকে চার টাকার মধ্যে।

পরের দিন আবার এক জোড়া মাদুর বুনতে হলে হোগলার দাম বাবদ একটাকা সুতলি আট আনার। এই দেড়টাকা সরিয়ে রেখে যা বাঁচবে তা দিয়েই চালাতে হবে সংসারের ব্যয়। গরীবের সংসারে পাঁচ প্রাণী, কি করে চলে আড়াই টাকায় পাঁচটা পেট? চালের দামই তখন আগুনের মত। লাল মোটা চালই দেড় টাকা সের। তারপর নুন লংকা জ্বালানি।

গরীব দাস মাদুর বেচে বাজার থেকে আট আনা সের দরে দুসের খুদ নিয়ে আসে। যার ধুলো কাঁকর ঝেড়ে বেছে ফেললে আধ সের বাদ চলে যায়। বাকিটা জ্বাল দিয়ে পাতলা জাউ বানিয়ে চুমুক দিয়ে খেয়ে দুবেলা চালায়। না তাতে কোন তরকারি থাকে, না ডাল। নুন আর কোন কোন দিন লংকা এক আধটা। জীবন নামক এক কিশোরের কাছে অসহনীয় সেই বেঁচে থাকা। সকালে সে ঘুম থেকে উঠে মাকে নিয়ে মাদুর বুনতে বসে। তার বাপ যায় কালকের বোনা মাদুর জোড়া বাজারে বেচে খাদ্যদ্রব্য জোগাড় করতে। খদ্দের পাবে তবে তো মাদুর বেচবে? মাদুর বেচে খুদ নিয়ে ঘরে এলে তখন বিমলা যায় রান্নার জোগাড়ে। তখন জীবনের সাথে তার বাপ বসে। খুদ ধুতে বিমলার ঘণ্টাখানেক লাগে। তারপর বসায় উনুনে। তার রান্না হতে হতে জীবন আর গরীব দাসের একটা মাদুর বোনা হয়ে যায়। এরপর জীবন চান করতে যায়। চান মানে পুকুরে একটা দুটো ডুব মাত্র। না তেল, না কোন সাবান। এক আনায় একটা গোল কালো কস্টিক সাবান পাওয়া যায়। তাও কেনার ওদের ক্ষমতা নেই। যদি মাথার চুলে ময়লা জমে আঠা হয়ে যায়, এটেল মাটি দিয়ে ঘসে নেয়। চান করার পরে সেই জাউ খানিকটা চুমুক দিয়ে খেয়ে বাপ নয় মা কাউকে নিয়ে ফের মাদুরে বসা। সন্ধ্যার আগে যেমন করেই হোক বুনে তুলতে হবে। না হলে রাত নামলে অন্ধকার নামবে। তখন আর মাদুর বোনা যাবে না। আলো কই? আলো জ্বালতে হলে কেরোসিন লাগে। কেরোসিন কিনতে লাগে পয়সা। পয়সা কই? ওরা তো রান্নার উনুন ধরাবার জন্য একটা দেশলাইও কিনতে পারে না। আগুন কোন পড়শির উনুন থেকে ধার করে আনে যে আবার এনেছে অন্য কারও উনুন থেকে।

বাংলা অভিধানে মানুষের অভাব কি পরিমাণ তা বোঝাবার জন্য কত গুলো শব্দ আছে, গরিব— নির্ধন— দুর্গত— কাঙাল— হাঘরে— সর্বহারা। কিন্তু সে সব শব্দ এই সব মানুষগুলোর নিঃস্বতা বোঝাবার পক্ষে যথেষ্টই দুর্বল। দারিদ্র তো এদের আগেও ছিলো। কিন্তু সে দারিদ্রের রূপ এত গলার ফাঁসের মত আতংক জনক প্রাণঘাতী ছিলো না। চেপে বসেনি কারো বুকের মধ্যে অনড় পাহাড় হয়ে। যা থেকে মুক্তি পাবার সামান্যতম কোন সুযোগ নেই।

এই জীবনটা জীবন নামের বালকটির অসহ্য লাগে, অস্থির হয়ে পড়ছে সে। সদ্য চিনতে শেখা পৃথিবীটার এমন কুৎসিত বীভৎস রূপ তার চোখ সহ্য করতে পারে না। এই কী জীবন, এরই নাম জীবন, এ কেমন জীবন। এই জীবনের সার্থকতা কোথায়! প্রয়োজনই বা কি! জীবন যদি হয় উটের পিঠের কুঁজের মত অবিরাম একটা যন্ত্রণার পাহাড় বয়ে বেড়াবার নাম, তাহলে দিনের পর দিন মাসের পর মাস বছরের পর বছর একে বয়ে বেড়ানোর কি দরকার। কেন একে সমাপ্ত করে দেওয়ার কথা ভাবা হবে না? নাবালক জীবনের মন তোলপাড় হয় এমন ধরণের সাবালক প্রশ্নে। যার উত্তর সে জানে না। বন্ধ ঘরের গুমোট আবহাওয়ায় ঘাড় গুঁজে মাদুরের ফোঁড় তুলতে তার মন বিদ্রোহী হয়ে উঠতে চায়। ইচ্ছা করে এক ছুটে বেরিয়ে যেতে। কিন্তু গেলে কোথায় যাবে? এখানে তার বয়সের এমন একটাও বাচ্চা নেই যে খেলার সুযোগ পায়,

ইশকুলে যায়। মাথায় তেল ছাড়া ঝাঁকড়া চুল, খড়ি ওঠা গা পোঁদ ফাটা প্যান্ট পরে সব বসে বসে ঘাড় গুঁজে মাদুরের ফোঁড় তোলে। পেটে তাদের দপ দপ করে খিদে। তাদের কাউকে খেলার জন্য ডাকতে গেলে তার মা বাপ কুকুর খেদা করে— ওকে ডাকবি না। যাঃ এখান থেকে। চারদিকের মানুষগুলোকে দেখে জীবন, নিদারুণ অভাবের নিষ্পেষণে মানুষগুলো কেমন যেন আবেগ শূন্য প্রাণহীন পাথরের পুতুল হয়ে গেছে। নিদারুণ আঘাতে সব যেন কেমন মিইয়ে গিয়েছে, তারা আর হাসতে পারেনা! না হাসতে না হাসতে হাসিটাই ভুলে গেছে। ভুলে গেছে গল্প গান কথা। কারো চোখেই কোন স্বপ্ন নেই। আশা নেই, আলো নেই। সব চোখই কেমন নিভু নিভু, যেন মরা মানুষের চোখ। মানুষগুলো হাঁটছে চলছে বটে কিন্তু হাঁটতে হাঁটতে সব কিছু হারিয়ে যেন প্রবেশ করে চলেছে এক অতলান্ত অন্ধকার হাঁ মুখের মধ্যে।

ষাটের দশকের প্রথম দিকে শিরোমনীপুর ক্যাম্প থেকে ঘোলার ক্যাম্পে এসেছিলো গরীব দাস তার পরিবার পরিজন নিয়ে। তারপর ভাইদের সহযোগিতায় খোলা আর দোলতলার মাঝখান দিয়ে বয়ে চলা নোনা খালের পাড়ে বানিয়েছিলো একটা কুঁড়ে ঘর। সে এমন কুঁড়ে যার মধ্যে সোজা হয়ে দাঁড়ানো যাবে না। চাল মাথায় ঠেকবে। দরজা দিয়ে ঢুকতে হয় হামাগুড়ি দিয়ে। মনে হয় সেই আদিম কালে গুহাবাসি মানুষ যেদিন প্রথম গুহা ছেড়ে বাইরে এসে তার অনভিজ্ঞ হাতে বসবাসের জন্য লতাপাতা দিয়ে প্রথম যে কুঁড়ে ঘর খানা গড়ে তুলেছিলো, সেও মনে হয় এর চেয়ে মজবুত আর সুন্দর ছিলো। এ এমন এক ঘর যে ঘরে বাস করতে করতে নত হতে হতে সারা জীবনের মত বেঁকে নুব্জ কুব্জ হয়ে যেতে হয়। আর কোন দিন এ ঘরের মানুষ বাঁকা মেরুদণ্ড সোজা করে মানুষের সমাজে উঠে দাঁড়াতে পারে না। এ ঘরে স্বাস্থ্য শিক্ষা সচ্ছলতা সংস্কৃতির কোন আলোই অনুপ্রবেশ করতে পারে না। আর মাত্র কয়েক বছর পরে চাঁদে মানুষের পা পড়বে। আর সেই গ্রহেরই একদল মানুষ পিছোতে পিছোতে ক্রমশ পরিণত হয়ে যাচ্ছে ইঁদুরের মতো গর্তের জীবে।

এই অবস্থায় এখানে ওদের কেটে গেল বেশ কটা বছর। এর মধ্যে গরীব দাসের আরো দুটো সন্তান জন্ম নিয়েছে। তারা কন্যা সন্তান। সাত জনের পরিবার আর তখন মাদুর বোনা পয়সায় চলছে না। তখন যাদবপুর অঞ্চলে পূর্ববঙ্গ থেকে আসা মানুষরা অনেকগুলো জবর দখল কলোনির পত্তন করে ছিলো। সেই সব কলোনির ঘরবাড়ি পথ ঘাট নির্মাণের কাজে প্রচুর জন মজুরের প্রয়োজন পড়ছিলো। যারা এই কলোনির স্থাপক সব উচ্চবর্ণের বাবু শ্রেণির লোক। যারা কায়িক শ্রমে দক্ষ ন্য। একজন বলল— গরীবদা, তুমি যাদবপুরে কাজে যাও। ভালো রুজি পাবা। সেই এক জনের নাম ধোনাই সরদার। সে নিজেও যাদবপুরে কাজে যায়। তারই সাথে গরীব দাস একটা ঝুড়ি একটা কোদাল নিয়ে কাজ শুরু করে— জন মজুরের কাজ। এর জন্য তাকে রোজ রাত তিনটেয় ঘুম থেকে উঠে আট নয় মাইল পথ হেঁটে ঘুটিয়ারী শরীফ স্টেশনে এসে ভোর পাঁচটার ট্রেন ধরে এক দেড় ঘণ্টার পথ পেরিয়ে

যাদবপুর স্টেশনে নেমে ফের দুমাইল হেঁটে পৌঁছাতে হয় বাঘাযতীন মোড়ে। তারপর সেই মোড়ের মাথায় তীর্থের কাকের মত বসে থাকতে হয় কে কাজে ডেকে নেবে সেই আশায়। মোড়ের মাথায় কয়েক শত মানুষ কাজের তালাশে ভিড় করে। সবার সবদিন কাজ হয় না। যদি গরীব দাসের কাজ না হয় ওই একই পথ পাড়ি দিয়ে না খেয়ে না দেয়ে সারাদিন পরে ঘরে ফেরে খালি হাতে। ট্রেনে বিনা টিকিটে আসা যাওয়া, অফিস টাইমে ট্রেনে চেকার থাকে বলে সন্ধে ছাড়া তাতে চড়া যায় না।

যদি কাজ হয়, সেদিন দুপুর বেলা একটা পাউরুটি এক প্লেট আলুর দম আর বিড়িতে আট আনা খরচ করে কোনদিন তিন টাকা কোন দিন দুটাকা বারো আনা নিয়ে ঘরে ফিরতে পারতো। সেদিন বড় আনন্দের দিন হতো ওদের। ঘরে রাতে সত্যিকারের চালের সত্যিকারের ভাত হতো। সাথে ডাল না হয় আলুর তরকারী। কিন্তু সে আর কদিন, মাসে দশ বারো দিনের বেশি নয়। কিছুদিন একবেলা কোনদিন আধবেলা আর কোনদিন উপোস এই করতে করতে পেটে ব্যাথা শুরু হয়ে গেল গরীব দাসের। যার ইংরেজি নাম গ্যাসট্রিক, পরে যা আলসারে গিয়ে ঠেকলো। তখন আর কাজে যেতে পারলো না। শুয়ে পড়ল বিছানায়।

একদিন জীবনের চোখ গেল মা বাবা ভাই বোনের দিকে। তার মা বিমলার মাথায় এক মাথা চুল ছিলো, যে চুল দেখে তার শ্বশুর তাকে পুত্রবধূ করে নিয়ে এসেছিলো, তেলের অভাবে সে চুলে জট পড়ে গিয়ে ছিলো বলে গোড়া থেকে কেটে ফেলেছে। শরীরের শেষ কাপড়খানা পচে ছিঁড়ে গলে গেছে। সেই শিরোমনীপুর ক্যাম্প থেকে সরকারি গুদাম থেকে বছরে যে দুখানা কাপড় দেওয়া হতো তারই একটা দুটো বাঁচিয়ে রেখে ছিলো সে। তা দিয়েও এতকাল চলেছে। সে ছাড়া আর কাপড় কেনা যায়নি। বিমলার গায়ের রঙ এক সময় বেশ ফরসা ছিলো যা এখন তামাটে আর খসখসে হয়ে গেছে। গায়ে কোন ব্লাউজ নেই, সায়াও নেই। এক টুকরো ছেড়া মশারি জড়িয়ে কোনমতে নিবারণ করছে নারীত্বের লজ্জা। সে সারা দিন ঘরের মধ্যে লুকিয়ে বসে থাকে তার উদোম শরীর নিয়ে। শত দরকার পড়লেও দিনের আলোয় আর ঘরের বাইরে আসতে পারছে না। দিনের আলোয় ওঁত পেতে থাকে ধারালো চাকুর মত নির্লজ্জ চোখ। ভেবে পায়না জীবন মাদুর বুনে যা আসে তাতে তো পেটের খোরাকই হয় না, তাহলে মায়ের জন্য কাপড় কিনবে কেমন করে! তখনই মনটা ব্যাথায়, অক্ষমতায় কাতর হয়ে ওঠে। আর কদিন টিঁকবে ওই ছেঁড়া টুকরোটা? তার পর কী হবে?

বাবার দিকে তাকায় জীবন, তার বুকের সব হাড়গুলো এখন গোনা যাচ্ছে। এক সময় তার শক্তিমান শরীরের খ্যাতি ছিলো। এখন যা ভগ্ন চূর্ণ বিধ্বস্ত। এখন নিশ্বাস নিতে গেলেও হাপরের মত হাঁপায়। ডাক্তার দেখাতে পারলে হয়তো সেরে যেতো। পেটের ব্যাথা এখন তো ধীরে ধীরে বেড়ে যাচ্ছে। ডাক্তার দেখাতে হলে টাকার দরকার। টাকা ছাড়া উকিল মামলা লড়ে না, মাস্টার ছাত্র পড়ায় না, ডাক্তার রোগী দেখে না।

ভাই বোনদের দেখে, এই বয়সের বাচ্চারা যে রকম হাসে হাঁটে ছোটে খেলে ওরা সে রকম কিছুই করতে পারে না। সারা দিন ঝিম মেরে বসে থাকে। আর না হয় ঘ্যান ঘ্যান করে কাঁদে। শরীর বৃত্তের কোথাও কোনো অবোধ কষ্ট ওদের পীড়া দেয়। সে কষ্ট প্রকাশ করার মত ভাষা আয়ত্বে না থাকায় ওরা কাঁদে। শুধুই কাঁদে। কেউ বলে না, খাবার কিনে দাও, কেউ চায় না খেলনা, কেউ বলে না খিদে লেগেছে। নিদারুণ অভাবের চাবুকে ক্ষত বিক্ষত শিশুমন ভুলে গেছে শিশুসুলভ আবদার। আদর পাবার চিরায়ত দাবি।

কারো পরনে কোন ভব্য পোষাক নেই। বড়টা, যে জীবনের দু বছরের ছোট তারই মাত্র একটা পোঁদ ফাটা প্যান্ট আছে। তারপরেরটা সাঁওতালদের মত নেংটি পড়ে থাকে। পরেরটারও সেই দশা।

আশেপাশের মানুষদের দেখে। সারা ক্যাম্পের সমস্ত মানুষকে দেখে মনে হয় যেন তারা এক মৃত্যুর প্রলম্বমান মিছিলে দাঁড়িয়ে আছে। মৃত্যুকে ফাঁকি দিয়ে কোন অবস্থায় কেউ পালিয়ে বাঁচতে পারবে না। ধাওয়া করে গিয়ে ধরবে। টেনে মুখে পুরবে। চিবিয়ে খাবে।

কিন্তু জীবন এখন কী করবে? কী ভাবে কী করবে? বদ্ধ ঘরের গুমোট আবহাওয়ায়, প্রাণহীন আলো বাতাস আশাহীন আধো অন্ধকারে পেট বোঝাই খিদে মন বোঝাই ক্ষোভ নিয়ে ধুঁকে ধুঁকে মরবে! নাকি পাগলা হাওয়ার মত ছুটে বেরিয়ে পড়বে খুঁজে দেখতে পৃথিবীর পথে কোথায় প্রাণ আছে আলো আছে আশা আছে।

এরপর গরীব দাসের রোগ আরো বেড়ে গেল। পেটের ব্যাথায় কাটা ছাগলের মত মাটিতে পড়ে ছটফট করা শুরু করে দিলো। বাধ্য হয়ে ডাকতে হল এক হোমিওপ্যাথিক ডাক্তারকে। সে চিনির দানার মত কটা ট্যাবলেট দিয়ে একটা টাকা নিয়ে চলে গেল। রোগের তাতে কোন উপশম তো হল না। মাঝখান থেকে জীবনদের মাদুর বোনা বন্ধ হয়ে গেল। যে টাকায় হোগলা কেনা হতো তা ডাক্তার নিয়ে চলে গেছে, এখন আর হোগলা কেনা হবে কি করে? মাদুর বোনা বন্ধ হতেই বন্ধ হল উনুনে আগুন জ্বলা। শুরু হল অরন্ধন উপবাস অনাহার— হাহাকার। না খেতে পেয়ে জীবনের একটা বোন শুকিয়ে মরে গেল। মায়ের বুকে দুধ নেই কোলেরটা দুধ না পেয়ে মরার মত হয়ে পড়লো। দুটো ভাই তারাও দাঁড়িয়ে পড়লো মরবার লাইনে। বুঝতে পারলো জীবন এই মৃত্যুপুরি থেকে ছিটকে বের হতে না পারলে সেও বাঁচবে না। সে নিজেই যদি না বাঁচে অন্য কাউকেই বাঁচাবার চেষ্টা করতে পারবে না। মৃত্যুকে ভয় পায়না জীবন। কিন্তু সে মৃত্যু এমন কষ্টকর হীন জঘন্য মৃত্যু নয়। যদি সে আসে, যদি তাকে বরণ করতেই হয় তা হোক বেঁচে থাকার জন্য, মা বাবা ভাই বোন সবাইকে বাঁচিয়ে রাখার জন্য। যে মৃত্যু নিছক মৃত্যু নয়, লড়াইয়ের আর এক নাম, একটা পরিণতি।

১৪

গোয়াল ঘর

সকালটা দেখলে বোঝা যায় দিনটা কেমন যাবে। যে জীবনের শুরুটাই হয়েছে অস্থিরতা, আতংক আর অনাহার সময়ের গর্ভে, মধু বঞ্চিত সে জীবন কোনদিন সুন্দর সফল সার্থক হবার নয়। মানুষ তার ভবিষ্যৎ দেখতে পায় না তাই আশা করে হয়তো এরপর কোন পরিবর্ত্তন আসবে। এমন কিছু ঘটবে যে জীবনটা আমূল বদলে যাবে। যদি ভবিষ্যত দেখতে পেতো, বুঝতে পারতো জীবন ভবিষ্যত তার জন্য কি বস্তু নিয়ে অপেক্ষা করে রয়েছে।

সেটা উনিশশো চৌষট্টি সালের শেষ অথবা পঁয়ষট্টি সালের প্রথম দিক হবে। একটা লোক একটা চায়ের দোকানে বসে বলছিলো এই দুনিয়া বড় আজব জায়গা। এখান সব চেয়ে যদি কঠিন কিছু থাকে তা হল বেঁচে থাকা। কিছু দেখা যায়, কিছু দেখা যায় না। কিছু বোঝা যায় না এমন হাজার হাজার শত্রু চার দিক দিয়ে ঘিরে রেখেছে পাড়াটাকে। সুযোগ পেয়েছে কি মেরে দেবে। তাদের হাত থেকে বেঁচে থাকার মত কঠিন আর কিছু নেই। তারপর আরও কঠিন হল ভালো ভাবে বেঁচে থাকা। সে খুব কম লোকেরই ভাগ্যে জোটে। জোটে যার উদ্যম আছে, ঝুঁকি নেবার সাহস আছে। কথায় বলে ভাগ্যবানের বোঝা ভগবান বয়, আর যার ভাগ্য খারাপ তার নিজের বোঝা নিজেরই বয়ে নিতে হয়।

নিজের বোঝা! জীবনটাই তো একটা বোঝা। একটা বিড়ম্বনা একটা যন্ত্রণার পাহাড় একটা অভিশাপ। দেখা যাক এটাকে এই অগাধ দুঃখ পারাবার থেকে তীরে নিয়ে ফেলা যায় কিনা!

সূর্য তখন সবে ডুবতে বসেছে। অস্তগামী সূর্যের ম্লান লালিমায় পশ্চিম দিগন্ত জ্বলছে শেষ চিতার নিভন্ত কয়লার মত। এ সময়ে প্রকৃতির কোথাও কোন শব্দ কোন আলোড়ন নেই। সব যেন কি একটা শোকে থম মেরে আছে। যেন কোন শোকসভায় কিছুক্ষনের জন্য সবাই মৌনতা পালন করছে। একটা গাছের পাতাও নড়ছে না, দিনের শেষে বাসায় ফিরতে থাকা পাখিরাও গান

ভুলে গিয়েছে, ঝিঁ ঝিঁ পোকাদের ডাকও থেমে গিয়েছে। এমন কি আশে পাশের ডোবা পুকুরের জলও তরঙ্গশূন্য, নিথর। গ্রাম প্রকৃতি সব যেন মরে গেছে। চরাচর যেন এক কালো বাতাসহীন স্তব্ধতার কফিনে মুখ গুঁজে পড়ে আছে। সেই ভয়াল নিস্তব্ধতার মধ্যে একটা কুকুর বড় করুণ সুরে কাঁদছে।

এমনই এক বিষাদঘন পরিবেশে রাস্তায় পা রেখেছে জীবন। কোথায় যাবে তা সে জানে না। কেন যাচ্ছে তারও কোন সুস্পষ্ট রূপ রেখা নেই। শুধু জানে পালাতে হবে। এই মৃত্যুপুরীর নিঃসীম হাহাকার থেকে পালিয়ে যেতে হবে দূরে, বহু দূরে কোথাও। যেখানে বেঁচে থাকার আশ্বাস আছে। খুঁজে দেখতে হবে বিশাল এই ভূ—ভাগের কোথাও তেমন এক টুকরো স্থান আছে কিনা। প্রতিদিন দগ্ধে দগ্ধে তিলে তিলে মরবার চেয়ে একবার মরণাপণ চেষ্টা করে দেখতে হবে কোথাও নিজে বেঁচে থেকে মা বাবা ভাই বোনকে বাঁচিয়ে রাখার কোন উপকরণ পাওয়া যায় কিনা।

নীলকণ্ঠ গোঁসাই কলকাতায় গিয়ে ভিক্ষে করে। একদিন বলেছিলো যে বুয়লে বাবা জেবন— কলকেতায় টাকা ওড়ে। গে দেকো কলকেতার মানুষ কেরাম সুখী আচে। আমি তো হাঁ হয়ে দেখি। আকাশ সোমান উঁচু সব বাড়ি। তাতে যারা থাকে সব যেন রাজকন্যে রাজপুত্তুর। রঙ য্যেন ফেট্টে পড়তিছে। হবে বা না ক্যান, সব নাকি দুধ দে চান করে ঘি মাখন খায়। খেয়েচিস কোনদিন ঘি? অমৃত্বের সোয়াদ।

তাই, কলকাতা যাচ্ছে জীবন। কতলোক নাকি ওড়া টাকা ধরে বড়োলোক হয়ে গেছে। বড়োলোক মানে যাদের অনেক টাকা। ভাবে জীবন, অনেকে যখন ধরেছে সে বা ধরতে পারবে না কেন। বাঁকুড়ায় থাকতে শালবাগানে ঝড় উঠলে কে ক'টা ওড়া পাতা ধরতে পারে সে খেলায় ফটিক ছাড়া আর কেউ ওকে হারাতে পারেনি। টাকা ধরতে পারলে সবার আগে কিনবে কিছু চাল ডাল আলু তেল। তারপর মায়ের জন্য এক জোড়া কাপড়। এক জোড়া না হলে মা চান করে কি পড়বে? কিনবে বাবার জন্য পেটে ব্যাথার ওষুধ। বারুই পুরে বড় বড় ওষুধের দোকান আছে। সব শেষে দুই ভাইয়ের জন্য ঘুড়ি লাটাই আর এতগুলো কাঁচের গুলি। বোনের জন্য একটা পুতুল। নিজের জন্য কিনবে একটা হারমোনিয়াম বাঁশি।

এইসব আশা নিয়ে আজ মা বাবা ভাই বোন সবাইকে ফেলে চলে যাচ্ছে জীবন। তখন সে জানতো না যে পথ ধরে যেভাবে যত সহজে চলে যাওয়া যাচ্ছে সেই পথে আর একইভাবে ফিরে আসা সহজ হবে না। সারা শরীর মনে জীবনে জড়িয়ে যাবে পথ চলা অভিজ্ঞতার তিক্ত বিষাক্ত ধুলো ময়লা। যা তাকে বাকি জীবন বড় কষ্ট দেবে। সমস্যায় ফেলবে।

ঘোলা আর দোলতলা দুটো আলাদা গ্রাম। দুই গ্রামের মাঝখান দিয়ে বয়ে যাচ্ছে মানুষের মেহনতে বানানো একটা খাল। সেই খালের দুপাড় জুড়ে রিফিউজিদের বাস। খাল পাড় ধরে পশ্চিম দিকে হাঁটলে সামনে রামধারী ব্রীজ। ব্রীজের উপর দিয়ে পাকা রাস্তা। যার এক মাথা পৌঁছে গেছে বারুইপুর থেকে গড়িয়া হয়ে কলকাতায়। অন্য মাথা মত্ত মাতাল নদী মাতলা পাড়ের টাউন ক্যানিংয়ে। এই পথে আশি নাম্বার বাস চলাচল করে। রামধারী ব্রীজ পার হয়ে

ডান দিকে বেঁকে মাঠের মধ্যে থেকে পায়ে হাটা পথ। শিয়ালদহ থেকে ট্রেন যায় ক্যানিংয়ে। যে ট্রেন আকাশ কালো করে ধোঁয়া উড়িয়ে কয়লায় চলা ইঞ্জিন টেনে নিয়ে যায়।

ধান কাটা শেষ হয়ে গেছে। এখন মাঠ জুড়ে মাথা উঁচু করে আছে খড়ের সুঁচালো গোড়া। তারই মাঝের সরু আল পথ ধরে পায়ের রক্ত ঝরাতে ঝরাতে হেঁটে চলে আশাবাদী ছেলে ছোট্ট জীবন।

ক্যাম্প থেকে ছোট ছোট পায়ে, হেঁটে বালক জীবন যখন ঘুটিয়ারী শরীফ স্টেশনে পৌঁছালো তখন বেশ অন্ধকার হয়ে এসেছে। বিকেল বেলার সেই অসহ্য নিস্তব্ধতা ঝেড়ে ফেলে এখন সান্ধ্য মাঙ্গলিক গাইতে শুরু করেছে ঝিঁ ঝিঁ পোকারা। বাঁশ বনের মাথায় জ্বলে উঠেছে জোনাকির ঝিকিমিকি আলো। তখন এসব অঞ্চলে বিদ্যুৎ এসে পৌঁছায়নি। রেল স্টেশনের পোস্টের মাথায় জ্বলতো কেরোসিন তেলের বাতি। ট্রেনও চলতো এক একখানা এক দেড় ঘণ্টা পরে পরে। তখনো গ্রামের মানুষের মধ্যে শহর নির্ভরতা এত ব্যাপকতা পায়নি। ফলে স্টেশন থাকতো ফাঁকা ফাঁকা।

সারা দিন আজ কিছু খেতে পায়নি জীবন। তার উপর আট নয় মাইল পথ চলার ধকল। ক্লান্তিতে বসে পড়ল দুনাম্বার প্লাটফরমের এক কাঠের বেঞ্চিতে। বসে বসে কখন শুয়ে পড়ে ঘুমের অতল সমুদ্রে তলিয়ে গেছে নিজেও জানে না। কখন যে ট্রেন এল কখন চলে গেল কিছুই টের পেলো না। অনেক রাতে ঘুম ভাঙে তার একটা জোরালো টর্চের আলো আর তেমনই জোরালো গলার আওয়াজে! এ্যাই খোকা কোথায় যাবি রে?

কোথায় যাবে তা জানে না জীবন। শুধু জানে দুর্ভিক্ষের গিলে নেওয়া হাঁ মুখ থেকে পালাতে হবে কোথাও। খুঁজে দেখতে হবে পৃথিবীর সব শষ্য সব সম্পদ সব সুখ লুঠ হয়ে গেছে! নাকি, কোথাও লুটেরাদের অলক্ষ্যে তার জন্য কোনও কিছু পড়ে আছে। বাসা ছেড়ে আসবার সময় কাউকে কিছু বলে আসা হয়নি। বললে মা বাবা এভাবে আসতে দিতো না। এমন যে হিংস্র বাঘ সেও তার বাচ্চাকে একা বনে ছেড়ে দেয় না। মানুষের তো দয়া মায়ার দেহ মন। ওদের জন্যই আজ অজ্ঞাতবাসে চলেছে জীবন। যদি কোনদিন দুহাত ভরে সবার জন্য সুখ নিয়ে আসতে পারে সেদিন ফিরে আসবে। তার আগে আর নয়।

তাই এখন লোকটার প্রশ্নের কোন উত্তর দিতে পারে না জীবন। ঘুম চোখে ফ্যাল ফ্যাল করে তাকিয়ে থাকে।

ঘুটিয়ারী শরীফ রেল স্টেশনের কাছে রেললাইনের পাড় জুড়ে রয়েছে কিছু রিফিউজি। যার সংখ্যা হাজার খানেকের বেশি নয়। কিন্তু ক্যাম্প ফেলে সামনে এগিয়ে দক্ষিণমুখো যে রাস্তা তা ধরে আধঘণ্টা হাটলে যে নতুনপল্লী তাতে বাস করে কয়েক হাজার মানুষ। যদিও এই পল্লীতে ওপার বাংলা থেকে আসা মানুষেরই বাস তবে তারা কেউ রিফিউজি নয়। ওটা একটা অপমানজনক শব্দ। ওই পরিচয় দিতে তারা লজ্জা পায়। ছিলো হয়তো কখনো কোন ক্যাম্পে, সেখান থেকে এখানে এসে এখানকার সব পরিবারই উচিৎ মূল্যে জমি জায়গা

কিনে ঘরদোর পুকুর গোয়াল বানিয়ে নিয়েছে। কেউ কেউ দুএক বিঘা চাষের জমি কিনে চাষাবাদও করছে। এরা নিজেদের এমন হীন পরিচয় দিতে যাবে কেন? রিফিউজি মানে তো নিঃস্ব নিরাশ্রয় সরকারি কৃপাপ্রার্থী উদ্বৃত্ত মানুষ!

এরা রেল লাইনের পাড়ের ডোল বন্ধ রিফিউজিদের বড় উদাসীন আর অনুকম্পার চোখে দেখে।

ঘুটিয়ারী শরীফ একটা মুসলমান প্রধান এলাকা। এখানে গাজীবাবা নামে এক পীর সাহেবের মাজার আছে। প্রতি বছর এখানে মেলা হয়। দূর দূরান্ত থেকে মেলায় লোক আসে। অঞ্চলের অর্থনীতিতে এই মাজারের একটা বড় ভূমিকা আছে। কোন দুর্বুদ্ধি থেকে এখানে পূর্ববঙ্গ থেকে বিতাড়িত মানুষদের ক্যাম্প বসানো হয়েছিলো তা কে জানে। এই সব লোকের মুসলমান বিদ্বেষ উস্কে দিয়ে রাজনৈতিক ফয়দা তোলার আশায় এখানে আনাগোনা করে হিন্দু মহাসভার কিছু কিছু নেতা গোছের লোক। ফলে দুই সম্প্রদায়ের মধ্যে থম থম করে সব সময় একটা চাপা উত্তেজনা। অবিশ্বাস আতংক। যা যে কোন সময় ফেটে পড়তে পারে।

নতুনপল্লী স্টেশন থেকে খানিকটা দূরে। যেখানে থাকে ডাক্তার হেম চক্রবর্ত্তী, ডাক্তার মানুষটা ভীষণ চালাক। সে খুব বুদ্ধি করে স্থানীয় মুসলমানদের সাথে সুসম্পর্ক বজায় রেখে চলার চেষ্টা করে। ডাক্তার হেম চক্রবর্ত্তী শুধু মানুষেরই নয় গোরু মোষ মুরগী— মোদ্দা কথা উনি সর্ব জীবের চিকিৎসায় সিদ্ধহস্ত। উনি জানেন মানুষের মধ্যে মাত্র দুধরণের রোগ হয়। যার একটা গুপ্ত রোগ আর একটা প্রকট রোগ। উনি গুপ্তরোগের চিকিৎসা গুপ্তভাবে এবং প্রকট রোগের চিকিৎসা প্রকটভাবে করে থাকেন। তবে প্রকট রোগে, যেমন জ্বর, পেট ব্যাথা কাশি এসবের চাইতে গুপ্তরোগের চিকিৎসায় ওনার হাতযশ বেশি। পুরুষের গুপ্তরোগ হচ্ছে গনোরিয়া, সিফলিস, স্বপ্নদোষ, সহবাসে অক্ষমতা শীঘ্র পতনাদি। মহিলাদের গুপ্তরোগ শ্বেতপ্রদর, সাদাস্রাব, কাম শীতলতা এবং ঋতুবন্ধ। উনি মোটামুটি এই অঞ্চলে এই সব রোগের সুচিকিৎসক হিসাবে বেশ নির্ভরযোগ্য মানুষ। খরচ খরচা ঠিকমত দিতে পারলে নিঃশব্দে উনি রোগ মুক্তি ঘটিয়ে দিয়ে থাকেন। এই কাজটা তখন এখনকার মত সরকারি হাসপাতালে নিখরচায় করা যেতো না। করার জন্য কোন সামাজিক অনুমোদনও ছিলো না। গর্ভ নিরোধক পিল বা নিরোধ নামক বেলুন এত সহজলভ্য হয়নি। ফলে একটা রোগিণীকে রোগ মুক্ত করে ডাক্তার অনায়াসে পাঁচ দশ কাঠা জমি কিনে ফেলতে পারতো। তবে রোগীটা যদি সেইরকম হয়।

এইরকম এক গুপ্ত রোগের চিকিৎসা সেরে বাড়ি ফেরবার সময় টর্চের আলোয় এক বালককে এমন বেওয়ারিস লাশের মত পড়ে থাকতে দেখে মনটা যেন কেমন কেমন করে উঠলো তার, আহা রে! কে জানে এই সব মানুষকে দেখেই মরমি কবি গান বেঁধেছে কিনা— এমন মানব জমিন রইলো পতিত আবাদ করলে ফলতো সনা।

সোনা ফলাবার সম্ভাবনা আছে বুঝে অনাবাদি মানব জমিনের সামনে দাঁড়িয়ে পড়ছেন তিনি। এই তোর বাসা কোথায় রে? এইখানে শুয়ে আছিস কেনো?

চোখ কচলে বলে জীবন, আমি কইলকাতা যামু। কইলকাতার গাড়ি কখোন আইবো?

কলকাতায় যাবি? কেন রে? বাপ মারে বুঝি? বাড়ি থেকে পালিয়ে এসেছিস নাকি? ঝড়ের মত একটার পর একটা প্রশ্ন করে যান হেম ডাক্তার। কিন্তু জীবন তার একটারও জবাব দিতে পারে না। সে সুযোগই পায় না। শুধু ফ্যাল ফ্যাল করে প্রশ্নকর্তার মুখের দিকে তাকিয়ে থাকে।

এবার হেম ডাক্তার জানতে চায়, তোরা রেফুজি?

মাথা নাড়ে জীবন— হ্যাঁ আমরা তাই।

আর কিছু বলার দরকার নেই। ওই মাথা নাড়ায় সব বুঝে যান তিনি। বুঝে যায় ছেলেটার কি রোগ আর কেন সে এখানে শুয়ে আছে। মানুষের মুখ দেখে যে রোগ না চিনতে পারে সে কীসের ডাক্তার! বলেন তিনি কি খেয়েছিস?

মাথা নাড়ে জীবন কিছু খায়নি।

ভাত খাবি? আমার সাথে আমার বাড়ি চল, ভাত দেবো। যাবি?

ভাত! ভাত একটা ভয়ানক শব্দ। ভাত যে কত স্বাদু একটা খাদ্য তা মনে পড়ায় বুকটা মোচড় দেয়, চোখ ফেটে জল গড়িয়ে নামতে চায়। কবে কত যুগ আগে যে জীবন ভাত খেয়েছিল সে আর এখন মনে পড়ে না। কত কাল আগে বাসায় চাল ছিলো, খড়পাতা নুড়োর জ্বালে ভাত রেঁধেছিলো মা বিমলা। তিনভাই দুই বোন সেই গরম ভাত ফুঁ দিয়ে দিয়ে খেয়েছিলো, গরমভাত মুখে দিয়ে জিভ পুড়ে গিয়ে ছিলো জীবনের। বাবার পেটের ব্যাথা বেড়ে যাবার পর আর বাসায় কোনদিন ভাত রান্না হয় নি। তখন রান্না হত ভুট্টা মাইলো কাউন চাল নামের এক ঘাসের দানা, ধুলো কাঁকর মেশানো মুরগীর খাদ্য— খুদের জাউ। এই দিয়ে মাসের পর মাস চলছিলো উদরপূরণ। গত সাতআট দিন ধরে তাও বন্ধ। মাদুর বুনতে পারলে এমন নির্জলা উপবাস হোত না। কিন্তু মাদুর বুনতে হলে আর কিছু না হোক হোগলা সুতলি তো দরকার। সে সব বিনা পয়সায় তো পাওয়া যায় না। গরীব দাসের পেট ব্যাথার বাড়াবাড়ি হওয়ায় ডাক্তার ডাকতে হয়েছিলো। মাদুর বোনার পুঁজি তাতেই উড়ে গেছে।

ঘোলায় আসবার পর গরীব দাসের ভাইয়েরা প্রথম দিকে কিছু কিছু সাহায্য করতো। হোগলা সুতলির দাম তাঁত বানাবার খরচা দশ বারো টাকা তারাই দিয়েছিলো। এখন তারাও হাত গুটিয়ে নিয়েছে। কথায় বলে, নিত্য মড়াকে কে দেয় কাঠ, আর নিত্য অভাবীকে কে দেয় দানা! আর্থিক অবস্থা তাদেরও তো বিশেষ ভালো নয়। কী করে দেবে? তাই অনাহার সহ্য না করতে পেরে বাসা ছেড়ে পালিয়ে এসেছে জীবন।

কি রে যাবি আমার বাড়ি?

রিফিউজির ছেলে জীবন। হেম ডাক্তার লেখাপড়া জানা মানুষ। এক রিফিউজি শব্দের মধ্য দিয়ে বালকটির অতীত বর্তমান সব দেখে ফেলেছেন তিনি এবং সে শব্দে রিফিউজি বাচ্চা বুড়ো সবাইকে পড়ে ফেলা যায় সেই ঘাতক বান ছোড়েন তিনি, আমার বাড়ি গিয়ে যতদিন ইচ্ছা ততদিন থাকতে পারবি। দুবেলা ভাত খেতে পারবি। নিজের পুকুর আছে আমার গাই গরু আছে। মাছ দুধ দুটোই পাবি। যাবি তো বল।

হ'যামু ! আর কথা না বাড়িয়ে উঠে দাঁড়ায় জীবন। ডাক্তার আর হাতের ভারী ব্যাগটা জীবনের কাছে সমর্পণ করে দেয়— সাবধানে নিস ফেলে দিস না যেন। সে টর্চ জ্বেলে আগে আগে হাটে, নীরবে তাকে অনুসরণ করে জীবন। স্টেশনের আশপাশ ঘিরে গড়ে ওঠা দোকান ঘর ছাড়িয়ে যাবার পর, রেল লাইনের ডান পাশে রিফিউজিদের ক্যাম্প। সব ঘরেই লোক এখন ঘুমিয়ে পড়েছে। সে সব পার হয়ে বাঁদিকে শুরু হল মেঠো পথ। এই পথে গরুর পাল চলে গরুর গাড়ি চলে। বর্ষার সময় এক হাঁটু পাঁক হয়। এখন সে পাঁক গাড়ির চাকার পিস্টনে গরুর পায়ের খুরে পাউডারের মত মিহি। যা এক বিঘা পরিমাণ উঁচু। পা পড়লেই যা ফস করে হাঁটু অবধি উঠে উড়তে থাকে।

এই পথে কুড়ি মিনিট হেঁটে বাঁদিকে হেম ডাক্তারের বাড়ি। বাড়ির দরজা মজবুত কাঠের, দেওয়াল মাটির, আর উপরে টালির ছাউনি। অঞ্চলের হিসাবে যেটা বেশ সম্পন্নতাই তুলে ধরে।

রেল লাইনের পথ থেকে মেঠো পথে নেমে মনে হল হেম ডাক্তারের, বাড়িতে ঢোকবার আগে বালকটির বিষয়ে কিছু অতি প্রয়োজনীয় তথ্য জেনে নেওয়া দরকার। যার মধ্যে সব চেয়ে গুরুত্বপূর্ণ জাত গোত্র। শত হলেও হেম ডাক্তার বামুন মানুষ— বর্ণশ্রেষ্ঠ। বাইরে বাইরে যা করেন সেটা পেশার জন্য করতে হয়। তা বলে ঘরের মধ্যে তো সে নিয়ম চালানো যায় না। তা ঠিকও নয়। কথায় বলে— আচারে আচার্য্য আর বিচারে বিদ্বান। জাত বামুনের ছেলে যখন আচার বিচার মেনে চলতে হবে বইকি। দেশভাগ হয়ে জাত পাত আর কিছুই প্রায় অবশিষ্ট নেই, মুচি মেথর মুসলমান চাঁড়াল সব এক সাথে ওঠে বসে এক দোকানে বসে এক গেলাসে চা খায়। এই চা, মনে ভাবে হেম ডাক্তার— এটাও ইংরেজদের হিন্দুদের জাত মেরে দেবার একটা চালাকি। শোনা যায় ওতে নাকি গরুর চামড়া গুড়ো করে মেশানো হয়। সেই জন্য উনি চা খান না। যতটা সম্ভব সাবধানে বিশেষ করে বাড়ির চৌহদ্দির মধ্যে ছোঁয়া ছুত বাঁচিয়ে চলাচল করেন। আর যা হোক, ম্লেচ্ছাচার তো করা যায় না জাত বামুনের।

নীলকান্ত গোঁসাই বলেছিলো— জগত বিখ্যাত মুনি নমসের পুত্র, জাইত নমো মোরা কশ্যপ গোত্র। সেটা মনে ছিলো জীবনের। তাই যখনই হেম চক্রবর্ত্তী জীবনকে জিজ্ঞাসা করলো— এই খোকা তোরা কি জাতরে? সে চট করে জবাব দেয়— জাতিতে নোমো গোত্রে কাশ্যপ।

হেম ডাক্তার আগেই জানতো জীবন কি বলতে পারে। হয় নোমো নয় পোদ রিফিউজি ক্যাম্পে এরা ছাড়া আর থাকে বা কারা, তবু জিজ্ঞাসা করে ছিলেন কারণ কিছু একটা বলে কথা শুরু করে তবে তো আসল কথায় পৌঁছাবেন। হেম ডাক্তারের মুখ দেখতে পাচ্ছে না জীবন। তাই তার মনে হয় সে বোধহয় শুনতে পায়নি তাই একটু জোরে আবার বলে— মোর বাপে কইছে মোরা উচা জাইত।

ঠিক আছে ঠিক আছে বলে সামনে টর্চ ফেলে যত দূরে আলো যায় দেখে নিয়ে ধীরে ধীরে বলে হেম ডাক্তার— দেখ, আমি ডাক্তার মানুষ। যারই রোগ হোক আমি তার চিকিচ্ছা করি। আমি এসব জাতটাত মানি না। মানুষের খালি দুই জাত মেয়ে আর ব্যাটাছেলে। তবে বাড়িতে তো অন্য আরো লোকজন

আছে। তারা এসব মানে টানে। তাছাড়া বাড়িতে ঠাকুর ঘরও আছে। সেই জন্য বলছি তুই যতদিন থাকবি একটু সাবধানে থাকবি। এটা সেটায় হাত দিবি না, ছুঁবি না। ছেলে মানুষ তুই তোর তো জানা নেই বামুন বাড়িতে থাকলে কেমন ভাবে থাকতে হয়। তাই বুঝিয়ে বলছি। যতদিন তোর ইচ্ছা থাক, খাওয়া দাওয়া কর। কোন মানা নেই। এক কোনায় চুপচাপ পড়ে রইবি। কেমন!

তোমাগো বাড়ি বুঝি অনেক ভাত?

এ কথা কেন রে।

কইলা না আমারে রোজ ভাত দিবা।

মুচকি হেসে বলেন হেম ডাক্তার— এমনি এমনি কি কেউ কাউরে খাওয়ায়। চালের কত দাম জানিস! আর কেউ কি কোন বাড়ি মাসের পর মাস এমনি এমনি কি খায়। বল খায়? সে যদি তুই খাস, বসে বসে তো তোর পায়ে বাত ধরে যাবে। কি করবি তুই! ছেলের মত আমার বাড়ি রইলি, কটা গরু আছে তাদের একটু খড় জল দিলি। মাঠে একটু চরাতে নিয়ে গেলি। পারবি না? না পারলে আর কি করবি, চলে যা। আর যদি পারিস যতদিন তোর মনে চায় থাক, খা। মানুষ আজকাল আর আগের মত খাটতে চায় না। সেই জন্যই না খেয়ে মরে। যে খাটতে পারে তার কোনদিন না খেয়ে থাকতে হয় না। আমার কত বয়েস বলতো। বাহান্ন বছর। এখনো আঠারো ঘণ্টা কাজ করি। সেই জন্যই ভালো থাকি। বললি না আমার বাড়ি অনেক ভাত। সব আমার পরিশ্রমের ফল।

জীবন নিরুত্তর থাকায় বুঝে যান হেম ডাক্তার সে থাকবে। তার পায়ে বেড়ি পড়িয়ে দেওয়া গেছে। সময়টা বড়ই ক্ষুধাক্রান্ত। এসময় ভাত শব্দটার গায়ে জড়িয়ে গেছে বশীকরণের মোহিনী জাদু। যার সামনে উচ্চারণ করা যায় সেই নত হয়ে পড়ে।

কথা বলতে বলতে হাঁটা পথ ফুরায়। এসে যায় হেম ডাক্তারের বাড়ি। ঘরের দরজা ভিতর থেকে বন্ধ। কিন্তু জানালায় কুপি জ্বলছে। দরজার সামনে দাঁড়িয়ে জোরে জোরে হাঁক মারে হেম ডাক্তার— ও গায়ত্রীর মা, কই গো। ঘুমিয়ে পড়লে নাকি! ওঠো। উঠে দরজাটা খোলো।

যে দরজা ভিতর থেকে বন্ধ ছিলো সেটা খুলে কুপি হাতে উঠোনে নামে এক মাঝবয়সী মহিলা। গায়ে ব্লাউজ নেই, কিন্তু গলায় সোনার চেন আছে। সেই মহিলা হাই তুলে ঘুম জড়ানো চোখে জীবনকে দেখে বিস্মিত হয়ে বলে, এইটে কে?

নিয়ে এলাম।

কোথায় পেলে? বাড়ি কোথায়?

বাড়ি থাকবে কোথা থেকে, ক্যাম্পে থাকে।

টিঁকবে তো। বড্ড ছোট, আগেরটার মত একটু বড় হলে ভালো হত।

বড় আর কোথায় পাবো। এই দিয়ে কাজ চালাও, পরে দেখা যাবে।

মহিলা উঠোনে কুপি নামিয়ে রেখে আবার ঘরে যায়। গামছা ঘটি এনে হেম চক্রবর্ত্তীর হাতে দেয়। বলে মুখ হাত ধুয়ে তাড়াতাড়ি এসো। হেম ডাক্তার সে সব নিয়ে বউকে বলে, কুপিটা ওকে দিয়ে দাও। আহা ছুঁয়ে ফেলো না,

নিচেই রাখো ও তুলে নেবে। ওকে তুমি গোয়ালের সেই জায়গাটা দেখিয়ে দাও। যেখানে ঘুটের বস্তাগুলো থাকে। বস্তা সরিয়ে শোবার মত খানিকটা জায়গা বের করে নিক। চারদিকে আজকাল যা গরুচুরি হচ্ছে। কেউ তো একজন পাহারায় রইলো।

হেমগিন্নি কিছু একটা জিজ্ঞাসা করার চেষ্টা করে ছিলো কিন্তু তার জিজ্ঞাসার আগেই, মুখ দেখে মনের কথা বুঝে নিয়ে নিচু গলায় বলে দেয় হেম চক্রবর্ত্তী, নোমো।

হেম ডাক্তারের বেশ বড় একখানা টালির ঘর। সামনে দুপাশে বারান্দা। বড় ঘরের সামনে উঠোনের ওপারে রান্নাঘর। আর উঠোনের ওপাশে ডানদিক ঘেঁষে লম্বা গোয়াল। সাধারণের রাস্তা থেকে বাড়িতে ঢোকার ঠিক ডানদিকে বড় পোনাপুকুর। সেই পুকুরে হাত পা ধুতে গেল হেম ডাক্তার। জীবনকে গোয়াল দেখাতে নিয়ে যায় হেমগিন্নি। যা ওইখানে গিয়ে বোস আলোটা নিয়ে। গোয়ালটা বেশ বড়, ছোট বড় মিলিয়ে মোট বারোটা গরু হেম ডাক্তারের। গোয়ালের পিছনে গোবর গাদা। গাদার গোবরে কিছুটা ঘুঁটে হয়ে জ্বালানি হয় কিছুটা সার হয়ে জমিতে পড়ে। সাত বিঘে ধানজমি আর চার কাঠার পোনা পুকুর আছে হেম ডাক্তারের। মজুর লাগিয়ে চাষ করান। সবাইকে দিয়ে থুয়ে বছরের খোরাকির চাল জমি থেকে পেয়ে যান।

মাটি থেকে আলোটা তুলে নিয়ে গোয়ালের চালার দিকে যেতে যেতে মনটা কুঁকড়ে ছোট হয়ে আসে জীবনের। কিছুক্ষণ আগে যে ভালো লাগায় মনপ্রাণ ওতপ্রোত হচ্ছিলো তা এক নিমিষে চুপসে যায়। মনে হয় তার, চিরকালের চেনা জগত থেকে হঠাৎ করে কেউ ধাক্কা মেরে ফেলে দিয়েছে এমন এক অস্বাভাবিক অচেনা অবস্থার মধ্যে যাকে সহ্য না করে নিয়ে উপায় নেই। আর সহ্য করে নিলে অন্তরাত্মা আহত হয়। ওর বাল্যকাল যাদের মধ্যে কেটেছে সব এক বর্ণ এক সম্প্রদায় এক গোষ্ঠীর লোক না হলেও তাদের মধ্যে এমন উগ্র ছোঁয়াছুত এত তীব্র ঘৃণা ছিলো না। তারা কেউ ওকে কোনদিন এত অধম ভাবেনি যে গোবর চোনার গন্ধ ভরা গরুর গোয়ালে শুতে দেবে। এরা দিচ্ছে। এরা কারা? কেন এদের মন এই রকম পাথর। তবে কি এরা আমাদের মত মানুষ নয়। তাহলে কোন মানুষ।

জীবনের ছোট্ট জীবন যে দুটো ক্যাম্পে কেটেছে সেখানে একজনও বামুন কায়েত বদ্যি ছিলো না। কোথা থেকে কে জানে বিয়ে শ্রাদ্ধ উপলক্ষে ক্যাম্পে এক দু'জন বামুন আসতো। তারা ক্যাম্পের মানুষের সামনে জাতিগর্বে অতখানি বুক ফুলাতে পারতো না। ইচ্ছায় হোক আর অনিচ্ছায় কিছুটা নিজেকে সংযত করে রাখতো। কিন্তু এরা অসহায় এক বালককে একা পেয়ে যে অমানবিক ব্যবহার করলো তা কোন দিন ভুলে যাবার মত নয়।

একটা কলাই করা থালায় কিছুটা ভাত তার উপর আলু কুমড়ো সজনে ডাটার খানিকটা চচ্চরি দিয়ে জীবনের সামনে নামিয়ে দেয় হেমবাবুর স্ত্রী, এই নে। খেয়ে থালাটা পুকুর থেকে ধুয়ে ওইখানে এনে রেখে দিস। ভালো মত রাখিস। কাল এতে আবার ভাত দেবো। আর ওইখান থেকে একটা বস্তা নিয়ে বিছিয়ে শুয়ে পড়িস। কুপিটা নিভিয়ে দিস বলে চলে যান তিনি।

গোয়াল ঘরে অসম্ভব মশা। সাথে নাক জ্বালা করা গরুর চোনার তীব্র গন্ধ। তারই মধ্যে বস্তা বিছিয়ে শুয়ে পড়েছিলো জীবন। কিন্তু ঘুমাতে পারেনি। তবে রাত যতই দুঃসহ হোক শেষ তো আছেই! একসময় রাত শেষ হয়ে ভোর হয়। মুসলমান পাড়া থেকে ভেসে আসে আজানের সুরেলা আওয়াজ। আরবী যে ভাষা থেকে কিছুই মর্মোদ্ধার করতে পারে না জীবন। তবু মনটা তার কেন কে জানে প্রসন্ন হয়ে যায়। তার পরে জীবনের চোখটা লেগে আসে। চোনার গন্ধ মশার কামড় তখন অতটা আর পীড়াদায়ক থাকে না।

১৫

গোবর গঙ্গা

তখন সবে পূবের আকাশ কিছুটা ফরসা হয়েছে, সূর্য ওঠেনি তখনও। হেমগিন্নি ঘুম থেকে উঠে পড়েন। তারপর গোয়ালের বাতায় গোঁজা গরুর পাচন নামিয়ে তা দিয়ে খোঁচা মেরে ডেকে তোলেন জীবনকে। এই ওঠ, উঠে পড়। গোয়ালের গোবরগুলো গাদায় নিয়ে ফেলে আয়। গোয়ালটা ঝাঁটা দিয়ে পরিষ্কার করে ফেল। এই কাজ দুটো শেষ করতে করতে সূর্য উঠে যায়। হেম গিন্নি দুধেল গাইটা দুয়ে নিয়ে তৃতীয় হুকুম দেন— গরু কটা মাঠে নিয়ে যা। দেখিস যেন কারও ক্ষেতে ঢুকে না পড়ে। আশে পাশে মেয়াদের ক্ষেত। মহা বজ্জাত ওরা। ফসলে গরু মুখ দিলে কিন্তু মারবে। দুপুরবেলা এক ফাঁকে এসে খেয়ে যাস। তারপর জীবনের গামছার কোঁচড়ে উঁচু থেকে খানিকটা মুড়ি ঢেলে দেন, মাঠে বসে খেয়ে নিস।

হেম ডাক্তারের বাড়ির সামনের সাধারণের চলাচলের রাস্তা পার হলেই ওপাশে বিশাল মাঠ। সেই মাঠের বাঁদিকে চাকলা গ্রাম। সেখান থেকে জাবেদ খালেদ হামিদ হবিবুর এরাও গরু নিয়ে মাঠে চড়াতে আসে। এসব গরু ওদের নিজেদের নয়। গৃহস্থের গরু ওরা চড়ায় তার জন্য তারা ওদের চাল পয়সা দেয়। গরু চড়াতে গিয়ে এদের সাথে মিলে মিশে যায় জীবন। সবাই এক সাথে সবার গরু চড়ায়, হাডুডু দাড়িয়াবান্ধা খেলে। ঝগড়া মারামারিও করে। কে যেন কবে বলেছিলো মুসলমানরা খুব খারাপ লোক। হিন্দুদের ধরে আর কোপ মেরে গলা নামিয়ে দেয়, আগুন দিয়ে ঘর পোড়ায়। সে সব কথায় এখন আর বিশ্বাস থাকে না। মুসলমান, মেয়া নেড়ে নামে আর বুক কেঁপে ওঠে না। প্রচলিত কথা উপকথা আর বর্তমান বাস্তব অভিজ্ঞতা দুটোকে কিছুতে এক বিন্দুতে এনে মেলাতে পারে না। পার্থক্য করতে পারে না। নিজের বাপ গরীব দাসের সাথে জাবেদের বাপ আনোয়ার মোল্লার।

জাবেদের আব্বা, পাঁচবার নমাজ পড়া খাঁটি মুসলমান। অভাব অনটনে যার কোমরটা বেঁকে দুমড়ে গেছে। হাঁটবার সময় সামনে ঝুঁকে থাকে। পেটের

চামড়া চুপসে গিয়ে পেটের কোন খোঁদলে ঢুকে গেছে। কোটরে বসা চোখ সব সময় ছলো ছলো। যেন কাঁদছে। হনুর হাড় ঠেলে বের হয়ে এসেছে সামনে। গায়ে জামা নেই। মাথায় তেল নেই, মুখে হাসি নেই। চরম দারিদ্রপীড়িত একজন অতি সাধারণ মানুষ। মুসলমান এই মানুষটাকে কোন মতেই কোন রক্তাক্ত বীভৎস কল্পনার পাশে দাঁড় করানো যায় না। জোর করে দাঁড় করালে তা মানানসই মনে হয় না। জীবনের বাবার মতই জাবেদের বাপ বয়েসের আগেই বুড়ো। এই রকম একজন দুঃখপীড়িত মানুষ কেমন করে আর এক দুঃখী মানুষের দুশমন হবে। কেন তার জান সম্পত্তির হানি করবে। গলা কাটবে? কেন কাটবে? কেটে সে কি এমন পাবে? ভুল, ভুল সব মিথ্যা সব বানানো গল্প। হামিদের বোন জুলেখা, সে তো কুসুমের মতই হাসে, কলকল করে কথা বলে, অভিমানে ঠোঁট ফলায়, অনুরাগে মোমের মত গলে যায়। এই তো সেদিন ঈদের সময় জুলেখা একটা বাটি করে জীবনের জন্য সেমুই নিয়ে এসেছিল কলাপাতা ঢাকা দিয়ে। বলেছিলো নুক্কে নুক্কে খেন্নে। বামুন ডাগতার গার য্যান বলিসন্নে। তালি কিন্তুক তোরে মারবে।

ভাতের নেশা সব চেয়ে বড় নেশা। অন্য সব নেশা অন্নের নেশার কাছে শিশু। কখন যে জীবনের এখানে দু তিন মাস কেটে গেছে কিছু খেয়ালই রাখতে পারেনি। এই দুতিন মাসে দু তিনবার জীবন হেম গিন্নির হাতে মার খেয়েছে। একবার ঘুম ঘোরে বিছানায় পেচ্ছাপ করে ফেলার অপরাধে। বিছানা বলতে চটের বস্তা। যা ভেদ করে পেচ্ছাপ ঘুটে ভিজিয়ে দিয়েছিলো। আর একবার মনের ভুলে নিজের জাতি পরিচয় বিস্মৃত হয়ে জাত বামুনের জাত্যাধিমানী মেয়ে গায়ত্রীর গাল টিপে দিয়ে। গায়ত্রী ফরসা। সুন্দর মুখ চোখ। চুলের দু দিকে দুটো বিনুনি বাঁধে। এখোনও পুকুরে ন্যাংটো হয়ে চান করে। তখন সে সবে চান করে পুকুর ঘাটে উঠে দাঁড়িয়েছে। তার ভেজা চুল থেকে ফোঁটা ফোটা জল গড়িয়ে নামছে পিঠের উপর। পিঠ বেয়ে জল নামছে নিচে, আরো নিচে পায়ের পাতায়। তখন তার তুলতুলে গাল আর পুতুল পুতুল চেহারা দেখে কেন কে জানে জীবনের বড় লোভ হয়ে ছিলো একটু আদর করার। সে নিজেকে আর সামলে রাখতে পারেনি। সেই মুহূর্তে ভুলে গিয়েছিলো সে হেম ডাক্তারের সতর্ক বাণী বার্ত্তা উপদেশ।

গাল টেপার সাথে সাথে মেয়েটার চিল চিৎকার— মা দ্যাখো। শিগগির এসো। চাঁড়ালটা আমাকে ছুয়ে দিয়েছে। আদর নয়, তার গলার আওয়াজে ছিলো সেই আর্তনাদ যাতে যে কেউ ভ্রমে পড়তে পারে, বুঝি অষ্টম কি নবম বর্ষিয়া কন্যাটিকে জীবন বলৎকার করে দিয়েছে। কিন্তু সেই ভুল আবার করলো জীবন, আবার গালে হাত ঠেকালো। চটাস করে একটা শব্দ হলো। ফরসা তুলতুলে নরম গালে জীবনের আঙ্গুলের পাঁচটা দাগ বসে গেল। হারামজাদী মাইয়া, মোরে বেবাক সোমায় চাড়াল চাড়াল কস ক্যান। মোর বুঝি নাম নাই। নাম কইতে পারোস না!

হেমগিন্নি মাছ ভাজছিলো। নিজেদের পুকুরের মাছ। মেয়ের কান্না শুনে সে রান্নাঘর থেকে ছিটকে বেরিয়ে এল। মাঠে গরু ছেড়ে রেখে ভাত খেতে আসা জীবনের দিকে তাক করে হাতের খুন্তিটা ছুঁড়ে মারলো। মোক্ষম নিশানা। খুন্তি

সার্কাসে ছোড়া চাকুর মত এসে লাগলো জীবনের কপালে। কপাল কেটে রক্তের ধারা গড়িয়ে নেমে ডানচোখটা ঢেকে দিলো। এ্যাতো সাহস তোর, আমার মেয়ের গায়ে হাত দিস। মেরে খুন করে ফেলবো।

মোরে গাইল্যায় ক্যান!

মিছে কথা বলবি তো ফের মারবো। কি বলেছে আমি শুনিনি? চাঁড়ালকে চাঁড়াল বলবে না তো কি বামুন বলবে। থাকতে দেওয়া হয়েছে খেতে দেওয়া হচ্ছে বলে বেশি মাথায় উঠে নাচিস না। এই বলে দিচ্ছি।

জীবন রামায়ণ মহাভারতের কথকতা শুনেছে। সে জানে গুহক চণ্ডালের নাম। শুনেছে হরিশ্চন্দ্রের কথাও। যে রাজ্যপাট হারিয়ে চণ্ডাল হয়ে ছিলো। চণ্ডালরা অচ্ছুত সবাই বলে। তারা শ্মশানে থাকে মড়া পোড়ায়। জীবনের বাবা বা অন্য যারা তারা কেউ ও কাজ করে না। তারা ক্যাম্পে থাকে মাদুর বোনে জন খাটে। তাহলে তারা কি চণ্ডাল! তাই তীব্র প্রতিবাদে ফেটে পড়ে সে। মোরা চাড়াল না, মোরা নোমো কাইশ্যপ মুনির বংশ।

হেম ডাক্তার তখন বাড়ি ছিলো না। সে ফেরে ঘণ্টা খানেক পরে। জীবনের কাটা কপাল দেখে এখন আর তাকে শাসন করার দরকার আছে তেমন বোধ করলেন না। আগেই যথেষ্ট হয়ে গেছে। তখন বউকে বললেন— এভাবে খুন্তি ফুন্তি কেন ছোঁড়ো! ছুঁড়ো না! আর একটু হলে তো চোখটা যেতো।

যেতো যেতো। রাগের সময় কি মানুষের মাথার ঠিক থাকে!

ঠিক রাখো, ঠাণ্ডা রাখো। চোখটা গেলে তখন কি হতো বলো তো। আশেপাশে লোক তো কম নেই। কেউ না কেউ ঠিক ওকে থানায় নিয়ে যেতো। পুলিশ এসে তোমাকে ধরে নিয়ে যেতো।

একটু থেমে ফের বলেন তিনি— জানি, এগুলোর ব্যবহারে রাগ হয়। তা রাগ হয়ে গেলে পাচনের বাড়ি দুচার ঘা পিঠে মেরে দিও। সাপও মরলো লাঠিও ভাঙ্গলো না। এটা সেটা ছুঁড়ে মেরো না।

বউকে শান্ত করে জীবনকে সান্ত্বনা দিলেন তিনি, রাগ করিস না। ধর তোর মা যদি তোকে মারতো, কি করতিস তখন? গায়ত্রীর মা তো তোর মায়ের মত। যদি একটু মেরেই থাকে খুন্তিটা তো আর গায় লাগবে বলে ছোড়েনি, ভয় দেখাতে ছুঁড়ে ছিলো, লেগে গেছে। ও নিয়ে ভাবিস না। এমন ওষুধ দেবো দু—তিন দিনে সেরে যাবে।

জীবন তখন মারের ব্যাথায় নয়, গালাগালির মনোকষ্টে বলেছিলো, আমারে গায়তিরি সোমায় সোমায় শুধা মুধা গাইলায় ক্যান!

গায়ত্রী গালাগালি করে। বলিস কি র‍্যা ! ও তেমন মেয়ে নাকি। কি গালাগালি করে বলতো শুনি।

মোরে চাঁড়াল কয়।

হাসেন হেম ডাক্তার— ওঃ তাই বল। তা চাঁড়াল বলেছে তো কি হয়েছে। তোর গায়ে কি তাতে ফোস্কা পড়ে গেছে। বলুক না কত বলবে, তুই রাগ করবি না তাহলেই তো হয়ে গেল। এই যে আমি! আমাকে যদি কেউ ডাক্তার বলে কি বামুন বলে আমি কি রাগ করি?

কিন্তু মুই তো নোমো।

আরে হ্যাঁ নোমোই তো। কেউ তোকে বলেনি সেই জন্য জানিস না যে নোমো সেই চাড়াল। একটু বিশদভাবে জীবনকে বোঝান তিনি, এই যে জল বরফ গলেই জল হয় আবার জল জমলে বরফ হয়। সেই রকম আর কি। ও নিয়ে তুই একদম রাগ করবি না। চল মাথায় ওষুধ দিয়ে দিচ্ছি।

রাগ করতে পারে না জীবন। রাগ করেই বা সে কী করতে পারে। পারে একমাত্র গোরু চড়ানো চাকরিতে ইস্তফা দিয়ে চলে যেতে। কিন্তু যাবে কোথায়! যেখানেই যাক ওকে তাড়া করে যাবে খিদে। খিদেয় বড় কষ্ট। খিদে লাগলে হাত পা গা গতর সব কলাপাতার মত তিরি তিরি কাঁপতে থাকে। কান মাথা সব, সব বো বো করে। চোখে চরকি পাক খায়। খেলা কাজ কথা কিছুই ভালো লাগে না। সেই খিদের ভয়ে পালাতে পারে না জীবন। খিদে যেন গরুবাঁধা দড়ি দিয়ে বেঁধে রাখে আপোষের খোটার সাথে।

ভাত না খেলে মানুষ বাঁচে না। জীবন বেঁচে থাকতে চায়। বেঁচে থাকতে হবে আর হাতে পায়ে একটু বেড়ে উঠতে হবে। বেঁচে না থাকলে বেড়ে না উঠলে মা বাবা ভাই বোন কাউকে বাঁচানো যাবে না। সবাইকে বাঁচাবার জন্যই তার বেঁচে থাকাটা একান্ত জরুরি।

সেই খিদেই একদিন জুলেখার সেমুই খেয়ে নিয়েছিলো। যার পূর্ব পুরুষ একদা মুসলমানের হাতের অন্ন জল খেয়ে জাতিচ্যুত হয়ে গিয়েছিলো। সেমুই খাবার আগের সাথে সেমুই খাবার পরের 'আমিকে' ভালোভাবে পরখ করে দেখে ছিলো জীবন। নাহ্ কোন পরিবর্ত্তন হয়নি। নিজেকে কোন অপবিত্র বা অশুদ্ধ বলেও মনে হচ্ছে না। বরং উল্টো হয়েছে। দুধ ঘি কাজু কিসমিসের এমন স্বাদু খাদ্য খেয়ে শরীর মন একদম শান্ত তৃপ্ত সবল লাগছে। ওর বাবা সেই কবে বলে ছিলো যদি কেউ ভালোবেসে আদর করে পচা পান্তাও খেতে দেয়, তা জানবি অনাদরে দেওয়া পরমান্নের চেয়ে লাখ গুনে ভালো। আর যদি কেউ ভালোবেসে পরমান্ন দেয়? সে পরমান্ন যে নিয়ে এসেছে সে রাজকন্যা সুজাতা নয়, গ্রাম বাংলার এক অনাহারী কিশোরী। নিজের ভাগের খাবার থেকে ভাগ করে দিয়ে যাচ্ছে তাকে যাকে মোল্লা মৌলবিরা কাফের, বিধর্মী, আল্লাতাল্লাও যাদের ভালোবাসে না, বলেছিলো।

এখন জীবনের সেই সব মিথ্যাবাদীদের উপর ক্ষমাহীন ক্রোধ হয়, যারা বলে মুসলমানদের হাতে অন্নজল খেলে জাত যায়। কই, জাত ফাত কিছুই তো গেল না, যেমন ছিলাম ঠিক তেমনই তো আছি। ভাত খেলে যদি জাতই যায় তবে এতদিন হেম চক্রবর্ত্তীর বাড়ির অন্ন খেয়ে জাত খুইয়ে বেজাত বামুন হয়ে যাবার কথা ছিলো। তাদেরই মত মানুষকে অকারণে ঘৃণা অপমান আর অত্যাচারী নারী হয়ে যাওয়ার কথা ছিলো।

না, জীবন ওদের মত, এদের মত কারো মতোই হতে পারেনি। জীবন রয়ে গেছে সেই সাধারণ স্বাভাবিক জীবনের মতোই। বড়োদের মত একটা সিদ্ধান্ত ছোট জীবনের মনের ভেতরে এখন থেকেই শেকড় চাড়াতে শুরু করে মানুষ যদি হয় শুধু মানুষ সে কোন মানুষের পক্ষেই অনিষ্টকর নয়।

খালেদার নানী একটা ঝুড়ি নিয়ে গোরুর পালের সাথে সাথে ঘুরে গোবর

কুড়ায়। চাকলার বউ ঝিদের নিয়ে ধান ক্ষেতের নাড়া ওপড়ায়। নাড়া দিয়ে নিজের ঘরে রান্না করে। গোবর দিয়ে ঘুঁটে বানিয়ে ঘুটিয়ারী শরীফ গিয়ে বেচে আসে। একটা ঘুঁটে এক পয়সা একশো ঘুঁটে একটাকা। একটাকার ঘুঁটে কিনলে দশটা ফাউ।

সেই নানী জীবনকে নিয়ে সব সময় হাসি তামাশা করে— এই ছাবাল, এট্যু জোয়ান মদ্দ হয়েন্নে। ওজগার পাতি করতি শিখলি ত্যাখন তোরে আমাগার গেরামের জামাই বেনিয়ে নেবো। জুলেখার সাথে তোর বে দে দেবো। সে কথায় জুলেখা গাল পাড়ে, ঢেমনি বুড়ি আমারে বে দিতি হবেনে। আমার তুই ক্যান বে দিবি, তুই নিজ কর না।

মা—গী! বুড়ি টেনে টেনে বলে, সব্বো সোমায় আগে পিছে ঘুর ঘুর করতেছো, আর আমি বে'র কথা বলেছি তো গাল দেচ্ছো। জিগ্যেস কর তোর হে রে, যেদি আমার সাথে বে করতি চায়, তুই বলবি কাল আমি বলবো আজ। ঘুঁটের বস্তা বওয়ার এট্যা নোক পাওয়া যাবে।

এ সব পরিহাস। এই রকম পরিহাস প্রিয় শত অভাব অনটনের মধ্যেও এত প্রাণবন্ত সরল সোজা, গরীব কিন্তু সৎ, কঠোর পরিশ্রমে পেটের ভাত সংগ্রহ করা মানুষ, তারই মত আর একজন মানুষের গলা কেন কাটবে। কেটে তার কি লাভ? এই জটিল অংক বুঝতে পারে না জীবন। আর যতই বুঝতে পারে না ততই তার কিশোর মন ক্ষুন্ন হতে থাকে। মনে হতে থাকে, জাত ধর্ম বর্ণ সম্প্রদায় এই সব নামের একটা ফালতু বাজে বেলুনে ভরে দেওয়া হয়েছে পারস্পরিক বিদ্বেষের বিষ বাষ্প। যে বেলুনটা না থাকলে, ফেটে গেলে কারও কোন ক্ষতি নেই সেটাকেই নানারকম প্রচার দিয়ে, মহিমান্বিত করে দেওয়া হয়েছে। যারা এসব করে চলেছে তারা সব ধান্ধাবাজ শয়তান, মানব সমাজের ঘোর শত্রু। এরাই বাধাচ্ছে মানুষে মানুষে এত ঝগড়া লড়াই হানাহানি মারামারি রক্তপাত। মানুষের গলা যদি একান্তই কাটার ইচ্ছা জাগে এই শয়তানগুলোর কাটা মোটেই অন্যায় হবে না।

নিজের মনে মনে ভাবে জীবন, খালেদ আর আমি কেউ কারো শত্রু নই। তবে এক সাথে থাকলে এক সাথে খেললে কোন কোন সময় কোন বিষয় নিয়ে মনোমালিন্য, ঝগড়া এমনকি মারামারি পর্য্যন্ত হয়ে যেতে পারে। এই তো সেদিন হাডুডু খেলতে গিয়ে কত ঝগড়া হাতাহাতিও হয়ে গিয়েছিলো। হয়তো কোনদিন তা আবারও হতে পারে। তখন যদি খালেদ জাবেদরা মুসলমান পাড়ায় গিয়ে বলে— এক হিন্দু আমাকে মেরেছে। আর গ্রামের কেউ সবাইকে উস্কে তোলে— চলো দশটা হিন্দুকে মেরে এর শোধ তুলবো, সেটা হবে ঘোরতর অন্যায়। আবার আমি যদি একই কথা বলে হিন্দুদের খেপাই তাও হবে ঘোর অপরাধ।

এই অপরাধ করে চলেছে একদল লোক, শুধু লোক নয় ধুরন্ধর বদমাশ। তাদের ব্যাক্তিগত স্বার্থ ভাবনাকে চরিতার্থ করবার জন্য। যা অবুঝ অজ্ঞ মুর্খ নির্বোধ মানুষের মধ্যে গোপন ভাইরাসের মত ছড়িয়ে যাচ্ছে। মুসলমান জীবন খুব বেশি দেখেনি তার ছোট্ট জীবনে। বাবার বন্ধু মামুদ চাচা আর এই চাকলা গ্রামের কয়েক জন। কিন্তু এদের মধ্যে তেমন কোন বিশেষ দোষ দেখতে পায়নি যা অন্যান্যদের মধ্যে নেই। কিন্তু গুণ একটা আছে, বিশেষ গুণ, এরা

তাকে হেম ডাক্তারদের মত ঘৃণা করে না।

একদিন, সেদিন সন্ধ্যে বেলা অন্ধকার কিছু ঘন হয়ে যাবার পর গরু নিয়ে ঘরে ফেরে জীবন। এমনিতে কোনদিন এতদেরী করে না। বেলাবেলি ফিরে আসে। কেননা গরু এনে গোয়ালে বেঁধে জাবনা কেটে দিতে হয়। এতগুলো গরুর খড় কুচানোতে অনেক সময় লাগে। তারপর পুকুর থেকে জল বয়ে এনে ঢালতে হয় মেঝলায়। তবেই সেদিনকার মত ফুরসত মেলে। সেদিন কোথা থেকে একটা ভোকাট্টা ঘুড়ি উড়ে এসে পড়েছিলো মাঠে। ঘুড়ি দেখে মনটা নেচে উঠেছিলো জীবনের। কোনদিন ঘুড়ি কিনতে পারেনি তাই ওড়াতেও পারেনি। আজ ভাগ্য সেই সুযোগ দিয়েছে। মনের আনন্দে সেই ঘুড়ি নিয়ে ওড়াউড়ি করতে গিয়ে সূর্য্য ডুবে আঁধার নামে। আর ঘরে ফিরতে ফিরতে নেমে আসে রাত। রাত মানে অন্ধকার।

সেই অন্ধকারে এসে দেখতে পায় জীবন হেম ডাক্তারের দক্ষিণ মুখো ঘরের পশ্চিম দিকের পাশ বারান্দায় বসে আছে আমজাত আলি, নুরুল হক আর রহমত মোল্লা। এদের সবার বয়েস পঁয়ত্রিশ ছত্রিশের কাছাকাছি। এরা সবাই চাকলা গ্রামের সম্ভ্রান্ত সম্পন্ন মানুষ। নুরুল হকের একটা ছোট কথা বলা হাতবাক্স আছে। এর নাম নাকি রেডিও। যা আশেপাশের দশ বারো গ্রামের কারো নেই। সেই বাকসোটা সে সর্বক্ষণ সাথে নিয়ে ঘোরে। বাকসো কথা গান গল্প যাত্রা তরজা কত কি না বলে! বৃষ্টি হবে কি না, ঝড় উঠবে কিনা, কোন ফসলে কোন সার দিলে ফলন ভালো হয়, সব খবর দেয়। নুরুল হকের প্রায় চল্লিশ পঞ্চাশ বিঘে ধান জমি।

এরা ঘরের যে বারান্দায় বসা, যে রাস্তা রেল লাইন পার হয়ে কুড়ালি পর্য্যন্ত গিয়ে পাকা রাস্তায় ঠেকেছে, যার অন্য মাথা চলে গেছে চাকলার মধ্য দিকে একে বেঁকে নারাণপুর, সে রাস্তা দিয়ে হেটে যাবার সময় কিছু কেউ দেখতে পাবে না। কথাও বলছে তারা খুব নিচু গলায় বেশ কিছু কুণ্ঠা নিয়ে। যা বেশ খানিকটা অস্বাভাবিক। যেন তারা নিজেদের অস্তিত্বকে আড়াল করে কোন এক অপরাধ বোধ দ্বারা আক্রান্ত। কথায় বলে যার গোলায় ধান তার কথায় টান। এদের গলায় ধান আছে গলায় টানও আছে। সে টানের কথা পথে ঘাটে হাটে বাজারে সালিশি সভার লোক জানে। কিন্তু এখন সে স্বর নেই।

এদের সামনে এখন দাঁড়িয়ে আছে ডাক্তার হেম চক্রবর্ত্তী। একদিন যারা মুসলমানের ছায়া মাড়ানো পাপ বলে মন করতো, এখনো যারা এক নমঃশূদ্র বালককে চরম ঘৃণায় ঘরের বারান্দায় উঠতে দেয় না, তারাই নিমন্ত্রণ করে নিয়ে এসেছে গরুখোরদের। গরজের কি বালাই। হেম ডাক্তারের গলায় এখন মূর্ত হয়ে ওঠে চরম বিনয়। আহা সে কী বিনয়। যেন বিগলিত করুণা জাহ্নবী যমুনা। আমার কি সৌভাগ্য আজ! আপনারা যে আমার মাটির ঘরে সত্যি সত্যি পায়ের ধুলো দেবেন সে আমি কোনদিন স্বপ্নেও কল্পনা করতে পারিনাই। বাজারে যেদিন রহমত দাদা বললেন, আমার বাড়ি আসবেন, আমি ভাবলাম বুঝি মস্করা করছেন। সেই জন্য সকালে আবার জিজ্ঞাসা করলাম, যাবেন তো? তখন বুঝলাম যে সত্যিই আপনারা আমার মত গরীবের বাড়ি আসবেন। কি

বলে যে আমি আপনাদের ... । যাকগে! ব্যাস হয়ে এসেছে প্রায়, আর মিনিট কুড়ি।

সারা বাড়ি মম করছে ফোটানো দুধের গন্ধে। রান্না ঘরে এখন পায়েস রান্না হচ্ছে। এলাচ লবঙ্গ কিসমিস তেজপাতা নলেন গুড় আরো কি সব দিয়েছে তাতে। যার ফলে গন্ধটা খুব খুলেছে। হেম ডাক্তারের হাজার টাকা দামের গোরু বাচ্চা দিয়েছে দিন কয়েক আগে। সেই গোরুর দুধের পায়েস। নারাণপুরে সাথে গিয়ে গোরুটা দরদাম করে সস্তায় কিনিয়ে দিয়েছে রহমত মোল্লা। উপকারের ঋণ কি করে আর শোধ করা যায়! নিয়মতান্ত্রিক গতানুগতিক পন্থায় যা করা হয় সেই নিয়মের অধীন হয়ে গোরু কেনবার দিন রহমত মোল্লাকে বলে বসে হেম ডাক্তার, যে কষ্ট আর যে উপকার আমার জন্য করলেন তা আর কী বলবো। কোনভাবে এ উপকার ভোলা যাবে না। গরু বাছুর দিলে একদিন যাবেন আমার বাড়ি। এই গোরুর দুধের পায়েস বানিয়ে খাওয়াবো।

সে কী আজকের কথা। কয় মাস হয়ে গেছে। সে কথা কবেই ভুলে গেছেন হেম ডাক্তার। চারদিকে যা ঝুট ঝামেলা, কে কবে গোরু কিনে দিয়েছিলো, আর তাকে কি বলেছিলেন, কত দিন আর তা মনে রাখা যায়! কিন্তু রহমত মোল্লা সেকথা ভোলেনি। একদিন বলে সে– কি ডাগদার, গরুতো বিইয়েচে অনেক দিন। তা সে পায়েস কই।

কোন পায়েস?

খাওয়াবে যে বলে ছিলে?

সত্যি বলছেন! খাবেন আমাদের হাতে?

নাপাক জেদি কিছু না হয় খাতি মানা কোথায়! গোরুর দুধি পায়েস হয়। তা তোমরা খাতি পারো আর আমি পারবো না!

তাহলে কালই– না কাল হবে না। কালকে আমি যাবো কুড়ালি। পরশু দিন আসেন আমার বাড়ি। আসবেন তো?

বললাম তো যাবো। যাবো কিন্তু সন্ধ্যের পরে। আমার সাথে কিন্তু আরো দু–জন থাকবে।

থাকুক না। দুই কেন দশজন আসেন। আপনাদের পাশের গ্রামে থাকি। বিপদে আপদে আপনারাই তো ভরসা। আপনারা ছাড়া এদেশে আপনকে আছে আমাদের। আপনারা আসবেন আমরা যাবো। এই আসা যাওয়া মেলামেশা যদি না থাকে তাহলে আর আমরা কেমন প্রতিবেশী?

এই কারণে এসেছে এরা। আমন্ত্রিত অতিথি। হিন্দুধর্মে বলে অতিথি হচ্ছে নারায়ণ। সেই নারায়ণ। তবে এরা ঠিক স্বাভাবিক সাধারণ অতিথির মত খোলামেলা আচরণ করে উঠতে পারছে না। কোথায় যেন বাধছে। সেই যুগ যুগান্তের সংস্কার এসে বুঝি মনের দরোজায় কপাট আগলাচ্ছে। তাই কিছু আরষ্ট কিছু বিব্রত। বিধর্মী হিন্দুর বাড়িতে চাকলা গ্রামের কেউ ওদের খেতে দেখলে পাড়ায় গিয়ে কী না কী রটিয়ে দেবে তা কে জানে? ওরা দুধের পায়েস খাচ্ছে, না, কচ্ছপের ঝোল তা আর তারা কে জানছে? কাঁকড়া কচ্ছপ এ সব ইসলামের বিধানে হারাম খাদ্য।

এক সময় তিনখানা বড় বড় কাঁসার থালায় পায়েস এনে ঢেলে দেয়

ডাক্তার হেম চক্রবর্ত্তীর গিন্নি। গলার স্বরে তার চাপা অসন্তোষ, যাও থালাগুলো দিয়ে এসো। ডাক্তার থালাগুলো রান্না ঘর থেকে তুলে নিয়ে উঠোন পার হয়ে পাশে বারান্দার অতিথিদের সামনে এনে রাখে— নিন, খেতে শুরু করুন। হেম গিন্নির বেতো শরীর। সে পায়েস দিতে এসে কোন ভাবে ম্লেচ্ছ দেহের সাথে ছোঁয়াছুয়ি করে ফেললে, এই রাতকালে চান করলে বিস্তর ঝামেলা হতে পারে। তাই তাকে ডাক্তারি বিবেচনায় নিরাপদ দূরত্বে রাখাই বুদ্ধিমত্তার কাজ বলে সেটাই করেছেন হেম ডাক্তার।

ওরা খোলা মন নিয়ে এসেছে। খোলা মন নিয়ে পায়েস খাচ্ছে। যা কিছু সংকোচ সংস্কার, সে সব তাদের একান্তই নিজস্ব সামাজিক এবং ধার্মিক বিষয় তা এখন সরিয়ে রেখেছে দূরে। অচলগড়ের অচলায়তনের অটল বিধান ভাঙতে কোন এক পক্ষকে তো প্রথমে এগিয়ে আসতে হবে। ওরা এসেছে। আজ এসেছে অন্ধকারে চোরের মত মুখ লুকিয়ে, কাল আসবে দিনের আলোয় বীরের মত বুক ফুলিয়ে। মানুষকে মানুষের কাছ থেকে বিচ্ছিন্ন করে দিওনা। যত পারো মানুষের সাথে মানুষকে যুক্ত করো। মানব সভ্যতার কাছে এটা বর্ত্তমান সময়ের এক মানবিক দাবি। এ দাবিকে যে মর্যাদা দেবে না সে আর যাই হোক মানব সমাজের মঙ্গলাকাঙ্খী কোন মতে নয়।

ওরা এক সময় পায়েসের থালা তৃপ্তি সহকারে চেটেপুটে খালি করে ফিরে যায়। তৃপ্ত হয় হেম ডাক্তারও। ঘুটিয়ারী শরীফের রেল লাইনের পাড় জুড়ে যে সব পূর্ববঙ্গ থেকে আগত রিফিউজিরা আছে তাদের মধ্যে কেউ কেউ ইতিমধ্যে হিন্দু মহাসভার কেউকেটা গোছের হয়ে গেছে। তারা সব সময় উস্কানি মূলক কথাবার্ত্তা বলে। ফলে দুই সম্প্রদায়ের মধ্যে থম থম করে একটা চাপা উত্তেজনা। যা যে কোন সময় ফেটে পড়তে পারে। যদি কোনদিন দুপক্ষের মধ্যে দাঙ্গা কাজিয়া হয় সেদিন এই পায়েস তাকে মুসলমান রোষ থেকে রক্ষা করবে। এটাই তার বিশ্বাস। কিন্তু ডাক্তার গিন্নি এত সব কূট কৌশল জানে না। যাদের জন্য দেশ ছেড়ে আসতে হয়েছে সেই গোরুখোর নেড়ের জাত ঘরের বারান্দায় উঠে বসবে, খাবে, সে তার ঘোর অপছন্দের। আজ বারান্দায় বসবে কাল রান্না ঘরে ঢুকবে, জাতের তাহলে আর রইল কি। এই যদি করবো তো দেশ ছেড়ে এলাম কেন!

অতিথিরা চলে যাবার পর হেম ডাক্তার ডাকে জীবনকে, এই খোকা, এদিকে একটু আয় তো। গামছাটা পরে আয়। এবার একটা কাজ কর, আগে থালা কটা পুকুরে নিয়ে যা। ভালো করে ছাই দিয়ে মেজে ধুয়ে নিয়ে আয়। এসেছিস। এবার মাদুরটা ধুয়ে এনে গোয়াল ঘরের চালে মেলে দে। দিয়েছিস! এবার বালতিতে খানিকটা গোবর জল গুলে নিয়ে এসে বারান্দায় ঢেলে একটু লেপে দে।

হেম ডাক্তারের হুকুম মত সব কাজ সারা হবার পর হেম গিন্নি আদেশ দেয় আর এক বালতি গোবর গুলে নিয়ে এসে উঠোনটায় ছিটা মার। না হলে আমি বার ঘরে যেতে পারবো না। এমন ভাবে ঘেন্না মিশিয়ে কথাটা বলে সে যেন উঠোন জুড়ে বিষ্ঠার পাহাড় ছড়ানো আছে। যা গোবর জলের ঢেউ ছাড়া পার হয়ে যাওয়া অসম্ভব। কিন্তু লেপা পোঁছা উঠোনের উপর কোথায় এত

নোংরা তা জীবনের ক্ষুদ্র চোখে ধরা পড়ে না। উঠোনের ঠিক ওপারে রান্নাঘর। গিন্নি রান্নাঘরের দরজায় আলো হাতে দাঁড়ানো। ইচ্ছা করলেই তো হেঁটে মাঝের পথটুকু পার হয়ে অনায়াসে বড় ঘরে চলে যেতে পারে। তবু যেতে না পারায় কীসের বাধা?

বাধা কোথায় তা হেম ডাক্তার জানে, এই উঠোনের উপর দিয়ে হেঁটে গেছে একদল গরুখোর ম্লেচ্ছ। উঠোনের মাটি তাদের ছোঁয়ায় শুদ্ধতা হারিয়েছে। গিন্নি এসব খুব মানে। একেবারে জাত বামুনের মেয়ে যে। ওরা কোন অনাচার সইতে পারে না। হেম ডাক্তার নিজে এত সব মেনে চলতে পারেন না। বারো জাতের লোকের সাথে মেশেন। পাপ করেন। ঈশ্বর অন্ধ নয়, তিনি সব দেখেন। কেন হেম ডাক্তার এ পাপ করতে বাধ্য হচ্ছেন তাও তিনি বোঝেন। করুণাময় নিশ্চয় এই পাপ ক্ষমা করে দেবেন।

বলেন তিনি আন, এই খোকা, আর এক বালতি গোবর জল গুলে আন। মা যে রকম বলে সেই রকম ছিটা দে।

জীবন কথা মত উঠোন গোবর জল ছিটা দেবার সময় শুনতে পায়। হেম গিন্নির রাগও গলার গজগজানি— বলে দিলাম, এই প্রথম আর এই যেন শেষ হয়। এই সব অজাত কুজাত আর কোনদিন যেন এ বাড়িতে না ঢোকে। মিশতে হয় ওদের সাথে বাইরে বাইরে গিয়ে মিশবে। গেলাতে হয় বাইরে নিয়ে গিয়ে গেলাবে। জাত ধর্মের জন্যই দেশ ছেড়ে এসেছি। আর সেই মেয়ারা এখন ঘরে উঠে বসবে সে অনাসৃষ্টি এই ব্রজবালা সহ্য করবে না। ঘরে আমার এখন লক্ষ্মীর আসন পাতা আছে সেটা ভুলো না। কী সব ঝামেলা এখন সারা বাড়ি গোবর গঙ্গা ছেটাও। কদিন এখন আমার গা ঘিন ঘিন করবে, মুখে অন্ন তুলতে পারবো না তা কে জানে। কি সব খায় কে জানে! উঠোন দিয়ে হেঁটে গেলে ভক করে গায়ের গন্ধ এসে নাকে কামড় মারলো।— ওয়াক্।

গলা ক্রমে ক্রমে জোরালো হচ্ছে দেখে গিন্নিকে সাবধান করে হেম ডাক্তার আহঃ আস্তে আস্তে বলো। পাশেই রাস্তা। যেতে যেতে কে কোথা দিয়ে শুনে ফেলবে। তারপর নিজের গলা আরো নিচু করে বলে, কী করে বুঝবো বলো দেখি। আগে কি জানতাম যে এই রকম হবে। এমনি কথায় কথায় বলে বসে ছিলাম পায়েস খাওয়াবো। সে সেই গোরু কেনার সময়কার কথা। তা ওরা যে সে কথা মনে এমন গিঁট মেরে বসে থাকবে তা কে জানতো। যাক্ যা হবার তা হয়ে গেছে। আর এ নিয়ে মাথা গরম কোরো না। আর কোন দিন এমন ভুল করবো না।

মাথা গরম কোরো না বললেই কি মাথা ঠাণ্ডা রাখা যায়। হেমগিন্নি মেয়ার ময়লা তো নোমো দিয়ে ধোওয়ালো কিন্তু এখন নোমোর নোংরা কাকে দিয়ে সাফ করাবে সেই ভেবে সে ক্ষিপ্ত। ওরা গরুখোর তো এটা শুয়োরখোর। দুটোই ঘৃণ্য, উচ্চবর্ণের চোখে মানবেতর প্রাণী। এখনো শীত পুরোপুরি বিদায় নেয়নি। যদিও হাড় কাঁপছে না কিন্তু চামড়ায় কামড়াচ্ছে। সেই শীতের মধ্যে জীবনের উপর কি এক রাগে যেন তাকে বলে হেমগিন্নি— যা গোবর বালতিটা পুকুর থেকে ধুয়ে একেবারে ডুব মেরে আয়। তোকে গেলোন দিয়েই আমি যাব।

সারাদিন তো জীবন, হামিদ জাবেদ খালেদদের সাথে থাকে। কোনদিন

তো চান করেনা। চান করে সে সেই দুপুরে সবাই যেমন করে থাকে। তবে আজ এখন এই সময়ে কেন? সে কি শুদ্ধ হবার জন্য নাকি মনের ভেতর জমা আক্রোশ বের করে দেবার জন্য। সে কথা হেম গিন্নিকে জিজ্ঞাসা করার সাহস হল না জীবনের। আদেশ অমান্য করে তাকে খেপাতেও মন চায় না। খিদেয় পেট জ্বলছে। এটা কোনো নির্বুদ্ধিতা করার সময় নয়। সে ঝাঁটা বালতি নিয়ে পুকুরের দিকে হাঁটে। একটা ডুব মেরে এক আঁটি খড় জ্বেলে হাত পা সেঁকে নিয়ে হবে। কিন্তু জলে আর নামতে পারে না। পুকুর ঘাটে গিয়ে যেন মাটিতে পা গেড়ে যায় তার। দেখতে পায় বড় রাস্তা থেকে পুকুরের পাড় ধরে হেঁটে এসে বাড়িতে ঢোকার যে প্রবেশ পথ, সেই পথের সামনে কেমন যেন পাথর হয়ে দাঁড়িয়ে আছে তিন তিনজন মানুষ। এরা সেই রহমত মোল্লা, নুরুল হক আর আমজাদ শেখ। নুরুল হক তাড়াহুড়োয় চলে যাবার সময়ে ভুল করে তার রেডিওটা ফেলে রেখে চলে গিয়েছিলো। সেটা রাখা আছে পাশ বারান্দার এক অন্ধকার কোণে একটা মাচার উপর। ওটা সচল থাকলে সবাই টের পেত। বন্ধ করা ছিলো বলে কারও চোখে পড়েনি। বন্ধ করেছিলো এ বাড়িতে নিঃশব্দে ঢোকার প্রয়োজনে। সেটা ফেরত নিয়ে যেতে এসে আর বাড়ির ভিতর ঢুকতে পারেনি ওরা। ঝাঁটা বালতি গোবর জলের ব্যাপক আয়োজন আর হেমগিন্নির গলার আওয়াজে দরজার কাছে পাথর হয়ে জমে আছে।

১৬

রাগ আর ঘৃণা

মানুষের মুখে দাঙ্গার অনেক গল্প শুনেছে জীবন। দেখেনি যারা দাঙ্গা বাধায় তাদের চেহারা কেমন। কসাইয়ের কথাও অনেক জানে। জানেনা কসাইয়ের আপাত শান্ত চোখের নিচে কতখানি নির্দ্দয়তা চাপা পড়ে থাকে। এখন সেই পাথর হয়ে যাওয়া মানুষগুলোর পাথর পাথর চোখে যে অপমান ঘৃণা আর ক্রোধের আগুন ঠিকরে বের হচ্ছে তা অনেকগুলো নির্মম কসাইয়ের অনেকগুলো নোয়াখালির জন্ম যন্ত্রণায় ভরা। কেন কে জানে এখন মনে হয় জীবনের আর একটা ভীষণ দাঙ্গা আসন্ন। খালি হয়ে যাবে হাজার হাজার মায়ের কোল। অনেকগুলো দাউ দাউ চিতা জ্বলবে। অনেক রক্ত অনেক ধ্বংস আর চোখের জলের মহা প্লাবন হবে। মানব সভ্যতার হাজার বছরের কৃষ্টি সংস্কৃতি, শিল্প, সাহিত্যকে বিপন্ন করে উন্মত্ত ঝড়ের তাণ্ডব বয়ে যাবে। আজকের অন্ধকার রাত, অপদার্থ অবিবেচক রাত সেই দাঙ্গাবীজ বপন করে দিয়েছে মানুষের মনের গোপন কুঠুরিতে। বীজ সমাজের নানাস্থানে নানাজন নানাভাবেই বুনছে। বীজ বোনা যখন বন্ধ হচ্ছে না, জাগ্রত বিবেক যখন রুখে দাঁড়িয়ে বলছে না, ব্যাস, অনেক হয়েছে, আর নয়। এবার থামো। নাহলে পাল্টা দাঙ্গা দিয়ে আমরা তোমাদের থামিয়ে দেবো, তখন তার বিষময় ফল ভোগ করতেই হবে। কেউ রক্ষা করতে পারবে না।

অন্ধকার একটা অভিশাপ। অশিক্ষার অজ্ঞতা, সুশিক্ষার অভাব মনের মধ্যেকার অন্ধকারকে আরো ঘন, নিকষ করে। বিবেচনা বোধের সামনে নিরেট দেওয়াল তুলে দেয়। সুস্থ, মুক্ত চিন্তার গতিরোধ করে দেয়। কে আপন কে পর কে শত্রু কে মিত্র কাকে গলা টিপে দেবো কাকে গলায় জড়াবো কিছুই চিনতে বুঝতে দেয় না। আজকের এই নিকষ ঘৃণার যে অন্ধকার রাতে বিস্ফোরণ ঘটাবে জাবেদ খালেদ হামিদরা কি জীবনকে সঠিক পরিচয়ের সাথে চিনে নিতে পারবে? পারা কি সম্ভব হবে? নাকি, আজকের এই অমানবিক উপসংহারে তার ছোট ভূমিকাকেও মূল্যায়ন করা হবে গড়পড়তা অন্ধ ঘৃণা দিয়ে! যা প্রতি দাঙ্গায়

ঘটে থাকে। যা দাঙ্গার নিজস্ব ধর্ম!

দাঙ্গা হবে। কেউ অস্ত্র হাতে কেউ নিরস্ত্র। সবাইকে অংশ নিতে হবে। কেউ নিরপেক্ষ থাকবে না, থাকতে পারবে না। কাছে হোক কি দূরে সবাই হয় শারীরিক নয় মানসিকভাবে জড়িয়ে যাবে দাঙ্গায়। কেউ আগুন লাগাবে কেউ পুড়ে মরবে। কারো ঝলসে যাবে চামড়া কারো মৃদু তাপ লাগবে, রেহাই পাবে না কেউ। কেউ নিরাপদ বা নিরপেক্ষ থাকতে পারবে না।

নিরপেক্ষতা আসলে আক্রমণকারী পক্ষের সহায়তা কারক ভূমিকা। জীবন কি সেই ভূমিকায় নিজেকে রাখতে পারবে আবদ্ধ? জীবন ভাবে, যখন দাঙ্গা হবে, লাশের পাহাড় জমবে, রক্তের নদী নামবে তখন সে কোন পক্ষে থাকবে? কাকে খুন করবে? কোন ঘরে দেবে আগুন। কোন কোল খালি করে কোন মাকে কাঁদাবে?

নমোশূদ্র ঘরে জন্ম হয়েছে জীবনের। যে নমোশূদ্রদের আগে চণ্ডাল বলা হতো। এখন সরকারি কাগজপত্রে তা বলা হয় না বটে কিন্তু তার মানে এই নয় হিন্দু সমাজ তাদের সেই সামাজিক সম্মান ফিরিয়ে দিয়েছে যা তাদের প্রাপ্য। আজো তাদের জল অচল অচ্ছুত বলে ঘৃণা করে বর্ণহিন্দুরা। মন্দির মঠের ধর্মস্থানের দরজা তাদের জন্য আজো বন্ধ। তবু তারা নাকি হিন্দু! যে হিন্দু ধর্মের সর্বেসর্বা এই হেম চক্রবর্তীর মত উচ্চবর্ণের মানুষেরা। তাদের চোখে নমো মুসলমানে কোন প্রভেদ নাই। এরা যেন সেই মহাভারতের হিরিম্বাপুত্র বীর ঘটোৎকচ। যে পাণ্ডবপক্ষের হয়ে কুরুক্ষেত্রে এসে যুদ্ধ করছে কৌরবদের বিরুদ্ধে। আর কৌরবপক্ষের বান বুকে নিয়ে মরবার পরে আনন্দে নৃত্য করে সেই পাণ্ডবপক্ষই। হিরিম্বার গর্ভে বীর্যপাত তো করেছিলো ভীম কিন্তু সে ঘটোৎকচের বাপ হয় নি। সেই রকম নমোদের বাপও হিন্দু হয় নি। হবে না। তাহলে তাদের পক্ষাবলম্বন করে জীবনের কোন লাভ! যদি কোন দিন হিন্দুধর্ম পৃথিবী থেকে বিলুপ্ত ধ্বংস নিঃশেষ হয়ে যায়, অচ্ছুত সন্তান জীবন কি হারাবে? যদি টিঁকে যায় সে পাবে সেই চিরকালের উচ্চবর্ণের ঘৃণা। তাহলে কেন দাঁড়াবে তাকে রক্ষা করতে?

মুসলমান জাবেদ খালেদের কাছে, ধর্মীয় বিচারে সে তো হেম ডাক্তারের জাত— কাফের হিন্দু। কোরআন শরীফের নির্দেশ মেনে মোল্লা মৌলবিদের ভাণ্ডারে বিজাতির কাফেরদের জন্য রাখা আছে স্তুপাকার ঘৃণা। সেই ঘৃণা তারা ছড়িয়ে দেবে স্বজাতি মুসলমানদের মন মগজে। ধর্মীয় দর্পণে প্রতিবিম্বিত জীবন নামক মানুষটাকে তখন তারা শত্রু বলে চিহ্নিত করবে। আর শত্রু তো সেই মানুষের পরিচয়, যাকে ক্ষমা করা যায় না। সে ক্ষমা আমারই অক্ষমতা বা ক্ষতির কারণ হতে পারে।

তাহলে কোন পরিচয় নিয়ে কাকে মিত্র ভেবে কোন পক্ষে গিয়ে দাঁড়াবে ব্রাত্যবালক জীবন? হিসাব মেলাতে পারে না। কিছুতেই মেলাতে পারে না সঠিক হিসেব। আক্রান্ত পক্ষে নই, থাকবো আক্রমণের পক্ষেই। কিন্তু কাকে সাথে নিয়ে কার উপর ঝাঁপিয়ে পড়বো, কার রক্তে অবগাহন করবো সে বড়ই জটিল অংক। তার যোগ বিয়োগ গুণ ভাগ কিছুতেই মেলে না। কিশোর মন আবেগে কাতর হতে পারে। আবেগে আত্মাহুতি দিতে পারে, পারেনা লাভ ক্ষতির নিপুণ

হিসাব কষে পথে পা বাড়াতে। তেমন কৌশলি বুদ্ধি কিশোর যুবকদের থাকে না। থাকেনা বলেই ব্যবহৃত হয় কৌশলি লোকের হাতে। পরিচালিত হয় ভুল থেকে আর এক ভুলের পথে।

আবেগের বশেই এখন ভাবে জীবন, যদি আমি, মংলা, ফটিক, মরণ, জাবেদ খালেদ হাবিব সব মানুষ মিলে যারা মানুষের মধ্যে বিভেদ সৃষ্টি করে, সব অমানুষদের বিরুদ্ধে একটা সর্বাত্মক যুদ্ধ ঘোষণা করা যেতো, যদি উকুন ছারপোকার মত বেছে বেছে সবগুলোকে নিকেশ করে দেওয়া যেতো বড় ভালো হতো। চারপাশের চেনা পৃথিবীটা তাহলে বড় সুন্দর, মানুষের বাসযোগ্য হয়ে যেতো।

কিন্তু যা ভালো যা সুন্দর তা তো তাড়াতাড়ি হবে না। আরো আরো আঘাতের দরকার আছে। যে আঘাতে আঘাতে মানুষের সহনশীলতায় ধস নামবে। নিরপেক্ষতা নামক কাপুরুষতার কঠিন দেওয়ালটা চুর চুর করে ভেঙ্গে পড়বে। তখন মানুষ উঠে দাঁড়িয়ে হিংসা ঘৃণা দাঙ্গা ধ্বংস হত্যার বিরুদ্ধে যুদ্ধ ঘোষণা করবে। যুদ্ধ পর্বের পরেই আসবে শান্তি পর্ব। নিরবিচ্ছিন্ন নিরুপদ্রব অসীম অনন্ত শান্তি।

অবশেষে যা হবার ছিলো, যা না হলে অন্য কিছু হবার সম্ভাবনা ছিলো না তা হয়ে গেলো। চিরদিনের ভাতের কাঙাল গরম ভাত মাছের ঝোলের মোহ কাটিয়ে গরু চরানো সুখের চাকরিটা ছেড়ে দিল। মনটা আগেই ভেঙে গিয়েছিলো জীবনের, কাল তার পিঠে ভেঙ্গে গেল কাঁচা কঞ্চির পোক্ত লাঠি। না ভেঙ্গে যে কোন উপায় ছিলো না। কোন কালই তো বিচ্ছিন্ন নয়। একটা আপাত তুচ্ছ ছোট্ট দৃষ্টি বহির্ভূত কোন ঘটনাই পরবর্তীকালে কোন বড় ঘটনার কারণ হতে পারে। আজকের এই মার, কে বলতে পারে একটা গোটা জীবনের গতি পথই বদলে দেবে কিনা। নির্দ্ধারিত করে দেবে কিনা অন্য কোন গতিপথ! সে কাহিনি আপাতত লুকানো আছে ভবিষ্যতের গর্ভে।

কে একজন যেন বলেছেন, বর্তমান বলে কিছুই নেই। বর্তমান হচ্ছে অতীত থেকে ভবিষ্যতে যাবার একটা ছোট, অতি ছোট সাঁকো মাত্র। অতীতের এক অন্ধকার রাতে সেই যে হেম চক্রবর্তীদের দ্বারা সংঘটিত অন্যায়, যা এক পাপ, যা এক জঘন্য ঘটনা তা জীবনকে কুরে কুরে খাচ্ছিলো। মুসলমান ছেলেদের সাথে আর আগের মত সরল স্বাভাবিকভাবে মিলতে মিশতে খেলতে পারছিলো না। জাবেদ খালেদ জুলেখার চোখে চোখ পড়তে কেমন একটা অপরাধবোধ ছোবল মারছিলো মনের মধ্যে। সেই রাতে ওকে চান করানো হয়েছিল শুচি শুদ্ধ করবার জন্য। সেই চানই মনের মধ্যে গ্লানির একটা পাহাড় এনে দাঁড় করিয়েছিল। যে পাহাড় পার হয়ে আলিঙ্গন করতে, হাতে হাত রেখে পথ চলতে বাধা দেয়। কুকুর বেড়ালকে ছুঁলে যা করা হয়না, তা করা হল মানুষের জন্য। আর তা করলাম আমি! ছিঃ ছিঃ। এ যে কত অপমানের কতখানি মনোকষ্টের তা আমার চেয়ে বেশি কে জানে!

এই কারণে জীবন জাবেদদের সঙ্গ ছেড়ে মনের বেদন মনে চেপে রেখে একা তার গরুর পাল নিয়ে চলে গিয়ে ছিলো দূরে যেখানে ওদের সাথে দেখা

হলে লজ্জিত না হতে হয় সেই বেতবেড়ের রেল লাইনের দিকে। গরু চরতে দিয়ে সে গিয়ে বসে ছিল রেল লাইনের কাছে এক গাছ তলায়।

ট্রেন দেখতে জীবনের খুব ভালো লাগে। ক্যাম্প থেকে মাঝে মাঝে ও ট্রেন দেখার জন্য রেল লাইনের কাছে চলে যেতো। কু ঝিক ঝিক আওয়াজ করে একরাশ ধোঁয়া ছড়িয়ে ট্রেন যখন ছোটে মনে হয় যেন অতিকায় একটা কেন্নো রেল লাইন ধরে কোথায় কোন দূর দেশের হাতছানি পেয়ে সব বন্ধন সব দ্বিধা দ্বন্দ্ব ছুঁড়ে ছিঁড়ে পাগল হয়ে ছুটে যাচ্ছে। সব চেয়ে বেশি ভালো লাগে রাতের অন্ধকারের মধ্যে যখন আলোকিত ইঞ্জিন কামরাগুলো দ্রুত বেগে টেনে নিয়ে সামনে এগোয়। তখন ওই বিশালদেহী যন্ত্রযানের গতি জীবনের বুকের ভিতর একটা উন্মাদ ঝড় তোলে। তখন এক কিশোর চোখ তার পিছু পিছু ছুটে গ্রাম বাংলার মাঠ ঘাট গ্রাম নগর শহর বন্দর ছাড়িয়ে হারিয়ে যায় অচেনা অদেখা কল্পকথার এক নতুন জগতের দৃশ্য বিন্যাসে।

কিন্তু অবলা জন্তুগুলো জীবনের মত ভাবাবেগে কাতর নয়। প্রকৃতি তাদের মাত্র তিনটে কাজ দিয়েছে, আহার, বিশ্রাম, প্রজনন। আর দিয়েছে একটা ইন্দ্রিয়গত ভয়, যা অচেনা যা অজানা তাই বিপদজনক। বিপদ দেখলেই ছুটে পালাও। আর তাই জীবন যখন রেল লাইনের পাশে দাঁড়িয়ে মুগ্ধ চোখে ট্রেনের ধাবমান ইঞ্জিন এগিয়ে আসতে দেখছিলো সেই ইঞ্জিনের বিকট গর্জন শুনে রেল লাইনের পাশে চরতে থাকা গরুগুলো আতঙ্কে দিশেহারা হয়ে পড়ি কি মরি হয়ে লেজ তুলে ছুট মারলো যে যেদিকে পারে। একটা গরু গিয়ে পড়ল আল থেকে পা পিছলে সার বানানোর একটা গর্তে। পা ভেঙ্গে সে সেইখানে চিৎপাত হয়ে গেল।

জীবন তখন আর কি করতে পারে! সে দৌড়ে গিয়ে খবর দিলো হেম ডাক্তারকে। তিনি এসে গরুটার দুর্দশা দেখলেন। কেন জীবন গরু নিয়ে এত দূর এসেছে তার কৈফিয়ত চাইলেন। সে কৈফিয়ত মনোমত না হওয়ায় জীবনের হাত থেকে গরু চরানো লাঠিখানা নিয়ে গরুর পা ভাঙ্গার রাগ, সপাসপ নামিয়ে দিতে লাগলেন তার পিঠে। ঘামে নেয়ে যখন থামলেন তখন কঞ্চিখানা ভেঙ্গে দুটুকরো হয়ে গিয়েছে জীবনের পিঠের উপর।

সেদিন মার খেয়ে একটুও কাঁদতে পারেনি জীবন। একবারও বলেনি মাফ করে দাও। একটার পর একটা নির্মম আঘাত পড়েছে পিঠে। চামড়া কেটে দাগ বসে গেছে, সে কষ্ট বেদনা যন্ত্রণা গোপন রক্তক্ষরণ ঘটিয়েছে মনে। শিরোমনীপুর ক্যাম্পে বসে পুলিশের নির্দ্দয় অত্যাচারের গল্প শুনে এক বিজাতীয় ঘৃণা হয়েছিলো ওই শব্দ আর খাকি পোষাকের উপর। আজ হেম চক্রবর্তীর অমানুষিক মারের দরুণ আর তার চিহ্ন পৈতার উপর ঠিক একই রকম ঘৃণা ক্রোধ প্রতিহিংসার জন্ম নিলো কিশোর জীবনের কিশোর মনে। যা তাকে আজীবন অন্য ভাবনা থেকে দূরে সরিয়ে দেবে।

ওকে মেরে মাঠে ফেলে চলে গিয়েছিলেন হেম ডাক্তার। হাজার টাকা দামের গরুর পা ভেঙ্গে গেছে, লোকজন জোগাড় করে তাকে বয়ে বাড়ি নিয়ে যেতে হবে। সেই চিন্তাতেই ডুবে ছিলেন তিনি, মানুষের বাচ্চার দিকে খেয়াল করার অবকাশ ছিলো না।

সে চলে যাবার পর গায়ের ধুলোটুলো ঝেড়ে উঠে দাঁড়ালো জীবন। সূর্য তখন ঠিক মাথার উপর। সে হাঁটা দিলো সামনে। সামনে সেই সর্পিল রেখায় এগিয়ে যাওয়া রেল লাইন। যার এক মাথা গিয়ে মিশেছে মাতলা নদীর পারে, অন্য মাথা কলকাতা মহানগরীর বুকের মধ্যে। সেই রেল লাইন ধরে ধীরে ধীরে এগিয়ে চলে সে।

জীবন এক যাত্রা। যাত্রা পথের বাঁক মোড় পান্থশালা থেকে কুড়িয়ে পাওয়া অভিজ্ঞতার নামও জীবন। আশা করা ঠিক নয় যে যাত্রা পথের মাঝে কাউকে সঙ্গী পাওয়া যাবে। যে আদর করে কোলে বসিয়ে এক দুঃখী বালকের অশ্রুসজল চোখ পরম মমতায় মুছে দেবে। তেমন আশা করলে কোনদিন হতাশায় বুক ভেঙ্গে যেতে পারে। তবে আশা না করলেও, কেউ না কেউ কখনো না কখনো কোন না কোন কারণে জীবনের আনাচ কানাচ ভরে দেবে তীব্র যন্ত্রণায়। জীবন তাই বয়ে চলা যন্ত্রণারও আর এক নাম।

জীবনের শরীর জুড়ে এখন ঢেউ ভাঙছে যন্ত্রণার সমুদ্র। সারা গায়ে দাগড়া দাগড়া দাগ। কোথাও কালচে হয়ে জমে গেছে রক্ত। কোথাও ফুলে উঠেছে ফোঁড়ার মতো। হাত লাগালে যা টনটন করে উঠছে। একটু জ্বর জ্বর লাগছে জীবনের। তার উপর সারা দিন কিছু খাওয়া জোটেনি। সেই সকালে এক আঁচলা শুকনো মুড়ি। তারপর সারা দিনে শুধু জল। এখন বড় কষ্ট হচ্ছে তার। মানুষ আসলে অভ্যাসের দাস। আগে সাত দশ দিন না খেয়ে থাকলেও শরীর মনের উপর বিশেষ প্রভাব পড়তো না। সেটাই ছিল অভ্যাস। এখন এক নাগাড়ে প্রায় দু'মাস দুবেলা ভাত খেয়ে খেয়ে না খেয়ে থাকার অভ্যাসটা নষ্ট হয়ে গেছে। জিভের লোভ বেড়ে গেছে, বেড়ে গেছে পেটের চাহিদা। সে এখন কিছু খেতে না পেলে শরীরের উপর আক্রমণ করে দেয়। ঘায়েল করে ফেলে। তখন দু'পায়ের উপর দাঁড়িয়ে থাকা যায় না। মালাইচাকি কনকন করে। সারা শরীর কাঁপে থর থর করে। বুকে হাঁফ ধরে।

জীবন তার বাবার মুখে যাদবপুর নামটা অনেকবার শুনে শুনে মুখস্ত করে রেখেছিলো। বাবা এখানে জনমজুর খাটতে আসতো। জীবনও বাসা থেকে বের হয়েছিলো এখানেই আসবার জন্য। যাদবপুরও কলকাতা। তবে আসল কলকাতা নয়, তাহলে সেও নিশ্চয় ওড়া টাকার দু'পাঁচটা পেয়ে যেতো। সে কলকাতা কোনদিকে তা এখনো জানে না জীবন। তবে তার বিশ্বাস সে নিশ্চয় সেই কলকাতা খুঁজে পেয়ে যাবে। সেই কলকাতা খুঁজতেই এই কলকাতায় এসেছে জীবন। যখন সে ঘুটিয়ারী শরীফ থেকে ট্রেনে চেপে যাদবপুরে এসে পৌঁছায় তখন বিকেল। তখন পেটের মধ্যে জ্বলছিলো দাউ দাউ আগুন। সেই আগুনের তাপে পেটের নাড়িভুঁড়িগুলো মোচড়াচ্ছিল পোড়া অজগরের মত। খিদের একটা নিজস্ব নিয়ম আছে। বেলা পড়ে গেলে খিদেও পড়ে যায়। নিজেকে নিজেই খেয়ে নেয়। যেমন দেবী ছিন্নমস্তা নিজের রক্ত পান করে নিবৃত করে নিজের তৃষ্ণা। ফলে এখন জীবনের দেহে সেই দাহ নেই। বিকেল গড়িয়ে রাত নেমে গেছে যে। তখন গা গরম ভাবটা আর একটু বেড়েছে। মাথাটা ভার হয়ে উঠেছে। এই অবস্থায় কোথায় যাবে তা সে বুঝে উঠতে পারছে না।

যাদবপুর স্টেশনের প্লাটফর্মের উপর একটা ছোট্ট পানের দোকান তার

পিছনে লোহার রেলিং। ক্লান্ত শরীর নিয়ে সেই রেলিংয়ের পাশে বসে পড়ে সে। তারপর ধুলো পানের পিক সিগারেটের টুকরো নানান আবর্জনার মধ্যে এক সময় শুয়ে পড়ে। শেষে ঘুমিয়ে পড়ে।

খিদের সাথে ঘুমের ঘোর শত্রুতা। প্রথম জন এসে গেলে সেখানে পরের জন কিছুতে আসতে চায় না। তবে জ্বর জ্বর ভাব আর গায়ের বিষব্যাথা বাঁচিয়ে দিয়েছে জীবনকে বিনিদ্র রাত কাটানোর কষ্ট থেকে। কোথা থেকে সারা রাত কেটে গেছে টের পায় নি। সকাল হবার পর শরীরটা কিছুটা সুস্থ বলে মনে হল তার। ছোট্ট বুদ্ধি দিয়ে বুঝতে পারলো বেলা যত বাড়বে তত পেটের আগুন তত বেড়ে উঠবে। তখন শরীর আর নিজের নিয়ন্ত্রণে থাকবে না। অসুস্থ হয়ে পড়বে। ঘড়ির কাটা যেমন এক থেকে বারোয় উঠে আবার একে নেমে আসে খিদেরও সেই রকম ঘড়ি আছে। সে এক থেকে নয়ে দশে গিয়ে আবার আট সাত করে নেমে আসে। জীবনের খিদের ঘড়িতে এখন বেলা সাতটা কি সাড়ে সাতটা। সময়ের ঘড়িতেও ওই একই টাইম। দুপুর হবার আগে যেভাবে হোক, একটা ভদ্রোচিত কাজ ওকে খুঁজে নিতে হবে। যা মোটেই গোবর গোমূত্র সাফ, গরু চড়ানোর মত নিকৃষ্ট হবে না।

রেল লাইন পার হয়ে ডান দিকের রাস্তা ধরে কিছুটা পূর্ব দিকে হাঁটলে সামনে তিনকোণা পার্কের গায়ে বড় লালের চায়ের দোকান। হেঁটে হেঁটে জীবন গিয়ে দাঁড়ায় সেই দোকানের সামনে— মোরে কাজে রাখবেন। মুই কামের তালাশে আইছি। জীবনের জানা ছিলো শহরের চা দোকান হোটেলে ছোট ছোট বাচ্চারা থালা গেলাস ধোবার চাকরি বড় সহজে পেয়ে যায়। তার জানায় কোন ভুল ছিলো না। পেয়ে গেল গেলাস ধোবার চাকরি সে। মনে ভয় ওর একটা ছিলো সেটা জাতি পরিচয়। যদি এরা জেনে যায় সে নেমো, যারা আগে চণ্ডাল ছিলো, কাজে রাখবে না। আর তাহলে খাওয়া জুটবে না। তাই নিজের নাম বদলে রেখে নিয়েছিলো সেই নাম যে নামের এক মাস্টার হেম চক্রবর্তীর মেয়ে গায়ত্রীকে পড়াতে যায়। কিন্তু উত্তর প্রদেশের বেনারসের বাসিন্দা বড় লাল সাউয়ের নাম নিয়ে দরকার ছিলো না। দরকার ছিলো কাজের। নাম তারা নিজেরাই রেখে নিলো একটা— নোকরবা।

এই চা দোকানে বাঙ্গালি খরিদ্দার বিশেষ একটা আসে না। আসে যত ইউ পি, বিহারের দেশোয়ালি লোকজন। এদের বেশির ভাগই অন্ডালে রাজমিস্ত্রি ঢালাই মিস্ত্রির কাজ করে। কিছু আছে গোয়ালা আর কিছু কয়লা ওয়ালা ঠেলাওয়ালা এইসব। দোকানে সকালে চা ডিমের টোস্ট হয়। দুপুরে ঘুগনি আলুর দম। বিক্রিবাটা বেশ ভালোই। ইউ পি, বিহার সেই প্রদেশ যেখানে উচ্চ বর্ণের লোকেরা হরিজনদের তুচ্ছ তুচ্ছ অপরাধে খুন করে দেয়। ব্রাহ্মণ রাজপুতের কুয়ো থেকে জল পান করে তৃষ্ণা নিবারণের অপরাধে কত নিম্নবর্ণের মানুষের পিঠের ছাল যে ওরা তুলে দিয়েছে তার সঠিক হিসাব কোনদিন পাওয়া যাবে না। এই দোকানে আসা হিন্দুস্থানী খদ্দেররা প্রদেশ তো ছেড়ে পশ্চিমবঙ্গে এসে গেছে। কিন্তু সেই জাতিঘৃণা সেটাও সাথে করে নিয়ে এসেছে। এদের জাতপাত বিষয়ের গোঁড়ামি এবং স্পর্শ কাতরতা শহর কলকাতার সভ্য শিক্ষিত ধূর্ত বর্ণ প্রভুদের মত মোলায়েম মোড়ক দেওয়া নয়। তা একেবারে মোটা দাগের

বর্বরতা পূর্ণ। একমাসই মনে হয় হয়েছিলো জীবনের। তারা হঠাৎ একদিন দল বেঁধে এসে বড় লালকে জানালো, তারা আর কোনোদিন এ দোকানে খাবে না। কারণ তাদের খাবার দাবার এক নিচু জাত দ্বারা পরিবেশিত হয়, সেটা তাদের আনবানশান'— এর খিলাফ।

বড় লালের সাথে তারা নিচু গলায়ই বলছিলো। তবু গেলাস ধুতে ধুতে কথাগুলো শুনে ফেলেছিলো জীবন। যদিও এখনো হিন্দি ভাষাটা পুরোপুরি শিখে উঠতে পারে নি, তবু একমাসে যতটুকু শেখা যায় তা দিয়ে সব কথার মানে বুঝে ফেলেছিলো। আর তার ফলে ভীষণ অবাক হয়েছিলো প্রথমটায়। এই শহরে তাকে তো কেউ চেনে না। তাহলে তার গোপন করে রাখা জাতের খবর ফাঁস হলো কেমন করে! নিচু জাতের মানুষের শরীরে কি এমন কোন গন্ধ দাগ চিহ্ন থাকে যা দিয়ে অন্য লোকেরা তার সব পরিচয় জেনে যায়? এরপর তার মনে চেপে বসলো এক নিদারুণ ভয়। মাসে দশ টাকা মাইনের চাকরিটা বুঝি আর রইলো না। শেষে এল স্বস্তি! না, ওদের এই যুদ্ধ ঘোষণা তার বিরুদ্ধে নয়। সেটা তাদেরই আর এক দেশোয়ালি, এক চোখ অন্ধ, যে ছেলেটা বড় লালের দোকানে চা বানায়, যার দাদা পালবাজারের লেভেল ক্রশিংয়ের সামনে বসে জুতো সারায়, অর্থাৎ দুসাদ। তার বিরুদ্ধে। তাদের সিদ্ধান্ত বড় কঠোর, চামার দুসাদের হাতের জল খেয়ে তারা জাতপাত খোয়াতে পারবে না।

বড়লাল নিজে দীর্ঘকাল প্রদেশ ছাড়া হয়ে থাকার কারণে জাতপাত বিষয়ে অত গোঁড়া নয়। কিন্তু দোকানদারের কাছে খরিদ্দার হল লক্ষ্মী। তাদের ইচ্ছা অনিচ্ছার দাম না দিলে দোকানই তো চলবে না। তাহলে দানাপানি চলবে কি করে, তাই চাকরি চলে গেল ছেলেটার।

আপাত দৃষ্টিতে চা বানানো চাকরি চলে যাওয়া মানব জীবনের বড় কোনো দুর্ঘটনা নয়। কিন্তু কানাই নামক ছেলেটার ক্ষেত্রে তা হয়নি। এই চাকরি চলে যাবার পর সে আর কোন চাকরিই করে নি। যা করেছিলো তা তাকে শেষ পর্যন্ত জেলঘুঘু বানিয়ে ছেড়ে দিলো। তবে সে আরো কয়েক বছর পরের কথা। সাধারণ এক জুতো সারাইওয়ালার এই জটিল প্রশ্নের উত্তর বড়লাল কেন কারও কাছে ছিলো না।

এই দোকানে রোজ সকালে আট দশ জন লোক ঝাঁটা বালতি নিয়ে চা খেতে আসে। কেন কে জানে, কাজের ওই সরঞ্জামগুলো বাইরে রেখে সাহস করে তার দোকানে ঢুকে টেবিলের সামনের বেঞ্চি চেয়ারে অন্য সব খদ্দেরের মত এসে বসে না। দীন ভিখারীর মত দোকানের বাইরে মাটিতে হাঁটু মুড়ে বসে ভাঁড়ে চা খায়। এরা জমাদার। মানুষের বাড়ির পায়খানা সাফ করে। এই এদের অপরাধ। সেই কারণে নোংরা নিচু জাত। ভাবে জীবন তাহলে যারা ডাক্তার যারা নার্স, তারাও তো মানুষের মল মূত্র পুঁজ রক্ত বমি কৃমি নিয়ে ঘাঁটাঘাঁটি করে, মরা মানুষের শরীর নিয়ে নাড়াচাড়া করে, তারা নিচু জাত কেন নয়? তারা যদি দোকানে ঢুকে সবার সাথে বসে খেতে পারে এদের বেলা আপত্তি কোথায়?

কানাই ছেলেটা চলে যাবার পর জীবনের উপর কাজের চাপ বেড়ে গেল।

গেলাস ধোয়ার সাথে যোগ হল চা বানানো। সেই ভোর পাঁচটায় ঘুম থেকে উঠে উনুন ধরিয়ে যে কাজের শুরু হতো তা শেষ হতো রাত সাড়ে দশটা এগারোটায়। সারা দিন জল ঘেঁটে ঘেটে হাতে পায়ে হাজা হয়ে গেল তার। বিশেষ করে পা। রাত কালে সে পায়ে অসম্ভব ব্যাথা আর চুলকানি শুরু হতো। কিছুদিন পরে তা থেকে রক্ত বের হতে লাগলো। কিন্তু কে তার কষ্ট বুঝবে। এর মালিক মা বাবা তো নয়। চাষী গরুর কষ্ট বোঝেনা সে দেখে কতটা জমি চাষ হল। শোনা যায় কোন এক কালে মানুষ ভীষণ সংবেদনশীল ছিলো দয়ালু, দরদী, পরদুঃখ কাতর ছিলো, সে কবে কতশত হাজার লক্ষ বছর আগে তা কে জানে? জীবন জানে না। কবে নাকি এদেশ ধনধান্যে পুষ্পে ভরা ছিলো মানুষ বড় সুখে ছিলো তখন। সে কাল জীবন গরীব দাস আর বাপ হরকুমার পৃথিবীতে আসার অনেক অনেক অনেক বছর আগের কথা হবে হয়তো। হিন্দু শাস্ত্রমতে এটা নাকি কলিকাল। এর বয়েস নাকি ষাট হাজার বছর। আর আগে ছিলো দ্বাপর যুগ। সেই যুগেও আর্য সমাজের বাইরের যে বিশাল জন সমুদায় তাদের দু দশ জন বাদে সবারই অন্নকষ্ট ছিলো। সেই নিরন্ন সমাজের পাঁচ, নিষাদ ভাই আর তাদের মাকে অন্নের প্রলোভন দিয়ে বারণাবসে ডেকে নিয়ে এসে জতুগৃহে পুড়িয়ে মেরে ছিলো পাণ্ডবেরা। দুর্যোধনকে ধোঁকা দেবার জন্য তাদের ওই ছটি মৃতদেহ বড় দরকার ছিলো যে।

এখন যেখানে সুকান্ত সেতু ঠিক তার মাঝামাঝি ছিলো বড়লাল সাউয়ের চা দোকান। তার সামনে দিয়ে ইট বিছানো কাঁচা রাস্তা। এ রাস্তায় রিক্সা ছাড়া অন্য কোন বাহন চলে না। একদিন দেখতে পেলো জীবন সেই রাস্তায় দলে দলে মানুষ বাঁশ টালি নিয়ে ঠেলা টেনে হেঁটে চলেছে পূর্ব দিকে, এখন যেখানে বাইপাস সেখানে। শুনতে পেল জীবন ওখানে জমিদারদের দখলে থাকা কয়েক হাজার বিঘে জমি জবর দখল করে মানুষ একটা নতুন কলোনি পত্তন করেছে। এই দক্ষিণ কলকাতার বিশাল অঞ্চলে এর আগে এমন কলোনি বহু হয়েছে। তবে তার প্রেক্ষাপট ছিলো কিছু ভিন্ন। তাই কয়েক দিন পরে এক রাতে আগুনের লেলিহান শিখায় আকাশ লাল হয়ে গেলো। আর্ত আক্রান্ত মানুষের চিৎকারে বেদনার্ত হল রাতের বাতাস। নতুন কলোনি ঘিরে পুলিশ আর জমিদারদের গুণ্ডা বাহিনীর তাণ্ডবের এমন এক নতুন ইতিহাস ঘটানো হল যা যে কোন দাঙ্গারই যেন পুনরাবৃত্তি।

রাতশেষ হয়ে সকাল হবার পর দেখা গেল যে পথে কাল মানুষ হেঁটে গিয়েছিলো সামনের দিকে, আজ সেই পথে ফিরে আসেছে ঠেলাগাড়ি ভ্যান রিক্সায় বাঁশের মাচায় শুয়ে শুয়ে। কেউ মারা গেছে কেউ মরতে চলেছে। সবার শরীর লালে লাল, কাটা ফাটা ভাঙ্গা চোরা। সারা রাত ধরে পুলিশ আর গুণ্ডাবাহিনী সম্মিলিতভাবে যে নৃশংস তাণ্ডব চালিয়েছে তারই নিদর্শন এ সব। মৃত্যু জীবন অনেক দেখেছে। সেই যে চলন্ত ট্রাকের উপর বৃদ্ধ রাধাকান্তের বাপকে দিয়ে মৃত্যু দর্শন শুরু হয়েছিলো, তারপর তো যেন চোখের সামনে মিছিল শুরু হয়ে যায়। কিন্তু সে মৃত্যু যতই বেদনাদায়ক হোক এত নৃশংস বীভৎস রক্তাক্ত এবং আমূল নাড়িয়ে দেওয়া ছিলো না। এই সব মানুষের দেহ দেখে জীবন ঘাবড়ে গেল। শিরোমণীপুর ক্যাম্পে আন্দোলন চলার সময় পুলিশ

জীবনের বাপকে পিটিয়ে ভ্যানে তুলে নির্জন মাঠে নামিয়ে দিয়ে এসেছিলো। সেই শিশু বয়েস থেকে ওর মনে তাদের প্রতি রয়ে গেছে একটা চাপা রাগ, ঘৃণা, বিতৃষ্ণা। তা এখন আরো বেড়ে গেল। সেই সাথে যোগ হল আর একটা নাম—জমিদার। যারা জমিদার তারা সব অত্যাচারী অমানুষ শয়তান। আর ডাক্তারবাড়ির অমানবিক ব্যবহার উচ্চবর্ণের প্রতি ক্ষোভ ক্রোধ তো আকাশছোঁয়া হয়েই ছিলো। এই তিন রাগ ঘৃণা ক্ষোভের ত্রিবেণী সঙ্গমের ঘোলা স্রোতে ভেসে চলল জীবনের জীবন।

১৭

কলকাতার একটা কালো রাত্রি

তিনকোণা পার্কে বড়লাল সাউয়ের চা দোকানে কাজ করতে করতে জীবন পেয়ে গেল সেই কলকাতার ঠিকানা। যে কলকাতা খুঁজতে তার আসা। যেখানে টাকা ওড়ে। উত্তর নয় দক্ষিণ নয় সে হচ্ছে মধ্য কলকাতা। যেখানে কোন দিন রাত নামে না। রাতকে ঠেকিয়ে রাখে ঝলমলে হাজার হাজার আলো। শিয়ালদহ স্টেশনের পর থেকে যার শুরু। ঠিকানা যখন পাওয়াই গেল তখন আর কেন। যাওয়া যাক সেই কলকাতায়। ওর এখন অনেক টাকার দরকার। অনেক টাকা। সামনে দুর্গা পূজা আসছে। সেই সময় মা বাবা ভাই বোন সবাইকে নিজের টাকায় নতুন জামা কাপড় কিনে দেবে। বোনকে লাল চুমকি বসানো ফ্রক আর দু ভাইকে ফুল প্যান্ট ফুল সার্ট। বাবাকে ধুতি পাঞ্জাবি, মাকে শাড়ি সায়া ব্লাউজ। দু সেট লাগবে মায়ের।

একদিন কাজ ছেড়ে দিয়ে বড়লালের দোকান থেকে অজানা সেই কলকাতার দিকে হাঁটতে শুরু করল জীবন। কিন্তু কোথায় কত দূরে সে শহর? অনেকগুলো দিন কলকাতাকে খুঁজতে কলকাতার পথে পথে কেটে গেল। বড় লালের দোকানে দু মাস কাজ করেছিলো জীবন। দু'মাসে তিনটে গেলাস ভাঙ্গা আর দু কিলো দুধ উল্টে ফেলার দাম কেটে নিয়ে ওরা যে কটা টাকা দিয়েছিলো তা শেষ হয়ে গেল এক সময়। তারপর আর কি! অনাহার পেট নিয়ে উদ্‌ভ্রান্তের মতো শুধু শুধু পথে পথে ঘুরে বেড়ানো। সারাদিন এভাবে কেটে গেলে যেখানে রাত হয় সেখানেই কাত হয়ে পড়ে। ফুটপাথ রেল স্টেশন গাছতলা। মা বাবার কাছে খালি হাতে এতদিন পরে কি করে ফিরে যায়। তাদের মুখোমুখি হতে দারুণ লজ্জা, দারুণ দুঃখ। কতো আশা করেছিলো জীবন সবার জন্য নতুন জামা কাপড় নিয়ে যাবে। সে আর হলনা।

এই কয় মাসে সারা শহরটায় চরকি পাক দিয়েছে জীবন। বিশ্বের বৃহত্তম সব শহরের মধ্যে অন্যতম আড়াইশো বছরের পুরনো কলকাতা সুন্দরীকে

আঁতিপাঁতি করে দেখে নিয়েছে আগাপাশতলা। বৈচিত্র্য, বৈপরীত্য, দম্ভ দীনতা উচ্চতা, ক্ষুদ্রতা যা তাকে অন্যতমের স্বীকৃতি দিয়েছে বলে জীবনের ধারণা। তার কিছু কিছু স্বাদ সে ইতিমধ্যে পেয়ে গেছে। এই শহরের একদিকে আছে অহংকারে আকাশছোঁয়া উঁচু উঁচু অট্টালিকা। যে সব অট্টালিকার মধ্যে আছে ভোগবিলাস আরাম আয়েসের বহুবিধ উপকরণ। যেখানে বাস করে মূল্যবান রঙে পা থেকে মাথা পর্যন্ত রঙিন কতগুলো হৃদয়হীন যান্ত্রিক মানুষ। যারা যন্ত্রের মত মেপে হাসে, মেপে হাঁটে, মেপে কথা বলে। তাদের প্রেম এবং প্রেমহীনতা, সদাচার এবং ব্যাভিচারে কোথাও কোন মানবিক অনুভূতির বর্ণ গন্ধ খুঁজে পাওয়া কঠিন। সব কিছুই যান্ত্রিক নিয়মের অধীন। দয়া মায়া স্নেহ ভালোলাগা এসব সাধারণ দুর্বলতা তাদের পীড়িত প্রভাবিত করে না। এই যন্ত্রগুলোর পায়ের কাছে আছাড় খাচ্ছে পৃথিবীর যাবতীয় সম্পদ, বৈভব। এরাই অত্যন্ত সচেতনভাবে আপামর সমাজের সমস্ত রকম সুকুমার প্রকৃতির বিকাশ বিস্তারের সামনে তুলে রেখেছে বাধার পাহাড়। এতেই তাদের স্বার্থ পরিপুষ্ট হয়। ওড়া টাকার যে গল্প সে টাকা উড়ে উড়ে এদের তৈরি পথ ধরে ঢুকে যায় এদেরই সিন্দুকে। যা অন্য কারও নজরে নাগালে আসার উপায় নেই।

এদের প্রাসাদের উল্টো দিকে নিঃস্ব মানুষের নুয়ে পড়া ভাঙ্গা কুঁড়ে ঘর। অনাহার অর্দ্ধাহার রোগ শোক, বঞ্চনা, বেকারত্ব, মশা মাছি নিয়ে স্যাঁতস্যাঁতে সেই কুঁড়েতে ধুঁকছে মানুষ। এরাও এই কলকাতার বাসিন্দা। এই মানুষরা নিতান্ত প্রাণ ধারনের তাগিদে বহুতল বাড়ির বাসিন্দাদের দেয় সেবা সম্মান আর আনুগত্য। বিনিময়ে পায় বাসি রুটি আর গুটি কয়েক টাকা। পায় ঘৃণা, অবজ্ঞা, অনাদর, উপেক্ষা, উপহাস, কখনো কখনো অত্যাচার।

এ শহরে বড় বড় হাসপাতাল আছে। কিন্তু তা সবার জন্য নয়। যাদের জন্য নয় সেই মানুষরা বিনা চিকিৎসায় রাস্তায় পড়ে কুকুর বেড়ালের মত মরে যায়। এখানে বড় বড় হোটেল রেস্টুরেন্ট আছে, আছে দোকান, বাজার। এক এক করে এখানে কেউ কেউ দশ বিশ হাজার খরচা করে যায়। ঠিক তার সামনে কিছু মানুষকে তোবড়ানো বাটি নিয়ে দু দিন খাইনি বাবু একটা পয়সা দাও বলে কাঁদতে দেখা যায়। এখানে বড় বড় কলেজ ইউনিভার্সিটি শিক্ষা প্রতিষ্ঠান আছে। কিন্তু সে শিক্ষা নিতে, শিক্ষা প্রতিষ্ঠানে প্রবেশ করতে সবার সামর্থে কুলায় না। এখানকার যা কিছু শ্রেষ্ঠ যা কিছু মহান মহার্ঘ্য সুন্দর সব কিছু একদল যান্ত্রিক মানুষদের দ্বারা সঞ্চালিত অধিকৃত এবং সংরক্ষিত। এইভাবে প্রায় আড়াইশো বছর বেঁচে আছে এই মহানগর।

এই কলকাতাকে, কলকাতার এই কদাকার রূপকে হাঁ হয়ে দেখেছে এক দরিদ্র বালক। সত্যিই লক্ষ কোটি টাকা এখানে হাওয়ায় ওড়ে। যার সেই ওড়া টাকা ধরার কূট কলা জানা আছে সে বস্তা বস্তা ভরে নিতে পারে। যে তা জানে না সে তা পারে না। শ্রম ঘাম সততা নয়, বস্তুতঃ এ সবের কোনো মূল্যই নেই এই মহান নগরে। আছে ধূর্ততা— ছল চাতুরি আর প্যাঁচ পয়জার। যে তার দক্ষ প্রয়োগ জানে সে সফল সার্থক জয়ী। যে জানেনা সে বিফল ব্যর্থ পরাভূত। দরিদ্র সময়ের গর্ভে জন্ম সরল সোজা শ্রম পুত্ররা সে কলা শেখেনি। তাই নিদারুণ কষ্টে ফুটপাত রেল স্টেশন গাছ তলায় বস্তি খালপাড় রেল

লাইনের পাড়ের ঝুপড়িতে পড়ে মরে যায়। মরে যায় তাদের সব সাধ স্বপ্ন আশা আকাংখা।

এইসব দেখে দেখে নিজের অজান্তে কেন কে জানে জীবনের বুকে দারুণ মেঘ এসে জমা হয়। তবে তা বৃষ্টি হয়ে ঝরে না। বজ্র বিদ্যুৎ হয়ে নিজেকে ফালা ফালা করে। এত মানুষের এত কিছু আছে আর তার কেন কিছু নেই? সেই অমীমাংসিত প্রশ্ন মনের আনাচে কানাচে এক ছায়া শরীর হয়ে ঘুরপাক খায়।

ঠিক মনে নেই কে যেন কবে বলেছিলো যে কাজ ছোট তার মজুরি কম। যে কাজ যত বড় তার মজুরি তত বেশি। বুঝতে পারে না জীবন যে মানুষটা রোদে জলে জমিতে হাল চালিয়ে সারা দেশকে অন্নের জোগান দেয়, যে মানুষটা ঝড় ঝঞ্ঝায় নিজের জীবন বিপন্ন করে নদীতে গিয়ে মাছ ধরে দেশের মানুষকে স্বাদ আর স্বাস্থ্যের সমৃদ্ধি ঘটায়, যে শ্রমিক কামারশালায় কল কারখানায় হাতুড়ি চালায়, দেশকে সম্পদশালী করে তাদের কাজ কেমন করে ছোট হয় কেন তাদের মজুরি এত কম। আর কেমন করে মন্দিরে পাথরের মূর্তির সামনে টিকি দোলানো ঘণ্টা নাড়ানো অং বং বলা বামুন, অফিসের চেয়ারে বসে চা খাওয়া ঘুমানো আড্ডা মারা বাবু, মাইকের সামনে হম্বিতম্বি করা বাচাল কি করে বড় হয়ে যায়। এত বড় যে ঘরে টাকার পাহাড় জমে যায়। কে করেছে কর্মের এই শ্রেণী বিভাগ? কে বানিয়েছে পারিশ্রমিকের এই বিভাজন যে এক কুইন্ট্যাল বোঝা মাথায় বওয়া কুলি ততটুকু মূল্য পাবে না যা দিয়ে দুবেলা পেট ভরে খেয়ে বাঁচতে পারে! কেন গরীব দাস না খেয়ে খালিপেটে সারাদিন রেল স্টেশনে বসে থাকতে বাধ্য হবে। কেন তার পেটে হবে না খাওয়া রোগের যন্ত্রণা। কেন সে এক ফোঁটা ওষুধ পাবে না।

জীবনের কিশোর মন আঁতিপাঁতি করে এই প্রশ্নের উত্তর খোঁজে। কিন্তু উত্তর পায় না। শত শত দার্শনিক শত শত বছর ধরে যে প্রশ্নের সামনে দিশে হারা কিছুতেই একমত হয়ে বলতে পারে না সঠিক উত্তর, মার্ক্স, গান্ধী, আম্বেদকর, লোহিয়া সব বিভ্রান্ত, সেই প্রশ্নের উত্তর এক নিরক্ষর বালক বুঝবে কি করে!

একদিন জীবন হাঁটতে হাঁটতে পৌঁছে গেল হাওড়া ব্রীজের উপর। তখন বেলা বারোটা একটা হবে। দাঁড়িয়ে পড়লো রেলিংয়ে ঠেস দিয়ে। পায়ের নিচ থেকে যে গঙ্গা প্রবাহিত হচ্ছে তার দিকে তাকিয়ে। দূরে দেখা যাচ্ছে গঙ্গার ঘাট। সেখানে চান করছে অসংখ্য মানুষ। গঙ্গায় চান করলে নাকি সব পাপ ধুয়ে যায়। মনে মনে ভাবে জীবন যে পাপে তার পেটে ভাত জোটেনা, গঙ্গায় কত ডুব মারলে সে পাপ ধুয়ে যাবে।

গঙ্গায় অনেকগুলো বোট নৌকা লঞ্চ চলাচল করছে। জীবন কোন দিন এসব জলযানে চড়েনি। কে জানে ছোট বেলায় মায়ের কোলে চেপে যে জলযানে ওপার বাংলা থেকে এপার বাংলায় এসেছিলো তা কেমন ছিলো। এখন বহুদূর থেকে একটা পণ্যবাহী জাহাজ আসতে এবং চলে যেতে দেখে জাহাজের সাথে সাথে মনটাও তার সীমাহীন এক নিরুদ্দেশ যাত্রায় চলে যায়।

কে যেন গল্প করেছিলো চাঁদ সদাগরের সপ্ত ডিঙ্গার। এই রকমই তারা পণ্য নিয়ে কত দেশ পাড়ি দিতো বাণিজ্য বিস্তারে। যদি জীবন এমন এক জাহাজে উঠে পড়তে পারতো, চলে যেতে পারতো কোন এমন মুলুকে যেখানে এত কষ্ট অনবরত তাড়া করে বেড়ায় না। আছে কোথাও না কোথাও তেমন স্থান নিশ্চয় আছে। খুঁজতে খুঁজতে একদিন নিশ্চয় পৌঁছে যেতে পারবে সেই ঠিকানায় এই তার বিশ্বাস।

নিজের ভাবনায় বিভোর হয় কতক্ষণ এভাবে দাঁড়িয়েছিলো জীবন তা জানে না। হঠাৎ একসময় ঘাড় ঘুরিয়ে দেখতে পায় ঠিক তার পিছনে এসে দাঁড়িয়েছে সেই সীমাহীন আতংক আর ঘৃণার প্রতিমূর্তি যার নাম পুলিশ। কখন যে একজন ব্যাটেলিয়ান ফোর্সের অস্ত্রধারী সেপাই তার ঘাড়ে হাত রেখেছে টেরই পায় নি। কিরে ওরকম ঝুঁকে পড়ছিস কেন! মরার ইচ্ছা নাকি! কোথায় বাড়ি, কোথায় যাবি, কি করিস?

শুনেছে জীবন যারা রাস্তায় রাস্তায় ঘুরে বেড়ায় সেই সব বাচ্চাকে গুণ্ডারা ধরতে পারলে চোখ কানা করে, হাত পা ভেঙ্গে ভিক্ষা করতে পথে পথে বসিয়ে রাখে। হিজড়েরা নিয়ে যেতে পারলে নুনু কেটে খোঁজা বানিয়ে তাদের দলে ভিড়িয়ে নেয় আর পুলিশে ধরলে বাচ্চা জেলে নিয়ে গিয়ে দুবেলা পেটায়। ভয়ে ভাবনায় সে কেঁদে ফেলে! আর রক্ষা নেই এবার।

কাঁদছিস কেন? জানতে চায় পুলিশ লোকটা। যার গলার আওয়াজ চোখের চাউনি ঠিক পুলিশ পুলিশ নয়, কেমন যেন নরম নরম। মানুষ মানুষ। যার ফলে জীবনের মনের জোর খানিকটা ফিরে আসে। এমন নরম মনের পুলিশের কাছে মিথ্যা বলবার কোন দরকার আছে বলে মনে হয় না। সে একেবারে সত্যি কথা যেটা তা বলে দেয়।

বাবু মোরা যাদবপুরে থাকি। মোর মায় মইরা গেছে। বাপে ফির একটা বিয়া করছে। হেই মায় মোরে মারে আর মোরে খাইতে দেয় না। তিরকোন পার্কে মোর বাপের চা দোকান। দেহেন চায়ের গেলাস ধুইতে ধুইতে মোর হাত পাওতে হাজা ধইরা গেছে। এট্যু ওযুধও দেয় না। হেই জন্যই বাড়ি থিকা চইল্লা আইছি। মোর যখন জগতে কেউ আপোন নাই বাইচা আর কি করুম। গঙ্গার জলে ডুইবা মইরা যামু।

এক দুঃখী বালকের হাত পায়ের হাজা, ছেঁড়া জামা কৃশ শরীর ঘোলা চোখ, তাতে জল আর তার কষ্টকর জীবন কাহিনী শুনে দ্রবীভূত হয়ে পড়ে পুলিশের পোষাকের নিচে লুকানো দরদী মনটা। আর সে জীবনকে থানা বা জেল হাজতে নয় নিয়ে যেতে চাইলো তাদের মেসে। যেখানে দেড়শোজন বাঙালী পুলিশ খাওয়া দাওয়া করে। শিবপুর রিজার্ভ পুলিশ লাইনে। যাবি আমার সাথে? থাকবি খাবি কাজ করবি। মাইনে পাবি। যেতে চাস তো চল। দু'টোয় আমার ডিউটি শেষ হবে।

একটা ট্রাক যার উপর ছাউনি আছে সেই ট্রাকে এনে জীবনকে বসিয়ে দেয় বর্ধমানের রায়না থানার পুলিশ কর্মীটি। কোথাও যাস না, বসে থাক। রিলিভার এলেই আমরা ডিউটি ছেড়ে চলে যাবো।

শিবপুর খুব বেশি দূরে নয়। মিনিট কুড়ি লাগলো ট্রাক পৌঁছাতে। পথে

যেতে যেতে বললেন পুলিশ লোকটা, কিছুদিন থাক্, একটু বড় হ'। তারপর পুলিশে ভর্তি করে দেবো।

জীবন লেখা পড়া জানে না। এমন কেউ পুলিশ ভর্তি হতে পারে কিনা সে সব নিয়ে তার তখন মাথা ব্যাথা ছিলো না। সে ভাবছিল আজকের কথা। অনেক দিন খাওয়া জোটেনি আজ একটু পেট ভরে খেয়ে নেওয়া যাক্। সুযোগ যখন পাওয়া গেছে ছাড়া কেন।

মেসের যে ম্যানেজার তিনিও ভালো লোক। নিজের একটা পুরনো প্যান্ট, একটা জামা তিনি জীবনকে পরতে দিলেন। আর বলে দিলেন পাঁচ দিন মাস শেষ হতে বাকি। এই পাঁচ দিনের কোনো পয়সা দেবেন না। কিন্তু সামনের মাস থেকে কুড়ি টাকা করে বেতন দেবেন।

মেসে একজন রাঁধুনি আছে তার নাম অমূল্য ঠাকুর। সে প্রায় দশ বছর এখানে কাজ করছে। তার মাইনে মাসে ষাট টাকা। মেসে মেম্বার আসে যায় পুলিশের তো বদলির চাকরি। কিন্তু রান্নার ঠাকুরের চাকরি অনড়। মেস ম্যানেজার প্রতি মাসে বদল ঘটে। কিন্তু তার কোনো বদলা বদলি নেই। তার কথাই মেসের শেষ কথা।

প্রথম দিনই সে বলে দেয় জীবনকে, এই ছোকরা আমি যা বলবো যেমনভাবে বলবো সব কাজ সেইভাবে করবি। যদি তা করিস তবে কাজ থাকবে। না করলে থাকবে না। সকালে ঘুম থেকে উঠে কয়লা ভেঙ্গে উনুন ধরিয়ে দিয়ে দূরের টিউবওয়েল থেকে বাঁকে বয়ে এনে ড্রামে ড্রামে জল ভরা, যে জলে রান্না বাসন ধোয়া খাওয়া এবং মুখ ধোয়া হয়। তারপর তরকারি কাটা মাছ মাংস ধোয়া, রান্নার পরে খেতে দেওয়া, বাসন মাজা টেবিল সাফ করা। এরপর দুপুরে কিছুক্ষণ বিশ্রাম। ফের বিকেল বেলা থেকেই ওই একই কাজ তার সাথে বাড়তি আটামাখা রুটি সেঁকা, অমূল্য ঠাকুরের চোখে এ সব আসল কাজ নয়। আসল কাজ অন্য। কি সেই আসল কাজ তা টের পেল জীবন দিন কয়েক পরে।

রাত তখন দশটা হবে। মেসের সব মেম্বার খেয়ে দেয়ে চলে গেছে কেউ ব্যারাকে কেউ ডিউটিতে। জীবন তার কাজ শেষ করে দুটো বেঞ্চি জোড়া দিয়ে শুয়ে পড়েছে ঘুমাবার জন্য। সেই সময় তার সামনে এসে মেসের খাবার ঘরের আলোয় অমূল্য ঠাকুর তার ময়লা তেল চিটচিটে লুঙ্গিটা সরিয়ে বের করলো তার কালো বিচ্ছিরি বমন উদ্রেককারী বোঁটকা গন্ধ যুক্ত লম্বা পুরুষ অঙ্গখানা। এটাই হচ্ছে আসল কাজ। এটাকে আরাম দিতে হবে জীবনের। দৃঢ় হয়ে ওঠা অঙ্গটা শিথিল স্বাভাবিক করে দিতে হবে। কোন রকম কোন সংকোচ কোন রকম কোনো শ্লীলতার ধার না ধরে সে সটান সেটা চাপিয়ে দিলো জীবনের হাতের তালুতে। নে, একটু খেঁচে দে তো।

মনে হল নারকেল তেল জাতীয় কিছু একটা মাখিয়েছে। সেটা হাতে পড়তে জীবনের সারা দেহ মন যেন বিদ্রোহ ঘোষণা করে বসলো। মোটা কালো দুর্গন্ধ গরম ওই অঙ্গটা যেন কোন মোষের গায়ে লেগে থাকা গা ঘিন ঘিন করা জোঁক। কিন্তু তখন কি করবে জীবন, নাক বন্ধ করে চোখ অন্য দিকে রেখে

সেটা নেড়ে যেতে থাকে। আর অপেক্ষা করে কখন অমূল্য ঠাকুর বলবে ব্যাস, আর দরকার নেই। কিন্তু সে অত সহজে অত অল্পে এক অসহায় কিশোরকে রেহাই দিতে ইচ্ছুক নয়। দিনটা শুক্রবার, যেদিন পুলিশ লাইনে পুলিশ কর্তৃপক্ষ স্বল্প মূল্যে রাম নামক একটা নেশার দ্রব্য বিতরণ করে থাকে। সেই মদের দু পেগ খেয়ে এখন অমূল্য ঠাকুর নারী পুরুষের প্রভেদ রাখতে চায় না। বলে— একটু উপুর হ। এতক্ষণ জীবন অসহ্য হলেও দাঁত মুখ খিঁচে সহ্য করছিলো। কিন্তু আর সহ্য হলো না। এটা তার জন্মজনিত সংস্কার শিক্ষা সহবতের সম্পূর্ণ বিপরীত বিষয়। সে দৃঢ় গলায় বলে— না। কি ভেবে কে জানে অমূল্য ঠাকুর তার থাকার জায়গা থেকে একটা দুটাকার লাল নোট নিয়ে এসে জীবনের দিকে এগিয়ে ধরে বলে— কালকে গিয়ে সিনেমা দেখে নিস। আর না বলিস না, নে ধর।

দু'টাকার লাল একটা নোট দেখেও জীবন নিজেকে কুত্তা বানাতে রাজী হল না। অন্তরাত্মা ফুঁসে উঠলো তার, মুই কাম করতে আইছি, ওইসব করতে না। মোরে ওই সব কইবেন না।

কইবে না, এবার একটা কিছু করবে অমূল্য ঠাকুর। একবার করে ফেললে তারপর যা হবার তা হবে। পেটের মদ সেই নির্দেশ দিচ্ছে। সে জীবনকে চেপে ধরে প্যান্ট খুলতে যায়। ম্যানেজারের ডিউটির হাফ প্যান্ট, যা কোমরের কাছে দড়ি দিয়ে বাঁধা সেই দড়ি ধরে টান মারে অমূল্য ঠাকুর। অনাহারে জীর্ণ কিশোর জীবন তখন কোথা থেকে শক্তি পায় তা কে জানে, সে ধাক্কা মেরে অমূল্য ঠাকুরকে বেঞ্চি থেকে নিচে ফেলে দিয়ে দৌড়ে রান্না ঘরে ঢুকে যায়। তারপর বড় খুন্তিটা বল্লমের মত, শিবের ত্রিশূলের মত উঁচু করে ধরে-ধারে কাছে আইছো কি মরছো এই কইয়া দিলাম।

এরপর যা হবার তা হল, রাতে অমূল্য তো জীবনের ধারে কাছে ঘেঁষলো না। কিন্তু জীবন এখন মশলা বাটলে তা মিহি হয় না। তরকারী ধুলে বালি থাকে। রুটি সেঁকলে পুড়ে যায়। তর্ক করলে চড় চাপড়ও খায়। বুঝতে পারলো জীবন অমূল্য ঠাকুরকে সন্তুষ্ট করা তার সাধ্যের বাইরে। আর তাকে অসন্তুষ্ট রেখে এখানে কাজ করা কঠিন। তাই এক দুপুরে সে কাউকে কিছু না বলে কাজ ছেড়ে দিয়ে বের হয়ে পড়লো রাস্তায়। আবার নিশ্চিন্ত আশ্রয় নিয়মিত আহার মাসিক কুড়ি টাকা বেতন সব চলে গেল তার। বেকার আর নিরাশ্রয় হয়ে গেল সে। কয়েক মাস আবার রাস্তায় রাস্তায় কেটে গেল জীবনের। সারাদিন এখানে ওখানে ঘোরা আর রাত হলে কোন পার্ক, কোন গাড়ি বারান্দা কোন স্টেশন ফুটপাতে শুয়ে পড়া। এই করে পার হয় দিন রাত।

এই সময় এসে গেল সেই দিন। হেম চক্রবর্তীর পুকুর পাড়ে দাঁড়িয়ে একদিন যে গোপন আশংকা বুকে আমূল গেথে গিয়েছিলো। সেটাই এখন চরম বাস্তবতা হয়ে একটা বিকট হাঁ মেলে ধেয়ে এলো। শুরু হয়ে গেল আবার হিন্দু মুসলমানদের নির্মম সাম্প্রদায়িক দাঙ্গা। কাশ্মীরের কোন এক মসজিদ থেকে হজরতবাল নামে কি একটা জিনিস নিখোঁজ হয়ে গেছে। মুসলমানরা সন্দেহ করছে ওই পবিত্র বাল সরানোর পিছনে হিন্দুদের হাত আছে। যার ফলে সারা

দেশ জুড়ে শুরু হয়ে গেছে খুনোখুনি। দেশের পরিস্থিতি আগে থেকেই ঘৃণা পারস্পরিক সন্দেহ জাতি বিদ্বেষে অগ্নিগর্ভ হয়েই ছিলো। দরকার ছিলো মাত্র একটা ছুতোর। ছুতো পাওয়া মাত্র হিংস্র কুকুরের মত ঝাঁপিয়ে পড়লো একে অপরের টুঁটি লক্ষ্য করে।

কোথাকার কোন মসজিদ থেকে হজরত সাহেবের কোন বাল চুরি গেছে সেটা কোন বড় কথা নয়। বড় কথা সেই অজুহাতে ছড়িয়ে দেওয়া নরমেধ যজ্ঞ দেশের অন্য প্রান্তের মত সাহিত্য সংস্কৃতির পীঠস্থান কলকাতাকেও কব্জা করে নিয়েছে। কোথা থেকে দাঙ্গার প্রথম সূচনা সেটাও কোন বড় খবর নয় বড় খবর রাজাবাজার, শিয়ালদহ, মোমিনপুর খিদিরপুর সব দাউ দাউ জ্বলছে। কোন পাড়ার কোন গলি আর নিরাপদ নয়। রাতের অন্ধকারে চাকু হাতে ঘুরছে আততায়ী। যে কেউ এখন খুন হয়ে যেতে পারে। কে মারছে কেন মারছে কাকে মারছে এতে কার কি লাভ সে সব দুপক্ষের কারও কাছে কোন প্রশ্নই নয়। মোদ্দা কথা মানুষ মরবে। মানুষ মরেছে, মানুষ মারছে। শুধু সংখ্যা চাই, সংখ্যা দিয়ে বিচার হবে কোন পক্ষ জিতল আর কোন পক্ষ গো হারা হারলো। মানুষের সাথে তাই দয়া মায়া স্নেহ ভালোবাসা বিচার বুদ্ধি বিবেক বিবেচনা সব মারা পড়ে যাচ্ছে।

এই অস্থির উন্মত্ত সময়ে জীবন আর একটা কাজ খুঁজে পেলো পার্ক সার্কাসের এক রেস্টুরেন্টে। মাইনে মাসে তিরিশ টাকা বলে কাছে এখন ঝুঁকি বিপদ এসব কোন বড় বিষয় নয় জীবনের টাকা চাই। অনেক টাকা।

পার্ক সার্কাসে যদিও মুসলমান ধর্মের মানুষেরাই সংখ্যাধিক্য তবু তখন পর্যন্ত এ অঞ্চলে কোনো দাঙ্গা হয়নি। তবে পরিস্থিতি বেশ থমথমে হয়ে আছে! যে কোন মুহূর্তে কিছু একটা ঘটে যেতে পারে। পথে ঘাটে সেই রকম আভাস ইঙ্গিত সম্ভাবনা দেখা যাচ্ছে। এইরকম সময়ে সন্ধে নামলে স্নেহময় বাবা মমতাময়ী মা তার সন্তানকে চোখে চোখে আগলে রাখে। ঘরের বাইরে যেতে দেয় না। জীবন এই শহরের কারো সন্তান নয়, তার প্রতি কারও কোন দরদ মায়া থাকার কথা নয়। সে বলতে গেলে এক বেওয়ারিশ বালক যে হারালে কোন খোঁজবার লোক নেই। মরে গেলে নেই কেউ কাঁদবার মত মানুষ।

এক একটা মানুষের এক এক রকম শখ, বিলাসিতা থাকে। যা কোন যুক্তি তর্কের ধার ধারে না। সেই জন্য রামবাবু চুল দাড়ি কাটতে তিন মাইল দূরের গোবিন্দ পরামানিকের সেলুনে দৌড়ে যায়। অন্য কোন সেলুনে তার মন ভরে না। শ্যামবাবু মাছ কিনতে রবে বাগদির কাছ ছোটে যেন সে ছাড়া অন্য কোন মাছওলা দামে কম ওজনে সঠিক হাতে তাজা মাছ বেঁচে না। সব ঠগ সব জোচ্চোর। যদুবাবুর অসুখ হলে ডেকে আনেন ডাক্তার অবিনাশ প্রধানকে। তার মত ভালো ডাক্তার যদুবাবুর বিচারে বিধান রায়ও নয়। মধুবাবু মোচার ঘণ্ট খেয়ে তৃপ্তি পান না যদি তা বড়মা না রাঁধে। বড়মার হাতের রান্নার যে কি স্বাদ সে মধুবাবু ছাড়া আর কে জানে!

যে দোকানে জীবন কাজ করে সেই দোকানের মালিকের বিলাসিতা বিড়ি টানায় । তাও যে সে বিড়ি নয়, রেল লাইনের পাড়ে গুমটি মত ছোট দোকানের দাড়িওলা যে বুড়ো লোকটা লাল সুতোর মাথা চ্যাপটা বিড়ি বানায়, সেই বিড়ি।

সে এমন বিড়ি যার এক সুখ টানে আত্মা একেবারে ঠাণ্ডা হয়ে যায়। রাত দশটায় রেস্টুরেন্ট বন্ধ হয়ে যায়। তার আগে গিয়ে জীবনকে নিয়ে আসতে হয় এক বাণ্ডিল সেই বিড়ি। আজও এই অন্ধকার রাতে যখন ধারালো ছুরি হাতে কসাইরা যাকে নাগালে পাবে ধরে গলার নলি কেটে দিবে বলে ওঁত পেতে আছে, রোজকার মত হুকুম দিলো দোকানমালিক– যা বিড়ি নিয়ে আয়।এটা নিশ্চিত, সেদিনের সেই ভয়ংকর পরিবেশে তার উপর সামান্য দরদ থাকলে কোন মতে মালিক তাকে ওই রকম এলাকায় অত রাতে কিছুতে পাঠাতে পারতো না। না বলার উপায় নেই, ভয় করছে বলা চলবে না। এসব তার কাজ চলে যাবার পক্ষে যথেষ্ট। তাই হাঁটা দেয় সামনের দিকে। এক ভয়ংকর অভিজ্ঞতার দিকে।

সে সময় পার্ক সার্কাস রেল স্টেশন তৈরি হয় নি। চারদিকে ঝোপ ঝাড় গাছপালায় পরিবেশটা ছিলো কিছু জঙ্গল জঙ্গল। এবং বেশ নির্জনও বটে তাছাড়া অন্ধকার। তবে একটাই সুখের বিষয় এখনো এখানে মারামারি কাটা কাটি শুরু হয় নি। মানুষ এখনো শান্ত আছে। তাই জীবন আসতে পেরেছে এখানে। পথঘাট সেই দাঙ্গায় খবর ছড়িয়ে পড়বার পর থেকেই অন্ধকার নামার সাথে সাথে ফাঁকা হয়ে যায়। বিশেষ করে মিশ্র এলাকায় রাত নামলে আর লোকেরা পথে থাকতে সাহস পায় না। নিরাপত্তার অভাব বোধ করে। হাত পা বুক কাঁপে গলা শুকায়। তবে জীবনের ঠিক ততখানি ভয় করছে না। তাহলে তো একা আসতেই পারতো না।

আসলে ভয় জিনিসটা একটা অভিজ্ঞতার নাম, একটা স্মৃতির দংশন। যে কখনো আগুনে পোড়েনি সে কী করে জানবে পোড়ার কি যন্ত্রণা। সে তো আগুনের দিকে হেঁটে যেতেই পারে। অজ্ঞতাই হবে তার সাহসের আসল উৎস। সে কখনো জলে ডোবেনি সে কেমন করে অনুভব করবে দমবন্ধ হয়ে মৃত্যুর অবর্ণনীয় যন্ত্রণা ।

জীবন তখনো দাঙ্গা দেখেনি। মুখোমুখি হয়নি কখনো ঘাতকের বিষাক্ত ছুরির। হা রে রে করে হাজার হাজার মানুষ রামদা বল্লম বন্দুক নিয়ে বীভৎস উল্লাসে ধেয়ে যাচ্ছে আর একদল মানুষের দিকে, সে দৃশ্য সংঘটিত হয় নি কোনদিন তার চোখের সামনে। তা ছাড়া তার মনে এখনো একটা ধারণা বদ্ধমূল হয়ে আছে, আমি যাদের কোন ক্ষতি করিনি, করবো বলে ভাবিনি। তারা আমার ক্ষতি কেন করবে। বিশেষ করে গলা কেটে দেবার মত অত বড় ক্ষতি। তাই সে অন্যদের তুলনায় কিছু নির্ভয় নির্ভীক।

তাই রোজকার মত অন্ধকার পথে "–সুন্দর জরিনা তোমায় আমি করব বিয়া মনের বাসনা–" গান গাইতে গাইতে পথ হাঁটছিলো সে। যাবার সময় ঠিক গেছে, কোন অসুবিধা হয় নি। বিড়ি নিয়ে ফেরবার সময় অসুবিধা এসে পথ আগলে দাঁড়ালো। একগলির নিকষ অন্ধকার গর্ভ চিরে বেরিয়ে এল অন্ধকার মায়ের চারজন অর্ধ মস্তান। সবার বয়স প্রায় জীবনের মতোই। তবে তাদের গলার স্বরে কোনো কৈশোরের কৌতুক নেই, আছে প্রাপ্ত বয়স্কের কুটিল ক্রুরতা। আছে নির্মম কসাইয়ের হিংস্রতা! এ্যাই, তুই কৌন জাত বে?

চারদিকে ঘুটঘুটে অন্ধকার। যতদূরে চোখ যায় কোথাও কোন আলো

নেই। মানুষ নেই, প্রাণ নেই। যেন এক মহাশ্মশানের স্তব্ধতা ছেয়ে আছে চরাচরে। সেই মহা অন্ধকারে ছেলে কটার মুখের আদল ঠিকঠাক স্পষ্ট হয় না। শুধু তাদের চার জোড়া চোখগুলো দেখা যায়। যা জ্বলছে ধারালো চাকুর মতো।

আ বে শালা গাণ্ডু, বল না তোর কি জাত?

বড় কঠিন প্রশ্ন। বুঝতে পারছে জীবন এরা তার কাছে জানতে চাইছে সে হিন্দু না মুসলমান। উত্তর পেয়ে গেলে হয় গালাগালি করবে নয়তো গলার নলি সোজা চাকু চালাবে।

একবার কালিকাপুরের এক অন্ধকার জঙ্গলে এক পাল শেয়াল ঘিরে ধরেছিলো জীবনকে। সেই হিংস্র জানোয়ারগুলোর চোখ থেকে আগুন ঝরছিলো। তারা তাদের জঙ্গল রাজত্বে মানুষের অবৈধ প্রবেশে ক্ষিপ্ত হয়ে গিয়েছিলো। শহর ধীরে ধীরে বড় হয়ে তাদের বাসস্থান গ্রাস করে নিচ্ছিলো। খাদ্যাভাব দেখা দিয়েছিলো তাদের। সেই রাগে একা পেয়ে এক মানুষের বাচ্চাকে আক্রমণ করে দিয়েছিলো। সেদিনও জীবন ভয় পায় নি, সাহস হারায়নি। তাহলে সেদিন শেয়ালের আহার হয়ে যেতো। চক্রব্যুহের পড়া অভিমন্যুর মত একা বিপন্ন জীবন ভীষণ ক্ষিপ্রতার সাথে কাঁধে রাখা গামছা হাতে নিয়ে পড়ে থাকা একটা আধলা ইট কুড়িয়ে বেঁধে নিয়েছিলো তার এক কোণে। তারপর গামছার অন্য প্রান্ত ধরে চক্রাকারে ইটসহ গামছা ঘুরিয়ে ছত্রভঙ্গ এবং পলায়নে বাধ্য করেছিলো শেয়ালপালকে।

আর একবার এখন যেখানে সুকান্ত সেতু, তখন সেখানে ছিল শহরের নোংরা জল নিকাশি মস্ত বড় নালা। নালার বাঁ দিকে ছিলো পচা ডোবা আর হোগলা ঢোল কলমির ঘন বন। বনের ও পাশে টিবি হাসপাতাল। রাজা সুবোধ মল্লিক রোড থেকে এই খাল পাড় ধরে টিবি হাসপাতালের মধ্য দিয়ে সোজা পথে রেল স্টেশনে আসা যাওয়া করা যেতো। একবার এই পথ ধরে বিশেষ কাজে যেতে হয়েছিলো জীবনকে। তবে সম্ভাব্য বিপদের জন্য সেবার প্রস্তুত হয়েই গিয়েছিলো! কেননা, খাল পাড়ের পথটা সন্ধে হলে বিষাক্ত সাপেদের দখলে চলে যায়। তাই এই পথে যাবার আগে একটা মোটা লোহার রড সাথে নিয়েছিলো।

সেদিন খাল পাড় ধরে হেঁটে টিবি হাসপাতালের মধ্যে ঢুকতেই কেন কে জানে জমাদারদের একগাদা কুকুর বিকট শব্দে ঘেউ ঘেউ করে হামলে পড়েছিলো তার উপর। বোধ হয় অচেনা মুখ তারা সহ্য করতে পারছিলো না। বালক হাতে ধরা বিধ্বংসী রডখানাকেও তারা গ্রাহ্যের মধ্যে আনতে তৈরি ছিলোনা। তবে যে কুকুরটা দলের নেতৃত্ব দিচ্ছিলো, সে জীবনের পায়ের এক খাবলা মাংস দাঁতে করে ছিঁড়ে নিয়েছিলো সে কিন্তু আর পালিয়ে যেতে পারলো না। বালক হাতের শক্ত রড সজোরে তার মাথায় পড়েছিল। ঘেউ ঘেউ করে চিৎ হয়ে পড়ে কুকুরটা মরে যায়। জীবনের হাতে সেটাই প্রথম প্রাণী হত্যা।

এখন জীবনের বড় আপশোস হচ্ছে। একেবার খালি হাত। শেয়াল কুকুরে সারা দেশ ছেয়ে গেছে। যারা মানুষ দেখলেই তেড়ে কামড়াতে আসে। মানুষ হলেই হল, কে আপন কে পর কে দোষী কে নির্দোষকে বন্ধু বিচার করে না। ওরা একটা কথা জানে, যারা মানুষ তারা কোনদিন শেয়াল কুকুরের আত্মীয়

হয় না। তাই মানুষ পেলেই কামড়াও, মারো। এইরকম সংক্রমণকালে সম্পূর্ণ প্রস্তুত না হয়ে পথে নামা একদম ঠিক হয়নি।

কথা বলছিস না ক্যানে। বল বল, বল কি জাত? জলদি বল! কি বলবে জীবন। সেকি নিজে জানে তার কি জাত! সে যদি হিন্দু হয় তবে হিন্দু হেম চক্রবর্তী অচ্ছুত বলে কেন? যদি মুসলমান হয় মুসলমানরা কেন কাফের ভাবে? জীবন জানে এ সময় সমাজে মাত্র দুটো জাত আছে, যার একদল খুন হচ্ছে আর একদল খুন করছে। এদের মধ্যে সে কোন জাত বেছে নেবে। এই দুই জাতের কোনটায় নাম লেখাবে, নিজের পরিচয় গড়তে মনের সায় নেই তার। কিন্তু এরা সেই মানসিকতাকে কোন মূল্য দেবে সম্মান করবে তেমন মন হয় না। এদের একটাই জিজ্ঞাসা তুমি আমাদের জাত কিনা তা না হলে অবশ্যই আমাদের শত্রু জাত। অতি সাধারণ অতি সরল গণিত। এর মাঝে আগে পিছে আর কোন যোগ বিয়োগ নাই।

বিষম সমস্যা। কী বলবে এখন জীবন। কে বলে দেবে কোনটা বলা সঠিক হবে এই কঠিন সময়ে।

চারজনের মধ্যে যে বড় সে এগিয়ে এল জীবনের সামনে। তার ডান হাতে চকচকে একটা চাকু। যে চাকু নিয়ে ধীরেন ঘুরে বেড়াতো তেমন ভয় দেখানো পুঁচকে বস্তু নয়, স্প্রিং লাগানো পেতলের বাটের পাক্কা আঠারো ইঞ্চি। একে রামপুরি বলে। এই রকম একটা চাকু আছে তিনকোণা পার্কের বড় গুণ্ডা রতন রায়ের কাছে। সেই চাকু দিয়ে সে কদিন আগে একজনের পেট ফাঁসিয়ে দিয়েছে।

চাকু ধরা ছেলেটা কঠিন গলায় আবার জিজ্ঞাসা করে শেষবার বলছি বল তুই কি জাত? হিন্দু?

না, আমি হিন্দু না।

ঢপ দিবি না, কানিয়া ঠেসে দেবো, ঠিক করে বল।

বললাম তো আমি হিন্দু না।

মুসলমান, প্যান্ট খুলে দেখবো কিন্ত।

না, আমি মুসলমানও না।

তাহলে খেরেস্তান।

তাও না।

তাহলে তুই কি?

ছেলেগুলোকে দেখে বোঝা যাচ্ছে না তারা কোন জাতের বলে নিজেদের পরিচয় দেয়। শরীরের কোথাও কোনো জাত বজ্জাতের চিহ্ন মাত্র নেই। চাকু ছাড়িয়ে নিয়ে হাতে কলম ধরিয়ে দিলে এক্ষুনি কোন ছাত্র হয়ে যাবে স্কুলের। পাচন ধরিয়ে দিলে জাবেদ খালেদের মত কোন রাখাল। চায়ের গেলাস ধুতে দিলে জীবনের মত বালক। এই বয়েসের এই এক অসুবিধা কিচ্ছু বোঝা যায় না। বুঝতে পারলে জীবন নিজেকে আমি তোমাদেরই লোক বলে সরে পড়তে পারতো।

ছেলেগুলোর হাতে বেশি সময় নেই। তারা অন্য কোথাও অন্য শিকারে যাবে। তাড়া দেয়, বল বল জলদি বল।

কিছু বলতে হবে। না বলে পার পাওয়া যাবে না। মনঃস্থির করে ফেলেছে জীবন। এটা আবেদন নিবেদন অনুরোধ উপরোধের কাল নয়। তাতে এরা কর্ণপাত করবে না। এদের বলতে হবে সেই ভাষায়, যে ভাষার বক্তব্য ছাড়া এরা কিছু বোঝে না। হিন্দি বাংলা আরবী সংস্কৃত নয়, সে সর্বজনবোধ্য মোক্ষম ভাষা।

তখনো জীবন সেই দেওয়ালের লেখা পড়তে শেখেনি, দেওয়ালে দেওয়ালে তখনো লেখাই শুরু হয় নি, আক্রমণই আত্মরক্ষার সর্বশ্রেষ্ঠ উপায়। সে শিক্ষা দিয়ে দিলো এক অন্ধকার রাত। রাতের অভাবনীয় উদ্ভূত পরিস্থিতি। চকিতে জীবন পায়ের কাছে পড়ে থাকা একটা ইট যাকে রকের ভাষায় থানকা বলে তা তুলে নিলো। তখন আর ভাববার মতো অবকাশ ছিলো না। ওরা হয়তো আমাকে সত্যি সত্যি মারতে আসেনি। কেন আসবে? ওদের সাথে কোন কালে আমার কোন শত্রুতা তো ছিলো না, তাহলে কেন শুধু শুধু মারবে আমাকে! ওরা হয়তো ভয় দেখিয়ে এটু মজা করতে চাইছে। সে চোখের পলক ফেলার আগে অবিশ্বাস্য ক্ষিপ্রতায় থানকাটা বসিয়ে দিলো সজোরে, চাকু ধরে থাকা ছেলেটার ব্রহ্মতালুতে। ব্রহ্মতালু ঠিক মাথার মাঝখানে যেটা শরীরের সবচেয়ে নরম কোমল স্থান। নারকেল ফাটার মত একটা আওয়াজ হল। আচমকা আঘাতে হাতের চাকু খসে গেল তার। চোখ মুখ ঢেকে ফিনকি দিয়ে নামলো রক্তের ধারা। গোঁ গোঁ শব্দ করে ছেলেটা গড়িয়ে পড়ল পথের ধুলায়

ছোটবেলায় প্রচণ্ড রোগে ভুগে ছিল জীবন। তারপর সারা জীবন পুষ্টিকর তো বহুদূর— পেট ভরে কোনদিন খেতে পারে নি। সে কারণে শরীরটা ছিলো রোগা আর দুর্বল। আজ থান ইটের এক আঘাতে সব রুগ্নতা দুর্বলতা আত্মবিশ্বাসের নিচে চাপা পড়ে গেল। মাটি থেকে চাকুখানা কুড়িয়ে নিয়ে বুক টান করে দাঁড়ালো জীবন আয় এবার কেডা আবি। তখনই তার মনে পড়ে গেল রাগ হচ্ছে চণ্ডাল। চিৎকার করে বলে সে আমার নাম জীবোন, জাইত চণ্ডাল, আর কি শুনবি! কিন্তু ওরা আর এগুলো না। মাটিয়ে গড়ানো আহত সঙ্গীকে ফেলে রেখে ছুটে পালালো অন্ধকারের কালো গর্ভের দিকে। যেন সদ্য প্রসব করা সন্তানকে আবার গর্ভের পুঁজ রক্ত বিষ্ঠার মধ্যে লুকিয়ে নিলো অন্ধকার প্রসূতি। উপস্থিত বুদ্ধি আর নিজের সাহসে নিজেই চমৎকৃত হল জীবন। মনে হল জীবন এক যাত্রা এক অভিজ্ঞতা। এক যন্ত্রণার নামই নয়, জীবন এক যুদ্ধের নাম।

কিন্তু এখন আর এখানে দাঁড়ানো ঠিক নয়। কথায় বলে খেয়ে শুয়ে পড়ো আর মেরে সরে পড়ো। সঠিক সময়ে পিছু হটা বিজয়কে ধরে রাখার প্রয়োজনই একান্ত আবশ্যক। সে দ্রুত সামনের দিকে পা চালায়। হাতের মুঠোয় তখন তার ধরে রাখা আছে পেতলের বাটের শক্ত সাহস। যা দিয়ে সে কোন বিপদকে ফালা ফালা করে নিরাপদ স্থানে পৌঁছবার পথ করে নেওয়া যায়। আর তার ভয় করছে না। বুক কাঁপছে না। আজ টাটকা গরম রক্ত সব ভয় ধুয়ে দিয়েছে। এখন জীবন যেন একজন যোদ্ধা। যোদ্ধারই দৃঢ় দীপ্ত পদক্ষেপে সামনে এগিয়ে চলে। তবে সেই দোকানে আর গেল না জীবন, সে জানে সে এখন একা। এখানে তার সহায়ক, রক্ষক, স্বপক্ষ, কেউ নেই। কে জানে যে তিনজন পালিয়ে

গেছে তারা ওর আশ্রয়স্থলের খবর জানে কিনা। তাদের মুখে খবর পেয়ে যে পথে পড়ে আছে তার দাদা কাকা বাবা যদি তাকে খুঁজতে আসে তখন কি হবে! তাই পালিয়ে যেতে হবে এখান থেকে দূরে। সেটাই এখন জীবনের কাছে জীবনের দাবি। পালা জীবন পালা!

জীবনের ইশকুল

১৮

রাজা

শিয়ালদহ রেল স্টেশন। নামের অভিধানিক অর্থ খুঁজতে গেলে মনে হয় কোন এক কালে এখানে কোন জলাশয় ছিলো যাতে শেয়াল পড়ে গিয়ে থাকবে। নানা পথ ঘুরে ঘুরে এখানে এসে পৌঁছেছে বিপন্ন সময়ের গর্তে পা পিছলে পড়া এক কিশোর। যার নাম জীবন। অজানা এক ভয় তাড়া করে নিয়ে ফিরছে তাকে। মনে হচ্ছে যেন একপাল হিংস্র হায়না ধাওয়া করে এসেছে। নাগালে পেলে ধারালো দাঁতে ফালা ফালা করে ফেলবে। কতই বা বয়স জীবনের! সেই নাবালক বয়েসের তুলনায় অজানা ভয়ের আকার বিশাল। তাই এখানে লুকাতে এসেছে জীবন।

জঙ্গলের মধ্যে যেমন খরগোশ ছানা নিজেকে লুকিয়ে ফেলে, হাজার হাজার অচেনা মানুষের ভিড়ে তেমন করে লুকোতে চায় জীবন। নির্জনতা বিশেষ করে অন্ধকার রাতের নির্জনতাকে ও এখন খুব ভয় পায়। মনে হয় যেন অন্ধকারের পেটের মধ্যে কেউ খোলা চাকু হাতে নিয়ে তার জন্য দাঁড়িয়ে আছে। ছুটে এসে সেই চাকু গলার নলিতে চালিয়ে দেবে। সারা কলকাতার রাজপথ গলি পাড়া মহল্লা সব দাঙ্গাকারী, খুনে লুঠেরাদের দখলে চলে গেছে। সন্ধ্যে হলেই কোথাও না কোথাও আগুন জ্বলে উঠছে, বোমা পড়ছে, মানুষ খুন হচ্ছে। এ শহরের একটা মানুষও এ সময় নিরাপদ নয়।

শিয়ালদহ রেল স্টেশন। শুধু এই রেল স্টেশনই নয়, সব রেল স্টেশনেরই একটা বিমূর্ত কিন্তু সংবেদী সত্তা আছে। যাকে দেখতে বা বুঝতে হলে মনটাকে খানিকটা দার্শনিকতার শিকড়ে নিয়ে বসাতে হয়। গোপন প্রবাহিত সেই ফল্গু স্রোতের আদিম অনাবিল শেকড়ে আছে জাতিধর্ম বর্ণের উর্দ্ধে থাকা এক চিরায়ত মানবাত্মার সুগভীর মেল বন্ধন। হাজার হাজার মানুষ, নানা বয়েসের নানা পোষাকের নানা ভাষার। কেউ কারও পরিচিত নয়। কিন্তু কোন দক্ষ মালাকার যেন এক সুতোয় গেঁথে দিয়েছে সব ফুলের এক অদৃশ্য মালা।

সকালবেলায় যখন দিনের প্রথম ট্রেনখানা এসে প্লাটফর্মে থামে সেই

যন্ত্রযানের গর্ভ থেকে একই ভাবে পিলপিল করে বেরিয়ে আসে মানুষ। তারপর একই রকম চলা, ধেয়ে চলা মিছিলের প্রতিটি মানুষের পায়ের চলায় ফুটে ওঠে একই রকম ছন্দ তাল ধ্বনি। ফুটে ওঠে দায়িত্ব কর্তব্যের সাথে নিখুঁত শ্রম জীবনের সমন্বয়। আবার দুপুরে বিকালে রাতে ফিরতি এই পাগুলোয় জড়িয়ে থাকে শ্রান্তি ক্লান্তি অবসাদে। মনে জড়িয়ে থাকে ঘরে ফেরার তাড়ার সাথে কিছু উৎকণ্ঠা। যদি ট্রেন না আসে। যদি ট্রেন না ছাড়ে। যদি মাঝপথে গিয়ে থেমে যায়। ট্রেনের আজকাল হাজার বিপদ। বর্ষার লাইনে জল জমে যেতে পারে। ওভার হেড তার ছিঁড়ে যেতে পারে। তার কেটে নিয়ে যেতে পারে কোন চোর। বিদ্যুত সরবরাহ বন্ধ থাকতে পারে। হঠাৎ কোন নাগরিক বা রাজনৈতিক অবরোধ বন্ধ। তখন আর ট্রেন চলবে না। ট্রেন না চললে সব মানুষের মুখ একই দুশ্চিন্তায় কালো হবে। বুকে জমবে একই রকম মেঘ বাদল, যা বৃষ্টি হয়ে ঝরাও বিচিত্র নয়। সবার ঘরের মানুষ একই রকম আশংকায় পথের দিকে তাকিয়ে থাকবে একই কামনা নিয়ে, ভালোয় ভালোয় ফিরে আসুক ঘরের মানুষ। কারো সাথে কারো দেখা সাক্ষাৎ চেনা জানা পরিচয় পরিচিতি নেই তবু একই রকম দীর্ঘশ্বাস পড়বে সবার একই দুর্ভাবনায়। জীবন দার্শনিক নয়। দর্শনের গভীর তথ্যে বিচারণের পক্ষে ষোল সতের বছর বয়েসটা বড় কম। সে এই স্টেশনে বলতে গেলে আত্মগোপন করে আছে স্থুল এক জৈবিক তাড়নায়। সে মারা যেতে চায় না। অন্তত কোন পাগল খুনির হাতে, পাঁঠা ছাগলের মত মোটেই নয়।

গত একমাস ধরে তার আস্তানা সাউথ সেকশানের এক নাম্বার প্লাটফর্মের এক সিমেন্টের বেঞ্চের পিছনের আড়াল। সারা দিন এদিক সেদিক ঘুরে রাত হলে সবার নজর বাঁচিয়ে ঢুকে পড়ে সেই আস্তানায়। স্টেশনে সে একা নয়, তার মত ভবঘুরে ভিখারী পাগল গৃহহারা বহু মানুষের বসবাস। এর মধ্যে আর একটা নতুন বাড়তি বালক বিশেষ কারো মাথাব্যাথার কারণ হয় না।

সেদিন দুপুরবেলা স্টেশনময় ঘুরে বেড়াচ্ছিলো জীবন। এ সময়ে স্টেশনে খুব একটি ভিড় থাকে না। লাল জামা পড়া রেলের কুলিরা এখানে সেখানে শুয়ে পড়েছে গামছা বিছিয়ে। কেউ কেউ বসে গেছে তাস নিয়ে। কলকাতা শহরের অরাজকতা এখানে তেমন একটা প্রভাব ফেলতে পারেনি। স্টেশনের প্লাটফর্মের বাইরে ইটের উনুনে কাঠপাতার জ্বালে কালো কালো হাঁড়িতে ভাত রান্না করছেন কয়েকজন মহিলা। তাদের আশেপাশের ঘুর ঘুর করছে রোগা, উদোম কিছু বালক বালিকা। মানুষের হাঁড়ি কুড়ি সংসারের কাছাকাছি ঘুরে বেড়াচ্ছে কতগুলো ছাল ওঠা নেড়ি কুকুর। তারা বর্তমান সময়ের মানুষের মতই মারামারি, কামড়া কামড়ি করছে।

বেশ কিছুক্ষণ এদিক ওদিক ঘোরার পর ক্লান্ত হয়ে খানিকটা কলের জল খেয়ে একটা ফাঁকা বেঞ্চিতে বসে পড়ে জীবন। অনেক দিন হয়ে গেছে ওখানে, হাতে কোন পয়সাকড়িও আর নাই। এবার এখান থেকে কোথাও যাওয়া দরকার। কিন্তু কোথায় যে যাবে যেখানে নিরাপদ আশ্রয় আহার পাবে তা কিছুতেই বুঝে উঠতে পারছিলো না। সারা শহর সন্ত্রস্ত। সন্ধ্যের পরে পথ ঘাট ফাঁকা হয়ে যায়। দোকান বাজার হোটেল রেস্তোরাঁয় তেমন খদ্দের নেই। এ

সময়ে কে তাকে দেবে কাজ আশ্রয় আহার। বসে বসে সেই কথাই ভাবছিলো জীবন। এমন সময়ে ওর পাশে এসে বসল ওর চেয়ে দু'তিন বছরের বড় একটা ছেলে। একটু লম্বাটে ধরণের চেহারা। গায়ের রঙটা কালো। মাথায় উস্কো খুস্কো লম্বা চুল। চোখে চঞ্চল ঘূর্ণী। সে ঘূর্ণীর মধ্যে লুকানো কোন গভীর বেদনার ছাপ। একটা বেমানান ফুল প্যান্ট পরে আছে, গায়ে একটা স্যাণ্ডো গেঞ্জি আর মুখে জ্বলন্ত বিড়ি। ছেলেটা এখানে নতুন আমদানি। জীবন আগে কখনো দেখেনি তাকে। পাশে বসে সে জীবনকে অতি পরিচিতের মত বলে ফালতু এখানে বসে কি করবি। চল জল ট্যাঙ্কির নিচে গিয়ে ঘুমাই। অচেনার ছেলের অন্তরঙ্গতায় জীবন সাড়া দেয় না। এক অন্ধকার রাতের দগদগে স্মৃতি তাকে ভীত করে। কে জানে যদি ফাঁকা জায়গায় নিয়ে গিয়ে জাত জিজ্ঞাসা করে। বলে সে, মুই এইখানে বসুম।

কিছু পরে ফের বলে ছেলেটা এই তোর নাম কি রে?

মোর নামে তোমার কি কাম?

নাম না জানলে তোকে কি বলে ডাকবো।

আমারে ডাকবা ক্যান?

এক সাথে এক জায়গায় থাকলে ডাকা লাগবে না? মানুষ মানুষের কত সময় কত দরকারে লাগে। আমি কটা দিন তোদের এখানে থাকবো ভাবছি তো! সেই জন্য নামটা জানতে চাইলাম। না হলে নাম দিয়ে আর কি দরকার।

ছেলেটার গলার স্বরে সারল্য এবং সত্যের সংমিশ্রণ। মনে হয় জীবনের একে নিজের নাম পরিচয় দেওয়ায় কোন সমস্যা হবে না। বলে সে মোর নাম জীবন।

নাম শুনে ছেলেটা ভুরু কোঁচকায়। জীবন এমন কিছু আহামরি নাম নয়। তবে ভুতো নেড়ে বেঁটে কেলোর মত কাজ চালিয়ে নেওয়া যায় এই যা। বলে সে আমার কী নাম জানিস? শুনলে চমকে যাবি, রাজা! আমার নাম রাজা। তোর চেয়ে বয়সে চার পাঁচ বছরের বড়ো হবো আমি। তবে তোকে দাদা ফাদা বলে ডাকতে হবে না। নাম ধরেই ডাকিস।

নিজের চেয়েও যাকে দীন হীন অভাগা বলে মনে হয় তাকে রাজা বলে মেনে নিতে কোন আপত্তি করে না জীবন। কসাইয়ের নাম যদি দয়াময় হতে পারে তাহলে এক রাস্তার ছেলের নাম রাজা মহারাজা সম্রাট কেন হতে পারে না! বাধা কোথায়?

জীবন চায়ের দোকানে রেল স্টেশনে ফুটপাতে অনেক দিন কাটাচ্ছে। লোক মুখে গল্পকথায় জেনেছে কোন কোন সময় রাজারাও রাজত্ব হারিয়ে ভিখারী হয়ে যায়। যেমন হরিশচন্দ্র যেমন নবাব সিরাজ। আবার কোন কোন সময় নিজেরাই ভিখারী ফকির সন্ন্যাসী সেজে বের হয়ে পড়ে ভ্রমণে।কিন্তু এই রাজা কোন কারণে এখানে এসেছে সেটা এখনো জানা যায়নি। এক গাল হেসে সেই খবরটাই পরিবেশন করে সে— আমি আসামে যাবো। বলতে পারিস, আমার হচ্ছে আসামে যাওয়া আসার কারবার। বছরে একবার যাই একবার আসি। আমার এক বন্ধু এবার আমার সাথে যাবে বলেছে। তালদিতে তার বাড়ি। তা সে যতক্ষণ বাড়ি থেকে পালিয়ে না আসতে পারছে আমাকে এইখানে

অপেক্ষা করতে হবে। তারই জন্য বসে আছি। না হলে কি আর আমাকে এখানে দেখতে পেতিস! কবে ফুরুত হয়ে উড়ে যেতাম। অনেক দূরের পথ তো। কেউ একজন সাথে থাকলে গল্পগাছা করতে করতে যাওয়া যায়। একা একা বোঝা হয়ে ঠিক ভালো লাগে না।

আসামের নাম জীবন আগেও শুনেছে । যাদবপুর স্টেশনে একজন লোক মাদুলি বেচতে আসে। মাটিতে শুইয়ে সে একটা ছেলেকে মন্ত্রের সাহায্যে মাটি থেকে শূন্যে তুলে দেয়। একটাকা হাতের তালুতে নিয়ে দশটাকা বানাতে পারে। তার এসব মন্ত্র নাকি আসাম গিয়ে শেখা। আসাম হচ্ছে পাহাড় জঙ্গল ঘেরা অতি দুর্গম একটা স্থান। দেবী কামাক্ষ্যার মন্দির আছে সেখানে। কোন পুরুষ মানুষ সহসা যেতে পারে না সেখানে। যদি যায় সেখানকার জাদুকরী মেয়েরা তাকে ধরে জাদুমন্ত্র বলে ভেড়া বানিয়ে ফেলে। আর সে কোনদিন ফিরে আসতে পারে না। মাদুলি বেচা জাদুখেলা দেখানো লোকটা শুধু এই কারণে ফিরে আসতে পেরেছে যে তাকে এক বৃদ্ধা জাদু নগরীর সীমার বাইরে যেতে সাহায্য করেছিলো। সেই তাকে পুত্রস্নেহে শিখিয়ে দিয়েছে ক'টা মন্ত্র।

কিন্তু রাজা নামের এই ছেলেটা! এ নাকি অনেকবার আসাম গেছে। তবে এ ভেড়া না হয়ে ফিরে এল কেমন করে? বলছে আবার নাকি যাবে। ধাপ্পা দিচ্ছে না তো? কিছু বিশ্বাস কিছু অবিশ্বাস নিয়ে জানতে চায় জীবন, তুমি কামরূপ কামাক্ষ্যার মন্দিরে গেছো?

অনেকবার।

সত্যি কইতে আছো?

তোর কাছে মিথ্যা বলে আমার কি লাভ?

ওই মাইনষে যে কয় ওইখানে কেউ যাইতে পারে না। গেলে মাইয়ারা ধইরা ভেড়া বানাইয়া দেয়।

গুল দেয়। বলে রাজা, সব মিথ্যা কথা। এই তো আমি তোর সামনে বসে আছি। বললাম না অনেকবার আসাম গেছি, তা আমি কি ভেড়া হয়েছি? দেখাচ্ছে আমাকে ভেড়ার মতো?

মোনে কয় ওরা তোমাকে দেখতে পায় নাই।

বলিস কি! আমার এত বড় শরীরটা দেখতে পায় নি। দেখা কি রে, কত জনার সাথে কথাও বলেছি। এক জনের হাতও ধরেছি।

হাত ধরার সেই পুরনো স্মৃতি মনের দরজায় ধাক্কা মারায় কিছুক্ষণের জন্য অন্যমনস্ক হয়ে যায় রাজা। তারপরে বলে, ওই দেশের মেয়েগুলোর দেহ কে জানে ভগবান কি দিয়ে তৈরী করেছে, মনে হয় যেন সোনার তাল। একেবারে ঝকঝক করছে। আর যদি তোরে একবার ছুয়ে দেয়, সারা শরীর অবশ হয়ে যাবে। জাদু যদি বলিস, তবে তা ওদের আছে! যদি কোনও বাঙালীর ভাগ্যে ও রকম একটা মেয়ে জুটে যায় ভেড়া কি রে একেবারে পায়ের জুতো হয়ে যাবে। সিনেমা দেখেছিস কোনদিন? ওখানের সব মেয়ে এক একজন বৈজয়ন্তীমালা, মালা সিনহা। চোখ ফেরাতে পারবি না।

মেয়ে বিষয়ক গল্প বেশিদূর আগায় না। একা রাজা কতক্ষণ বা বলবে। জীবন এখন এতটা সাবলীল হয়ে উঠেনি। মেয়ে দেখতে তার ভালোই লাগে,

তবে তা আড়চোখে। সরাসরি কারও চোখে চোখ পড়লে কেন কে জানে পা থেকে মাথা অবধি কেঁপে ওঠে। একে শিহরণ বলে। একবার তিনকোণা পার্কে পাড়ার বখাটে ছেলেদের দেখাদেখি সেও পথ চলা একটা মেয়েকে ঘড়িতে কটা বাজে জিজ্ঞাসা করেছিলো। কিন্তু সে সময় বলে, তার আগেই ভয়ে ছুটে পালিয়েছিলো। পাছে মেয়েটা কিছু বলে! 'ফাজিল ছেলে মেয়েদের সাথে ইয়ার্কি হচ্ছে'।

কিছুক্ষণ পরে জীবনের কাছে জানতে চায় রাজা— বিড়ি খাবি?

মুই বিড়ি খাইনা। বলে জীবন।

অবাক হয় রাজা। এ কী করে সম্ভব! স্টেশনে থাকা এই বয়েসের সব ছেলেরাই মদ, গাঁজা কত কী নেশা করে। আর এই ছেলেটা সামান্য নিরীহ বিড়িতেই বিমুখ? এত নিরামিষ ভাবে স্টেশনে টিকে আছে কেমন করে?

তাহলে তুই কি খাস? কীসের নেশা তোর? জুয়া?

আমি ভাত খাই। ছোটবেলা থিকা আমার একটাই নেশা। ভাত। ভাত ছাড়া আর কোনো নেশা নাই।

একটা দীর্ঘশ্বাস ছেড়ে বলে রাজা— আগে আমারও ওই নেশা ছিলো। পচা পোড়া বাসি যেমন হোক একমুঠো ভাত সারাদিনে একবার না হলে চলতো না। এখন আর সে নেশা নেই। পেলে খাই না পেলেও কোন দুঃখ করি না। দুঃখ করে বা কি করবো। না খেয়ে আছি বলে কেউ তো আর ভাতের থালা সামনে এগিয়ে দেবে না।

প্লাটফরমের নিচে সামান্য কিছু দূরে যে টিনের গোডাউন তারই ছায়ায় এক ভিখারী মা তার ছেলেপুলে নিয়ে খেতে বসেছে। কি খাচ্ছে তা এত দূর থেকে বোঝা যায় না। তবে ওরা যে খুবই ক্ষুধার্ত তা খাওয়ার ধরণ দেখে বুঝতে অসুবিধা হয় না। কালো একটা হাঁড়ি থেকে হাতা দিয়ে সেই খাবার তুলে তোবড়ানো একটা থালায় রাখছে আর ফুঁ দিয়ে ঠাণ্ডা করে গপাগপ মুখে পুরছে।

সেদিকে এক পলক তাকিয়ে জীবনকে প্রশ্ন করে রাজা— আচ্ছা কতদিন তুই কিছু না খেয়ে থাকতে পারিস?

একদিনও পারি না। বলে জীবন— না খাইয়া থাকলে হাত পা কাঁপে, চক্ষু ঘোলা হইয়া যায়। কথা কান দিয়ে বাইরায়।

রাজা বলে, শিখলে না খেয়ে থাকা কোন ব্যাপারই না, শিখলে সব পারা যায়। বেঞ্চির পিছন দিকে শরীর হেলিয়ে দিয়ে পায়ের উপর পা তুলে রাজকীয় ভঙ্গিতে বসে ফের বলে সে— বলতো উট কতদিন জল না খেয়ে থাকতে পারে? এক মাস। মরুভূমি কত গরম জানিস? সেখানে এক মাস জল না খেয়ে থাকা কি সোজা কথা? কেউ পারবে?

মাথা নাড়ে জীবন, পারবে না।

আচ্ছা বলতো সাপ কতদিন না খেয়ে থাকতে পারে?

জানি না।

পাক্কা তিনমাস। শীত পড়া শুরু করলে একবার খেয়ে সেই যে গর্তে ঢোকে পুরো শীতকাল আর বের হয় না, কিছু খায়ও না। তাহলে বল ওরা যদি এসব পারে মানুষ কেন পারবে না?

একখানা ট্রেন এসে থেমেছে। যাত্রীদের চলায় সেই পূর্বাহ্নের গতি নেই। বড় মন্থর। প্ল্যাটফর্মের বাইরের যে জগত তা যেন তাদের কাছে তেমন আগের মত প্রিয় পরিচিত নেই। অশুভ একটা ঝোড়ো হাওয়া বয়ে চলেছে যেন শহর জুড়ে। পাশেই রাজাবাজারের পিছনে পার্কসার্কাসের দু জায়গায় নতুন করে আবার গণ্ডোগোলের খবর পাওয়া যাচ্ছে।

লোকজন কমে যাবার পর ফের বলে রাজা, আমার এক মামা আছে। আপন না, এক জায়গায় থাকতাম তো, সেই জন্য মামা ডাকতাম। সবাই তারে মামা ডাকতো। আমার মাও বলতো পাগলা মামা। তারে আমি কোনদিন ভাত রুটি কিছু খেতে দেখিনি। রোজ সকালে একমগ লাল চা দুটো লেড়ো বিস্কুট বিকালেও তাই। কিন্তু যদি কোনদিন কোন বিয়ে বাড়ি, যদি খাবার টাবার বেঁচে যায় আর মামাকে ডেকে নিয়ে যায় তখন দেখা যায় খাওয়া কাকে বলে। এক দেড় বালতি মাংস পঞ্চাশ ষাটটা লুচি ষাট সত্তরটা রসোগোল্লা, দু আড়াই কিলো দই উড়িয়ে দিয়ে হেঁটে চলে আসে। মামার এই খাওয়া দেখার জন্যই বাবুদের পাড়ায় মাঝে মাঝে তার ডাক পড়ে। তবে ওই অনুষ্ঠানের পরের দিন সকালে। তার আগে নয়, সেই পাগলা মামার কাছে থেকে আমি না খেয়ে থাকার কায়দা জেনে নিয়েছি।

কী কায়দা?

একদম খিদের কথা মনে না করা। চেষ্টা করে দেখ, তুইও পারবি। সব সময় মনে করবি এইমাত্র খেয়ে উঠেছি। পেট ভরা আছে। দেখবি মোটেই খিদে লাগবে না।

মানুষকে পাণ্ডিত্যপূর্ণ কথা বলার জন্য পণ্ডিত হতে হবে এ নিয়ম সর্বদা খাটে না। কখনো কোনও মূর্খ নির্বোধ নিরক্ষর মানুষের মুখ থেকে বের হয়ে যেতে পারে এমন কোন শব্দ যা সর্বকালের পণ্ডিতদেরও জ্ঞানের অতীত। সেই কবে কত সহস্র বছর আগে একজন মানুষ যে সূর্য পৃথিবীর চেয়ে বড় না ছোট, সূর্য পৃথিবীর চারদিকে ঘোরে, না পৃথিবী, তা জানতো না। জানতো না গাছ থেকে আপেল মাটিতে কেন পড়ে, আকাশে কেন উড়ে যায় না। সেই আকাশের দিকে আঙ্গুল দেখিয়ে বলেছিলো ওখানে ঈশ্বর থাকেন। তারই কথা হাজার হাজার পণ্ডিত হাজার হাজার বছর বিনা প্রশ্নে মেনে নিতে বাধ্য হচ্ছে।

রাজা নামের ছেলেটা জানে না সে আজ নিজের অজান্তে অষ্টম মার্গের শেষ এবং পরম মার্গের শেষ কথা বলে ফেলেছে। বহু সাধক মুনি তপস্বী যার নাম দিয়েছে নিবৃত্তি মার্গ। এই মার্গের পথিকের বিষয় সম্পদ ভোগ বিলাস কোন কিছুতে আসক্তি থাকে না। তারা বলে গেছেন— আসক্তি অর্থাৎ কামনা বাসনাই হচ্ছে সর্ব প্রকার দুঃখের মূল কারণ। মন থেকে যদি আসক্তিকে উৎপাটন করে ফেলে তাকে জড় নির্জীব নির্বিকার করে দেওয়া যায়, সেটাই হবে মোক্ষ। এই মোক্ষ প্রাপ্তি ঘটে গেলে তখন আর জীবের ক্ষুধা, তৃষ্ণা, আনন্দ বেদনা প্রেম বিরহ কোন কিছুই অবশেষ থাকে না। সব কিছুর অবসান ঘটে যায় এবং বন্ধন দশা থেকে চিরমুক্তি পায় জীব। তখন আর তার সৎ আর শঠ পুরুষ আর নারীতে পায়েস আর পান্তায় কোন প্রভেদ থাকে না। তখন সেই মুক্ত পুরুষ নেংটি পরে খালি পেটে গাছতলায় শুয়ে লক্ষ কোটি টাকার মালিকের চেয়ে

নিজেকে বড় ভাবতে পারে।

হাজার বছর ধরে হাজার মহাপুরুষ মানব সমাজকে সেই মোক্ষের পথে নিয়ে যাবার জন্য অক্লান্ত পরিশ্রম করে যাচ্ছে। কোরান পুরাণ বেদ বাইবেল, মঠ মন্দির মসজিদ গির্জার সমবেত প্রচেষ্টায় আংশিক সফলতা এসে গেছে। কিছু মানুষকে বোঝানো গেছে। বাকি মানুষকটাকে বোঝাতে পারলেই ধরণীর ধূলিতে আকাশের স্বর্গ নেমে আসবে। দ্বেষ কলুষতা হিংসা ঈর্ষামুক্ত হয়ে মানুষ মহাসুখে বসবাস করবে।

একটা চার চাকার ঠেলা গাড়ি এসে থামলো ওদের সামনে। তার উপর কয়লার উনুন। উনুনের উপর গরম তেলের কড়াই। যাতে ভাজা হচ্ছে গোল গোল ফুলকো লুচি। লাল লাল লুচির সাথে কষা আলুর দম। দাম চারখানা একটাকা। তারই গন্ধে বাতাস আমোদিত। বাতাসের কোন দাম নেই। বিনা পয়সায় সেই সুগন্ধ যতটা পারে বুক ভরে টেনে নেয় ক্ষুধার্ত জীবন। মনটা তার তখন বড় হাহাকার করে ওঠে। একটা টাকা যদি থাকতো এখন। জীবনের এই ভাবান্তর দেখে ভৎর্সনার সুরে বলে রাজা— অমন হ্যাংলার মত ওদিকে কি দেখছিস? দেখলেই কি খেতে পাবি?

লজ্জিত জীবন বলে, না না খাইবার জন্যই না। আমি দেখতে আছি লুচিগুলানের চেয়ারা। দেখতে কেমুন সোন্দার তাই না? গন্ধ খানও বেশ ভালো।

ছাই ভালো! অবজ্ঞা ভরে বলে রাজা— ডালডায় ভাজা এসব কোন লুচি নাকি। যদি কোনদিন আসামে যেতে পারিস গিয়ে দেখিস লুচি কাকে বলে। খাটি ঘিয়ে ভাজা, আর এই এ্যাতোবড়। কী তার টেস জানিস? মুখে দিবি মুচমুচ করে ভেঙ্গে যাবে। আর কয় দিনের মধ্যেই তো আমি আসাম গিয়ে পড়বো। গিয়েই গপগপ করে আট দশটা খেয়ে নেবো।

দশখানের কত দাম?

কত আর দশটাকা। তার বেশি আর কি হবে!

দশটাকা! দশটাকা জীবনের দশদিনের কাজের মাইনে। দশটাকা এ সময়ে দশ হাত একখানা তাঁতের শাড়ি কেনা যায়। দুটো ভালো গামছা হয়।

পাঁচ কিলো ভালো চাল পাওয়া যায়।

জানতে চায় জীবন— তোমার কাছে বুঝি অনেক টাকা আছে?

না তো।

তাইলে দশ টাকার লুচি কেমনে খাবা?

মাথা ঝাঁকিয়ে বলে রাজা, আরে আসামে কি আমি ফালতু ঘুরতে যাচ্ছি নাকি? যাচ্ছি টাকা রোজগার করতে। আসাম হচ্ছে টাকার কারখানা। ওটা কি কলকাতার মত ভিখারী দেশ নাকি। ওখানে পথে ঘাটে টাকা পয়সার ছড়াছড়ি।

পথে ঘাটে পয়সা টাকার ছড়াছড়ি!

বললাম তো পথে ঘাটে পয়সা। এই তো এতক্ষণ এখানে বসে আছিস পেলি একটাও পয়সা? আসামে এ রকম বসতে পারবি? পারবি না, লোকে এসে কাজে ডেকে নিয়ে গিয়ে হাতে টাকা গুঁজে দেবে। ধর একটা ছোট মোট এখান থেকে মাথায় তুলে বাইরে নিয়ে রিক্সায় উঠিয়ে দিলি, এখানে লোকে তার কত মজুরি দেবে?— আট আনা। কিন্তু আসাম হলে দু'টাকার কম দেবেনা। টাকা

পয়সা ওখানে লোকের হাতের ময়লা।

কলকাতা শহরকে আর জীবনের ভালো লাগে না। প্রতিটি মানুষকে হিংস্র নির্দয় কামুক হত্যাকারী বলে মনে হয়। মনে হয় সবাই যেন সুভদ্র পোষাকের নিচে আসল চেহারাটা লুকিয়ে ঘুরে বেড়ায়। এদের সংস্রব থেকে যতদূরে পালানো যায় ততই মঙ্গল। কিন্তু পালিয়ে যাবে কোথায়? ঘোলা দোলতলা, যেখানে ওর মা বাবা থাকে, সেখানে তো ওঁত পেতে আছে আততায়ীর চাইতে বড় সেই শত্রু যার নাম ক্ষুধা। নিজের ক্ষুধার কষ্ট তবু মুখ বুজে সহ্য করে নেওয়া যায় কিন্তু ছোট ছোট ভাই বোন মা বাবা। কি করে তাদের কষ্ট সহ্য করে নেবো! তাই ঘরে ফেরা হয় নি জীবনের। মরে যদি যেতে হয় যাবে তবু এভাবে শূন্য হাতে কোনদিন ঘরে ফিরতে পারবে না।

অনেকক্ষণ পরে বলে জীবন, একটা কথা কমু, তোমাগো লগে তোমরা আমারে আসাম নিয়ে যাবা?

তুই যাবি আমার সাথে!

নিয়া গেলে যাইতাম।

নিয়া যাবো কিরে, তুই কি বাচ্চা নাকি যে কোলে করে নেবো! তুই যাবি তোর পায়ে হেঁটে। তবে চল, যাওয়ার কোন রকম কোন বাধা নেই। আসামটাতো আমার একার কেনা নয়। যার ইচ্ছা সে যাবে। তুই যদি যাস আমি আর সেই বন্ধুর জন্য দেরী করবো না। শালা আসে কি না আসে তার তো কোন ঠিক নাই। মানুষের মন ঘুরে যেতে কতক্ষণ। তাহলে আজই রওনা দিই কি বল?

আজই?

কেন কোন অসুবিধা আছে?

একটু মুষড়ে যায় জীবন— আমার কাছে তো একটাও টাকা নাই।

রাজার মতই বলে রাজা— আমার কাছেও তো নেই।

সেই জন্যই তো বলতাছি কটা দিন সবুর কইরা যাই।

কটা দিন পরে কেউ কি তোকে টাকার গোছা দিয়ে যাবে? লটারির টিকিট কাটিস যে প্রাইজ পাবি? তাহলে কোন আশায় বসে থাকবি? শালা যাবো তো ট্রেনে, বিনা টিকিটে। টাকা কি হবে?

ভাড়া না লাগুক কিন্তু পথে খাওয়া দাওয়া?

খাওয়া দাওয়ার নামে খেপে ওঠে রাজা। এই হচ্ছে তোদের দোষ। এই জন্য তোদের কোন উন্নতি হবে না। এখানে দিব্যি দিনের পর দিন না খেয়ে শুয়ে বসে কাটিয়ে দিচ্ছিস তখন খিদের নাম মুখে আসে না, যেই এক জায়গায় যাবার কথা হল অমনি খাই খাই জুড়ে দিলি। আচ্ছা ঠিক আছে, কথা দিলাম পথে তোরে একবার গরম ভাত খাইয়ে তবেই আসাম নিয়ে যাবো। এবার আর আপত্তি নেই তো?

না মানে। আমতা আমতা করে বলে জীবন— তোমার কাছে তো কইলা টাকা নাই তয় কেমুন কইরা খাওয়াইবা! ভাত খাইতে তো টাকা লাগে।

আমার লাগে না।

কেমনে?

কেমনে? আরে মাথা মোটা পথে কি একবারও চেকারে ধরবেন না? যদি না ধরে নিজেরা গিয়ে ধরা দেবো। জেলে নিয়ে গেলে খাওয়ার কি ভাবনা। দু'দশদিন খেয়ে দেয়ে শরীরটা একটু চাঙ্গা করে নিয়ে ফের রওনা দেবো।

ছোটবেলার সেই জেল ভীতি উঁকি দেয় জীবনের মনে। ওর বাবাকে ধরে জেলের বদলে কুড়ি পচিশ মাইল দূরে নিয়ে জঙ্গলের মধ্যে ছেড়ে দেওয়া হয়েছিলো। এবারেও যদি সে রকম কিছু হয়? যদি চেকাররা কুড়ি পঁচিশ স্টেশন সামনে এগিয়ে গিয়ে ট্রেন থেকে নামিয়ে দেয়? তখন এই না খাওয়া দুর্বল দেহ নিয়ে কি করবে জীবন। মরে যাবে যে। জীবনের আশংকা এক ফুয়ে উড়িয়ে দেয় রাজা। পঁচিশ স্টেশন আগে নিয়ে যাবে? যাক না। যতদূরই নিয়ে নামাক আসামের ওপারে তো নিয়ে যেতে পারবে না। রেল লাইন নেই। তাছাড়া আসাম বর্ডার পার হলেই তো অন্য দেশ।

না, আর কোন দ্বিধা সংকোচ ভয় ভীতি নয়, যা হবার তা হবে। মনঃস্থির করে বলে জীবন, তাইলে চলো।

মাঝ পথে গিয়ে কান্নাকাটি জুড়বি না তো মা'র জন্য মন কেমন করছে আমারে ফিরিয়ে দিয়ে আয়। তাহলে আমি কিন্তু তোকে ফেলেই চলে যাবো। তখন কিন্তু বলতে পারবি না রাজাটা বেইমান। ভেবে দেখ। যাবি?

যাবো।

বেশ তবে চল।

তখন বিকেল হয়ে গেছে। শুরু হল দুই আধ পাগলের এক অবিশ্বাস্য যাত্রা। যাত্রা না বলে একে অভিযান বলাই বোধ হয় বেশি যুক্তিযুক্ত। কাছে কারও একটা পয়সা নেই, সেই অবস্থায় রওনা দিয়েছে আসাম। সে দেশে কেউ চেনা নেই জানা নেই কোথায় থাকবে কি বিপদে পড়বে সবটাই অজানা। তবু শুধু মাত্র আশার ছলনে ভুলি পরবাসের পথে হাটা দিয়েছে দুই উন্মাদ বালক।

তখনো ফারাক্কার ব্রীজ নির্মাণ হয় নি। হাওড়া থেকে ট্রেন এসে থামতো গঙ্গার কিনারে ফারাক্কায়। তারপর লঞ্চ ধরে আসতে হত এই পারে। এসে খেজুরিয়া ঘাটে। সেই স্টেশন থেকে ট্রেন ধরে আসতে হবে নিউ জলপাইগুড়ি। সেখান থেকে পাওয়া যাবে গৌহাটি মেল। পথে কোন বিঘ্ন না ঘটলে এটা পঞ্চাশ ষাট ঘণ্টার যাত্রাপথ। যা শেষ করতে হবে একেবারে নিখরচায়। এটা অ্যাডভেঞ্চারের চাইতে কোন অংশে কম রোমান্টিক, কষ্টকর, সাহসিকতাপূর্ণ তো নয়ই, বলা চলে কিছু বেশিই।

শিয়ালদহ স্টেশনের গেটে কোন গেটকীপার ছিলো না। ওরা সহজে গেট পার হয়ে বাইরে এসে হাঁটা দিলো হাওড়ার দিকে। তখন হাওড়া থেকে শিয়ালদহ পর্যন্ত ট্রামের ভাড়া মাত্র আট নয়া পয়সা। সেইটুকুও কারও কাছে নেই। ধীর কিন্তু দৃঢ় পায়ে ওরা হাঁটা দেয় ওদের সামনের দিকে যা দিকের বিচারে পশ্চিম। যেদিক থেকে সূর্য ওঠে না, ডুবে যায়। যখন ওরা হাওড়া পৌঁছায় তার আগে সূর্য ডুবে গেছে।

রাজা জানে কোন প্ল্যাটফর্ম থেকে ফারাক্কার ট্রেন ছাড়বে। যার সময়ও খুব একটা বাকি নেই। কিন্তু সমস্যা বিনা টিকিটে কেমন করে ভিতরে ঢোকে!

এখানে শিয়ালদহের মত গেট ফাঁকা নেই। সব গেটে দু'তিন জন গেট কীপার। তার উপর গেটের সামনে একটা চাকার মত অবরোধক। যা একজন একজন করে ঠেলে ঠেলে যেতে হয়।

অনেকক্ষণ ঘোরাঘুরির পর চোখে পড়ে রাজার— একটা গেটে কোন গেট কীপার নেই। অবরোধকের চাকায় তালা দিয়ে সে কোথায় যেন গেছে। সাথে সাথে তার সামনে শুয়ে পড়ে রাজা তারপর যুদ্ধক্ষেত্রে যেমন ভাবে সৈনিকেরা বুকে হেঁটে আগায় সেই ভাবে চাকার নিচে থেকে ঢুকে যায় প্ল্যাটফর্মের ভিতরে। ডাকে, চলে আয় জীবন শিগগির। ওই একইভাবে জীবনও ঢুকে পড়ে। তারপর ছোটে ট্রেনের দিকে। তখন গার্ড সাহেব তার হাতের সবুজ আলো দুলিয়ে ট্রেনের ড্রাইভারকে ট্রেন ছাড়ার নির্দেশ দিচ্ছে। ওরা ছুটে গিয়ে উঠে পড়ে সেই ট্রেনের এক কামরায়।

এ কামরায় বিশেষ একটা ভিড় নেই। যাত্রীরা বেশ আরামে বসে যেতে পারছে। সিট দু'চারটে খালি ছিলো। ইচ্ছা করলে ওরাও বসতে পারতো। কিন্তু তা করলো না। একে টিকিট নেই তার ওপর সিট দখল, সেটা টিকিট চেকার এবং বৈধযাত্রী দুজনের কাছে গর্হিত অপরাধ। ওরা গিয়ে বসলো উল্টো দিকের দরজায়, দুপাশে দুজন। সিঁড়িতে পা ঝুলিয়ে। এদিকে প্ল্যাটফর্ম পড়বে না। বেশ হাওয়া খেতে খেতে বাইরেটা দেখতে দেখতে যাওয়া যাবে। সামান্য কিছু সময়ের মধ্যে আলোয় আলোয় উজ্জ্বল শহর পার হয়ে ট্রেনখানা প্রবেশ করল রাত্রির নিকষ অন্ধকার গর্ভের ভিতর। যত সে চলে ধীরে ধীরে দূরে সরে যায় হাওড়া ব্রীজের বাতিস্তম্ভ।

জীবন কলকাতা ছেড়ে এর আগে এতদূর যাত্রায় কখনো যায় নি। ট্রেন যত সামনে আগায় যত একটু একটু করে দূরে সরে যায় কলকাতা শহর তত তার বুকটা কি এক বেদনায় যেন ভরে ওঠে। অনেকগুলো দিন কেটে গেছে এই শহরের পথে পথে। অনেক অপমান অন্যায় অত্যাচার দিয়েছে। এই শহর দিনের পর দিন অনাহারেও রেখেছে। তবু আজ কেন কে জানে যেতে বড় মায়া হচ্ছে। এই শহরের এক কোণে ঝুড়ি কোদাল নিয়ে কাজের আশায় হা পিত্যেশ করে বসে থাকতো তার অসময়ে বুড়ো হয়ে যাওয়া বাপ। বাপের ফেরবার পথের দিকে তাকিয়ে বসে থাকতো তার অনাহারী ভাই, বোন। ভাই বোনের কাতর মুখের দিকে তাকিয়ে চোখ মুছতো অসহায় মা। এ শহর তাদের কোন কষ্ট বোঝেনি। তাই তারা কোনদিন পেট ভরে দুটো ভাত খেতে পায় নি। অসুখে বিসুখে পায় নি একটু ওষুধ। বর্ষা নামলে ভাঙা ঘরের খড়পচা জল ভিজিয়ে দিতো চার ছয় জন দুর্ভাগা মানুষের শীর্ণ শরীর। শীতকাল এলে তারা শীতের কামড়ে কুঁই কুঁই করে কাঁপে আর কাঁদে। মায়াটা কি ওই অসহায় মানুষগুলোর জন্য না এই নির্দয় শহরের জন্য সেটা এখন ঠিক বুঝে উঠতে পারছে না জীবন। কিন্তু তার চোখে জল ভরে আসে। মনে মনে বলে— মা মাগো, আমি তোমার অধম সন্তান। ক্ষমা করো। আমি আমার দায়িত্ব কর্তব্য কিছুই পালন করতে পারি নি। তাই তোমাকে ফেলে চোরের মত পালিয়ে যাচ্ছি। কোথায় যাচ্ছি তা জানি না। কী পাবো সেখানে গিয়ে তাও আমার অজানা। তবু যাচ্ছি! কেন যাচ্ছি তা আর কেউ জানুক না বুঝুক তুমি নিশ্চয়ই জানো বোঝো। যদি

কোন অন্যায় করে থাকি ক্ষমা কোরো।

কী রে কাঁদছিস?

কই না তো।

চোখে জল কেন?

পোকা না কি য্যান একটা গেল চোইক্ষ্যে।

কই দেখি তো।

জীবনের চোখে ফু দেয় রাজা। জড়িয়ে ধরে নিজের পাশে বসায় তারপর বলে— আমার কিন্তু ভীষণ কান্না কান্না পাচ্ছে। আবার কবে আসতে পারবো তা কে জানে। যদি মরে ফরে যাই আর আসা হবে না।

রাতের ট্রেনের চলার ছন্দে এক অদ্ভুত মাদকতার মিশ্রণ আছে। একমনে অনেকক্ষণ ধরে কান পেতে ছুটে চলা বেগবান ট্রেনের চাকার সাথে লাইনের ঘর্ষণের যে শব্দ, ইঞ্জিনের ফোস ফোস গর্জন, সব মিলে যে মধুর বাদ্যধ্বনি তা শুনে যেন নেশায় চোখ বুজিয়ে দেয়। তারপর বহু সময়ের একই ধরনের যন্ত্র সঙ্গীতের পর, কোন এক স্টেশনে যখন ট্রেন থামে, হকারদের একযোগে ডাকাডাকি, কুলিদের হাঁকাহাঁকি ছোটাছুটি সব মিলিয়ে যেন কোন মৃত নগরীর হঠাৎ কোন যাদুকাঠির ছোঁয়ায় প্রাণ ফিরে পেয়ে জেগে ওঠার উল্লাস উৎসব আর আনন্দ আমেজ ফুটে ওঠে।

জীবন এখন সন্ধ্যাবেলার শোক ভুলে গিয়ে গভীর রাতের মাদক আমেজে ডুবে যায়। রাত যত বেড়ে চলে তত তার নেশা গাঢ়তর হয়। তখন চাওয়ালার দ্বিমাত্রিক বাঁশচেড়া গলার গর্জনে, পকোড়া ফল্লিদানা বিক্রেতার আনুনাসিক শব্দে, তার সাথে মিলে মিশে আসা আরও নানাবিধ জটিল এলোমেলো ধ্বনি তরঙ্গের মধ্যে একটা কাব্যিক সুষমা খুঁজে পায়। খুঁজে পায় নিশুতি রাতের শরীরময় এক আবহ সঙ্গীতের বর্ণময় রেশ।

জীবন নামক এক বালকের জীবনে এমন রাত আগে আর আসে নি। এ যেন জীবনকে সমৃদ্ধ করা নতুন রাগে রূপে উপস্থাপিত অন্যরকম একটা রাত। ফলে তার সারা শরীর মনে বয়ে যায় অদ্ভুত এক শিহরণ। এক ভালো লাগা ঢেউ। অনাস্বাদিত রোমাঞ্চের অগুনতি সেই ঢেউ দোলায় দুলে যায় প্রাণের ছোট নৌকো।

এক সময় দেখা গেল দরজায় ঠেস দিয়ে গান জুড়ে দিয়েছে রাজা— আমাদের যাত্রা হল শুরু ওগো কর্ণধার তোমাকে করি নমস্কার। এখন বাঁচা মরা তোমার হাতে ফিরবো নাকো আর....। রাজার গানের গলাটি বড় সুরেলা। সুর বড় নরম বড় মন কেমন করা। এ সুর কোন ওস্তাদজির কাছে নাড়া বেঁধে কঠিন শ্রমে অর্জন করা নয়। একেবারে সহজাত অনায়াসলব্ধ সাবলীল। সেই সুরের মধ্যে প্রাণের নির্যাস ঢেলে যেন এক উদাস বাউল এখন গেয়ে চলেছে তার একান্ত প্রাণেরই টানে। গান নয় এ যেন এক অসহায় মানুষের উথলে ওঠা কাতর কান্না। জীবন দেবতার সামনে আত্মসমর্পণ। এ গান কার রচনা সঠিক ভাবে জীবন তা জানে না। কিন্তু যারই রচনা হোক মনে হয় এ যেন রাজা নামের এক ভবঘুরে তরুণ এক অন্ধকার রাতে অনির্দিষ্ট যাত্রায় বেরিয়ে চলন্ত ট্রেনের দরজায় ধুলো ময়লার মধ্যে বসে গাইবে আর প্রেরণা পাবে বলেই যেন

লেখা। এ গান গাইবার সে যেন যোগ্য উত্তরাধিকারী। গান তার কাছে এখন আর নিছক গান নয়, যেন একটা অবলম্বন হয়ে গেছে। যা প্রবল ভাবে আঁকড়ে ধরে ভুখা অনিশ্চিত যাত্রায় ছুটে যাওয়া যায়।

একটা গান শেষ হলে রাজা আর একটা গান ধরছে। এভাবেই পার হয়ে যাচ্ছে একটার পর একটা স্টেশন। রাত বাড়ছে। গান শুনতে শুনতে এক সময় রাজার কোলে মাথা দিয়ে দরজার সামনে ধূলো ময়লা ছেড়া কাগজ বিড়ির টুকরোর মধ্যে শুয়ে পড়ে। ফুর ফুর বাতাসে তার দু'চোখ নেমে আসে গভীর ঘুম।

১৯

'নামের মান রাখিস '

যখন তার ঘুম ভাঙলো পূবের আকাশ ফরসা হয়ে এসেছে। ধীরে ধীরে গ্রাম বাংলার আদিগন্ত সবুজ ফসলের ক্ষেত,আম জাম নারকেল তালবাগান বাঁশঝাড়ের ওপাশে দেখা গেল সলাজ বধূর কপালে লাল সিঁদুরের ফোঁটার মত বড় সূর্যের সোনালী মুখ। একটু একটু করে সে উঠতে লাগলো উপরের দিকে। তার প্রথম আলো ছড়িয়ে পড়ল সারা মাঠ গাছপালা জলাভূমি ঘর বাড়ি মানুষজনের উপর। এ আলোর প্রাণ আছে। আলোর স্পর্শ পেয়ে মৃতপ্রায় প্রকৃতি হেসে উঠতে শুরু করে দিয়েছে। এক ঝাঁক সাদা বক উড়াল দিয়েছে আকাশ পথে। একটা বড় ইংরাজী 'ভি' আকার নিয়ে সেই বকের ঝাঁক উড়ে যাচ্ছে উত্তর পূর্ব কোণ বরাবর।

ঘুম ভেঙে উঠে বসে দেখে জীবন— বাঁ হাতে দরজার হাতল ধরে মাথাটা হেলিয়ে সেই উড়ন্ত বকের ঝাঁকের দিকে এক দৃষ্টে তাকিয়ে রয়েছে রাজা। জানতে চায় জীবন— ঘুমাও নাই! ক্যান?

ঘুম আসে নি। মায়ের কথা বড় মনে পড়ছিলো। কত দিন মাকে দেখি না।

আসোনের আগে মার লগে দেখা কইরা আসো নাই? কইয়া আসো নাই?

কী করে বলে আসবো! একটা লম্বা শ্বাস ছেড়ে বলে রাজা, সে এখন কোথায় থাকে আমি তো তা জানি না। চোখের কোণে চিক চিক করে ওঠা জল হাতের উল্টো পিঠে মুছে দিয়ে ধীরে ধীরে আবার বলে রাজা— তখন আমার কত বয়েস? এই তিন কি চার বছর। মা আমাকে নিয়ে এসে শিয়ালদা স্টেশনে বসিয়ে রেখে বলল, তুই এখানে বসে থাক। আমি তোর জন্য খাবার নিয়ে আসি। সেই যে গেল, আর এলো না।

তোর বাবা নেই?

জানি না আছে কি নেই। সে তো মা জানতো। মা কোনদিন আমাকে বাবার ব্যাপারে কিছু বলে নি।

একটু ভেবে বলে জীবন— আগে, মানে তোকে স্টেশনে ফেলে তোর মা

চলে যাবার আগে তোরা কোথায় থাকতি সে সব কিছু মনে নেই। তাইলে সেই সব জায়গায় গিয়া একবার খুইজা দেখলে মোনে হয় মা বাপের সন্ধান পাওয়া গেলেও যাইতে পারে।

রাজা বলে— আগে কোথায় ছিলাম সেসব কিছু মনে নেই। খুব আবছা আবছা মনে পড়ে রেল লাইনের পাড়ে একটা ঝুপড়ি ছিলো তাতে আমরা থাকতাম। পাশে একটা বেশ বড় কাঠের গোলা ছিলো। বড় করাতে কাঠ চেরাই হতো। তার ও পাশে একটা বড় ঝিল ছিলো। আমরা সেখানে চান করতাম। আর কিছু মনে নেই।

রাজার আর বলার মত কোন কথা নেই। জীবনেরও আর জিজ্ঞাসা করার মত কোন প্রশ্ন নাই। সব প্রশ্ন সব উত্তর হারিয়ে গেছে এক অন্ধবন্ধ গলির মধ্যে। রাজার এখন সব অতীত হারিয়ে মুছে বিলুপ্ত হয়ে গিয়ে সামনে এসে দাঁড়িয়েছে কঠোর বাস্তব। তার আর অন্য কোন পরিচয় নেই, অসংখ্য ব্যর্থ পরাজিত অপাংক্তেয় উদবৃত্ত পরিচয়হারা মানুষের সেও একজন। এরা সব সভ্য সফল মানুষের বিচারে পৃথিবীর পরিত্যক্ত জঞ্জাল। যাদের বিষয়ে কারো কোন দায় দরদ অনুকম্পা নেই। এমন যে জন্মদাতা বাপ সে জন্ম দিয়েই খালাস আর জন্মদাত্রী মা এসে ছুঁড়ে ফেলে দিয়ে সব দায়িত্ব মুক্ত। এই বালক এখন পৃথিবীর পথে পথে ঘুরে আগাছার মত বড় হচ্ছে। আগাছার মত আরো কিছু আগাছার জন্ম দিয়ে একদিন আগাছার মতই কোথাও মরে পড়ে থাকবে। অথচ এর মধ্যেও সেই উপাদান ছিলো যা দিয়ে মানুষ মহান হয় স্মরণীয় হয়। সামান্য মনোযোগের অভাবে যা শুকিয়ে যাচ্ছে।

জানতে চায় জীবন— রাজা তুই এত সুন্দর গান গাস! কার কাছে শিখলিরে এ গান?

আমার মার কাছ থেকে শুনে শুনে যেটুকু যা শিখেছি। বলে রাজা, খুব ছোট ছিলাম তো, সেই সময়ের যে সুর কানে লেগে ছিলো সেটাই এখন ভেতরে ঢুকে গেছে। যখন মন খারাপ হয়ে যায় গান গাইলে তা কেটে যায়।

কিছু সময় চুপ করে থেকে বলে রাজা— কতবার ভাবি আর কোনদিন কলকাতায় আসবো না। আসামেই পড়ে থাকবো। কে আছে আমার কলকাতায়। কার জন্য আসবো? কিন্তু মনটা মানে না। ছয় মাস এক বছর কেটে গেলে কলকাতার জন্য মন কাঁদে। তখন পাগলের মত ছুটে আসি। শিয়ালদার স্টেশন তন্ন তন্ন করে খুঁজি। যদি কোন এক কোণে আমার মাকে বসা দেখতে পাই। সে তো আর জানে না আমি এখন কোথায় থাকি। যদি কোনদিন খুঁজতে আসে আমাকে, কোথায় খুঁজবে। আমি একটা সিনেমায় দেখেছি কুম্ভ মেলায় গিয়ে একটা ছেলে মায়ের কাছ থেকে হারিয়ে গিয়েছিলো। সেই শোকে মা পাগল হয়ে যায়। বারো বছর পরে পাগলামো সেরে গেলে সে সেই মেলায় ফের গিয়ে ছেলেকে ফিরে পায়। কে জানে আমার মা হয়তো খাবার আনতে গিয়ে গাড়িটারির ধাক্কা খেয়ে আগের কথা সব ভুলে গেছে। হয়তো কোনদিন তার স্মৃতি ফিরে আসবে তখন সে তো আমাকে সেই বেঞ্চির সামনে খুঁজতে আসবে যেখানে বসিয়ে রেখে গিয়েছিলো। তাই এসে দেখে যাই। এ ছাড়া আমি আর কি করতে পারি বল।

হায় রে অবোধ। পৃথিবীর পথ কোন সিনেমার পর্দা নয়। সেখানে দৃশ্যপট সংলাপ ইচ্ছেমত বদলানো যায় না। পুনরাবৃত্তির আশা করা বৃথা। এ পথে যে একবার— হারায় সে হারিয়েই যায়। পৃথিবীর পথ বড় জটিল কুটিল ঘূর্ণীময়। যে পথে চলে যাওয়া যত সহজ পথ চিনে ফের পুরাতন ঠিকানায় পুরাতন মন নিয়ে ফিরে আসা অত সহজ নয়। জীবন বলে— তোমার, কইতে গেলে কইলকাতার একটা নাড়ির টান আছে। তয় তুমি আসাম অতদুরের পথ গেছিলা ক্যান। কেউ তোমারে নিয়া গেছিলো নাকি একলা এমনি এমনি?

এবার একটু হাসে রাজা। বলে, আমিও আগে তোর মত ভাবতাম কামরূপ কামাক্ষায় গেলে জাদু মন্ত্র শেখা যায়। এক সাধুর মুখে খোঁজ খবর পেয়ে একা একাই চলে গিয়েছিলাম একদিন। তারপর আর কি আসা যাওয়া চলছে।

বেলা আট কি সাড়ে আটটার সময় ট্রেন পৌঁছে গেল ফারাক্কা স্টেশনে। এ স্টেশন হাওড়া শিয়ালদহের মত রেলিং গেট শেড দিয়ে অত ঘেরা ঘোরা নয়। চারদিকে অত পথঘাট যান বাহন বড় ছোট গাড়ির মিছিল নেই। নেই উঁচু উঁচু বাড়ি গিজগিজে লোকের ভিড়। এখান থেকে এক দেড় মাইল দূরে ফেরীঘাট। ট্রেন থেকে নামা সব যাত্রীর পা সেই দিকে সচল। সবার পিছু পিছু রাজা আর জীবনও হাটা দেয় সেই পথ বেয়ে।

ফেরীঘাটে এসে দেখতে পায় সেখানে দাঁড়িয়ে আছে জলে গা ভাসিয়ে দু তিনখানা স্টীমার। যারা অকারণে অথবা যাত্রী ডাকার জন্য মাঝে মাঝে ভেঁপু বাজাচ্ছে। আশে পাশে দাঁড়িয়ে আছে বড় বড় বেশ কিছু পণ্যবাহী নৌকা। যাতে মাল ওঠা নামা চলছে। রয়েছে কতগুলো মাছ ধরা ছোট নৌকাও। মালকোচা মারা খালি গায়ের কালো কালো কিছু মৎস্যজীবী ঝুড়ি ভরে ভরে নামাচ্ছে নানা জাতের নদীর মাছ। এই ফেরী ঘাট ঘিরে অসংখ্য হোটেল রেস্টুরেন্ট। সবই দরমা টিনের। সেগুলোয় এখন উপচে পড়া ভিড়।

যে স্টীমারটা প্রথম ছেড়ে যাবে তাতে যাত্রী বোঝাই করা হচ্ছে। কাঠের একটা পাটাতন বেয়ে মালপত্র নিয়ে ধীরে ধীরে তাতে চড়ছে মানুষ। পাটাতনের শেষ মাথায় স্টীমারের দরজায় রোগা কালো লুঙ্গি পড়া দুতিনজন চেকার যাত্রীদের টিকিট চেক করে তবেই ভিতরে প্রবেশ করতে দিচ্ছে। রাজা জীবনের টিকিট নেই। তাদের পক্ষে এই স্টীমারে চড়া অসম্ভব। সে কথা বুঝে রাজার দিকে তাকিয়ে বলে জীবন, কী হবে রাজা। আমরা ও পাড়ে যামু কেমনে?

জীবনের কাতরতাকে কোন আমল দেয় না রাজা। দৃপ্ত গলায় বলে আমরা ওপাড়ে যাবো আর স্টীমারেই যাবো। একটু ধৈর্য্য ধরে দেখ।

স্টীমার তো ছাড়ে ছাড়ে।

ছাড়ুক না। এটাই কী শেষ নাকি! এরপর আরো কত আছে, আধ ঘণ্টা পরপর। একটা না একটায় চান্স পাবো।

আর একবার স্টীমার ভোঁ বাজালো। এটাই শেষ ভোঁ। এর আগে দুবার বাজানো হয়ে গেছে। যারা যাবার সব উঠে পড়েছে। এবার লুঙ্গি পড়া চেকার ক'জন মুখের বিড়ি জলে ছুড়ে ফেলে প্রস্তুত হল পাটাতন সরিয়ে দেবার জন্য। ঠিক সেই সময় এক মহিলা মাথায় একটা বড় মোট আর একগাদা ছেলে পুলে নিয়ে ছুটে এল স্টীমারের দিকে। এখানকার অধিকাংশ দোকানদার স্টীমার

লঞ্চের কর্মচারী সম্ভবত সবাই ভালোমত তাকে চেনে। কারণ তাকে দেখেই হেসে নানা দোকান থেকে নানা মন্তব্য ছুটে আসতে লাগল। মহিলা তাদের অকথ্য ভাষায় গাল দিতে দিতে গাদা গুচ্ছের বাচ্চা নিয়ে পাটাতন বেয়ে স্টীমারে উঠার মুখে বোধ হয় কোন নতুন কর্মচারী তার কাছে টিকিট দেখতে চেয়ে থাকবে– সাথে সাথে সে জুড়ে দিলো চিল চিৎকার কান্না ঝগড়া গালাগালি– টিকিট! কেন ঘরে তোর মা নেই, বোন নেই! তার টিকিট দেখতে যেতে পারিস না। টিকিট দেখবি তো চল আমার সাতে, চল তোকে দেখাবো টিকিট! মহিলার কথ্য ভাষার সাথে বিচিত্র অঙ্গভঙ্গি দেখে সে গোবেচারা চেকার ভয়ে এক পায়ে সরে দাঁড়ায় আর মহিলা দলবল নিয়ে ঢুকে পরে ষ্টীমারের ভেতরে। প্রায় সাথে সাথে পিছন পিছন দৌড়ে যায় রাজা, বিড়িফোঁকা বোকা বোকা চেকারের সামনে দুটো হাত জোড় করে তুলে ধরে বলে বাবু, রাগ করবেন না বাবু। মাটার আমার মাথার ঠিক নেই তো। একে বাবু শব্দ তার উপর জোড় হাত এই দুই ধাক্কায় চেকার কাত। তারা ধাতস্ত হবার আগেই জীবনের হাত টেনে ধরে স্টীমারের গিজ গিজ ভিড়ের মধ্যে ওরা উধাও।

রাজা বলে– যাক্ বাবা চড়া তো হলো। এবার যা পারে হোক। রাজার স্বস্তিতে কিন্তু জীবন স্বস্তি পায় না। বলে, এখন যদি ওরা এসে আমাদের ধরে?

ধরলে ধরবে। বলে রাজা– ধরে আর কি করবে। হয় এপারে নয় ওপারে এক পারে তো নামাবে। ধাক্কা মেরে জলে তো ফেলে দিতে পারবো না।

ওরা ওঠবার প্রায় সাথে চলতে চলতে শুরু করে দিয়েছে সেই জলযান। জলের রঙ ঘোলা লাল মাটির মত। যার উপর খেলছে ছোট ছোট ঢেউ। কিছুক্ষণ সেটা চলার পর ডান দিকে দূরে দেখা যায় একটা ছোট গ্রামের আম, জাম, নারকেল সুপারির সবুজ বাগান। ঠিক তারই সামনে নদীর জলে মাছ ধরছে কিছু নৌকা চড়া মৎসজীবী মানুষ।

বলে রাজা– ওটা পূর্ব পাকিস্তান।

আমাগো দ্যাশ। আগে ওইখানে আমাগো বাড়ি আছিলো।

জানি, তুই ইষ্টবেঙ্গলের সেই জন্য দেখালাম।

আর তুমি?

মোহনবাগান।

আধঘণ্টা চলবার পর এপারে খেজুরিয়া ঘাটে এসে থামালো ষ্টীমার। এখানে গেটে কোন পাহারাদার নেই। নিরাপদে ওরা নামলো দুজন। বালির উপর রেল লাইন পেতে নদীর একেবারে কাছাকাছি এনে বানানো হয়েছে এই স্টেশন। যে কেউ দেখে এক নিমেষে বুঝে যাবে এ স্টেশন স্থায়ী নির্মাণ নয়। নদীর জল বাড়লেই একে তুলে সরিয়ে নিয়ে যাওয়া হবে পিছনে। দোকান গুলোও তাই। সবই অস্থায়ী। হোগলা দরমার ঘেরা বেড়া দিয়ে বালির উপর বানানো হয়েছে চা দোকান হোটেল। একখানা ট্রেন তখন দাঁড়িয়ে রয়েছে লাইনের উপর। বগি গুলো টেনে নেওয়া ইঞ্জিনটা যেন ঘুমাচ্ছে। দৌড় শুরু করার আগে যে ফোঁস ফোঁস তেজ গর্জন গরম নিশ্বাস তা এখন নেই। গাড়ি টানা গরু যেরকম গাছের ছায়ায় দাড়িয়ে জাবর কাটে আর ঘন ঘন মূত্র ত্যাগ করে ইঞ্জিনটা তাই করছে।

রাজা বলে, গাড়ি ছাড়তে এখনো অনেক দেরী আছে বলে মনে হচ্ছে। চল দেখি কোথা থেকে কিছু খাবার ব্যবস্থা করা যায় কিনা দেখি।

ট্রেনলাইন বরাবর লম্বা হয়ে বসেছে বাজার। গ্রামের সাধারণ চাষীবাসী মানুষ নানারকম ক্ষেতের ফসল, যার মধ্যে পাকা আমই সব চেয়ে বেশি, তা নিয়ে এসে বিক্রি করছে বাজারে। চার কি পাঁচটায় এক কিলো হবে এমন আমের দাম একটা এক আনা। এক টাকার কিনলে ষোলটার বদলে আঠারো কেউ কেউ কুড়িটাও দিচ্ছে। রাজা এক বুড়োমত চাষীর ঝুড়ির সামনে গিয়ে জানতে চায়– আম মিষ্টি হবে তো? নাকি টক? বুড়ো লোকটা কথার জবাব দেয় হাত দিয়ে, একটা কাটা আমের ফালি এগিয়ে ধরে। এক কামড় রাজা খেয়ে বাকিটা জীবনের দিকে এগিয়ে দেয়। দেখ তো।

এভাবে একে একে সারা বাজারের সব আমের ঝুড়ির কাটা টুকরো চাখা হয় যায় দু'জনার। এ সেই ঝাটি ফুলের মধু চোষা, ধান ক্ষেতের কচি ধানের শীষ ছিড়ে দাঁতে চেপে দুধ বের করে খাওয়ার মত ব্যাপার। খিদে এতে মিটবে না শুধু মনকে প্রবোধ দেবার কাজ চলবে।

রাজা বলে– এবার আমের ফলন খুব একটা ভালো হয় নি মনে হচ্ছে। না হলে আরো লোক আম নিয়ে আসতো। আমাদের পেট ভরে যেতো। যাক্ একেবারে না হবার চেয়ে কিছু তো হল। সারা দিনে আর না পেলেও চলে যাবে কি বল!

দশটা কি সাড়ে দশটা নাগাদ নিউ জলপাইগুড়ির উদ্দেশ্যে রওনা দিলো সেই ট্রেন। সব কামরাই এখন ফাঁকা ফাঁকা। কোনটায় পাঁচ কোনটায় দশজন এইরকম যাত্রী নিয়ে বালির উপর পাতা লাইনের উপর দিয়ে ধীরে ধীরে এগিয়ে চললো ট্রেন। রাজা জীবন দুজনে সেই প্রিয় পুরাতন স্থান একটা দরজার দুপাশ দখল করে বসে পড়ে। চোখ বিছিয়ে রাখে রোদ্দুর ধোয়া মাঠ ধান ক্ষেত জলাশয় ফলফলাদির বাগান মাঠে চড়তে থাকা গরু দূরের ছুটন্ত গ্রাম, গ্রামের মানুষের উপরে।

এই সব কি নতুন কিছু! আগে কখনো দেখে নি! দেখেছে খুব দেখেছে কিন্তু এই রকম পরিবেশ পরিস্থিতি এই রকম মানসিক অবস্থায় একবারও আর দেখা হয়ে ওঠেনি।

ট্রেন এক একটা স্টেশন পিছনে ফেলে আর একটু একটু করে যাত্রীর সংখ্যা বাড়ে। তবে সারা দিনে কখনো তেমন ভিড় হল না যাকে চামকাটাকাটি ভিড় বলে। পুরো দিন অবিরাম চলার পর সন্ধ্যে বেলায় নির্বিঘ্নে সে ট্রেন পৌঁছে গেল নিউ জলপাইগুড়ি। আজ আর আসামে যাবার মত কোন ট্রেন নেই। সে পাওয়া যাবে কাল সকালে।

জীবনের খিদের চোট মুখে ফেনা উঠে গেছে। হাত পা সব তির তির করে কাঁপছে। কথা বলতে গেলে তা বের হচ্ছে কান দিয়ে। পেটের নাড়ি ভুঁড়িগুলো মনে হচ্ছে কেউ দু হাতে টেনে টেনে ছিড়ে নিতে চাইছে না। যেন এক্ষুনি খাঁচা ফেলে উড়ে যাবে কোন দিকে।

খিদে রাজারও লেগেছে। তবে তা জীবনের মত কষ্টে নয়, বদলে গেল রাগে। ভীষণ ক্ষুব্ধ হয়ে বলে সে, শালাদের কাণ্ডটা দেখলি জীবন। কোন মানে

হয়। সেই কলকাতা থেকে হাজার মাইল পথ এলাম। এক শালা চেকারকে দেখতে পেলি! ড্যাং ড্যাং করে বিনা টিকিটে দু দুটো লোক যাচ্ছে যেন তাদের বাপের ট্রেন। ধরার কেউ নেই। সব বাঞ্চোৎ অকম্মা। শালারা মাইনে নেয় আর ঘরে গিয়ে পড়ে পড়ে ঘুমায়। বলতো এখন আমরা কি করি।

চেকারের উপর একজন বিনা টিকিটের যাত্রীর কেন এত রাগ তা এখন জীবন ঠিকঠাক বুঝে উঠতে পারে না। খিদেয় তার বোধ বুদ্ধি লুপ্ত হয়ে গেছে। তখন তাকে বিষয়টা ব্যাখ্যা করে বোঝায় রাজা– আরে যদি চেকার থাকতো আর যদি আমাদের ধরে জেলে পাঠাতো কটা দিন আরামে খেয়ে দেয়ে শরীরটা একটু চাঙ্গা বানিয়ে আনতে পারতাম। আমার নিজের জন্য বলছি না। আমি এখনো কলের জলে দু'দিন চালিয়ে নেবো। তোর কথা ভেবেই বলছি। মুখ টুখ দেখে বোঝা যাচ্ছে তোর খুব কষ্ট হচ্ছে। খিদে পেয়েছে না?

এ্যাঃ! কি কইলা?

ঠিক পেয়েছে। নিশ্চয় কান মাথা ঝাঁ ঝাঁ করছে। সেই জন্য কোথা শুনতে পাচ্ছিস না। চল দেখি তোর জন্য কোথা থেকে কিছু খাওয়া দাওয়ার ব্যবস্থা করতে পারি কিনা।

তখন সন্ধ্যা বেশ ঘন হয়ে এসে গেছে। যদিও চারদিকে জ্বলে উঠতে শুরু করেছে লাইট পোস্টে লাগানো বৈদ্যুতিক আলোগুলো। তবু সে আলোয় তত জোর নেই যা গা ছমছম করা অন্ধকারকে দূরে সরিয়ে দেয়। এখান থেকে দেখা যাচ্ছে দূর পাহাড় চুড়োয় অবস্থিত শৈল শহর দার্জিলিংকে। সেখানকার পথ ঘাট ঘর বাড়ি দোকান বাজারে সদ্য জ্বলে ওঠা আলোগুলোকে দেখাচ্ছে এক রাশ আকাশ থেকে খসে পড়া চারদিকে ছড়িয়ে যাওয়া তারার মত। মনে হচ্ছে কোন ঘন সবুজ বনের গাছের ডালে ডালে আটকা পড়া তারারা দপ করে জ্বলছে নিভছে আর জ্বলছে।

রেল স্টেশন থেকে বাইরে বের হয়ে ওরা সেই দিকে মুখ করে হাটে। এখানে একটু শীত শীত ভাব আছে এ সময়ের আবহাওয়ায়। রাস্তায় কোন লোকজন নেই। একদম ফাঁকা। যারা ট্রেন থেকে নেমেছিলো তাদের সংখ্যা ছিলো খুবই কম। কুড়ি পঁচিশ জন হবে হয়তো। এতক্ষণে তারা চলে গেছে যে যার গন্তব্যে। কলকাতার আলো লোকজন গাড়ি ঘোড়া দেখা চোখে এখানকার নির্জনতা, পাহাড়, জঙ্গল, পুরো পরিবেশটাই এখন বড় ভীতিপ্রদ হয়ে উঠেছে। সেই ভয় থেকে জীবন বাঁহাত দিয়ে রাজার ডানহাত চেপে ধরে। বিদেশ বিভূঁয়ে মাত্র চব্বিশ ঘণ্টা আগে বন্ধু হয়ে ওঠা একটা হাতের স্পর্শ মানুষকে যে কতখানি নিরাপত্তা কতখানি সাহস জোগাতে পারে তা জীবন ভেতর থেকে অনুভব করে।

প্রায় পনেরো কুড়ি মিনিট হাটবার পর সামনে পড়ল একটা তেমাথার মোড়। সেখানে একটা বটগাছ। গাছের গোড়াটা গোল করে বাঁধানো। ডানদিকের রাস্তায় পর পর কয়েকটা দোকান। প্রথমটা মিষ্টির পরেরটা হোটেল। একটার মালিক বাঙ্গালী অন্যটার নেপালি।

বলে রাজা– চল তো দোকানগুলোর দিকে।

পয়সা নাই খাবার দোকানে কি কাম।

চারদিক দেখে নিয়ে বলে রাজা, দুটো পথ আছে, যা মন চায়। পেট ভরে খেয়ে দেয়ে দৌড় মেরে পালানো। পারবি?

ধরা পড়লে খুব মারবে।

খুব মারবে না। দু চারটে চড় ঘুসি মারতে পারে।

আমি মাইর খাইতে পারি না, ব্যাথা লাগে।

তাহলে আর একটা উপায় আছে। গিয়ে বলা আমরা কাজ করবো। যদি কাজ দেয় খেতেও দেবে। করবি কাজ? দু'চারদিন কাজ করে খেয়ে দেয়ে জিরিয়ে ফের আসামের দিকে রওনা দেবো।

এইটা ঠিক হইবে।

রাজা মিষ্টির দোকানের সামনে গিয়ে সহজ সপ্রতিভ গলায় দোকান মালিককে বলে— দেখুন, আমরা দুজন কলকাতায় থাকি। আপনাদের এখানটা ঘুরে দেখতে এসেছি। কটা দিন এখানে থাকার ইচ্ছা। আপনার দোকানে কোন কাজ টাজ পাওয়া যাবে? একটু বিড়ির নেশা আছে আমার। দু' একটা দিলে ভালো না দিলেও কোন কথা নেই। বাঙ্গালী দোকান মালিক তার পাশের নেপালি মালিককে ডেকে আনে। দুজনে প্রাণভরে খানিকক্ষন হেসে সোৎসাহে বলে— নিশ্চয় কাজ পাবে। কাজের লোকের জন্য আমরা কবে থেকে পথ চেয়ে বসে আছি। কাজের লোকের অভাবে কত কাজ পড়ে আছে। এসো এসো তোমরা। যতদিন মন চায় থাকো, খাও দাও, দেশ দেখো।

রাজা নেপালির হোটেলে আর জীবন বাঙ্গালীর মিষ্টির দোকানে তৎক্ষণাৎ বহাল হয়ে গেল। দুই দোকানের গোপন গুদাম থেকে এবার বের হল বিশাল বিশাল কড়াই গামলা বাথটব হাতা খুন্তি আরও কত কী! তারা সেই ছোট খাটো পাহাড় দেখিয়ে বলল— আজকে তোমরা ক্লান্ত, অনেক দূর থেকে এসেছো বলে এর বেশি আর কিছু দিলাম না। ভালো করে এগুলো মেজে ধুয়ে চকচকে করে ফ্যালো তো দেখি। মালিক দু'জন মূর্খ নয়। তারা বুঝে গেছে এরা আজ আছে কালকে কোথায় তা কে জানে। প্রথম দিন আজ যখন তারা একবার এদের খাপে পেয়ে গেছে যতটা পারে খাটিয়ে নেবে সেটায় আর আশ্চর্য্য কি!

দুই দোকানের মাঝে একটা বাঁশের বেড়া। এপারের কলতলায় জীবন ওপারের কলতলায় রাজা। দু'জনার সামনে বাসনের পাহাড়। যা মনে হয় বহু বছর ধরে মাজা ধোয়া হয় নি। ছাই দেওয়া হয়েছে সোডা দেওয়া হয়েছে আর বলে দেওয়া হয়েছে— কাজ শেষ হবার পরই খেতে দেওয়া হবে গরম গরম ভাত। ভাতের লোভে দুই ক্ষুধার্ত বালকের শুরু হল বাসনের সাথে দুই তিন ঘণ্টার কঠিন কুস্তি। শেষ গামলাটা মেজে ধুয়ে নিয়ে চলে যাবার আগে জীবনকে বলে যায় রাজা— সকালেই কিন্তু পালাবো। সাতটার সময় আসাম যাবার ট্রেন, মনে থাকে যেন। না পালালে শালারা আমাদের খাটিয়ে খাটিয়ে মেরে ফেলবে।

যেমন কথা তেমন কাজ। সকাল বেলা রাজা চলে গেল তার নির্দিষ্ট গন্তব্যের দিকে। সে যে যাবে তা জানা ছিল জীবনের, যাবার কথা ছিলো তারও। কিন্তু কথা থাকলেই কি সব কাজ সময় মত করে ওঠা যায়? রাতের খাওয়া দাওয়ার পর রাজাকে শুতে দেওয়া হয়েছিল বাইরে হোটেলের বারান্দায়। যেখান থেকে সটকে পড়া সহজ। আর জীবন ছিলো কাঠের দোতলার তালাবন্ধ একটা ঘরে।

যার তালা বাইরে থেকে না খুলে দিলে বের হওয়া অসম্ভব। তাছাড়া বিগত চব্বিশ ঘণ্টার পথ ক্লেশ তাকে সঠিক সময়ে জেগেও উঠতে দেয় নি। যখন তার ঘুম ভাঙলো বাইরে তখন নেপালি ভাষায় চিৎকার গালি গালাজ— চোর শালে, চোরিসে ভাগ গিয়া।

চোরিসে ভাগ গিয়া, আর চোরি করগে ভাগ গিয়া দুটো কথার মধ্যে ব্যবধান আকাশ পাতালের। কিন্তু সে ব্যবধান স্থান কাল পাত্র অনুসারে বিবেচিত হয়। এক দুর্বল দরিদ্র দূর দেশের বাচ্চার জন্য কে কবে এত বিচার বিবেচনার ধারে কাছে গেছে! জীবনকে চুলের মুঠি ধরে দোকানের বাইরে বের করে আনলো একজন। ঠাস করে চড় হাঁকালো গালে। যাঃ শালা চোর। ভাগ।

এই বিদেশ বিভূঁইয়ে বান্ধবহীন জীবন এখন কোথায় যাবে। চড়ের ব্যাথায় নয়, কেঁদে ফেলল নিজের অসহায় অবস্থার কথা ভেবে। সে যেন এখন হাত পা বাঁধা কুয়োয় পড়া মানুষ। যার আর রক্ষা নেই। নিশ্চিত মৃত্যু এসে যেন মাথার কাছে দাঁড়িয়ে পড়েছে। চিলের মত ছোঁ মেরে এখনই তুলে নেবে ধারালো নখে।

দোকানের সামনে থেকে সরে এসে তেমাথার মোড়ে বাঁধানো বটের গোড়ায় বসে পড়লো জীবন। সামনে পিছনে ডানে বায়ে চারদিকে তাকালো। তেমন কাউকে চোখে পড়লো না যার সামনে গিয়ে হাত জোর করে বলা যায় আমি বড় বিপদে পড়েছি। আমাকে বাঁচান।

কতটা সময় সেই নির্বান্ধব গাছ তলায় একা একা বসে ছিলো জীবন তা সে নিজেও জানে না। কখন চোখের জল শুকিয়ে গিয়েছে তা টেরও পায় নি। তখন তার শুকনো চোখের মণিতে ভেসে ওঠে সেই বহুদিন আগে দেখা শ্মশানচারী এক কিশোর মরণের মুখ। যে কখনো কোন অবস্থায় হার মানতে জানে না। যে বেঁচে থেকেও মরে গেছে, মৃত্যুকে হারিয়ে দেবে বল। যে একদিন বলেছিলো— তোর নাম জীবন। নামের মান রাখিস, মরার ভয়ে যেন হেগে মুতে মরিস না।

এবার জীবন মন শক্ত লক্ষ্যস্থির করে উঠে দাঁড়ায়। ধীরে ধীরে হাঁটা দেয় সামনে। কয়েক পা হাঁটবার পর মনে হয়, হ্যাঁ পারবো। কারও কোন সহায়তা ছাড়াই সে একা হেঁটে যেতে পারবে।

পথ কোন আঁকা বাঁকা নয়, একেবারে ধনুকের ছিলার মত সোজা। সেই সোজা পথ ধরে হেঁটে জীবন পৌঁছে গেল রেল স্টেশনে। স্টেশনটা কালকের মত অত ফাঁকা নয়। কিছু লোকজন আছে। সেই কিছু লোকজনের জন্য বানানো একটা বেঞ্চিতে গিয়ে বসে পড়ে জীবন।

কিন্তু তার মনটা রাজা নামের সেই উদ্‌ভ্রান্ত বাউলটার জন্য ব্যাথাতুর হয়ে ওঠে। ছেলেটা যেন একটা দমকা হাওয়ার মতই মিলিয়ে গেল। নদীর দূরন্ত ঢেউয়ের মতো তার ছুটে আসা এবং চলে যাওয়ার মত কোথাও কোন দাগ চিহ্ন অবশেষে আর নেই। তার যা কিছু সে সাথে করে নিয়ে এসেছিলো, যাবার সময় সব কিছু সাথে করে নিয়ে চলে গেছে।

তবু মনে হয় সব বোধ হয় নিয়ে যেতে পারে নি। অগোছালো একটা মানুষ অসাবধানে কিছু ফেলে রেখে গেছে যার নাম স্মৃতি। যা রয়ে গেছে জীবন নামক কিশোরের মনিকোঠার কোন এক গোপন কক্ষে। এ স্মৃতি সারা জীবন রয়ে যাবে উজ্জ্বল তারার মত। কোন দিন ধূসর মলিন বিবর্ণ হবে না।

২০

বসন্তের বজ্রনির্ঘোষ আর শিলিগুড়ির ধোঁকা

রাজা এখানে নেই। থাকবার কথাও নয়। সকাল সাতটার যে ট্রেন তা সকাল সাতটাতেই ছেড়ে গেছে। সেই ট্রেন ধরে চলে গেছে রাজা। এরপর আসাম ট্রেন আবার আছে বেলা বারোটায়। ফের বিকেল চারটেয়। সময় এখন দশটার বেশি নয়। দু'ঘণ্টা কি করে কাটায় জীবন! কিছুক্ষণ বসার পর সে স্টেশন দেখতে বের হল। এক নাম্বার প্লাটফরম ঘুরে গিয়ে উঠল দু নাম্বার প্লাটফরমে। কিন্তু তার চোখে প্লাটফরমের সেই চেনা চিহ্ন কিছুতেই খুঁজে পেল না। এখানে সেই উনুন নেই যা ঘিরে বসে থাকে ভিখারী মায়ের হাড়গিলে সন্তানরা। রেলিংয়ের গায়ে ছেঁড়া ময়লা কাঁথা শুকোতে দেওয়া নেই। কেউ মাতলামো করছে না। তাসের জুয়া খেলছে না রেলের কুলিরা দল বেঁধে। ঝগড়া মারামারি করছে না কেউ। বড় শান্ত বড়ই নিরুপদ্রব পরিবেশ এখানে। এই সব দেখে অথবা কিছুই না দেখে ঘুরে ঘুরে কাটিয়ে দিল জীবন। একসময় ঘড়িতে বারোটা বাজলো। কারশেড থেকে এবার একখানা ট্রেন এসে ঢুকলো প্লাটফরমে। যারা যাবার ছিলো সব ধীরে সুস্থে উঠে পড়ল কামরায়। জীবনকেও যেতে হবে। সে বা বসে থাকে কেন? ট্রেনে উঠে দরজার কাছে সেই পুরাতন ভঙ্গিতে পা ঝুলিয়ে বসে পড়ল সে।

নিউ জলপাইগুড়ি থেকে এক সময় ট্রেন এসে পৌঁছালো শিলিগুড়ি স্টেশন। ট্রেনে ওঠার জন্য বড় বড় বেডিং ট্র্যাঙ্ক সুটকেস নিয়ে অপেক্ষা করছে হাজার হাজার যাত্রী। ট্রেন থামা মাত্র হুড়মুড় করে তারা সব উঠে পড়তে লাগলো কামরায়। চিৎকার চেচামেচি হৈ হট্টগোলে সমস্ত স্টেশন এক মুহূর্তে যেন রণভূমি হয়ে গেল। কে কার পা মাড়িয়ে কে কার বুকে কনুইয়ের গুঁতো মেরে কে কাকে ঠেলে ফেলে আগে গিয়ে পছন্দের সিট দখল করবে তারই প্রতিযোগিতা শুরু হল। সে সব থামলে গত কয়েকদিন তপস্যা করেও দর্শন মেলেনি সেই অপ্রত্যাশিত অবয়ব আচমকা সামনে এসে দাঁড়াল। তিনি কালো কোট পড়া বিশালদেহী এক চেকার। টিকিট! মাথা এবং হাত দুটো এক সাথে

নেড়ে জানালো জীবন— নেই। চেকারের আর কিছু শোনবার দরকার ছিলো না। সে বাজপাখি যেমন ছোঁ মেরে ইঁদুর ছানা তুলে নেয়, সে তার বিশাল থাবায় ঠিক সেইভাবে ধরে ফেললো জীবনকে। তারপর যেমন ভাবে ঘোড়ায় বেঁধে যুদ্ধবন্দিকে টেনে নিয়ে যাওয়া হয় সেইভাবে হিড় হিড় করে টেনে নিয়ে গেল স্টেশন থেকে বাইরে যাবার গেটের কাছে। শেষে সজোর এক ধাক্কা— যাঃ।

জীবনের পরিধানে একটা হাফ প্যান্ট গায়ে স্যাণ্ডো গেঞ্জি গলায় জড়ানো গামছা আর খালি পা দেখে চেকার বুঝে গেছে এরকম লোকের ফাইন দেবার ক্ষমতা, ঘুষ দেবার যোগ্যতা থাকে না। বিনা টিকিটে ট্রেনে চড়া এমন কোন গর্হিত কাজ নয়। গর্হিত ওই দুটোর কোন একটা না থাকা। তেমন লোক ধাক্কা খাবারই যোগ্য। জীবনের সব ক্ষেত্রে পায়ে পায়ে এরা ধাক্কাই খায়। সেটাই দিয়েছে সে।

গেটের এপারে টিকিট কাউন্টার। তার পাশে একটা ফাঁকা কাঠের বেঞ্চি। সেটায় বসে ফের ভালো করে স্টেশন আর আসামগামী ট্রেনটার দিকে তাকায় জীবন। ট্রেন ঘিরে স্টেশনের চারিদিকে থিক থিক করছে কালো কোট আর খাঁকি জামা। এত পুলিশ এত চেকার হাওড়া শিয়ালদায়ও দেখা যায় নি। এত চোখ ফাঁকি দিয়ে কী করে ট্রেন চড়া যায় সে জীবন জানেনা। যে জানতো সেই রাজা আর নেই।

কী করা যায় এখন। ট্রেনে চড়া যাবে না, তাহলে কী একা এই পর দেশে ভয়ে ভাবনায় ক্ষুধা তৃষ্ণায় মরে পড়ে থাকবে! মরতেই যদি হবে তবে এতদূর দেশে আসতে গেল কেন! কলকাতায় কি মৃত্যুর কোন অভাব ছিলো। এসেছে বাঁচতে। সে এখনও বেঁচে থাকতে চায়। সবাইকে বাঁচাবার জন্যই তার বাঁচাটা দরকারী। সবাইকে বাঁচাতে হলে আসাম যাওয়াও দরকার। যার পথে পথে পড়ে থাকে টাকা। যে টাকায় কেনা যায় বেঁচে থাকার উপকরণ।

এইসব ভাবতে ভাবতে বেঞ্চির উপর বসে তার একটু ঝিমুনি মত আসে। সেই ঝিমুনির মধ্যে স্বপ্নে ভেসে ওঠে একটা মুখ। সে মুখ ফটিক,মরণ না রাজার তা ঠিক বুঝতে পারে না জীবন। বলে সে— একান্ত আসাম যদি যেতেই চাস, বিনা টিকিটে ট্রেনে যদি না যেতে পারিস টিকিট কেটে যা। তাহলে তো আর কোন অসুবিধা নাই।

আসাম যেতে হবে। না গিয়ে কোন উপায় নেই। ঝিমুনি ঝেড়ে উঠে দাড়ায় জীবন! টিকিট কাউন্টারের সামনে একটা বড় স্টল। শো কেসে সাজানো নানা রকম খাবার। উনুনে ভাজা হচ্ছে কচুরি সিঙ্গারা আরও কত কী! বানানো হচ্ছে দুধের ঘন চা। দোকানের সামনে গিয়ে রাজার মত গলায় বলে সে, আপনেগো দোকানে কামে লোক লাগবে নাকি? আমি কাজের তালাশে কইলকাতা থিকা আইছি।

দোকানের মালিকের মাথার লম্বা চুল, দাড়িগোঁফ সব কামানো একেবারে সখি সখি চেহারা। গলায় বৈষ্ণব পদাবলীর মধুর সুর এনে বলে সে— দেশ কোথায় ছিলো?

আইজ্ঞা পূর্ব পাকিস্থানের বরিশাল জেলায়।

আমরা ঢাকা জেলার লোক। বলে না বিদ্যা বুদ্ধি টাকা সব হচ্ছে ঢাকা।

সেই ঢাকার। কি নাম তোর?

জীবন। আইজ্ঞা জীবন কৃষ্ণ দত্ত নামটা তো আসল কিন্তু পদবিটা ধার করা। ওটা সেই ঘুটিয়ারি শরিফের গৃহ শিক্ষকের।

বড় ভালো নাম, কায়স্থ। হ্যাঁ লোক তো আমার লাগবে।

মাইনা কত দিবেন!

মাইনা! হাসেন তিনি, আগে কাজ তো লাগ। এক দুমাস কাজ কর। সব কাজ শেখ তবে তো মাইনের কথা। কেমন কাজ করিস না করিস কিছু দেখলাম না শুনলাম না আগেই মাইনের কথা কি করে বলবো। এক দেশের লোক তুই, এক জাতের! আমরা সাহা। তোকে কি আর আমি ঠকাবো?

না, তবু আপনে কিছু এট্যু কন। আমর খুউব টাকার দরকার। আমি গেলাস ধুইতে চা বানাইতে পারি।

ঠিক আছে। বলছিস যখন, প্রথম মাসের পর থেকে মাসে চল্লিশ করে নিস।

মাত্র ষাট দিন পরে পাওয়া যাবে চল্লিশ টাকা। মাত্র ষাটটা দিন। তারপরই জোগাড় হয়ে যাবে ট্রেন ভাড়া। এই কটা দিন পরে জীবন পেয়ে যাবে সেই জাদু নগরীর গেট পাশ। যেখানে পৌঁছতে পারা মাত্র জীবনের নাগালে এসে যাবে কাঙ্খিত সুখ।

জীবন যখন তাড়া খাওয়া কুকুরের মত এখানে সেখান পালিয়ে বেড়াচ্ছিল ঠিক সেই সময় তার অজান্তে পশ্চিমবঙ্গের রাজনৈতিক ইতিহাসের একটা পালাবদল ঘটে গিয়েছিলো। স্বাধীনতার পর থেকে যে দল পশ্চিম বঙ্গের শাসন ক্ষমতায় অটল বসেছিলো তারা টলে গেল। তাদের দলের এক প্রভাবশালী নেতা অজয় মুখার্জী তার সঙ্গী সাথীদের নিয়ে ডিগবাজী খাওয়ায় কংগ্রেস দল শাসন ক্ষমতা হারালো। পশ্চিমবঙ্গের শাসন ক্ষমতায় বসল চৌদ্দ দলের জোট যুক্তফ্রন্ট। অজয় মুখার্জী হল সেই সরকারের মুখ্যমন্ত্রী আর উপমুখ্যমন্ত্রী হল সিপিএম নেতা জ্যোতি বসু। পুলিশ বিভাগ রইল তাঁরই হাতে। এর ফলে গ্রাম বাংলার শ্রমিক কৃষক খেটে খাওয়া মানুষের মধ্যে একটা আশার সঞ্চার হল। শ্রমিকরা ভাবলো শ্রমিকশ্রেণীর পার্টির নেতার হাতে যখন পুলিশ বিভাগ তখন সেই পুলিশ দিয়ে মালিক শ্রেণী আর শ্রমিকদের ন্যায্য দাবি দাওয়ায় আন্দোলন দমন করতে পারবে না। আর কৃষক যারা এতকাল শুনে এসেছে লাঙ্গল যার জমির প্রকৃত মালিকই সেই। মাটিতে যাদের ঠেকেনা চরণ মাটির মালিক তাহারাই হন– সেই পুরানো অন্যায় আইন এবার বদলে যাবে। এই আশায় টগবগ করে ফুটতে লাগলো।

সেটা উনিশশো সাতষট্টি সাল। হেমন্তকাল গিয়ে শীতকাল এল বীর বিক্রমে। বস্ত্রহীন মানুষেরা হাড়ে কাঁপন ধরিয়ে দিয়ে মাঠে মাঠে সবুজ ধানের শীষে সোনার রঙ ধরলো। সে এক সময় বিদায় নিল। এসে গেল বসন্তকাল। বসন্তকালকে বলা হয় প্রেমের ঋতু। কিন্তু এবার সমগ্র উত্তরবঙ্গের জন্য তা নিয়ে এল এক বিদ্রোহী বসন্তের বর্জ নির্ঘোষ।

স্টেশনের এক চা দোকান, যেখানে নানা জায়গার লোক আসে তাদের

মুখের টুকরো টুকরো কথায় জীবনও বুঝে যায় এই বসন্ত এই শহরের সুখী শান্তিপ্রিয় মানুষের কাছে কোন শুভবার্তা নিয়ে আসেনি। সর্বত্র কি যেন এক গুঞ্জন ত্রস্তভাব। সব যেন ভয়ের জ্বরে কাঁপছে। কয়েকদিন পরে দেখতে পেল জীবন, স্টেশন বাজার শহর সারা শিলিগুড়ি যেন খাকি রঙে ঢেকে গেল। জেলা পুলিশের সদর দপ্তর এখানেই। ট্রাক ভ্যান জীপ ভরে রাইফেল স্টেনগান এস.এল.আর নিয়ে ঝাঁকে ঝাঁকে পুলিশ সেখানে এল। এরা সব সি.আর.পি। আবার ঝাঁকে ঝাঁকে তারা গাড়ি ছুটিয়ে চলে গেল। এদের আসা যাওয়ায় ফুটে উঠল একটা রণংদেহী ভাব। যা দেখে মনে হল এরা যেন সেই বাষট্টি সালে চিনের হাতে জুতো খাওয়ার বদলা নিতে যাচ্ছে আজ।

স্টেশনে অল্প কিছুদূরে লাল একটা দোতলা বাড়িতে থাকেন এক উকিল সাহেব। রোজ মর্ণিং ওয়াকে আধঘণ্টা হেটে এসে বসেন টিকিট কাউন্টারের সামনের কাঠের বেঞ্চিতে। ওখানে এক হকার পত্রপত্রিকা বিক্রি করে। উকিলবাবু বসে বসে একে একে সব কখানা পত্রিকার পাতা উল্টে পাল্টে দেখেন। এই করতে করতে পর পর দুকাপ চা খান। এক কাপের পয়সা দেন। অন্য কাপ স্টল মালিকের তরফ থেকে। এরপর দু'জনে বিশ্বের বিভিন্ন সমস্যা নিয়ে আলোচনায় মাতেন। আটটা নাগাদ উকিলবাবু ফিরে যান।

একদিন বলেন তিনি— সাহাবাবু খবর শুনেছেন? স্টল মালিক বিনোদ সাহা মাথা নাড়েন, না তো! কি খবর? হাতের সামনে এত খবরের কাগজ, চোখের সামনে এত পুলিশের আসা যাওয়া, তবু বিনোদ সাহা কোন কিছুর খবর রাখে না দেখে উকিলবাবু আশ্চর্য বোধ করেন না। কিছু কিছু মানুষ সব দেশে সব কালে এমন থাকে। যাদের টাকা গোনা, টাকার গন্ধ টাকার কথা ছাড়া অন্য কোন ব্যাপারে তেমন রুচি থাকে না। তবে বিনোদ সাহা একেবারে ততটা নয়। তাই বলেন উকিলবাবু— নকশালবাড়ি, খড়িবাড়ি, ফাঁসিদেওয়া তিন থানায় আগুন লেগে গেছে। এই তিনটি জায়গাই শিলিগুড়ির খুব কাছে। কিন্তু জায়গা তিনটেয় কখনো তো যাননি বিনোদ সাহা। নাম শুনেছেন। তিনি বলেন— আগুন লেগেছে তো দলে দলে পুলিশ কেন যাচ্ছে। পুলিশ গিয়ে আগুনের কি করবে। দমকল গেলে তবে যদি কিছু হয়।

আরে মশায় সে আগুন না। খুব গণ্ডগোল হচ্ছে। সাতজন মেয়ে ছেলে দু'জন বাচ্চা একজন লোক সব মিলিয়ে দশজন পুলিশের গুলিতে মারা গেছে। ক'জন জোতদার জমিদার পুলিশও নাকি মারা গেছে। হাজার হাজার সাওতাল চাষা মজুর সব তির ধনুক নিয়ে নেমে পড়েছে লড়াই করতে। একেবারে অরাজক অবস্থা। আইন শৃঙ্খলার পরিস্থিতি খুব খারাপ। সেই তেভাগার সময়ে যে রকম হয়েছিলো সেই রকম ব্যাপার।

সাহাবাবু খবরের কাগজ পড়বার সময় পান না। তার খুব একটা দরকারও পড়ে না। লোক মুখে প্রধান প্রধান খবরগুলো তে পেয়েই যান। কষ্ট করে খবরের কাগজ পড়ার প্রয়োজনই হয় না। তাই জানেন তেভাগা আন্দোলনে কি হয়েছিলো। সে সব কথা। সে বড় ভয়ংকর কাল ছিলো। এখন আবার সেই কাল এসে গেছে শুনে বলেন তিনি— এই জন্য বুঝি এত পুলিশের আনাগোনা।

বলেন উকিলসাহেব, তিরিশ ব্যাটেলিয়ান এসে গেছে। দরকার হলে আরও

আসবে। দ্বিতীয় কাপে চুমুক দিয়ে তা শেষ করে কাপ নামিয়ে রেখে ফের বলেন তিনি— তবে এবারের ব্যাপারটা খুব একটা সুবিধার নয়। চাষাগুলো এবার পুলিশ দেখে আর ততটা ভয় পাচ্ছে না। সামানা সামনি এগিয়ে এসে লড়ছে। দা বঁটি কোদাল কুড়ুল তির ধনুক! ভাবা যায়, রাইফেলের সামনে এসব কোন অস্ত্র। সেই দিয়ে পুলিশকে বড় বেগ দিচ্ছে।

শুনি যে সাঁওতালরা খুবই শান্ত, ঠাণ্ডা প্রকৃতির, সহসা ঝগড়া লড়াই করে না। ওরা হঠাৎ এত ক্ষেপে ওঠার কারণ কি?

দোষ ওদের না। দোষ এদের যারা এখন গদিতে বসে আছে। এরাই তো একদিন এদের মাথায় ঢুকিয়ে দিয়েছিলো লাঙ্গল যার জমি তার। জোতদার জমিদার কেউ না, সব পরগাছা। জমির আসল মালিক হল সে যে জমিতে ঘাম ঝরিয়ে ফসল ফলায়। কি কথা! তাহলে তো লাঙ্গল যে টানে সেই গরুর মালিক হবার কথা। সে কি মালিক হয় না? এক মুঠো ধান পায়! পার্টির নেতারা তো আগে বোঝেননি গদি পাবার জন্য এখন যা বলছি গদি পাবার পরে তাই বাঁশ হয়ে পেছনে ঢুকবে। এখন যা হবার তাই হচ্ছে। চাষাভুষোগুলো আমাদের গরিবের সরকার গদিতে বলে ধেই ধেই নাচছে আর হাজার হাজার বিঘে জমির ধান কেটে, জোতদারের গোলার ধান লুঠ করে নিয়ে গিয়ে নিজেদের গোলায় তুলছে। অবশ্য শেষ সময়ে জ্যোতি বাবুর শুভ বুদ্ধির উদয় হয়েছে। বুঝতে পেরেছে সে এই সময় কি করা দরকার। কেন্দ্রের কাছে চেয়ে সি. আর. পি আনিয়েছে। তবে সি. আর. পি. ও চাষাদের ঠেকাতে গিয়ে তিরের সামনে পড়ছে। অবস্থা বড় জটিল হয়ে যাচ্ছে।

বিনোদ সাহা হাসেন। হেসে হেসে বলেন— তাহলে আপনার তো পোয়া বারো। মার দাঙ্গা অরাজকতা ধরপাকড় যত হবে, উকিল মুহুরির সময়টা ভালো যাবে। দুটো পয়সার মুখ দেখতে পাবে। দেশে যদি শান্তি থাকে সবাই যদি সুবোধ বালক হয়ে যায় তাতে আর কি লাভ! কেস টেস পাচ্ছেন?

না মশাই। দুঃখী গলায় বলেন উকিলবাবু। একদিন কোর্টে গিয়ে দেখবেন। রোজ বিশ পঁচিশটাকে ধরে আনছে পুলিশ। কী তাদের অবস্থা। একটারও গায়ে জামা দেবার সামর্থ নেই। সব উদোম। ওরা কি করে মামলা লড়বে আর উকিল মুহুরির ফিস দেবে। মামলা মকদ্দমা লড়ার জন্য ট্যাকের জোর দরকার। ওদের কার আছে সে জোর। যাচ্ছে সব জেলে। মরবে সব জেলে পচে। শুনলাম, সাব জেলে আর নাকি জায়গা নেই। পাঁচ সাত হাজার লোক রাখা হয়েছে দেড় হাজারের জায়গায়।

এরপর থেকে রোজ সকালে যেন নিয়ম হয়ে গেল উকিলবাবুর নকশাল বাড়ি, খড়িবাড়ি, আর ফাঁসিদেওয়া থানার কৃষক আন্দোলন নিয়ে কিছু না কিছু বলা। একদিন চা শেষ করে কাপ নামিয়ে রেখে সবে একটা পত্রিকার পাতা উল্টেছেন এমন সময় তার পরিচিত এক স্কুলের শিক্ষক সেখানে এসে হাজির হলেন। তখনকার শিক্ষক সম্প্রদায়ের মানুষের আজকের মত অঢেল বেতন, অফুরন্ত অবসর আর এমন চকচকে চেহারা ছিল না। রিপু করা পাঞ্জাবি, পায়ে হাওয়াই চটি, গালে না কামানো দাড়ি, মাথায় ঝোড়ো কাকের মত চুল এই ছিলো তাদের গড়পড়তা আদল। সেই রকম এক শিক্ষককে দেখে উকিলবাবু জোরে

হেসে উঠলেন— কী স্যার আপনাদের লোকজন এ সব কি শুরু করে দিল?

কী শুরু করে দিলো?

এই যে জোতদারদের গলা কাটছে ধান লুঠ করে নিচ্ছে। এসব কি ঠিক হচ্ছে?

শিক্ষক মশাইয়ের সম্ভবত তখন মনমেজাজ ঠিক ছিলো না। উকিলের খোঁচা মারা কথার জবাবে গলার স্বরে আগুন ঢেলে পাল্টা প্রশ্ন করলেন তিনি, আপনার ধারণায় তাহলে কোনটা করা ঠিক ছিলো? যারা কোনদিন রোদ গায়ে লাগায় না, এক ফোঁটা বৃষ্টিতে ভেজে না, মাটিতে পা ছোঁয়ায় না, মানুষ রোদে জলে হাড় ভাঙ্গা খাটুনি খেটে ফসল ফলিয়ে তাদের গোলায় তুলে দিয়ে এসে নিজে পেটে গামছা বেঁধে শুয়ে থাকবে? চিরকালের এই নিয়ম, যা চলে এসেছে তা চললে ভালো হতো তাই না?

না তা নয়—। আমতা আমতা করে বলে উকিল সাহেব— দেশে আইন কানুন বিচার ব্যবস্থা আছে। তাছাড়া এখন শাসন ক্ষমতায় গরীব মানুষের ভোটে জেতা সরকার। সব কিছু একটা শান্তিপূর্ণ আলাপ আলোচনার মাধ্যমে সুষ্ঠু মীমাংসা হলে ভালো হোত না! তা না করে এ ভাবে।

আপনি কি মনে করেন আলাপ আলোচনার মাধ্যমে বাঘকে বোঝানো সম্ভব যে মাংস না খেয়ে কচি কচি ঘাস খাওয়া স্বাস্থ্যের পক্ষে খুবই উপকারী।

বাঘ আর মানুষ কী এক হল!

ওই সব জোতদার জমিদার এক একটা বাঘের চেয়েও বেশি ভয়ংকর। বাঘ তো খিদে না পেলে শিকার করে না। আর এরা অকারণে মানুষ মারে। আর খিদেও এদের সীমা পরিসীমাহীন। এদের শেষ না করে দিতে পারলে শ্রমজীবী মানুষ বাঁচতে পারবে না। এটাই ইতিহাসের শিক্ষা।

একটু থেমে বলেন উকিলবাবু, তাহলে আপনি বলতে চাচ্ছেন যে সরকার আইন বিচার ব্যবস্থা এ সব কিছু না। মানুষের এর উপর কোন আস্থা রাখার দরকার নেই। সে যেটা সঠিক মনে করবে তাই করবে?

আমি বলছি না। আমি বলবার কে? মানুষ তার নিজের অভিজ্ঞতায় বুঝে যাচ্ছে যে সে ভোট একটা দিতে পারে। কিন্তু সরকার যে তারই হবে তেমন কোন নিশ্চয়তা নেই। এই যে বর্ত্তমান সরকার, গদিতে বসার আগে তাদের ভূমিকা কি ছিলো আর এখন বা কি সবাই দেখতে পাচ্ছে। মেয়েছেলেদেরও গুলি করতে তাদের হাত কাঁপছে না। বোঝাই তো যাচ্ছে এরা কাদের স্বার্থে কাজ করছে। মানুষ কি করবে? যাদের উপর আশা ভরসা করে বসে ছিলো এতকাল, তারা মানুষের সাথে বিশ্বাসঘাতকতা করছে। ফলে যা হবার তা হচ্ছে। মানুষ নিজের পায়ে উঠে দাঁড়িয়ে নিজের জন্য নিজের মত করে লড়ছে।

কিন্তু আমার মনে হয় এই পথটা একটা ভুল পথ। এভাবে লড়াই করে তারা মরা ছাড়া আর কিছু পাবে না।

ভুল না ঠিক লড়াইয়ের ময়দান থেকে বহুদূরে বসে চা খেতে খেতে আপনি আর আমি দুই শহুরেবাবু আলোচনা করে কি করবো। যারা লড়ছে যদি ভুল হয় শুধরে নেবে। যদি সঠিক হয় সফল হবে। আমরা যখন তাদের পাশে পিছনে সুখে দুখে নেই, আমাদের মতামতে তাদের কি যায় আসে।

জীবনের ইচ্ছা করে, কোথায় সেই নকশালবাড়ি, খড়িবাড়ি একবার গিয়ে দেখে আসতে। মংলাদের পাড়ায় গেছে জীবন। দেখেছে নিজের চোখে সাঁওতাল জীবন কত কষ্টকর। সেই সাঁওতাল গরীব চাষী ক্ষেতমজুর কেমন করে লড়ছে এক সাহসী লড়াই। ওদের নেতার নাম জঙ্গল সাঁওতাল। তারই নেতৃত্বে শোষণ বঞ্চনা অত্যাচারের বিরুদ্ধে বিদ্রোহ ঘোষণা করেছে কৃষক জনতা। এ লড়াই মনে হয় যেন তারই লড়াই। হিন্দু মুসলমানের সাম্প্রদায়িক দাঙ্গা দেখেছে জীবন। সে দাঙ্গার ছিটেফোঁটা রক্ত তার হাতেও লেগে আছে, যে রক্তের ঘ্রাণ এখনো তাকে বিচলিত করে দেয়। সে লড়াইকে সঠিক লড়াই, নিজের লড়াই বলে মনে হয় নি। কিন্তু এই লড়াই যেন তার নিজেরই লড়াই এমনই মনে হয়।

কিন্তু ইচ্ছা থাকলেও তার যাওয়া হয়ে ওঠে নি। সে রয়ে যায় সেই চা দোকানের এঁটো থালা গেলাস প্লেট কাপের ডাঁই করা স্তূপের পাশে। এ ভাবেই কেটে যায় আট দশ মাস। কথা ছিলো সাহাবাবু প্রথম মাসের মাইনে দেবেন না। পরের মাস থেকে দেবেন। সে মাস শেষ হতেই জীবন হাত পেতে দাঁড়ায় মালিকের সামনে— বাবু মোর মাইনা দ্যান।

তেল চকচকে বকনা বাছুরের মত চেহারার সখিমুখো সাহাবাবু জীবনের কথা শুনে একটু নিরীহ হাসি দিলেন— মাইনে? কোন দেবো না। নিশ্চয় দেবো। একশো বার দেবো। তবে এখন তো নেই। সামনের মাসে নিয়ে নিস।

মাইনে না পাওয়ায় মনটা একটু খারাপ হলেও সেটা সামলে নেয় জীবন। দুমাস তো গেছে আর একটা মাস গেলে বা কি হয়েছে। তাতে বরং ভালোই হবে। কিছু বেশি টাকা হাতে থাকবে। আসাম গিয়ে দু পাঁচদিন খেয়ে দেয়ে ঘুরে বেড়িয়ে একটা মনের মত কাজ খোঁজা যাবে। কিন্তু হায় হতভাগা! পরের মাসে সে যেই মাইনে চাইলো বিনোদ সাহার অতি বিনীত জবাব— নেই রে। পরের মাসে নিস। এভাবে পরের মাস পরের মাস করে ছয় সাত মাস কেটে গেল।

একদিন একটু ক্ষোভ রাগ গলায় এনে বলে জীবন— পেত্যেক বার আপনে কন সামনের মাসে দিমু। ছয় সাত মাস হইয়া গেয়ে একটাও পয়সা দ্যান নাই। এইবার আমার মাইনা দ্যান। দ্যাখেন আমার গামছা গেঞ্জি ছিইরা গেছে। নতুন কেনা লাগবো।

বলিস কি! এর মধ্যে ছয় মাস হয়ে গেল! ঠিক গুনেছিস?

আপনে গুইন্যা দেখেন। কার্ত্তিক মাসে কাম লাগছি, এই ডা বৈশাখ।

বাব্বা একেবারে ক্যালেন্ডার। তো ঠিক আছে, ছয় মাসইতো হয়েছে, ছয় বছর তো আর হয় নি। চার ছয় চব্বিশ, দুশো চল্লিশ টাকা আছে আমার কাছে তোর পাওনা। থাক না আরো ছয় মাস। একেবারে সব হিসেব করে দিয়ে দেবো। একবারে টাকাটা পেলে তোরও কাজে লাগবে।

এবার বড় কাতর হয়ে পড়ে জীবন। কান্না এসে জমা হয় তার গলায়। বলে, বাবু মোরা বড় গরীব। বাড়িতে ছোড ছোড ভাই বইন। অরা খাইতে পায় না। মোর বাপের প্যাডে ব্যাথা অসুখ পায় না। সেই লইগ্যা কামে বাইরাইছি। মোর টাকা কয়ডা মোরে দিয়া দ্যান বাবু। বাড়িতে পাডাইয়া দিই।

সাহাবাবু বিষম বিরক্ত, তুই তো দেখছি কাবুলিওলারও বাপ। বলছি এখন

নেই তবু প্যানর প্যানর করছিস। এই রকম করবি জানলে কোনদিন তোকে কাজে রাখতাম না। দেখে মায়া হয়েছিলো বলে রেখে দিলাম। কথায় বলে না উপকারীকে বাঘে খায়। আমার তো সেই দশা। বড় ভুল করে ফেলেছি। বলছি পরের মাসে দিয়ে দেবো। আরে ভগবান আমাকে অনেক দিয়েছে অনেক দেবে। তোর ওই কটা টাকা মেরে আমার কি হবে!

জীবন বলে, বাবু মুই অনেকদিন ঘর ছাড়া। মার লইগ্যা মোন কেমন কেমন করে।। তারা বাইচা আছে বেবাকে মইরা গেছে তা কেডা জানে। সামনের মাসে মোর টাকা মিটাইয়া দিবেন। মুই বাড়ি যামু।

দরাজ গলায় বলেন সাহাবাবু— নিশ্চয় দেবো। দু'দশটাকা বেশিই দেবো। যা এখন মন দিয়ে কাজ কর।

পরের মাসেও বিনোদ সাহার সেই এক গৎ— নেই রে। হাতে এক দম টাকা নেই। তোকে দেবার জন্য গুছিয়ে রেখেছিলাম। হঠাৎ করে দোকানের জন্য ফ্রীজটা কিনে আনতে হলে তো। ওতেই সব চলে গেল। ঠিক আছে, এতদিন যখন গেছে আর একটা মাস যাক। সামনের মাসে ঠিক দিয়ে দেবো। কথা দিলাম। পরের মাসেও টাকা দেয় না বিনোদ সাহা, কথা দেয়। পাক্কা কথা পরের মাসে।

তিনকোণা পার্কে একটা বাড়িতে কাজ করতো বিহারের একটা ছেলে। সে এক রাতে বাড়ির মালিকের গলা কেটে দিয়ে সোনাদানা টাকা পয়সা সব নিয়ে পালিয়ে চলে যায়। জীবনের মনের মধ্যে সেই রকম একটা ইচ্ছা দাপাদাপি করে। কিন্তু কিছুই পারে না সে গোপনে চোখের জল ফেলা ছাড়া। আর সে কান্নায় একটাও গাছের পাতা খসে পড়ে না। কে যেন কবে বলেছিল, মানুষের প্রতি বিশ্বাস হারানো পাপ। বিশ্বাস করতে করতে দশ মাস কেটে গেল। শেষে আর বিশ্বাস রইলো না মানুষের ওপর। এবার জীবনের নিজের উপর, দেশ সমাজ মানুষের উপর রাগ হতে থাকে। একদিন বিনোদ সাহাকে বলে সে— আপনি আমারে খালি দিনই দিবেন। টাকা আর দিবেন না।আমি আপনেরে বুইঝা ফালাইছি। আমি আর কাম করমু না।

মিষ্টি হেসে, একটুও না রেগে বলেন তিনি, কাজ করা না করা সবটা তোর ইচ্ছা। স্বাধীন দেশের স্বাধীন নাগরিক তার উপর তো জোর খাটানো চলবে না। পারি, ইচ্ছা করলে তোকে যতক্ষণ আর একজন লোক না পাই আটকে রাখতে পারি। সে আমি করবো না। তবে আমার ওই এক কথা— সামনের মাসে।

সামনের মাসে আমি কইলকাতা থিকা টাকা নিতে কেমনে আমু?

আসতে হবে না। ঠিকানা রেখে দিয়ে যা মানি অর্ডার করে পাঠিয়ে দেবো। জীবনে কারও এক পয়সা মারি নাই, তোরও মারবো না।

জীবন আর কোন কথা বলতে পারে না। কেন কে জানে চোখ ফেটে জল গড়িয়ে নামে। চোখের জল, যা এ সময়ের সব চেয়ে সস্তা সব চেয়ে ফালতু একটা জিনিস। নীরবে ঝাপসা চোখে সে সামনে আগায়।

নির্বান্ধব এক ছোট শহর শিলিগুড়ির রাস্তায় রাস্তায় খালি পায়ে ঘুরে খালি পেটে ঘুমিয়ে এক নিঃস্ব কিশোরের কেটে গেল কয়েকটা দিন কয়েকটা রাত। প্রথমে সে ভেবেছিলো কলকাতার দিকে ফিরে যাবে। শিলিগুড়ি থেকে ট্রেনে

যদি না চাপা যায় রেল লাইন ধরে হেঁটে একটা স্টেশন পেছনে পিছিয়ে আসবে কিন্তু তখনই তার চোখে পড়েছিলো নিজের দুটো নিঃস্ব হাত। অনবরত কাপ প্লেট ধোবার ফলে জলে ভিজে হাজা মজা পচা সে হাতে মা বাবা ভাই বোনকে দেবার মত কোনো সঞ্চয় ছিলো না। ছিলো নিঃসীম শূন্যতার বিদ্রুপ। সে হাত যেন বলে উঠেছিলো হেরো হেরো। তুই এক হেরে যাওয়া ব্যর্থ মানুষ। তোর মা বাবার কাছে গিয়ে দাঁড়ানোর মত মুখ আর নেই। তখনই জীবনের ছোট্ট বুকটায় তোলপাড় হয়। চোখের সামনে ভেসে ওঠে জন্মদুখী মায়ের আশাহত ছলো ছলো মুখটা। সে যেন বলছে জীবন রে কি আনলি তোর না খাওয়া ছোট ছোট ভাই বোনেদের জন্য? এতদিনে একসের চালও জোগাড় করতে পারলি না!

২১

ধর্ম বাপ

একদিন জীবনের আবার মনে পড়ে গেল আসামের কথা। মনে পড়ে গেল রাজার কথা। রাজা আসামের অনেক গল্প করেছিলো। একবারও আর মুখ থেকে আসামের কোন নিন্দা বের হয় নি। যা বলেছে তার সবটা প্রশংসা। তাহলে এটা তো প্রমানিত যে আসাম অন্য সব জায়গা থেকে আলাদা। সেখানকার মানুষ এখানকার মত অমানুষ দয়া মায়া শূন্য নয়।

তখনই জীবনের মাথায় আসে, এক স্টেশন পিছিয়ে গিয়ে যদি কলকাতামুখি ট্রেনে চাপা যায় তাহলে এক স্টেশন এগিয়ে গিয়ে আসামের ট্রেনে ওঠাও তো কঠিন নয়। এখন মনে হল তার ছি ছি এই সহজ কথাটা এত দিন কেন মনে আসে নি। যতদিন শিলিগুড়ির পথে পথে ঘুরেছি। ঘুরে ঘুরে মরছি, রেল লাইন ধরে হাঁটতে থাকলে হয়তো আসামেই পৌঁছে যেতাম। সে আর কাল বিলম্ব করে না। হাঁটা দেয় রেল লাইন ধরে।

সময় এখন সকাল সাত কি সাড়ে সাতটা। যত দূরই হোক বেলা বারোটা নাগাদ কি সামনের স্টেশনে পৌঁছে যেতে পারবে না। নিশ্চয়ই পারবে। এক স্টেশন থেকে আর এক স্টেশন কত দূরে দূরে হয় সে তো তার জানা। তবে আর চিন্তা কিসের! শহর পার হয়ে আসবার পর সামনে পড়ল একটা কুয়ো। কিছু মহিলা সেখানে বালতি কলসিতে জল ভরছে। একজনের কাছ থেকে চেয়ে আঁজলা ভরে খানিকটা জল খেয়ে নেয়। পথে আর কোন পানীয় জল পাওয়া যাবে কিনা তা কে জানে। খালি পেটে জল পড়ায়, পেটটা কন কন করে ওঠে। হাঁটার সময় খল খল করে। কিন্তু এত তুচ্ছ ব্যাপার এখন জীবনের নজর দেবার সময় নেই। সে হাঁটতে থাকে।

দু'তিন কিলোমিটার চলার পর দেখে রেল লাইন দুদিকে বেঁকে গেছে। একটা বা দিকে অন্যটা ডানে। বাঁ দিকে লাইনটা সরু। ওই লাইনে যে ট্রেন চলে তা ট্রামের চেয়ে সামান্য বড়। এর নাম ন্যারোগেজ। এ ট্রেন যায় দার্জিলিং। জীবন ডান দিকের বড় রেললাইন ধরে। এটাই আসাম যাবার পথ।

আরো কিছুক্ষণ হাঁটবার পর ঘর বাড়ি দোর দালান গাড়ি ঘোড়া লোক জন সব চিহ্ন মুছে যায়। শুরু হয় ঘন গভীর বন। রেল লাইনের পাশেই এক বুক উঁচু জংলা আগাছা তার পিছনে আকাশ ছোয়া উঁচু উঁচু গাছ। সেসব গাছের ডালে ডালে দোল খাচ্ছে ঝাঁকে ঝাঁকে বানর। প্রচুর পাখিও দেখা যাচ্ছে। সব কিচির মিচির করছে। ডালে ডালে দোল খাওয়া বানরগুলো বিস্ময় মাখা চোখে জীবনকে দেখছে আর মুখ দিয়ে বিচিত্র সব শব্দ করছে। বাঁকুড়ার জঙ্গল দেখেছে জীবন। একা একা সে জঙ্গলে অনেক ঘুরেছে। কিন্তু সে জঙ্গলের সাথে এ জঙ্গলের কোন মিল নেই। তাই কেমন যেন একটু ভয় ভয় করে জীবনের। প্রতিটা জঙ্গলের একটা নিজস্ব গন্ধ থাকে। সেই গন্ধের মধ্যে গোপন থাকে তার চরিত্র। সে জানে যারা অভিজ্ঞ। জীবন এ জঙ্গলের স্বভাব চরিত্র জানে না। তাই একা এই পথে হেঁটে যেতে পারছে। জানলে কোনদিন পারতো না। এ জঙ্গলে বাঘ আছে, তার চেয়ে মারাত্মক পাহাড়ি চিতা। আকারে কিছু ছোট অসম্ভব ক্ষিপ্র এইসব জন্তুরা ক'দিন আগে এখানেই একটা গরু মেরেছে।

দু'আড়াই ঘণ্টা হাটবার পর অবশেষে জীবন পৌঁছে গেল সেই কাঙ্ক্ষিত স্টেশনে। কিন্তু এ কী! ঘন জঙ্গলের মধ্যে সে স্টেশনে একজনও লোক নেই। এমনকি যাদের না হলে ট্রেন চলে না সেই স্টেশন মাস্টার পোর্টার সিগন্যালম্যান কারো কোন আতা পাতা নেই। স্টেশনটাকে দেখে মনে হয় বন জঙ্গলের মধ্যে বহু বছর আগে একে পরিত্যাগ করে চলে গেছে কেউ। সেই থেকে এ যেন অচৈতন্য হয়ে পড়ে আছে। আর এখানে ঝক ঝক ধাতব শব্দ তুলে কোন ট্রেন আসা যাওয়া করে না। হৈ চৈ সোরগোল তুলে মানুষ ট্রেনে ওঠা নামা করে না। তাই স্টেশনের ঘুম ভাঙে না হুঁশ ফেরে না। স্টেশন বানানোর প্রয়োজনে যেটুকু জঙ্গল সাফ করা হয়েছে তার ও পাশে গাছপালা ঝোপ ঝাড়ের আড়ালে কোনও গ্রাম নগর লোকালয় আছে কিনা কিছু বোঝা যায় না। তবে যেটুকু চোখে পড়ছে বৈশাখের প্রখর রোদে জ্বলা সেই সীমার মধ্যে কোন জীবিত প্রাণী আছে তেমন বিশ্বাস হয় না।

মনে মনে বুঝে যায় জীবন এ স্টেশনে অন্য ট্রেন যদি বা থামে মেল ট্রেন কিছুতে থামবে না। মেল ট্রেন থামার জন্য যত বড় স্টেশন চাই, এটা তা নয়। গৌহাটি মেল আসবে বারোটায়। হাতে এখনো তিন ঘণ্টা সময়। ইচ্ছা করলে এই সময়ের মধ্যে সামনের স্টেশনে পোঁছে যাওয়া কঠিন হবে না। আর তা করতেই হবে আসাম যেতে হলে। সে আবার সামনে হাঁটা দেয়। এবার জঙ্গল আরো ঘন আরো গভীর। আরো ভীতিকারক। গত কয়েক দিনের উপোস আর গত কয়েক ঘণ্টার অনবরত হাঁটায় কিছুটা ঘায়েল তবু মনের জোরে এগিয়ে চলে। কে যেন কবে কোন পর্বতের গুহায় বসে বহু সাধনার জ্ঞান ব্যাক্ত করেছিলেন— চরৈবেতি চরৈবেতি চরৈবেতি। এগিয়ে চলো এগিয়ে চলো। বিশ্ব চরাচরে জল স্থল অন্তরীক্ষ, সর্বত্র ধ্বনিত হচ্ছে এই এক নাদধ্বনি, চলো চলো— চলার নামই জীবন। যে সচল এক মাত্র সেই জীবিত। যার চলা থেমে গেছে তার মৃত্যু ঘটে গেছে। জীবন এখন অন্তরাত্মার মধ্যে সেই মহান বানীর যথার্থ অনুধাবন করে। এই জঙ্গলের মধ্যে না চলে বসে পড়লে দুচার দিন যাও বাঁচা যেতো তাও যাবে না। ক্ষুধা তৃষ্ণায় ক্লান্ত অক্ষম অসমর্থ দেহ, রাত নামার

সাথে সাথে কোন বন্যপ্রাণী মেরে খেয়ে নেবে।

কে জানে, জীবনের চলার গতি কমে গেছে, নাকি পরবর্তী স্টেশনের দূরত্ব অনেক বেশি অথবা ঘড়ির কাঁটা জোরে ছুটছে বলে সূর্য মাথার উপর উঠে গেছে। চুলের সিঁথির মত জঙ্গলের মধ্যের রেললাইনের উপর দারুণ আক্রোশে ঝাঁপিয়ে পড়েছে রোদ। জীবনের শরীর জ্বলছে। পায়ের পাতা পুড়ে যাচ্ছে গরমে। জল তেষ্টাও পাচ্ছে খুব।

স্টেশনে তখনো পৌঁছাতে পারে নি জীবন, তা রয়েছে এখনো বেশ কয়েক কিলোমিটার দূরে। ঠিক সেই সময় শিলিগুড়ির দিক থেকে থেকে ছুটে এল সেই বেলা বারোটার গৌহাটি মেল। শব্দ শুনে পিছন ফিরে ট্রেনকে দেখে পাশের বুক সমান ঘাস জঙ্গলের মধ্যে নেমে দাড়ালো সে। মাটি কাঁপিয়ে জঙ্গল কাঁপিয়ে শুকনো পাতা উড়িয়ে পাখিদের ভয় ধরিয়ে যেন জীবনের বুকের উপর দিয়ে সে ট্রেন ছুটে গেল আসামের দিকে! কি আর করে জীবন, ফের রেল লাইনের উপর উঠে কিছুক্ষণ হতাশ হয়ে দাঁড়িয়ে রইল সেখানে। কিন্তু কতক্ষণ দাঁড়াবে! দাঁড়িয়ে তো কোন সুরাহা হবে না, বোঝে সে, স্টেশনে তো পৌঁছতেই হবে। এর কোন বিকল্প যে নেই।

সে আবার হাঁটতে শুরু করে দেয়। দুর্বল পায়ের উপর যে অক্ষম শরীর তার উপর ঝিম ঝিম করা বোধহীন যে ফালতু মাথা সেসব টেনে টেনে যেন সামনে এগোয়। আরো দেড় দু ঘণ্টা চলার পর পৌছায় আর এক স্টেশনে। সে স্টেশনে পৌঁছে জীবন অবাক। মনের ভুলে যেখানে লাইন থেকে নিচে নেমেছিল সেখান থেকে উল্টো দিকে হেঁটে চলে যায় নি তো। না হলে এখানেও সেই জনশূন্য মৃত নগরীর পুনরাবৃত্তি হল কেন? সেই রোদে জ্বলা খাঁ খাঁ করা স্টেশন যেখানে মানুষ তো বহুদূর, একটা কাক কুকুরও নেই।

এবার কি করবে জীবন? করার আর কিছু নেই চলা ছাড়া। যে করে হোক এখন রেল স্টেশনে পৌছাতেই হবে যেখানে লোকজন আছে। যেখানে মেল ট্রেন যাত্রী তোলা নামানোর জন্য থামে। যেখানে ঘর বাড়ি দোকান পাট লোকজন কিছুই নেই সেখানে অপেক্ষা করা চরম মুর্খামি। তাই জঙ্গলের মধ্য দিয়ে সোজা এগিয়ে যাওয়া রেল লাইন ধরে ধুঁকতে ধুঁকতে হাঁটে। হাটুর মালাইচাকি কন কন করছে, বুকে দাপাচ্ছে তৃষ্ণা, পেটে জ্বলছে আগুন, শরীর জ্বলছে রোদে, সব কিছু অস্বীকার করে সে উন্মাদের মত হেঁটে চলে। জঙ্গলের বানরগুলো অবাক হয়ে ওকে দেখে নিজেদের মধ্যে যেন কি বলাবলি করে । সে ভাষা অনুবাদ করতে পারলে জীবন হয়তো মানুষ সম্বন্ধে ওদের ধারনা জেনে লজ্জায় মরে যেতো।

সে যাই হোক শরীর তখন আর চলছে না। নিজের শরীর নিজের কাছে একটা বোঝা হয়ে গেছে। সেই বোঝা টেনে পরের স্টেশন গুলমায় যখন পৌঁছাতে পারলো, তখন ওর সামনে থেকে তির বেগে বের হয়ে গেল সেই চারটের আসাম মেল। সে ট্রেনও এই স্টেশনকে যোগ্য বলে মনে করে নি এক মিনিট থেমে যাবার উপযুক্ত মনে করে।

ট্রেন চলে যাবার পর এই প্রথম একজন লোকের সাক্ষাৎ পেল জীবন। সে এক হাতে একটা লাল আর একটা সবুজ পতাকা নিয়ে প্লাটফরম ধরে হেটে

এসে জীবনের সামনে দাড়ালো। ডান দিকে রেলের অফিস সে দিকেই যাবে সে। ওদিকে গিয়ে ট্রেন পাস করাতে। পতাকা নাড়িয়ে ট্রেনকে এগিয়ে যাবার নির্দ্দেশ দেওয়া তার কাজ।

জীবনকে দেখে তার চোখে মুখে সারা শরীরে ঘনিয়ে উঠল চরম বিস্ময়। ঘন ঘোর জঙ্গল ফুঁড়ে যে আসছে সে কে!

বলে সে— এ বাচ্চা, কাহা যায়েগা?

জীবন সরল গলায় জবাব দেয়— হাম আসাম যায়েগা।

তো পয়দল কিউ?

বলে জীবন— আমার কাছে তো গাড়ি ভাড়া নেই। তাই।

পতাকাবাহী লোকটার বিস্ময় আর সীমার মধ্যে থাকে না। একি পাগল নাকি! বারো চোদ্দ ঘণ্টার ট্রেন পথ আসাম। সেই আসামে যাচ্ছে পায়ে হেঁটে। পরের স্টেশনে পৌঁছাবার আগেই পথে রাত নামবে। জঙ্গল থেকে বের হবে শিকার সন্ধানী জন্তু জানোয়ার। তাদের সামনে পড়লে আর কি বাঁচবে?

বলে সে— আভি শিলিগুড়ি যানেবালা টেন হ্যায়। উসসে বইঠকে বাপস চলা জা। মরেগা কেয়া? আসাম বহুত দূর হ্যায় কেইসে যায়েগা পয়দল? আর বেশি কোথা না বাড়িয়ে সে নিজের ঘরে গিয়ে ঢোকে।

না, আর চলার ক্ষমতা নেই জীবনের। আজ আর আসাম যাবার কোন ট্রেনও নেই। এ স্টেশনের এখনই যা ভয়াবহ অবস্থা রাত নামলে কেমন হবে তার অনুমান করতে পেরে জীবন ভয়ে কুঁকড়ে পড়ে। এখন ফিরে যাওয়া ছাড়া অন্য কোন উপায় নেই।

ফিরে গেলে শিলিগুড়িতে আবার চেকারে ধরতে পারে। এক আধটা ধাক্কা কি চড় চাপড় দিতে পারে। জেলেও নিয়ে যেতে পারে। সে যা হয় হোক। এই ভেবে স্টেশনের টিকিট কাউন্টারের সামনে এসে বসে সে। দেখা যায় এখানে দু'জন অন্য লোক আছে। একজন স্টেশনের স্টেশন মাস্টার অপর জন একজন জেলে। চুপড়িতে কিছু মাছ নিয়ে এসেছে সে বেচবে বলে। ক্রেতা সেই স্টেশন মাস্টার।

বলেছিলো লোকটা, আভি ট্রেন আনেবালা হ্যায়। সেই ট্রেন এল সন্ধ্যা ঘোর করে। জীবন তখন আগপাছ না ভেবে উঠে পড়ল সেই ফিরতি ট্রেনে। সবকটা স্টেশনে থেমে থেমে সে ট্রেন পৌঁছাল শিলিগুড়ি। জীবন ট্রেন থেকে নেমে অগুনতি চেকার, পুলিশের সামনে থেকে হেঁটে ওভার ব্রীজের উপর গিয়ে ওঠে। এখন তার দিকে কেউ ফিরেও তাকায় না। সিঁড়ি বেয়ে উঠতে উঠতে মাথাটা কেমন ঘুরে ওঠে জীবনের। সে বসে পড়ে ব্রীজের উপর। তারপর গামছা বিছিয়ে শুয়ে পড়ে। এবং এক সময়ে ঘুমিয়ে পড়ে। কেউ তাকে বিরক্ত করে না। নিরুপদ্রবে রাতটা কেটে যায়। ব্রীজের উপর চিৎ শোয়া জীবন ঘুম ভেঙে চোখ মুছে প্রথমে আকাশ দেখতে পেল। এখনও কালো মেঘ উড়ে যাচ্ছে। কোথায় যাচ্ছে কোথায় গিয়ে মাটির টানে নিজেকে মাটিতে ঢেলে রৌদ্র তাপে ফুটিফাটা মাটিকে নরম কোমল করে দেবে তা কে জানে। এ বছর এখনো বৃষ্টি হয় নি। তবে হবে। মেঘে মেঘে তারই বজ্রগর্ভ সঞ্চার। জল পেয়ে জমিতে জাগবে শষ্যের সম্ভাবনা। শস্য জাগাবে মানুষের আশা আকাঙ্খা আর বেঁচে

থাকার সম্ভাব্য প্রতিশ্রুতি। মানুষ বাঁচলে বাঁচবে মানুষের সমাজ সভ্যতা আর মানুষের যা কিছু নির্মাণ শিল্প সৃজন।

কিন্তু সময়ের গতি প্রবাহ ধারা সব এখন উল্টো দিকে ছুটছে। প্রাকৃতিক নিয়মকে বদলে দিয়েছে মানুষ। মানুষ তার চতুর কৌশলে খরা বন্যা মহামারী মন্বন্তর বানাতে পারে। পারে কৃত্রিম অভাব বানিয়ে মানুষের জীবনকে কষ্টকর মরণ যন্ত্রণার আকর বানিয়ে দিতে। জীবন নামক এক কিশোরের জীবন এখন সেই পাহাড় সমান যন্ত্রণার নিচে চাপা পড়ে ছটফট করছে।

চিৎ থেকে কাত হয়ে দেখতে পায় সে স্টেশনের উপরে যে মিস্টির দোকান তার ঘাড়ে গর্দানে মালিক এক ঝুড়ি গতকালের অবিক্রিত সিঙ্গারা নিমকি কচুরি প্ল্যাটফর্মের বাইরে একটা একটা করে ছুড়ছে আর মুখে আঃ আঃ করে কাকদের ডাকছে। তা দেখে জীবনের পেটের খিদে গন গন করে। কষ্ট পায়, কান্না আসে। সে জানে ওরা মানুষ না খেয়ে মরে গেলেও তাকে খাবার গুলো দেবে না। কাক কুকুরকে এই জন্য দেবে কারণ তারা মানুষ নয়। সেই মাস্টার মশাই বলছিলেন পুঁজিবাদী ব্যবস্থা নাকি এই রকমই। এই ব্যবস্থায় মানুষের প্রতি মানুষের নাকি দয়া মায়া স্নেহ প্রেম এসব আবেগ প্রকাশের বিশেষ কোন ভূমিকা নেই। যা আছে তা লেনদেনের হিসেবী সম্পর্ক। কিছু দেবার আগে সেই অংক দিয়ে হিসেব নিকেশ করে দেখে নেবে। যা দেওয়া হবে তা লাভজনক হয়ে ফিরে আসবে কিনা।

এই গণিতের কারণে জীবন এখন একটা ফালতু মানুষ। তাকে কেন কেউ কিছু দেবে! তাই জীবনকে, তার মত হাজার হাজার মানুষকে না খেয়ে থাকতে হবে। এও এক বড় আশ্চর্যের বিষয়। এ দেশে এক বেনিয়া সন্তান মাঝে মাঝে মাসে দু মাসে দুদশ দিন অনশন করে। সেই করে সে নেতা হয়ে গিয়েছিল। পরে তো দেশের পিতা হয়ে যায়। কিন্তু জীবন, জীবনের মত আরো বহু জীবন যাদের মাতৃগর্ভ থেকে অনশন শুরু হয়, আর শেষ হয় মৃত্যুর পরে, তাদের নাম ইতিহাসে স্থান পায় না। কেউ তাদের কথা বলে না। কেউ তাদের কথা শুনতেও চায় না। এর মত আশ্চর্য্যের জিনিস আর কি হয়?

জীবন এখন শোয়া থেকে উঠে বসে। উঠে বসতে বাধ্য হয় এক থেমে যাওয়া ট্রেনের এক ব্যস্ত যাত্রীর পায়ের বুটে তার হাতের আঙ্গুল চেপে যাবার জন্য। তাকিয়ে দেখে সূর্য মাটি ছেড়ে আট দশ ফুট উপরে উঠে গেছে। যা এক বড় গাছের আড়ালে আছে বলে ব্রীজের উপর বিশেষ রোদ ফেলতে পারেনি। তখনই জীবন একজনের কাছে জানতে চায়— ওইটা কোন গাড়ি? যাইবো কই? চলে যেতে যেতে বলে যায় সে, গৌহাটি মেল।

গৌহাটি মেল! থেমে থাকা এই ট্রেনখানা সেই ট্রেন— যে আসাম যাচ্ছে। জীবন ধীরে ধীরে সিঁড়ি বেয়ে নিচে নেমে চারিদিকে তাকায়। আছে, একটা সুযোগ আছে। ট্রেন ছাড়ার সাথে সাথে দৌড়ে সামনের ওই ফাঁকা কামরায় উঠে পড়ায় কোন অসুবিধা হবেনা। চেকার পুলিশ সব প্ল্যাটফর্মের উপর। একবার চলন্ত ট্রেনে উঠে গেলে ওরা আর কি করবে? সেই মত ভাবা সেই মত কাজ। একটু পরেই গার্ড সাহেব তার হাতের সবুজ পতাকা উড়িয়ে মুখের বাঁশি বাজিয়ে ড্রাইভারকে নির্দেশ দিলো গাড়ি ছাড়ার। ড্রাইভার ইঞ্জিনের হুইসেল

বাজিয়ে হুকুম মত গাড়িকে চালাবার প্রস্তুতি নিলো। জীবন ছুটে গিয়ে উঠে পড়ল একটা কামরায়। গাড়ির চলা শুরু হল। তখন সে তার সেই নিজের জায়গা উল্টো দিকের দরজায় গিয়ে বসে পড়ল। এ ট্রেন বড় অহংকারী। ছোট খাটো স্টেশনে থামে না। প্রায় আধঘণ্টা চলার পর যেখানে থামে সে সব জমজমাট স্টেশন, জংশন।

এভাবে প্রায় দুই তিন ঘণ্টা চলবার পরে পৌঁছালো এক জংশনে। এখানে ইঞ্জিন জল ভরছে বা ইঞ্জিন বদল হচ্ছে সেই কারণে ট্রেন ছাড়তে বেশ দেরি হচ্ছে। বেলা এখন দশটা কি সাড়ে দশটা। এটা লোকেদের টিফিনের সময়। জীবন উল্টো দিকের দরজায় বাইরের দিকে পা ঝুলিয়ে বসে ছিলো। হঠাৎ তার চোখ গেল সামনের জানালার দিকে। জানালা থেকে একটা মোটা লোমশ হাত বাইরে বের হল। সে হাতে শাল পাতার একটা ঠোঙ্গা। হাতটা বড় অবহেলায় সেই ঠোঙ্গাটা ছুড়ে ফেলে দিলো পাশের রেল লাইনের উপর। সেটা উঁচু থেকে নিচে পড়ার সাথে সাথে খুলে গেল। তখন দেখতে পেল জীবন, ওর মধ্যে রয়েছে মোটা মোটা দেড়খানা, আটার লালরুটি সাথে কিছু ভাজাভুজি।

রুটি দেখেই মনে পড়ল জীবনের সে অনেকদিন কিছু খায় নি। এবং যেগুলো কেউ অবহেলায় বিসর্জন দিয়েছে তা একটা খাদ্য। সেই মুহুর্তে জীবন তার আত্মা পরমাত্মাকে গলা টিপে হত্যা করে দিলো। আর সে যা কোনদিন করেনি কোন দিন করতে হবে বলে ভাবেনি তাই করে বসল। তড়াক করে ট্রেন থেকে নেমে পড়ল রেল লাইনের উপর। তারপর ছুটে গিয়ে সেই ঠোঙ্গাটা যেন কোন বহুমূল্য ধন এমন ভাবে তুলে নিল। রুটি দেখে কটা ছাল ওঠা নেড়ি কুত্তাও সেটা অধিকার করবার আশায় ছুটে এসেছিলো। ওরা এই স্টেশনে থাকে তাই জানে পৃথিবীতে এখনও এমন বহু মানুষ আছে যাদের কাছে ছুঁড়ে ফেলার মত প্রচুর ভাত রুটি থাকে। এখানে ট্রেন থামলেই তারা কিছু না কিছু ফেলে দিয়ে যায়। কুকুরেরা তাই ট্রেন এলেই লাইন ধরে হেঁটে হেঁটে বেড়ায়। ট্রেনের দরজায় জানলায় তাকায়, কুঁই কুঁই করে। তারা এতদিন জানতো যে মানুষ আর যাইহোক কুকুরের মত হবে না কোন দিন। কিন্তু এখন দেখতে পেল মানুষের সমাজে মানুষের ছদ্মবেশে তাদের মত একজন কেউ লুকিয়ে আছে যে তাদের মুখের খাবার কেড়ে নিচ্ছে। মানুষ থেকে কুকুর হয়ে কুকুরদের বঞ্চিত করছে তাদের অধিকার থেকে।

জীবনের এমন অমানবিক, অন্যায় ব্যবহার দেখে এক যোগে ঘেউ ঘেউ করে প্রতিবাদ জানালেন তারা। তেড়ে এল রুটির ঠোঙ্গা কেড়ে নেবার জন্য। জীবন এক ওরা অনেক। জীবন নিরিহ নিরস্ত্র ক্ষুধার্ত, কিন্তু ওরা আক্রমণে অভ্যস্থ দাঁতে অনেক ধার আছে ওদের। সে পিছন ফিরে ছুট মেরে পালায়। পালিয়ে কিছু দূরে গিয়ে আর এক কামরায় উঠে পড়ে। বসে পড়ে আবার দরজায় পা ঝুলিয়ে। তারপর আস্ত মোটা লাল গমের রুটি খানা হাতে নিয়ে অনেকক্ষণ ধরে ঘুরিয়ে ফিরিয়ে দেখে, নাকের কাছে নিয়ে গিয়ে গন্ধ শোকে। মনে হচ্ছে যেন ঘিয়ে ভাজা। তবে আজকের নয়, কাল কিংবা পরশুর। ভাজাভুজি অতটাই পুরানো। তাই ইটের মত শক্ত আর পুরাতন ভাজাভুজি থেকে মিলে মিশে পাওয়া যাচ্ছে কোন একটা অদ্ভুত ঘ্রাণ। সে ঘ্রাণে যেন মানুষকে মানুষ থেকে

কুকুরের পর্যায়েও নামিয়ে এনে অন্তত একটা দিন কঠোর জঠর যন্ত্রণা থেকে মুক্তি দেবার প্রলোভন আছে। সেই প্রলোভনের কাছে আত্মসমর্পন করে জীবন।

রুটি খেয়ে পেট ভরে জল খাবার পর একটা আত্মগ্লানি উঠে আসে যা আগে আসেনি। কে যেন তখন বুকের ভিতর কেঁদে ওঠে। ছি ছি করে, ধিক্কার দেয়। শেষকালে তোর এত অধঃপতন। কুকুরের মুখের খাবার কেড়ে খেলি। নিজেকে আর কত নিচে নামাবি জীবন? কিন্তু অসহায় জীবন এখন এ কথার কি জবাব দেবে? দেবার মত কি তার এখন আছে? সে কোন জবাব দিতে পারে না। হয়তো এ দেশের হাজার হাজার মানুষ এ কথার জবাব দিতে পারবে না। প্রবল পেটের যন্ত্রণা কোন জবাব জানে না। তাই মানুষ এই যন্ত্রণায় ডাস্টবিন ঘেঁটে খাবার খোঁজে। পেটের সন্তানকে বিক্রি করে সেই টাকায় মা চাল কিনে আনে। বাপ নিজের হাতে মেয়েকে সাজিয়ে দাঁড় করিয়ে দিয়ে আসে বেশ্যা পাড়ায় গলির মুখে।

যে কামরায় উঠেছে জীবন সেটা বেশ ফাঁকাই। যার হারাবার মত কোন কিছুই নেই কোনকিছু পাবার আশা, পথ সম্ভাবনা নেই! জীবনের সব চাওয়া পাওয়া যার ফুরিয়ে গেছে, কোন রকম শোক, দুঃখ ব্যাথা বেদনা যাকে আর বিচলিত করে না, সে ঈশ্বরের পায়ে ভবিষ্যতের হাতে নিজেকে সমর্পন করে, যা হবার তা হোক বলে বসে আছে, সেই সাধক তপস্বী বা নিরাশ হতাশ মানুষের মত জীবন দরজায় হেলান দিয়ে বসে থাকে। ট্রেন চলা শুরু করলে গায়ে এসে লাগে গ্রাম বাংলার মাঠ মাটি জলাভূমি জঙ্গলের ফুরফুরে হাওয়া। হাওয়া নয় যেন আদুল শিশুর গায়ে বুলিয়ে দেওয়া মায়ের নরম হাত। যে হাতের স্পর্শে ঘুমিয়ে পড়ে শিশু।

জীবনের ঘুম পায়। সে দরজার ডান দিকে গামছা পেতে চিৎ হয়ে শুয়ে পড়ে। চোখ বন্ধ থাকায় জীবন দেখতে পাচ্ছে না এখানকার প্রকৃতি পরিবেশ জুড়ে ছড়িয়ে থাকা অকৃত্রিম সৌন্দর্য্য। সামনে কিছু পাতলা গাছ গাছালির ওপারে দাঁড়িয়ে আছে যুগযুগান্তরের ঘুমন্ত পাহাড়। যার ন্যাড়া মাথায় সূর্যের আলো পড়ে আয়নার মত ঠিকরে যাচ্ছে। সেই পাহাড়কে যেন কেউ কোন অদৃশ্য নদীর উপর বসিয়ে দিয়েছে। যে নদী তাকে ভাটার টানে ছোট নৌকার মত মোহনার দিকে টেনে নিয়ে যাচ্ছে। ট্রেন যত সামনে আগায় সে তত পিছনে ছোটে।

ট্রেনটা কিছুক্ষণ চলার পর শুরু হয় আরো ঘন আরো গভীর বন। এক আদিম অনাবিল সবুজ অন্ধকার ঢেকে ফেললো এই অতিকায় যন্ত্রযানখানাকে। শুধু জঙ্গলই নয় এরই সাথে রয়েছে ছোট খাট পাহাড়। পাহাড় কেটে কোথাও কোথাও বানানো হয়েছে রেল যাত্রার লৌহ পথ। সেই পথে ঝমঝম বাজনা বাজিয়ে ছুটতে থাকে গৌহাটি মেল। আর জীবন চিন্তারহিত এক নির্বিকল্প সমাধিতে সমর্পিত হয়ে দরজার কাছে টানটান হয়ে শুয়ে থাকে। ঘুম নয় ওর যা আসে তা ঝিমুনি, তা যেন চোখ বুজে কোন পরিণতির জন্য প্রতিক্ষা।

যখন ওর ঝিমুনি কেটে গেল তখন বেলা একটু হেলে গেছে। দু'তিন ঘণ্টা আগে পেটের এক সমুদ্র খিদের মধ্যে দেড়খানা রুটি পড়েছিল, তা কখন

যেন গলে জল হয়ে গেছে। এখন আবার সেই পেট মোচড়ান শুরু হয়ে গেছে। আবার সেই চোখ কেমন ঘোলাটে হচ্ছে আর কান মাথা ঝাঁ ঝাঁ করা ধরেছে। মানুষ তো অভ্যাসের দাস। আগে না খেতে খেতে এটা অভ্যাসে দাঁড়িয়ে গিয়েছিল। এখন সে অভ্যাস নিজের দোষে নষ্ট করে ফেলেছে জীবন। জিভের এখন লোভ বেড়ে গেছ। সে আর নিজের নিয়ন্ত্রণ রাখতে পারছে না।

হঠাৎ যেন জীবনের মনোকষ্টের কথা বুঝতে পেরে তার সামনে ঈশ্বরের প্রেরিত কোন মহান মানবের মত এসে দাঁড়ালে একজন লোক। লোকটা মাঝবয়সী মাথায় কাঁচা পাকা চুল। মুখে মৃদু হাসি। দুটো চোখে যেন উপছে পড়ছে স্বর্গীয় মমত্ব। যা মানুষের সমাজে আজকে বড় দুর্লভ। গলায় তার গভীর আদর স্নেহ দরদ, এই বাচ্চা তুই কোথায় যাবি রে বাবা?

গ্রামের পাঠশালার মাষ্টার মশাইয়ের মত চেহারার এই লোকটার কথা শুনলে, চোখ তুলে তাকালো জীবন। গলায় জোর ছিল না তার। রোগীর কাতরানোর মত জবাব দিলো সে, এই ট্রেন যেইখান যাবে, সেইখানে যামু আমি।

কোথায় যাবে এই ট্রেন তা জানিস?

মাথা নেড়ে জানায় জীবন, সে জানে। তারপর বলে আমি কামের তালাসে বাইর হইছি। যাইতে আছি আসাম। দেখি হেইখানে গিয়া যদি কোন কাম কাজ পাই।

কোথায় তোর বাড়ি?

বাড়ি নাই আমাগো। বাপ মা ক্যাম্পে থাকে।

ঘনিষ্ট হয়ে দয়াবান লোকটা জীবনের কাছ থেকে একে একে তার সব কথা জেনে নেয়। গাঁটের পয়সা খরচ করে চা পাউরুটি কিনে খাওয়ায় এবং তার নিজের জীবনের কথাও বলে, আমিও ছোট বেলায় ঠিক তোর মত ছিলাম। ভয় ডর বলে কিছু ছিল না। আমিও একবার বাড়ি থেকে পালিয়ে ছিলাম। কতদিন ধরে কত জায়গায় যে ঘুরেছি, সে তোকে বললে বিশ্বাস করবি না। পাহাড় মরুভূমি সাগর কত কিছু দেখেছি।

জীবন তার ছোট জীবনে অনেক মানুষ দেখেছে। কিন্তু এমন মানবিক ব্যবহার আর দেখে নি। কেউ তার সাথে এত দরদ ভরা আত্মীয় ভাষায় কথা বলে নি। তার নোংরা পোষাক ও অপরিচর্য্যায় অনাকর্ষক চেহারা, তার দুরবস্থা সর্বদাই মানুষের ঘৃণা কখনো কখনো নামমাত্র অনুকম্পা জুটিয়েছে। কিন্তু এই গ্রাম্য শিক্ষক গোছের লোকটা যেন একটু অন্য ধরণের। সে যেন জীবনকে তার অসহনীয় অবস্থাকে সম্যক উপলব্ধি করে সেই কর্তব্য করছেন যা প্রকৃত পক্ষে একজন দরদী মানুষই করতে পারে। তাই জীবন কৃতার্থ বোধ করে।

তিনি বলেন, একদিন ট্রেনে করে যাচ্ছিলাম। তখন রাত। সেই ট্রেনে ঠিক যে রকম তোর সাথে আমার দেখা হল সেই রকম দেখা হয়ে গেল আমার বাবার সাথে। ভাবছিস তো কেমন করে হলো? না সে আমার আপন বাবা নয়, ধরম বাপ! ধরম আপনের চেয়ে বড় হয় তা জানিস? সেই বাবা আমাকে দেখেই এমন ভালোবেসে ফেললো যে তোকে কি আর বলবো। হয়, জানবি এরকম হয়। এক একটা মানুষকে দেখে—এই যেমন এখন তোকে দেখে আমি

ছেলের মত ভালোবেসে ফেললাম সেই রকম! ভগবানের এ এক অদ্ভুত খেলা, কাকে যে কার কখন ভাল লেগে যাবে, কার উপর কার মায়া পড়ে যাবে কিছু বোঝার উপায় নেই।

তারপর সেই লোকটা যাকে আমি ধরম বাবা ডেকেছিলাম সে আমাকে ট্রেন থেকে নামিয়ে তার বাড়ি নিয়ে গেল। কত কিছু খেতে দিলো। তার কোন ছেলে মেয়ে ছিলো না তো! আমাকে দিয়ে তার সেই শখ পুরো করলো। প্রায় আট দশ দিন থাকলাম তার বাড়ি। তারপর বাবা আমাকে নতুন জামা জুতো কিনে দিলো আর দিলো নগদ পাঁচশো টাকা। ভাবতে পারিস তখনকার পাঁচশো টাকা মানে এখনকার কতো? সেই সব দিয়ে আমাকে বাড়ি পাঠিয়ে দিলো। আছে, এরকম লোক আছে। সব লোকই জগতের তোর ওই বিনোদ সাহা নয়। একটা বাচ্চা ছেলেকে কি করে এমন ভাবে ঠকাতে পারলো? ছিঃ।

লোকটা কিছুক্ষণ কি এক বেদনায় কিছুক্ষণ মৌন হয়ে থাকেন। শেষে আবার বলেন, কাল থেকে কিছু খাসনি। আহারে! সামনের স্টেশনে আমি নামবো। চল তুই আমার বাড়ি। পারি না, মানুষের কষ্ট দুঃখ দেখলে কিছুতে স্থির থাকতে পারি না। আমিও তো একজনের উপকার পেয়েছিলাম। সব সময় সেই কথাটা মনে পড়ে। সেই জন্য যতটা পারি দুঃখী মানুষের দুঃখ দূর করার চেষ্টা করি। তুই চল আমার সাথে, কটা দিন আমার বাড়ি থেকে খেয়ে তারপর যদি আসাম যেতে চাস তো যাস। পথ খরচার কটা টাকা সে না হয় বাবার মত আমার কাছ থেকে নিয়ে নিবি। লোকটার কথায় প্রলোভন ছিলো, সম্মোহন ছিলো, দরদ ছিলো যা এড়াতে পারে না জীবন। পরের স্টেশনে ট্রেন থামলে সে তার পিছন পিছন হেঁটে যায়। হেঁটে যায় জীবন আর এক অভিজ্ঞতার দিকে। জীবন তো নিত্য নতুন এক যাত্রার মধ্য দিয়ে বিশ্ব জগতটাকে চিনে নেবার আর এক নাম। হোঁচট ঠোক্করে ক্ষত বিক্ষত হয়ে পথে পথে রক্ত ছড়িয়ে যাবার নাম।

স্টেশনটা খুব বড় নয় তবে একেবারে ছোটও বলা যাবে না। প্ল্যাটফর্মের থেকে নেমে দক্ষিণ মুখো ইটবেছানো রাস্তা। রাস্তার পাশে সুন্দর পরিবেশ। সেখানে বিকেলের বাজারের আয়োজন। স্থানীয় চাষীরা তাদের ক্ষেতের নানাবিধ ফসল নিয়ে এসেছে বেচতে। সে সব ছাড়িয়ে সামনে আগালে কিছু জামা কাপড় শাড়ি সায়ার দোকান, দরিদ্র অঞ্চলের দরিদ্র দোকান। তীক্ষ্ণ বুদ্ধির জাত ব্যবসায়ী শ্রেণীর নয়।

দোকানে ঢুকে লোকটা দোকানদারকে বলে, ভালো দেখে শাড়ি দেখাও তো, দুটো নেবো। আর আমার এই ছেলেটার জন্য একটা প্যান্ট একটা জামা। দামী জামা প্যান্ট জীবনের অঙ্গে কখনো ওঠেনি। জামা প্যান্টের রঙ দেখে দাম শুনে সে আনন্দে আপ্লুত হয়ে ওঠে। কিন্তু হাতে নেবার আগেই বলে, লোকটা তুই এক কাজ কর, আগে চুলটা কেটে নে। আমি ততক্ষণে তোর মায়ের জন্য শাড়ি দেখি। সেলুন রাস্তার ও পাশে। জীবনকে সেখানে বসিয়ে এসে ফের শাড়ি বাছাই করে লোকটা । দাম নিয়ে তার কোন মাথা ব্যাথা নেই। ভালো জিনিসের তো ভাল দাম হবেই। চিন্তা একটাই, বউয়ের পছন্দ হবে কিনা। অনেক বেছে অনেক ভেবে শেষে বলে সে— এক কাজ করো ভাই, যদি কোন অসুবিধা না

হয় গোটা চার পাঁচ শাড়ি আমাকে দিয়ে দাও। এই তো পাশেই আমার বাড়ি, যেতে পাঁচ মিনিট আসতে পাঁচ মিনিট। দুতিনটে যা বউ পছন্দ করবে রেখে দেবো। ছেলেটার চুল কাটা হয়ে গেলে এখানে বসতে বোলো। দোকানদার সরল সোজা মানুষ। অনেক কটা শাড়ি বিক্রির লোভে সে আহ্লাদিত। তা ছাড়া তার ছেলে এখানে থাকছে তাকে অবিশ্বাস কীসের। সে লোকটাকে যেতে দেয়।

এ সব কথা জীবন সেলুনে থাকার জন্য শুনতে পায় নি। তাকে শোনাবার জন্য তো বলা হয়নি। শুনলেও স্রেফ শব্দ বাক্য থেকে নিহিত মর্মার্থ কী বুঝতে পারতো। যে বয়েস মানব চরিত্রের এই অনাবিকৃত রহস্য অনুধাবন করার সে ক্ষমতা তার কি তখনো হয়েছে! সে বুঝতে অল্প কিছু সময় বাকি ছিলো। জীবন সেলুন থেকে বের হবার পর কাপড় দোকানদার তাকে— এই ছেলে, এই ছেলে এখানে এসো। তোমার বাবা এখুনি আসবে। সেলুনওয়ালাকেও বলে দেয় সে একটু পরে এর বাবা এসে পয়সা দেবে।

জীবনের আর কি করার আছে অপেক্ষা করা ছাড়া? সে তার ধরম বাবার জন্য অধীর আগ্রহে অপেক্ষা করে। এক ঘণ্টা দু'ঘণ্টা করে সময় কেটে যায়। বিকেল ফুরিয়ে গিয়ে সন্ধ্যা ঘনায়। সে আর আসে না। সে ফেরেনা বলে দোকানদার জীবনকে দোকান ছেড়ে নড়তে চড়তে দেয় না। বলে তোর বাপ না এলে তোকে ছাড়বো না। কোথায় কত দূরে বাড়ি তোদের? বাজারের চারদিকে খবর ছড়ায়। বহু লোক ভিড় করে জীবনকে ঘিরে। চলে জিজ্ঞাসাবাদ, চলে চড় চাপড়। চোর চিটিংবাজের যা সাজা। এক প্রস্থ সাধারণ মারের পর তাকে চালান করা হয় বাজার কমিটির দপ্তরে। শুরু হয় অসাধারণ জিজ্ঞাসাবাদ। সে যত বলে আমি লোকটাকে চিনি না, ট্রেনে আলাপ, কেউ সে কথা বিশ্বাস করে না। যতবিশ্বাস করে না তত সত্য জানবার চেষ্টায় নির্দয় হয়ে ওঠে কমিটির মানুষ। কার যেন একটা জোরালো ঘুষি এসে পড়ে জীবনের বুকে। বল তোর দলের লোক কোথায় গেছে? অনাহারে দুর্বল ক্লান্ত জীবনের ছোট্ট শরীর সে সজোর ঘুষির ধবল সহ্য করতে পারে না। মাটিতে আছড়ে পড়ে অজ্ঞান হয়ে যায়। জীবন তার এই অল্প পরিধির জীবনে অনেকবার মার খেয়েছে কিন্তু অজ্ঞান কখনো হয় নি। অজ্ঞান হবার একটা মস্ত সুবিধা যে তারপর মারলে আর কষ্ট হয় না।

২২

জাদুহীন শহর

যখন তার জ্ঞান ফেরে দেখে মাথা মুখ সব ভেজা। এ সব জ্ঞান ফেরাবার জন্য সাধারণ জনতার সাধারণ উপাচার। জীবন অজ্ঞান হবার পর শালা নাটক করছে ভেবে আর দু এক ঘা দেবার পরও যখন সে নড়ে না, তখন তারা চোখে মুখে জলের ছিটে দিয়েছে। মরে ফরে গেলে মহা হ্যাপা হবে ভেবে দোকানদার জীবনের জ্ঞান ফেরার পর তাকে গরম দুধ খাইয়ে, নিজের অদৃষ্টকে যথেচ্ছ গালাগালি দিয়ে, যা ক্ষতি হয়েছে, মেনে নিয়ে, আর না ক্ষতি হোক সেই কারণে ওকে স্টেশনে নিয়ে গিয়ে ট্রেনে তুলে দেয়। সে ট্রেন গৌহাটি যাবে। যে ট্রেন বিকেল চারটেয় নিউ জলপাইগুড়ি থেকে ছেড়ে রাত দশটায় এখানে পৌঁছেছে। মার খেয়ে যতটা কষ্ট হয়েছিলো তার খানিকটা কমে গেল আসাম যাবার ট্রেনের কামরা উঠে। ওরা বলাবলি করছিল পুলিশে দিয়ে দেবে, জেল খাটাবে। তা যখন করে নি সেটাকে জীবন নিজের পরম ভাগ্য মনে করল এখন। এই রাত আঁধারে ওরা মেরে রেললাইনে শুইয়ে দিলেই বা তার কি করার ছিলো। তাও বলেছিল ওরা। তোর দলের আর একজন কোথায় থাকে বলে দে। না হলে মেরে লাইনে শুইয়ে দেবো।

রাত দশটায় ট্রেনে উঠেছিল জীবন। একরাশ দুশ্চিন্তা আর এক পাহাড় শারীরিক কষ্ট নিয়ে সে এখন পায়খানা বাথরুমে যাবার গলির মধ্যে থুতু ধুলো বিড়ির টুকরো বাদাম খোলা লেবুর খোসা শাল পাতা, ছেড়া কাগজের টুকরো ইত্যকার আবর্জনার মধ্যে শুয়ে পড়ে। যা ভাগ্যে আছে এর বাইরে কিছু ভাবতে পারে না। ভাবতে চায়ও না।

ঝমঝম করে চলছে রাতের ট্রেন। এখন ট্রেনে সেই দিনের মত চেঁচামেচি নেই। এক আধঘন্টা নাগাড়ে চলবার পর কোথাও কোথাও গিয়ে ট্রেন থামে। তখন একদল নেমে যায় আর একদল উঠে তাদের ছেড়ে যাওয়া স্থান দখল করে। জীবনের সে সব দিকে কোন খেয়াল দেবার দরকার পড়ে না। সে শুয়ে থাকে সেই অনারোগ্য রোগের রোগীর মত যাকে ডাক্তার বলে দিয়েছে

কোন আশা নেই। ভগবানকে ডাকো, যা কিছু করার সেই করতে পারে। সবটা এখন তারই হাতে।

নিজের জন্য জীবনের যা যা করার ছিলো সবটা সাধ্যমত করেছে। এর মধ্যে কোন ফাঁকি চালাকি নেই। আর তার করার মত কিছু নেই। এবার যা হবার তা হোক। তাই কোন ভয় ভাবনা চঞ্চলতা উত্তেজনা কিছুই থাকে না। চুপচাপ কুকুর কুন্ডুলি পাকিয়ে মরার মত পড়ে থাকে। লোকেরা তাকে ডিঙিয়ে পায়খানা বাথরুমে আসা যাওয়া করে। রাত বাড়ে।

টিকিট।

চোখ কচলে তাকায় জীবন শব্দ লক্ষ্য করে। সামনের আলো আধারিতে দণ্ডায়মান কালো কোট পড়া গুঁফো ষণ্ডা চেহেরার এক চেকার। শুয়ে শুয়ে হাত নাড়ে জীবন— নেই।

উতার যা।

কোথায় কোন এক অন্ধকার স্টেশনে দাঁড়িয়েছে ট্রেন। বাধ্য ছেলের মত সেখানে নেমে পড়ে জীবন। দু'চার বগি পার হয়ে গিয়ে ফের একটা কামরায় উঠে আবার সেই একই ভাবে একই জায়গায় গিয়ে শয্যা নেয়। কিছুক্ষণ ট্রেন চলার পর আবার এক অন্য চেকার তাকে নামিয়ে দেয়। যথারীতি জীবনও আর এক কামরায় গিয়ে ওঠে। এভাবেই সকাল হয়।

বেলা দশটা কি এগারোটায় ট্রেন এসে পৌঁছালো সেই কাঙ্খিত জায়গায়। আসামের এক শহর গৌহাটিতে। এসময়ে প্ল্যাটফর্ম বেশ ফাঁকাই। সামান্য কিছু লোক এদিক সেদিক ঘুরছে, জটলা করছে। স্টেশনের স্টল গুলোয় তেমন একটা খদ্দেরের ভিড় নেই। সব যেন জাবর কাটছে এমন অলসতা ছেয়ে আছে। সেগুলোকে বৃত্ত করে একজন নীল প্যান্ট নীল জামা পরা বুড়ো ঝাড়ুদার লাঠির ডগায় বাঁধা ঝাঁটা দিয়ে প্লাটফরম ঝাঁট দিচ্ছে। স্টেশনটা বেশ সাফসুতরো। পাগল মাতাল জুয়াড়ি ভিখিরি দেখা যাচ্ছে না এখানে। জীবন মন্থর পায়ে প্লাটফরম থেকে বাইরে খোলা আকাশের নিচে এসে দাঁড়ায়। রোদ এখন বেশ কড়া হয়ে নামছে। সে রোদে যেন খাঁ খাঁ করছে চারদিক। দূরে দেখা যাচ্ছে আকাশের গা ঘেঁষে দাড়িয়ে আছে সার সার ছোট বড় পাহাড়। পাহাড়ের গায়ে সবুজ পত্রসার বৃক্ষ। কিন্তু এখন মাথার উপর যেমন সূর্য জ্বলছে, পেটে জ্বলছে ক্ষুধার আগুন। জঠরাগ্নি নির্বাপণের জন্য এখন একটু খাদ্য দরকার। কিন্তু সে তো কেউ এমনি এমনি দেবে না। রাজা বলেছিলো, এখানে নাকি পথে ঘাটে পয়সার ছড়াছড়ি। স্টেশনের বাইরের জগতটা দেখে তার কথার উপর কেন কে জানে ভরসা থাকে না জীবনের। মনে কুডাক ডেকে ওঠে। এই জায়গাটাও কলকাতা নিউ জলপাইগুড়ি শিলিগুড়ির চেয়ে আলাদা কিছু নয়। পথ ঘাট ঘর বাড়ি দোকান পসার মানুষজন সবই তো সেই এক রকম। জীবনের মনে হয় যে আশায় বুক বেঁধে সে বহু কষ্ট সহ্য করে এখানে এসে পৌঁছেছে সে আশা, আশাই রয়ে যাচ্ছে। কোন সার্থকতার সংবাদ বহন করে আনবে এখনো তেমন কিছু মনে হচ্ছে না।

সে যা হোক এখন জীবনের এক মুঠো খাবার দরকার। বাদবাকি ভাবনা তার পরে। এখনই শরীর ক্ষুধায় কাতর হয়ে পড়েছে। আজও কিছু খেতে না

পেলে কাল আরো দুর্বল হয়ে যাবে। পরশু নিজেকে আর দুপায়ের উপর দাঁড় করিয়ে রাখা যাবে না। তারপরের দিন শুয়ে পড়তে হবে। এ সব জীবন জানে, তাই এখনই শরীর আরও বেশি অক্ষম হয়ে যাবার আগে যে করে হোক একটু কিছু খাবার ব্যবস্থা করতে হবে।

এখানে তার সহজ পথ কি? পথ একটাই কোন হোটেলে রেস্টুরেন্টে চা দোকানে যা সে পারে সেই থালাগেলাস ধোবার কাজে লেগে পড়া। মোট কথা এখন একটা কাজ চাই। যা হোক আর যেমন হোক দুটো খেতে পেলেই চলবে। যদি মাইনে ফাইনে না পাওয়া যায় সে আর কি করা যাবে। সে সেই আশায় বড় রাস্তা ধরে হেঁটে সামনে আগায়।

আপনা গো কামের লোক লাগবে?

রাস্তায় বা পাশে এক পাঞ্জাবির বড় দোকান। চা মিষ্টি নোনতা শো কেসে সাজানো রকমারি খাবার। খদ্দের যেন উপচে পড়ছে। পাঁচ ছয় জন কর্মচারী ব্যাস্ত সমস্ত হয়ে ছোটাছুটি করছে। সেই দোকানের সামনে গিয়ে দাঁড়াতেই দোকানদার ওকে ভিখারী ভেবে কুকুর খেদা দেয়, যা। ভাগ। নেহী তো বদনপে গরম পানি ডাল দেগা। তখন বলে জীবন মুই ভিখারী না, কামের তালাশে আইছি। আগে এক মিষ্টির দোকানে কাম করছি। বেবাক কাম জানি।

হিন্দিতে জানতে চায় মাথায় পাগড়ি মুখে দাড়ি হাতে বালা পড়া মধ্যম বয়সী দোকানদার– কোথায় কাজ করেছিস?

শিলিগুড়ি।

শিলিগুড়ি থেকে সোজা আসাম।

চব্বিশ ঘণ্টার ট্রেন যাত্রা করে এতপথ পাড়ি দিয়ে মিষ্টির দোকানে কাজ করতে আসায় দোকানদার বিস্মিত– শিলিগুড়িতে আর দোকান নেই?

ফালতু কথায় নষ্ট করবার মত সময় আমার হাতে নাই। আপন কাম দিলে কন। মাইনা ফাইনা লাগবে না, শুধা খাওয়া। নাইলে আমি যাই।

এখানে তোকে কে চেনে?

ক্যামনে চেনবে! আইজই তো আইছি।

তাহলে কাজ হবে না। চুরি ফুরি করে পালালে তখন কি করবো। যাও রাস্তা মাপো, আগে বাড়ো।

সময়টা সেই সময় যখন আসামের ভাগ্যাকাশে দেখা দিয়েছে একখণ্ড কালো মেঘ। যা অচিরেই বঙ্গাল খেদাও নামক এক সুপার সাইক্লোন হয়ে আছড়ে পড়বে আসামের সর্বত্র। ডিগবয় ডিব্রুগড় তিনসুকিয়া জোড়হাট গৌহাটি জুড়ে এক বিধ্বংসী তাণ্ডব চলবে প্রায় এক দশক ধরে। ঘর বাড়ি পুড়বে দোকান পাট লুঠ হবে মানুষ মরবে। ইতিমধ্যেই তার কিছু কিছু লক্ষণ প্রকাশ হতে শুরু করেছে। কদিন আগে এখানে অহমিয়া আর বাঙ্গালীদের মধ্যে তুমুল এক সংঘর্ষ হয়ে গেছে। পথে পথে এখনো পড়ে আছে ইটের টুকরো সোডার বোতলের ভাঙ্গা কাচ। সেই পথ মাড়িয়ে বেঁচে থাকার এক আদিম অভীক্ষায় সামনে এগোয় এক অনাহারী বালক।কাজ একটা চাই। আসামে যখন পৌঁছান গেছে কটা দিন এখানে থাকার একটা ব্যবস্থা করতেই হবে। তারপর খুঁজতে হবে কামরূপ কামাক্ষার সেই মন্দির। যার চারদিকে নাকি ঘিরে

আছে ফণীমনসার দুর্ভেদ্য জঙ্গল। যে জঙ্গল পার হওয়া মানুষের পক্ষে অতীব কঠিন। সেই মন্দিরকে নাকি পাহারা দেয় সুন্দরী সুসজ্জিত প্রমিলা বাহিনী। যারা যাদু মন্ত্র জানে। তারা নাকি নাগালেরর মধ্যে কোন পুরুষলোককে পেলেই মন্ত্র শক্তিতে ভেড়া বানিয়ে রাখে। এত বাধা বিপত্তি ঠেলে যদি কোন সাহসী মানুষ সেখানে পৌঁছে যেতে পারে আর কোনভাবে শিখে নিতে পারে কিছু মন্ত্র তখন সারা পৃথিবী তার হাতের মুঠোয় চলে আসে। এ সব গল্প ছোটবেলা থেকে বহুবার শুনেছে জীবন। পি সি সরকার নাকি কামরূপ কামাক্ষায় এসেই দেবীর আশীর্বাদে এত বড় জাদুকর হয়েছিলো। যত বাধা বিপত্তি হোক সেখানে একবার অবশ্যই যাবে জীবন। রাজা বলেছিল এসব মিথ্যা রটনা, ভাওতা। সত্য হোক আর মিথ্যা একবার স্বচক্ষে যাচাই করে নেবে। এই জীবনের আর কী দাম? কুকুরের মুখ থেকে খাবার খেয়ে কুকুর গোত্র তো হয়েই গেছে। এখন যদি তাকে কেউ ভেড়া বানিয়ে দেয় তো দিক না। ভেড়া এমন কী খারাপ জীবন! ভেড়ারা আর যাই হোক, না খেয়ে তো থাকে না।

রাস্তা ধরে এই সব ভাবে আর সামনের দিকে হাঁটে এবং কোন হোটেল রেস্টুরেন্ট মিষ্টির দোকান দেখলে তার কাছে গিয়ে দাঁড়ায়। জানতে চায় আপনের দোকানে কামে লোক লাগবে?

আমি বড় দুঃখী গো বাবু। বড় গরীব। কেউ আমাকে রাখো না কোনও কাজে। আমার বাবা এক বস্তা ধান একা মাথায় তুলে দুক্রোশ পথ বয়ে নিয়ে যেতে পারতো। সেই বাপের ছেলে আমি। খুব খাটতে পারি। আগে যেখানে কাজ করেছি আমার পরিশ্রম দেখে ধন্য ধন্য করেছে। নেবে আমাকে কেউ?

কে নেবে! কেন নেবে? সময় বড় সংক্রামক বড় সন্দেহজনক। কেউ কাউকে বিশ্বাস করতে পারে না। কে জানে যদি সুযোগ পেলে সবকিছু ফাঁকা করে পালিয়ে যায় ! যারা সৎ যারা সাবধানী তারা অচেনা অজানা লোক বিষয়ে বড় ভিত। জানতে চায়, কে তোমাকে চেনে! কে গ্যারান্টি নেবে তোমার সততার।

নেই! তেমন কেউ জীবনের জন্য সারা পৃথিবীতে নেই! কেউ বলবে না একে আমি পরিপূর্ণভাবে চিনি, কেবল চিনি না, এর সততা সম্বন্ধে একশো ভাগ নিঃসন্দেহ।

তাই সৎ সাবধান ভীত লোকেরা এখন উটকো লোককে কাজে রাখবে না। তবু হাল ছাড়তে পারে না জীবন। হতাশ হয়ে মাথায় হাত দিয়ে বিদেশের পথে বসে পড়ায় সমস্যার কোন সমাধান হবে না। যেটুকু বোঝে সে। তাই স্রেফ আশা আঁকড়ে আবার সামনে এগোয়।

সূর্য ঠিক মাথার উপর। সূর্যের শরীর থেকে আগুন গলতে গলতে নীচে নামছে। সে আগুনে জীবনের সারা দেহ জ্বলে যাচ্ছে। আগুন তো জীবনের পেটেও। নাড়ি ভুঁড়িগুলো যেন আগুনে পোড়া অজগরের মত মোচড়াচ্ছে। দেহটা দুপায়ের উপর দাঁড়িয়ে থাকতে পারছে না। যেন এখনই গোড়াকাটা গাছের মত লুটিয়ে পড়বে। সেই শরীরটাকে শামুকের খোলের মত টেনে এনে দাঁড় করায় ভাঙ্গাচোরা একটা দোকানের সামনে। এটা এক বিহারীর চা দোকান।

এখানে চা হয় বটে তবে তার আসল ব্যবসা দুধের। জাতে যাদব। লোকটা

অঞ্চলের বিভিন্ন দোকান দিয়ে অবশিষ্ট যা থাকে তা দিয়ে দই পাতে। দইয়ে লস্যি হয়। এই দোকানে বলা মাত্র কাজ পেয়ে যায় জীবন। হ্যা হ্যা কামমে তো আদমি চাহিয়ে।

লোকটার উৎসাহ দেখে জীবন বলে— মাইনা দিবেন?

জরুর জরুর কিউ নেহি দেগা!

কত দিবেন?

কিতনা লেগা?

না, আপনে কন কত দিবেন?

দোটাইম খানা এক টাইম নাস্তা আউর মহিনামে বিশ দেনে সে চলেগা?

চলেগা কি দৌড়েগা। মনে মনে ভাবে জীবন— কাজ যা হোক আর যেমনই হোক মাইনেটা মাসে মাসে পেলে আর কোন কথাই নেই। যদি কেউ তাকে ঠকাতে চায় এক মাসের বেশি ঠকাতে পারবে না তাহলে। আর কাউকে বিশ্বাস করতে মন চায় না। বিশ্বাস কথাটা যেন মরে পচে ফালতু হয়ে গেছে ওর অভিধানে। কুকুরতুল্য জীবন ওকে শিক্ষা দিয়েছে মানুষের সমাজে তার মত মানুষের জন্য কোন সমবেদনা সহানুভূতি দায় দরদ আর অবশিষ্ট নেই। সে এই সময় সমাজের কাছে অবাঞ্ছিত অনভিপ্রেত এক জীব। তাকে যে যতটুকু পারবে সুযোগ পেলে ঠকাতেই থাকবে। তাই এখন সময়টা একটু অনুকূল বিবেচনায় সে নিজের দুর্বলতা গোপন রেখে শর্ত চাপায়— মাইনা কিন্তু মাসে নিমু।

দরাজ গলায় গ্রাম দেশের গরীব যাত্রা দলের শকুনি মামার মত চেহারার রোগা ছুঁচলো কাচা পাকা মোটা গোঁফের মালিক লুঙ্গি ফতুয়াপরা বিহারী দোকানদার বলে, লে লেনা মাহিনা মাইনামে। ইসমে মেরাহি আচ্ছা হ্যায়। জাদা বোঝ নেহী পড়ে গা।

কাজ শুরু করল জীবন। কাজ বলতে দুধের ড্রাম মাথায় করে লোকটার পেছন পেছন হাঁটা। আড়াই মন ধানের বস্তা বওয়া বাপের ছেলে কুড়ি কিলো ওজনে ঘায়েল হয় না। কিন্তু ঘায়েল হয়ে যায় দুপুরে রাতে খেতে বসে। গোয়ালা লোকটার দেশে বউ মেয়ে সব আছে। এখানে সে থাকে তার দুই ছেলেকে নিয়ে। ছেলে দুটো মোষ চড়াতে মোষ দুইতেই ওস্তাদ নয়, লাঠি চালানো কুস্তি এসবেও সমান দক্ষ। সারা শরাবভাট্টি অঞ্চলে তাদের সমকক্ষ পালয়ান আর একজনও নেই। রোজ সকালে তারা নিয়ম করে বুক ডন বৈঠক মারে। আর বিকালে যায় কুস্তির আখড়ায়। ধোবিপাট খেয়ে আর ধোবিপাট দিয়ে তারা যখন ঘরে ফিরে খেতে বসে প্রায় দিনই ভুলে যায় যে খাবার লোক একজন বেড়ে গেছে। যার জন্য কিছু ফেলে রাখার দরকার আছে। বিহারীরা বাঙ্গালীদের মত ভাতের ভক্ত নয়, ছাতু রুটি তাদের প্রধান খাদ্য। কিন্তু জীবনের ভাতের জন্য বড় প্রাণ আনচান করে। সে কষ্ট যদি বা ভোলা যায়, না খাওয়ার কষ্ট ভোলে কি করে। বিশেষতঃ যখন দু'টাইম খেতে দেবার কড়ারে তাকে দিয়ে শহরময় বোঝা বওয়ানো হয়। আরও একটা কারণে সে বড় কাতর হয় সেটা কামাক্ষ্যা দেবীর মন্দির দর্শন করে ফেরত আসা তীর্থযাত্রীদের কথোপকথনে। কোথায় জাদু মন্তর বাপ! কোনকালে তা থাকলেও থাকতে পারে। এখন ওসব আর কিছু

নেই টেই। কেন নেই, তার আবার নানা রকম ব্যাখ্যা। একজন বিশ্বাসী বলে যে তা নাকি মানুষের লোভে আর পাপে নষ্ট হয়ে গেছে। মায়ের দান, তাকে যত্ন করে আগলে রাখতে হয়। জগতের মঙ্গলের তরে ব্যয় করতে হয়। মানুষ তো তা করে না। কামাক্ষা থেকে মন্ত্রশক্তি পেয়ে তা দিয়ে যদি লোকের হানি করা হয় তবে তা মা কেমন করে সয়? যত তান্ত্রিক গুণীন ওঝা সব তো মন্ত্রর অপব্যবহার করে বেড়ায়। বাণ মারা, গর্ভনাশ দুষ্টু লোককে মামলায় জিতিয়ে দেওয়া, বশীকরণ, এই সব করার জন্য মন্ত্রশক্তি আর নেই।

একটু একটু করে জীবনের কিশোর চৈতন্য বাস্তবতার কঠোর আঘাতে অলীক উড়ান থেকে যথার্থতার ধরা তলে নেমে আসে। চারদিক তাকায়। স্টেশন থেকে এই শরাবভাট্টির চৌমাথা পর্যন্ত। চারপাশে অসংখ্য অনাহার অভাবজনিত নত ন্যুব্জ মানুষ। তথাকথিত জাদুর দেশে বাস করেও যাদের আজো সেই জাদুকাঠির সন্ধান জানা হয় নি, যা জানলে জীবন সুন্দর হয়, সম্পন্ন হয়। পেট পিঠের সাথে সেটে যাওয়া, বুকের হাড় দাঁত বের করে ভেঁচি কাটা সেই সব মানুষের স্বপ্নহারা দুচোখ জুড়ে শুধু অনিশ্চিত ভবিষ্যতের কালো ছায়ার নাচন। মিথ্যা, ডাহা মিথ্যা কথা বলেছে রাজা। কোথায় এখানে পথে পথে পড়ে থাকা সেই তামার টুকরো যাকে পয়সা বলে। যা দিয়ে পেটের ভাত পরনের ন্যাতা পাওয়া যায়? নেই, এখানেও ওসব নেই। নেই বলেই এখানেও মানুষ অভাবে আছে, অনাহারে আছে।

তবে আর আসামে থেকে কি হবে। চিনির বলদ যেমন সারা জন্ম চিনির বোঝা বয় কিন্তু এক দানা চিনি খেতে পায় না। বড় দুধের ড্রাম মাথায় করে বওয়া জীবন জানে না দুধের স্বাদ কেমন। যে মানুষ কিলো কিলো দুধের জোগানদার সে নিজেই এক ফোঁটা দুধ মুখে তোলে না, আর জীবন তো সাধারণ এক চাকর মাত্র, কেন তার পিছনে হিসেবি মালিক অপচয় করবে সেই দ্রব্য যা দামে বিক্রি হবে।

মানুষের সমাজে এক বিচিত্র নিয়ম আছে। যে ময়রা মন মন মিষ্টান্ন তৈয়ারী করে সে মিষ্টি খায় না। খেতে পারে না। সে ছোটে তেল মশলা ঝাল কোন খাবারের দিকে। যে দোকানদার তেলেভাজা ভাজে সে বড় আয়েশ করে মুড়কি বাদাম ছাপা খায়, তেলেভাজা মুখে তুলতে রাজী হয় না। তুললেও সে তৃপ্তি পায় না। কে জানে সেই নিয়মে কিনা কে জানে এই দুধওলা কোনদিন দুধ খায় না, না সে সন্ধ্যে হলে ছোটে দেশী মদের দোকানে। আর মদ খেয়ে একটু নেশা হয়ে গেলে সে কবে কোনকালে একবার কলকাতা গিয়ে কিছু কাল ছিলো তখন বাঙ্গালীরা তার সাথে কি দুর্ব্যবহার করেছে সেই কথা তার মনে পড়ে যায়। আর তখন অকারণেই জীবনকে স্রেফ বাঙ্গালী হওয়ার অপরাধে যাচ্ছেতাই গালাগালি দেয়। বাঙ্গালী নামে জাতটার যে এত দোষ তা আগে জীবন জানতো না। এই জাতটার মেয়েদের সতীত্ব বলে কোন জিনিস নেই। তাগড়া পুরুষ পেলেই নাকি তার কাছে শুয়ে পড়ে। খাদ্যাখাদ্য বিষয়ে কোন বাছ বিচার নেই। মাছ তা সে যে কয়মাসের পচা হোক, খেয়ে নেয়। এমনিতে দুর্বল, কিন্তু ঝগড়া কোন্দল পেলে নাওয়া খাওয়া ভুলে তাতে মেতে থাকে। আর মিথ্যা ছাড়া সত্যি কোনদিন বলে না। যার খায় তার দাম দেয় না। এমন যে দুধের দাম পর্যন্ত

মেরে দেয়। প্রায় রোজই এত বাঙ্গালী নিন্দা শুনতে শুনতে কান যেন ঝালাপালা হয়ে যায় জীবনের।

অন্য কেউ হলে হয়ত কবে পালিয়ে যেতো। কিন্তু জীবন পালাই পালাই মন নিয়েও পাঁচ মাস টিকে যায়। কারণ একটাই, লোকটা মাসের দশবারো তারিখ হলেই জীবনকে তার মাস মাইনের টাকা ধরিয়ে দিতো। যক্ষের ধনের মত জীবন তার সেই কষ্টার্জিত টাকা শোবার বালিশের মধ্যে লুকিয়ে রাখতো। মা বাবার কাছে পোষ্টাপিস মারফত টাকা পাঠাবার কায়দা তখন তার জানা ছিলো না। ভয় করতো টাকাটা হয়তো পৌঁছাবেনা ঠিকানা পর্যন্ত। পথেই মার পড়ে যাবে। তাই ভাবনায় ছিলো আর সামান্য কিছু জমে গেলে নিয়ে বাসায় গিয়ে মায়ের হাতে দিয়ে আসবে।

কিন্তু শেষ পর্যন্ত তা আর হল না। যত সাবধানে যত গোপনে টাকাটা সে লুকিয়ে রাখুক তা আসলে গোপন ছিলো না। যাদের সঙ্গে তার সারাদিন কাটে তারা জানত। কিছু টাকা জীবন এটা সেটা কিনে, খেয়ে খরচ করে ফেলেছিলো। রাখা ছিল নীল রঙের একটা একশো টাকার নোট। এক সকালে দুধ বওয়ার কাজ শেষ করে দোকানে ফিরে এসে দেখে বালিশের মধ্যে থেকে উধাও হয়ে গেছে। তখন দোকানে ছিল দোকানদারের ছোট ছেলে। এত কষ্টের ধন চুরি চলে যাওয়ায় জীবনের মাথার আর ঠিক ছিলো না। সে সরাসরি ছোট ছেলের দিকে আঙুল তুললো— তুমি নেছো। আর কেউ না তুমি। যাওনের আগে আমি দেইখ্যা গেছি, হেয়ার পর ঘরে আর কেউ ছেলে না। আমার টাকা ফেরত দাও।

চুরি ততটা লজ্জার নয়, যতটা চোর বদনামে। মাথা গরম হয়ে গেল আখড়ায় কুস্তি লড়া ছোট পহেলবানের। "শালে হামারা খাতা হ্যায় হামারা পিতা হ্যায় আউর হামিকো চোর বোলতা হ্যায়।" জীবনকে সে শূন্যে তুলে ছুড়ে ফেলে দিল রাস্তায়— যা শালা কুত্তা, ভাগ, নেই তো মারকে তবিয়ত বিগাড় দেগা। ভেবেছিলো জীবন আশেপাশের মানুষ বিশেষ করে দু'পাঁচজন বাঙ্গালী যারা আছে তারা ওর পাশে এসে দাঁড়াবে। কেউ অন্তত বলবে এটা অন্যায়। গরীব বেচারার টাকাটা দিয়ে দাও। কিন্তু তেমনটা ঘটল না। দূরে দাঁড়িয়ে অনেকে জীবনের কান্না দেখে মজা করল। কেউ কষ্টও পেতে পারে তবে সামনে এগিয়ে এসে প্রতিবাদ করলো না। আবার আর একবার পাঁচ ছয় মাসের নিস্ফল প্রচেষ্টার পর কপর্দক শূন্য অবস্থায় পথে পড়ল জীবন।

বেলা প্রায় তিনটে বাজে। পথঘাট একেবারে ফাঁকা। এমনিতে এ অঞ্চলের জনবসতি তত ঘিঞ্জি নয়। শহর কোলকাতার ভিড় দেখা চোখ এখানকার ভিড়ে শিশু। ভগ্ন মন একরাশ শূন্যতা নিয়ে ধীরে ধীরে হেঁটে স্টেশনে আসে জীবন। কোথায় যাবে কি করবে কিছুই বুঝে উঠতে পারে না। এমন একটা মানুষের মুখ চোখে পড়ে না যার কাছে গিয়ে কেঁদে পড়া যায়। বলা যায় নিজের দুঃখের সাতকাহন। আশা করা যায় যে এমন একটা কাজ কথা উপদেশ দেবে যাতে জীবনের এই হালভাঙ্গা পাল ছেঁড়া নৌকো কিনারা ছোঁয়, একটু মাটি পায়। সে মাটিতে শিকড় চাড়িয়ে বেঁচে থাকতে পারে ছোট একটা গাছ।

পৃথিবীর কাছে জীবনের আর কোন আশা নেই, দাবি নেই শুধু দুবেলা

দুমুঠো অন্ন এক টুকরো মোটা কাপড় মাথার উপর একটু ছাউনি সেটুকুই যে কৃপণ পৃথিবীর কাছে অনেক বড় দান। কিছুতেই সে মুঠি আলগা করতে রাজী নয়। বাবা বলতো ক্ষুধা দিয়েছেন যিনি আহার জোগাবেন তিনি। কাঠের মধ্যে ঘুণ পোকা থাকে ঈশ্বর তাকেও অভুক্ত রাখেন না। তাকে বলে ছিলো তার বাবা। তোতা রটনের মত গরীব দাস দুঃখ কষ্ট অভাব অনটনের সাগরে হাবুডুবু খেতে খেতে বিনা ওষুধে পেটের ব্যাথায় কাটা ছাগলের মত ছটফট করতে করতে অনাহারে মরে যাওয়া শিশু কন্যার মৃতদেহের সামনে বসে চোখের জল ফেলতে ফেলতে, নির্বস্ত্র স্ত্রীর লজ্জা নিবারণের জন্য এক টুকরো ন্যাকড়া জোগাড় করবার অক্ষমতায় হাহুতাশ করতে করতে কোন বিশ্বাসে নিজের ছেলের কাছে এসব বলে ছিলো তা এক জব্বর ধাঁধাঁ। যে ধাঁধাঁর অর্থ আজো জানে না। কোথায় সেই মঙ্গলময়ের মঙ্গল বাসনা কিছুতেই বুঝে উঠতে পারে না। সে কোনদিন কারো কাছে বলতে পারবে না ঈশ্বর যা করেন মঙ্গলের জন্যই করে থাকেন।

কিছুক্ষণ গৌহাটি স্টেশনে বসে কিছু সময় কাটিয়ে শেষে যে ট্রেনটা তখন ছাড়ছে সেটায় উঠে বসে। কেন উঠে বসে কোথায় যাবে কেন যাবে তার উত্তর জীবনের কাছে নেই।

এ ট্রেনে অসম্ভব ভিড়। কামরার মধ্যে গাদাগাদি মেরে গেছে যাত্রীতে। এত ভিড় ট্রেনে চেকার ওঠে না। কত ধাক্কা সহ্য করবে! এক দিন দু'দিন তো নয় রোজকার কর্ম। জীবন কোথাও বসার জায়গা পায় না। দরজার সামনে অনেকের সাথে ভিড় করে দাড়িয়ে থাকে। যারা দাড়িয়ে আছে তাদের পোষাক আষাক দেখে বোঝা যায় এরা মজুর শ্রেণীর লোক। কোথায় যেন কাজে চলেছে। হায় হতভাগা। জীবন যে আসামে এসেছিলো এক বুক আশা নিয়ে সেই আসাম থেকে একদল মানুষ চলেছে আলিপুরদুয়ার নামে এক জায়গায় কাজের সন্ধানে।

এক সময় জীবন একটু বসার জায়গা পায়। সেখানেই হাঁটু মুড়ে বসে পড়ে সে। দু তিন ঘণ্টা ট্রেন চলার পর ভিড় একটু কমলে শুয়েও পড়তে পারে। ধীরে ধীরে ঘুম এসে যায় তার। ভোর চারটের ট্রেন এসে থামে শিলিগুড়ি। কি ভেবে কে জানে সেখানে নেমে পড়ে জীবন। অনেকগুলো মাস এখানে কেটেছে। সেই প্রাণের টানেই কি? কিন্তু তা বা কি করে হয়। শিলিগুড়ি তাকে যা দিয়েছে সে তো বিশ্বাসঘাতকতা। আস্থা হনন। তবু এখানে নামে। জীবনের বহু অকারণ অবিবেচক সিদ্ধান্তের এটা আর একটা।

রাত শেষ হতে খুব বেশি বাকি ছিল না। সব রাতের শেষ আছে। এটা প্রকৃতির নিজস্ব নিয়ম। শুধু সেই রাত সেই অন্ধকার শেষ হয় না যা মানুষ নিজের প্রয়োজনে সৃষ্টি করে, পরিপুষ্ট করে। সব অন্ধকার মানুষ বুকের মধ্যে লালন করে। নিজের সৃষ্টি করা লালন করা অন্ধকারে বাস করতে করতে সেই মানুষই নিজে একদিন কালো কুৎসিত প্রেতাত্মার মত অবয়ব শূন্য আদর্শ শূন্য এমন এক প্রানী হয়ে যায় যার আরাধ্য উপাস্য পুজ্য শুধু অন্ধকার অন্ধকার অন্ধকার। সেই অন্ধকারের জঠর থেকে জন্ম নেয় আরো অন্ধকার। যা অনন্ত অসীম ..... ।

প্রকৃতির অন্ধকার এখন একটা পাতলা চাদরের মত বিছানো রয়েছে দিগন্ত জুড়ে। সে চাদর সরিয়ে পুবাকাশে দেখা দিচ্ছে হালকা একটা বেগুনি রেখা। গাছ গাছালির ডালে ডালে খড় কুটোর বাসায় আড়মোড়া ভাঙছে পাখ পাখালির ঝাঁক। কিচির মিচির শোনা যাচ্ছে তাদের গলায়। কত সুখী ওরা! ছোট্ট দুটো ডানা আছে। সেই ক্ষুদ্র কিন্তু স্বাধীন ডানায় সারা আকাশ দখল করে নেয়। যতদিন জীবজন্তু পাখিদের জীবনের দিকে লোভী মানুষের কালো হাতের ছায়া না পড়ে ওরা বড় সুখী থাকে।

জীবন আনমনে রেল লাইন ধরে হাঁটে। কেন হাঁটছে, চঞ্চল পা কিসের সন্ধানে ব্যাকুল তা সে জানে? স্টেশনের আলোকিত অঞ্চলের বাইরে যে বিশাল অঞ্চল তার চোখে এখনও ভোরের ঘুমের আঠা লেগে আছে। রাতের অন্ধকার যত ফিকে হয়ে যাচ্ছে তত ফুটে উঠছে হালকা ধোঁয়ার মত সামান্য কুয়াশা। যা দুরের গাছপালা, পাহাড়ের গায়ে লেগে আছে। কি ভেবে যেন কিছুক্ষণ জনহীন সেই মাঠের মাঝে দাঁড়িয়ে থাকে জীবন। নিজেকে এখন তার জঙ্গলে পথ হারিয়ে ফেলা সেই রাখাল বালকের মত মনে হয়। যার সামনে কোন পথের নিশানা নেই। মনে হয় চোরাবালিতে পা বসে যাওয়া সেই হরিণ শাবকের মত যে একটু একটু করে ডুবে যাচ্ছে। বুঝতেও পারছে এরপর কি ঘটতে যাচ্ছে কিন্তু পরিত্রাণের কোন পথ নেই।

বেলা তখন মাটি ছেড়ে এক হাত উপরে উঠেছে। সকাল বেলার সেই সোনালি রঙ ঝেড়ে ফেলে রোদ এখন রক্তচক্ষু উবর খাবর মাটি মাঠ পাথর টিলা পাহাড় গাছপালার ফাঁক থেকে তার তিরের ফলার মত দৃষ্টি বিদ্ধ করছে জীবনের চারপাশ। সেই সময় দেখতে পায় জীবন তার সামনের রেল লাইনের উপর এসে দাঁড়ায় ট্রেনের চেয়ে ছোট ট্রামের চেয়ে বড় তিন চার বগির একখানা অদ্ভুত যান। ইঞ্জিনটাও সেই রকম ছোট। কিছু পরে দেখে জীবন সেই যানখানা যার নাম ন্যারো গেজ তাতে এসে চড়তে থাকে একদল সুবেশ সুন্দর বড় বড় মানুষ। লোকের কথপোকথন থেকে শুনে নেয় সে এই যানখানা যাবে দার্জিলিং।

সকালবেলার ঝকঝকে রোদে এখান থেকে পাহাড়ের মাথায় আকাশ ছুঁয়ে দাঁড়িয়ে থাকা সেই শহরের দেশলাই বাক্সের মত দালান কোঠা ঘর বাড়িগুলো দেখা যাচ্ছে। যেন এক সবুজ নিথর সমুদ্রের মধ্যে নোঙ্গর ফেলা ছোট ছোট খেলনা রাংতার নৌকা। যা রোদের আলোয় ঝিকমিক ঝিকমিক করছে।

সকাল দেখলে বোঝা যায় দিনটা কেমন যাবে। এটা পুরাতন প্রবাদ। জীবনও তা জানে। আজকের দিনটাও যে তার জন্য কোন শুভবার্তা নিয়ে আসে নি, তার আভাস পাওয়া হয়ে গেছে। সেই এক বুক নিরাশা বঞ্চনা এক পেট খিদে নিয়ে রাস্তায় রাস্তায় ঘোরা। এর যখন কোন ব্যাত্যয় নেই তখন ঘুরতে ঘুরতে দার্জিলিং চলে গেলে ক্ষতি কি! কে যেন দার্জিলিংকে অলকাপুরী বলেছে। অলকাপুরী মানে ধনদেবতা কুবেরের পুরী। সে রাস্তায় ছাইয়ের ট্রাক বালি চালের ট্রাক যায় উড়ে ঝরে একটু আধটু রাস্তায় পড়ে। ক্ষুদ্র মানুষ জীবন তার চাহিদাও ক্ষুদ্র। কুবেরের নগর থেকে কুড়িয়ে খুঁটে কিছু কি এমন পেতে পারে না যে সেই ছোট্ট চাহিদাটুকু মিটে যায়? সেটা পরখ করতে হলে সেই নগরে

না গিয়ে উপায় নেই।

যাবে জীবন। ভালো কিছু হবার আশা যখন নেই সব চেয়ে খারাপ যা হতে পারে তা যখন জানা, শিলিগুড়িতে পচে মরার চেয়ে দার্জিলিং গিয়ে মরায় কি এমন ক্ষতি! তাতে অন্তত মরার আগে মনে সান্ত্বনা থাকবে, আঙ্গুর ফল, টক জেনেও লাফালাফি করেছিলাম, নিশ্চেষ্ট হয়ে থাকিনি।

সামনে ইঞ্জিন, তার পরের কামরা মালপত্রের তার পরের ফার্স্টক্লাস তার পিছনে সেকেন্ড ক্লাস এবং সবার পিছনে গার্ড সাহেবের কামরা। ছোট্ট ট্রেন এবং লোক জনের ভিড়ও খুব কম। যারা শিলিগুড়ি থেকে দার্জিলিং যায় বেশির ভাগ লোক ট্রেনের চেয়ে জিপ বেশি পছন্দ করে। বিশেষ করে জিপের সামনের সিট। পিছন থেকে তার ভাড়াও কিছু বেশি। জিপ, ট্রেনের চেয়ে সময় নেয় কম আর দেয় নিসর্গকে ছুঁয়ে ছুঁয়ে যাবার রোমাঞ্চ। কিন্তু জিপে বিনা ভাড়ায় যাওয়া যাবে না। ট্রেনে তা যায়। শুধু যে তিন চারজন চেকার ট্রেন ঘিরে দাঁড়িয়ে আছে ওদের চোখ এড়িয়ে কামরায় চড়তে পারলেই হল।

জীবনের কাছে কোন পয়সা কড়ি নেই। কিন্তু ট্রেনে তো চাপতেই হবে। সে ইঞ্জিনের সামনের দিকে কিছুটা এগিয়ে অপেক্ষা করতে থাকে কখন ট্রেন ছাড়বে। এই ট্রেন ধীরে ধীরে চলে। চলন্ত ট্রেনে ওর পক্ষে উঠে পড়া খুব কঠিন কাজ নয়। চেকার পিছনে ফেলে ট্রেন সামান্য সামনে এগিয়ে এলে সেই কাজটা সম্পন্ন করবে। সেটা করতে পারলেই দার্জিলিং যাত্রার প্রথম ধাপ পার হওয়া যাবে।

ট্রেনটা যেখানে দাঁড়িয়ে আছে সেখানে কোন প্ল্যাটফর্ম নেই। চারদিক খোলা মাঠ। মাথার উপর সুনীল আকাশ। আকাশে ডানা মেলা এক ঝাঁক পরিযায়ী পাখি। হিমালয় পার হয়ে কোথায় কোন দূর দেশ থেকে ওরা উড়ে আসছে। তিন চার মাস এখানে কাটিয়ে ফেব্রুয়ারির দিকে ওরা আবার ফিরে যাবে। এটা অক্টোবর, আর কয়েক দিন বাদে হিন্দু ধর্মের শাস্ত্রমতে দেবী দুর্গা এই হিমালয় থেকে পুত্র কন্যাসহ সমতলে পূজা নিতে আসবে। এখনই বাতাসে খুব সামান্য শীত শীত ভাব। যেন সেই ভাবের সাথে মিশে আছে পুজো পুজো গন্ধ। তাতে অবশ্য জীবনের কিছু যায় আসে না। ওর তো পেট বোঝাই আগুন, দহন। সে আগুনে দহনে সব উৎসব ছাই হয়ে গিয়ে যা পড়ে আছে তার রূপ বড়ই কদাকার। সেখানে কোন প্রফুল্লতা স্থায়ী হয় না।

এতক্ষণ ইঞ্জিন থেকে গর্ভবতী রমণীর মতো আলস্যময় একটা মন্থর ধোঁয়া চিমনি বেয়ে আকাশের দিকে উঠছিলো। এবার তার আলস্য কেটে গেল। বয়লারে কয়লা মারার ফলে ভলকে ভলকে সাদা ধোঁয়া উঠে আকাশ ঢেকে দিলো। দুবার কু কু করে সিটি বাজালো। বোঝা গেল দৌড় শুরু করার জন্য সে প্রস্তুত হয়েছে।

জীবনও প্রস্তুত। স্টার্ট হলো ইঞ্জিন। শোঁ শোঁ ছ্যাঁক ছ্যাঁক করে সে তার চাকা গড়ানো লিভারের উপর বাষ্পের চাপ দিয়ে শুরু করল সামনের দিকে যাত্রা। এক দুই তিন চার। চার পাক চাকা ঘোরার পর কালো কোটপরা চার চেকার পিছন ফিরলো। ওরা স্টেশনের কেবিনে যাবে। আর অপেক্ষার দরকার নেই। জীবন ছুটল ট্রেনের দিকে। ট্রেন তখন একটু বেগবান হয়ে গেছে। সে

তুলনায় জীবনের শরীর একটু বেসামাল পা একটু নড়বড়ে, হাত শক্তিহীন। তবু কোনমতে ধরে ফেলল দরজার হাতল। যাত্রীরা ওর রকমসকম দেখে আঁতকে উঠল। বিপদাশঙ্কায় কেঁপে চোখ বন্ধ করল কেউ কেউ। গেল গেল বুঝি। কিন্তু গেল না। না প্রাণ না হাত পা। সে উঠে পড়ল সাধারণ কামরায়। দাঁড়িয়ে পড়ল দরজার সামনে। দু একজন যাত্রী যাদের আশঙ্কা হচ্ছিলো কোন দুর্ঘটনা ঘটলে ট্রেন থেমে যাবে, যাত্রায় বিঘ্ন ঘটবে তারা ওকে দু চারটে সাধারণ খিঁচুনি দেবার পর মনোনিবেশ করল প্রকৃতির দৃশ্যপট দেখার দিকে।

শিলিগুড়ি থেকে ট্রেন ছেড়ে প্রথমে যে স্টেশনে এসে থামল তার নাম সুকনা। এখান থেকেই ট্রেন পাহাড়ে চড়া শুরু করল। পাহাড়ের গায়ে নানা ধরণের গাছের ঘনগভীর জঙ্গল। তবে সে সব একটু দূরে দূরে। এই সময় থেকে একটু শীত শীত করতে শুরু করল জীবনের। ট্রেনের যাত্রীদের দেখা গেল গায়ে শাল সোয়েটার কোট চাপাচ্ছে। জীবনের কাছে গামছা গেঞ্জি ছাড়া আর কিছু নেই। সেগুলোই সে গায়ে জড়িয়ে নেয়।

২৩

না দেখা অলকাপুরী

এরপর ট্রেন যত সামনে এগোয় শীত তত বেড়ে চলে। কিন্তু শীতের কামড়ে জীবন ততটা কাতর হয় না। সে অবাক হয়ে প্রকৃতির অনুপম সৃষ্টি ছোট বড় মাঝারি পর্বতশ্রেণীর শৈলচূড়া দেখতে থাকে। যেন কেউ একখানা ঢেউ খেলানো বিশাল সবুজ চাদর দিয়ে ঢেকে রেখেছে সব কিছু। সে চাদরের উপর নানা রকম ফুলের কেয়ারি করা। দূরে দেখা যাচ্ছে একপাল ভেড়া চড়ছে। সবুজের উপর ঘিয়ে রঙের জীবগুলো ফুটে আছে আর এক সৌন্দর্য হয়ে।

পাহাড়ি রাস্তায় ট্রেন সোজা চলতে পারে না। পাহাড়ের গায়ে পাক খেয়ে খেয়ে তাকে উপরে উঠতে হয়। কত কঠিন পরিশ্রমে বিশ্বকর্মার বরপুত্ররা এ পথের নির্মাণ করেছে ভেবে অবাক হয় জীবন। চেষ্টা করলে মানুষ কত কি না করতে পারে। যারা পাহাড় ফাটিয়ে ছেনি হাতুড়ি চালিয়ে মাথার ঘাম পায়ে ফেলে এমন অনবদ্য শিল্প সৃষ্টি করেছে কে তাদের কথা জানে? কে জানে তারাও সব একদিন এক বস্তা ধান মাথায় একা তোলা গরীব দাসের দশা প্রাপ্ত হয়েছে কিনা!

অতিকায় এক কেন্নোর মত টিকিস টিকিস করে ট্রেনখানা যে পাহাড়ের গা বেয়ে পেঁচিয়ে পেঁচিয়ে উপরে উঠছে তার একদিকে গভীর খাদ। সেদিকে একবার ট্রেন হেলে গেলে গড়িয়ে কোথায় গিয়ে পড়বে তা কে জানে ! অন্য দিকে পাহাড় দাঁড়িয়ে আছে। একেবারে ট্রেনের প্রায় গা ঘেঁসে। সেই পাহাড়ের গায়ে ফুটে আছে লাল সাদা হলুদ নীল নানারঙের অজস্র জংলা ফুল যা দেখে মনে হয় কেউ যেন সে সব সুন্দর ভাবে লাগিয়ে রেখে গেছে। কোন এক স্টেশন থেকে যেন পাঁচ ছয়জন জীবনের বয়সী নেপালী ছেলে উঠেছে ট্রেনে, ভিড় করে আছে দরজার কাছে। প্রাণ চাঞ্চল্যে ভরপুর সেসব তরুণরা হাত বাড়িয়ে গাছ থেকে ফুল ছিড়ে নিচ্ছে। তারপর পথচলা কোন তরুণী যুবতী দেখলে ছুঁড়ে দিচ্ছে তার দিকে। যাদের দিকে ছুঁড়ছে তারাও সব হাত নেড়ে হেসে ছুঁড়ে দিচ্ছে ভালবাসার প্রত্যুত্তর। যে একটু বেশী সাহসী সে ছুড়ছে উড়ন্ত

চুম্বন।

যে পথে রেল চলেছে তারই সাথে সাথে পাশে পাশে কখনো বা শঙ্খ লাগা সাপের মত জড়িয়ে পেচিয়ে চলেছে একটা পিচ ঢালা পথ। যে পথে যাত্রী নিয়ে আসা যাওয়া করছে প্রচুর জিপ গাড়ি। খুসির জোয়ারে গা ভাসিয়ে জিপের আরোহীরাও মেতে উঠেছে সীমীত উচ্ছৃঙ্খলতায়। স্থান কালের কারণে বিসদৃশ লাগছে না কারোরই। ট্রেনের প্রায় সব যাত্রীই আনন্দে হাসছে হা হা করে। মনে হয় সারা পৃথিবীতে একমাত্র হাসি এবং কান্নার যে ভাষা তা বিনা অনুবাদে সবাই বুঝে নিতে সক্ষম। জন থেকে জনে জনে সংক্রামিত হয়ে যাচ্ছে সেই হাসি খুশি আনন্দ আহ্লাদের মলয় মদিরতা। এই আনন্দে মূর্ত্তিমান নিরানন্দ একমাত্র জীবন নামের এক না কিশোর না যুবক না জীবিত না মৃত মানুষ। সে তার ছোট্ট গামছায় শরীর ঢেকে শীত বাতাসের ছোবল খেয়ে এক পাশে সরে থেকে সুখী মানুষ দেখে আর দীর্ঘশ্বাস ছাড়ে।

ট্রেন চলছে আর চলছে। কখনো ইঞ্জিন সামনে টানে কখনো পিছনের দিকে ঠেলে পাহাড়ে চড়ছে। কখনো দেখা যায় রেল লাইন মাথার উপরে কখনো সোজা পায়ের নীচে। এই ঘুরপাক খাওয়া পথের নাম লুপ। সুকনা থেকে দার্জিলিং পর্যন্ত নাকি আঠারোটা লুপ আছে। দুরন্ত দামাল নেপালী ছেলেগুলোর এই পথের বাঁক মোচড় সব নখদর্পণে। ওরা এক একটা বাঁকে সেই চলন্ত ট্রেন থেকে জিপ চলা পথের ওপর নেমে পড়ে। প্রাকৃতিক প্রয়োজন সেরে চা জল খেয়ে গোছা খানেক ফুল ছিঁড়ে পাহাড়ি চড়াই বেয়ে হেটে এসে আর এক বাঁকে বসে থাকে, যেখানে মানুষ পৌঁছে যাবার বিশ মিনিট বাদে পৌঁছাচ্ছে ট্রেন। আবার ওরা ট্রেনে উঠে শুরু করে দেয় হুল্লোড়। যার নাম যৌবন জলতরঙ্গ। কয়েক ঘণ্টা ওরা এসব করার পর কোন এক স্টেশনে যেন নেমে যায়। কে একজন বলে এ স্টেশনের নাম ঘুম। সেখানে ট্রেনের ক্রশিং হল। যে ট্রেন দার্জিলিং থেকে শিলিগুড়ি যাচ্ছে ওরা সব সেই ট্রেনে গিয়ে উঠলো। এবার ওরা হুল্লোড় করতে করতে নীচে নামবে।

এখন মনে হয় বেলা একটা হবে। ইঞ্জিনে এখানে জল ভরা হল। যাত্রীদের সুযোগ দেওয়া হল দুপুরের খাওয়া দাওয়া সেরে নেবার। তারপর মন্থর পায়ে আবার রওনা দিল ট্রেন। এখন শীত আগের চেয়ে ঢের বেড়ে গেছে। জীবনের ছোট্ট গামছা গেঞ্জিতে সে শীত বাধা মানতে চাইছে না। এ ট্রেনে ওর মত উদোম যাত্রী আর কেউ নেই। সব প্যান্ট কোট টুপি মাফলার ঢাকা। কিছু যাত্রী এমন আছে দেখে বোঝা যায় তারা গরীব কেন না তাদের প্যান্টকোট মলিন ছেঁড়াফাটা । কিন্তু সে যেমনই হোক শীত তো মানছে। জীবনের তো তা নেই।

এরপর বেশ কয়েকঘণ্টা চলার পর অনেকগুলো স্টেশন পিছনে ফেলে ট্রেন পৌঁছালো কার্শিয়াং। তখন ঘড়ির কাঁটায় সময় মনে হয় পাঁচটা হবে। উঁচু একটা পাহাড়ের মাথায় জোরালো সার্চ লাইটের মত জ্বলছে বিদায়ী সূর্য। আর পনেরো কুড়ি মিনিটের মধ্যে সে পাহাড়ের আড়ালে চলে যাবে। সমতলের ঢের আগে এখানে দিবাবসান ঘটবে।

ট্রেনের অধিকাংশ যাত্রী এখানে নেমে গেছে। কামরায় আর সাত আট জন অবশিষ্ট মাত্র। সেই নিয়ে আবার চলা শুরু করল ট্রেন। জীবন এখন একটা

বসার জায়গা পেয়ে হাঁটু মুড়ে ছোট হয়ে বসে পড়ে। এখানে হাওয়া একটু কম তাই শীতও কম। কিছুক্ষণ উঁচু নিচু পর্বত শ্রেণীর মাথায় মাথায় যেখানে যেখানে লোকালয় আছে জ্বলে ওঠা আলোকমালা দেখতে পায়। পাহাড়ি স্তব্ধতার মধ্য দিয়ে ছুটে চলা ট্রেনখানাকে তখন মনে হয় যেন নক্ষত্র রাজ্যের মধ্যে দিয়ে এগিয়ে চলা কোন মহাকাশ যান। জীবন বসেছে ট্রেনের ডান দিকে। ওর ডান দিকে গভীর গিরি খাদ, মাথা উঁচু পাইন দেবদারুর বন। তার ও পাশে আকাশের গায়ে ঘুমন্ত পাহাড় পর্বত গিরি শৃঙ্গ।

এখন জীবনের এ সব দৃশ্যে মুগ্ধ হবার সময় নেই। সে ভাবছে আর কতক্ষণ পরে ট্রেন দার্জিলিং পৌঁছাবে। সেখানে এরপর কি ঘটবে। কি বিস্ময় বিপদ ঘটনা দুর্ঘটনা অপেক্ষা করে আছে তার জন্যে! এখনই শীত কামড়ে শরীর কাতর। রাত যত বাড়বে শীতও বাড়বে। কোথাও একটু মাথা গোঁজার গরম জায়গা না পেলে তখন কি হবে! এখন আবার মাঝে মাঝে বৃষ্টি হচ্ছে। এ সেই সমতলের আষাঢ়ের ধারা নয়। এ উড়ে চলা পরিব্রাজক মেঘ। যা উড়তে উড়তে কোথাও থেমে গিয়ে ঝর ঝর করে খানিকক্ষণ ঝরে যায়। তাই এই রোদ তো এই বৃষ্টি। পাহাড় জুড়ে এমন লুকোচুরি খেলা চলতেই থাকে। এই সময়টায়। জলের ছিটে গায়ে পড়লে মনে হয় যেন সূঁচের মত লোমকূপ থেকে চামড়া ভেদ করে হাড়ে গিয়ে বিঁধছে। এত ঠাণ্ডা। সরাসরি পর্বতের মাথায় জমে থাকা বরফ জল হয়ে নামছে বোধ হয়।

রাত তখন আটটা কি সাড়ে আটটা ঝিরি ঝিরি বরফ জলে ভিজতে ভিজতে ট্রেন এসে পৌঁছালো দার্জিলিং স্টেশনে। একেবারে সুনসান চারধার। এক গণ্ডা পৌষ মাঘ যেন ঝাঁপিয়ে পড়ে এখানকার সব তাপ উত্তাপ প্রাণের স্পন্দন ঠাণ্ডা করে দিচ্ছে। চারদিকে ছেয়ে আছে কেমন একটা গা ছমছমে অচেনা অন্ধকার। যে কয়জন যাত্রী ট্রেন থেকে নেমেছে সবাই কুলির পিঠে মালপত্র নিয়ে চলে যায় ভিজতে ভিজতে যে যার গন্তব্যে। কুলিরা এখানে মাথায় মাল বয় না, বয় দড়ির ঝোলায় পিঠে। জীবন ট্রেন থেকে নিচে চারপাশ দেখে বড় মুষড়ে পড়ে। কেমন যেন বুকের মধ্যে ছমছম করে ওঠে। মনে হয় তার কোথায় কি যেন একটা হিসেবে ভুল হয়ে গেছে।

বাঁকুড়ায় থাকতে একবার জীবন একা হাঁটতে হাঁটতে চলে গিয়েছিল বিষ্ণুপুর। লালবাঁধ ও রাণীবাঁধ নামে ওখানে দুটো বিশাল দিঘি আছে। প্রজাদের জল কষ্ট নিবারণের জন্য মল্লরাজারা এ দিঘির খনন করিয়েছিলেন। এখন পরিচর্যার অভাবে যার জল পানের অযোগ্য হয়ে গেছে। লালবাঁধের তীরে পৌঁছে দেখেছিলো জীবন দিঘির মাঝখানে প্রচুর শাপলা ফুল ফুটে আছে। শাপলা এমন এক জলজ উদ্ভিদ যা সেদ্ধ করে খেলে খিদে মেটে। খিদের কারণে আগপাছ বিচার না করেই সেই ভর দুপুরে দিঘির পাড়ে প্যান্ট খুলে রেখে নেমে পড়েছিল জলে। যদিও সে মংলাদের পাড়ায় গিয়ে মংলার সাথে একটা পুকুরে সাঁতার শিখেছে কিন্তু সে পুকুর লালবাঁধের কাছে একেবারে শিশু। সেদিন কোন বিশ্বাসে কোন সাহসে জনহীন মনুষ্যহীন লালবাঁধের জলে একা নেমে পড়েছিলো জীবন কে জানে। সাঁতরে মাঝখানে চলেও গিয়েছিলো। বেশ কিছু শাপলা তুলেও ফেলেছিলো। কিন্তু শাপলা নিয়ে ফেরবার সময় বুঝতে পারলো এভাবে

একা একা আসাটা একদম ঠিক হয় নি। যেভাবে হোক সে এসে তো পড়েছে কিন্তু ফেরার পথে জলজ উদ্ভিদেরা বিছিয়ে দিয়েছে অজস্র লতা পাতার বাধা। সাঁতার কাটতে গেলে যা পায়ে জড়িয়ে যাচ্ছে। কোনভাবে যদি একসাথে দুই পা লতায় পেঁচিয়ে যায় আর বাঁচার কোন উপায় থাকবে না। এমনিতে দিঘির গভীরতা খুব বেশী নয়। তবে তা কমও নয় যে একটা বাচ্চাকে ডুবিয়ে মারতে পারবে না। এমন কীর্তি লালবাঁধ আগে দু একটা করে নি তাও নয়। গত বছরই একটা রাখাল ছেলে পদ্মফুল তুলতে গিয়ে মরে ভেসে উঠেছিল। নীল হয়ে গিয়েছিলো দেহ তার। যে কারণে কারো কারো সন্দেহ সাপের কামড়ের। হ্যাঁ তাও আছে লালবাঁধে। যাদের পদ্মপাতার উপর কুণ্ডলি পাকিয়ে শুয়ে থাকতে কেউ কেউ দেখেছে।

যখন সাঁতার কাটতে কাটতে হাত পা খিল ধরে আসছিলো মনের মধ্যে মাথাচাড়া দিচ্ছিলো ডুবে মরার নিদারুণ ভয়, তখনই কার যেন গলা শুনে ছিলো, যে গলা বিপদ আপদের সময় বারবার শুনেছে— সাহস হারাস না জীবন। মরার ভয়ে যেন মরে বসিস না। আশেপাশে কেউ কোথাও নেই যে, কারও কোন সাহায্য পাবার আশা করো না। কেউ তোমাকে মাঠের মাঝখানে, দিঘির জলে বাঁচাতে আসবে না। বাঁচতে হলে নিজের চেষ্টায় বাঁচতে হবে। সেই চেষ্টা কর। কথায় বলে ডুবন্ত মানুষ হাতের কাছে খড়কুটো যা পায় আঁকড়ে ধরে। জীবনের সামনে খড়কুটো ছিলো না। থাকার মধ্যে ছিল এক আঁটি শাপলা। যা সে জীবন বিপন্ন করে তুলেছে। তখন সেই শাপলা ধরে জলের উপর শরীর ভাসিয়ে কিছুক্ষণ দম নেয় সে। তারপর আবার সাঁতরায় আবার দম নেয়। এভাবে সেই লতাগুল্মের জঙ্গল থেকে এক সময় পাড়ে এসে পৌছায়। সেদিন সে মনে মনে শপথ নিয়েছিলো এমন ভুল আর কোনদিন করবে না।

কিন্তু এখন মনে হচ্ছে সেই একই ভুল আর একবার হয়ে গেছে। অন্ধকার একদিক দিশা কুলহীন সমুদ্রের বরফ জলে পড়ে গেছে সে। এখানেও কেউ তার বন্ধু আপনজন বিপদতারণ নেই।

স্টেশনের উপর একজন লোক একটা কালো কম্বল জড়িয়ে সামনে একটা কয়লার উনুন নিয়ে বসে বসে আগুন সেঁকছে। তার কাছে গিয়ে জানতে চায় জীবন— এইখানে রাইতটা একটু কোথায় কাটানো যায় কন দেখি।

লোকটা মনে হয় স্টেশনেরই খাবারের দোকানের কর্মী। সে যে চোখে জীবনের দিকে তাকায় তাতে কোন কৌতূহল বিস্ময় বাৎসল্য আতিশয্য নেই। আছে বিরক্তি, ফালতু বাক্যালাপে অনিচ্ছুকতা।

বলে সে— কই হোটেল মে চলা যাও।

আমার কাছে তো টাকা নেই। আচ্ছা এইখানে কী ইস্টাশনে থাকা যায় না?

আগের চেয়েও বেশী বিরক্তি ঝরে লোকটার গলা থেকে— ইহা তো টেসনমে পুলিশ মচ্ছর তক রহনে নেহি দেতে। কেইসে রহো গে।

জীবন তার ঠাণ্ডা হয়ে যাওয়া হাত দুটো দাঁড়িয়ে দাঁড়িয়ে একটু উনুনে সেঁকে নেয়। তখন আবার বলে লোকটা— কাহা রহতা হ্যায়?

বেশী দূর বলা ঠিক হবে না ভেবে নিকটস্থ স্থানের নাম নেয় জীবন। শিলিগুড়ি। শিলিগুড়ির বর্ধমান রোড, সেইখানে আমাগো বাড়ি।

তো ইহা ক্যা করনে আয়া?

কামের তালাশে আইছি।

লোকটা ঠোঁট ওলটায়। এহা কাম কাঁহা। এহাকে লোগ কাম কী তালাসমে নিচে যাতা হ্যায়। আউর তুম নিচেসে উপর আয়া।

লোকটার কথায় জীবনের মনের মধ্যে কল্পনায় গড়ে তোলা কুবের মহলের স্বর্ণসৌধটা চুর চুর হয়ে ভেঙ্গে গুঁড়িয়ে ধুলো হয়ে যায়। পাহাড়মে লোগ খুদ ভুখ পিয়াস গরীবীমে মর রহা। দূর সে পাহাড়কো বহত সুন্দর দিখতা হ্যায় নজদিক আনেসে মালুম পড়তা হ্যায় কিতনা খাই গাড্ডা হ্যায়।

হতাশায় বলে জীবন— তাইলে হাম এখন কি করেগা?

ক্যা করেগা? মর। মরনেকে লিয়ে তো আয়া। কথা তার শেষ! লোকটা উনুন নিয়ে সামনের দোকানে ঢুকে দরজা বন্ধ করে নেয়। কে কোথাকার একটা উটকো লোক তারজন্য সে কেন মাথা ব্যথা করবে। বর্তমান সময় বড়ই আত্মকেন্দ্রিক। এত সময় কার আছে যে এক আপদের বিষয়ে দুর্ভাবনায় ডুববে। কিন্তু জীবন এখন কি করবে? কী করবে জীবন? যেমন বলল লোকটা, মরে যাবে?

মরে তো যাবেই। সে চাক বা না চাক। শীত যে রকম হামলে পড়েছে সারারাত যদি সে শরীর ছোবলায় প্রাণ দেহ ছেড়ে পালাবে। কোনভাবে তাকে আটকে রাখা যাবে না দেহের চোর কুঠুরির মধ্যে। ভাগ্যের হাতে নিজেকে সমর্পণ করে জীবন যখন অনাগত ভবিষ্যতের জন্য এক রকম প্রায় প্রস্তুত তখনই ট্রেনের হুইসেল তীক্ষ্ণ ভাবে বৃষ্টিভেজা রাতের বাতাস কাঁপিয়ে বেজে উঠল। কি ব্যাপার? ট্রেনের চাকাও যে পিছন দিকে গড়াতে শুরু করেছে একটু একটু করে। কেউ বলেনি তবু বুঝতে পারলো ট্রেন এবার ফিরে যাবে। এ সময় জীবনের বোধ বুদ্ধিতে যা এল তাই করল সে। আবার উঠে পড়ল ট্রেনে। ফিরে যাবে। ফিরেই যাবে জীবন। না ফিরে গিয়ে আর তার কি বা করার আছে। অলকাপুরী তার জন্য কোন শুভ সংবাদ নিয়ে অপেক্ষা করে নি।

বলতে গেলে প্রায় ফাঁকা ট্রেন। ঘণ্টা দেড়েক চলার পর পৌঁছে গেল কার্শিয়াং। যাবার বেলা এর ডবল সময় লেগে ছিল। সেটা চড়াই এটা উতরাই। জগতের সব জিনিসের ক্ষেত্রে এটাই নিয়ম। উঠতে লাগে বহু সময় বহু কষ্ট বহু দৃঢ়তা কিন্তু নামতে হলে কোন প্রয়াসই লাগে না। একটা অপ্রয়াসই যথেষ্ট।

রাত তখন দশ কি সাড়ে দশটা। শীতার্ত রাতের পাহাড়ি স্টেশন কার্শিয়াংয়ে সেই যে ট্রেন থামলো, একেবারে থেমেই গেল। নট নড়ন চড়ন। কামরাগুলো প্ল্যাটফর্মে ফেলে ড্রাইভার গার্ড উধাও হল। আজকের মত তাদের ডিউটি শেষ। ট্রেন চলার ইতি আজকের মত। আবার চলবে কাল। সকাল সাতটায়। কার্শিয়াং দার্জিলিংয়ের চেয়ে উঁচুতে। ফলে সেখানে শীত বেশী বৃষ্টিও বেশী। জীবনের ক্ষেত্রে এ যেন গরম কড়াই থেকে রক্ষা পেতে আগুনে ঝাঁপানোর সামিল হল। কি আর করে জীবন ট্রেন থেকে প্ল্যাটফর্মে নেমে চারিদিকে কাতর চোখে তাকায় সে। যদি কোথাও কোন আশার আলোর সন্ধান মেলে, যদি পাওয়া যায় প্রাণ বাঁচানোর প্রাণের উত্তাপ। নেই। চারিদিকে অন্ধকার। লোডশেডিং নয়।

এমনিতে বৈদ্যুতিক আলো জ্বলছে তবে সে আলোয় এত উজ্জ্বলতা নেই জাতে জীবন আলোকিত হয়। মন হয় পরিবেশ বিরূপ নয় ভয়ংকর।

প্ল্যাটফর্ম একদম ফাঁকা। এটা অফ সিজন। এ সময় ভ্রমণার্থী মানুষেরা এখানে আসা তেমন একটা পছন্দ করে না। তাছাড়া আজ বৃষ্টিটা একটু বেশি হচ্ছে। সবটা মিলিয়ে সঠিক সময়ের অনেক আগে, বলা চলে প্রায় সূর্যডোবার সাথে সাথে মানুষজন যারা পথে ছিল সব ঘরে ফিরে গিয়ে দরজা বন্ধ করে দিয়েছে। এক পা দুপা করে হেটে জীবন একটু সামনের দিকে যেখানে জিপ স্ট্যান্ড সেদিকে চলে গিয়েছিলো। গোটা কয়েক জিপ সেখানে দাঁড় করানো যার উপর বৃষ্টি পড়ছে ঝিরঝির করে। কিন্তু কোন লোকজন দেখা গেল না। আছে হয়ত জিপের ড্রাইভাররা জিপের মধ্যে বসে শুয়ে। অকারণে কেন বৃষ্টিতে ভিজবে।

সেদিক থেকে চোখ ফিরিয়ে ট্রেনের দিকে তাকাতেই বুকটা কেঁপে যায় জীবনের। একজন রেলের কর্মচারী রেল কেবিন থেকে বেরিয়ে এসে ট্রেনের প্রতিটা কামরায় তালা লাগিয়ে দিচ্ছে। চাবি তার কাছে থাকবে। যা ঘুরিয়ে সে কাল দরজা খুলে দিলে যাত্রীরা উঠতে নামতে পারবে। কিন্তু জীবন এখন কী করবে। কোথায় বসে কাটাবে হিম তুহিন ভয়াবহ রাত! ট্রেনের কামরায় জায়গা পেলে তবু একটা কথা ছিলো। খোলা প্ল্যাটফর্মে থাকতে হলে যা ঘটবে সে কথা ভেবে বুকের কি দোষ সে তো কেঁপেই যাবেই। কোন মানুষের এমন বুকের পাটা যে মৃত্যু ভয়ে কাঁপেনা।

আর কি! হয়ে গেল হিসেব নিকেশ। এই রাত জীবনের শেষ রাত। জমে বরফ হয়ে মরে পড়ে থাকার রাত। তার আর এমন কি বিলম্ব। এক ঘণ্টা, দুই ঘণ্টা, তিন ঘণ্টা। নশ্বর এই কায়াটা কতক্ষণ সইতে পারবে এমন বাঘের মত হাড় কাঁপানো শীতের কামড়!

শুনেছিল জীবন কার কাছে যেন এই রকম এক দেশের গল্প। যে দেশে নাকি ভীষণ ঠাণ্ডা। দিন রাত আকাশ থেকে তুলো তুলো বরফ পড়ে। নদীর জলও নাকি বরফ হয়ে যায়। সেখানে সূর্য ডোবার সাথে সাথে মানুষ ঘরের দরজা জানালা বন্ধ করে নেয়। আর শত দরকারেও সূর্যোদয়ের আগে দরজা খোলে না। খুললে খোলা দরজা দিয়ে যে ঠাণ্ডা ঢুকবে মানুষ জমে যাবে। একদিন কোন এক বাড়িতে এক অতিথি এসেছে। কি এক কারণে যেন আসতে পথে দেরী হয়ে গেছে তার। ততক্ষণে ঘরের দরজা বন্ধ হয়ে গেছে। অতিথির তখন শীতে গলার আওয়াজ বুজে এসেছে, হাত পা অসাড় হতে শুরু করেছে। সেই ক্ষীণ আওয়াজ আর অসাড় হাত ধরে মৃদু ধাক্কায় চেষ্টা করল ঘরের লোককে ডেকে দরজা খোলবার। কিন্তু সে ঘরের গঠন এমন যে কোন শব্দ তাদের কান পর্যন্ত পৌছালো না। সকাল বেলা যখন দরজা খোলা হল দেখা গেল ঘরের সামনে পড়ে আছে বরফঢাকা অতিথির মৃতদেহ।

এখন জীবনের সেই রকম অবস্থা হবে। বৃষ্টি ঝরা রাত, সাথে সাথে হাড় হিম করা কনকনে ঠাণ্ডা বাতাস কোথাও কোন মাথা গোঁজার ঠাই নেই। এই অবস্থায় বাঁচবার কোন পথ কি থাকে! মৃত্যুদণ্ডপ্রাপ্ত আসামি, ফাঁসির একটা দড়ি গলায় চেপে বসার পরও একবার প্রাণপনে শেষ নিঃশ্বাস টানে। যদি

এক সেকেন্ডও বেঁচে থাকা যায়। বেঁচে থাকার এই আকুতি, অদম্য অভীক্ষা মরণান্তিক প্রয়াস এর নাম জীবন সংগ্রাম। হার জিৎ বড় কথা নয় বড় কথা মরার আগে না মরা। শেষ নিঃশ্বাস পড়ার আগের নিঃশ্বাস পড়া পর্যন্ত লড়ে যাওয়া, ভীষণভাবে বেঁচে থাকা।

কান পাতে জীবন, যেন অন্ধকার সমুদ্রের ওপার আকাশ ছোঁয়া দুর্গম পাহাড়ের কোন এক গুহা থেকে মেঘ ঢাকা নভোমণ্ডলের ওপাশে কোন নাম না জানা নক্ষত্র থেকে ভেসে আসে সেই মৃত্যুঞ্জয় মহামন্ত্র চরৈবেতি চরৈবেতি। জীবন এগিয়ে চল। এগিয়ে চল জীবন। মরার আগে মরে বসিস না। ডোবার আগে হাল ছাড়িস না। বড় পরিচিত, প্রিয় এই কণ্ঠস্বর। এ রব নাদ শব্দ ধ্বনি জীবনের বড়ই চেনা। এ সেই শ্মশান বালক মরণের গলা। যার অভিধানে হার মানা বলে কোন কথা নেই।

এগিয়ে যায় জীবন। প্ল্যাটফর্ম থেকে নিচে নেমে ট্রেনের অপর পাশে গিয়ে চারিদিক দেখে নেয়। চোখে একেবারে রাতচরা শিকারী জন্তুর চাউনি। না কেউ তাকে দেখছে না। এ সময়ে যে কোন দুষ্কর্ম করা যায়। সে ট্রেনের কাছে গিয়ে একটা দরজার গায়ে ধাক্কা দেয়। যা ভেবেছে ঠিক তাই, খুলে যায় দরজা। রেলের কর্মচারী, সব সরকারি কর্মচারীর যা স্বভাবধর্ম তার বাইরে যেতে পারে নি। প্ল্যাটফর্মের দিকের ট্রেনের দরজা কটায় লক করে পিছনেরগুলো খোলা রেখে অর্ধেক শ্রম বাঁচিয়ে নিয়েছে।

জীবন খোলা দরজা দিয়ে কামরার মধ্যে উঠে বুকের সঙ্গে হাঁটু ঠেকিয়ে গোল হয়ে একটা বেঞ্চিতে শুয়ে পড়ে। বাইরে থেকে এখানে ঠাণ্ডা বেশ খানিকটা খুব স্বাভাবিক কারণেই কম। মনে হয় জীবনের কষ্ট হবে, তবে এভাবে এই রাতটা কাটিয়ে দেওয়া কঠিন হবে না। অন্তত মরণকে ফাঁকি দিয়ে এ যাত্রা বেঁচে থাকা গেল।

রাত তখন কত হবে তা কে জানে! সারা পাহাড় জুড়ে ছেয়ে গিয়েছিলো কোন মায়াবী জাদুকরের জাদুকাঠির নির্দেশ নেমে আসা মায়াঘুম। পাহাড়, গাছপালা, ঘরবাড়ি, পথঘাট, যানবাহন সব ডুবে গিয়েছিলো সুপ্তির অতল গহ্বরে। কোথাও কোন প্রাণের সাড়া ছিল না। শুধু দমকা বাতাস আর বৃষ্টির ঝরার মৃদু আওয়াজ ছাড়া আর কোন শব্দ ছিলো না কোথাও। লাইট পোষ্ট আর প্ল্যাটফর্মের শেডে ঝোলানো আলোগুলো জ্বলেছিল কোন ক্লান্ত দৈত্যের চোখের মতো ম্যাড় ম্যাড়ে হয়ে। কিছু আলো চুঁইয়ে রেল কামরার জালিকাটা জানালা দিয়ে জীবনের চারপাশেও এসে পড়েছিলো। তবে তাতে কামরার অন্ধকার দূর হয়নি কিছু পাতলা হয়ে গিয়েছিলো মাত্র। এক সময় কামরার মধ্যে একটা স্বাভাবিক শব্দ হল। একটু ঘুম ঘুম এসেছিলো জীবনের। সেই শব্দে চোখ খুলে গেল তার। টের পেল সারা কামরাটা চোলাই মদের কটু গন্ধে ভরে গেছে। চোখে পড়ল আবছা অন্ধকারে দাঁড়িয়ে আছে কান মাথা মুখ ঢাকা হাঁটু পর্যন্ত কোট পরা একজন মাতাল। তার পা টলছে আর গলা দিয়ে বার হচ্ছে গরম গরম ইঁদুর ধরার আগে বিড়ালের স্বর।

কি করে সে টের পেয়েছে যে, এই দুর্যোগময় রাতে ট্রেনের কামরায় একটি অরক্ষিত অভিভাবকহীন দুঃস্থ দুর্বল বালক আছে তা কে জানে! সে তার টলোমলো পায়ে এগিয়ে এল জীবনের দিকে। গামছা সরিয়ে মুখ দেখল, একে নেশা তায় কামরায় অপ্রতুল আলোয় দাড়ি গোঁফ শূন্য জীবনের কিশোর মুখটা কোন যুবতীর বলে ভ্রম হল। এই আততায়ী যাকে ধর্ষণ করলে রক্ষা করার কেউ নেই। সে তার মাতাল মানসিকতায় টাল মাটাল পায়ে এগিয়ে এসে জীবনের প্যান্টের বোতামে হাত দেয়। তর সয় না তার, বোতাম খোলায় দেরী হলে টেনে ছিঁড়েই ফেলবে।

এমন আকস্মিক আক্রমণের জন্য প্রস্তুত ছিলো না জীবন। ভয়ে, আত্মরক্ষার তাড়নায়, ঘৃণায় ক্রোধে তার ডান পাটা ছুটে গেল। সেটা যেখানে গিয়ে লাগল দুর্ভাগ্যবশতঃ সেখানেই লোকটার অণ্ডকোষ ঝুলছিলো। পুরুষ শরীরের এটা এমন এক দুর্বলতম স্থান যেখানে লাথি তো অনেক বড় জিনিস সামান্য টোকা পড়লেও অতিবড় পালোয়ান বাপ বলে শুয়ে পড়ে। ছিটকে পড়ল লোকটা। তার গলা থেকে তখন যে আওয়াজ বের হল তাকে কাতরানো, আর্তনাদ গোঙ্গানি যা হোক একটার সাথে তুলনা করা যায়। সেই আওয়াজ না জীবনের ভয়াক্রান্ত কান্না কে জানে কি শুনে প্ল্যাটফর্মের পাশের জিপ স্ট্যান্ড থেকে দুজন লোক ছুটে এল। কোন পাশের দরজা খোলা থাকে তা তারা মনে হয় জানে। সেই দরজা দিয়ে সোজা ট্রেনের কামরায় ঢুকে পড়ল। মাতাল লোকটা ওদের হয়তো চেনে, পরিচয় জানে। সে চেনা হয়তো সুখদায়ক কোন ঘটনার মধ্য দিয়ে হয় নি। ক্যা শালে! ফির সে? তাদের একজন রাগত গলায় বলে মাত্র এইটুকু শুনে শরীরের কষ্ট শরীরে বয়ে ছুটে পালালো মাতালটা।

এরা সব জিপ গাড়ির চালক। যে পালিয়েছে এবং যারা দাঁড়িয়ে আছে তিনজনেই হিন্দিভাষী। নাক ছোট চোখ গোল চেহারাও নেপালিদের মত ফর্সা নয়। একজন জীবনের দিকে তাকিয়ে পালিশহীন গলায় বলে, কৌন হ্যায় রে তু?

জীবন এখনো যথেষ্ট ভীত। সেই ভীতি জড়ানো, ক্ষুধায় আধবোজা গলায় সে তার এখানে আসার কার্যকারণ সংক্ষেপে বলে দেয়। দুজনার মধ্যে যার চেহারা একটু লম্বা, বয়েস ত্রিশ বত্রিশ সে খসখসে গলায় যেন আদেশ করে চল।

কোথায়?

মেরে সাথ।

কেন?

নেহী তো জার মে মর জায়েগা।

জিপ চালক লোকটা জীবনকে নিয়ে গিয়ে তার জিপের পিছনের সিটে শুইয়ে দেয়। গায়ে দেবার জন্য দেয় একটা ছেঁড়া কোট। বলে, সুবে হোতে হি বাপস চলা যা। এহা কুছ নেহী মিলনে বালা। একদম ফালতু আয়া। তারপর সামনের সিটে শুয়ে পড়ে। পাহাড় অঞ্চলে বাস করা মানুষ। এখন তো সবে শীত শুরু হয়েছে। সেই ঘোর শীতকালে যে শীতে কাতর হয় না তার কাছে এখনকার শীত এমন কিছু নয়। কিছুক্ষণের মধ্যে তার ভোঁস ভোঁস করে

নাকডাকা শুরু হল। কিন্তু জীবনের ঘুম আসে না। অজানা পরিবেশের অনিশ্চিত অবস্থা। পেটের খিদে, তার উপর হঠাৎ ঘটে যাওয়া ঘটনার মনের উপর চাপ ওকে ঘুমাতে দেয় না। এপাশ ওপাশ করে রাত কেটে যায়।

সূর্য উঠেছে পাহাড়ের মাথায়। বৃষ্টি ধোয়া সবুজ চা বাগানে দেবদারু পাইন সেগুনগাছের ডালে পাতায় প্রভাতী রোদ হাসছে কিশোরী মেয়ের মত। মানুষজন অল্প সল্প ইতিমধ্যে বেরিয়ে পড়েছে পথে। দোকান বাজার খুলে গেছে। দিন শুরু হয়ে গেছে ছোট্ট পার্বত্য শহর কার্শিয়াংয়ে। জিপ চালক ঘুম থেকে উঠে জীবনকে নিয়ে যায় এক দোকানে। পনেরো পয়সায় এক কাপ চা দশ পয়সায় দুই স্লাইজ রুটি কিনে দেয়। বলে খা লে— আউর আভি টেরেন ছুটনে বালা হ্যায়। উসমে উঠকে বাপস চলা যা। ফির কভি নাহি আনা।

এক গলা কৃতজ্ঞতায় ডুবে যায় জীবন জিপ চালকের বদান্যতায়। এই প্রথম এর আগে আর কেউ কোনদিন প্রতিদানের আশা না রেখে তার জন্য এক পয়সাও খরচ করেনি। বলে সে, যো আপনে বোলা ওহি করেগা। ফিরত যায়ে গা!

বেলা তখন দুটো আড়াইটে। যে ট্রেনখানা কাল এখান থেকে চলে গিয়েছিলো, আজ এখন ফিরে এসেছে। সেই ট্রেন চেপে ফিরে আসতে বাধ্য হয়েছে এক ব্যর্থ বিষণ্ণ হেরে যাওয়া মানব সন্তান। যার নাম জীবন। ফিরে এল দার্জিলিং থেকে শিলিগুড়িতে। পাহাড় থেকে সমতলে, আকাশ ছোঁয়া উচ্চতা থেকে, কল্পনায় গড়ে তোলা স্বর্ণপুরী থেকে, বাস্তবতার কঠিন ধরাতলে। সেই চেনা আকাশ মাটি মানুষের মাঝে। এখানকার আবহাওয়া এখনো শরীরের পক্ষে অসহ্য হয়ে উঠবার সময় কালের ঋতুচক্রে আবর্তিত হয় নি। বাতাসের সেই সুঁচ ফোটানো তীক্ষ্ণ কামড় অনুপস্থিত। রাতও এখানকার কম অন্ধকার, কম ভীতিকারক। ফলে দশবারো ঘণ্টা এখানে আরও বিনাকারণে কাটিয়ে দিতে জীবনের কোন অসুবিধা হল না। কোন আশায় এখানে পড়েছিলো, মনের অতলে আঁতিপাতি করে তার বিশ্বাসযোগ্য বাস্তবতা সম্মত যুক্তিগ্রাহ্য কোন উত্তর খুঁজে কোনদিন পাবে না। এর একটাই কারণ ছিলো তা হচ্ছে মনঃস্থির করে কোন সিদ্ধান্ত নিতে পারছিলো না জীবন। এই সময় তার পক্ষে যা করার ছিলো সব চেয়ে সহজ পথ তা হল তার একটা কোন দোকানের সামনে গিয়ে কাজে রাখার আবেদন জানানো। কিন্তু সেটা করতে গিয়ে মনের মধ্যে কাঁটার মত খঁচ খঁচ বিধছিলো একটা ভয় সন্দেহ অবিশ্বাস। সেও যদি গাধার মত খাটিয়ে নিয়ে বিনোদ সাহার মত মজুরি না দেয়। মজুরির যে খুব দরকার। সেই কারণে কোন কিছু ঠিক করতে না পেরে স্টেশনের আশেপাশেই পাক খেতে খেতে কেটে যায় সারাদিন এবং প্রায় সারারাত।

রাত যখন প্রায় শেষ তখনই শিলিগুড়ি স্টেশনে এসে ঢুকলো লক্ষ্মৌ মেল। এসেছে সেই জীবনের ফেলে আসা জাদুনগরী আসামের গৌহাটি থেকে। তখন মনে মনে ভাবে জীবন লক্ষ্মৌ মানে উত্তরপ্রদেশ, উত্তরপ্রদেশ মানে দিল্লী, ভারতবর্ষের রাজধানী দিল্লী। দেশের মাথা মাথা লোকের বাস সেখানে। একবার সেখানে গিয়ে দেখলে খুব একটা খারাপ হয় না। খারাপ হবার মত তার আর

আছে বা কি ! চরম চরমতম খারাপ যাকে ঘিরে ধরেছে তার আর নতুন করে ভয় পাবার কিছু নাই। তবে যদি কোন অঘটন ঘটে, যদি তিলার্ধ পরিমাণ কোন ভালো শুভ মঙ্গল বেড়ালের ভাগ্যে শিকে ছেঁড়ার মত তার ভাগ্যে জুটে যায়! এতকালের গতানুগতিক নিরস নির্মম জীবনযাত্রায় একটা কিছু পরিবর্তন এলেও আসতে পারে। অন্তত তেমন একটা আশা করে এক দান জুয়া খেলায় অন্যায় বা ভুল কিছু হবে না।

ঘোলা—দোলতলায় থাকতে একবার জীবন একটা ভাঙ্গা ছাতার শিক কুড়িয়ে পেয়ে তাকে পাথরে ঘষে ধার দিয়ে একটা বাঁশের লাঠির মাথায় বেঁধে মাছ মারা কোচ বানিয়েছিলো। এর আগে সে কোনদিন কোচ বানায় নি, মাছও মারেনি। সে বিষয়ে বলতে গেলে কোন অভিজ্ঞতাই ছিলো না। শুধু তার এক দু'বার দেখা ছিলো কেমন করে লোকে ওটা বানায় ও মাছ মারে। সে শিক্ষা অনেকটা দূরে দাঁড়িয়ে সাইকেল চালাতে দেখা, বা পুকুরের পাড়ে দাঁড়িয়ে সাঁতার শেখার মত শিক্ষা। তাই কোচ নিয়ে সারাদিন খাল পাড় ধান ক্ষেত ঘুরে বেড়িয়েও কোন ফল হল না। একটা মাছও গেঁথে তুলতে পারলো না কোচে। মনের দুঃখ মনে চেপে ঘরে ফেরার সময় ‘এ কোচ দিয়ে আর কি হবে’ ভেবে রাগে সেটা ছুড়ে ফেলে দিয়েছিল ধানক্ষেতের দিকে। কিন্তু তখনই ঘটে গিয়েছিল সেই আশ্চর্য ঘটনা। শত চেষ্টায় যা সে পারে নি বিনা চেষ্টায় তাই ঘটে ছিল। একটা শোল মাছের বাচ্চার পিঠে গেঁথে গিয়েছিলো কোচের চোখা শিক। সে মাছের বাচ্চার বয়স পাঁচ দিনের বেশী নয়, লম্বা ইঞ্চি দেড়েক মাত্র। মনে হয় ঈশ্বর তার ভাগ্যে ওই রকমই মুক্তি নির্ধারিত করে রেখেছিল বলেই ও ভাবে তার মৃত্যু হয়েছিলো। না হলে সে মৃত্যুর আর কোন ব্যাখ্যা হয় না।

আকাশের দিকে মুখ করে তীর ছুড়লে তা শিকারের গায়ে গিয়ে বেঁধে। অন্ধকারে তীর ছুড়লে তা সঠিক স্থানে গিয়ে পড়ে, সে সব কখন? যখন কপাল ভালো থাকে। সবার নয় কারো কারো কত এভাবে কপাল ফিরেছে। জীবন এসব গভীর ভাবে ভেবে বুঝে অথবা কিছুই না ভেবে না বুঝে উঠে পড়ে লক্ষ্মৌ মেলের তৃতীয় শ্রেণীর চামকাটা ভিড় কামরায়।

২৪

হাবিলদার

শুরু হয় জীবনের খালি পেট, শূন্য ট্যাঁকে আড়াইদিন ব্যাপী, আপাত দৃষ্টিতে অনর্থক উদ্দেশ্যহীন আশা আশ্বাস ছাড়া এক দীর্ঘ রেল যাত্রা। স্নান নেই, খাওয়া নেই, ঘুম নেই, শুধু চলা আর চলা। দিনের বেলা ট্রেনে তেমন একটা ভিড় থাকে না। রাত যত বাড়তে থাকে তত ভিড় গাদা মেরে যায়। কোন এক স্টেশনে যেন ট্রেন থেকে নেমে প্ল্যাটফর্মে জল খেতে গিয়ে ভিড়ের কারণে কামরায় আর উঠতে পারলো না। জীবন একা নয় তার মত অনেকেই পা রাখার জায়গা পায় নি কোথাও। তখন সবাই মিলে প্রাণ হাতে করে বসেছিল দুটো কামরাকে পরস্পরের সাথে জুড়ে রাখা লোহার শেকলের উপর। কয়লা চালিত ইঞ্জিন থেকে ভক ভক ধোঁয়ার সাথে গরম কয়লার কুচি, আগুনের ফুলকি উড়ে উড়ে এসে পড়ছিলো মুখে মাথায় চুলে। ধুলো মাখা জট বাধা চুলে সে কুচি আটকে যাচ্ছিলো। পোড়াচ্ছিল চামড়া। উপায় ছিল না পোড়া থেকে নিস্তারের। হাত দিয়ে আগুন আটকাতে গেলে সার্কাসের তারের মত শেকল থেকে নীচের রেল লাইনের উপর পড়ে যাবার ভয় ছিলো।

এই দীর্ঘ যাত্রা পথে টিকিট চেকারের সামনে পড়ে জীবন একবার। বেলা তখন নয় কী দশটা দাড়িওলা বৃদ্ধ এক চেকার কোথায় কোন স্টেশন থেকে যেন উঠে পড়ে ট্রেনের কামরায়। একদিক থেকে টিকিট পরীক্ষা করতে করতে এসে যায় জীবনের সামনে। তারপর হাত বাড়ায়– টিকিট। এই প্রশ্নের একটাই উত্তর জানা আছে জীবনের– নেই। তখন চেকার লোকটা নরম গলায় জানতে চায়, কাহা যায়েগা?

জীবন যেখানে যাবে বলে ট্রেনে চেপেছে সে নামটা তো জানে। কিন্তু এখন সে নাম না বলে শুধু বলে– যায়েগা বহুতদূর। বৃদ্ধ চেকার কানে একটু কম শোনে। ট্রেনের আওয়াজ তা ছাড়া জীবনের না খাওয়া গলার ফ্যাস ফ্যাসে আওয়াজে অন্য কিছু শোনে, ক্যা বোলা? কাহা যাগে গা? গোরক্ষপুর? গোরক্ষপুর বহুতদূর।

লোকটাকে দেখে মনে হয় জীবনের এর একটু দয়া মায়া থাকলেও থাকতে পারে। নিজের কষ্টের কথা একে বলে একটু সাহায্য ভিক্ষা করা যেতে পারে। অনেকগুলো দিন পেটে কিছু পড়েনি। খিদেয় শরীর কাহিল। একে বললে এ নিশ্চয় তাকে দিন কয়েকের জন্য জেলে নিয়ে যেতে পারবে। বলে গেছে রাজা জেল খানায় খাবার পাওয়া যায়। কিছু খেতে হলে এখন জেলে যাওয়াটা জরুরী। লক্ষ্মৌ এখনো কত পথ তা কে জানে। আর গেলেই যে কেউ খাবারের থালা এগিয়ে দেবে তাও তো নয়। যদি এখানে খাবারের ব্যবস্থা হয়ে যায়। একটু দু'চারদিন বিশ্রাম নিয়ে ফের যাত্রা শুরু করায় খুব একটা ক্ষতির কিছু নেই।

সে একটু এগিয়ে যাওয়া চেকারের পিছনে গিয়ে দাঁড়িয়ে বলে— আমার টিকিট নেই। মানে হাম বেটিকট।

ঘাড় ঘুরিয়ে জীবনকে দেখে বলে চেকার, ও তো পহেলে বোল দিয়া ক্যা! ফির ক্যা?

হাম এহি বোলতা হ্যায় যে আপনি কী আমাকে ধরে নিয়ে যাইতে পারতা হ্যায়।

কিউ?

আমার টিকিট নাই সেই জন্য।

এতক্ষণের বৃদ্ধ নরম নরম চেহারার চেকার লোকটার চোখ লাল চেহারা রাগী রাগী হয়ে ওঠে। সেই রাগ গলায় ঢেলে বলে সে— যাঃ ওই কোনায় গিয়ে চুপ করে দাঁড়িয়ে থাক। ধরে নিয়ে যাবো। শালা যাদের ক্ষমতা আছে টিকিট কাটার তারাই কাটে না। তাদের ধরতে পারি না, একা কী করবো। সাথে ফোর্স দিক। তা তো দেবে না। মরবো নাকি ডিউটি করতে গিয়ে। তুই তো বেচারা গরীব। দেখলেই বোঝা যায় খাওয়া জোটে না। তোকে ধরে কি হবে। ধরবো না, যা বস গিয়ে ওদিকে।

জীবনের সবিনয় নিবেদনে নরম লোকটা রেগে তো গেছে কিন্তু এমন রাগ নয় জাতে জীবনের লাভ হয়। পরের স্টেশনে চেকার নেমে যাবার আগে জীবনকে আশ্বস্ত করে যায়, মেরা ডিউটি গোরক্ষপুর তক। যা বেটা কোই ডর নেহী।

সেদিন সারাদিন সারারাত আর কোন চেকার পুলিশ কারো সাথেই তার দেখা সাক্ষাৎ হলো না। কোনও ঝামেলা ছাড়াই একসময় শেষ হল বাংলা থেকে বিহারের মধ্য দিয়ে উত্তর প্রদেশ পর্যন্ত পৌঁছাবার নিখরচার দীর্ঘ যাত্রা। ট্রেন এসে থামলো লক্ষ্মৌর চারবাগ স্টেশনে। সময় তখন সকাল সাতটা। বাতাসে একটু শীত শীত ভাব। ট্রেন থেকে নেমে শত শত যাত্রীর সাথে মিশে যেন মিছিল করে গেটের দিকে আগালো জীবন। গেট পার হতে পারলেই পাওয়া যাবে স্বাধীনতা, ভয় থেকে মুক্তি। গেটের ওপাড়েই আছে উত্তরপ্রদেশের রাজধানী লক্ষ্মৌ শহরের মাটি, পথ, মানুষ। লক্ষ্মৌ সেই অতীত কালের নবাব বাদশা গজল ঠুংরি বাইজি নর্তকী প্রাসাদ ইমারতের শহর। শরীরের অবস্থা বিশেষ সুবিধার নয়। একে আর দানাপানি না দিয়ে বেশী দূর টেনে নিয়ে যাওয়া সম্ভব নয়। তাই কটা দিন এখানে থাকতে হবে জীবনকে। কিছু খাবারের

জোগাড় করতে হবে। তারপর আবার যাত্রা শুরু করবে।

গেটের দুদিকে দাঁড়িয়ে আছে কালো কোট পরা দুজন চেকার। তারা একে একে যাত্রীদের টিকিট পরীক্ষা করে যেতে দিচ্ছে গেটের বাইরে। জীবনের টিকিট নাই। কিন্তু সে নিয়ে কোন ভাবনাও নাই তার। কি করবে চেকার। কী করারই ক্ষমতা আছে তার? হয় সে ধরবে, নয় ধরবেনা। ধরলে হয় জেলে দেবে, নয় ছেড়ে দেবে। এরা যেটাই করার জীবনের লাভ ছাড়া ক্ষতি নাই। সে সহজ পায়ে সামনের দিকে এগোয়।

কিন্তু সেদিকে আর যেতে পারলো না। গেট তখনো কুড়ি পঁচিশ ফুট দূর কর্কশ গম্ভীর এক গলার আওয়াজে পা থেমে গেল— এই রোক! চেকার নয় তাকে ধরে ফেলেছে জি. আর. পি. বিভাগের এক হাবিলদার। মাঝবয়সী মোটা গোঁফ, মোটা শরীর, চোখে কালো চশমা, হাতে বেতের লাঠি, খাঁকি হাফ প্যান্ট পায়ে বুট। তবে গায়ে সাদা জামার লোকটাকে দেখে জীবনের বুনো শুয়োর উপমাটা মনে পড়ে যায়। পথ আগলে দাঁড়িয়ে ঘোঁত ঘোঁত করে বলে সে— কাহা যায়েগা?

বড় লালের দোকানে অনেক দিন থাকার কারণে হিন্দিটা বুঝতে ওর বিশেষ অসুবিধা হয় না। অসুবিধা হয় বলার বেলায়। জীবন তার বাঙ্গাল টান যুক্ত হিন্দিতে হাবিলদারের কথার জবাবে বলে— ওই দিক জায়েগা। গেটের বাইরের দিক।

কাহা সে আয়া?

কলকাতা, অতদুর বলাটা কি ঠিক হবে ! অতদুর থেকে বিনা টিকিটে এসেছে তা নিজেই স্বীকার করে নিলে জেল জরিমানাও তো সেই রকম হবে। তার চেয়ে একটু কম বলা যাক। দিন ছয় সাত যাতে জেল হয়। বলে জীবন গোরখপুর থিকা আয়া।

গোরখপুর মানে লক্ষ্মৌ থেকে কুড়ি বাইশ ঘণ্টার পথ। তাই শুনে হাবিলদার চমকে যায়। এ কাহা আয়া মালুম হ্যায়?

হাঁ হ্যায়, এ লক্ষ্মৌ।

কিউ আয়া?

কিউ মানে কেন। কেন জীবন গোরক্ষপুর থেকে লক্ষ্মৌ এসেছে তা জানতে চায় হাবিলদার। বুঝতে চায় কোন অপকর্ম করে পালিয়েছে কিনা। কিন্তু এখন জীবন কি বলে। কি বলে পুলিশ লোকটাকে বিশ্বাস করাবে সে সত্য বলেছে। সদা সত্য কথা বলিবে। সত্যমেব জয়তে। এ সব কথা বলতে বা শুনতে যতটা মধুর হোক আসলে তা মোটেই মধুর নয়। বাস্তব সত্য এই যে সব সময় সত্য কথা চলে না। সময় বিশেষে সত্যটাই চরম মিথ্যা হয়ে যায়। সেটা জীবন এই ছোট্ট বয়েসেই হাড়ে হাড়ে বুঝে গেছে। যদি সে বিনোদ সাহাকে কলকাতার কথা না বলে নিউ জলপাইগুড়ি বা আশেপাশের কোন ঠিকানা বলতে পারতো তবে কী ও রকম নির্ভয়ে টাকাগুলো মেরে দেবার সাহস পেতো।

তবে সে যা হোক, এখন এই চরম সন্ধিক্ষণে হাবিলদারকে যদি বলে জীবন, আমি খুব গরীব তাই বিশ্বের বৃহত্তমের তালিকায় নাম থাকা শহর কলকাতাকে ফেলে এখানে একটা সামান্য কাজের খোঁজে এসেছি। সেটা আর

যার কাছে হোক বা না হোক দিন রাত চোর ছ্যাঁচোর ধরা এক পুলিশের কাছে সত্য হবে না। তাই বাধ্য হয়ে জীবন একটা সত্যকে বিনির্মাণ করে। সব কিছুর মত সত্যকেও নির্মাণ প্রতিষ্ঠা প্রাণ দান করা যায়। রবারের মত বিস্তার সংকোচনও করা চলে। সে জন্যেই তো একজন মহাপুরুষ বলে গেছেন— অযোধ্যার চেয়ে রামের জন্মভূমি কবির মনোভূমী বড়। কবি হোক বা কথক তার উপস্থাপনাটাই হচ্ছে আসল জিনিস। তার রচনার কৌশলে মিথ্যাটা সত্যি, সত্যিটা মহা সত্যি হয়ে যায়।

চোখে এক ফোঁটা জল এনে বলে জীবন, হামলোক রিফুজি। পূর্ব পাকিস্তানে যে রায়ট হইলো তাই তে আমরা ঘরবাড়ি, জমি জাগা গোলা ভরা ধান পুকুর ভরা মাছ বেবাক ফালাইয়া এই পাড়ে পরাণ লইয়া পালাইয়া আইছি। সরকার আমাগো থাকতে দিছিলো ক্যাম্পে। সে খান থিকা টেরেনে নিয়ে যাইতে আছিলো দণ্ডকারণ্য। বাপ মায় ভাই বইন তাগে লগে আমিও যাইতে আছিলাম। পথে এক ইষ্টিশনে টেরেন থামলে মায় আমাকে কয় খোকা এট্টু খাবার জল নিয়ে আয়। মার কথায় আমি গেছি জল আনতে। এদিকে টেরেন ছাইড়া দেছে। আমি আর উঠতে পারলাম না। মায় বাপ ভাই বোন সব হারাইয়া গেল।

হাতের চেটোয় চোখ মুছে বলে জীবন— হাম তো নেহি জানতে হ্যায় দণ্ডাকারণ্য কোন দিকে। একজন বলা হ্যায় সেটা নাকি লক্ষৌ এর কাছে। সেই শুইন্যা মায় বাপরে খোঁজতে হাম হিয়াপর আয়া। আপনে কি কইতে পারেন দণ্ডকারণ্য কোথায়?

মাথা নাড়ে হাবিলদার। সে জানে না। দুশ্চিন্তায় কালো হয় জীবনের কাঁদো কাঁদো মুখ! আপনে জানেনা কেউ জানেনা তাইলে আমি তাগো কেমনে খুইজ্যা পামু। এখন আমি বিদ্যাশ বিভূয়ে কি করমু। কি খাইয়া বাচুম! আচ্ছা আপনেরে দেইখ্যা তো ভালো মানুষ বইল্যা মোনে হয়। আমার এট্যা উপকার কইরা দিবেন। কোনও জাগায় আমারে এট্যা কামে লাগাইয়া দিবেন। আমি খুব কাম করতে পারি।

খানা বানানে আতা হ্যায়?

আতা হ্যায়। বলে জীবন, আমি সব রান্না পারি।

চল মেরা সাথ।

যার ক্যানসার রোগ হয় তার অন্য কোনো রোগ হবার দরকার নেই। যাকে পুলিশে ধরে ফেলেছে চেকারে কি ধরবে। গেট ছেড়ে সরে দাঁড়ায় গেটকীপার দু'জন। জীবনের হাত শক্ত করে ধরে তাকে নিয়ে একটা রিকশায় তোলে হাবিলদার। পঞ্চাশ পয়সা ভাড়ায় পথ পার হয়ে মিনিট কুড়ি বাদে শহরের শেষ সীমায়, যার ওপাশে মাঠ রেল লাইন, সেখানে এক রেল কোয়ার্টারের সামনে এসে রিক্সা থামে। হাবিলদার রিক্সা থেকে নেমে পকেট থেকে চাবি বের করে তালা খোলে। কোয়ার্টারে আর অন্য লোক থাকে তার কোন চিহ্ন নেই। আসবাব পত্র তেমন কিছু নেই ঘরে। দু'ঘরে দুটো দড়ির খাটিয়া। টাঙ্গানো দড়িতে গামছা লুঙ্গি আর দু'তিনটে পুলিশের ড্রেস। একটা টিনে কিছু আটা। মেঝেতে গড়াচ্ছে কটা আলু পেঁয়াজ। একটা শিশিতে সরষের তেল, কিছু মশলা। ঘরের এক কোণে কটা থালা। দুটো বালতি। আর বারান্দায় একটা কয়লার উনুন যার

সামনে কিছু কাঠ কুচো কয়লা। একটা বড় ড্রাম।

বলে হাবিলদার চুল্লা জ্বালানে আতা?

আতা। বলে জীবন।

তো চুল্লা জ্বালাকে আটা সান।

হাবিলদার জামা প্যান্ট খুলে আন্ডার ওয়্যার পড়া অবস্থায় একটা দড়ির খাটিয়ায় বসে পড়ে। হাট পা বুক সব লোমশ। বুকের এক পাশে উল্কিতে হনুমান আঁকা। গলায় ময়লা পৈতা। গায়ে ঘাম। যা থেকে ছড়াচ্ছে একটা বোটকা গন্ধ। যেমন গন্ধ বুড়ো পাঁঠার গায়ে থাকে।

জীবন রান্না করতে জানে। গৌহাটিতে খুব বানিয়েছে। সে আটা মেখে রুটি বানায়। আলু চচ্চড়ি, আর রসুন ফোড়ন দিয়ে অড়হর ডাল রাঁধে। কটা রুটি কতটা ডাল রান্না হবে তা মেপে দেয় হাবিলদার। রান্না শেষ হবার পর জীবনকে বলে সে— কাটেরামে থোরা তেল লে আ। এবং সে বারান্দার এক পাশে হাত পা ছড়িয়ে টান টান হয়ে শুয়ে পড়ে। তেল নিয়ে যাবার পর জীবনকে বলে— চল আব মালিশ লাগা।

পেটে এক সমুদ্র খিদে। নাকে এসে ধাক্কা মারছে রসুন ডালের হত্যাকারী গন্ধ। পেটের শুকনো সমুদ্রে সাইক্লোন উঠছে উত্তাল হয়ে। এ বড় ভয়ংকর সময়। এ সময়ে অবাধ্য হওয়া চলে না। জীবন মালিশ শুরু করে দেয়। প্রথমে হাত তারপর পা তারপর পিঠ তারপর মাথা তারপর আর যা যা বাকি থাকে, সব হায়া বর্জন করে সর্বত্র ছোকরা হাতের নরম মালিশ গ্রহণ করে হাবিলদার। আ হা কী আরাম, কী আনন্দ। নরম আঙুলের মালিশে শরীর যেন শিউরে উঠছিলো। প্রায় দেড় দু'ঘণ্টা ধরে প্রায় পঞ্চাশ গ্রাম তেল দিয়ে সারা শরীর মালিশ করানোয় এখন শরীরটা বেশ ঝরঝরে হয়ে গেছে হাবিলদারের। এবার চান করতে হবে। তাই জীবনকে এর পরের কাজটা বলে।

রাস্তামে নিকালকে সোজা বাঁয়ে তরফ যানা। সামনে কুঁয়া মিলেগা। উহাসে পানি লা। কুয়া থেকে বালতি ভরে জল এনে একটা ড্রামে ভরে জীবন। তিন বারে আনা ছয় বালতি জলে ড্রাম ভর্তি হয়ে যায়। তখন সেই জলে অনেকক্ষণ ধরে চান করে চুল আঁচড়ে খেতে বসে হাবিলদার। আটা সে মেপে দিয়েছিল। ছটা রুটি হয়েছে তা তার জানা। চারটে নিজে খেয়ে দুটো জীবনের জন্য রেখে মুখ হাত ধুয়ে খাটিয়ায় গিয়ে বসে খইনি ডলে। খইনি মুখে রেখে থুতু ফেলে বলে জীবনকে— যা নাহাকে রুটি খালে। জলদি কর।

জল কিছুটা ড্রামে ছিলো। সেটুকু গায়ে ঢেলে রুটি ডাল আলু চচ্চড়ি যতটুকু তার জন্য রাখা হয়েছিলো খেয়ে বাসনপত্র সব মেজে ধুয়ে ঘরে ঢুকিয়ে দেয় জীবন। তখন বড় দুটো পেতলের তালা দরজায় লাগিয়ে ড্রেস পড়ে ডিউটিতে চলে যায় হাবিলদার। বলে যায় বারান্দায় বসে থাকিস। আমি আটটার মধ্যে এসে পড়বো।

বেশ কয়েকদিন চান খাওয়া ঘুম ছিলো না। আজ চান করে যা হোক একটু পেটে দেওয়ায় শরীর এলিয়ে আসে জীবনের। বারান্দায় ঝাঁট দিয়ে শুয়ে ঘুমিয়ে পড়ে জীবন। সে এমন ঘুম কোথা দিয়ে যে সারা দিন কেটে যায় টেরই পায় না। ঘুম ভাঙ্গে সন্ধ্যেবেলায় বাচ্চাদের কিচির মিচির শব্দে। এই

জায়গাটা রেলের। তার কর্মচারীদের থাকার জন্য পঞ্চাশ ষাটটা কোয়ার্টার বানিয়ে রেখেছে রেল কোম্পানী। একটা ছোট মাঠের চারপাশ ঘিরে এ সব কোয়ার্টার যার সামনে ছয় সাত ফুট উঁচু প্রাচীর। প্রাচীরের গেটে লোহার দরজা। এখন সব কোয়ার্টারের সব লোহার দরজা খুলে মাঠে নেমে এসেছে বাচ্চারা। ঘুম থেকে উঠে হাবিলদারের দরজার সামনে বসে বাচ্চাদের হাসি খেলা হুল্লোড় দেখে মনটা ভরে ওঠে জীবনের। ভরে ওঠে বেদনার অশ্রুজলে। তারও একটা বাল্যকাল ছিলো। কথা ছিলো তারও এমনি খেলায় মেতে ওঠার, হেসে ওঠার। কিন্তু তা পারেনি। তার হাসি আনন্দ খেলা কাদের যেন চক্রান্তে চুরি হয়ে গিয়েছিলো। এই সব শিশুদের বাপ দাদা কেউ না কেউ সরকারি কর্মচারী। সরকার দায়িত্ব নিয়েছে তাদের অন্নবস্ত্র সুখ সুবিধার। তাই তাদের সন্তানরা হেসে খেলে খেয়ে মেখে বড় হচ্ছে। সরকারি কর্মচারী মানে সরকারের পোষ্যপুত্র। বেতন পাবে ঘুষও খাবে ইচ্ছা না হলে কাজও করার দরকার নেই। বড় সুখের চাকরি বড় সুখের জীবন। তাদের শিশুরাও সুখের রোজগারে সুখে মানুষ হচ্ছে। ওরা হাসবে না তো কারা হাসবে।

বাচ্চাদের খেলা শেষ হয়। দূরের এক মসজিদ থেকে মাইক মারফত ভেসে আসে আজানের সুর। সেই পবিত্র প্রদোষ কালের পিছন পিছন এসে যায় অমাবস্যার আলকাতরা কালো ভয়ানক নিশীথ পিশাচ প্রিয় রাত।

রাত আটটাতেই ফিরে এসেছে হাবিলদার। জীবনকে দেখে একটু হাসি খেলে যায় তার মুখে। তালা খুলে ঘর থেকে আবার আটা ডাল আলু বের করে দেয় সে, খানা বানা। ও বেলার মত এ বেলাও রুটি ডাল আলু চচ্চড়ি বানায় জীবন। হাবিলদার নিজে হাতে খাবার নিয়ে খায়। যা সে রেখে দেয়, জীবন খায়। দশটা সাড়ে দশটা বেজে গেছে। হাবিলদারের দেওয়া চাদর পেতে বারান্দায় শুয়ে পড়ে সে। হাবিলদার ঘরের মধ্যে শুয়ে আছে। শুয়ে পড়ে কিন্তু তার ঘুম আসে না। তারই ঘরের বারান্দায় তারই কবজায় এই রাত আঁধারে শুয়ে আছে একটা ষোল সতের বছরের তরতাজা লৌন্ডা। তাহলে কেমন করে তার ঘুম আসে! বেশ কিছুক্ষণ উসপাশ করে দরজা খুলে বারান্দায় আসে। কোথায় কোন গাছের ডালে বাঁধা পাখির বাসায় ঘুমন্ত পাখি ছানার উপর ছোঁ মেরেছে কোনও এক রাতচরা শিকারী পাখি। ভয়ে দুঃখী পাখি মা ডানা ঝাপটাচ্ছে, কর্কশ চিৎকারে কাঁদছে। রাত্রির স্তব্ধতা ছিঁড়ে তার কান্না, আর্তনাদ ছড়িয়ে যাচ্ছে চারদিকে।

সে রাত বড় বীভৎস কালো কদাকার রাত। পৃথিবী মনে হয় তার আবর্তন গতি পথ বদলে ফেলেছিলো। প্রকৃতির সব নিয়ম নীতি, বহু কষ্টে হাজার হাজার বছর ধরে গড়ে ওঠা মানব সভ্যতা, কৃষ্টি সংস্কৃতি সব বিধ্বস্ত হয়ে গিয়েছিলো। মানুষ হয়ে ওঠার গর্ব করা এক জানোয়ার পৌঁছে গিয়েছিলো সেই ভূমিকায় যা দেখে জানোয়ারও ঘৃণায় থুতু ফেলে।

হাবিলদার জীবনকে দেখে। তাকে ঘিরে আছে ঘন অন্ধকার। অন্ধকার তা যা আলোর বিপরীতে অবস্থান করে। আলো মানে দীপ্তি প্রভা জ্যোতি কিরণ।

আলো মানে সূর্য আলো মানে সত্য। আর অন্ধকারের অর্থ শুধু অন্ধকার। ঘন কালো নিকষ। যে অন্ধকারের গর্ভগৃহে বাস করে পাপ অন্যায় অবিচার ব্যাভিচার অত্যাচার। যে অন্ধকার ঢেকে রাখতে পারে শয়তানদের আসল অবয়ব। বড়ই সুবর্ণ সুযোগ এখন। হাবিলদার এক ক্ষুধার্ত হায়নার মত ঝাঁপিয়ে পড়ে নধর হরিণ শাবকতুল্য নিরাশ্রয় নিঃসহায় জীবনের উপর। সে বাধা দিতে পারে না, শরীরে তত শক্তি নেই। চিৎকার করতে পারে না কারণ গলার উপর একটা সবল হাত। সাথে ধমক "মত চিল্লানা। নেহী তো গলা ঘোট দুঙ্গা।" বাধ্য হয়ে দাঁতে দাঁত চেপে মাটি কামড়ে পড়ে থেকে হাবিলদারের গলগল করে ঢেলে দেওয়া আঠালো অপমান অনাচার অত্যাচার মাখে শরীরময়। শিবপুরের মেসে, কার্শিয়াংয়ের ট্রেনের কামরায় নিজেকে রক্ষা করতে পেরেছিলো জীবন। কিন্তু এখন যাদের হাতে দেশের আইন শৃঙ্খলা নাগরিক নিরাপত্তা রক্ষার ভার সেই রক্ষকের প্রবৃত্তি থেকে সে নিজেকে বাঁচাতে পারলো না। মানব ধর্ম থেকে পুরুষ ধর্ম থেকে পুলিশ ধর্ম থেকে বিচ্যুত এক পাষণ্ড ধর্ষণ করলো তাকে। তার আত্মা অভিমান অস্মিতাকে।

কতক্ষণ চলে ছিলো পায়ুদেশে সেই রবার পিষ্টকের ওঠা নামা। কত কষ্ট হয়েছিলো জীবনের। কফোঁটা রক্ত ঝরে ছিলো শরীর থেকে। সারা জীবন যত কষ্ট যত অপমান সয়েছে জীবন সে তুলনায় এ আর কতটুকু! কিন্তু মনে হয় জীবনের, আজকের এই ঘটনা এই গ্লানি অসম্মান এর চেয়ে বড় আগে আর কিছু ঘটেনি। পরেও ঘটবে না। এই ঘটনা, যদি সে বেঁচে থাকে, সারা জীবন মনন চিন্তনকে প্রভাবিত করে দেবে। মানুষ আর তার মানুষিকতা সম্বন্ধে অন্য কিছু ভাবতে শেখাবে।

ধর্ষণ এমন একটা বীভৎস ক্রিয়া যা শোনা মাত্র যে কোন সাধারণ মানুষ বিচলিত হয়ে ওঠে। ধর্ষণ এমন একটা পাশবিক ঘটনা, যা যার উপর তা ঘটে যায়, নিজের কাছে সমাজের কাছে তার মান মর্যাদা প্রতিষ্ঠা বলে আর কিছু অবশিষ্ট থাকে না। জীবন তখন মৃত্যুর চেয়ে ভারী, কষ্টদায়ক হয়ে যায়। প্রচলিত ধারণায় ধর্ষণ ব্যাপারটা সব সময় সংঘটিত হয় কামুক পুরুষ দ্বারা কোন দুর্বল অসুরক্ষিত মহিলার উপর। কিন্তু মহিলা দ্বারা পুরুষ, মহিলা দ্বারা মহিলা, পুরুষ দ্বারা পুরুষ ধর্ষণের ঘটনা সাধারণের ধারণায় তত পরিস্কার উদ্বেগ উদ্রেককারী কোন বিরাট বিষয় নয়। এ সব বিশ্বাস করে নিতেও তাদের কষ্ট হবে। কিন্তু সত্য ঘটনা হচ্ছে সমকামী বিকৃতকামী দ্বারা সমাজে এসব ঘটনা অনবরত ঘটে চলেছে। মানুষ তো মানুষ, কুকুর গরুকেও রেহাই দেয় না।

মনে আছে জীবনের এমন একটা ঘটনার কথা। শিবপুর পুলিশ লাইনে ঘটেছিল ঘটনাটা। ফুটবল খেলার, প্যারেড করার ফাঁকা মাঠে রাত আটটা নটার সময়ে এক যুবতী কুকুর দেখে কাম মোহিত হয়ে একজন তাকে ধর্ষণ করে দিয়েছিলো। কিন্তু ব্যাপারটা গোপন থাকে নি। কেউ একজন দেখে সেটা প্রকাশ করে দেয়। সেটা বহুদিন মানুষের কাছে একটা আলোচনার বিষয় হয়েছিলো মাত্র তার বেশি আর কিছু না।

এক সময় সকাল হয়। হাবিলদারের কোয়ার্টার পশ্চিমমুখো। তার উঠোনে

রোদ একটু বিলম্বে আসে। ভোরের দিকে একটু ঘুমিয়ে পড়েছিলো জীবন। ঘুম থেকে উঠে দেখে হাবিলদার নেই। সে তার রোজকার রুটিন মর্নিং ওয়াকে গেছে যে ওয়ার্ক সারবার সময়ে জীবন তার সামনে পড়ে যায়।

জীবনের এখন নিজেকে ভীষণ ঘৃণা হয় কান্না পায় তার। নিজেকে যেন অশুচি অপবিত্র নোংরা নর্দমার মত মনে হয়। যে নর্দমায় লোকে প্রস্রাব করে। মনে হয় যেন তার সারা শরীর বেয়ে দৌড়ে বেড়াচ্ছে সাদা সাদা পোকা। জ্যান্ত জীবনকে কুরে কুরে খাচ্ছে। যেমন ভাবে লাশের গাদায় পড়ে থাকা বেওয়ারিশ লাশ খায়। মনে হয় যেন পাঁচিলের ও পাড়ের সব মানুষ জেনে গেছে তার চূড়ান্ত হেনস্থার কথা। গেট খুলে বাইরে গেলেই সব চোখ কুঁচকে মুখ বেঁকিয়ে ব্যঙ্গ করে হেসে উঠবে– পোদু, ওই দ্যাখ যাচ্ছে, শালা একটা পোদু। হাবিলদার ওর পোদ মেরেছে।

শরীর জ্বলে যায় জীবনের। মনের মধ্যে মাথা নাড়ায় পোষ না মানা একটা বুনো মোষ। চোখা শিং দিয়ে গেঁথে দিতে চায় হারামী হাবিলদারটাকে। রক্তের লোহিত কণিকায় সেই পার্ক সার্কাস রাতের তুফান টের পায়। হাতটা নিসপিস করে তার, যে হাত শুঁকলে সে এখনো রক্তের গন্ধ পায়। মানুষের রক্তের গন্ধ।

ক্রোধ মানুষকে অন্ধ করে দেয়। কিন্তু জীবন এত অন্ধ হয়নি যে তার বর্তমান অবস্থা অবস্থান বিস্মৃত হয়ে যায়। পরিণতি দেখতে না পায়।

আশি পঁচাশি কিলো ওজনের ছয় ফুটের চেয়ে কিছু বেশি মারপিট শেখা শরীরচর্চা করা সরকারি চাকুরে, যার সামনে পিছনে পাহাড়ের মত ঢাল হয়ে দাঁড়িয়ে আছে মহাশক্তিধর ভারত রাষ্ট্রের তাবড় আইন কানুন বিচার ব্যবস্থা। সব তাকে সর্বশক্তি দিয়ে রক্ষা করবে। অন্য দিকে জন্ম জনিত কারণে অপরাধী দুঃস্থ দুর্বল এক সহায়হীন কিশোর। কি তার ক্ষমতা রাষ্ট্রিক এবং সামাজিক সুরক্ষা বর্ম ভেদ করে অপরাধীর কাছ পর্যন্ত পৌঁছায় এবং তার অপরাধের যোগ্য শাস্তি দেয়?

ইন্ডিয়ান পেনাল কোড নামক, একখানা পুস্তকে লেখা আছে, যদি কোন পুরুষ দ্বারা কোন নারী ধর্ষিত হয় ধর্ষণ প্রমানিত হলে ধর্ষকের সর্বোচ্চ সাতবছর কারাবাস হতে পারে। আর যদি কোন পুরুষ কোন বালক বা কিশোরকে ধর্ষণ করে তার সাজা যাবজ্জীবন জেল। এ দেশে প্রতি পনেরো মিনিটে একজন নারী ধর্ষিতা হয়। অত না হলেও বালক কিশোরের ধর্ষনের সংখ্যা খুব একটা কম নয়। নারী ধর্ষকের কালেভদ্রে এক আধজনার সাজার কথা সোনা গেলেও বালক কিশোর এমন কি পশু ধর্ষক এক জনেরও কোন সাজা হয়েছে এমন কোন উদাহরণ নেই।

তাই এখন জীবন যতই মাথা খুঁড়ুক তার কোন ন্যায় বিচার হবে না। কে করবে সেই বিচার? যার গরু ধান খায় তার কাছে ক্ষেতের মালিক ন্যায় কি করে পাবে? কেউ কি পেয়েছে?

একটাই কাজ পারে জীবন। সেটা নিজের প্রতি ঘটা অপরাধের নিজে বিচার করে তার সাজা দেওয়া। রাতে হাবিলদার ঘুমিয়ে পড়লে বাইরে থেকে দরজা বন্ধ করে ঘরে আগুন ধরিয়ে দিয়ে অন্ধকারে পালিয়ে যাওয়া। খড়ের গাদায় সুচ খুঁজলে পাওয়া গেলেও যেতে পারে। কিন্তু বিশাল এই দেশের কোটি

কোটি জনগনের মধ্যে থেকে নাম পরিচয়হীন এক বালককে খুঁজে পাওয়া অসম্ভব। মনে যে আগুন এখন জ্বলছে জীবনের তাতে হাবিলদারকে পুড়িয়ে মারা তার পক্ষে কোন কঠিন কাজ নয়। তবে কঠিন সেটা করার জন্য দশ বিশ লিটার পেট্রোল বা কেরোসিন সংগ্রহ করা। এটাতো খড়ের ঘর নয় যে আগুনের ফুলকিতে জতুগৃহ হয়ে যাবে।

তাহলে কি করা যাবে। ছেড়ে দেওয়া হবে বদমাইশটাকে। এতবড় অপরাধ করে পার পেয়ে যাবে? ভাবতে ভাবতে একটা পথ পেয়ে যায় জীবন। সেটা সস্তা নির্ভরযোগ্য এবং মোক্ষম। বারান্দার একদিকে একটা তাক। যার উপর রাখা একটা ছোট আয়না যার পাশে একটা রেজার গোটা কয়েক নতুন ব্লেড। খুবই সাধারণ উপকরণ। এখানে হাবিলদার চান করে মাথা আঁচড়ায়। এখানকার একটা ধারালো ব্লেড জীবনের কাজে লাগতে পারে। মাত্র একটা পোঁচ পুরুষাঙ্গের গোড়ায়। একটা মাত্র পোঁচ।

জীবন গা ঝাড়া দিয়ে ওঠে। কাল রাতে ঘটনা যা মনের উপর এতক্ষণ জগদ্দল পাথরের মত চেপে বসেছিল তা নেমে যায়। যেন কিছু ঘটে নি। যা ঘটেছে তা এমন কিছু নয়। একটা আগাম প্রস্তুতির অভাব জনিত ভুল বোঝাবুঝি মাত্র। কিছুক্ষণ পরে হাবিলদার ফিরে আসে। সহজ ভাবে জীবন যা কাল করেছে সেই সব কাজ সম্পন্ন করে। উনুন ধরায় আটা মাখে রুটি বানায় চানের জল বয়ে আনে তেল মালিশ করে হাবিলদার সারা অঙ্গে। কাল তেল মাখা হাত যেখানে যেতে থমকে যাচ্ছিলো আজ অবলীলায় পৌছে যায়। হাবিলদার তৃপ্ত হয়। লৌণ্ডা ঠিক লাইনে এসে গেছে। লৌণ্ডা হিন্দিতে বহুল প্রচলিত একটা শব্দ। যার বাংলা অর্থ পোদু। যার কাজ পায়ু মৈথুন করানো।

খুশি মনে হাবিলদার খেয়েদেয়ে চলে যায়। আর জীবন একটা ব্রেড নিয়ে প্রতীক্ষায় বসে থাকে মধ্যরাতের।

ডান আর বাঁ, সঠিক আর বেঠিক বলে কোন কিছু হয় না। যদি কেউ দুবার পর পর বাঁ দিকে ঘোরো নিজের অজান্তে তার একটা ডানদিকের যাত্রা হয়ে যায়। ভাগ্য ভালো ছিলো তাই সেদিন হাবিলদারের একটা সঠিক যাত্রা হয়ে গেল। স্টেশনস্থ জি.আর.পি. অফিসে গ্রামের বাড়ি থেকে খবর এসে পৌঁছাল জলদি ঘর আ যা বেটা। সে ডাক উপেক্ষা করার ক্ষমতা ছিলো না হাবিলদারের। কারণ তার ছোট ভাই মেরে তার বাবার মাথা ফাটিয়ে দিয়েছে। পুলিশের লোক, মারপিট খুন দাঙ্গায় খুব একটা বিচলিত হয় না। তবে এখানে ব্যাপারটা পারিবারিক বলে একটু যা কষ্টদায়ক হয়ে গেছে। তখুনি সে গ্রামের বাড়ির দিকে রওনা হয়ে যায়। তবে যাবার আগে জীবনকে রেলের ইঞ্জিন মেরামত কারখানায় একটা কাজে লাগিয়ে রেখে যায়।

হাবিলদারের কোয়ার্টার থেকে স্টেশনের দিকে আসবার পথের ডান দিকে এই লোকো ওয়ার্কশপ। এক ঠিকাদার অধীনে আরো কুড়ি পঁচিশজন মজুরের সাথে মিলে রেল লাইন থেকে ছাই সরিয়ে নিয়ে গাদায় গিয়ে ফেলা এই হচ্ছে কাজ। মাসে তার মাইনে পঞ্চাশ টাকা। যেদিন কাজে না যাবে মাইনে কাটা। নো ওয়ার্ক নো পে। মাসে পঞ্চাশ অর্থাৎ দিনে এক টাকা দশ আনা। এত কম মজুরিতে কাজের লোক পাবার কথা নয়। পেয়ে যায় কারণ কাজের শেষে সব

মজুর এক ঝুড়ি করে পোড়া কয়লা নিয়ে যেতে পারে। যা বাইরে বেচে দিলে এক দেড় টাকা মিলে যায়। কয়লা জীবনও পাবে। কয়লা বেচা পয়সায় আটা ডাল কিনে সে যাতে খেতে পারে দয়া পরবশ হয়ে হাবিলদার তার জন্য উনুন চাটু তাওয়া বারান্দায় রেখে গেছে। বলে গেছে, ঠিকেদারকে. দু একটাকা চাইলে যেন দেয়। হাবিলদার এই সপ্তাহের জন্য দেখে চলে গেল। অক্ষত রয়ে গেল তার পুরুষাঙ্গ।

সকাল আটটা থেকে সন্ধে ছটা অবধি কাজ। একজন বেলচায় করে ছাই দিয়ে ঝুড়ি ভরে তুলে দেয় জীবনের মাথায়। সে নিয়ে গিয়ে দূরে ফেলে আসে। সন্ধ্যায় কয়লার ঝুড়ি পাড়ার দিকে নিয়ে যায়। কয়লা কেনার লোক প্রচুর। কয়লা বেচে পয়সা নিয়ে বাজার করে। নিজে রান্না করে। নিজে খায়। জীবনে পেট ভরে খাবার আনন্দে থাকার সুযোগ খুব কম আসে। ভবিষ্যতে কোন রূপ নিয়ে আসছ তা কে জানে। সাতটা দিন যখন পাওয়া গেল। তাকে উপভোগ করে নেওয়া যাক। এমনই ভাবে জীবন।

সাত নয়, দশ দিন পরে পারিবারিক সমস্যা মিটিয়ে ফিরে এল হাবিলদার। তবে একা নয়, এবার সাথে এসেছে, তার বউ, মেয়ে। তারা এখানেই থাকবে এখন থেকে।

কে যেন বলেছে, জীবনটা একটা নাটক, পৃথিবীটা একটা রঙ্গমঞ্চ। হাবিলদার এখন পশুত্বকে লুকিয়ে রেখে ভাজা মাছ উল্টে খেতে না জানা পরম নিষ্ঠাবান পতিধর্ম নির্বাহ শুরু করলো। তবে জীবনের জীবনযাত্রার কোন পরিবর্তন ঘটলো না। নিজের বাজার নিজে করে, নিজে খাওয়া চালু থাকলো। হাবিলদারের বউয়ের রাতের রান্না শেষ হলে সেই উনুনে কয়লা ঢেলে নিজের দুবেলার রান্না সেরে নেয় জীবন। তারপর রাতটুকুর জন্য পড়ে থাকে বারান্দার এক কোণে।

একদিক খোলা ছোট্ট বারান্দা। উত্তরপ্রদেশ হিমালয়ের কাছে বলে শীত এখানে বাংলার চেয়ে আগে আসে। একটু একটু শীত পড়া শুরু হয়ে গেছে। ভোরের দিকে হাত পা অসাড় হয়ে যায়। সে যা হোক আর যেমন হোক তবু একটা আস্তানা তো। নিয়মমত তার একটা ভাড়া নিশ্চয় হয়। জীবনের ভাড়া দেবার ক্ষমতা নেই। তাই হাবিলদারের হিসেবী স্ত্রী ভাড়ার বদলে বাসন মাজানো, রান্না চানের জল বওয়ানো কাপড় চোপড় ধোয়ানো, এসব ঘরের কাজ বিনা দ্বিধায় করিয়ে নেয়।

এইভাবে কেটে যায় এক মাস। এসে যায় বেতন পাবার দিন। মজুরদের সবার মনে উল্লাস। জীবনও ভাসছে আনন্দের জোয়ারে। আর কিছুক্ষণ পরে হাতে নগদ পঞ্চাশ টাকা পাবে। এত টাকা সে এমন কি তার বাপ গরীব দাসও কোনদিন হাতে ধরে দেখে নি। গামছাটা ছিড়ে ফর্দাফাই হয়ে গেছে। ভাত রান্নার কোন হাড়ি নেই। হোটেলে গিয়ে আজ ভাত খাবে। চারবাগের স্টেশনের কাছে একটা বাঙ্গালী হোটেল আছে, বড় আশা বুকে নিয়ে বসে থাকে জীবন।

ঠিক চারটের সময় মাইনে দেওয়া শুরু হয়। একে একে সবার ডাক আসে। সবাই টাকা পেয়ে যায়। শুধু একা জীবনের ডাক আসে না। বিস্মিত জীবন ঠিকাদারকে বলে— কই সায়েব আমাকে তো টাকা দিলেন না।

ফরসা গোল মুখ মুসলমান ঠিকাদার। দেখে মনে হয় নবাব বাদশার রক্ত শরীরে আছে। শহরের মাঝখানে বিশাল বাড়ি। দু তিনটে বউ। সর্বকনিষ্ঠ বউটার বয়েস নাকি বাইশ। বছরখানেক আগে বিয়ে করেছে।

সে বলে, তোমার টাকা তো তোমার হাতে দেওয়া যাবে না। হাবিলদার বারণ করে দিয়ে গেছে। তুমি তার বাসায় থাকো খাও। তোমার সাথে তার কি কথাবার্তা হিসাব নিকাশ আমি তো তার কিছুই জানি না। সে তোমাকে কাজে লাগিয়ে গেছে। বলতে গেলে তুমি তারই কাজ করছো। যা বলার তাকে বোলো।

জীবন বলে, তার বাসার যে খাবার খাই সে খাবার আমি নিজে কিনে আনি। থাকি একটু, তার জন্য বাসার সব কাজ করিয়ে নেয়। আপনারা যে কয়লা দ্যান মাঝে মাঝে তারও এক দু ঝুড়ি দিয়ে দিই।

সে তো আমি বলতে পারবো না। তোমার আর তার ব্যাপারে আমি কোন ঝামেলায় জড়াতে চাইনা।

ইঁদুর কলে পড়ে গেছে জীবন। তাকে বিনাশ করার জন্য যে বিশ্বজোড়া ফাঁদ পাতা রয়েছে, অদৃশ্য সেই মাকড়শার জাল কেটে কোনভাবে বের হতে পারছে না। কেউ তাকে ত্রাণ দিতে অবতার হয়ে আসবে না। এখন কি করে সে? কি করে সে? কি করে জীবন নামের এক হতভাগা?

বোঝে সে এখানে কাজ করতে হলে থাকার জন্য হাবিলদারের বাসায় না গিয়ে কোন উপায় নেই। আর গেলেই তার মালিশ জল তোলা বাসন মাজা, সব কাজ সিন্দবাদের বোঝার মত ঘাড়ে চেপে বসবে। তার পর মাস গেলে নিজের মেহনতের মজুরিও হাতে পাবে না। হাবিলদারের মত নরাধমের কাছে কোন দয়া কৃপা পাবার আশা করা মানে মুর্খের স্বর্গে বাস। দেখে মনে হয় এই সব পাষণ্ডতে পৃথিবীটা ভরে গেছে। যারা গলা টিপে ধরে আছে জীবনের মত জীবনদের।

ঠিকেদার বলে, আমি বুঝি না তেমন নয়। তুমি গরীব ঘরের ছেলে। দুটো পয়সার জন্য খাটতে এসেছো। কিন্তু আমার কিছু করার উপায় নেই। হাত পা বাঁধা। জলে বাস করে কি কুমীরের সাথে বিবাদ করে পারা যায়? তুমি তো জানো কাজের মজুরি বাবদ মজুররা কিছু পোড়া কয়লা নিয়ে যায়। সত্যি কথা বলতে কি সেটা আইন সম্মত নয়। আইন হচ্ছে ওয়ার্কশপের ধূলোও বাইরে যাবে না। যদি আমি হাবিলদারের কথা না মানি সে রেগে যাবে। আর তখন কয়লা নিয়ে যেতে দেবে না। সব জব্দ করে নেবে। আগে কয়েকবার এমন হয়েছে। তাহলে মজুররা সব না খেয়ে মরবে। কাজ বন্ধ হয়ে গেলে আমার কি হবে বলো!

বিদায় নবাব বাদশা বাইজি নর্তকী আমীর ওমরাহ গজল ঠুংরির স্বনামধন্য শহর লক্ষ্মৌ। কত ইতিহাস ইতিকথা কত গল্প গাথা কিংবদন্তী ছড়িয়ে আছে তোমার পথে পথে ধূলিকণায়। ক্ষুধার্ত এক কিশোরের তার কিছুই শোনা হল না। দেখা হল না। চলে যেতে হবে এবার এখান থেকে।

মনের মধ্যে যখন বিদায়ের ঘণ্টা বাজাতে শুরু করেছে তখন সেই ঘণ্টায় একটা নাড়া দিয়ে দেয় ঠিকেদার। তোমার অবস্থা বুঝে সবদিক ভেবে দেখে বলছি তোমার এখান থেকে চলে যাওয়াই উচিৎ হবে। তব হ্যাঁ, যদি কানপুরে যাও ওখানেও আমার ঠিকা নেওয়া আছে। সেখান কাজে লাগিয়ে নিতে পারি।

তাহলে আর তোমার পয়সা হাবিলদার নিয়ে নিতে পারবে না। যাবে?

রাতটা ঠিকেদারর বাড়ির নিচেরতলায় একটা ঘরে কাটিয়ে সূর্য ওঠার আগেই রওনা দিলো কানপুর। কানপুরের কাজ দেখাশোনা করা মুন্সী এসেছিলো পেমেন্ট নিয়ে যাবার জন্য। সকাল আটটার আগে পৌঁছে তাকে মজুর কাজে লাগাতে হবে। তাই তাড়াহুড়ো।

কানপুর লক্ষ্মৌ থেকে খুব একটা দূর নয়। দেড় দুঘণ্টায় পৌঁছে যাওয়া গেল লোকোশেডে। এটা খুবই ছোট কারখানা। কাজও কম, মজুরও কম। কিন্তু সেখানেও কি টিকতে পারলো জীবন। সে তো সেই জীবন যার পায়ের তলের ভূমি পিচ্ছল। অনবরত পিছলে পিছলে যায়, সে ভূমিতে স্থির দাঁড়াবে কি করে?

এখানে রান্না করে খাবার কোনো সুবিধা নেই। খেতে হবে হোটেলে। পঞ্চাশ টাকা মাস মাইনের লোক সারামাস হোটেলে খেলে হাতে আর পয়সা থাকে কই? দু বেলা, মাত্র দু বেলা তাও কি পেট ভরে খাওয়া যায়? চারটে রুটি যার দাম আট আনা সাথে দু আনার ডাল, রাতটা তো দশ আনায় চলে যায় কিন্তু দুপরে এক টাকায় চলে না। কম পক্ষে আটটা রুটি চার আনার তরকারী দরকার।

ইঞ্জিন থেকে যে ছাই ঢালা হয় তাতে আগুন থাকে। আগুন নেবাবার জন্য ঢালা হয় জল। সেই জলে ভেজা ছাই এক ঝুড়ির ওজন পঞ্চাশ কিলোর কম নয়। সারাদিন ধরে সেই ঝুড়ি মাথায় করে বয়ে পেটে যেন আগুন জ্বলে। সেই আগুনে পাতলা আটটা দশটা রুটি দহন হতে কতক্ষণ। লক্ষ্মৌয়ে যে পোড়া কয়লার উপরি রোজগার ছিলো এখানে তা নেই। অন্য মজুরদের বাড়ির লোকেরা তা আগে ভাগে বেছে নিয়ে চলে যায়। ঝুড়ি বওয়া থেকে ফুরসত মিললে তবে তো জীবন তা করবে। তার আগেই তো সব হাওয়া।

লক্ষ্মৌয়ের সহকর্মীরা বাচ্চা বলে জীবনকে কিছুটা ছাড় দিতো। কিন্তু কানপুরের সঙ্গীরা তেমন নয়। তারা উড়ে এলে জুড়ে বসা জীবনকে ঠিকেদারের চামচা ভেবে ঝুড়িতে যথেচ্ছ বোঝা চাপিয়ে তুলে দেয় তার মাথায়। ছাইয়ে ঢালা জল বেলচা করে তুলে দেয় ঝুড়িতে। সে জল চুইয়ে, গায়ে মাথায় পড়ে জীবনের। ভিজে ভূত হয়ে যায়। কতদিন সে এই অত্যাচার সয়ে টিঁকতে পারে? যেন সেই পরীক্ষায় মেতে ওঠে সাত সহকর্মী মজুর ভাই।

এক মাস টেঁকে জীবন। তবে তার জন্য সহকর্মীদের ব্যবহারই একমাত্র দায়ী নয়। শীতও বেশ কিছু দায়ী। প্রকৃতির নিয়মানুসারে সে তখন বেশ জাঁকিয়ে নেমেছে। উত্তরপ্রদেশকে ভালোমত কাঁপিয়ে প্রতিবছরের মত শীতে দু দশজনকে মেরে বাংলার দিকে যাবে। লক্ষ্মৌয়ের মত কানপুরে জীবনের থাকার কোন বিশেষ ব্যবস্থা নেই। তেমন কোনো বিষয় ঠিকেদারের হাজার রকম চিন্তা করা মাথায় আসে নি। বড় মানুষের বড় ভাবনা থাকে। সেখানে এত তুচ্ছ জিনিস স্থান পায় না। প্রথম প্রথম দিন কয়েক কারখানায় একটা চালায় রাত কাটাতে খুব একটা অসুবিধা হয় নি। শীত বাড়ার সাথে সাথে অসুবিধা ঘটল। চারদিক খোলা স্থান আর শীতের দাপটে বাসের উপযুক্ত রইলো না।

তাই কাজ ছেড়ে আবার হাঁটা দেয় জীবন। তবে এবার আর তার আর্থিক ক্ষতি বিশেষ একটা হয়নি। পারিশ্রমিকের সবটা পেয়ে গিয়েছিলো। এবং তা খরচও হয়ে গিয়েছিলো সবটাই।

২৫

বাসস্থান

গরীব দাস এখন খাবার সোডার কল্যাণে পেটের ব্যাথাটাকে চাপা দিতে অভ্যস্ত হয়ে উঠেছে। তারই মত আর এক পেটব্যাথার রুগী বলে দিয়েছে এই মহাঔষধির নাম। যখনই পেট কনকন করে ওঠে, এক মুঠো সোডা মুখে দিয়ে খানিকটা ঠাণ্ডা জল খেয়ে নেয়। সাথে সাথে আরাম। এতে দিনে এক আনা খরচ হয় বটে, তবে শরীর সুস্থ থাকে। এখন সে আবার যাদবপুর মজুরের কাজে আসা যাওয়া করতে পারছে। খুব বেশি খাটনি না হলে সেকাজ করতেও পারছে। মজুরি এখানে বেশ ভালোই! দিনে তিনটাকা আটআনা। বলে কয়ে নিতে পারলে কোন কোন কাজের বাড়ি থেকে বাসি রুটি টিফিনও দেয়।

যাদবপুরের এই অঞ্চলে পূর্ব পাকিস্তান থেকে আসা সেই সব মানুষ যাদের আর্থিক সঙ্গতি ছিলো তারা ক্যাম্পে গিয়ে সরকারি সাহায্য দয়া কৃপা করুণার আশায় বসে না থেকে নিজেদের চেষ্টায় কেউ কেউ বলে চারটে খুঁটি আর একটা লাঠির জোরে গড়ে তুলেছে কিছু কলোনি। জবরদখল কলোনি। এখানে নিয়মিত নির্মাণ, পুনর্নির্মাণ, সংস্কার, বিস্তার হবার নিরন্তর এক কার্য্যক্রম চলছে তাদের বাস গৃহে।

এইসব মানুষরা পূর্ববাংলার সবাই মোটামুটি অবস্থাপন্ন ছিলো। তাই মাথা ছাড়া আর কোন কায়িকশ্রম দিতে শেখেনি। কায়িকশ্রম এদের চোখে অতি অপমানজনক। তাই এদেশে এসে অবস্থা বিপাকেও তা করতে পারছে না। কিন্তু এইসবের নির্মাণ তো চাই। এইসব করতে সাহায্য নিতে হচ্ছে চিরকাল যারা সেবা সাহায্য করে এসেছে তাদের। এ দেশের মুসলমান রাজমিস্ত্রি যাদের অধিকাংশের বাস মুর্শিদাবাদ জেলায় আর দক্ষিণবঙ্গের দরিদ্র কাওড়া বাগদি পোদদের। আর আছে ডোল বন্ধ ক্যাম্পের না খাওয়া নমো পোদ জাউল্যা। এরা সব সকালবেলা ঝুড়ি কোদাল নিয়ে বিনাটিকিটে ট্রেনে চেপে যাদবপুর স্টেশনে এসে নামে। কাজের সন্ধানে কোন মোড়ে গিয়ে দাঁড়ায়। যাদের দরকার কাজে নিয়ে যায় কাজের শেষে মজুরি নিয়ে ফের, তারা সন্ধ্যার ট্রেনে ফিরে যায়।

যেহেতু আসা এবং যাওয়ায় রেল কোম্পানীকে কোন মূল্য দিতে হয় না, সে দিতে হলে অত কম মজুরিতে তাদের পোষাত না, সে প্রশ্নে না গিয়ে একটুকু বলা যায় এর ফল এইসব নিম্নবর্ণ সম্প্রদায়ের মেয়ে বউরাও বাবুবাড়ির বাসন মেজে কাপড় কেচে ঘর ঝাঁট দিয়ে মুছে মাস গেলে দশ বারো টাকা রোজগার করে নিতে পারে।

রামকৃষ্ণপুর কলোনির হেমন্ত দাসগুপ্ত বেশ সচ্ছল লোক। সোনার দোকান আছে তার। একদা রাজনীতি করতেন। সত্যাগ্রহ করে একবার জেলেও গিয়েছিলো। সে কারণে উপর মহলের সাথে কিছু চেনাজানা আছ। পাড়ার সবাই তার কথা মানে। এক হিসাবে তিনি এই কলোনির প্রতিষ্ঠাতাও বলা চলে। তাঁর বাড়িতে এক নাগাড়ে দু তিনমাস কাজ করেছে গরীব দাস। ভিতকাটা থেকে ছাদ ঢালাই পর্যন্ত সে ছিলো রাজ মিস্ত্রির জোগাড়ে। মিস্ত্রির কাজ শেষ হবার পরও কত কাজ থাকে। বাড়ি তৈরীর কত কাজ। সেইসব কাজে গরীব দাস অনেক দিনের কর্মসংস্থান পেয়ে গেছে হেমন্ত বাবুর কাছে। গরীব দাসের কাজ দেখে হেমন্তবাবু খুবই সন্তুষ্ট। অন্য মজুরদের মত বসে বসে বিড়ি ফোকে না, আটনয় ঘণ্টা গাধার মত খাটে। দুটো রুটি দিলে কৃতজ্ঞতায় ভিজে যায়। এমন লোক আজকের দিনে পাওয়া মুশকিল। বলে দিয়েছেন তিনি, বাড়ি তৈরীর কাজ তো শেষ হয়ে গেল তা বলে আসা যাওয়া বন্ধ করে দিস না। মাঝে মাঝে তুই খোঁজ খবর নিস। যখনই কোন কাজকর্ম হবে তোকে দিয়েই করাবো।

সেই কারণে এবং এই বাড়ির পাঁচিলের এককোণে পেয়ারা গাছের তলে ঝুড়ি কোদালটা রেখে যাওয়া যায় বলে রোজ সকালবিকালে আসে গরীব। এলে কোন কোন দিন এক কাপ চা দুটো রুটিও পেয়ে যায়। তা যে সবদিন শুকনো কড়কড়ে পোড়া বাসি হয় তেমন নয়, কোন কোনদিন গরমও থাকে। এই তো গত পরশুদিন রুটির সাথে আলুভাজাও ছিলো। হেমন্তবাবুর স্ত্রীও ভালো মানুষ। রুটি খেয়ে নেবার পর সে বড় মমতা ঝরা গলায় বলেছিলো গরীব ড্রেনটা একেবারে জাম হয়ে গেছে জল মোটে যায় না। কোদাল দিয়ে টাইনা দিবা?

আজকে গরীব দাসের কাজ হয় নি। হবে না যে তা সকালবেলায় বোঝা গিয়েছিলো। ট্রেন পাক্কা দু ঘণ্টা চম্পাহাটি স্টেশনে এসে দাঁড়িয়ে রইল। নট নড়ন চড়ন। কোথায় নাকি ওভার হেডের তার ছিঁড়ে গেছে। সেসব সারিয়ে ফের ট্রেন ছাড়তে নটা বেজে গেল। রাজমিস্ত্রিরা সব আটটায় কাজে লেগে পড়ে। ছুটি নেয় পাঁচটায়। নটার পরে গেলে কে আর গরীবকে কাজে নেবে? ঘড়ির ঘণ্টার এই নিয়মে মাঝে মাঝে কাজ কামাই যায় তার। এর চেয়ে আগের সেই কয়লার ট্রেন ছিল ভালো। ইলেকট্রিক ট্রেনের মত বন্ধ হয়ে পড়ে তো থাকতো না। এ ট্রেন তো যখন তখন বিগড়োয়।

ঝুড়ি কোদাল রেখে যেতে আজ এই বাড়িতে এসে দেখতে পায় গরীব দাস এক বিরাট আয়োজন। বাড়িতে এসেছে বেশ কয়েকজন নতুন মানুষ, যাদের গরীব আগে কখনো দেখেনি। নতুন বাড়ি হয়েছে সেই বাড়িতে বেড়াতে এসেছে হেমন্তবাবুর শ্যালক আর তার স্ত্রী, দুটো বাচ্চা। এরা গৃহ প্রবেশ অনুষ্ঠানে আসতে পারে নি। এখন এসেছে। একটা কিছু সমস্যা হয়েছিলো। সেটা খুবই বিচ্ছিরি। এখন গরীব দাসকে সামনে পেয়ে হাতে যেন চাঁদ পায় হেমন্তবাবুর

গৃহিনী। কর্তাকে বলে– ওই তো গরীব এসেছে। ওকে বলো না। ও পারবে। এসব ওদের অভ্যেস আছে।

এক হেমন্তবাবুর সাথে পরিচয় হয়েছিল জীবনের। এক হেমন্তবাবুর সাথে পরিচয় হয়েছে তার বাপের। দু জনের ব্যবহারই বড় মোলায়েম। সেই নরম মোলায়েম গলায় ডাকেন হেমন্তবাবু, আয় আয় গরীব। বড় ভালো সময় এসেছিস। খুবই ঝামেলায় পড়ে ছিলাম রে। ভগবানই এ সময়ে তোকে পাঠিয়ে দিয়েছে। দ্যাখ না একটা রাজহাঁস কিনে ফেলেছিলাম। এখন এটাকে কে কাটে বল দেখি। আমরা কি এ সব পারি। তুই একটু কেটে দিয়ে যা। গরীব দাস হাঁস আর কাটারি নিয়ে পেয়ারা গাছের তলে বসে যায়। এখনটায় ছায়া আছে। এখন ভোররাতের দিকে একটু শীত শীত করলেও দুপুরের রোদে বেশ তাপ আছে। ওদিকে অন্য একটা গাছের ছায়ায় পাশাপাশি দুটো চেয়ার নিয়ে বসে পড়েন হেমন্তবাবু এবং তার শ্যালক সঞ্জয় সেন। শালা ভগ্নীপতির মধ্যে চিরদিনই হাসিঠাট্টা কথা কাটাকাটি চাপান উতোরের খেলা চলে। এখনও তার ব্যতিক্রম হল না। শুরু হয়ে যায় কথার খেলা। হেসে হেসে সঞ্জয় সেনের দিকে তাকিয়ে গলায় একটু নাটকীয় ভঙ্গী এনে বলেন হেমন্ত বাবু– তারপর বলো হে পশ্চিমবঙ্গের সর্বপ্রথম জবরদখল কলোনির গৌরবপ্রাপ্ত বিজয়পুরের সম্মানীয় সেক্রেটারি মহোদয়, তোমার অঞ্চলের খবর টবর কি! কেমন চলছে টলছে সব?

হেমন্তবাবু রামকৃষ্ণপুর কলোনির প্রতিষ্ঠাতা সদস্যদের মধ্যে অন্যতম। যে কোনদিন বিজয়পুরকে যথাযোগ্য সম্মান দিতে চায় না। মনে যেন কি এক কষ্ট। সেই কষ্ট থেকে সব সময় বিজয়পুরকে টিটকারি মেরে খোঁচা দিয়ে কথা বলে। বিজয়পুরবাসির বিরাট একটা গর্ব আছে, তা হল পশ্চিমবঙ্গে সর্বপ্রথম তারা যে পথ পদ্ধতি আবিষ্কার করেছিল সেই পথ অনুসরণ করে শহর কলকাতায় ১৪৯খানা কলোনি গড়ে উঠেছে। বলতে গেলে তারাই সবার পথিকৃত। এটাই হেমন্তবাবুর মনোকষ্টের কারণ।

বিজয়পুর নিয়ে অহংকার সঞ্জয় সেনেরও আছে। মেজাজটাও এখন তার ঠিক ছিলো না। মাঝে মাঝেই তার এইরকম কারণ ছাড়াই মেজাজ খারাপ হয়ে যায়। রিক্সা চেপে চলেছে। রিক্সাটা যত জোরে যাওয়া দরকার, যাচ্ছে না। মেজাজ খারাপ। ভাড়া দেবার সময় বচসা। বাজারে গেছে। মাছের দাম বেশি। ফলাফল ওই একই। এখন চা আসতে দেরী হচ্ছে, তার উপর বাক্যের ছোবল। খোঁচাটা বড় গায়ে লাগছে। জ্বলে ওঠে সে– এই বিষয়ে কোন দ্বিমত আছে আপনার?

কোন বিষয়ে?

বিজয়পুর যে পশ্চিমবঙ্গের সর্ব প্রথম জবরদখল কলোনি। যার কাছ থেকে অনুপ্রেরণা পেয়েই ঠিক একই ভাবে অন্যসব কলোনিগুলোর পত্তন হয়। এবং বলতে বাধা নেই যে এই রামকৃষ্ণপুরও ঠিক সেইভাবে গড়ে ওঠা একটা কলোনি।

মানতে পারলাম না।

কেন?

সঠিক না বলে।

কেন সঠিক নয়?

চা এসে গেছে। হেমন্তবাবু চায়ে চুমুক দিতে গিয়েছিলেন। তা না করে কাপটা নামিয়ে রেখে নরম কিন্তু শ্লেশ মাখা গলায় বলেন, একটা কথা শোনা যায়, যে নাকি চম্বল নদীর জল খায় সেই ডাকাত হয়ে যায়। আমার ধারণা বিজয়পুরের জল হাওয়াও এই রকম এক বিশেষ গুণের আধার। যে সেখানকার জল খায় মাথা গরম মারকুটে মস্তান। এইরকম কিছু একটা হয়ে যায়। যদি তুমি তা না হও যদি মাথা ঠাণ্ডা রেখে ধৈর্য্য ধরে কষ্ট করে একটু স্থির হয়ে বসতে পারো তাহলে তোমাকে দু'চারটে কথা বলতে পারি। তাহলে তুমি বুঝতে পারবে তোমার ধারণা কত ভুল।

ঝাঁঝের সাথে বলে সঞ্জয় সেন— বলুন।

মাথা গরম করবে না?

না।

আমার কথা শেষ হবার আগে কোন কথা বলবে না?

বললাম তো বলবো না।

মনে কষ্ট পাবে না?

না না। বলুন।

এবার চায়ে চুমুক দিলেন হেমন্তবাবু। পর পর দুটো চুমুক দিয়ে ফের কাপ নামিয়ে রেখে একটা নাম্বার টেন ধরিয়ে এক গাল ধোয়া ছেড়ে বাঁকা চোখে শ্যালককে দেখলেন। বেশ খেপে গেছে। একটু আরো খেপিয়ে দেওয়া যাক। মানুষ খেপানোর যে মজা আছে তা আর কি সে?

বলেন তিনি— হ্যাঁ, কি বলছিলাম যেন। প্রথম জবরদখল কলোনি? প্রথম এই কথাটা মেনে নিতে আমার আপত্তি নেই। আপত্তি জবরদখল এই শব্দটাতে। জবর শব্দটি একটা বীররসের মাখামাখি, না! আমি বলছি বিজয়পুর মোটেই জবরদখল কলোনি নয়। তাহলে কি?

শর্ত ভাঙ্গবে না।

ভাঙ্গছি না। তাহলে আপনি বলুন বিজয়পুর কি?

সরকারের সহোযোগিতায় সরকার পক্ষের লোক দ্বারা গঠিত সরকারি কলোনি।

বললেই তো হবে না, প্রমাণ দিন।

গরীব দাস হাঁস কেটে ছাল ছাড়াচ্ছে কিন্তু কান চলে গেছে বাবুদের কথার দিকে। এটা তার চিরদিনের অভ্যাস। আলোচনা ব্যাখ্যা বক্তৃতা কথকতা এসব শুনতে খুব ভালোবাসে। এতে কত কী জানা যায় বোঝা যায়।

অধৈর্য হয়ো না। ধীরে ধীরে শোনো, ভুল ভাঙবে। সিগারেটে আর একটা টান দিয়ে বলা শুরু করলেন, দ্বিতীয় বিশ্বযুদ্ধের সময় মার্কিন সেনাদের বসবাস করার প্রয়োজনে ইংরেজ সরকার এদেশের মানে এই অঞ্চলের জমিদারদের কাছ থেকে কয়েক হাজার বিঘা জমি অধিগ্রহণ করে নেয়। জানো নিশ্চয় এমন একটা আইন আছে যে রাষ্ট্রের প্রয়োজনে যে কোন জমি সে হুকুম দখল করতে পারে। এটা আঠারো শো আঠারো সালের আইন। এই আইন বলে আগেও রাষ্ট্র

বহু মানুষের জমি জায়গা দখল করে নিয়েছে, পরেও নেবে।

তাত্ত্বিক ব্যাখ্যা বাদ দিয়ে সংক্ষেপে ঘটনাটি বলুন।

সেটাই তো বলছি। তাহলে সরকার জমি অধিগ্রহণ করে নেবার পর আইনত সে জমির স্বত্ব আর জমিদারের রইলো না। জমির মালিক হয়ে গেল খোদ সরকার। যুদ্ধ শেষ হল, মার্কিন সেনারা দেশে ফিরে গেল। জমিদাররা আশা করেছিলো যুদ্ধ শেষ হয়ে গেলে তাদের জমি তারা ফিরে পাবে কিন্তু তা তারা পায় নি। সরকারের কব্জায় রয়ে গেছে। এরপর ক্ষমতা হস্তান্তর হল। ইংরেজরা চলে গেল, ক্ষমতায় এল কংগ্রেস সরকার। এর মাঝে দেশ ভাগ। দেশত্যাগী মানুষের ঢল নামে।

এ সব আমার জানা।

তো সেই জানা কথার মধ্যেকার অজানা কথাটা জেনে নাও না।

বলুন।

তো তখন বাংলার মুখ্যমন্ত্রী ছিলেন বিধানচন্দ্র রায়। সেই বিধান রায়ের বিশেষ পরিচিত ছিলেন সন্তোষ দত্ত। সন্তোষ দত্ত কংগ্রেস করতেন একবার জেলও খেটেছেন কয়মাস। দেশত্যাগ করে আসার পর তিনি গিয়ে দেখা করেন বিধান রায়ের সাথে। তোমরা এটা মানো আর না মানো আমি জানি বিধান রায়ের সাথে গোপন পরামর্শের পরেই সন্তোষ দত্ত এই জমি দখল করে কলোনি বানাবার প্রস্তুতি নেয়। সন্তোষবাবু সাথে পেয়ে যান তার মতই আর এক জনকে যাকে সবাই কালা ভাই নামে চেনে। এই দুজনার নেতৃত্বে সেই সরকারি জমিতে তখন হাজার কুড়ি মানুষ ঝটপট ঘর তুলে ফেলে। আমি কি ঠিক বলছি? জমিদারদের তাতে বাধা দেবার আইনগত কোন অধিকার ছিলো না। বাধা দিলে দিতে পারতো একমাত্র সরকার। জমির মালিক তো সে। কিন্তু তখন পশ্চিমবঙ্গের মুখ্যমন্ত্রী বিধান রায় মহাশয়ের সাথে সন্তোষবাবুর ঘনিষ্ঠ পরিচয় থাকায় এবং বাস্তব পরিস্থিতির কারণেও বিধানবাবু ওদের বাধা দেন নি। এভাবে যদি রিফিউজি সমস্যার খানিকটা সমাধান হয়ে যায় তো যাক না।

চায়ের কাপে শেষ চুমুক সিগারেটে শেষ টান দিয় ফের বলেন হেমন্তবাবু, তোমরা এটা মানো আর নাই মানো তবে এটাই সত্যি যে প্রশাসনের মৌন সম্মতি ছাড়া কোনমতেই এমন হাজার হাজার একর জমি বিনাবাধায় দখলকরা সম্ভব হত না। বিধান রায়ের সম্মতি পেয়েই সন্তোষবাবুরা এত সাহসী হন। বলা হয় বিজয়পুর এশিয়ার সব চেয়ে বড় জবরদখল কলোনি, যা গড়ে উঠেছে কোন রকম সরকারি সহায়তা ছাড়াই। এটা নিয়ে বিজয়পুরবাসির বড় গর্ব বড় অহংকার। কিন্তু জবরদখল কলোনি থেকে জবরদখল শব্দটা সরিয়ে দিলে শুধু কলোনি কথাটা থাকলে সে সম্মান চলে যায় ইস্রায়েলের ভাগে। তাই যারা একটু যোদ্ধা তারা আপ্রাণে জবরদখল কথাটা আঁকড়ে ধরে আছে। আমি বলছি মোটেই জবরদখল নয়। যদি সরকার পক্ষের সমর্থন না থাকে তাহলে কোনদিন তাবড় তাবড় নেতা মন্ত্রীরা বিজয়পুরে দখলকারীদের অভয় দিতে আসতো না। পুলিশ লেলিয়ে দিতো। কে কে এসেছিলো তাদের নাম শুনবে? মুখ্যমন্ত্রী বিধান রায় তো ছিলেনই তার উপরে পণ্ডিত জওহরলাল নেহেরু। জানো নিশ্চয় ভদ্রলোক কে? তারপর পশ্চিমবঙ্গের মাননীয় প্রফুল্ল ঘোষ, ত্রিগুণা সেন, সমর

গুহ, সরোজিনী নাইডু, জেনারেল সত্যব্রত সিংহ আরো অনেকে। সবার নাম এখন স্মরণে আসছে না। এইসব ব্যক্তিত্ব যাদের পাশে পিছনে অভয় হস্ত তুলে দাঁড়ায় তাদের উচ্ছেদ করবে কোন শালা!

একটু হেসে শ্যালকের মুখের বিব্রত ভাব দেখে মজা পেয়ে ফের বলেন তিনি, সুতরাং বিজয়পুর কোনমতেই গর্ব করে বলতে পারে না যে, আমরা জবরদখল করে কলোনি বানিয়েছি। বরং উল্টোটা বলা চলে, তা হচ্ছে সরকারি জায়গায় সরকারের সহযোগিতায় সরকার পক্ষের লোক দ্বারা প্রতিষ্ঠিত কলোনি।

হাঁসের রক্তে পেয়ারাতলার মাটি ভিজে গেছে। ছাল ছাড়াবার পর এখন তাকে ছোট ছোট টুকরো করছে গরীব দাস। হেমন্তবাবু দেশে থাকতে অনেকবার রাজহাঁসের মাংস খেয়েছেন। এদেশে এসে এই প্রথম। এ মাংস এমনিতে ততটা সুস্বাদু লাগে না। একটু ছিবড়ে ছিবড়ে। তবে নামের আগে রাজ আছে বলে খাবার সময় মনে একটা রাজকীয় ভাব আসে। সেটাই তৃপ্তির, আনন্দের।

সঞ্জয় সেনের মুখের উপর মেঘ জমেছে। সেটা উপভোগ করে নিয়ে ফের বলেন হেমন্তবাবু, জবরদখল। যদি মনে করো যে জবরদখল কথাটার মানে কারো মুখাপেক্ষি না থেকে, সাহায্য সহযোগিতার আশা না করে, স্বীয় ক্ষমতায় অধিকার করে নেওয়া, তাহলে তা করেছি আমরা। সেই অহংকার করতে পারি আমরা। কোনরকম কোন সরকারী সহায়তা ছিলো না। একমাত্র নিজেদের শক্তি সাহস ক্ষমতায় জায়গা দখল করে ঘর তুলেছি। এই কলোনির সমস্ত জায়গাটা ছিল এক মুসলমানের। কী যেন নাম! তার একশো বাহান্ন বিঘে জমি একরাতে আমরা দখল করে নিই। পাঁচ কাঠার প্লট বানিয়ে সবাইকে বিলিবন্টন করে দেওয়া হয়। সে নিয়ে কত মামলা মোকদ্দমা থানা পুলিশ।

মামলা মোকদ্দমা! সঞ্জয় সেনের খুব রাগ হয় জামাইবাবুর উপর। সেই রাগ ঝরে পড়ে গলা থেকে, কার সাথে মামলা মকদ্দমা জামাইবাবু? এসব গল্প আপনাদের কজনের মিলে বানানো। লোকে তখন তো এতটা কিছু বুঝতো না আপনারা দু'পাঁচজন মাথা যা বলতেন সবাই তা বিশ্বাস করে নিতো। মামলা মোকদ্দমার গল্প আপনারা ছেড়ে দিলেন। এই বলে মাসে মাসে একটা মোটা অংকের চাঁদা তুলে নিতেন লোকের কাছ থেকে। যার হিসেব কেউ কোনদিন পায় নি। এই জমির মালিক লোকটাকে আমি চিনি। আনোয়ার শা রোডে বাড়ি। খুব ভালো লোক। আইন আদালত কিছুই করেনি সে। একদিন তো বললো আল্লা আমাকে অনেক দিয়েছে। জীবন হেসে খেলে কেটে যাবে। ওইটুকু জমি আর কেড়ে নিয়ে কি করবো। লোকগুলো বিপদে পড়েছে, আছে থাকুক। আপনারা এই রকম একটা ভালো লোককে ফালতু বদনাম দেন।

ভালো লোক। মাথাটা এবার হেমন্তবাবুর গরম হবার উপক্রম, বলে কী শালা। মুসলমান, সে আবার ভালো হয় কি করে? বলেন তিনি, ভাল এবং মন্দ এ দুটো ব্যক্তির মানসিকতার উপর নির্ভর করে। যা তোমার কাছে ভালো তা আমার কাছে ভালো নাও হতে পারে। তবে একটা পয়েন্টে তোমার আমার মতের মিল হওয়াটা দরকার। কারণ মুসলমানদের জন্য তুমিও দেশ ছেড়ে এসেছো। এইজন্য তোমার আমাদের ধন্যবাদ বলা উচিত যে, যাদের জন্য দেশ ছেড়ে আসতে বাধ্য হয়েছি তার একটার উপর দিয়ে ঘরবাড়ি জমি জায়গা

হারানোর শোধ কিছুটা হলেও তুলতে পেরেছি।

এ আপনার কোন যুক্তি আমার মাথায় আসছে না। যে দোষ করেছে তাকে কিছু করতে পারলে না, বলতে পারলেন না। বদনাম করছেন তার, যার পাওনা ছিলো প্রশংসা, কৃতজ্ঞতা। আপনাদের একার কথা বললে সেটা ঠিক হবে না। এই রকম উদোর দোষ বুধোর ঘাড়ে চাপিয়ে দেবার প্রবণতা ও তরফের কিছু লোকের মধ্যেও আছে। দেখতে গেলে সব হিন্দু সব মুসলমানকে ঘৃণা করে অপমান করে এমন নয়, কিন্তু সেই দোষের মাশুল গুনতে হয়েছে গোটা জাতির। যুক্তি পাল্টা যুক্তিতে দু'জনের গলার আওয়াজে গম গম করে পুরো পরিবেশ। বাইরের লোক মনে করবে বুঝি ঝগড়া হচ্ছে, বাড়ির লোক জানে এটা কোন নতুন ঘটনা নয়। রান্না নেমে গেলেই আপনা আপনি থেমে যাবে। গরীব দাস হাঁস কেটে দেবার পর কল থেকে হাত ধুয়ে এসে হেমন্তবাবুর সামনে গিয়ে বলে, কাম তো শ্যাস এহন আর মুই কি করমু।

বিতর্কে সাময়িক ছেদ পড়ে। হেমন্তবাবু গরীব দাসের দিকে ফেরেন, আর তো কোন কাজ নেই। আজকে যা। কাল আসছিস তো, দেখি যদি কাল কিছু করানো যায়। কথা বলতে বলতে পাঞ্জাবির ঝুল পকেটে হাত ঢোকান। একটা আধুলি উঠে আসে হাতে। সেটা গরীব দাসের দিকে এগিয়ে দিয়ে বলে— চা ফা খেয়ে নিস। হেমন্তবাবুর ঘরণী কলতলায় বসে মাংস ধুচ্ছেন। তাকে সামনে পেয়ে বড় বিনীত গলায় বলে গরীব, আপনে আমারে কই ছিলেন আপনের খান কয় ছেড়া কাপড় আমারে দিবেন। যদি দিতেন বড় উপকার হইত। মাংস ধুতে ধুতে বলেন তিনি, আজ তো দেখছিস কত ঝামেলা। কালপরশু একবার মনে করে দিস। দিয়ে দেবো।

রামকৃষ্ণপুর থেকে যাদবপুর স্টেশন মাইলখানেক দূর। হাঁটতে হাঁটতে স্টেশনে আসে গরীব দাস। রেললাইনের দুই পাশ জুড়ে উঠেছে চট হোগলাপাতা কাঠ এইসব দিয়ে বানানো ছোট ছোট ঝুপড়ি । এগুলো শুধু সুন্দরবনের নানা অঞ্চলের নানা কারণে গৃহহারা মানুষ এসেই বাস করছে না, আজকাল পূর্ব পাকিস্তান থেকে আসা সেই সব মানুষেরাও বাস করা শুরু করেছে যারা স্থান পায়নি কোন রিফিউজি ক্যাম্পে। গড়তে পারেনি কোন জবরদখল কলোনি। তেমনই একজন মানুষ রাখাল দাস। উনি আগে পূর্ব পাকিস্থানের কোথাকার কোন পাঠশালায় মাস্টারি করতেন যেন। এখন বস্তির বাচ্চা পড়িয়ে দিন গুজরান করেন। এক ছেলে রেলে কাটা পড়ে মারা গেছে। অন্য ছেলেটা সন্ধ্যাবাজারে মাছ বিক্রি করে। দুটো মেয়ে। বড় মেয়েটার বয়স কুড়ি। গ্রাম্য বিচারে বিয়ের যোগ্য হয়ে গেছে। কিন্তু বিয়ে দিতে না পারায় রাখাল দাস সর্বদা চিন্তায় থাকেন। সেও যদি পাশে বস্তি শেফালি কনক কালি কাজলদের মত বাজে মেয়ে হয়ে যায় তখন কি হবে!

মাঝে মাঝে গরীব দাস রাখাল দাসের কাছে এসে বসে। লতাপাতার একটা সম্পর্ক বহু কষ্টে খুঁজে বের করে দাদা ভাই পাতানো হয়েছে। রাখাল দাস পড়ালেখা জানা মানুষ। দেশ দুনিয়ার খবরাখবর রাখে। তার কাছে এসে বসে জানতে চায় গরীব দাস তাদের ভবিষ্যৎ কি হবে? কোথাও কোন আলোর

রেখার সন্ধান কি পাওয়া যাচ্ছে। দেশের নেতারা কি তাদের কথা কিছু ভাবছে? আজকে এসেছে গরীব দাস। তবে শুধু শুনতে নয়, আজ সে কিছু বলতেও চায়। হেমন্তবাবুর বাড়ি থেকে সে যা শুনে এসেছে তা মাথার মধ্যে ভনভন করছে এবং একসময় সে তা বলেও, মাস্টার দাদা, এই যাদবপুর আমাগো দ্যাখাদেখি শত শত মানুষ, আইসা কতো কতো জবরদখল কলোনি বানাইয়া থাকতে আছে। বড় ভালো আছে হেরা। তয় আপনে বা ক্যান রেল লাইনের ধারে পইড়া আছেন? মুই বা উদ্বাস্তু হইয়া ঘোলা দোলতায় পইড়া থাহি ক্যান। লয়েন কোন একখানা তালমত জাগা দেইখ্যা আমরাও বেবাকে বইস্যা যাই। র‍্যাল লাইনের পাড়ের তো কোনো ভরসা নাই কবে গুতা দিয়া তুইল্যা দেয়।

রাখাল দাস তখন মানসিক দিক থেকে একটু বিপর্যস্ত। সকালের ব্যাচের একটা বাচ্চা কিছুতে সাতের ঘরের নামতা বলতে পারছিল না। দু দুটো ঢোল কমলির ডাল বাচ্চার পিঠে ভেঙ্গেও মাস্টার অকৃতকার্য। সেই ব্যর্থতায় যখন তিনি দগ্ধ হচ্ছেন সেই সময় গরীব দাসের বোকা বোকা কথা যেন তার কাটা ঘায়ে নুনের ছিটে দেয়। তেলে বেগুনে জ্বলে উঠে বলেন, কি জাইত তোমার? নেমো পোদ কৈবর্ত জাইল্যা হইলে হইবো না। নাম ধাম জানতে পারলে পাছায় লাথি মাইরা তুইল্যা দিবে। জবরদখল করন লাগলে উচা জাইত হউন লাগবো। খোঁজ নিয়া দেখো গিয়া কলোনি কলোনিতে। বেবাক বাওন কাইত বইদ্যি। দেখাও দেখি কোন কলোনীতে এক ঘর নেমো পোদ জাউল্য নিচা জাইত পাও নাকি। পাবা না। আমি কি চেষ্টা করি নাই? খুব করছি, যদি কোন কলনিতে দুইখান পাও রাহার এট্যু জাগা পাই। পাই নাই। ক্যানে পাই নাই শোনবা? শোনবা এই সব কলোনি জন্মাবার গুপ্তকথা?

কন না। আমি তো শোনতেই আইছি আপনার ধারে। যাওনের গাড়ি তো সেই সন্ধ্যার কালে। তার আগে তা চেক থাকে।

কিছু কি খাইছো। না খাইলে ঘরে কয়ডা চিড়া আছে ভিজাইয়া দিই।

আপনি ব্যস্ত হইবেন না। আমি চা রুটি খাইয়া আইছি। আপনে কন। হাত দশেক লম্বা হাত চারেক চওড়া ঝুপড়ি রাখালদাসের। ঝুপড়ির মধ্যে প্রায় হামা দিয়ে ঢুকতে হয়। ঘাড় গুঁজে বসতে হয়। এখন ঘরের অন্য লোকজন কেউ নেই। যে যার কাজে গেছে। ফিরবে সেই সন্ধ্যারাতে। একবার রান্না, দুবার খাওয়া।

সেই ঘরে যেন ছাত্র পড়াচ্ছেন এমন ভাবে বসে বলে রাখাল দাস, ভাবলাম আর কলোনি বসাইয়া দিলাম বিষয়টা এই রকম না। এয়ার বেশ কয়ডা ধাপ আছে। পেরথমে আট দশ জোন মাতুব্বর গোছের মানুষ একত্তর হয় তারপর বানায় একখানা কমিটি। সেই কমিটি গিয়া ঘুইরা ঘুইরা দ্যাখে কই একখান সুবিধা মতো জাগা আছে। হেই জমির ইতিহাস কি, কে মালিক। সব জানা বোঝা হইয়া গেলে মাতব্বররা যোগাযোগ করে সরকারের কোন নেতা মন্ত্রীর লগে। নেতা মন্ত্রীর মইধ্যে কেউ না কেউ মাতুব্বরের মামা দাদা থাকে। তোমার আছে কি? নাই। ক্যান নাই? নেতা মন্ত্রী বেবাক উচা জাইত বাওন কায়েত বদ্যি। মাতুব্বররাও তাই। জাইতের মানুষের জইন্য জাইতের মানুষের পরাণ পোড়ে বুক টনটন করে। তখন চারদিক ভাইবা দেইখ্যা নেতায় মত দেয়।

কিন্তু অগো নিজেগো মইধ্যে গোপন চুক্তি থাকে, কলোনিতে য্যান কোন নির্ধন নিরক্ষর নিচা জাইত না ঢুইকা যায়। যারা প্লট পাবে সব য্যান হয় শিক্ষিত ভদ্দোর লোক। যাগো ট্যাকের জোর আছে। পেরথমে কমিটিরে দিতে হইবে পঞ্চাশ টাকা তারপর মাসে মাসে দশ। ট্যাকের জোর না থাকলে খরচ খরচার এত টাকা দিবে ক্যামনে। এই টাকার কিছু চইল্যা যায় নেতা মাতুব্বরের পকেটে আর কিছু দিয়া পথঘাট জলের কল বানায়।

কাশি এসে গেলে রাখাল দাসের খকখক করে কেশে এক দলা হলুদ কফ বেড়ার ফাঁক দিয়ে ফেলে আবার বলা শুরু করে, তা সে যা হোউক এর পর হয় কলোনি পত্তন। আমার কথা যদি বিশ্বাস না হয় তো যাইয়া দেখো, এত তো কলোনি হইছে কইলকাতা আর তার আশেপাশে, একটাতেও এক ঘর ঘরামী বিশ্বাস দাস মন্ডোল পদবীর লোক পাও কিনা। পাবা না। সব উচা জাইত। আর পয়সাওলা। দুই এক ঘর আমাগো মানুষের নাম জাইত গোপন কইরা ওগো দলে ভিইড়া ওগো মতোন হইয়া কলোনিতে আছে। যারা আসল নাম ধাম কইছিলো বেবাকরে খেদাইয়া দিছে।

কথা থামিয়ে একটু হেসে নেয় রাখাল দাস। সে হাসি বিদ্রুপের। আমাগো গেরামেই আছিলো এক হালার যুগী। হালার গলায় পৈতা আছিলো হেই দেখাইয়া বাওন সাইজা আজাদ নগর কলোনিতে জাগা পাইয়া গেছে। একদিন আমার লগে দেখা। দেইখাই চিন্যা ফেলেছি। হেয়ও আমারে চিনছে। আর কি! হাত পাও ধরাধরি, মাস্টের মশায় কউরে কইবেন না। বড় কষ্টে এট্যু জাগা পাইছি। আপনে মুখ খোললে বিপদে পড়মু। কি আর করি, চাইপা গেলাম।

রাখাল দাস থেমে যেতেই ঘরখানা কেমন একটা শব্দহীন হাহাকারে ভরে যায়। কিছুক্ষণ পরে বলে গরীব দাস, মাস্টের দাদা আমি আপনের মতোন পড়ালেহা তো জানি না। আমার মাথায় এত সব গোপন তত্ত্ব আসবে কেমন কইরা! বিজয়পুর স্বাধীননগর আজাদনগর সব জাগায় গিয়া মুখ হা কইরা দেখি। কী সোন্দার পথ ঘাট। রাস্তায় রাত্তিরে আলো জ্বলে। একেবারে দিনের নাহান দেখায়। কল দিয়া আপনা আপনি জল পড়ে। এইসব জাগায় এক কাঠার দাম নাকি গেরামের পাঁচ দশ বিঘার সোমান। এমুন জাগা কেমুন কইরা মাইনসে এমনি এমনি পাইয়া গেল, কি তার রহস্য।

বলে রাখাল দাস, কি রহস্য সে তো তোমারে কইলাম। ওই সব পথঘাট সরকার বানাইছিলো। বিজয়পুরে আগে সরকার মেলেটারি ক্যাম্প করেছিল। মেলেটারি বইল্যা কথা। ওগো সুখ সুবিধার ব্যবস্থা না করলে তো বিদ্রোহ হইয়া যাবে। তাই রাস্তা জলের ব্যবস্থা আলো সবকিছুর আয়োজন রাখছিলো। সেই জায়গা যারা ভাইগ্যের জোরে পাইয়া গেছে ভোগ করতাছে।

আগে আমরা যে ক্যাম্পে আই ছিলাম শুনছি সেইখানেও নাকি মেলেটারি ক্যাম্প আছিলো। সেই খানের ব্যবস্থা কিন্তু এত সোন্দর না।

শিরোমনীপুরতো? সে কবে না কবে কোন যুগের কথা তা কেডা জানে। বিজয়পুরের ক্যাম্প ছিল দ্যাশ স্বাধীন হবার দুই তিন বচ্ছর আগেও। কোন কিছু বিনষ্ট হবার আগেই মানুষ বইসা গেছে।

কিছুক্ষণ চুপ করে থেকে ফের বলে সে, এই জাগা সোনার মত মূল্যবান।

জাত ভাইরে বিনামুল্যে দিয়ে দিছে। আর আমরা তাগো চক্ষে অজাত বিজাত বইল্যা বাংলার মইধ্যে এরা মরার মতোনও জাগাও দিতে চায় না। আমাগো মতো মাইনষেরে লাঠি গুলি মাইরা বাংলা থিকা খেদাইয়া দিতে চায়। কি বিচার! এ য্যান সৎমায়ের বিচার। নিজের পোলারে কোলে বসায় আর সতিনের পোলারে দূর ছাই কয়।

বলে গরীব দাস, এক জনারে দুধ দই আর একজনারে শুকনা খই।

শুকনা খইও আমাগো জইন্য বরাদ্দ নাই, শুধা ছাই। এই নিয়মই চিরকাল চলবে।

চিরকাল চলবে?

চলবে না তো কেডা বদলাবে? বদলাইতে পারে, যদি আমাগো লোকজন পইড়া লিখা চালাক চতুর হইয়া রাজনীতির আসরে লামতে পারে। আমাগো নিজের লোক ছাড়া কে আমাগো কষ্ট বোঝবে? এই সরকার আমাগো কেউ না। আমরা মরি বাঁচি তাগো কিছু যায় আসে না। সরকারে আমাগো নিজের লোক চাই। তার জন্য চাই শিক্ষিত হওয়া।

গরীব বলে, এইডা আমি জানি যে লেহাপড়া না জানলে হে চোক্ষু থাকতেও অন্ধ। পোলাডারে হেই কারণে লেহাপড়া শিখানোর চেষ্টা করছিলাম। কিন্তু হে তো!

ভালো কথা। গরীব দাসকে থামিয়ে জানতে চায় রাখাল দাস, তোমার বড় পোলার খবর কি? পাইলা তার কোন সন্ধান?

নাহ, কোন খোঁজ নাই। মরছে না বাইচা আছে কেডা জানে।

না না বাপ হইয়া কু ডাক ডাইকো না। নির্ঘাৎ বাইচা আছে, ভালো আছে, কতদিন হইলো তার ঘর ছাড়া?

দুই তিন বচ্ছর তো হবেই।

দেখবা অনেক টাকা পয়সা রোজগার কইরা ফিইরা আইবো। ও আসলেই তোমাগো সব কষ্ট দূর হইয়া যাইবো।

সেদিন কবে যে আসবে। অনেক কষ্ট অনেক দুঃখ এসে জমা হয় গরীব দাসের গলায়। বলে, আমি যে আর পারি না মাস্টের দাদা। রোগে রোগে আমি ঝাঁঝরা হইয়া গেছি। খালি মোনের জোরে যাদবপুর আসি। নাইলে বাড়ির বেবাকে না খাইয়া মইরা যাবে। কিছু সময় ভেবে বলে রাখাল দাস, ঘোলা দোলতলায় তো তোমার কিছু নাই। শুধু রাইতটুক থাকোনের জইন্য যাওয়া। আমি বলি কি সব নিয়া যাদবপুর চইল্যা আসো। রেল লাইনের পাড়ে একখানা ঝুপরি বানাইয়া নেও। তাইলে খোকার মায়েও দুই চাইর টাকা রোজগার করতে পারবে। তোমার পোলা মাইয়া খুইটা টোকাইয়া কিছু কিছু আনতে পারবে।

কথাটা মন্দো না। তয় বাসায় গিয়া একটু ভাবনা... কইরা দেখি

চিন্তা করতে বেশি সোমায় লাগাইও না। এট্যু জাগা এহনও খালি আছে, দেরী করলে তাও পাবা না।

অবশেষে সিদ্ধান্ত নিয়ে ফেলল গরীব দাস, সে ঘোলা দোলতলা থেকে সব পাট চুকিয়ে দিয়ে যাদবপুরেই চলে যাবে। এখানকার মাটিতে তার কোন শেকড় তো নেই। শুধু খাল পাড়ে নড়বড়ে একটা ঝুপড়ি। এর মায়ায় পড়ে থাকলে

প্রাণ তো বাঁচে না।

রোজ রাতে আকাশে প্রভাতি তারা দেখা দিলেই শয্যা ছেড়ে উঠতে হয় তাকে। সোডার কৌটো ট্যাঁকে গুঁজে হাঁটা দেয় রেল স্টেশনের দিকে। ঘড়ির কাটায় তখন হয়তো সময় রাত তিনটে। তখন বেতবেড়ে স্টেশনটা হয় নি তাই যেতে হয় সেই ঘুটিয়ারী শরীফ। ঘোলা থেকে যার দূরত্ব সাত আট মাইলের কম নয়। রোগ শোকে অনাহারে অসময়ে বুড়ো হয়ে যাওয়া গরীব তেমন জোরে হাটতে পারে না। এই পথটা হেঁটে স্টেশনে আসতে চারদিক ফরসা হয়ে যায়। তখন স্টেশনে আসে ভোর ছটার ট্রেন। সেই ট্রেন ধরে সে গিয়ে নামে যাদবপুর। এতে চলে যায় আর এক ঘণ্টা। তারপর আবার দু মাইল হেটে গিয়ে পৌছায় বাঘাযতীন মোড়ে। সেখানে বসে থাকে তীর্থের ভিখারীর মত। আশা, যদি কেউ কাজে ডেকে নিয়ে যায়। এ দেশের কলকারখানা ক্ষেত খামার সর্বত্রই কর্মপ্রার্থীর তুলনায় কাজের সংস্থান কম। তাই কর্মীর চেয়ে বেকারের সংখ্যা বহু গুণ বেশি। জন মজুর খাটা লোকজনও এই নিয়মের অধীন। ফলে সবার যে সব দিনই কাজ হবে এমন কোন কথা নেই।

যেদিন গরীব দাসের কাজ হয়, মালিকের কাছ থেকে আগাম আটআনা চেয়ে নিয়ে দুপুরের টিফিনটা সারতে পারে। আটআনায় একটা রুটি এক প্লেট আলুর দম চার পয়সার বিড়ি কেনা যায়। যেদিন কাজ না হয় দুপুরে তো খাওয়া জোটেই না, রাতে যে বাসায় ফিরে জুটবে তারও উপায় থাকে না। সেদিন সারাটা দিনই খালি পেটে স্টেশনে শুয়ে থাকতে হয়। সকাল নটা দশটা থেকে ট্রেনে চেকার ওঠা শুরু করে। যারা কামরায় কামরায় ভুখা হায়নার মত হানা দেয়। ওদের নাকি কোটা আছে। কোটাপূরণ করার জন্য উন্মাদ চেকার বিনা টিকিটের কাউকে নাগালে পেলেই জাপটে ধরে। হয় ফাইন দাও, নয় জেলে চলো। গরীব দাসের টিকিট কাটার ক্ষমতা নেই। মজুর খাটা কারোই সে ক্ষমতা থাকে না। তারা সেই অপেক্ষায় বসে থাকে কখন 'অপিস টাইম' শেষ হয়। কখন চেকাররা ডিউটি সেরে বিদায় নেয়। তা শেষ হতে দিন গড়িয়ে যায়। আঁধার ঘনায় রাত নামে।

যেদিন গরীব দাসের কাজ হয়, মজুরি মেলে সেদিন যাদবপুর স্টেশনের পাশের সন্ধ্যা বাজারে বাজার করে। কারণ যখন সে বাসায় ফিরে যাবে তখন রাত অনেক হবে। বাজার হাট বন্ধ হয়ে যাবে ঘোলা দোলতলার। তাই, সন্ধ্যা বাজার। ভুট্টা ভাঙ্গা, মাইলোর আটা, কাউন চাল, অথবা খুদ কিনে নিয়ে যায় এখান থেকে। খুদে অবশ্য খুব ধুলো ময়লা কাঁকড়। ঝেড়ে বেছে এত রাতে রান্না করা ঝামেলা। তবু মাঝে মাঝে খুদই কেনে গরীব দাস। দুধের স্বাদ ঘোলে মেটায়। গ্রাম বাংলার ভেতো বাঙ্গালীর ভাত বিনে প্রাণ বড় কাতর। খুদ দিয়ে মনটাকে ভোলায়।

সেদিন পাতলা করে খুদের জাউ হয়, সাধ্য থাকলে তাতে কটা আলু সেদ্ধ দেয়। একটু নুন একটু লংকা। আহা, প্রাণ যেন জুড়িয়ে যায়। অন্ন তা সে যেমনই হোক তবু তো লক্ষ্মীর দানা। অন্ন মানে প্রাণ, অন্ন মানে পরমায়ু, অন্ন মানে প্রাণের আত্মার আরাম। সেদিন ঘুমন্ত ছেলে মেয়েকে ডেকে জাগিয়ে কলাপাতা হোক বা কলাইকরা ভাঙ্গা থালা তাতে ঢেলে দেয় গরম জাউ। বাচ্চারা

মুখ পুড়িয়ে হাপুস হুপুস শব্দে তা তৃপ্তি করে খায়। যেদিন কাজ হয় না গরীব দাসের সেদিন আর তাদের ঘুম থেকে ডেকে তোলার দরকার পড়ে না।

সে বড় কষ্টের দিন। বড় লম্বা রাত। সারাদিনের অকারণ ব্যর্থ শ্রমে ক্লান্ত ক্ষুধার্ত শরীর টেনে টেনে বহু পথ পাড়ি দিয়ে অনেক রাতে বাসায় ফিরে আকাশের দিকে তাকিয়ে ধ্রুবতারা দেখার জন্য অনিদ্রায় কেটে যায় রাত। তারপর তারা দেখা গেলে সেই বিধ্বস্ত শরীর টেনে আবার একইরকমভাবে যাদবপুর গিয়ে নামা।

এদিকে কাজ পাবার সম্ভাবনা গতকালকের চেয়ে কম। কারণ অভিজ্ঞ চোখে দেখে মানুষ বুঝে যায় তার পেট খালি তাই দেহ দুর্বল। বলেও ফেলে কেউ কেউ, এখনই বুড়োর কথা ফুটছে না, দম ফেলতে হাঁপাচ্ছে। এ কাজ করবে কি করে! এক বস্তা সিমেন্ট ভারা বেয়ে তুলতে কাপড়ে হেগে ফেলবে।

এই আসা আর যাওয়ার বাড়তি ধকল, আটঘন্টার কাজের পরিশ্রমের চেয়েও বেশি কষ্টকর। তাই আর শরীর সহ্য করতে পারছে না। এর হাত থেকে পরিত্রাণের সব চেয়ে সহজ উপায় হল সপরিবারে যাদবপুর এসে বাস করা।

তাই গরীব দাস একদিন পোটলা পুটুলি বেঁধে চলে এল যাদবপুরে। রেললাইনের ধারে ধারে গড়ে ওঠা নিঃসম্বল মানুষের ঝুপড়িগুলো মিছিলের মত লম্বা হতে হতে যেখানে গিয়ে শেষ হয়েছে, তার সামনে একটা জল নিকাশি বড় নালা। এই নালা দিয়ে শহরের সব নোংরা জল রেললাইনের তলা থেকে সোজা চৌবাগার খালে গিয়ে পড়ে। নালার উপর বস্তিবাসির প্রয়োজনে তৈরী করা হয়েছে এক সার খাটা পায়খানা। ফলে চারপাশে ভয়ানক দুর্গন্ধ। মশা আর মাছির ভয়ানক উৎপাত। তার উপর বর্ষা নামলে নালার জল ঠেলে উপরে উঠে আসে। এই রকমই জায়গায় একটা ঝুপড়ি বানায় গরীব দাস। এর চেয়ে ভালো জায়গা তখন আর খালি নেই।

যাদবপুরে এসে গরীব দাসের স্ত্রী বিমলা দুটো বাড়িতে ঠিকা কাজ পেয়ে গেছে। এক বাড়িতে মাইনে দেয় মাসে দশ টাকা আর এক বাড়ি আট। তবে তারা সকালে দুটো রুটি, আর এক কাপ চা দেয়। মেজছেলে যতন কাজে লেগে যায় একটা চা দোকানে। তারা দুবেলা খাওয়া আর মাসে দশ টাকা বেতন দেয়। পরের দুটো সন্তান বেজায় ছোট। তবে তারাও কিছু সংসারকে সাহায্য করার কায়দা বের করেছে। ওরা সন্ধেবেলায় একটা থলি নিয়ে সন্ধ্যা বাজারে চলে যায়। সবজি বিক্রেতারা যে সব শুকনো পচা পোকা সবজি ফেলে যায় তা কুড়িয়ে নিয়ে আসে। বেছে খুঁটে তা থেকে কিছুটা খাবার মত পেয়ে যায়।

গরীব দাস তার চেনা বাঘাযতীন মোড়ে আগের মত বসে থাকে। আজকাল মোড়ের মাথায় মজুরের ভিড় আগের চেয়ে খুব বেড়ে গেছে। ভিড়ের কারণে মোড়ের মাথার দোকানদাররা খুবই বিরক্ত হয়। একটা বড় মিষ্টির দোকান আছে কেউ তার সামনে গিয়ে দাঁড়ালে দোকানদার গায়ে জল ছুড়ে মারে। গালাগালি দেয়। তাদের খদ্দের আসা যাওয়ায় অসুবিধা হয় বলে এত রাগ। সময় বড় অসহ্য অসহযোগী। সময় বড় কষ্টদায়ক যম যন্ত্রণায় ভরা। তবু সময় কেটে যেতে থাকে। মানুষকে বলা হয় অমৃতের সন্তান কারণ সে মরে না। মরে মরেও বেঁচে থাকে। একমাত্র সেই কারণে বেঁচে থাকে গরীব দাসের পুরো পরিবার। না হলে বেঁচে থাকার যুক্তিগ্রাহ্য কোন কারণ নেই।

২৬

ঘরে ফেরা

কানপুরের ছাইগাদা থেকে বেরিয়ে আবার শুরু জীবনের অনির্দিষ্ট অবিরাম যাত্রা একটু মানবিক উষ্ণতায় ভরা মাটির সন্ধানে। তার ছোট ছোট পায়ে সে পেরিয়ে গেল হাজার হাজার মাইল পথ। দিল্লি আগ্রা এলাহাবাদ মথুরা কাশি বৃন্দাবন হরিদ্বার আরো কত ছোট বড় শহর। কোথাও একদিন কোথাও এক ঘণ্টা কোথাও এক সপ্তাহ। এভাবে কেটে গেল পথে পথে অনেকগুলো দিন। কিন্তু কিছুতেই নাগালে এলো না বেঁচে থাকার মত, আঁকড়ে ধরার মত কোন অবলম্বন। ছোট জীবনের ছোট্ট ঝুলিটা রয়ে গেল সেই আগের মতই শূন্য ফাঁকা রিক্ত। না ঠিক একেবারে শূন্য নয়, ওর মধ্যে জমা হয়েছে কিছু গ্লানি অবমাননা অত্যাচারের ইতিকথা। যা তাকে বড় পীড়া দেয়। নিজের হীনতা দীনতা প্রকট করে দেখায়।

কে যেন বলে গেছেন পৃথিবীটা গোল। যেখানে থেকে যাত্রা শুরু করা যাক অনবরত চলতে থাকলে এক সময় সেখানে এসে যাত্রা সমাপ্ত হবে যেখান থেকে শুরু করা হয়েছিলো। কে জানে সেই কথার সত্যতার জন্যই কিনা একদিন চেনা বাতাস, কানে এসে ধাক্কা মারছে, সেই চেনা স্বর। এ মাটি বাংলার, এ বাতাস বাংলার, এ ভাষা বাংলা ভাষা। সময় তখন সকাল আটটা হবে। সারারাত ধরে এসে থামলো সেই ট্রেন তা থেকে ভারতবর্ষের বহু জনপদের ধুলো মাখা ফাটা চটা রুক্ষ পা নিয়ে প্লাটফরমে নামলো জীবন। আরো বহু লোক নেমেছে, তাদের অভ্যর্থনা করার জন্য গেটের সামনে দাঁড়িয়ে আছে কেউ না কেউ। কিন্তু জীবনের কেউ নেই। যাবার দিন সাথে রাজা ছিল, আজ সে একা। সেদিন মনে একটা আশার বাতি জ্বলছিলো আজ হতাশার অন্ধকার। ধীরে ধীরে জীবন হেঁটে গেটকীপারের সামনে দিয়ে স্টেশনের বাইরে চলে এল। কেউ তার দিকে ফিরে তাকালে না।

দিনের পর দিন ট্রেনের কামরায় কাটিয়েছে জীবন। এখনো শরীরময় ট্রেনের দুলুনি। মাথার মধ্যে যান্ত্রিক ঝমঝম। কিন্তু এখন মনে হল সারা

শহরটাই যেন ঝমঝম করে ছুটছে। ডান থেকে বায়ে পূর্ব থেকে পশ্চিমে ধেয়ে চলেছে তিরবেগে। জীবন এক মন্থর মানুষের নাম। সারা জীবনে এক পাও হাঁটা হল না তার। সবটাই ব্যর্থ ছোটাছুটি। সে ধীরে ধীরে হেটে ধাবমান মানুষ গাড়ি ঘোড়ার পাশ কাটিয়ে হাওড়া ব্রীজের উপর এসে দাঁড়ায়। মাথার উপর উদাস আকাশ পায়ের নিচে প্রবাহিত মাতৃস্বরূপা নদী গঙ্গা। এত মাস বছরে গঙ্গা থেকে কত জল বয়ে গেছে। কিন্তু তার কোন সামান্য চিহ্ন নেই। ঠিক যেন জীবনের জীবনটার মত। কত শীত গ্রীষ্ম বর্ষা কত ঝড় ঝাপটা কত প্রয়াস প্রচেষ্টা কিন্তু এতো কিছুর পরেও সামান্যতম কোন পরিবর্তন হল না। জীবন রয়ে গেল সেই ব্যর্থ বন্ধ্যা কবলিত ফালতু হয়ে।

হাওড়া থেকে হেটে শিয়ালদহ। এখানেই জীবনের সাথে দেখা হয়ে গেল ঘোলা দোলতলার নিরানন্দ হালদারের। সে যাচ্ছে ঠাকুরনগরে মেয়ের শ্বশুর বাড়ি। সে জীবনকে দেখাতে পায় নি। জীবন তাকে দেখতে পেয়ে গিয়ে দাঁড়ায় তার সামনে— কেমুন আছো কাকা? কই যায়েন?

কেডা জীবন না? নিরানন্দ হালদার চোখ বড় বড় করে জীবনকে দেখে, কতদিন তোগো দেখিনা। কেমুন আছোস তোরা? বাপ মায় ভাই বোন ভালো আছে?

হে তো আপনে কইতে পারেন। আমি তো তাগো খবর কিছু জানি না। অনেক দিন এইখানে ছিলাম না তো। কেমুন আছে তারা?

কারা?

আমার বাপ মায় ভাই বইন?

হে আমি কেমনে কমু!

দেখা হয় না?

কেমনে দেখা হইবো। হে কোথায় আর আমি কোথায়?

আপনে ঘোলায় থাকেন না?

ঘোলায় থাকুম না তো কই থাকুম। আর কি থাকনের জাগা আছে, আমাগো।

ঘরের সামনে ঘর তবু বাবার লগে আপনের দেখা হয় না এ কেমুন কথা? সত্য কইরা কন তারা কেমন আছে। মইরা গেছে, বেবাকে?

এই সব তুই কি কস। কার দেনা কইরা খাইছে যে মরবে। তুই জানোস না তারা সব যাদবপুর চইল্যা আইছে। কেমুন পোলা তুই বাপ মায়ের খবর জানোস না!

কইলাম না, আমি এইখানে ছিলাম না। আইজই আমি আইছি।

কই ছিলি এতদিন?

গাছতলায় ফুটপাথে ইস্টাশনে, গাড়ির বগিতে।

কোন কাম কাজ করোস নাই। খাইছোস কি?

জল আর হাওয়া আর মাইনষের লাথি জুতা গাইল।

এইরকম ফাইজলামো কইরা জীবন চলবে?

কি রকম ফাইজলামি কইরা যে জীবন চলে তাই তো বোঝতে পারলাম না আইজও। বোঝতে বোঝতে দিন কাবার।

নিরানন্দ হালদার আর কথা না বলে সামনে হাঁটা দেয়। শহরে এসে গরীবের ছেলেটা একেবারে বখে গেছে। বড়দের সাথে ইয়ার্কি করে। শিয়ালদহ থেকে ট্রেন ধরে জীবন এসে নামে যাদবপুরে। এই জনারণ্যে সে কোথায় খুঁজবে মা বাবাকে। কেমন করে পাবে তাদের, কে জানে ঠিকানা! মনে হয় জীবনের, একবার বাঘাযতীন মোড়ে গিয়ে খোঁজ নেবে। আগে গরীব দাস ওখানে কাজের খোঁজে যেতো। বলা যায় না সেখানে গিয়ে কোন সুত্র পাওয়া গেলেও যেতে পারে। ওইটুকু ছাড়া আর তো কোন অন্য তথ্য হাতে নেই।

আপন মনে এই সব ভাবতে ভাবতে স্টেশনের এ মাথা থেকে ও মাথা বারকয়েক চক্কর কাটে জীবন। স্টেশনে এ সময়ে গিজ গিজ করছে লোকজন। যারা গ্রাম থেকে শহরের বাজারে মাছ, শাক সবজি বেচাকেনা করতে আসে সকালের বাজার সেরে তারা ফিরে চলেছে। তাদের জন্য স্টেশন জমজমাট। খুব বিক্রি হচ্ছে অল্প মূল্যের টিফিন মুড়ি আলুর দম। হঠাৎ জীবনের চোখে পড়ে সেই ভিড়ে একটা চেনা মুখ। সে রামধারী ব্রীজের ধোনাই সরদার। সেও বাঘাযতীন মোড়ে কাজে যায়। গরীব দাসকে সেই একদিন এই মোড় চিনিয়েছিলো। তাকে দেখে জীবন যেন একটা আলো দেখতে পায়। তাই এগিয়ে যায় জীবন তার কাছে— এ্যাই ধোনাকা আমারে চিনতে পারছো। আমি জীবন, আমার বাপের নাম গরীব দাস। তুমি যারে ঘোলা থিকা বাঘাযতীন মোড়ে কামে নিয়া গেছিলা।

ধোনাই সরদার রগচটা মানুষ। তার মুখের কোন রাখঢাক নাই। যা মনে আসে বলে দেয়। সে জীবনকে দেখেও না দেখার ভান করে মুড়ি আলুর দম খায়। আজ তার কাজ হয় নি। মুড়ি খেয়ে গামছা বিছিয়ে শুয়ে পড়বে স্টেশনে।

ও ধোনাকা, আমারে চেনলা না!

জীবনের গলার আওয়াজে আবার সে তাকায়। চোখে কোন শিষ্টতা নেই। চিনে তোমারে কি করবো? নাচবো?

গরীব দাসের ছেলে। কিসের ছেলে, যে ছেলে মা বাপরে না দেখে! লায়েক হয়ে গেছে, আর যে বাপ কেছা খুলে জনম দেলে সে রোগে মরতিছে তার দিকি ফিরেও তাকাচ্ছে না। কিসের ছেলে সে। আমি তো বলি, যে মা বাপরে না দেখে সে পুত না মুত।

মাথা নিচু করে গাল মন্দ শোনে জীবন। বোঝে তার বাপ বিষয়ে যদি কিছু জানে তো তা সেই ধোনাই সরদারই জানে। এখনো তাদের দেখা সাক্ষাৎ কথাবার্তা হয়। হয় বলেই জীবনের উপর রাগ। জিজ্ঞাসা করতে হয় না তার আগেই বলে ধোনাই সরদার। অনেক ঘুরিছিস, একলা একলা ভালোমন্দ যা খাবার তা খেয়েছিস। বাপ মারে দ্যাখ! কোথায় থাকে তাও তো জানিস না। এই যাদবপুরেই আছে। লাইন ধরে হেটে যা। খালের এ পাড়ে খুঁজিস। গিয়ে দ্যাখ কি ভয়ানক অবস্থা।

বুক ভর্তি গ্লানি নিয়ে রেল লাইন ধরে হেঁটে পৌছে যায় সেই ঝুপড়ির সামনে জীবন। দরজার সামনে দাঁড়িয়ে কান্না ভেজা গলায় ডাকে মা, আমি আইছি।

জীবন ফিরে এসেছে। এতদিন পরে ফিরেছে ছেলে। নিশ্চয় অনেক টাকা পয়সা কামাই করে নিয়ে এসেছে। এবার কটা দিন একটু পেট ভরে খাওয়া যাবে। অনেক দিন ভাত যাওয়া হয় নি। আটা গোলা ভুট্টা সেদ্ধ এই চলেছে। এবার ভাত খাওয়া যাবে, সাথে একটু মাছের ঝোল। পেটের ব্যাথাটা কোন ডাক্তার দিয়ে দেখানো যাবে। ধড়ফর করে শোয়া থেকে উঠে বসে গরীব দাস। কাজ হয় নি আজ। শরীরটা ভালো নেই। তাই শুয়েছিলো সে।

জীবনকে দেখে যেন এক দলা কান্না উঠে আসে তার গলায়। কই ছিলি এ্যাতো দিন? মোরা তর চিন্তায় চিন্তায় মরতে আছি। তোর মা খালি কাদে আর কয় পোলা মোর আর বাইচ্যা নাই। কথা কসনা ক্যান? এ্যাতো দিন কই ছিলি? ছোট ভাই যুগল এসে দাদার গলা জড়িয়ে ধরে— দাদা আমাগো জইন্য কি নিয়া আইছোস, দে দাদা।

জীবনের বুকটা মুচড়ে ওঠ। চোখে বাদল এসে জমা হয়। অক্ষম হাতের তালু মেলে ধরে সে, কিছু আনতে পারি নাই

খালি খালি আইছোস! এক্কারে খালি—। যুগলের ছোট বুকে বড় বিস্ময়। এ কী করে হয়! দাদা এত বদলে গেল!

কাম কোম করস নাই কিছু? যতনদায় মাসে দশ টাকা পায়। তুই পাস নাই?

কাম করছিলাম।

তাইলে টাকা কই?

নাই।

সব একা খরচা কইরা দিছোস?

আর গরীব দাসের ধৈর্য্য থাকে না। গলা থেকে উথলে উঠে একগাদা অভিযোগ, খরচা কর। তর আর কি। অখন বড় হইয়া গেছোস। ডানা গজাইয়া গেছে। চাইর দিকে ঘোরতে আছোস, ভালো মন্দ খাইতে আছোস। মায় বাপ ভাই বইন মরলে না বাঁচলো তাতে তর কি! পোলা হইলে বাপের বুকে বল হয়। কী? না আমার একখানা বাহু হইছে। সারা জীবন গাধার নাহাল খাটছি এইবার এট্যু রাহত পামু। হায় কপাল আমার, রাহত! হাঁপাচ্ছে গরীব দাস। একটু দম ফেলে এবার বলে সে, যে পোলা মা বাপের কষ্টো বোঝে না সে পোলা থাকা না থাকা সোমান। না থাকলে মোনের বুঝ দেওয়া যায় নাই তো কি করমু। যার থাইকতে থাকে না তার মত পোড়া কপাল জগতে আর কারো নাই।

বিমলা কিছু বলে না। শুধু কাতর চোখে ছেলের দিকে তাকায়। তার চোখ থেকে দরদর করে জলের ধারা নামে। যেন বহু কালের জমে থাকা বেদনার বরফ নদী হয়ে নেমে আসে। সেই নদীর এক একটা ঢেউ যেন বন্দুক থেকে ছোঁড়া গুলির মত জীবনের বুকে পিঠে মাথায় মনে এসে বেঁধে। প্রতিটা জলকণা যেন তীব্র ধিক্কারে ফেটে পড়ছে। ধিক, শত ধিক তোকে তোর মনুষ্য জীবনকে। যে পুত্র মায়ের গর্ভের ঋণ শোধ করে না, যে পুত্র মায়ের দুধের দাম দিতে অস্বীকার করে ধিক্কার তাকে। যে পুত্র মায়ের মমতা স্নেহ প্রাণ উজার করে ঢেলে দেওয়া ভালোবাসা ভুলে যায় ধিক্কার তার বেঁচে থাকাকে।

জীবন দাঁড়িয়ে আছে রেল লাইনের উপর। মাত্র পাঁচ হাত দূরে ঝুপড়ির

দরজা কিন্তু মনে হয় তার পাঁচ হাত নয় ওই দরজা পাঁচকোটি মাইল দূরে চলে গেছে জীবনের কাছ থেকে। যে পথ পার হয়ে কোনদিন গিয়ে আর মায়ের সামনে দাঁড়ানো যাবে না। যেন সেই দরজা থেকে ছুটে আসছে শব্দভেদী বান, আমরা মরছি না বাঁচছি সেই দেখতে আইলি? আছি, আমরা বাইচা আছি। যার কেউ নাই তার ভগবান আছে। আমাগো তোর দেখতে হবে না। ভগবান দেখবে। যা বাপ, খাইয়া পইড়া তুই সুখে থাক। ভালো থাক। তুই সুখে থাকলেই আমাগো সুখ। আমরা মরি বাঁচি সেই নিয়া তোর ভাবতে হবে না। তুই ভালো থাক সুখে থাক। ছোট ভাই যুগল গলা ছেড়ে প্রবল অভিমানে কাঁদে, আমার এট্রা জামা নাই, ঘুড়ি লাট্টু নাই। যাবার দিন কইয়া গিছিলি নতুন জামা কিন্যা দিবি ঘুড়ি লাটু কিইন্যা দিবি। আনোস নাই ক্যান!

বোনটা কাঁদে না কাছে আসে না বায়না করে না। দূরে দাড়িয়ে এক অচেনা দাদাকে দেখে। স্বার্থপর দৈত্যের মত অচেনা দাদা। যে কোলে নেয় না আদর করে না লজেন্স দেয় না। এ কেমন দাদা!

জীবন এখন যেন বাজ পড়ে পুড়ে যাওয়া এক গাছের মত রেল লাইনের উপর দাঁড়িয়ে থাকে। তার বুকটা ভেঙ্গে চুরে খান খান হয়ে যেতে থাকে। জন্ম দুঃখী জননীর আশাহত অশ্রুসজল চোখ দেখে সেই ভাঙ্গা বুকে রক্ত ক্ষরণ হয়, মা মাগো আমি তোমার বড়ই হতভাগ্য সন্তান। আমার জীবন যে জন্ম মুহূর্তের অভিশাপে জর্জরিত। নিষ্ঠুর এই পৃথিবীতে আমার জন্য কোন দয়া মায়া দায় দরদ আর অবশিষ্ট নেই মা। আমাকে দেবার মত এক কণা শষ্যও পাত্রে রাখে নি জগত। আমাদের জন্মের বহু আগে সে সব ভাগ বাটোয়ারা হয়ে গেছে। যারা যা পেয়েছে তিল পরিমাণও আমাদের দিতে রাজী নয়। কত দিন মাস বছর কত হাজার মাইল হাঁটলাম এই পৃথিবীর পথে পথে। কত মানুষ কত নগর, শহর বন্দর যে দেখলাম, আমাদের জন্য কোথাও কিছু নেই। সর্বত্রই আমরা অবাঞ্ছিত উদ্বৃত্ত এক মানবেতর জীব। তাই আমার হাতে কেউ কিছু দিলো না মা। এই হাত এখনো অনেক ছোট। কি করবো মা নিজের পাওনা কেড়ে নিতে পারি নি। হাত তাই খালি শূন্য রিক্ত।

এখন মা বাবা ভাই বোনের প্রত্যাশা ফুরিয়ে যাওয়া হতাশ দৃষ্টির সামনে জীবনের বড় অসহায় বোধ হয়। যে পরিস্থিতির মধ্যে তারা পড়ে আছে জীবনের ভ্রমণ কাহিনী তাদের কোনও কাজে আসবে না। এই পৃথিবীর মানুষ কতখানি নির্দ্দয় নিপীড়ক, দুর্বল অসহায় কাউকে নাগালে পেলে কেমন করে আখের মত নিংড়ে নেয় সে সব গল্প তারাও জানে। সে গল্প তাদের যন্ত্রণার উপশম ঘটাবে না।

সারা শরীরে মনে আত্মায় যে স্বাদ মেখে ব্যর্থ জীবন দাঁড়িয়েছিলো সেই ফাটা চটা ধুলো মাখা পায়ে আবার ছুটে গেল পথের সন্ধান করতে। আত্মজনের আশাহত দৃষ্টি আর সহ্য করতে পারছিলো না। ঘরের মধ্যে পাতা কাঠ জ্বেলে আট গোলা জ্বাল দিচ্ছিলো মা। ফ্যানের মত চুমুক দিয়ে সবাই খাবে। খাবার সামনে দেখেও সে বলতে পারলো না– মা আমি অনেক অনেক দিন অনাহারে আছি। আমাকে একটু খেতে দাও।

ক্ষুধার রাজ্যে পৃথিবী গদ্যময়। গদ্যময় পৃথিবীর বুড়িয়ে যাওয়া রাজপথ

ধরে অথৈ এক সমস্যার সাগরে হাবুডুবু খেতে হেটে যাচ্ছে একজন মানুষ। জীবনটা তার যেন একটা হালভাঙ্গা পাল ছেঁড়া তলা ফুটো ডিঙ্গির মত। যা কোন কাণ্ডারির নিয়ন্ত্রণ ছাড়াই অকুল দরিয়ার অথৈ পানীতে ভেসে চলেছে। কখন যে ডুবে যাবে তা কে জানে! যত দূর দৃষ্টি যায় এমন কেউ নেই যে এই সময় একটু সাহায্য করতে পারে। মানুষের কাছে মানুষের যে চিরকালের দাবি, সে দাবি নাকচ করা হয়েছে। প্রকারান্তরে বলে দেওয়া হয়েছে তাকে, এই দেশ এই সময় তোমাকে মৃত বলে, নেই বলে ঘোষণা করেছে। বাজে বাতিল আবর্জনার মত বর্জন করেছে তোমাকে। যাও, এবার যাও তুমি। মায়ের ভোগে যাও।

২৭

স্বপ্ন

সামনে একটা পার্ক। পার্কের পাশে সার সার সুখী সম্পন্ন মানুষের আবাসন। সে আবাসনের পুতুল পুতুল বাচ্চারা এখন পার্কে খেলা করছে। তাদের কারো সাথে মা, কারো সাথে বাড়ির কাজের মাসি আছে। হাসা খেলা হুটোপুটি করা বাচ্চাদের দেখে ভাবে, সেই লোকটা— তাহলে সব বাচ্চার জীবন থেকে খেলা রূপকথা দুরন্তপনা এখনো হারিয়ে যায়নি, এখনো কিছু যা আছে যারা দুধের বাটি নিয়ে পীড়াপীড়ি করে বাচ্চাকে, আয় বাবা খোকাসোনা দুধটা খেয়ে নে।

নিষ্পাপ শিশু ওরা জানে না, এমন কত মা ভাত চাইলে তার বাচ্চার পিঠে গুম গুম করে কিল বসিয়ে দেয়, কত খাবি রাক্ষস। তোরে সব দিয়ে দেবো। আর বুঝি খাবার কেউ নেই! দুধ না খেতে চাওয়া ওই শিশুরা জানে না তাদের মত লক্ষ লক্ষ শিশুর দুধ তো স্বপ্ন, একটু ফ্যানও খেতে পায় না।

অনেকটা রাস্তা হেঁটে লোকটা এখানে এসেছে। তার শরীর খুবই ক্লান্ত। দুচোখ যেন ঘুমে বুজে আসছে। সে পার্কের এক দিকে একটা ফাঁকা বেঞ্চি দেখতে পেয়ে সেটায় গিয়ে বসে পড়ে। জায়গাটায় বেশ ফুরফুরে হাওয়া আছে। তার চোখ জড়িয়ে আসে। মৃত্যুর মত এক নিকষ ঘুম জড়িয়ে ধরে তার সর্বাঙ্গে... হঠাৎ তার চোখ গেল চওড়া লম্বা রাস্তাটার দিকে। সে রাস্তায় একটা অল্পবয়স্ক তারই মত ছেলে হেটে চলেছে। কাঁধে তার একটা বড় বস্তা। পথের পাশে পড়ে থাকা যত কিছু আবর্জনা ঘেটে ছেঁড়া কাগজের টুকরো প্লাস্টিক পিচবোর্ড ছেঁড়া হাওয়াই চটি সব সে কুড়িয়ে খুঁটে বস্তায় ভরছে। কত বা বয়েস! ঠিক এই বয়সে জীবন বাসা ছেড়ে পালিয়ে এই শহরে এসেছিলো। আশ্রয় পেয়েছিলো শহরে স্টেশনে ফুটপাতে গাছ তলায়।

তীক্ষ্ণ চোখে সেই লোকটা যার নাম জীবন, কাগজ কুড়ানো ছেলেটাকে দেখতে থাকে। মনে হচ্ছে তার মুখটা খুবই চেনা, অনেকবার দেখেছে। কথা বলেছে এক সাথে হেঁটেছে শুয়েছে জড়িয়ে ধরে কোন স্টেশন ফুটপাথে। তার চোখ মুখ নাক রুক্ষচুল চলার ভঙ্গি এমন কি কপালের কাটা দাগটা

যেন জীবনের অতি চেনা। ছেলেটা চলতে চলতে হরিণঘাটা দুধের ডিপোর পাশে থমকে দাঁড়িয়ে পড়ে। হঠাৎ একটা মাছি ভন ভন নোংরা ডাস্টবিন নাগরিক স্বাস্থ্য কামনায় কলকাতা কর্পোরেশনের একটা প্রয়াস, ছেলেটা সেই ডাস্টবিনে নেমে পড়ে। পরিবর্তিত মুখের আদল দেখে তখন মনে হয় সে ওখানে মহামূল্যবান কিছু না কিছু পাবার আশা করছে।

এই এলাকার সবাই বড় বড় চাকুরে। সরকারি এবং বেসরকারি বড় চাকুরির কল্যাণে সবাই সম্পন্ন। সবারই গাড়ি আছে কুকুর আছে দরজায় দারোয়ান আছে। গতকাল এখানকার কোনও একটা বাড়িতে জাঁকজমক অনুষ্ঠান হয়ে গেছে, খুব খাওয়া দাওয়া পান ভোজন চলেছে মধ্যরাত পর্যন্ত। অনুষ্ঠানের যা কিছু এঁঠোপাতা গেলাস ময়লা আবর্জনা সব ফেলা হয়েছে এই ডাস্টবিনে। সেইসব পাতা আবর্জনা সরিয়ে ছেলেটা কি যেন খুঁজে চলেছে।

একসময় দেখতে পায় জীবন সেই কাগজ কুড়ানো ছেলেটা একটা কলাপাতা পেতে তার উপর আবর্জনার মধ্যে থেকে খুঁটে খুঁটে তুলছে, গতকালের অনুষ্ঠানের খাবার পাতের অবশিষ্ট ফেলে দেওয়া খাদ্যকণাগুলো। বাঁ হাতে ধরা একটা সূচালো শিক দিয়ে পাতাগুলো একটা একটা সরাচ্ছে আর কিছু পেলেই তা ডান হাতে তুলে পাতানো কলাপাতার উপর জমা করছে। ছেড়া লুচির টুকরো, আধখাওয়া মিষ্টি, কয়েকখানা মাছ. কিছু মাংস, চপ, সব মিলে অনেকটা জোগাড় করে ফেলেছে ইতিমধ্যে।

ছেলেটা ডাস্টবিনের দিকে ফিরে পাতা ওলটাচ্ছে। সে অন্যমনস্ক। যেন প্রত্নতাত্মিকের মুগ্ধতা গিলে খেয়েছে তাকে। পারিপার্শিক সব বোধ লুপ্ত হয়ে গেছে। এঁটোপাতার মধ্যে থেকে বের হচ্ছে যেন এক অপার বিস্ময়। ভাগ্যের বন্ধ দরজা আজ যেন হঠাৎ হাট হয়ে খুলে গেছে। তার হাতের লোহার শিকটা যেন কোন জাদুকরের সেই জাদুকাঠি। যা ছোঁয়ালেই পাতার তল থেকে এসে যাচ্ছে রকমারি খাবার। আরে বাস ফিসফ্রাই। একদম অটুট। এক কামড়ও খায় নি কেউ। এটা, এটা কি! হবে কোন দারুণ খাবার। আরো, আরো চাই। পাগলের মত পাতা সরায় সে।

হঠাৎ দেখতে পায় জীবন একটা কুকুর। সারা গায়ে কোন লোম নেই। কানের কাছে ঘায়ে বিজ বিজ করছে পোকা। তা থেকে রস রক্ত পুঁজ গড়াচ্ছে। কুকুরটা নিঃসাড়ে এগিয়ে এল ডাঁই করে রাখা সেই খাবারের দিকে। এ খাবারে তার জন্মজাত অধিকার। সে গপ গপ করে খেতে শুরু করে দিলো সেই খাবার। ছেলেটা বেশ কিছু সময় পরে ডান হাতের খাবার রাখার জন্য পিছন ফিরে দেখে সব শ্রম নিষ্ফল বিফল হয়ে যাচ্ছে। লুঠ হয়ে যাচ্ছে তার খনি খুঁড়ে তুলে আনা মহার্ঘ্য সম্পদ। সে সোজা হয়ে দাঁড়ালো । তার দু চোখে ধক করে জ্বলে উঠলো এক সর্বনাশা আগুন। চোখা শিকটা বা হাত থেকে ডান হাতে নিলো। হনন অভিপ্রায়ে দু পা সামনে আগালো। একবার কুকুরটাকে দেখলো। সে ঘাড় নিচু করে দ্রুত খেয়ে চলেছে। একবার চারপাশের ঘরবাড়ি মানুষ মাটি গাড়ি ঘোড়ায় চোখ বুলিয়ে নিলো তারপর চড় চড় করে চোখা শিকটা ঢুকিয়ে দিলো কুকুর পেটের মধ্যে। ফিনকি দিয়ে রক্ত ছুটলে। শিকসহ কুকুর বিকট চিৎকার

করে ছুটে গিয়ে মুখ থুবরে পড়ল। বার কয়েক কুঁই কুঁই করে পা দাপিয়ে নিথর হয়ে গেলো। মাটি ভিজে গেল রক্তে।

ছেলেটা এগিয়ে গিয়ে কুকুরের পেট থেকে শিকটা টেনে বার করলো। শিকের গায়ে লেগে থাকা রক্ত ছেঁড়া কাগজ দিয়ে মুছলো। তারপর কুকুরের অভুক্ত পাতাটা মুড়িয়ে বস্তা ঢুকিয়ে বস্তা কাঁধে তুলে সামনে আগাবার জন্য তৈরী হল। কিন্তু এক পাও সামনে আগাতে পারলো না। দেখে পথ রোধ করে দাড়িয়ে আছে তারই মত আর একটা ছেলে। যাবি না, দাঁড়া।

এই ছেলেটাকে জীবনের ভীষণ চেনা বলে মনে হয়। কিন্তু স্মৃতি সার্চ করে কবে কোথায় একে দেখেছে তা কিছুতে মনে করতে পারে না। গলার আওয়াজটাও খুব চেনা। এমন সাহসী স্বর ছিলো সেই ভুত বালক মরণের। যে স্বর মাঝে মাঝে এখনো জীবন শুনতে পায়। কিন্তু এখন বুঝতে পারে না জীবন কেন সে বাধার পাহাড় হয়ে কাগজ কুড়ানো ছেলেটার সামনে এসে দাঁড়ায়। মনে হয় যেন কেউ তাকে পিছন থেকে ঠেলে এনে এখানে দাঁড় করিয়ে দিয়েছে। এমনও হতে পারে কেউ তাকে সামনে থেকে টেনে এনেছে এখানে। যে ঠেলছে সে যদি তার অতীত হয় তবে যে টানছে সে নিশ্চয় তার ভবিষ্যৎ।

কাগজ কুড়ানো ছেলেটা ঘুরে রণংদেহী ভঙ্গিতে বলে— কি কবি কইয়া ফালা।

আদেশ দেয় সেই গম্ভীর গলার ছেলেটা— ওই যা সব কলাপাতায় মোচা করে বস্তায় ঢোকালি ওগুলো ফেলে দে।

ক্যান ফালামু। মুই কষ্ট করে কইরা বাইর করছি।

ওতে মানুষের কুকুরের থুতু লালা পুঁজ রক্ত লেগে আছে। ও সব তুই খাবি না আর কাউকে খেতেও দিবি না।

কইল্যা তো খাবি না। না খাইলে বাঁচুম কেমনে? ঘরে আমার মায় বাপ ছোড ছোড ভাই বোইন না খাইয়া মরতে আছে। হেরা কি খাবে?

খাবে না।

না খেলে কেউ বাঁচবো?

তাই বলে এইসব খাওয়াবি।

লুচি মিষ্টিরে তুই গু কস? রাগে ফুঁসে ওঠে কাগজ কুড়ানো ছেলেটা।

অঘোরপন্থী তান্ত্রিকরা নিজের গু মুত খায়। এ তার চেয়ে খারাপ, কুকুরের পুঁজ রক্ত। ফেলে দে, ফেলে দে এসব।

না, ফালামু না।

না ফেললে তোকে যেতেই দেবে না। ফ্যাল।

গম্ভীর গলার ছেলেটা কাগজ কুড়ানো ছেলেটার দিকে আগাবার চেষ্টা করতেই সে শিক উচু করে গর্জে ওঠে। আমার ধারে কাছে আবি না। যাইতে দে আমারে। আমার বাড়ির লোক পথ চাইয়া আছে, কত দিন তারা কিছু খায় নাই। পথ আটকাব না। প্যাডে শিক হান্দাইয়া দিমু, সর।

রাগ হচ্ছে পথ আটকানো ছেলেটার। ভয় দেখাচ্ছে, আমাকে দেখাচ্ছিস ভয়। ভয় আমাকে দেখলে ভয় পায়, আর তুই দেখাচ্ছিস আমাকে ভয়! আমি

যে মানুষ মেরেছি রে! সে শিক সোজা বুক পেতে সামনে আগায় কেমন পারিস মার দেখি আমাকে। মার, মার না হলে বস্তার ওগুলো ফ্যাল।

কাগজ কুড়ানো ছেলেটা বলে, আর আগাইসনা কিন্তু ভালো হবে না। বলতে বলতে এক পা এক পা করে পিছনে সরে। এক সময় তার পিঠ ডাস্টবিনের দেওয়ালে ঠেকে যায়। আর তার সরার জায়গা নেই। তখন গম্ভীর গলার ছেলেটা খপ করে কাগজ কুড়ানো ছেলেটার হাত ধরে মোচড় দিয়ে শিকটা কেড়ে নেয়। অন্য হাতে বস্তা কেড়ে নিয়ে উল্টে দেয় নিচে। সাধের খাবার সব ছড়িয়ে যায় পথের ধূলায়। তা দেখে কাগজ কুড়ানো ছেলেটা ক্রোধে দিশেহারা হয়ে চিৎকার করে ওঠে, আমার খিদার আহার খাইতে দিলি না। কামটা ভালো করলি না। এয়ার ফল পাবি একদিন। আমি তোরে ছাড়মু না। যদি ছাড়ি আমার নামে তুই কুত্তা পালিস।

কি নাম তোর? বিদ্রুপমাখা গলায় জানতে চায় গম্ভীর গলার ছেলেটা। কোন নামে কুত্তা পুষবো? নাম বল।

আমার নাম জীবোন চণ্ডাল।

কীক্ কী নাম তোর?

জীবোন। জীবোন চণ্ডাল। বাড়ি বরিশাল জেলায়।

ওতো আমার নাম। এ নাম তুই পেলি কোথা থেকে?

এ মোর নাম। মা বাপ মায় রাখছে।

এবার গম্ভীর গলার ছেলেটার রাগে সারা শরীর জ্বলে ওঠে। বলে কী কুকুরের এঁঠো খাওয়া কুত্তার বাচ্চাটা! ওর নাম নাকি জীবন চণ্ডাল। রাগের আর এক নাম চণ্ডাল। যার নাম জীবন চণ্ডাল সে কি করে বিষ্ঠাকে পরমান্ন ভেবে মুখে তোলে। তুলতে পারে? অন্তরাত্মা রি রি করে ওঠে না? না, সে আর যে নামের হোক কোন মতে জীবন চণ্ডাল নামের যোগ্য হতে পারে না। যার এই রকম ঘৃণ্য জীবন তার বেঁচে থাকার কোন অধিকার নেই। সে বেঁচে থাকলে জীবন চণ্ডাল নামটা তার মান মূল্য সব কিছু হারিয়ে ফেলবে।

সে হঠাৎ তার কেড়ে নেওয়া শিকটা সজোরে চাপিয়ে দেয়। এফোঁড় ওফোঁড় হয়ে যায় কাগজ কুড়ানো ছেলেটা। তার চোখে ফুটে ওঠে মহাবিশ্বের বিস্ময়— আমারে মারলি ক্যান। আমি তো তর কোন ক্ষতি করি নাই।

করেছিস। বলে গম্ভীর গলার ছেলেটা। আমার নামটাকে বদনাম করে দিয়েছিস। বেঁচে থাকলে আরো করবি। তাই। তোর আর বেঁচে থাকার দরকার নেই। কি করবি বেঁচে? তার চেয়ে মরে যা।

কাগজ কুড়ানো ছেলেটাকে ডাস্টবিনের ময়লা সরিয়ে তার নীচে পুঁতে দেয় গম্ভীর গলার ছেলেটা। তারপর যখন পিছন ফিরে চলে যেতে উদ্যত হয় তখনই চিনতে পারে জীবন, সেই শ্মশান বালক মরণ। জীবন চিৎকার করে তাকে ডাকে মরণ, মরণরে, আমি এই যে আয়। কিন্তু সে থামে না। চলে যায়।

এই কে রে তুই! ওঠ উঠে যা। এটা কি তোদের ঘুমোবার জায়গা। চোখ মেলে দেখে জীবন সন্ধ্যা হয়ে গেছে। আকাশে মেঘও জমেছে। সামনের

ডাস্টবিন ঘিরে ঝগড়া কামড়াকামড়ি করছে একদল ছাল ওঠা নেড়ি কুত্তা। বিচ্ছিরি স্বপ্নটা মনটাকে ভার করে দিয়েছে তার। সে ধীরে ধীরে পার্কের বাইরে আসে। আর কিছু সময় পরে ঝড় বৃষ্টি শুরু হতে পারে। তার আগে কোথাও একটা আস্তানা খুঁজে পৌঁছে যাওয়া দরকার। তার আগে দরকার রাতের খাবারটা খেয়ে নেওয়া। অনাহারী রাত বড় লম্বা হয়, সহজে কাটতে চায় না।

আজ কি খাবে জীবন, ভাত না রুটি আমিষ না নিরামিষ। সেটা হোটেলে গিয়ে ঠিক করা যাবে ভেবে সে সেদিকে হাঁটা দেয়। পথ অনেকটা দূর। বাসে যেতে পারলে মন্দ হতো না। কিন্তু পকেটে বাস ভাড়া নেই। আজকাল জীবন হোটেলে খায়। বেশ সস্তায় খাওয়া হয়ে যায়। তবে এক একদিন এক এক হোটেলে খেতে হয়। নিত্য নতুন এই যা। গড়িয়ার হোটেলটা কাল দেখে বেশ পছন্দ হয়ে গেছে। তাই আজ খেতে যাচ্ছে।

গড়িয়া ব্রীজ পেরিয়ে ডান দিকে বৌদির হোটেল। যখন জীবন সেখানে গিয়ে পৌঁছায় বিক্রিবাটা চালু হয়ে গেছে। খদ্দেররা আসছে যাচ্ছে খাচ্ছে। হোটেলের সামনে একটা জলের ড্রাম বসানো। খাবার আগে পরে এখানেই হাত মুখ ধোয়া হয়, এঁটো বাসন মাজা চলে। জীবন জলের ড্রাম থেকে মগে করে জল তুলে মুখ হাত ধুয়ে কোনার দিকের একটা বেঞ্চিতে গিয়ে বসে, খাবার কি আছে?

বৌদি বেশ জোয়ান কিন্তু বৌদির বর বুড়ো। রান্না ইত্যাদি বৌদি করে সে ক্যাশ সামলায়। বৌদির দুই মেয়ে এক ছেলে। পরিবেশন করে খাবার দাবার। এখন বৌদির ছোট মেয়ে অর্ডার নিতে এসে জানায়— ডিম আছে আলু সয়াবিন আছে, মাছ আছে।

মাংস নাই?

না মাছ।

কি মাছ?

চারা পোনা কাটা পোনা তেলাপিয়া।

কাটা পোনা ভাত দাও। হাফ প্লেট তরকারি দিও। লেবু পেঁয়াজ কাঁচা লংকা দিও। দোকানে এ সময়ে খুব একটা ভিড় নেই। জীবনের সামনে একজন খেতে বসেছে। দেখে বোঝা যায় লোকটা খুবই ক্ষুধার্ত। সম্ভবতঃ কোন ট্রাকের খালাসী। তার সারা গায়ে কালিঝুলি। সে চারা পোনা খাচ্ছে। অর্ডার দেওয়া খাবার খেতে খেতে জীবন লোকটার কাছে জানতে চায়, মাছটা কেমুন? তাজা। জবাব দেয় বৌদির বড় মেয়ে, খারাপ হলে দাম লাগবে না।

ভাজা আছে? বলে জীবন— ভাজা থাকলে কড়া ভাজা এ্যাকখান দেও তো। পেট ভরে মাছ ভাত খেয়ে ড্রাম থেকে মগে জল তুলে কুলকুচি করে জীবন। এ সময়ে ঝির ঝির বৃষ্টি শুরু হয়েছে। আকাশের কালো মেঘ দেখে মনে হয় এক দু ঘণ্টা পরে জোরেই নামবে। রাস্তার উপর ল্যাম্প পোস্টে আলো জ্বলছে বটে তবে তাতে অন্ধকার কাটেনি। জীবন মুখ ধুয়ে মগ ড্রামের উপর রাখে। একটা বড় করে নিশ্বাস নেয় তারপর তির বেগে ছুটে অন্ধকারের মধ্যে ঢুকে যায়। মনে হয় তার, যেন পিছন পিছন চোর চোর, ধর ধর বলে ধাওয়া করে আসছে

কেউ। তাই সে দৌড় থামায় না। হাসপাতালের গলি দিয়ে থানার পিছন থেকে শ্মশানের দিকে ছুটতে থাকে।

এ দৌড় আলো থেকে অন্ধকারের দিকে, মৃত্যু থেকে জীবনের দিকে তার একক যাত্রা। যে যাত্রার শেষ পরিণতি কী তা সে জানে না। শুধু এইটুকু জানে তাকে এখন দৌড়তে হবে। যতক্ষণ দৌড়তে পারবে ততক্ষণ, বাঁচবে।
